KB058568

+REINCARNATION BLUES+

**일러두기**

· 이 책은 허구의 산물입니다. 등장인물, 사건, 대화 내용 등은 모두 작가의 상상력을 토대로 창
작된 것이기에 실제로 해석되어서는 안 됩니다. 생사를 막론하고 어떠한 사람이나 사건과의
유사성은 전적으로 우연의 일치임을 밝혀둡니다.

· 원저자 주의 경우 괄호 안에 표기하였고, 옮긴이 주의 경우 괄호 안에 '옮긴이' 표기를 별도로
하였습니다.

· 원문에서 이탤릭체 혹은 대문자로 강조된 부분은 볼드체 혹은 작은따옴표로 구분하여 표기하
였습니다.

**REINCARNATION BLUES**

Copyright ⓒ 2017 by Michael Poore
All rights reserved.

Korean translation copyright ⓒ 2019 by RH Korea Co., Ltd.
Korean translation rights arranged with Zachary Schuster Harmsworth,
a Literary & Entertainment Company, through EYA (Eric Yang Agency).

이 책의 한국어판 저작권은 EYA (Eric Yang Agency)를 통한
Zachary Schuster Harmsworth, a Literary & Entertainment Company와의
독점계약으로 '㈜알에이치코리아'가 소유합니다.
저작권법에 의하여 한국 내에서 보호를 받는 저작물이므로 무단전재와 무단복제를 금합니다.

망쳤으면 어때, 또 다음 생生이 있는걸!

# 환생 블루스

마이클 푸어 장편소설 | 전행선 옮김

**RHK**
알에이치코리아

# 차례

아버지와 바버라에게 바칩니다.

# 01

# 오렌지 블라섬 키의 현인

>> *2017년, 플로리다키스 제도*

이것은 마일로라는 어느 현명한 남자에 관한 이야기다.

이야기는 그가 상어에게 잡아먹히던 날로부터 시작한다.

하루의 시작은 그렇게 나쁘지 않았다. 마일로는 아직 해가 뜨기도 전에 깨어나서 50년 묵은 자신의 몸을 반바지 속에 끼워 넣고, 명상을 하기 위해 해변으로 걸어 나갔다. 그의 커다란 잡종 개 버트도 따라나섰다.

마일로는 설탕처럼 새하얀 모래사장에 주저앉아 두 눈을 감고 턱수염을 지나가는 소금기 머금은 따뜻한 미풍을 느꼈다. 묶어놓은 말총머리가 등 뒤에서 바람에 나부끼는 것도 느꼈고, 갈매기의 울음소리도 들었다. 그게 바로 우리가 소위 명상이라는 것을 할 때 하게끔 되어 있는 것 아니던가. 딱히 뭔가에 주의를 기울이지 않으면서도 부지불식간에 그것을 인식하는 것.

마일로는 그다지 뛰어난 명상가는 아니었다. 그는 맥주 캔을 따고, 태양이 떠오르는 모습을 바라봤다. 그동안, 전에도 늘 그래왔듯이, 생각을 비우려고 애를 쓰면 쓸수록, 머릿속에는 자기 엄지발가락이라든가 프랑스 같은 어이없는 생각들이 소란스럽게 파고들었다. 어쩌면 새로 문신을 하나 해도 좋을 것 같다.

그는 바다의 존재를, 그 기념비적인 무관심을 환영하면서 아침밥을 마셨다. 그리고 시간의 숨결에 자신의 호흡을 맞추려 하면서, 늘 그래왔듯이 맥주병과 개를 옆에 끼고, 파도가 발목 아래 모래를 적실 만큼 충분히 해안으로 밀려들 때까지 잠에 곯아떨어졌다.

어쩌면 그는 세상에서 가장 쓸모없는 명상가일지도 몰랐다. 그러나 마일로는 겸허하게 그 사실을 느끼고 인정했다. 겸허함이야말로 그가 현명한 사람이 되도록 하는 여러 요소 중 하나였다.

그는 집으로 걸어 들어가 새로 산 개 사료 봉투를 뜯어 열었다.


몇 시간 후에 마일로를 잡아먹을 상어는 바로 그 순간 몇 킬로미터나 떨어진 곳에 있었다. 녀석은 바다소를 찾아 세인트 제프리스 키를 정찰해 다니는 중이었다.

상어는 배가 고프다는 사실을 자각했다. 그건 딱히 생각이라는 걸 하지 않아도 알 수 있는 사실이었다. 상어는 그 순간을, 아니, 매 순간을 살았다. 그렇게 해서 심지어 아무 노력도 기울이지 않고 바다를 통해 자기가 나아갈 길을 명상하며 감각과 평화의 완벽한 평정 속에서 살아갔다.

마일로는 잠시 정원에서 일했다.

개와 놀아주고 화석에 관한 책도 읽었다.

그는 컴퓨터를 켜고 한심한 비디오 몇 개를 보면서 20분을 보냈다. 그런 다음 낡은 트럭을 몰고 세인트 빈센트 병원으로 갔다. 아픈 사람을 병문안 가는 것이야말로 현명한 사람이 해야 할 중요한 일과 중 하나가 아니던가. 그는 이번에도 버트를 데리고 갔다.

반려견을 기르는 것은 인간에게 도움이 되었다. 이것은 과학적인 사실이었다. 하지만 버트도 한편으로는 또 한 명의 현자였다. 모든 동물이 그랬다.

바로 그 특별한 날, 마일로와 버트는 100살의 나이로 죽어가고 있는 알린 엡스타인 여사를 방문했다.

마일로가 도착했을 때, 그녀는 자고 있었다. 그는 잠시 그녀를 바라보며 서 있었다.

병원은 인간의 수를 줄이는 매우 불행한 방식이야, 그는 생각했다. 얇은 종잇장처럼 야위어서 침대에 누워 있는 알린 엡스타인의 모습만 봐서는 그녀가 한때 끝부분을 톱으로 잘라버린 하키 스틱으로 소란스러운 관광객들을 한 줄로 늘어서게 했던 전설적인 바텐더였다는 사실을 절대로 알 수 없을 터였다.

버트가 반가움에 흥분해서는 앞발을 매트리스 위에 올려놓았다.

"마일로." 알린이 하품을 했다. "벌써 목요일인가?"

"토요일이에요." 그가 무릎을 꿇고 앉으며 대답했다.

"난 늘 토요일을 좋아했어." 알린이 생각에 잠긴 듯이 말했다. "내 맘대로 할 수만 있다면, 죽는 날도 토요일이었으면 좋겠어."

"그래도 오늘은 아니에요." 마일로가 말했다. "오늘은 아주 좋아 보이거든요."

"그거 반가운 소리네." 그녀가 일어나 앉으며 그의 턱수염을 살짝 잡아당겼다. "그럼 나 산책 좀 데리고 나가."

알린은 산책이 금지되어 있었다. 그녀의 병실 문에는 '낙상 위험이 있는 환자'라는 스티커가 붙어 있었다.

알린은 한 걸음 떼어놓는 데 3초씩 걸렸다. 마일로는 위기 상황에서 민첩하게 그녀를 부축할 만반의 준비를 하고 자연스러운 태도로 곁에 붙어서 있었다. 그러나 버트는 꼭 미친 강아지처럼 냄새를 킁킁거리면서 벽을 따라 걸어갔다(개들은 병원을 좋아한다. 절대로 씻어낼 수 없는 온갖 다양한 냄새를 생각해보면 그 이유가 이해될 것이다).

그들이 열 걸음을 걸어갔을 때, 알린이 물었다. "마일로, 우리가 죽으면 무슨 일이 일어나는지 자네는 아나?"

그는 알린에게 늘 솔직했다. "예, 알아요." 그가 대답했다.

한 걸음. 두 걸음.

"무슨 일이 일어나는데?" 그녀가 물었다.

"다른 뭔가가 돼서 다시 돌아와요."

알린이 그 말을 곰곰이 생각해봤다.

"예를 들어, 다른 사람 같은?" 그녀가 물었다.

"또는 개가 되기도 하죠. 아니면 개미. 심지어 나무가 되기도 해요. 버트는 전생에 버스 운전사였어요."

"헛소리 작작해." 그녀가 말했다. "난 곧 죽을 거야, 어느 토요일 날에. 그러니 알고 싶다고."

마일로가 깊고 정직한 눈으로 그녀를 내려다봤다.

"저는 수천 번의 생을 살았어요." 그가 말했다. "제가 이 지구상에서 가장 늙은 영혼일걸요."

알린이 그의 한쪽 눈을 빤히 들여다보다가 또 다른 눈을 들여다봤다. 그리고 자신이 본 것이 마음에 든 모양이었다. 그녀가 보행기를 옆으로 치워두고, 양손으로 마일로의 손을 잡더니 가볍게 몸을 기대왔다.

그들은 다시 걷기 시작했다.

"달리 태어나도 여전히 나는 나야?" 그녀가 물었다.

"그럼요." 마일로가 대답했다. "거의 그렇다고 봐야죠. 물론 다음 생에는 좀 더 나은 존재가 되어 있어야 하겠지만요."

"그래도 난 나무로 돌아오고 싶지는 않은데."

"싫으면 안 하면 돼요."

알린이 그의 손을 토닥이고는, 착하다고 칭찬해주었다. 버트가 바닥에서 뭔가 지저분한 것을 킁킁거리더니 기다렸다는 듯이 혀를 쭉 빼서 맛있게 핥아먹었다.

만약 마일로가 그때 헤엄을 치러 나가서 상어에게 잡아먹혔더라면, 그야말로 생을 끝맺기에는 더할 나위 없고 근사하고 관대한 사건이 되었을 터였다. 하지만 그는 그러지 않았다.

늘 굶주려 있던 그 상어는 바다 농어 떼와 둥둥 떠다니는 쓰레기로 배를 채운 후, 이제는 오렌지 블라섬 키의 외부 암초를 천천히 가로지르면서 섬과 섬 사이의 깊은 바다를 유유히 헤엄쳐 다녔다.

그 상어도 전생에는 바다 농어였다. 실은 온갖 음식 종류로 태어났었다. 1985년 오하이오의 트로이에서 열린 딸기 축제에서는 딸기 여왕으로 뽑히기도 했었다. 때로 꿈속에서 그 상어는 자신의 전생을 기억하기도 했다.

하지만 지금은 헤엄치고 배고파하고, 또 헤엄치고 배고파했다.


마일로에게는 여전히 돌보고 챙겨야 할 직업이라는 것이 있었다. 현자가 되려면 노동의 중요성도 알아야 하는 법이다.

마일로는 생계를 위해 두 가지 일을 했다.

첫 번째. 그는 어부이자, 낚시 여행 가이드였다.

그는 '제니 앤 루더밀크'라는 낚싯배 한 척을 가지고 있었고, 그걸 타고 나가서 낚시를 하는 사람들에게 거금을 받았다. 플로리다 키스 제도에서는 관광객에게 어떤 터무니없는 금액도 청구할 수 있었다.

오늘, 마일로의 업무 목록에는 루더밀크의 청소도 포함돼 있었다. 고객이 나타날지도 모르지만, 그는 부디 그렇지 않기를 소망했다. 파도가 높으면 서핑을 하고 싶었기 때문이었다.

그는 보트 갑판에 서서 정원용 호스를 휘두르며 갈매기 똥과 말라서 엉겨 붙은 생선 내장을 씻어냈다. 버트는 조타실 바닥에 누워 창문에 붙어 있는 파리들을 바라봤다.

마일로는 알린 엡스타인을 떠올리며 그녀가 겁을 먹고 있지는 않을지 생각해봤다.

부디 그러지 않기를 바랐다. 죽음은 하나의 문이었다. 우린 그저 그것을 통과하고, 또 통과해갈 뿐이지만, 그런데도 사람들은 여전히 죽음을 두려워했다. 그것이 바로 그가 저편 부두에 나타난 뭔가 밝고 화려한 것에 시선을 빼앗겼을 때 생각하고 있던 것이었다.

그 화려한 존재는 오렌지 블라섬 키 티셔츠를 입은 관광객이었다. 나이는 중년쯤 돼 보이는 땅딸막한 남자로 콧수염을 기르고 선글라스를 끼고 있었으며, 새것처럼 보이는 보트용 미끄럼 방지 신발을 신고 밀짚모자를 쓰고 있었다.

갑자기 마일로는 그날 오후에는 일을 하고 싶지 않았다. 그냥 보보스 선술집으로 가서 바에 자리 잡고 앉아 맥주나 들이켜고 싶은 심정이었다.

"오늘도 바다에 나갈 겁니까?" 관광객이 물었다.

아, 젠장, 빌어먹을.

"고객은 항상 옳아요." 마일로가 말했다. "손님이 나가고 싶다면, 나가야죠."

"얼마예요?"

마일로가 견적을 알려주었고, 남자는 깜짝 놀라 잠시 할 말을 잃었다(아, 빛나는 희망이여……).

"저기요." 마일로가 말했다. "인원을 서넛 정도 모아서 함께 나눠 내면 손님 주머니 사정에도 보탬이 될 겁니다. 우린 내일 아침에 나가도 되……."

그러나 관광객은 반드시 당장 나가야만 하는 이유가 있는 모양이었다.

"아니요." 그가 말했다. "그냥 혼자 갈게요. 나갑시다."

"그럼 올라타세요." 마일로가 갈색으로 그은, 강인해 보이는 문신한 손을 내밀며 말했다.

관광객이 자신을 플로이드 개머스펠더라고 소개했다.

"저는 카펫을 팝니다." 그가 말했다.

"좋은 직업이네요." 마일로가 밧줄을 풀어 던지며 말했다.

버트가 배에서 뛰어내려 집 쪽을 향해 부두를 빠른 걸음으로 걸어갔다. 바다로 나갈 때는 배에 타고 있으면 안 된다는 사실을 잘 아는 까닭이었다.


플로이드 개머스펠더는 낚시에는 손톱만큼도 관심이 없었다. 이것이 마일로가 그를 보자마자, 그 카펫 판매사원의 이상하게 다급한 목소리를 처음 듣자마자 알아차린 사실이었다. 마일로의 고객 중 대략 절반 정도는 다 이런 식이었다. 그들은 마일로의 시간과 낚시 도구를 빌려 쓰고 연료를 소비하는 대가로 엄청난 비용을 냈지만, 방어나 청새치를 잡는 일보다는 뭔가 좀 더 심오하고 어려운 것을 얻고자 했다.

바로 이것이 마일로가 생계를 위해 하는 또 다른 일이었다. 다시 말해, 그는 전문직 현인이자 상담사였다.

사람들은 혼자 힘으로 해결할 수 없는 문제에 직면하면 그를 찾아왔다. 그가 어떤 사람인지 소문으로 들은 바가 있기 때문이었다.

만화 속에서 사람들이 현자를 찾기 위해 산을 오르는 것처럼, 현실 세상에서 사람들은 마일로와 상담하기 위해 엄청나게 먼 거리를 여행해 와서 반나절 배를 전세 내는 대가를 내고 그의 배에 올라타 바다로 나갔다.

그건 참으로 똑똑한 결정이었다. 누군가 1만 년이라는 세월을 살아왔다면, 그 사람에게는 배울 점이 정말 많지 않겠는가. 석탄이 다이아몬드로 변하는 방식대로 마일로는 그동안 축적해온 방대한 지식과 경험을 자기 자신이라는 단 하나의 영혼 속으로 가압해 집어넣어서 그것이 뜨겁게 달궈진 뒤 지혜로 변하게끔 했다. 그의 지혜는 거의 초능력에 가까웠다.

그것은 그의 눈 속에서 마치 외계의 초록색 불길처럼 타올랐고, 문신한 그의 피부 속에서도 그대로 드러났다. 햇볕에 그은 그의 피부는 마치 그 속으로 지혜가 뿌리를 내리기라도 한 것처럼 쩍쩍 갈라져 있었다.

"실은 당신에게 꼭 상의하고 싶은 게 있어서 왔어요." 배가 모터 소리를 내며 정박지를 빠져나가는 동안 플로이드가 자신이 진짜 찾아온 이유를 고백했다.

"나도 알아요." 마일로가 말했다.

방파제를 벗어나자, 적당한 파도가 루더밀크를 들어 올렸다. 오후에는 서핑을 제대로 할 수 있게 해주겠다고 약속을 건네는 파도였다. 그는 플로이드가 말을 빠르게 하는 사람이길 바랐다.

참을성을 기르라고, 그의 **보아**(이 작품 속에서 고대의 영혼, 전생의 자아, 우주, 대령, 오버소울 등과 혼용해 쓰이는 표현이다-옮긴이)가 그에게 상기시켰다. 연민을 품어!

마일로는 고개를 끄덕이며 양손 엄지와 검지로 **무드라** 형태(인도 무용에서 엄지와 검지를 붙여 만드는 손동작 – 옮긴이)를 만들어 조절판을 움켜잡은 후 먼바다로 배를 몰았다.

플로이드 개머스펠더는 말이 빠른 사람이 아니었다.

마일로는 배가 너무 멀리 나가기 전에 그가 단번에 마음을 열고 자신이 처한 심각한 문제가 무엇이든 간에 입 밖으로 쏟아내 주길 기대했지만, 그는 그러지 않았다. 플로이드는 자신의 이야기를 들려주고 싶다는 말만 불쑥 꺼내놓고는 침울한 표정으로 멀리 수평선만 바라보며 입을 꾹 다물고 앉아 있었다.

마일로는 놀랍지도 않았다. 대개 마음을 열기까지는 시간이 걸렸다. 그를 찾아오는 사람들이 가져오는 문제는 늘 극도로 노골적이고 사적이었다. 따라서 속을 터놓기까지 한동안 바다 위를 떠다녀야 했다. 그동안 그들은 우주를 응시하는 듯한 마일로의 눈을 흘끗거리고, 항해에 적합한 폭주족 같은 그의 목소리 속으로 바다가 밀려 들어가는 소리를 들어야 했다.

마일로는 거의 매번 같은 장소, 같은 좌표로 고객들을 데리고 갔다. 한 시간 넘게 보트를 타고 나가 육지가 보이지 않는, 그만이 알고 있는 장소였다. 그는 수심 27미터 아래로 닻을 내렸다. 오래전에 가라앉아 지금은 멕시코 만에 서식하는 거의 모든 바다 생물의 서식지 역할을 하는 잠수함 잔해가 가라앉아 있는 곳이었다.

"이 자리가 송장도 만선을 하고 돌아갈 수 있는 곳입니다." 마일로가 늘 고객에게 하는 말이었다.

그와 플로이드는 잠수함 위에서 가다랑어와 개복치를 낚으며 거의 2시간쯤 떠다녔다.

플로이드가 뭍에서 챙겨온 아이스박스를 열었고, 그들은 각자 맥주 한 캔씩을 마셨다.

"결혼한 적 있어요, 마일로?" 플로이드가 물었다.

아, 결혼 문제구먼. 이 현자의 사업에서 결혼이 올리는 수익은 거의 80퍼센트에 달했다.

"그럼요." 마일로가 대답했다(그것도 9천649번이나 한 걸요).

"그렇군요." 플로이드가 말했다. "기본적으로 난 아내가 내게 별로 잘하는 것 같지 않아요."

마일로가 공감을 의미하는 소리를 작게 냈다.

"바람을 피우는 건 아니에요. 그걸 얘기하려는 건 아닙니다. 어쩌면 한심한 말처럼 들릴지도 모르지만, 아내는 내가 잔디를 깎고 있어도 빌어먹을 레모네이드 한 잔 가져다주는 법이 없어요. 내가 너무 구식인가요? 사람들은 그건 아주 사소한 일이라고 하던데, 맞나요? 그런데 아내는 그런 사소한 일을 전혀 하지 않는다는 거죠."

마일로가 팔을 뒤로 뻗어 조절판 속도를 늦춰서 기관 소음을 줄였다.

"그럼 나는 아내를 위해 사소한 일을 하느냐고요?" 플로이드가 말을 이었다. "젠장, 물론이죠. 지난주에는 스파게티를 요리했고…… 우와, 뭔가 물었어요!"

큼지막한 방어 한 마리가 플로이드의 낚싯대에 걸려들었고, 두 사람이 그것을 낚아 올리는 데 15분이 걸렸다.

바람이 조금 거세졌다. 아래쪽에서는 낡은 잠수함의 갈빗대 사이사이에 있는 셀 수도 없이 많은 생명체가 바다 밑바닥을 조용히 움직여 다니면서 제니 앤 루더밀크의 그림자를 바라봤다. 1.5킬로미터쯤 떨어진 곳에서는 나중에 마일로를 먹어치울 그 상어가 여전히 고등어 떼를 쫓아다니면서 절벽을 따라 북쪽으로 미끄러지듯이 헤엄쳐 가고 있었다.

"아내가 다른 사람들에게는 살갑게 구나요?" 마일로가 물었다.

"딱히 그렇지는 않아요." 플로이드가 대답했다.

"선생이 보기에는 뭐가 문제라고 생각해요?"

플로이드가 깊이 숨을 들이마시더니 대답했다. "난 아내가 굉장히 사람을 불쾌하게 하는 성격이라고 생각해요. 나를 별로 좋아하지 않는 것 같다는 생각도 들고요. 아니, 나뿐 아니라 다른 사람도 다 안 좋아하는 것 같아요."

"그럼 그냥 헤어져 버리면 되잖아요?" 마일로가 물었다.

플로이드는 꽉 찬 5분 동안 이 질문을 곱씹었다.

"난 매사에 성숙하게 대처하려고 노력하는 중이거든요." 그가 마침내 말했다. "우리에게 시간이 좀 필요한 건 아닐까 하는 생각이 들기도 해요. 결혼도 일종의 일이잖아요. 그러니……." 여기까지 말하고 그가 마침내 고개를 돌려 마일로를 똑바로 바라봤다. "그러니난 성숙하게 지금 이 상황을 바로잡기를 바라요. 우리 부모님은 날자포자기하는 사람으로 키우지 않았거든요."

마일로는 플로이드의 눈을 바라보지 않았다. 그는 바다를 바라보고 있었다. 눈으로 뭔가를 찾는 중이었다.

"잠깐만 실례할게요." 그가 말하고는 튜브 미끼를 아주 **머어어어 어얼리** 던지고 그것이 풍덩 떨어지는 모습을 지켜봤다. 그리고 조용히 숫자를 세었다. 넷, 셋, 둘, 하나. 그런 다음 미끼를 다시 뒤로 휙 잡아끌더니 미친 사람처럼 당기기 시작했다. 그리고 마침내 거대하고 성이 잔뜩 난 창꼬치 한 마리를 갑판 위 플로이드 바로 눈앞에 던져놓았다.

"맙소사!" 플로이드가 비명을 질렀다. "당신 대체 뭐가 문제예요?"

창꼬치가 요동쳤다. 거대한 턱과 면도날 같은 이빨이 갑판 호스를 거의 즉각적으로 잘게 다져 너덜너덜하게 만들어버렸다.

플로이드는 당황해서 춤을 추고 빙글빙글 돌며 분노를 폭발했다.

"자, 이 상황도 성숙하게 바로잡아 봐요." 마일로가 제안했다.

창꼬치가 공중으로 휙 뒤집히며 플로이드의 양손을 철썩 내리쳤다.

"시간을 들여 천천히 해결해요." 마일로가 덧붙였다. "낚시도 일이니까."

거대한 창꼬치가 빈 맥주 캔을 쓰러트리며 플로이드의 발목을 향해 움직여갔다.

카펫 판매업자도 대부분의 다른 사람과 마찬가지로 필요할 때는 용감해졌다. 그가 두려움을 꿀꺽 삼켜버리고 허리를 굽혀 창꼬치의 배를 양손으로 움켜잡더니 흐느낌과 끙끙거림의 중간쯤 되는 소리를 내며 보트에서 멀리 던져버렸다.

그러고 나서는 아드레날린이 넘쳐나는 가운데 온몸을 부들부들 떨며 가만히 서서, 마일로에게 다시 고함을 질러댈 충분한 용기가 아직 자신에게 남아 있는지 곰곰이 생각해봤다.

"커다란 창꼬치와의 문제는……." 마일로가 말했다. "당신이 성숙하고 말고의 문제가 아니에요. 문제는 그게 창꼬치라는 겁니다. 배 안에 그 녀석하고 같이 있고 싶지 않으면, 둘 중 하나는 이 배에서 떠나야 하는 거죠."

플로이드가 갑판에 고정해놓은 회전의자에 주저앉았다. 잠시 후, 그가 말했다. "맞아요."

세상에서 가장 슬픈 말투였지만, 얼굴은 행복해 보였다.

마일로는 저물어가는 오후의 끄트머리를 조금이나마 붙잡을 수 있기를 희망하며 조절판을 세게 눌러 집으로 속력을 냈다.

만약 마일로가 바로 그때 세상을 떠났다면, 매우 시적이고 만족스러운 죽음이 되었을 터였다. 하지만 그는 죽지 않았다.


그는 보보스 펍에 가서 진탕 취하기로 작정했다.

보보스 펍은 송곳니를 드러낸 채 구명조끼를 입고 있는, 속을 두툼하게 채운 개코원숭이 봉제 인형인 보보 덕분에 플로리다키스 전역에서 유명했는데, 보보는 웅크린 채 한 손으로는 건강하게 발기한 생식기를 쥐고 있었다. 바텐더는 혹시라도 동네 꼬마 녀석들이 몰래 들어와서 훔쳐가기라도 할까 봐, 매일 밤 영업이 끝나면 보보를 집으로 데리고 들어가야만 했다.

마일로는 보보스의 주중 바텐더로 일하는, 마흔 살 먹은 타냐라는 전직 프로 축구 선수 출신 여성과 거의 1년 동안 동거해오고 있었다. 영업이 끝나면, 그는 타냐가 의자를 탁자 위로 올리는 일을 도왔고, 일이 끝나면 그들은 보보를 픽업트럭 뒤에 싣고 타냐의 방갈로로 가서 와인 반병을 함께 마시고 사랑을 나누었다.

활짝 열린 방갈로 창문 밖으로 파도가 쉬쉬거리고 철썩였다. 그러다가 갑자기 속이 텅 빈 통나무로 만든 베이스 드럼에서 울리는 듯한, 뭔가 종류가 다른 파도 소리가 철썩이며 울려왔다.

그건 서핑 소리였다.

"우리 서핑 가자." 마일로가 말했다.

"오늘 밤은 싫어." 그녀가 말했다. "난 술이나 좀 더 마시고 잘래."

"그럼 내가 갔다 와서 깨울게." 그가 허리를 굽혀 그녀에게 키스하며 말했다.

"싫어." 그녀가 항의했다. "지금 장난해? 그냥 자게 내버려둬. 나 내일 아침에 일찍 나가야 해."

"알았어."

너무 한심하지 않은가? 이게 마일로가 이번 생에서 인간과 마지막으로 나눈 대화라니 말이다.

그는 보드에 올라타서 손으로 노를 저어 낮은 바다를 지나쳐가서 부서지는 파도를 헤치고 나가 더 깊은 구역으로, 파도가 무너지기 바로 직전까지 솟구쳐 있는 곳으로 미끄러져 들어갔다.

이것이 그가 가장 좋아하는 일이었다. 바다에 나가 보드 위에 앉아 기다리는 일. 방갈로 창문에 비친 촛불 빛을 얼핏 바라보는 일. 타냐는 무슨 생각을 할까 궁금해하는 일. 해변으로 몇 킬로미터 떨어져 있는 집에서 버트는 뭘 하고 있을까 생각해보는 일. 자고 있을까? 해안을 뛰어다니며 사냥을 할까?

그것이 바로 상어가 나타나기 몇 분 전 마일로의 상태였다. 그때만 해도 그리 나쁘지는 않았다.

심지어 서프보드 위에서 몸을 웅크려 일어서는 순간 잠시 명상에 잠기기까지 했다. 그는 하늘에 떠 있는 달빛을 마치 복사뼈처럼, 한 편의 이야기처럼 느꼈다. 밤과 바람과…….

상어가 그를 공격했다.

상어는 거대한 입에 서프보드를 물고 마치 로켓처럼 하늘로 치솟아 올라 공기와 충돌했다. 마일로는 마치 버스에 치인 것처럼, 갑작스럽게, 세게, 그리고 아직은 정확히 무슨 일인지 모르지만 뭔가 나쁜 일이 일어났다는 사실만 깨달은 채 그 상황을 경험했다.

그러고 나서 그는 알게 되었고, 두려웠다.

상어에게 잡아먹힐 때는 현자도 구두 판매사원이나 땅돼지와 전혀 다를 바가 없었다. 그는 자신의 몸이 찢기고 뭉개지는 동안 끔찍이도 명확하게 무슨 일이 일어나고 있는지 깨달았고, 다른 누구라도 그렇게 했을 것처럼 울부짖으며 비명을 질러댔다.

너무도 안타까운 일이었다. 그는 늘 자신이 탐험가처럼 평화롭고 온전한 황금빛 재 속에서 죽음을 맞이하게 되리라고 생각했었다. 하지만 지금 그는 햄처럼 씹어 먹히는 중이었다.

그의 마지막 말은 "안 돼! 젠장! 안 돼!"였다.

머릿속에서 들려오던 목소리들이 조용해졌다. 내면의 빛도 차츰 흐려지기 시작했다.

빛이 완전히 암흑으로 변하기 전에 마일로는 생각했다. 버트는 영리하니 새로운 친구를 사귀게 될 터라고, 버트가 정말 괜찮은 개라는 사실을 충분히 알아보는 누군가를 찾게 될 거라고. 그것은 선하고 친절한 생각이자, 현명한 생각이었다. 그러고 나서 빠르게 움직이는 성간(星間)의 밤과 같은 무언가가 그를 관통해 흘러넘치며 그를 완전히 소멸시켰다. 마치…….

　꼬리를 획획 움직이며, 상어가 중간 깊이로 헤엄쳐 들어갔다. 뒤로는 뿌옇게 번져가는 핏물과 서프보드 조각이 남아 있었다.
　상어는 맛을 음미하거나 감탄하기 위해 멈추지 않았다. 여전히 배가 고팠기에 다른 먹이를 찾고 있었다.
　상어의 뇌 중 절반은 바다에 주목하고 주변의 소리와 바다의 심장박동 소리에 집중했다.
　나머지 절반은 맛난 음식이 뱃속에서 소화되는 동안 전해지는 온기에 주목했고, 자신이 농어, 고등어, 대합조개, 고래, 개, 고양이, 딸기 여왕이던 시절을 기억했다.

# 02

# 빈으로 발사되던 순간의
# 비현실적인 기쁨

물론 죽음은 전혀 새롭지 않았다.

마일로는 경험할 수 있는 거의 모든 방식으로 이미 1만 번에 가까운 죽음을 경험했다.

어떤 죽음은 끔찍했다. 그리고 어떤 죽음은 그다지 힘들지 않았다.

당연히 최고의 죽음은 즉사였지만, 그런 경우는 드물었다. 마일로는 오직 단 한 번 즉사했다. 타워 크레인이 철 대들보를 그의 위로 곧장 떨어뜨렸을 때였다. 그리고 그때 처음이자 마지막으로 그는 죽어 사후 세계로 가서 이렇게 물어야 했다. "무슨 일이 일어난 거야?"

당연하게도 죽음은 절대로 익숙해지지 않았다. 그녀가 오리라는 사실을 이미 알고 있다 하더라도 다르지 않았다.

마일로는 그동안 네 번 처형당했고, 그때마다 자신이 언제 죽을 지 정확한 시간을 미리 알고 있었다. 스페인에서는 화형을 당했었고, 중국에서는 목이 잘렸고, 수단에서는 교수형을 당했으며, 캘리 포니아에서는 가스실에 들어갔다. 죽음이 다가오고 있음을 알게 되면, 대개는 용감한 척을 하게 된다. 하지만 그건 어디까지나 '척' 일 뿐이다. 실제로는 누군가 내 안에서 뚫어뻥으로 작업을 하는 듯 한 기분을 느낀다.

마일로는 고통스러운 죽음이 정말 싫었다. 그는 전투 중에 14번 죽음을 경험했다. 창에 찔려 죽고, 흉벽에서 떨어져 죽고, 부상으로 인한 과다출혈로 죽고, 또 창에 찔려 죽고, 전차에 치여 죽고, 철퇴 에 맞아 전신 마비로 죽고, 말굽에 채여 죽고, 폭파돼 죽고, 총에 맞 아 과다출혈로 죽고, 총에 맞고 말에 질질 끌려다니다 죽고, 말에서 떨어져 죽고(마일로는 말이라면 치가 떨렸다), 거대한 독일 용병의 손 에 목이 졸려 죽었다. 한번은 빈에서 오토만 터키군에 생포되어 투 석기에 실려 성벽 너머로 쏘아 보내지기도 했었다. 이것은 그가 가 장 좋아했던 죽음이었다. 그는 폭발하는 속력으로 쏘아 올려진 후, 아래쪽 굶주리는 도시의 불길에서 뿜어져 나오는, 전장의 연기로 뿌옇게 흐려진 우주 속의 밤을 통과해 날아갔다. 무시무시했지만, 굉장했다. 경이로웠다!

치명적인 아름다움과 함께하는 죽음도 있었다. 북극 탐험가였던 인생에서 추위에 얼어 죽어가는 동안, 그는 따뜻함의 환상 외에는 아무것도 느끼지 못했고, 그의 뇌는 평화와 만족을 느끼게 하는 화학물질을 거의 방출하지 않았다. 그는 태양이 마치 불이 붙어 타오르는 칼날처럼 얼음 위에서 번쩍이며 떠오르는 동안 죽음 속으로 서서히 빠져들었다.

그가 늘 어른이 되어 죽음을 맞이한 것은 아니었다. 그는 머리칼이 뭉텅뭉텅 빠지는 채로 여름 내내 아동 병원에 입원해서 악어 인형 찰리를 꼭 껴안고 죽어가는 게 어떤 기분인지 잘 알았다.

마일로는 오르가슴을 느끼며 죽기도 했고, 좋은 사람들과 근사한 저녁 식사를 마치고 죽기도 했으며, 완벽한 사랑의 순간에 죽음을 맞이하기도 했다. 어느 미래의 삶 속에서는 시간의 외피에 싸여 영원히 공명하는 순간에 빛의 속도로 충돌한 우주선 사고로 목숨을 잃기도 했다. 그 시대에 우주선 충돌 사고는 절대로 멈추지 않고 울리는 기타 줄처럼 끊임없이 반복해 일어나는 일이었다.

그는 나무에서 떨어져 죽기도 했고, 먹던 와플이 목에 걸려 죽기도 했다. 상어에게 잡아먹히기도, 다양한 암으로 죽기도 했다. 그는 나쁜 습관 때문에, 혹은 분노한 남편들 때문에 죽기도 했고, 한 번은 살인 벌에 쏘여 죽기도 했다. 어이없는 사고 때문에 목숨을 잃기도 했는데, 예를 들어, 공구상에서 근무했을 때는 사람들을 웃기려고 코에 고압 공기 호스를 꽂아 넣어서 죽기도 했다.

삶과 삶 사이에서, 사후 세계로 돌아와 모든 것을 다 기억할 수 있게 되면, 그는 때때로 굶주리고 포위당한 빈으로 발사되던 순간을 다시 체험하고 싶어졌다. 죽음을 다시 체험하고 싶어 하다니 이 얼마나 이상한 일인가. 그는 그 상황이 다시 일어나게 해달라고 죽음에게 마흔 번이나 요청했었다.

"대체 왜?" 죽음이 그에게 물었다.

그는 그 순간을 다시 떠올려봤다. "내가 날았잖아!" 그가 대답했다. "그때 난 무게가 없었어."

그녀가 말했다. "무게가 없는 건 아무것도 없어. 그래서 우리가 죽는 거야."

그는 그 기억에 만족해야 했다. 무게가 없이 완벽한 순간을 눈을 감고 날아가던 기억. 불길과 속도와 거세게 때려대던 바람의 기억. 그리고 그가 날아서 지나쳤던, 양파와 핫도그 냄새가 나는 부엌에서 피어오르던 연기의 기억.

# 03

# 수지

누가 뭐라든 간에 인간은 흙에서 태어난 게 아니다. 인간은 물에서 태어났고, 낮은 곳으로 흘러가는 강처럼 죽으면 다시 물로 돌아간다.

마일로는 이미 1만 번 가까이 그래왔던 것처럼, 다시 물가에서 깨어났다. 나무 그루터기와 메기로 가득한, 어둡고 고요하고 오래된 강줄기 위로 지나가는 철교 위에서 깨어났다. 죽음도 그곳 철골 틀에 몸을 기댄 채 책상다리를 하고 그와 함께 앉아 있었다. 그가 깨어날 때마다, 그녀는 늘 그곳에 있었다. 긴 검은 머리를 망토처럼 두르고, 예의 그 촉촉하게 젖은 예민한 눈으로 그를 바라보았다.

그녀는 거기 있을 필요가 없었다. 그의 숨을 완전히 끊어버린 후에는 그가 혼자 깨어나도록 내버려둘 수도 있었다. 하지만 절대로 그러는 법이 없었다. 단 한 번도. 하지만 그래도 상관없었다. 사실 한 시간 정도 그녀가 없다고 해도 우주 만물이 돌아가는 데는 아무 문제가 없을 터였다. 그녀와 마찬가지로 어둡고 창백하고 예민한 다른 죽음의 사자들도 열심히 제 할 일을 하고 있기 때문이었다.

"수지." 그가 나지막하게 불렀다(그녀는 '죽음'이라는 이름으로 불리는 것을 싫어했다. 누군들 그게 좋겠는가?).

"조용히 해." 그녀가 말했다. "깨어나자마자 말하면 안 좋다는 거 당신이 더 잘 알잖아. 잠시 기다려. 그대로 가만히 있어." 그녀가 미소를 감추려고 머리카락을 입에 물고 잘근거렸다.

영혼이 하나의 세상에서 다음 세상으로 이동하기 위해 정신을 차리고 준비하는 데는 몇 분 정도의 시간이 걸렸다. 일단 정신을 집중하고 지금까지 살았던 모든 생의 기억이 하나로 모이게 해야만 했다. 지금껏 수천 번을 반복해왔던 일이라도 절대 쉽지 않았다.

마일로는 철로나 메기 같은 것에 놀라지는 않았다. 늘 똑같았기 때문이었다. 살아생전 지구에서 어떤 삶을 살았든 간에, 죽으면 모두 이곳으로 왔다. 생전에 음식과 언어와 집과 공기와 커피가 필요했듯이, '내세'에서도 그것들이 필요했다.

마일로의 몸은 훨씬 젊어졌다는 사실만 제외하면 지구에서의 몸과 거의 비슷했다. 그는 청반바지 외에는 아무것도 걸치고 있지 않았다. 항상 그래왔듯이, 이번에도 마찬가지였다.

잠시 후 그는 목청을 가다듬고 말했다. "그 상어 고마워."

"당신이 어떻게 죽을지는 내가 결정하는 게 아니라는 거 잘 알잖아." 그녀가 말했다. "우주에도 나름의 **보아**가 있어."

31

"그래도 그전에 날 홱 잡아 끌어낼 수도 있었잖아. 내 말은, 정말 빌어먹게 고통스러웠다고."

그녀는 잠시 화가 난 듯한 표정이었다. 두 눈에서 말 그대로 불길이 활활 타올랐다. 그러나 곧 평소의 모습으로 돌아왔다.

"당신이 날 골치 아프게 하고 있어." 그녀가 말했다.

"그래, 내가 당신을 골치 아프게 하고 있지."

멀리서 기차가 길고 높게 경적을 울리며 지나갔다.

마일로가 바라보는 철교는 십자로 지나가는 철사 틈새로 잡초와 야생화가 무수히 자라나 있는 녹슬고 잊힌 철길이었다. 확실히 버려진 철로가 분명했지만, 사후 세계에서는 그게 기차가 총알처럼 철로를 따라 달려가지 않으리라는 사실을 의미하지는 않았다. 아무리 녹슬고 잡초로 뒤덮인 철길이라 하더라도. 사후 세계의 상황은 대개 누군가 보고 있지 않을 때 변화했다. 혹은 보고 있을 때 변하기도 했다.

마일로는 혹시 뱀이 있지는 않은지 살피며 강가의 키 큰 수풀 속으로 뛰어내렸다. 그리고 수지가 내려올 수 있게 손을 내밀었고, 다행히도 그녀는 도움을 받아들였다.

그는 자신이 정신을 집중하고 안정을 찾아가는 동안 수지와 좀더 시간을 보낼 수 있으면 좋겠다고 생각했다. 하지만 그런 일은 절대로 일어나지 않으리라는 사실도 알았다. 다른 이들이 곧 도착할 터였다.

그는 숲과 강을 둘러봤다. 깨어난 지 5분에서 10분 정도가 지나 있었고, 그것이 의미하는 바는…….

"5." 그가 소곤거렸다. "4, 3, 2……."

"마일로!" 뒤에서 목소리 하나가 노래하듯이 불렀다.

그는 뒤돌아섰고, 두 여인이 강둑을 따라 걸어오는 모습이 보였다. 게걸음으로 썩은 나뭇가지를 피하고, 거대한 개구리를 놀라게 하고—개골!—악어거북을 물속으로 쫓으면서—첨벙!—그를 향해 다가오는 중이었다.

수지가 과장된 한숨을 내쉬었다.

"난 이제 그만 사라져야 할 것 같네." 그녀가 말했다.

"수지……."

"너무 긴 하루였어. 실은, 오늘 아침에 코르테스 해에서 연락선 한 척이 뒤집혔거든. 150명이나 되는 목숨이 한 번에 세상을 떠났어. 그래, 맞아, 그게 내 일이야, 그렇지만……."

마일로는 무슨 말인가 하려고 했지만, 그녀는 휘몰아치는 바람과 날리는 낙엽 속으로 사라져버렸다.

"좋아." 그가 이렇게 말하고는 돌아서서…….

"마일로!" 두 여성 중에서 첫 번째 여성, 즉, 거구의 나이 먹은 풍요의 여신이 만면에 오클라호마 미소를 환하게 지으며 부산스럽게 앞으로 나와 양팔을 활짝 벌려 그를 껴안았다.

"마일로." 그녀가 지저귀듯이 말하며 쥐어짜듯이 그를 끌어안았다. "마일로, 마일로."

"마마." 마일로가 그녀의 겨드랑이 틈새로 말했다(물론 그녀는 마일로의 엄마가 아니었다).

담배를 피우고 있는 두 번째 여성은 은퇴 후 플로리다로 옮겨간

괴팍한 성격의 사무실 관리자처럼 보였다. 그녀의 뒤로는 고양이 한 마리가 따라오고 있었다.

"낸." 마일로가 그녀와 악수하며 말했다.

"늦었네." 언제나처럼 그녀가 말했다.

그들은 천사가 아니었다. 신도 아니었다. 마일로는 그들이 아닌 것을 말하라면 수백 가지쯤 댈 수 있었지만, 정작 그들이 무엇인지는 확실히 알지 못했다.

"건강해 보이는군." 낸이 말했다. "이번에는 뭐 좀 도움 될 만한 게 있나?" 두 번째 고양이가 그녀의 치마 밑에서 나타나더니 뭔가를 쫓아 잔디밭을 가로질러 쏜살같이 달려갔다.

마마가 말했다. "쉬-잇!" 그러고는 커다란 양손을 공중으로 휘저었다. "얘기는 나중에 해. 지금은 조용히 하고, 우선 애를 집으로 데려가자."

그녀가 마일로의 팔을 잡았고, 세 사람은 강둑을 따라 걸어 내려가기 시작했다.


숲을 통과해가자 강을 끼고 이어지는 고속도로가 나타났고, 그들은 그 길을 따라 작은 마을로 들어갔다. 그곳에서 버스를 타고 여전히 강을 따라 한동안 이동해갔다. 물 위에 집들이 둥둥 떠 있는, 반짝이는 호수도 건너갔다.

사람들은 죽고 나면 조용히 사색하는 시간을 보내기로 되어 있었다. 전생에 얼마나 의미 있는, 혹은 의미 없는 삶을 살았는지 숙고해봐야 하기 때문이었다. 사후 세계에서 배당해주는 집에는 살아생전의 삶이 그대로 반영되어 있었다. 예를 들어, 만약 누군가 전생에 간디나 혹은 그와 동급의 인간이었다면, 그는 분명히 정원에 연못까지 딸린 저택을 얻게 된다. 하지만 만에 하나라도 치어리더들을 요리해서 잡아먹은 인간이었다면, 그는 쓰레기 매립지 옆에 있는 판잣집에 세 들어 살게 될 터였다.

그들은 버스에서 내려 다리와 운하의 마을을 통과해 걸어갔다. 걸어가면 갈수록 보도는 점점 더 지저분해졌다. 길에 쓰레기 버리는 것을 싫어하는 마일로는 감자튀김 상자를 집어 들었다. 쓰레기통이 눈에 띄지 않았기에 그는 그것을 그냥 들고 갔다.

마침내 그들은 토끼장처럼 보이는 아파트 건물 앞에서 멈춰 섰다. 감자튀김 상자뿐 아니라 다른 쓰레기도 그들 앞의 죽은 잔디밭 위에 흩어져 있었다.

"어어." 마일로가 말했다. "진짜로?"

마마가 그의 시선을 피했다.

"실망했니?" 낸이 심술궂은 시선으로 그를 바라보며 물었다. 대여섯 마리도 더 되는 고양이가 그녀의 주위로 모여들었다.

"나는 현자였다고요!" 마일로가 항변했다. "정신적인 스승이요! 사람들을 도우며 살았다고요. 지구와 조화를 이루며 살아……."

"넌 그저 낚시를 간 거잖아." 낸이 말했다. "그리고 거기서 조언을 했지. 그 정도는 누구나 해."

빌어먹을. 마일로는 감자튀김 상자를 잔디밭 위에 떨어져 있는 양말 한 짝 옆으로 던져버렸다.

"넌 사실 이룬 게 별로 없어." 마마가 커다란 양손을 그의 어깨에 올려놓으며 말했다. "넌 9천994번의 전생 경험이 있었잖니. 그런데도 그게 네가 할 수 있는 최선이었다는 말은 하지 마라. 너무도 특별하고 열정적인 영혼의 소유자인 내 사랑하는 마일로는 절대로 그런 애가 아니니까!"

"애 버릇 나빠지게 너무 띄워주고 그러지 마." 낸이 끼어들었다. "넌 애한테 너무 오냐오냐한다니까. 애가 실제로 뭔가를 하는 그런 일은 절대로 없을 거야."

마일로는 두 사람을 향해 가운뎃손가락을 들어 보이고 싶은 것을 꾹꾹 눌러 참았다. 대신 두 사람이 그를 건물(프로판 단지 2271번지) 안으로 이끌어가게끔 내버려두었다. 그리고 세 사람은 함께 그의 집(12호실) 문 앞까지 층계를 걸어 올라갔다. 도장공들이 문을 닫아놓은 채로 페인트칠을 해서 문틈에 페인트가 흘러 문이 닫힌 채로 말라버렸지만, 마마가 몸으로 쿵 쳐서 열어젖혔다.

집 안은 우주에 있는 모든 아파트와 똑같은 모습이었다. 가구는 서로 어울리지 않았고, 조명 기구는 1970년대에 만든 것들이었다.

"쉬어라." 마마가 말했다. "낮잠이라도 자. 냉장고에 뭐가 있나 보고. 조만간 다시 들를게."

그러고 나서 마마가 낸을 바라봤다. 두 사람 사이에 뭔가 아주 미묘한 눈짓이 오가는 듯한 느낌이 들었다.

"지금 그거 뭐예요?" 마일로가 물었다. 두 사람 다 그와 눈길을 마주치지 않았다.

"나중에 얘기하자." 마마가 말했다. "일단 쉬어."

"알았어요." 마일로가 대꾸했다.

마마와 낸과 백여 마리의 고양이가 문밖으로 걸어 나갔다.

"고양이 오줌 냄새." 그가 말했다. 이번에는 그가 정말 망친 모양이었다. 사실 지구에 내려가 있을 때는 자신이 진정 충만한 삶을 살고 있는지 확실히 알 길이 없었다. 이곳에서는 알 수 있었지만, 그래 봐야 소 잃고 외양간 고치기였다. 너무 많은 해변 나들이와 너무 많은 맥주, 세상을 변하게 하는 데는 아무런 도움도 되지 않았던 이런저런 시도, 기타 등등, 기타 등등.

좋아. 망쳤으면 어때. 언제나 다음 생이 있는걸.

그는 문 옆 벽에 있는 전등 스위치를 켰다. 아무 변화가 없었다. 이번에는 부엌에 있는 스위치를 켰다. 역시 아무 일도 일어나지 않았다. 전력 자체가 아예 끊어져 있는 듯했다.

그는 침침한 빛에 익숙해지려 애쓰며 현관에서 안쪽으로 걸어 들어갔다. 복도가 열린 방문 앞으로 이어졌다. 방 안에는 침대 하나와 좁은 탁자와 시계 라디오의 그림자가 드리워져 있었다.

미묘한 움직임이 느껴졌다.

먼지와 마른 나뭇잎이 미세하게 이는 묘한 폭풍 속에 소용돌이쳤다. 그 소용돌이 속에 나뭇잎들이 하나의 모양을 형성해가더니 차츰 속도를 늦추어 오직 그 형태만을 남겨놓았다.

수지가 침대 옆 탁자 옆에 모습을 드러냈다. 검은 머리로 거의 고치를 틀고 있는 모습이었고, 눈빛은 부드럽게 불타올랐다.

그녀가 긴 팔로 그를 감싸 안더니 그의 입술에 아주 살짝, 뱀이 혀를 날름거리듯 휘-익 키스를 해왔다.

그가 그녀를 가까이 끌어안았다. 가벼운 키스가 깊어졌다.

"저들이 날 이 동네로 데려오는 것 정도는 막아줄 수도 있었잖아." 마일로가 말했다. "마마와 냇도 눈은 있어, 알잖아."

"둘이 우리 사이를 의심하고 있는 것 같아서 그랬어." 수지가 말했다.

"글쎄, 만약 그들이 우리 사이를 알고 있다면, 물론 언젠가는 알게 되겠지만, 절대로 허용하지 않을 거야. 결코 모르는 척 눈감아주지 않으리라는 거 당신도 잘 알잖아."

"쉬-잇." 수지가 소곤댔다.

그러고는 몸을 휘감아 와서 그를 벽으로 밀어붙였다.

싸구려 카펫, 그는 생각했다. 머지않아 변색할 게 뻔했다.


마침내, 창으로 비쳐들던 어스름한 빛이 짙은 자주색 황혼으로 바뀌었다.

사후 세계에서는 아침, 정오, 석양, 그리고 밤이 살아생전에 경험했던 것처럼 늘 순서대로 찾아오는 것은 아니었다. 종종 순서는 환상에 불과했다. 이곳에는 환상이 거의 없었다.

그들은 함께 침대 위로 올라갔다. 둘 다 극도로 지치고 여기저기 상처도 나 있었다.

마일로는 수지의 머리칼 속에 얼굴을 묻고 깊이 숨을 쉬었다. 그녀에게서는 한밤의 냄새가 났다.

"그리웠어." 그가 말했다.

수지가 몸을 일으켜 세워 그를 내려다봤다.

"제발." 그녀가 말했다. "저 아래쪽에서 당신의 타냐와 에이미와

바탕가스나 리우, 마리아 같은 여자들하고 뒹굴 때도 나를 기억한다는 끔찍한 말 같은 건……."

"그건 내 잘못이 아니잖아. 인간으로 살아가다 보면 어쩔 수 없이 일어나는 일이라고. 다른 여자들하고 있어도 이상하게 뭔가를 놓친 것 같은 기분으로 당신을 그리워하게 된단 말이야."

"거짓말쟁이. 어쨌든 그래도 듣기는 좋네." 그녀가 그의 목을 살짝 물어 피를 빨아 마셨다.

"내가 당신 주려고 선물 가져왔어." 그녀가 말했다.

"그래?"

"이거 기억나?" 그녀가 물었다. 그러고는 머리칼 깊숙한 곳에서 구리로 만든 장식 고리를 꺼내놓았다. 군데군데 푸른색 녹이 슬고 찌그러진, 뱀이 자기 꼬리를 삼키고 있는 거친 조각이 새겨진 물건이었다.

"암릿(팔 위쪽 겨드랑이 가까이 끼는 완장형 팔찌 ─ 옮긴이)이네." 마일로가 그녀의 손에서 물건을 받아 들며 말했다. 가만히 손에 쥐고 무게를 느껴본 후 그는 그것이 친숙하다는 사실을 깨달았다.

"내 첫 생에서 찼던 거구나." 그가 말했다.

"그리고 당신의 첫 번째 죽음 때도." 그녀가 덧붙였다. "기억나?"

기억났다. 그는 암릿을 손에서 계속 돌리며 그 추억이 꿈처럼 일어나도록 내버려두었다.

# 04

# 야만족 문제

마일로바수 프라데시는 자궁 밖으로 나와 처음으로 눈을 떴다. 세상이 색깔과 소리의 강이 되어 그의 안으로 홍수처럼 밀려들었다. 그의 부모님은 나무와 숲과 산과 푸르른 들판이 있는 세상 속으로 그를 출산했다. 옆에서 흘러가는 강은 깊고 안개 자욱한 협곡으로 굽이치며 들어갔다.

세상은 소리로 가득했다. 여름철 장맛비의 포효하는 소리, 밤과 곤충의 소리. 아빠가 이야기 들려주는 소리, 엄마가 노래 불러주는 소리.

마을의 누구도 그가 완전히 새로운 영혼이라는 사실을 알지 못했다. 그들이 어떻게 알 수 있겠는가? 아기들은 이번 생이 몇 번째 환생인지 알려주는 숫자 같은 것을 이마에 새기고 태어나지는 않는다. 누군가 단번에 그 비밀을 알아낼 수 있는 유일한 방법은 아기의 눈을 바라보는 것이다. 새로운 영혼은 세상을 처음으로 들이마시느라 그 누구보다도 굶주린 눈을 하고 있기 때문이다.

"애가 꼭 바윗덩이 같아요." 마일로바수의 아버지가 말했다. "뭔가를 보거나 들을 때면, 완전히 바위처럼 꼼짝도 하지 않거든. 거의 숨도 쉬지 않는 것 같아요."

"얘는 태양 같아요." 그의 어머니가 주장했다. "잘 보세요. 이 애가 보고 듣는 모든 것이 언젠가는 이 애의 내면에서 불이 붙어 타오르게 될 테고, 그러면 이 아이는 신처럼 될 거예요. 두고 보라고요."

"이 아이는 지도자가 될 거야." 마을의 지도자가 말했고, 모두가 동의했다.

마을의 지도자는 한때 매우 용맹한 전사였다. 그는 뱀이 자기 꼬리를 삼키는 모양이 조각된, 구리로 만든 암릿을 팔뚝에 차고 있었다. 어느 날 오후 그가 그 암릿을 팔에서 빼내 마일로의 머리에 마치 모자처럼 채워주었다.

마일로는 빠르게 배웠다. 첫걸음마도 태어난 지 석 달 만에 떼어놓았다. 아니, 정확히 말하자면 협곡까지 그 먼 길을 걸어가서, 어른들이 뒤쫓아 가 낭떠러지로 추락하기 일보 직전에 낚아채야 했다. 변기 사용법을 익히는 건 일도 아니었다. 그가 처음 배운 말은 정확하게 문법을 갖춘 하나의 문장이었다. "아버지, 나무 사이로 바람 부는 소리 들리세요?" 그 말에 아버지는 이렇게 대답했다. "뭐라고? 그래, 나도 들려. 아이고, 깜짝이야!"

아이들의 놀이에서도 그는 항상 우두머리였다. 여섯 살이 되어 성장이 멈추어버리기 전까지는 그랬다. 어느 날, 다른 아이들은 한 자쯤 키가 훌쩍 커버렸는데, 마일로바수만 이전 그대로인 듯이 보였다. 아무도 그 이유를 알지 못했다.

"어쩌면 단번에 크려고 힘을 모으고 있는지도 몰라." 그의 아버지가 생각에 잠긴 채 말했다. "이러다가 한 달이나 두 달 만에 갑자기 쑥 자라서 다른 애들보다 훨씬 커질 거라고."

하지만 그렇지 않았다. 마일로는 더 자라지 않았다. 때로 그는 호흡곤란 증세를 겪기도 했다. 가슴이 매듭이라도 지어진 것처럼 답답해서 일어나 앉아 그 매듭이 느슨해질 때까지 쌕쌕거리고 꺽꺽대야 했다.

이제 다른 소년들은 마일로바수와 함께 놀려고 하지 않았다. 그런데도 마일로가 그들과 함께 뛰어놀겠다고 고집을 부리면, 아이들은 마일로를 안아 들어서 마치 공이라도 되는 듯이 서로 이리저리 던지며 주고받았다.

"이건 절대로 못 참아!" 마일로바수가 소리 질렀다. 공중으로 날아가는 동안, 마일로가 주먹을 망치처럼 들어 올리고는, 날아오는 그를 잡기 위해 팔을 뻗던 소년의 코를 있는 힘껏 후려쳤다. 소년은 술 취한 사람처럼 비틀거리며 물러나 모두의 비웃음거리가 되었다. 마일로바수는 숨을 쉴 수 없다는 사실을 감추면서 의기양양하게 성큼성큼 걸어갔다. 그는 당장에라도 정신을 잃을 것 같았기에 어서 나무 뒤로 돌아가 아이들의 시선에서 벗어나고 싶었다.

그가 멀리 가기도 전에 네 명의 소년이 그를 내려다보다가 때려서 바닥에 쓰러뜨렸고, 곧 마일로에게 맞은 소년이 와서 그의 입을 흙으로 채워놓았다.

하지만 다음 날, 그는 돌아갔다. 마일로는 다시 소년들 사이로 달려 들어갔다.

이번에 아이들이 그를 움켜잡았을 때, 마일로는 가장 덩치가 큰 산지브라는 소년의 팔목을 잡고 솜씨 좋게 비틀어버렸다. 이것은 그가 아버지와 다른 어른들이 몸싸움하는 모습을 보고 배운 것이었다. 처음에 산지브는 고통스러운 비명을 질러댔지만, 곧 울음을 억눌렀다. 고통이란 일시적인 거라고 어른들이 가르쳐주었기 때문이었다. 한 인간의 **보아** 외부에 있는 모든 것과 마찬가지로 고통도 왔다가 사라졌다.

"내 손 놔줘." 소년이 마일로바수에게 말했다. "그럼 이제부터는 아무도 네게 손대지 못할 거야."

마일로가 그의 손을 놔주었다.

산지브가 일어서더니 말했다. "네게 그런 식으로 행동한 거, 우리 모두 너무 어린애 같았어."

마일로바수는 어깨를 으쓱하고 대꾸했다. "우리 모두 애들이잖아."

"그렇더라도. 하지만 이 말은 하고 가야겠다. 네가 우리 나머지 아이들보다 체격이 작다는 건 사실이야. 그리고 넌 정말 뛰어난 공이야. 그냥 평범한 공은 공중에서 저절로 돌고 엎치락뒤치락해서 다루기 힘들게 하지 않잖아. 네가 우리 공이 돼주면 어떨까, 마일로바수?"

마일로바수는 산지브가 보여준 존경심이 고마웠다. 그리고 아버지는 늘 너무 자만하지 말라고 그에게 가르치지 않았던가. 그래서 마일로는 동의했다.

소년들이 새롭게 개발한 이 경기를 처음 보았을 때, 마일로의 아버지는 당황스럽고 화도 치밀었다. 하지만 잠시 지켜보면서 상황을 이해한 후에는 아들이 전보다 더 자랑스럽게 여겨졌다.

"마일로바수는 이 마을이, 혹은 이 마을 너머의 세상 전부가 한번도 보지 못한 가장 체구가 작은 지도자가 될 거야." 그가 말했다.

하지만 그런 일은 일어나지 않았다. 대신 다음과 같은 일이 일어났다.

어느 날, 아이들은 밖에서 놀고 어른들은 들판에서 일하고 있을 때, 마을 중심에서 심상치 않은 소요가 일기 시작했다. 서로를 부르는 외침과 놀라움과 분노를 표출하는 목소리가 흘러넘쳤다. 마을 사람들은 근심 어린 시선을 교환하며 집과 집 사이로 서둘러 움직여갔다.

마일로바수도 아이들과 헤어져 집 앞으로 가서 아버지와 어머니를 만났다.

"어서 가서 보자." 그의 아버지가 말했고, 세 사람은 원로들이 기다리는 우물가로 가서 다른 마을 사람들과 합류했다.

소요의 중심에는 당장이라도 숨이 끊어질 것 같은 한 남자가 있었다. 그의 몸 왼쪽은 온통 피투성이였다. 그가 원로들에게 간단히 무슨 말인가 하더니 그대로 쓰러져 죽었다.

마을 지도자가 양손을 들어 올려 사람들을 조용히 시키고는 끔찍한 소식을 전달했다.

그의 말에 따르면, 죽은 남자는 강 하류 쪽 계곡에서 농사를 짓는 사람이었다. 사흘 전, 그의 마을은 야만족의 침략 위협을 받았기에 그와 동료 농부들은 최선을 다해 무장하고 마을을 지키려 노력했다. 그들은 용감하게 싸웠지만, 학살당했다. 마을은 불타버렸고, 생존자들은 노예로 끌려갔다. 오직 이 남자만이 탈출해서 그들에게 경고해줄 수 있었다.

침략자들은 마일로의 마을로 향해오는 중이었다.

이 소식이 전해지자 침묵만이 흘렀다.

야만족의 침략은 새로운 일이 아니었다. 이 마을 저 마을 떠돌아다니는 행상들의 이야기 속에서 이따금씩 들을 수 있었다. 야만족이 악몽이자 걱정거리인 것은 분명했지만, 이 특별한 마을 주민 중에는 살아 있는 동안 실제로 그들을 목격한 사람이 없었다.

단 한 명을 제외하고는.

바시티 노파, 그녀는 이 마을의 최고 연장자로 다른 원로들보다 족히 서른 살은 더 먹은 노인이었다. 적어도 100살은 됐을 터였다. 그러나 정확한 나이는 바시티 노인 본인도 몰랐다. 그녀는 당장에라도 녹아버릴 것 같은 오래된 나무막대처럼 보였다.

하지만 말을 하기 위해 앞으로 나선 그녀의 모습은 이상하리만치 눈도 밝고 머리도 맑아진 듯했다. 그리고 고통스러워 보였다.

"내가 아주 어렸을 때, 이 침략자들이 우리 마을에 침입했었어요." 그녀가 꺽꺽거렸다. "그들은 참으로 사악한 인간들입니다. 아이들의 피부를 마치 포도 껍질처럼 벗겨서는 개미들이 먹어치우도록 내버려둡니다. 여러 날 동안 끝도 없이 여자들을 강간하고, 그들이 죽은 후에는 시간(屍姦)도 서슴지 않는 인간들이에요. 그런데 난 어떻게 살아남았느냐고요? 내가 그 야만족의 추장 어머니와 많이 닮았다더군요. 그 여자가 콧수염을 기르고 있었다는 사실만 제외하면요. 어쨌든 저들과는 싸워봐야 상대가 되지 않아요. 도망갈 곳도 없어요. 지금 내가 해줄 수 있는 유일한 충고는, 다들 당장 칼을 뽑아 들고 자결하라는 겁니다."

그러고 나서 바시티 노파는 칼을 뽑아 들더니 자신이 해준 충고를 모두의 앞에서 실천해 보였다.

비명이 울려 퍼졌다. 울부짖음이 한동안 계속되었고 점점 더 커졌으며, 결국에는 사람들을 공황 상태로 몰아넣기 시작했다. 바로 그때 어디선가 종소리 같지는 않은 쨍그랑 소리가 소음을 뚫고 들어와 울음소리를 잠재웠다. 모두가 당황해서 소리에 집중하기 시작했다. 마을 사람들은 놀라고 겁에 질린 채로 주변을 둘러보았다. 그리고 마침내 그것이 종소리가 아니라 꼬마 마일로바수가 근처 대장장이의 대장간에서 커다란 망치로 그보다 더 커다란 모루를 있는 힘껏 두드리는 소리라는 것을 알아차렸다.

마을의 지도자와 마일로의 부모를 포함한 몇몇 어른이 움직이기 시작했다. 그를 안아 올려 철없는 짓을 그만두게 하려는 것이었다. 아니, 아무리 어린애라 하더라도 이런 때, 이런 순간에!

"제발요." 마일로가 말했다. "제가 제안할 게 있어요. 칼로 자살하는 것 말고 다른 방법도 있단 말이에요."

모두가 침묵했다. 그들은 얼마든지 다른 선택사항을 들을 준비가 되어 있었다.

"내가 지금보다 훨씬 더 작았을 때……." 마일로가 말했다. "염소 목동이 계곡을 건너가는 밧줄 다리 만드는 것에 관해서 얘기해준 적이 있어요. 그 다리로 염소들이 반대편 계곡으로 건너가서 목초지 풀을 쉽게 뜯어 먹을 수 있다는 거죠. 그렇지만 한 번도 실행에 옮긴 적은 없어요. 왜 그런지는 나도 모르겠……."

"왜냐하면, 우리가 게으르니까." 염소 목동 중의 하나인 드루파다가 말했다.

"……하지만 지금 그걸 못 할 이유가 없잖아요. 그걸 타고 협곡 반대편으로 건너간 다음에 다리는 우리가 걷어 들이면 되잖아요."

"그게 바로 우리가 게으름을 피울 수밖에 없는 이유야." 드루파다가 말했다. "밧줄 다리를 만들려면, 누군가, 물론 내가 아닌 누군가가 협곡으로 기어 내려가야 한다고. 기다란 밧줄 끄트머리를 어깨에 걸쳐 메고 그 미끄러운 바위를 잡고 목숨 줄을 내놓은 채 800미터쯤 되는 높이를 기어 내려가서 다시 협곡 반대편 바위를 타고 800미터를 올라가야 하잖아."

"그럴 시간이 없어." 원로 중의 하나가 말했다. "그걸 만들려면 며칠은 걸릴 거야. 협곡을 타고 내려가는 건 너무 위험해."

"만약에…… 바위를 타고 오르락내리락하지 않아도 된다면요?" 마일로바수가 두 눈에 호기심이 잔뜩 서린 표정으로 말했다.

마을 사람 전부가 그를 빤히 바라봤다.

"계속해봐." 사람들이 말했다.

"만약······." 마일로바수가 말을 이었다. "밧줄 한쪽 끝에 묶어 반대편 협곡으로 던질 수 있을 만큼 체구는 아주 작지만, 충분히 강한 사람이 있다면요? 일단 그가 협곡 반대편으로 가면 밧줄을 계속 던지고 받고 하면서 빠르게 다리를 엮어 만들 수 있을 거라고요."

마을 사람들이 그를 빤히 바라봤다.

"밧줄이 아주, 아주, 아주 많이 필요하겠어." 드루파다가 말했다.

마을 사람들이 분주히 움직이기 시작했다.


이른 아침이 되어서야 마을 사람들은 협곡을 가로질러 다리를 놓을 수 있을 만큼 넉넉한 길이로 밧줄을 연결했다. 또한 다리 양쪽에 난간 줄로 쓰일 밧줄도 식물의 덩굴을 모아 충분히 엮어놓았다. 이제 필요한 것은 누군가 밧줄의 한쪽 끝을 잡고 어떤 식으로든 협곡 맞은편으로 가서 나머지 밧줄을 끌어 올리는 것이었다.

만약 침략자들이 마을 사람들을 끝까지 추적하려 마음먹는다고 해도 협곡 반대편에 도착하려면 며칠은 걸릴 터였고, 그 정도 시각이면 마을 사람들은 산속에 안전하게 숨을 수 있을 터였다.

그들은 쉽게 운반해갈 수 있는 물건들을 챙겼지만, 다 모아놔도 양은 얼마 되지 않았다. 그 길로 마을 사람들은 아침 안개를 뚫고 협곡을 향해 길을 나섰다. 맨 앞에는 마일로바수가 걸어갔다. 그의 맨머리와 어깨 위로 오렌지 꽃잎이 떨어져 내렸다. 그의 옆에는 친구인 산지브가 걸어갔다. 뒤로는 구리 세공인과 대장간 조수들이 엄청난 양의 밧줄을 어깨에 둘둘 감고 걸어갔다.

협곡에 가까워졌을 때, 마을 지도자가 자신의 구리 암릿을 빼서 마일로의 이두박근에 끼워주었다.

"오늘 하루만이다." 그가 말했다. "오늘은 네가 지도자야."

마일로바수는 지나치게 두려워하지 않으면서, 동시에 너무 의기양양해하지 않으려고 애썼다.

"그렇지만 사실 이 암릿은 제 팔에 차기에는 너무 커요." 그가 말했다. "잘못하다가는 떨어트려서 잃어버릴 수도 있어요."

산지브가 암릿을 빼내서 덩굴을 조금 감아 두껍게 만든 다음 다시 한 번 마일로바수의 팔에 채워주었다.

잠시 후에, 그들은 협곡 입구에 도착했다.

의식 같은 것은 없었다. 시간이 없기 때문이었다. 이미 폭풍처럼 흘러가는 물소리를 가만히 집중해서 들어보면, 멀리서 울리는 거친 말굽 소리를 들을 수 있었다.

우망이 밧줄 끄트머리가 마일로바수의 허리에 단단히 묶여 있는지 확인하기 위해 앞으로 나섰다. 그는 마치 황소와 나무 그루터기의 짝짓기로 세상에 태어난 존재처럼 구리 세공인 가운데 가장 강인한 사람이었다.

"준비됐니?" 그가 소년에게 물었다.

"준비됐어요." 너무 두려워서 숨도 제대로 쉴 수 없는 마일로바수가 대답했다. 그는 오줌을 지리지 않으려고 정신을 집중하고 있었다. 협곡의 맞은편은 50미터 정도 떨어져 있었다. 하지만 볼 때마다 더 멀어지는 것만 같아서, 마일로는 협곡 건너편을 바라보지 않았다.

그때 우망이 그의 양쪽 손목을 잡더니 팽팽한 원을 그리며 빠르게 돌리다가 커다란 끙 소리와 함께 협곡 맞은편으로 집어 던졌다.

그것은 계획대로 되지 않았다.

마일로는 약간 빙글빙글 돌면서 마치 날아가는 다람쥐처럼 손과 발을 활짝 펼치고 공중으로 높이 솟아올랐다. 그러나 소년은 다람쥐가 아니었다. 포효하는 깊고 검은 물을 채 건너가기도 전에, 마일로는 아래로, 아래로 떨어져 내렸다. 밧줄도 마치 매듭지은 우아한 꼬리처럼 그를 따라 내려갔다.

마일로는 오줌을 쌌지만, 울음을 터트리지는 않았다.

그가 느낀 나쁜 감정은 너무도 크고 많아서 슬픔이나 두려움처럼 어떤 하나의 이름을 붙여 부를 수가 없었다. 일단은 그 자신의 삶이 끝나가고 있음을 즉각적으로 깨닫는 데서 오는 두려움이 있었다. 또한 집과 가족들에게 십중팔구 일어나고야 말 사태를 깨닫는 데서 오는 공포도 있었다. 이 모든 끔찍한 상황이 마치 성난 코끼리처럼 그의 머릿속에서 쿵 하고 발을 한 번 구르고는 그가 아침 햇살 속에 정신을 잃고 어둠 속으로 계속해서 떨어져 내리는 동안 그를 고요 속에 남겨두었다.

추락이 그를 죽이지는 않았다.

그는 이끼 긴 벼랑의 나뭇가지와 가파른 측면에 부딪힌 후 거세게 흐르는 물속으로 추락해 들어갔다. 물이 그를 바위 위로 날려버렸고, 그는 컥컥대며 마비되었다. 잠시 후, 그의 머릿속 목소리가 조용해지고, 빛이 꺼져버렸다. 그러나 한동안 그의 커다란 눈과 귀는 여전히 보고 들을 수 있었다. 하지만 잠시뿐이었다. 그는 어느 순간 잠들었다.

잠에서 깨어났을 때, 마일로는 작은 소녀 하나가 근처 바위 위에 앉아 있는 것을 보았다. 소녀는 마일로의 눈만큼이나 커다란 눈으로 그를 빤히 바라봤다. 협곡 아래서 온몸이 부서진 채 죽어가는 사내아이는 고사하고, 아예 사내아이 자체를 처음 보는 것 같은 표정이었다. 뭔가 길고 검은, 옷 같기도 하고 날개 같기도 한 것이 소녀를 에워싸고 있었다. 흠뻑 젖은 긴 검은 머리는 소녀의 어깨 위로 흘러내려 있었다.

마일로는 소녀의 정체를 알았다. 그게 아니면 뭐겠는가?

"난 죽음이 여자인 줄 몰랐어." 그가 말했다. 목소리는 모기의 한숨 소리보다도 크지 않았다. "죽음이 이렇게 어린 줄도 몰랐어."

"나 어리지 않아." 소녀가 대답했다. "어리다는 사실을 생각하기만 해도 피곤할 만큼 충분히 나이 먹었어. 그리고 네가 날 좋아해주길 바라기 때문에 소녀의 모습으로 온 거야. 넌 어린애치고는 정말 용감하고 영리해."

마일로는 자신의 내면이 점점 어두워지고 조용해지는 것을 느꼈다.

"난 널 데려가고 싶지 않아." 소녀가 속삭였다. "넌 네 인생을 정말 멋지게 살았어. 난 그런 걸 한 번도 본 적이 없어. 아무래도 그들이 실수로 네 안에 여분의 영혼을 하나 더 포장해 넣은 게 틀림없어."

마일로는 무슨 말이라도 하고 싶었지만, 호흡이 도와주지 않았다. 그의 몸이 경련을 일으켰다. 숨도 막히기 시작했다.

소녀가 그의 위로 몸을 기울여 이마에 키스했고, 그는 자신의 영혼이 몸에서 빠져나가는 듯한……

그는 천천히 흐르는 푸른 강 위를 가로지르는 목제 다리 위에 누워 있었다. 강물은 야생화가 흐드러지게 핀 초록색 들판을 통과해 흘러갔다.

그는 다시 건강해졌다. 심지어 키도 더 커 있었다.

차고 있던 암릿은 어딘가로 사라지고 없었다. 속상했다. 정당하게 얻은 것이라고 느꼈기 때문이었다.

소녀도 사라지고 없었다. 대신 그 자리에는 한 여성이 있었다.

하얀 피부에 검고 깊은 눈이 인상적인 여자였다. 그녀는 망토 같기도 하고 날개처럼 보이기도 하는 것을 입고 있었다.

그녀가 팔을 뻗어 긴 버드나무 같은 손을 그의 머리 위에 올려놓았다.

"다음에는 어른이 될 때까지 살아보려고 애를 써봐." 그녀가 소곤거렸다.

"알겠어요." 그가 대답했다.

여자와 그 작은 소녀는 같은 사람이었다. 마일로바수는 자신도 깨닫지 못하는 사이에 이 사실을 저절로 이해했다. 하지만 그가 채 묻기도 전에, 그녀가 허리를 펴고 뒤로 물러났고, 두 명의 다른 여자가 그녀의 양옆에 나타났다. 한 명은 커다란 덩치에 속세 사람처럼 보이는 여성이었고, 다른 한 명은 고양이를 안고 있는 늙은 여성이었다.

"가자." 거구의 여성이 말했다. 그들은 마일로를 데리고 다리를 건너가서 강 저편 멀리에 있는 마을로 가서 근사한 집들이 서 있는 동네로 들어섰다. 그들은 마당 한가운데 분수가 있고 공작새가 돌아다니는 근사한 저택으로 마일로를 데리고 갔다.

"아이고, 깜짝이야." 마일로가 아빠가 하던 말을 그대로 흉내 내서 말했다. "뭐죠? 내가 어떻게 이런 집을 얻은 거예요?"

"이른바 초심자의 운이라는 거지." 고양이를 안은 여자가 말했다. "즐길 수 있을 때 즐기렴."

"운 그 이상이라고 할 수 있지." 거구의 여성이 고양이 숙녀에게 못마땅한 표정을 지어 보이며 말했다. "넌 정말 남다른 첫 번째 생을 살았단다. 누가 알겠니, 네가 그 누구보다도 빨리 완벽한 삶을 살게 될지."

그들이 돌아섰다.

"잠깐만요!" 마일로가 소리 질렀다. 대체 이 사람들은 누구지? 무슨 일이 일어난 거야?

"혹시 여신님이세요?" 그가 물었다. "아니면, 저의 조상님들인가요?"

거구의 여성이 그의 머리에 따뜻하고 커다란 손을 올려놓았다. "우린 이것도 되고 저것도 되는 거의 모든 것이란다." 그녀가 말했다. "우릴 우주의 조각쯤 된다고 생각하렴."

그것은 어린 마일로에게는 큰 의미였다.

"이름은 있으세요?" 그가 물었다.

"세상 만물에는 다 이름이 있지." 늙은 여인이 약간 심술궂게 대답했다. "내 이름은……."

갑자기 말이나 음악을 넘어서는 어떤 소리와 함께 공기가 폭발했다.

마치 별들이 윙윙거리며 소리를 내거나 지구 전체가 재채기하려고 준비하는 것 같았다. 마일로는 귀가 터질 것 같았다! 그의 마음은 찢어질 것…….

소리가 멈췄다.

"그렇지만 낸이라고 불러도 돼." 노파가 말했다.

"나는 마더Mother야." 이번에는 거구의 여성이었다. "그렇지만 '마마'든 '마'든 내키는 대로……."

"당신은 누구예요?" 마일로가 죽음에게 물었다.

"쟤는 죽음이라고 부르면……." 낸이 대꾸했다.

"나는 수지야." 죽음이 끼어들었다.

마일로는 그 이름이 좋았다. 뭔가 굉장히 세련되게 들렸다.

"언제부터?" 마마가 눈을 부라리며 물었다.

"지금부터. 나를 '죽음'라고 부르는 건, 애를 '소년-영혼'이라고 부르거나, 개를 '개'라고 부르는 거랑 똑같다고. 게다가 세상에 누가 '죽음'이라고 불리는 걸 좋아하겠어?"

"'수지'가 예쁘네요." 마일로가 거들었다.

"우린 이제 가야 해." 마마가 다정하게 말했다. "얘도 이제 좀 쉬어야지."

"뭘 했다고 쉬어요?" 마일로가 물었다. "죄송하지만, 제가 한 일이라고는 떨어져 죽은 것뿐인걸요. 전 방금 자고 일어났어요. 아마 한 시간도 안 됐을걸요."

그러나 마마와 낸은 돌아서더니 나란히 팔짱을 끼고 정원을 걸어 나갔다. 수지는 한바탕 돌풍과 푸른 클로버 속으로 사라졌다. 마일로바수는 분수 속으로 길게 소변을 보는 동안 머리가 빙글빙글 돌고 생각이 소용돌이치도록 그대로 내버려두었다. 그런 다음 집 안으로 들어갔다. 안에는 과일이 그를 기다리고 있었다. 그때부터 마일로는 몇 시간 동안 선잠을 잤다.


나중에 우주의 조각이라 주장하던 여자들이 다시 돌아와서 마일로와 함께 자리에 앉았다.

그들이 자리에 앉은 목적은 간단했다. 우주가 어떻게 작용하는지 설명해주기 위해서였다.

마일로의 새 부엌에서 마마가 커다란 양팔을 흔들자 석제 벽난로 속에 불길이 활활 타올랐다.

"저 불길은 위대한 실재란다." 그녀가 설명했다. "우주의 모습을 있는 그대로 재현해 보인다고 생각하면 돼. 무언의 원시적인 우주. 살아 있고 순수한 우주. 네가 그것을 정말 이해하기는 힘들어. 그리고 너무 가까이 다가가면 타버리겠지. 그것은 많은 이름을 가지고 있어. 때로 우리는 그것을 오버소울Oversoul(대령[大靈])이라고 불러. 우주가 하나의 거대하고 완벽한 영혼과도 같기 때문이야. 알겠니?"

마마가 다시 한 번 불길을 확 피워 올렸다. 마일로는 손등으로 눈을 가리며 뒤로 물러났다.

"네." 그가 대답했다.

마마가 불길에서 돌아서서 부엌의 나머지 부분을 구석구석 가리켰다. "불길에서 멀어질수록 모든 것이 점점 더 차가워지고 어두워지는 걸 알 수 있겠니? 그건 바로 오버소울이 그 열기와 빛을, 다시 말해 그 실재를 사방에 던져주고 있지만, 넓게 퍼져나갈수록 열기와 빛이 점점 더 옅어지기 때문이야. 분산되기 때문이지. 내 말은 저 불길을 바라보렴. 저기를……."

마일로가 바라봤다.

"……그러면 밝고 완벽한 빛을 볼 수 있을 거야. 이번에는 여기를 바라봐. 그러면 어떤 곳은 밝고 어떤 곳은 어둡잖아. 빛이 깜빡이기도 하고 바뀌기도 하는 게 보일 거야. 그리고 이곳이 바로 지금 우리가 있는 곳과 같은 거야."

"사후 세계." 늘 열정적인 학생이었던 마일로가 대답했다.

"우린 '사후 세계'라고 안 불러." 낸이 까칠한 목소리로 말했다. "이전-생이기도 하니까, 안 그래? 그래서 **오르타미디발라발라레자레이셔넵툴스피어**라고 불러. '중간'이라는 의미야."

"'사후 세계'라고 불러도 돼." 마마가 말했다. "쓸데없이 어렵게 말하지 마. 어쨌든, 이곳에서는 우주의 나머지 부분에 있을 때보다 모든 게 더 따뜻하고 더 밝고 더 실재 같아."

"알았어요." 마일로가 대답했다. "그러니 내가 이곳 사후 세계에서 어떤 다리를 본다면, 지상에 내려가서 보는 것보다 훨씬 더 실재적이라는 거잖아요."

"나쁘지 않은데." 낸이 말했다.

"바로 그거야." 마마가 말했다. "이곳에서 그건 다리에 관한 **아이디어**야. 혹은 숟가락이나 울타리 기둥의 아이디어인 거지. 순수한 형태야."

그제야 마일로는 알아차렸다. 낸과 마마의 모습은 다른 사물이나 사람들과는 달리 묘하게 어른거리는 듯한 느낌이었다. 마치 뭔가 근사한 두 번째 피부에 감싸여 있기라도 한 듯했다. 그가 이 현상을 알아차리고 그에 관해 곰곰이 생각해볼수록, 어찌 된 일인지 그들이 더욱 실재하는 듯이 보였다. 훨씬 진짜 같았다. 수지, 그러니까 죽음도 마찬가지로 어른거렸었다. 이 얼마나 신기한가.

"그리고 저런 형체들……." 낸이 거의 어둠에 휩싸여 있는 부엌 저편으로 손을 휘저으며 말했다. "그것들은 심지어 더 멀리 있어서 거의 그림자나 다름없을 때까지 빛이 분산되어 미치잖아. 이따금씩 깜빡거리고 어른거리는 수준이지. 그래서 그 실체가 무엇인지 거의 볼 수가 없잖아. 뭐가 실재인지 구분하기 힘들어지는 거야."

"그게 바로 지구겠네요." 마일로가 말했다. "우리가 가서 삶이란 걸 살게 되는 곳."

"네가 가서……." 낸이 말했다. "네 삶이라는 걸 살게 되는 곳, 우리는 아무 데도 안 갈 거니까."

마일로는 여전히 마마와 낸의 **정체**를 정확히 이해할 수가 없었다.

"우리는 아주 미세한 불의 조각 같은 존재야." 마마가 말했다. "이제 어둠 속으로 나가서 널 도와줄게."

"내가 뭘 하게 도와요?" 마일로가 물었다.

그 순간 마마가 다시 팔을 휘저었고, 그다음에 마일로가 알아차린 사실은 그들이 밖으로 나가 거리를 걷고 있다는 것이었다. 거리는 작고 고요한 공원으로 향하는 언덕을 따라 곧장 내려갔다.

"우리는 네가 불의 조각이 되는 걸 돕기 위해 여기 있는 거야." 마마가 선글라스를 착용하며 말했다. 마일로는 선글라스를 전에는 한 번도 본 적이 없었다. 흥미롭군! 그리고 멋져. "우리는 네가 환상을 통과해서 실제 우주로 들어갈 수 있게끔 도우려고 이곳에 온 거야."

"오버소울 말이군요." 마일로가 말했다.

"맞아." 낸이 대답했다. "모든 인생이 네게 뭔가를 가르쳐줄 거야. 그 가르침을 통해 너는 배우고 성장해서 결국은 완벽해져야만 해. 그러기 위해 너는 수천 번의 삶을 살아야 할 테고."

"그게 우리가 하는 일이야." 마마가 말했다. "네가 다음번에는 어떤 삶을 시도할지 결정할 수 있게끔 돕는 거."

"그건 좀 생각해봐야 할 것 같네요." 마일로가 말했다. "시간이 좀 필요해요."

그들은 공원에 도착했고, 마일로는 돌아서서 그들이 걸어 내려온 길을 바라봤다. 그리고 그 순간 그들이 걸어온 길이 이제는 집으로 향하는 내리막길이 되어 있음을 알아차렸다.

"길이 이쪽으로 내리막이었는데⋯⋯." 그가 말했다. "어떻게⋯⋯?"

"뒤집히고 바뀌고." 마마가 말했다. "그러면서 모양이 변하는 거지. 실재란 파악하기 어려운 거야. 지구에서는 훨씬 더 포착하기 힘들지."

"그 때문에……." 마일로가 말했다. "어떤 삶이 진실과 성장으로 나를 이끌어줄지 결정하기가 더욱 어려울 것 같은데요."

"정말 영리한 꼬마네." 낸이 말했다. "그래, 네 말이 맞아. 그래서 늘 명백한 선택을 할 수 있는 건 아니야."

"얼마나 오랫동안 선택할 수 있어요? 그러니까, 내가 다시 돌아가기 전에 시간이 얼마나 있나요?"

마마와 마일로는 잔디밭에 앉았고, 낸은 담배에 불을 붙였다. 마일로는 낸의 모습을 보며 정말 흥미롭다고 생각했다. 낸은 선 채로 길 건너편에 새롭게 모습을 나타내기 시작한 집을 바라보고 있었다.

"네가 돌아가고 싶어지면 그때 돌아가는 거야." 마마가 말했다.

"그렇다면 만약에 내가……."

마마가 쉬-잇거리며 그의 말을 막았다.

"누워서 저 구름을 보렴." 그녀가 말했다. "네 마음을 조용히 시켜봐. 그냥 가만히 있는 거야."

마일로는 아무 생각도 하지 않으려 애썼지만, 마음은 계속해서 수지에 관한 생각으로 차올랐다. 그래도 괜찮은 걸까? 그런 생각을 하며 마일로는 불편하게 잠에 빠져들었다.


일주일 후에 마일로는 오하이오 신시내티에 사는 마일로 '폭 찹' 질린스키라는 이름의 라디오 유명인사로 환생하기로 했다.

그리고 그는 지구로 돌아가서 그 삶을 살고 마흔아홉의 나이로 생을 마감했다. 그가 사후 세계로 돌아가 녹슨 철로 위에서 깨어났을 때, 그의 머리는 수지의 무릎에 얹혀 있었다. 그녀는 그의 머리를 쓰다듬었지만, 키스는 물론이고 다른 어떤 행동도 하지 않았다. 아직 둘 사이는 그렇고 그런 사이가 아니었고, 앞으로도 오랫동안은 그럴 참이었다. 어쨌든 마마와 고양이 숙녀가 나타나기 전에, 마일로와 수지가 어른 대 어른으로 다시 만나게 된 시간을 즐길 만한 약간의 시간이 있었다.

"당신은 뭐가 가장 좋았어?" 수지가 물었다. "뭐가 가장 그리울 것 같아?"

"이승의 삶에서?" 마일로는 대답하기 위해 잠시 생각에 잠겼다. 폭 참 질린스키로 살았던 삶은 좀 추접스러웠다. 그는 이번에도 그들이 좋은 집을 줄지 의심스러웠다.

"크리스마스." 그가 대답했다. "난 그게 가장 좋았어."

거짓말. 그가 가장 좋아했던 것은 음악 축제 오즈페스트 무대 뒤에서 만났던 피넛이라는 이름의 소녀였다.

수지는 더 캐묻지 않았다. 그게 바로 인간들이 친구를 사귀는 방식이 아니던가.

# 05

# 당신의 영혼도
# 한심한 TV쇼처럼 취소될 수 있다

마일로는 기억의 바다를 떠돌다가 눈을 떴다.

사후 세계였고, 상어가 그를 공격한 후였다. 침대에 수지와 함께 있었다.

그는 손목 위로 암릿을 밀어 올렸다. 완벽한 착용감.

수지는 마치 퍼즐 조각처럼 그의 옆에 완벽히 밀착해서 누워 있었다. 그들은 서로를 수십만 번쯤 껴안아 서로의 몸에 완벽히 적응한 사람들처럼 잘 어울렸다.

그녀가 그의 팔을 한 번 꽉 쥐었다 놓으며 말했다. "정신 차려. 누가 왔어."

아파트 문에서 두드리는 소리가 났다. 크고 묵직한 노크 소리. 마마가 분명했다.

젠장. 맞았다. 그들이 그에게 뭔가 하고 싶은 얘기가 있는 것이다.

"저들이 뭘 원하는지 혹시 당신도 알아?" 그가 수지에게 물었다.

수지가 입술을 깨물었다.

"아니." 그녀는 거짓말했다.

마일로도 더는 캐묻지 않았다.

"어서 나가봐." 그녀가 말했다.

그는 속에서 신물이 올라오는 것을 느끼며 침대를 떠났다.

"마일로?" 수지가 불렀다.

"음?"

"바지 입어야지, 자기."


그는 마마와 낸과 40마리쯤 되는 고양이들을 따라 자신의 우중충한 동네를 벗어나서 다시 한 번 조용히 걸어갔다. 걸어가는 동안 그는 명상을 했다. 아니, 그럴 생각이었다. 하지만 날씨와 3학년 때 담임선생님과 전에 가지고 있던, 잔 고장으로 귀찮게 하던 냉장고 등이 계속 떠올랐다.

그는 또한 자신과 동행해가는 두 여성에 관해서도 생각했다. 그는 지금까지 거의 수천 년 동안 그들을 알아왔지만, 과연 시간이 흐르는 동안 자신이 그들에 관해 좀 더 많이 알게 됐을까 궁금했다. 그가 그들을 사랑해야 하는 건 아닐까? 물론 아주 약간 사랑했다. 하지만 그들은 그를 너무 두렵게 했다.

그들은 편안하고 아늑한 작은 동네를 지나갔다. 벌새 모이통과 울타리가 보였다. 누군가 곡을 연주하는 소리도 아주 작게 들려왔다.

그러다가 갑자기 모든 게 사라졌다.

보도는 마치 해적선에서 바다 쪽으로 걸쳐놓은 판자처럼 텅 빈 공간으로 뻗어 있었다.

마법 같았다. 눈앞에 보도가 있었고, 보도 끄트머리에서는 흙덩어리와 듬성듬성 자란 작은 뿌리들이 아래로 뚝뚝 떨어져 내렸다……. 그리고 아무것도 없었다. 가벼운 현기증이 마일로의 감각을 마치 콘크리트 혼합기처럼 뒤섞어놓았다.

가벼운 산들바람이 불었다. 봄이나 이웃의 냄새가 바람결에 실려와야 했지만, 아무 냄새도 나지 않았다.

"여기는 어디예요?" 마일로가 물었다.

"아무 데도 아니야." 낸이 대답했다.

마일로는 기다렸다. 무슨 말이라도 더 나와야만 했다.

"이번에 지구로 돌아가면……." 낸이 말을 이었다. "넌 9천996번째 삶을 살게 될 거야."

고양이 한 마리가 마치 그를 밀어 균형을 잃게 하기라도 하려는지 발목 사이로 계속 왔다 갔다 했다. 마일로는 속이 울렁거렸다.

"너무 고통스러운 거야." 마마가 말했다. "살아가는 거 말이야. 태어나서 살고, 죽고, 또다시 태어나고 하는 거. 내 생각에는 너도 이 고리를 이제 그만 끊어버리고 싶을 것 같아, 마일로."

전에도 나눴던 대화였다.

"난 그 고리가 **좋아요**." 그가 말했다. "인간으로 살아가는 게 **좋은걸요**."

"그건 괜찮아." 마마가 말했다. "하지만 너는 지상으로 영원히 돌아갈 수는 없어. 그러니까 내 말은……."

"나도 내가 뭘 해야 하는지는 알아요."

"너는 꼭……." 낸이 끼어들었다. "5학년에서 여덟 번쯤 낙제한 어린애 같아. 벌써 완벽함에 도달했어야 한다고!"

"내 생각에 '완벽함'이라는 건 너무 과대평가된 게 아닌가 싶어요." 마일로가 중얼거렸다.

마마가 앞으로 나서 그의 옆에 섰다. 그리고 오랫동안 고개를 숙이고 있다가 다시 입을 열었다. "네가 로켓 선이라고 한번 생각해봐."

"로켓 은유는 들을 만큼 들었어요." 마일로가 한숨을 쉬었다.

"네가 사는 모든 인생은 너를 더 높이 데리고 올라가고, 더 많이 배우게 하고, 더 현명해지게 해서 모든 면에서 성장하게 해야만 해. 그래서 결국에는 너는 궤도에 올라 더 높은 삶을 살며 지구를 돌다가 마침내는 단 한 번의 마지막 추진으로 중력권 탈출 속도에 도달해서 별들 속으로 날아가야 하는 거지. 빈에서 발사되던 순간 기억하니? 그렇게 날아가는 게 네 운명이야, 마일로. 그게 모든 영혼의 운명이야. 무중력 상태로 자유롭게."

"맞아요, 맞아요." 마일로가 말했다. "탈출 속도. 완벽함. 그게 얼마나 어려운지 알기나 해요?"

"그래." 낸이 말했다. "그래서 수천 번의 삶을 사는 거야. 그걸 성취하라고."

"이 얘기 벌써 백만 번째 듣는 거라고요." 마일로가 폭발했다.

**"그렇다면 이젠 백만 첫 번째 들을 필요가 있다는 의미겠네!"** 마마가 소리 질렀다. 인내심이 바닥난 모양이었다. 그녀는 정신 나간 힘센 암소처럼 온몸을 부풀렸다. "우리가 하는 말을 네가 조금이라도 **이해하려고** 시도라도 했다면, 우린 똑같이 어리석은 논쟁을 매번 하고 또 하면서 지금까지 여기 남아 있지도 않을 테고, 넌 이런 상황에 직면해 있지도……."

그녀가 말을 멈췄다.

"어떤 상황이요?" 마일로가 물었다.

"말해줘." 낸이 까칠하게 말했다. "그냥 얘기해버려. 나 얼른 가서 드라마 봐야 해."

"그러니까……." 마마가 가까이 다가가 그를 마주 보고 서서 입을 열었다. "넌 영원히 시도할 수 있는 게 아니야."

또 시작이군, 마일로는 생각했다.

"한 영혼은 1만 번의 인생을 살 수 있어." 낸이 말했다. "1만 번의 기회가 주어지는 거지. 그 이후에는 모든 게 무(無)로 돌아가."

마일로는 얼어붙었다.

뭐라고?

"그러니까 네 경우에는……." 마마가 말했다. "상황을 바로잡을 오직 다섯 번의 삶이 남아 있다는 거지. 그 기회 동안 네가 완벽함을 성취한다면, 넌 황금빛 섬광 속에 있는 태양의 문을 지나쳐가서 위대한 실재의 일부가 되는 거야."

"오버소울 말이야." 낸이 덧붙였다. "모든 것이 되는 거지."

"우주의 **보아**가 된다는 거잖아요." 마일로가 말했다. "알아들었어요."

"그 말이 사실이기를 바라." 낸이 말했다. "만약 그렇지 않다면, 우리는 널 여기로 데리고 와서 저 보도 끄트머리로 밀어버릴 테고, 그러면 넌 시공간에서 영원히 사라져버릴 테니까. 네 영혼도 한심한 TV 쇼처럼 취소돼버릴 거야."

마일로는 거의 구토를 할 것 같았다. 그는 비틀거리다가 우주 공간 속으로 떨어져 버리지 않기 위해 무릎을 꿇고 주저앉았다.

"난 성장해왔어요!" 그가 소리 질렀다. "매번 인생을 살 때마다 성장했다고요! 내가 저 아래 내려가면, 난 지구에서 가장 현명한 사람이에요. 난 원하기만 하면 대통령도 될 수 있어요. 하지만 난 권력이 목발 같은 하나의 의지물에 지나지 않는다는 걸 알아요. 난 부자가 될 수도 있었어요. 하지만 난 돈이란 게 사이렌의 노래라는 걸 알아요. 나는 모든 함정과 환상 뒤에 있는 통치 역학에 따라 살아……."

"현명함은 완벽함과 같은 게 아니야." 낸이 말했다.

좌절감.

"혹시 기한 연장도 해주나요?" 마일로가 물었다. "내가 그들을 설득해서……."

"그들?" 마마가 말했다. "여기에 '그들'이란 없어. 우주에는 판사도 집주인도 없어. 그건 마치 강물과 같아. 흐르고 변화하면서 조화롭게 존재하기 위해 해야만 할 일을 할 뿐이야."

"2 더하기 2는 4인 것과 마찬가지야." 낸이 말했다. "그건 개인적인 게 아니야. 그리고 네가 그것을 어떻게 느끼든 아무 상관도 없어."

수천 년 동안, 마일로는 마마와 낸은 물론이고 수지와 모든 우주가 발산하는 빛에 익숙해져 있었다. 그 빛은 그들을 감싸고 있는 초현실의 표피였다. 이제 마일로는 그것을 새롭게 바라보게 되었고, 그것이 자애롭거나 그를 보호하는 어떤 것이 아닌 두려운 존재라는 사실을 처음으로 깨달았다.

"그만하면 됐어." 마마가 피곤하다는 듯이 말했다. "들어봐. 관심이 있을지는 모르겠지만, 우리에게 좋은 계획이 있어. 네가 완벽함을 성취하려면 다음 생에서 뭘 어떻게 해야 할지에 관한 거야."

"좋아요." 마일로가 말했다.

"네 다음 생은 모두 자기 부정에 관한 게 될 거야." 낸이 말했다. "옛날에 살았던 위대한 은자들처럼."

"그러기 위해서 넌 동굴에 살면서 단식을 하는 거지." 마마가 덧붙였다. "그리고 아무하고도 말하지 말고, 모든 것을 무시해야겠지만, 모든 지혜는 네 영혼 속에 차곡차곡 저장해두어야 해. 쓸데없는 데 정신 팔지도 말고. 가족도 없고, 좋은 음식이나 근사한 여행, 또는 여자친구나 위대한 성취 같은 것도 없을 거야. 그저 가만히 앉아서 깨달아야 해."

마일로는 그 제안을 곰곰이 생각해봤다.

그는 영혼이 완벽함에 도달할 수 있는 많은 방법을 알고 있었다. 그리고 8천 년이라는 세월 동안 모든 방법을 시도해봤다. 완벽함을 이루기 위해 인간은 사랑을 할 수도, 일종의 구원자가 될 수도, 또는 위대한 평화를 이루거나 뭔가 새롭고 강력한 것을 가르칠 수도 있었다. 그러나 만약 어떤 영혼이 나이 먹고 현명하다면, 가장 성공할 확률이 높은 방법은 바로 은자(隱者)가 되는 것이었다. 그리하여 언젠가는 자신의 내면이 펑! 하고 태양이나 영혼의 다이아몬드로 변해버릴 때까지 그것을 고립시켜 고문하고, 마침내는 휙! 하고 완벽함 속으로 녹아 들어가면 끝이었다. 하지만 문제는 그 과정이 엄청나게 괴롭기 때문에, 성공하는 사람이 거의 없다는 점이었다. 굴속으로 들어간 후 얼마 지나지 않아, 대부분 영혼이 가장 가까운 마을로 기어들어 가 소시지를 게걸스럽게 먹어치우고 여대생들을 꼬드기기 시작하는데, 그렇게 되면 모든 게 끝장이었다.

"안 돼." 낸의 고양이 중 하나가 말했다. 털이 북슬북슬한 꼬리가 달린 검은 고양이가 크고 친숙해 보이는 눈으로 그들을 빤히 바라보며 말했다.

"다 엿들었군!" 낸이 식식거렸다.

고양이가 기지개를 켜며 변신하더니 가슴 앞으로 팔짱을 낀 채 보도 위에 서 있는 수지로 모습을 바꾸었다.

"마일로가 실패하라고 아주 고사를 지내는군." 그녀가 말했다. "인간이야말로 마일로의 타고난 재주라고. 그의 영혼은 거기에 특화돼 있어. 그것도 2 더하기 2인 거야."

마마가 팔을 뻗어 수지를 길 가장자리에서 끌어당겼다. "나 좀 놀라게 하지 마, 자기." 그녀가 작게 소곤거렸다. "이쪽에 서 있어."

"어쨌든……." 낸이 까칠한 목소리로 말을 이었다. "마일로는 뭔가 예외적인 방법을 시도해야 해. 일반적인 방식으로는 도저히 성공하지 못할 테니까."

마일로가 자리에서 일어섰다. 그들은 잠시 보도를 둘러봤다.

기온이 다시 떨어지고 있었다. 황혼이 내려앉기 시작하는 중이었다.

"너희들 이러는 거 하나도 도움 안 돼." 낸이 말했다. "무슨 십 대 토끼 커플도 아니고, 우리 몰래 둘이 자고 다니는 거 다 알고 있어."

수지가 머리채를 홱 돌려버렸다.

"거참 간편하네." 마마가 말했다.

"미안하지만……." 낸이 말했다. "8천 년이나 둘이 그러고 다녔으면서 그게 여전히 비밀로 유지되고 있으리라고 생각한 건 아닐 거 아니야? 참 나, 얼마나 귀여워."

"토끼라고?" 수지가 되물었다.

"현실을 깨닫게 했다면 미안해, 자기. 그렇지만 그게 바로 여기 있는 우리 꼬맹이가 균형감을 잃고 휘청거리는 또 하나의 이유라고. 인간-영혼은 우주-영혼과 사귀고 그러지 않아. 얘는 인간이야. 그리고 넌 죽음이라고, 세상에 맙소사. 설마 지금까지 네 행동이 마일로에게 엄청난 도움이 됐으리라고 생각하는 건 아니겠지?"

"음……." 마일로가 입을 열었다. "난 그래도 어느 정도는 도움이 됐다고 생각해요. 그게 내가 정말, 정말 발전해왔다는 의미라고 생각하거든요."

"**당연히** 도움이 됐지!" 수지가 내뱉듯이 말했다. "당신은 **발전해왔어!**"

"균형!" 마마가 으르렁대듯이 말했다. 그녀는 눈을 감고 폭발하지 않으려고 애쓰는 중이었다. "들어봐, 죽음 같은 우주-영혼이 마일로 같은 인간과 사랑에 빠진 건 사실 처음 있는 일도 아니야. 오래전에, 봄이, 그래 맞아, 계절 봄을 말하는 건데, 어쨌든 걔가 인간 여자와 사랑에 빠진 일이 있었어. 처음에는 아주 근사했지. 여자는 자신을 사랑하는 그 거대한 영의 따스함과 재생과 새로운 성장이 주는 완벽함을 맘껏 누렸어. 게다가 나는 그가 사방으로 건강함과 선함과 신선함을 폭발시키면서 자신의 모습을 아주 대단한 미남으로 보이게 만들었을 거라고 생각해. 그리고 봄은 그동안 전혀 알지 못했던 생존과 일상이라는 걸 경험해야 했지. 그는 새 카펫을 고르고 잠을 자고 아침을 먹고 사랑을 나누는 법을 배웠어. 여자는 그를 '조지'라고 불렀지. 그리고 매번 그녀를 안을 때마다, 봄은 어린 잎과 민들레와 층층나무 꽃잎을 그녀에게 뿌려주었어. 그녀를 껴안고 있을 때면, 그는 남자였어. 하지만 홀로 있을 때면, 그는 비가 되기도 하고 근사한 나무가 되기도 했을 거야. 그리고 당연하게도 여자는 임신을 하게 됐지.

처음에는 다들 그 소식을 환영했어. 여자의 배는 마치 무르익은 지구처럼 점점 불러오고 단단해졌어. 그런데 그게 시간이 갈수록 점점 더 커지고 단단해져서 마치 터져버릴 것처럼 보이는 지경까지 이르게 된 거야. 그리고 마침내 여자는 정말 터져버렸어. 잔디와 구균 앵초와 따뜻한 산들바람으로 폭발해버린 거야. 물론 정말 기적 같은 일이었지. 여자가 죽어버렸다는 사실만 제외하면."

보도와 인근 마을에 황혼이 깊어졌다.

"아직은 괜찮아." 수지가 말했다. "우리 둘은."

"그렇다면 정말 다행이구나." 마마가 말했다. "너희 둘 모두에게." 그녀가 수지의 양 볼을 마치 파이 반죽하듯이 두드렸다. "하지만 나는 그게 우리 마일로를 앞으로 나아가게 하는 대신 계속 여기 머물러 있게 잡아두는 것 같다는 생각이 들어. 심지어 이러다가는 무(無)를 향해 곧장 돌진해갈지도 모른다고. 그리고 이제 난 이 문제에 관해서는 충분히 얘기했다는 생각이 들어."

"나도 그래." 낸이 말했다.

"좋아." 수지가 말했다.

"그래, 좋아." 마마도 말했다.

마마와 낸이 황금빛 섬광 속으로 사라졌다.

"좋아." 수지가 다시 한 번 말했다. 그리고 돌풍과 날리는 나뭇잎 사이로 사라져버렸다.

마일로는 눈을 끔뻑거렸다. 그리고 양쪽 뒤꿈치를 차렷 자세로 가져다 붙였다. 그렇게 하면 자신도 지저분한 아파트로 돌아가 있게 되지는 않을까 기대했다.

하지만 그렇게 될 리 없었다.

그는 손을 주머니 깊숙이 찔러 넣고 걷기 시작했고, 입술을 뿌루퉁하게 내민 채 또 걸었다.

# 06

# 바다의 엘리너 루스벨트

죽음은 뾰루퉁하게 입술을 내밀지 않는다.

손톱을 물어뜯지도, 당황하지도, 성질을 부리지도 않는다.

수지는 자신에게 이 사실을 상기시키면서 눈을 부릅뜨고 이를 갈아대며 시공간을 통과해 자신의 우주적 자아를 내던져 보도에서 멀어져갔다.

"진상 노인네들." 그녀가 투덜거렸다.

그녀가 '반드시 일어나야 할 일들'에 관해 그들과 논쟁을 벌인 게 사실 이번이 처음은 아니었다.

그들이 처음으로 머리를 맞대고 언성을 높였을 때는 그녀가 죽음이 된 지 얼마 지나지도 않았을 때였다. 그건 어제이기도 하고,

천 년 전이기도 했다. 사실 어제였든 천 년 전이었든 별 차이는 없었다. 시간은 거대한 세탁기 속에 들어 있는 늪이나 마찬가지였다.

그녀는 가늘게 신음하며 해변에 누워 있는 푸른 고래를 발견했다. 고래는 자매이자 어머니이자 할머니였다. 또한 증조모이기도 했다. 생명이 온통 그녀를 통과해 빠져나갔고, 이제 고래는 조수의 계략에 속아 넘어간 희생자로 자신의 체중에 뭉개진 채 육지로 떠밀려와 누워 있었다.

수지는 고래가 그녀를 볼 수 있게 했다. 친숙해 보이려 애를 썼다. 그녀는 '친숙함'이라는 게 인간이나 다른 포유류에게 얼마나 중요한 것인지 배워서 알고 있었다. 죽음은 고래처럼 보이게 모습을 바꾼 후 고래의 죽어가는 커다란 눈을 가만히 서서 바라봤다.

안녕, 고래가 말했다. 고래는 텔레파시로 대화했다.

안녕, 수지도 인사했다. 그리고 더는 아무 말도 하지 않았다. 죽음의 사자가 된다는 것은 일종의 치료사가 되는 것이나 마찬가지였다. 대화가 오고 간다면, 그녀가 아닌 죽어가는 이들이 말을 하게 하는 편이 더 나았다.

고래가 수지에게 자신의 이름이 '아이오-오누우-우'라고 알려주었다. 연로한 고래 할머니 내면의 영혼은 누구나 그런 생명체의 영혼은 어떠하리라고 예상할 만한 그런 모습이었다. 거대하고 꿈꾸는 듯했으며, 계획과 추억 들이 분주히 달그락거렸다. 그녀는 아직 죽고 싶지 않았다. 적어도 이런 식으로는 아니었다.

고래가 육지에 갇혀버린다는 것은 인간이 실수로 실오라기 한 점 걸치지 않은 채로 문밖에 발이 묶여버린 것이나 마찬가지였다.

아이오-오누우-우는 바다를 그리워하며 그곳에 누워 있었다. 그녀의 머릿속에, 그리고 수지의 머릿속에도 역시 떠오른 장면은 끝없이 광활한 푸른 심장이었다. 바다에서 살아간다는 것은 거의 꿈같은 일이었다. 그것은 신이라는 복잡한 문제 없이 하는 일종의 숭배 행위였다.

수지는 아이오-오누우-우의 마음이 그녀의 감각을 채우도록 내 버려두었다. 그녀는 앞으로 몸을 기울여 고래에 기대섰다. 고래가 살아온 수없이 많은 계절의 추억과 흘러 다닌 여행의 추억과 알고 있는 이름들에 기대섰다.

수지는 고래가 그녀의 기억을 느끼도록 해주었다. 날아다니는 것이 어떤 느낌인지, 영원이란 어떤 것인지 느끼도록 해주었다.

죽음은 무한대로 형태를 바꿀 수 있었다. 수지는 자신이 가장 좋 아하는 몇 가지 형태를 고래에게 공유해주었다.

불. 초콜릿. 침묵. 잠.

자전거. 우울해진다는 것.

언젠가 그녀는 죽어가는 소녀에게 선물을 하나 가져다준 적이 있었다. 에펠탑 스노 글로브(유리나 플라스틱으로 된 둥글고 투명한 용기 안에 액체를 채워 넣고, 건축물 등의 모형을 집어넣은 것으로 흔들면 눈보라를 일으킨다—옮긴이). 소녀는 파리에 가보고 싶었지만, 그럴 기회가 없 었다. 수지가 머리를 쓰다듬으며 마지막 남은 생명을 불어 끌 때, 소녀는 스노 글로브를 손에 쥐고 가만히 들여다보며 행복에 겨워 했다. 그리고 그때 수지는 마치 인간들처럼 울음을 참지 못했다. 그 녀는 그 기억을 고래에게 주었으며, 고래는 잠시 당황했지만, 곧 고마워했다.

수지가 이런 식으로 감정을 교류하는 가장 큰 이유는 아이오-오누우-우가 긴장을 풀게 해서 마침내 마지막을 맞이하는 순간이 오면 평화롭게 체념하고 최면에 걸릴 수 있도록 하기 위해서였다.

그러나 그것이 오히려 역효과를 가져왔다.

고래는 슬픔에 겨워 컥컥거리면서 무거운 몸을 움직여 물속으로 다시 돌아가려 몸부림쳤다.

그러나 수지는 이미 자신의 손을 아이오-오누우-우의 머리 위에 올려놓은 참이었다. 커다란 고래의 눈빛이 흐려지더니 이내 어두워졌고, 곧 꺼져버렸다. 그리고 바로 그 순간 수지는 마음을 바꾸었다.

"안 돼!" 그녀가 고래의 언어로 크게 소리 질렀다. 그녀의 젖은 목소리가 날카롭게 울려 퍼졌다.

그리고 자신이 무슨 일을 하고 있는지 채 깨닫기도 전에, 수지는 아이오-오누우-우를 이승과 저승 사이에서 끌어내 그 죽은 거대한 몸에 숨결을 불어넣었다.

거대한 폐가 가득 찼다! 그 커다란 눈동자가 궤도를 따라 움직였다.

수지는 아이오-오누우-우를 바다로 다시 돌려보낼 방법을 찾아 미친 듯이 주위를 둘러봤다. 방법이 없었다! 아, 젠장, 밀물은 이미 사라지고, 바다가 있던 수백 미터쯤 되는 공간에는 모래와 돌멩이와 조개만이 흩어져 있었다.

내가 바다와 직접 얘기해봐야겠어, 수지는 생각했다. 그녀는 이

대양을 알고 있었다. 큰 키에 진주로 되어 있는 눈은 깊었으며, 그리스 결혼식 음악을 좋아하는 친구였다. 수지는 10분에 걸쳐 그의 이름을 불렀다. 그러자 비가 내렸지만, 그의 관심을 끄는 데는 성공하지 못했다. 그동안 그녀는 빗속에서 다가오는, 바람에 실려 오는 목소리들을 알아들었다. 돌아서 보니 언덕 위쪽 억새 풀숲 속에 몇 개의 어두운 형체가 서 있는 것이 보였다.

죽음의 사자는 형체도 이름도 다 제각각이었다.

"그러면 안 돼." 그들이 말했다(죽음의 사자도 역시 텔레파시로 대화하지만, 그 자신의 목소리를 더 좋아한다).

수지가 반항적으로 말했다. "이미 했어! 아직 그녀를 데려가지 않았다고." 고래는 위대한 정령이었다. 이들은 그 사실을 모르는 걸까?

"그녀는 바다의 엘리너 루스벨트(미국의 32대 대통령 프랭클린 루스벨트의 영부인 – 옮긴이) 같은 존재야." 그녀가 덧붙였다.

"더는 아니야." 그들이 합창하듯이 말했다. "보라고."

그들이 손가락질했다. 수지는 손가락이 가리키는 쪽으로 시선을 돌렸다. 눈에 보이는 모습은 비참했다.

반쯤은 살고 반쯤은 죽은 고래가 해변에 누운 채 온몸을 떨며 컥컥거렸다. 용맹하던 두 눈은 황폐한 좀비의 눈처럼 빛나고 있었다.

젠장, 수지는 생각했다. 그들이 옳았다. 이럴 줄 알았어야 했는데. 수지는 그들이 옳았다는 사실이 너무도 속상했다. 그리고 자신이 고래에서 한 짓이 그들이 옳았다는 사실보다 더 속상했다.

"네 의도가 얼마나 좋았던 간에 번개를 다시 병 속에 집어넣을 수는 없어." 수지는 혼잣말로 중얼거렸다.

"뭐라고?" 다른 죽음들이 물었다.

"아니야, 신경 쓰지 마." 수지가 말했다. 그리고 손을 휘저어 고래가 다시 죽어가도록 했다.

그리고 죽음이 늘 끔찍한 것이 될 필요는 없다는 사실에 관해 동료 죽음들에게 약간의 잔소리를 해댈 만반의 준비를 하고 돌아섰다. 그녀는 죽음의 사자들이 조금만 시간을 들여 삶이란 게 무엇인지 배우고, 원하는 만큼 충분히 눈을 굴릴 수만 있다면, 그리고…….

하지만 그들은 이미 사라지고 없었다.

수지는 고래 위로 올라가서 바람과 비를 맞으며, 우울한 기분이 되어 그 기분을 즐기면서, 그리고 초콜릿이 먹고 싶다는 생각을 하며 한동안 앉아 있었다.


이젠 그것도 참으로 오래전 일이었다. 어쨌든 느낌으로는 그랬다.

수지는 부산스럽게 마일로의 새 아파트로 찾아갔다. 나뭇잎과 그림자들이 느려지더니 사라졌다. 그녀는 피곤함을 느끼며 전등 스위치를 손으로 더듬어 찾았다. 마일로가 집에 돌아오면 화를 내지는 않을까 궁금했다. 말 그대로 그를 보도에 그냥 버려두고 온 셈이 아닌가. 그 빌어먹을 한심한 보도에!

하지만 화가 났든 아니든 간에, 집까지 걸어오는 게 마일로에게는 도움이 될 터였다. 어쨌든 생각을 좀 정리할 시간이 필요하지 않겠는가.

수지는 머리를 염색하기로 했다.

만약 당신이 죽음이나 봄, 음악, 평화 같은 보편적인 관념이라면 머리를 염색하는 것 같은 물리적인 행위를 한다는 건 정말 한심한 일이 아닐 수 없다. 그러나 수지는 인간들에 관해 상당히 흥미로운 사실 하나를 배워놓은 참이었다. 즉, 그들은 가끔 아무 생각 없이 몸을 바쁘게 하는 게 얼마나 현명한 일인지 알고 있었다.

장작 패기. 물동이 나르기. 설거지하기. 소젖 짜기.

머리 염색하기.


그녀가 머리 염색을 거의 마쳤을 때쯤, 마일로가 집에 도착했다. 양손을 주머니에 푹 찔러 넣고 인상을 잔뜩 찌푸린 채.

"태워다 줘서 고마워, 수지." 그가 말했다.

"미안해." 그녀가 싱크대 속으로 고개를 숙인 채 고무장갑 낀 손으로 머리를 감으며 말했다. "내가 있어도 별 도움 안 됐을 거야."

그는 뚱한 표정으로 가만히 서 있었다. 그러나 마일로가 맥주 한 캔을 마시고 속옷을 갈아입었을 때, 수지는 그가 다시 기운을 차렸다는 것을 알아차렸다. 사실 그녀는 마일로가 전혀 짐작도 못 할 만큼 그에 관해 많이 알고 있었다.

"혹시 묻고 싶은 거 없어?" 그녀가 물었다.

"아니." 그가 으르렁대듯이 말했다. "묻고 싶은 거 없어."

"잘됐네, 말을 할 때마다 염색약이 입으로 흘러 들어가거든."


그들은 조용히 TV를 시청했다. 마일로는 고양이 사료 광고가 흘러나오는 동안 어깨가 축 처진 채로 잠이 들었다.

"그런 일이 일어나게 그냥 내버려두면 안 돼, 자기." 수지가 그를 잠 속에서 끌어내며 말했다.

그는 벽을 보고 옆으로 돌아누우려고 했지만, 수지가 팔을 뻗어 그의 턱을 잡고 얼굴을 자기 쪽으로 돌려놓았다.

"만약에 내가 해야만 할 일을 하게 된다면……." 그가 말했다. "그러니까 내가 삶과 죽음의 고리를 떠나버리게 된다면, 난 당신을 떠나는 게 되는 거야. 하지만 그러지 않는다면, 난 아주 사라져버리겠지."

그가 일어나 앉았다.

"대체 누가 완벽한 삶이 이상적이라고 한 거야?" 그가 물었다.

"무슨 뜻이야?"

"내가 나의 불완전한 삶을 **좋아**한다면 어떻게 되는 건데?" 마일로가 물었다. "내 말은 그들이 '불완전'이라고 말할 때, 그건 인간의 욕망에 관한 얘기잖아, 안 그래? 예를 들어, 누군가가 당신을 사랑하기를 갈망하고, 근사한 직업이나 차를 갖기를 소망하고, 자식들이 대학에 가기를 바라고, 사람들이 당신을 존경하기를 바라는 것 같은 거. 그리고 고통스러운 일들에 관한 것이기도 하지. 예를 들어 어머니가 돌아가신다거나, 가난이나 위험한 환경 속에 살아간다거나, 당뇨를 앓게 된다거나, 또는 너구리가 우리 집 쓰레기통을 다 뒤져놓는다든가. 그런 걸 불완전하다고 하는 거잖아. 하지만 그게 바로 '살아 있음'이라고."

"그래, 삶 자체가 고통이지." 수지가 대답했다. "그게 바로 내가 누군가의 영혼을 데려올 때 보는 거야. 많은 이들이 그 고통에서 벗어났다는 사실에 기뻐한다고."

"그게 어때서? 당신들이 내게 고통은 환상일 뿐이라고 가르쳐줬잖아."

"그리고 완벽한 삶이 우리를 뭐에서 자유롭게 해준다고 했지?"

"환상. 나도 알아. 하지만 당신들은 계속 했던 말을 또 하고 또 할 뿐이라고!"

"당신은 완벽한 삶이라는 게 뭔지 모르기 때문에 그렇게 말하는 거야. 일단 완벽해지면, 당신은 마치 물속에서 완벽하게 용해되는 쿨에이드처럼 모든 것의 일부가 돼."

마일로의 손은 긴장된 에너지로 바쁘게 움직였다. 그는 침대 시트로 작은 토끼 모양을 만들어냈다.

"난 모든 것과 하나가 되고 싶은 생각이 없어." 마일로가 말했다. "용해되고 싶지도 않아. 나는 그저 나 자신인 게 좋다고."

수지는 입술을 깨물며 자기 무릎을 껴안았다. "지금은 누가 했던 말을 또 하고 있을까?"

마일로가 심술이 잔뜩 나서 토끼의 귀를 잡아 뜯으며 끙 소리를 냈다.

"평정심을 찾으라고." 수지가 말했다. 그녀가 마일로의 손을 잡고 흔들자, 실제로 평정심이 그의 팔을 타고 올라가 마음을 진정시켰다.

"어쩌면 가능할지도 몰라." 그녀가 말했다.

"어떻게?"

"일단 정말로 열심히 노력해서 완벽한 삶을 사는 거야. 제발 말 좀 들어! 일단 해버리라고. 그다음에 그들에게 가고 싶지 않다고 말하면 되잖아."

"어딜 가?"

"우주 속으로든 어디든."

"그렇게 말해봤자, 그들은 단지 내게 수학 문제 하나를 내고, 그 답은 내가 뭘 원하는지 자기들은 신경 쓰지 않는 거라고 설명해줄걸."

"그래도 신뢰를 줄 수 있으니, 조금은 유리한 고지를 점령할 수 있잖아. 그 완벽한 삶이란 걸 살면 그렇다는 거야."

"그래 봤자, 2 더하기 2는 여전히 4라고."

"5 빼기 1도 마찬가지로 4야."

마일로가 수지를 끌어당겨 키스했다.

그러나 수지는 몸을 빼냈다. 그녀는 슬퍼 보였다.

"내가 할 수 있을 거라고 믿지 않는구나." 그가 말했다.

"믿어!" 그녀가 소리 질렀다. "단지 당신은 하더라도 너무 심하게 하는 경향이 있어서 그래. 너무 열심히 한다고. 전에도 너무 극단으로 치우쳐서 다 망쳐버린 적이 여러 번 있잖아."

"나도 알아. 그러니 이제는 정말 신중하게 해야지."

"지난번엔 완전히 다 말아먹어서 벌레로 환생해야 했던 거 기억 안 나?"

"나도 안다고 했잖아!"

그녀가 마치 영화를 상영하듯이 자신의 눈 속에서 그 당시를 상영해 보여주었고, 마일로는 자신의 예전 삶이 그녀의 눈 속에서 재로 화해가는 모습을 볼 수 있었다.

"당신 이럴 때면 정말 싫어." 그가 불평했다.

"쉬-잇." 그녀가 거의 이를 드러내며 말했다. 그래서 그는 조용히 과거의 삶을 회상했다.

# 07

# 마일로가 벌레로 환생했을 때

>> *서기 2115년, 지구 궤도상의 수자원 카르텔 스카이후크*

그는 어마어마하게 부유한 집안에서 태어났고, 그것은 영혼 점수를 획기적으로 올려놓을 절호의 기회였다. 우주는 누군가 어릴 때부터 돈과 특권에 노출되고도 살아남아 망나니가 되지 않을 때, 특히 감동하는 경향이 있기 때문이었다. 100번의 생애 이전에 마일로는 이런 식의 도전이야말로 자신에게 꼭 필요한 것이라 생각했다.

그는 태양계의 모든 물을 통제하는 '행성 간 수자원 카르텔' 기업 회장의 상속자로 번쩍이는 우주 요트 위에서 태어났다(사실 우주의 관점에서 보자면 과거와 미래는 거의 비슷했다). 수성에서부터 해왕성의 암모니아 광산에 이르기까지, 물을 원하는 자는 누구든 카르텔에 돈을 지불해야만 했다. 게다가 얼마가 됐든 카르텔이 요구하는 금액을 내야 했다.

마일로는 혜성에 박살 나버린 지구 주위를 도는, 아버지 개인 소유의 우주 정거장에서 성장했다. 엄마는 그곳을 '빌라'라고 불렀다. 빌라에는 집사와 하인과 카르텔 직원들과 여러 기술자가 거주했다. 가끔 빌라에는 새로운 구조물이 세워지고 덧붙여졌다. 아장아장 걸어 다니던 시절, 마일로는 개인 숲을 지탱할 만큼 충분히 거대한 육지 거품TerraBubble을 만들어달라고 요구했다. 청소년기에는 아내들의 전용 거주지(하렘)를 요구했다.

태양계 전역의 가난한 구역에 사는 평범한 사람들은 이전 세기의 사람들이 영화배우에 매혹되던 식으로 마일로에게 마음을 빼앗겼다. 그들은 마일로가 나쁜 행실을 보이면 갈채를 보냈고(열네 살 생일에, 마일로는 자신의 시종을 골동품 권총으로 쏴서 죽인 후, 의료 로봇들을 이용해 부활시켰다), 그가 고귀하게 행동하면 묘하게도 개인적인 자긍심을 느꼈다(예를 들어, 지난번에 그는 목마른 난민 소녀에게 흑해를 기부했다).

특권 계층의 아이들이 대체로 그렇듯이, 마일로도 지루함과 맞서 싸우는 일을 그 무엇보다도 힘들어했다.

그는 여행도 다니고, 성욕도 맘껏 채웠다. 스무 살이 되었을 때는 이미 낮은 비너스 궤도에서부터 타이탄의 앵무조개 동굴에 이르기까지 우주의 모든 사창가와 야간업소를 다 다녀봤다. 그는 맛볼 수 있는 모든 것을 맛보았고, 모든 감각을 느껴보았으며, 인간

메뉴판에 있는 모든 욕구를 다 충족시켰다.

또한 고급 학교에 다니면서 게임론과 레저론을 포함한 여러 분야의 학위를 따서 마음의 양식을 채워갔다.

다른 부유한 사람들과 마찬가지로, 마일로도 다양한 것들을 수집했다. 그는 골동품 자동차를 수집했고, 치명적인 뱀과 고양이가 그린 그림도 수집했으며, 화성의 주위를 도는 궤도에 안치된 거대 피라미드보다도 큰, 둥근 실뭉치도 가지고 있었다.

하지만 수집품도 그를 지루하게 했다. 여행도 지루하긴 마찬가지였다.

어느 날 아무 할 일 없이 빈둥거리며 앉아 있던 마일로는 미립자 우주총으로 자신의 다리를 쏘아보면 어떨까 생각해봤다. 로봇이 다시 원상 복귀시킬 수 있을지 한번 보고 싶었기 때문이었다. 그때 뉴스 피드에 올라온 목록 하나가 그의 주의를 끌었다.

그것은 헬레코니아 산소 카르텔의 딸 케네디 프리츠커 헬레코니아 게이츠에 관한 단편영화였다. 마일로처럼 그녀도 부자에 매력적이었다. 하지만 마일로와는 달리 그녀는 젊지 않았다. 210살이었지만 성형 나노봇 덕분에 매력적인 30대로밖에는 보이지 않았다.

"수술이 아주 잘 됐네." 마일로가 중얼거렸다.

해당 기사에 따르면, 미스 게이츠가 가장 최근에 주문한, 기이하다고밖에 할 수 없는 외과 수술은 바로 처녀막 재건 수술이었다.

마일로는 똑바로 일어나 앉았다. 그는 이 기사를 여러 번 반복해서 틀어봤다.

"정말 그렇게 할 수 있는 건가?" 그가 카르텔 과학자들에게 물었다. "정말?"

과학자들은 그에게 생리학적인 관점에서만 본다면 얼마든지 할 수 있다고 설명했다. 마일로의 두 눈에 서려 있던 지루함의 흔적이 생기 넘치는 불길에 그 길을 내주었다.

목적의 불길이었고, 열정의 불길이었다.

그는 케네디 프리츠커 헬레코니아 게이츠를 유혹해서 그녀의 유명한 처녀막을 수집하기로 마음먹었다.


그는 케네디 프리츠커 헬레코니아 게이츠와 자신이 둘 다 새로 세운 화성의 슈퍼콜로세움 리본 커팅식에 초대받도록 조치했다.

"당신이 흑해를 기부했던 건 정말 근사했어요." 케네디가 행사 시작 전 녹색 방에서 그와 악수를 하며 말했다. "당신이 만들어내는 뉴스는 지루할 틈을 안 준다니까요."

"당신도 마찬가지죠." 마일로가 대답했다. 그러고는 곧장 앞으로 나서며 덧붙였다. "리본 자르기가 끝나면 내 셔틀로 가서 함께 저녁 식사하는 건 어때요? 내가 당신을 위해 요리를 해줄게요. 마침 아주 근사한 무중력 찜 요리를 할 줄 알거든요."

그녀는 아주 희미한 미소를 지으며 그의 청을 거절했다.

나중에 감자 칩 한 봉지를 들고 셔틀에 홀로 앉아서, 마일로는 곰곰이 생각해봤다. 그는 케네디를 있는 그대로의 모습으로 바라봤다. 그녀는 위스키처럼 세월과 함께 부드러워지고 더욱 깊어진 삶을 살아왔다. 하지만 마일로는 그녀가 자신을 어떻게 바라볼지 알고 있었다. 거만하고 속이 텅 빈 어린애.

그는 그녀를 이길 수 없었다.

어쨌든 평범한 방식으로는 가능하지 않았다.


그것은 그의 꿈에 나타났다.

자정이 지나서, 실크 용무늬 가운을 단정치 못하게 걸친 마일로는 카르텔 기술자들을 소환해서 케네디 게이츠의 바지를 벗기고자 하는 자신의 계획을 발표했다.

"나는 인류 역사상 가장 강력한 자선 무도회를 개최할 거야." 그가 말했다. "유명한 음악가들의 음악, 유명한 요리사의 음식, 춤, 마약, 그리고 에로틱까지 모든 게 준비될 거야. 그리고 내가 디자인한 궁전에서 열릴 거야."

"좋습니다." 기술자들이 대답했다. "그게 어딘가요?"

"태양." 마일로가 말했다. "당신들이 태양 위에 내 궁전을 지어줘야겠어."


카르텔 회장이, 혹은 그녀의 아들이 당신에게 뭔가를 지어달라고 말하면, 당신은 시키는 대로 해야만 한다.

그래서 그들은 마일로에게 궁전을 지어주기로 했다. 일단 지구 궤도상에서 궁을 지은 후, 때가 되면 로켓으로 쏘아 올려 태양 표면에 안착시킨다는 것이 그들의 설명이었다. 궁은 일명 '어제의 들판Yesterday Field'이라는 이름을 얻게 되었다. 신형 미립자로 만든 투명 격자 틀이 궁을 보호하게 될 테고, 그 격자 틀은 시간을 거슬러

'어제'로 태양의 열기를 돌려보낼 예정이기 때문이었다. 그럼으로써 궁전은 불타지 않게 되리라는 게 그들의 논리였다.

"유일한 문제점은⋯⋯." 과학자들이 말했다.

그러나 마일로는 너무 신이 나서 그들의 말을 더는 듣지 않았다. 그는 과학자들은 무시하고 아래위로 뛰며 춤을 추었다.

"중요한 일입니다." 그들이 말했지만, 마일로는 귀에 헤드폰을 끼고 있었다.


수자원 카르텔의 태양 궁전 건설은 꼬박 3년이 걸렸다. 그것은 솔와이드 스트림에서 가장 인기 있는 미디어 항목이 되었고, 매시간 수백만 명이 폐허가 된 지구 위에 환상적인 포탑과 첨탑이 자리 잡는 모습을 보기 위해 자신의 뉴스 그룹을 확인했다.

마일로는 그 3년 동안 오직 한 가지에만 집착했고, 마침내 그것을 손에 넣었다. 케네디 게이츠가 로켓 발사 24시간 전에 노래하는 편지지에 긍정의 답장을 적어 보냈다. "나도 참석할게요." 그녀가 편지에 적었다. "어떻게든 해보죠."

다음 날 손님들은 왕복 우주선을 타고 완공된 궁전까지 날아가서 그 자체의 날씨를 가질 만큼 어마어마하게 큰 그랜드 홀로 입장했다. 마일로는 네루 재킷(옷깃을 높이 세운 긴 상의─옮긴이)에 선글라스를 착용하고 광택이 나는 흑요석으로 마감한 발코니에 모습을 드러냈다. 그가 신호를 하자 엔진이 타올랐고, 어제의 들판이 희미하게 빛났으며, 그들은 완벽한 스타일로 태양을 향해 발사되었다.

마일로는 발코니에 서서 모여선 인파를 살펴봤다.

케네디? 그녀의 모습은 보이지 않았다. 젠장.

그는 그랜드 홀을 떠나서 그녀를 찾아야 했고 마침내 찾아냈을 때 케네디는 거대한 설화석고 마구간에서 강인한 리피자너(주로 마장마술에 이용하는 백마이다―옮긴이) 말 로봇들 사이에 서서 어깨에 메는 가죽 가방 속에 든 사과를 꺼내 말에게 먹이며 혼자 술을 들이키는 중이었다. 그녀는 노란색 여름 원피스 차림이었다.

"내게 아이가 있다면 했을 법한 일을 하고 계시는군요." 마일로가 말 로봇 쪽으로 고갯짓하며 말했다. "저도?"

그녀가 마일로에게 사과를 하나 건네주었다. 그는 엘시라고 이름 붙인, 자신이 가장 좋아하는 암말에게 그것을 주었다. 엘시는 탭댄스를 추도록 프로그램되어 있었다.

"내 생각에 당신은 별다른 어려움 없이 원하는 만큼 얼마든지 많은 아이를 가질 수도 있었을 텐데요." 케네디가 말했다.

"아무래도 난 어려운 걸 좋아하는 것 같아요." 그가 대답했다. "게다가 제가 좀 까다롭거든요. 그 아이들의 엄마로 아무나 선택할 수는 없으니까요. 적어도 내 형편없는 유전자를 보완할 수 있는 사람이어야 하죠."

케네디가 장난스러운 표정을 지어 보였다.

"거짓 겸손은 당신에게 어울리지 않아요." 그녀가 말했다. "그렇지만 어쨌든 시도는 가상하네요." 그녀가 궁전을 한 바퀴 둘러보는 듯한 고갯짓을 하며 말했다. "이런 식의 노력은 마음에 들어요."

그녀가 그에게로 가까이 다가가 사과로 그의 입술을 어루만졌다. 그가 사과를 이빨로 물고 마치 축제에 바쳐진 멧돼지라도 되는

89

것처럼 그대로 멈춰 서 있었다.

"때로 여자는 아주 작은 노력에 감동하곤 하죠." 그녀가 말했다.

그 말과 함께, 케네디는 어깨끈을 옆으로 밀어버렸고, 동시에 그녀의 원피스가 아래로 떨어져 내렸다. 그것은 마치 그녀의 어깨 주변에서 꽃처럼 피어나는 듯 보였다. 그런 다음 그녀는 까치발을 들고 서서 사과의 반대편을 깨물었다.

완벽한 순간이었다. 바로 그 순간 궁전은 기술자들이 타고 있는 역추진 로켓을 발사해버리고는 태양의 표면에 내려앉았다.

그 즉시 궁이 녹아내리기 시작했다.

처음에는 우르르 소리가 멀리서 들려왔고, 그다음에 진동이 느껴졌다.

어-어. 그제야 마일로는 왜 기술자들이 궁전 무도회에 참석하기를 하나같이 거절했는지 그 이유가 궁금해지기 시작했다.

태양의 불길이 어제의 들판으로 시시각각 흘러들었다. 지금부터 5초 후인 '내일'에서 온 모든 열기와 플라스마(고도로 이온화된 기체이다-옮긴이)와 방사선이 첨탑 주변으로 마치 낙지의 발처럼 분출되었다.

마일로는 케네디 게이츠와 그녀의 떨어지는 원피스와 사과와 그 유명한 처녀막과 함께하는 이 순간에 도달하기 위해 너무도 열심히 그리고 오랫동안 애써왔다. 그의 두 눈이 그녀의 눈을 바라봤다.

그녀는 **허락했을지도** 모른다고 그는 생각했다. 아니, **허락하려** 했었다. 그것도 성공으로 간주할 수 있을까?

"미안해요." 그가 말했다.

그녀가 매우 정교하고 섬세하게 매니큐어 칠을 한 왼손으로 그의 얼굴을 부드럽게 어루만졌다.

"괜찮아요." 그녀가 말했다. "사실 난 진짜 그녀가 아니거든요. 그녀는 이런 행사에는 늘 안드로이드 중 하나를 보내죠. 요즘 파티로 너무 지쳐서요. 사실 그녀는 사람들이 기대한 만큼 근사하게 나이 먹어가고 있지 않아요."

그들의 발밑에서 온도가 상승했다. 젠장, 빌어먹을, 마일로는 생각했다. 케네디 로봇이 어깨에 메고 있던 가방에서 소형 마호가니 액자 하나를 꺼내 그에게 건네주었다.

액자에는 다음과 같이 적혀 있었다.

나, 마일로 갈라파고스 록펠러 버핏 갈리피아나키스 CLXⅢ(163세)는 케네디 프리츠커 헬레코니아 게이츠의 복제 인간을 통해, 외과적 수술로 복원한 그녀의 처녀성을 취했음을 확인받음.

서기 2140년 6월 28일

"이거면 될 것 같네요." 마일로가 말했다.
"그렇다니 다행이에요." 안드로이드가 대답했다.

모든 것이 공중분해되고 태양이 그것을 전부 집어삼키기 전에, 아주 잠시 동안, 마일로는 마구간 문 하나에 액자를 세워놓고 서서 그것을 바라보며 엘시의 목을 쓰다듬어줄 수 있었다.

마일로의 태양 궁전에서의 삶은 초등학교 2학년에서 낙제를 당한 것과 다를 바 없는 삶의 우주적 버전이었다.

그는 자신에게 도전할 과제를 설정해주었지만, 실패했다. 특권은 그를 어리석고 자만심에 들뜬 염소로 만들어버렸다.

우주는 그를 벌레로 환생시켜 지구로 돌려보냈다. 일반적으로 환생하는 이는 어떤 삶을 살지 선택할 수 있지만, 이전 생을 완전히 망쳐버렸을 때는 예외였다. 그는 귀뚜라미가 되었다. 장소는 중국, 때는 1903년이었다.

그리고 이번 생에 그는 엄청난 성공을 거두었다.

작은 소녀가 그를 잡아 나무 새장에 집어넣고 천장에 매달아두었다. 마일로는 소녀가 새장에 코를 바짝 밀어붙인 채 그를 보고 키득거리면 귀뚤귀뚤 울어주었다. 딱히 대단한 기술은 아니었지만, 덕분에 소녀는 그를 사랑하게 되었다. 인간의 사랑을 받는 귀뚜라미가 그리 많은 것은 아니지 않은가. 심지어 품격 있는 장례식까지 치러지는 귀뚜라미는 더더욱 찾아볼 수 없었지만, 그가 죽었을 때 소녀는 작은 관을 만들어 그를 눕힌 후 도심 공원에 있는 작은 연못의 수련 잎 사이로 관을 띄워 보내주었다.

그는 곧장 사후 세계로 갔고, 그 후로는 어느 정도 구원을 받았다. 그 정도면 웬만한 이는 교훈을 얻게 됐을 터였다.

# 08

# 신성한 소

기억이 서서히 흐려져 갔고, 마일로는 자신이 사후 세계의 어두
침침한 아파트로 다시 돌아와 수지의 눈을 들여다보고 있음을 깨
달았다.

그는 눈을 끔뻑였다.

"귀뚜라미로 태어났을 때는 제대로 살았어." 그가 말했다. "정말
대단한 귀뚜라미였다고."

목말라. 냉장고에 맥주가 있을까? 그는 한번 찾아보기 위해 침
대에서 일어나 나왔다. 어두운 복도를 더듬어서 엉금엉금 모퉁이
를 돌아 부엌으로 간 그는 냉장고 문을 열었다. 놀랄 노자군! 불이
켜졌어! 전기가 들어온 거야! 냉장고에는 싸구려 맥주 열두 캔들이
한 팩이 차갑게 냉장되어 들어 있었다.

그는 자신을 위해 캔 하나를 따고, 수지가 어느새 뒤에 와 있는 걸 알아차리고는 그녀를 위해 하나를 더 땄다.

"웩." 그녀가 말했다.

"싸구려 맥주는 마실수록 입에 들러붙는다니까." 그가 말했다. "비싼 치즈처럼."

"나한테 좋은 생각이 있어." 그녀가 폴짝 뛰어 카운터에 걸터앉으며 말했다.

그는 기다렸다. 자기 맥주를 마시면서.

"당신도 이제 완벽해지기 위해서 뭔가를 열심히 시도할 준비가 됐다고 생각하는 거잖아?"

"사실 그 말은 내가 아니라, 당신이……."

"그게 어떤 모습인지 알기는 해? 완벽함이라는 거 말이야?"

마일로는 잠시 그것에 관해 생각해봤다.

그가 대답했다. "아니."

"그럼 보고 싶기는 해?"

그가 다시 맥주를 홀짝였다. 그리고 몸을 긁적거렸다.

"응." 그가 대답했다.

"좋아. 그럼 나랑 같이 일 좀 하자."

"일이라면, 정확히……?"

"죽음의 사자가 되어보는 거야. 가서 영혼을 데려오자고. 지상에서의 삶을 끝내주는 거지. 내가 내일 데려오기로 되어 있는 영혼 중 하나가 완벽함에 도달했어. 그게 어떤 건지 보고 싶은 거 맞지? 그럼 같이 가."

"그래도 되는 거야? 다른 사람을 데려가도 되는 거야?"

그녀가 그에게 키스했다.

그가 키스에 반응했지만, 수지는 몸을 빼내고는 복도를 따라 걸어갔다.

"금방 여섯 시가 될 거야." 그녀가 말했다. "시간 맞춰놓고 자."

"여섯 시?"

"주중 근무 시간은 다 똑같아, 마일로. 우주나 지구나 다 마찬가지라고."

그는 스웨터에 관한 다큐멘터리를 보다가 곯아떨어졌다.


아침에 그녀는 긴 머리로 자신과 마일로를 둘 다 휘감았고, 그러자 머리칼은 날개가 되고 바람이 되고 마른 잎이 되어 그들을 실어 날랐다. 그것은 거칠고 재미있고 무섭기도 했다. 죽음과 함께 날아가는 것은 육감적인 여자나 타란툴라 독거미와 함께 침낭 속에 누워 있는 것과 비슷한 느낌이었다.

바람이 느려지다가 멈췄고, 그의 발이 다시 바닥에 닿았다.

마일로는 불빛이라고는 깜빡이는 TV 화면에서 나오는 게 전부인 누군가의 거실에 들어와 있었다.

방은 지저분했다. 피자 포장지와 더러운 접시, 잡지 몇 권이 널브러져 있었다. 벗어놓은 옷도 여기저기 흩어져 있었다. 소파 위에는 또 하나의 쓰레기처럼, 지저분한 머리에 Hank 3 브랜드 티셔츠를 입은 젊은 남자 하나가 웅크리고 있었다.

그의 눈빛은 탁했다. 피부도 여기저기 튀어나온 뾰루지만 제외하면 눈이나 마찬가지였다. 입은 아물지 않은 상처처럼 반쯤 벌어져 있었다. 처음에 마일로는 그가 입에 팝콘을 가득 물고 있다고 생각했다. 몇 개는 검은 알맹이였고, 또 몇 개는 흰 알맹이로 보였다. 하지만 자세히 보니 그것은 남자의 이가 썩어 있기 때문이었다.

그는 옆에 서 있는 수지가 무슨 말이라도 하길 기다렸다. 그녀는 그의 팔꿈치를 움켜잡고 있었다.

"음." 마일로가 입을 열었다. "이게 바로 완전한 깨달음을 얻은 완벽한 삶이란 거야? 바로 이 친구가 태양의 문을 통과해 들어가서 오버소울의 대열에 합류할 거라는 거지?"

"바보처럼 굴지 마." 그녀가 말했다. "거기 가기 전에 몇 군데 먼저 들러야 해."

남자 앞에 놓인 커피 탁자 위에 깨진 타일 조각 하나가 얹혀 있었고, 분쇄한 유릿가루처럼 보이는 뭔가에 그것을 반쯤 덮고 있었다.

수지가 남자 앞에 무릎을 꿇고 앉았다. 그가 몸을 뒤척였다.

"크리스." 그녀가 작은 소리로 불렀다.

남자가 기침을 했다. 그의 눈이 감기기 시작했다.

"크리스토퍼." 이번에는 조금 더 크게 불렀다.

"인간들이 당신을 보게끔 하기도 해?" 마일로가 물었다.

"가끔은 그래. 이승을 떠나는 걸 너무 힘들어할 때는. 자, 쉬이이이잇."

그녀가 팔을 뻗어 크리스토퍼의 뺨에 한 손을 부드럽게 올려놓았다. 그가 눈을 번쩍 떴다. 그리고 주변을 둘러보았고, 수지의 모습을 보자마자 몸을 벌떡 일으켰다. 그는 마치 소파를 벗어나서 달아냐고 싶지만, 도저히 다리를 움직일 수 없는 것처럼 보였다.

그가 말했다. "제기랄." 그러고는 입에 약간의 거품을 물고는 그 대로 죽었다.

"이게 다야?" 마일로가 물었다.

"그래. 이제 곧 강가에서 깨어나게 될 거야. 우리도 어서 여길 벗어나야 해. 잠깐만 기다려."

어둠이 내려앉더니 다시 바람이 불었다.

그들은 갓난아기를 품에 안고 목제 스툴에 앉아 있는, 누더기를 걸친 젊은 여자 옆에 서 있었다. 그들 주위로는 급류처럼 쏟아져 나온 맨발의 아이들이 서로를 쫓아다니며 놀고 있었다.

수지가 팔을 뻗어 여자의 어깨너머 아기의 이마를 손으로 만졌다.

"아, 젠장." 마일로가 말했다. "지금 장난해?"

수지가 여자의 이마에 키스를 하고 자신의 머리를 그녀의 이마에 가져다 댄 채 눈을 감았다.

다시 바람과 어둠이 밀려왔다.

그들은 컴퓨터 앞에서 일하고 있던 뚱뚱한 남자 하나를 데려가기 위해 들렀다.

커다란 검은 개 한 마리도 데려갔다.

침침한 방 안 침대에 홀로 누워 있는 외로운 노파도 데리러 갔다. 그녀가 세상을 뜨는 순간, 복도에 걸려 있던 뻐꾸기시계도 덩달아 맛이 가버렸다.

바람이 불고, 나뭇잎이 휘날렸다. 그들은 인도 뭄바이로 갔다. 당나귀와 수레가 따가닥거리며 돌아다니는 부산한 마을 끄트머리였다.

암소 한 마리가 곁을 스쳐 갔다. 인도에서 흔히 볼 수 있는 무시무시한 소들 중 한 마리였다. 소가 길을 건너가자 자동차들이 멈춰섰다. 그 소는 누군가의 할머니였을지도 몰랐다.

"가자." 수지가 마일로의 손을 잡아끌며 말했다.

"우리 지금 저 소를 따라가는 거야?"

"완벽함을 보고 싶은 거 아니야?"

그가 고개를 끄덕였다.

소가 시장을 통과해 걸어가는 동안, 브라만(인도 카스트제도에서 최상위 계급 승려이다―옮긴이) 한 명이 다가와 소의 목에 목련 화환을 걸어주었다. 마일로는 소가 그 승려에게 살짝 고개를 숙여 인사했다는 사실에 내기라도 걸 수 있을 것 같았다.

그들은 소가 뭔가 굉장히 지적이고 놀라운 일을 하는 것을 지켜보았다. 소는 물건을 진열해놓은 탁자 뒤로 뚜벅이며 걸어가서는 상점 주인이 흥정을 하며 한눈을 파는 동안 목을 길게 빼고 입을 벌리더니 침이 뚝뚝 떨어지는 입술로 정육점 칼 하나를 집어 들고 다시 뚜벅이며 멀어졌다.

그들은 시장 구역 밖으로 소를 따라 나갔다. 번듯한 집들이 판잣집에 길을 내주고 포장도로가 진창길로 바뀌었으며 곧 사람들이 쓰레기 더미 속에 살아가는 곳이 나타났다. 뭄바이의 많은 쓰레기 처리장 중 한 곳이었다. 땅 자체가 압축된 쓰레기 더미였다. 사람들은 쓰레기가 만들어낸 언덕들 사이에서 쓰레기로 만든 오두막에 살았다. 사방에서 썩은 우유와 하수구 냄새가 났고 파리 떼가 구름처럼 몰려다니며 윙윙거렸다. 아이들이 춤을 추며 소를 따라다녔다.

소가 걸음을 멈추더니 종이 재질의 대량 판매용 치즈 상자로만 만든 집 문 안으로 고개를 들이밀었다. 마일로와 수지도 소의 등 너머로 집 안을 들여다봤다. 눈이 어둠에 익숙해졌을 때, 마일로는 숨을 헉 들이마시며 고개를 뺐다.

"이 사람들 왜 이러는 거야?" 그가 물었다.

"굶주리고 있는 거야." 수지가 말했다.

"굶주리는 사람이 얼마나 많은데. 그렇다고 다 이 사람들 같지는 않아."

"이 사람들은 너무 아파서 일거리를 찾는 건 고사하고 구걸도 할 수 없을 정도야. 어서 먹을 걸 얻지 못하면, 다 굶어 죽을 거야."

수지가 소를 따라 동물 우리 같은 움막 안으로 들어갔다. 마일로도 그녀를 따라 들어갔다.

안에는 남자 하나와 여자 하나, 그리고 노파 한 명과 네 명의 작은 아이들이 있었다. 그들은 소 한 마리가 안으로 불쑥 들어온 상황에 온몸으로 놀라움을 표현했다. 그러나 반가움이나 반감을 드러낼 힘은 없었다. 그들의 피부는 마치 북 위에 가죽을 덮어씌워 놓은 것처럼 가느다란 뼈 위에 들러붙어 있었다. 머리는 거의 해골 같았다. 노파는 불쑥 들어온 소가 어쩌면 죽음의 화신이며, 그들을 이 끔찍한 삶에서 해방시키기 위해 왔을지도 모른다고 이야기했다.

"아닐 겁니다." 남자가 말했다. "우리에게 그런 행운이 찾아올 리 없잖아요."

소가 머리를 낮추어 칼을 바닥에 내려놓더니 말했다. "부디 날 먹어요."

"우와!" 마일로가 작게 탄성을 내뱉었다.

다른 탄성들도 뒤따랐다. 놀라움의 탄성. 감사의 탄성이었다.

친절하게도 소는 아이들의 아버지가 바치는 감사를 기꺼이 받아들였고, 함께 고개를 숙여 인사를 나누었다.

수지가 팔을 뻗어 소의 이마를 쓰다듬어주었다. 소가 무릎을 꿇고는 조용히 죽음을 맞이했다.

가족들은 소를 베기 전에 기도를 먼저 올렸다.

"수지." 마일로가 온몸을 떨며 말했다.

"음?"

"방금 무슨 일이 벌어진 거야?"

"우리는 방금 완벽함을 성취한 영혼을 목격한 거야."

"자기 자신을 희생했기 때문에?"

"단지 그 때문은 아니야."

그들 앞의 바닥에서 가족들이 소를 베기 시작했다. 처음에는 천천히. 경의를 표하면서.

"그 소는 그냥 소가 아니야. 그녀는 이전 생에서 아이쉬와라라고 하는 유명한 보살을 비롯한 여러 다른 삶을 거쳐왔어. 그리고 이 가족이 자신의 육신을 이용해 목숨을 구하고 앞으로 더 나은 삶을 살아갈 수 있으리라는 완벽한 이해에서 자기 자신을 이들에게 안겨주었던 거야. 그리고 그녀는 자랑스러워하지도, 두려워하지도 않았어. 그게 중요한 거지."

그들 사이로 실로 아름다운 눈을 가진 한 젊은 여성이 나타나서는 가족들이 소를 절단하는 모습을 행복한 모습으로 바라보았다.

그녀와 수지가 서로에게 고개 숙여 인사했다. 그러고 나서 여자는 사라졌다.

마일로는 자신의 턱을 문질렀다. "나도 희생은 할 수 있을 것 같아." 그가 말했다. "그 정도는."

수지가 만감이 교차하는 표정으로 그를 바라봤다. "당신과 이 소-인간-영혼은 비슷한 점이 아주 많아." 그녀가 말했다. "당신도 인간을 아끼잖아. 그래서 내가 당신을 데려온 거지."

이제 바다는 피바다가 되어가고 있었다. 노파가 특히나 열정적이었는데, 심지어 맨손으로 연골을 뜯어내는 중이었다.

"이제 가야겠어." 수지가 말했다.

바람과 어둠이 몰려왔다.


그들은 사후 세계로 돌아와 강가에 서 있었다. 어마어마하게 많은 인파의 한가운데였다. 밝은 색깔의 옷을 입은 사람들이 노란 실크 깃발을 흔들었다.

하늘에는 우주선과 풍선이 가득했다.

전생에 보살이자 소이기도 했던 아이쉬와라가 아름다운 미소를 지으며 강 쪽으로 걸어갔다. 사람들이 양쪽으로 갈라져 길을 내주자 강물 속으로 걸어 들어갔다.

그녀 주위의 공기가 황금색으로 바뀌었다. 그 황금빛이 넘실거리며 끓어오르더니 엄청난 빛의 고리 속에서 타올랐다. 그것은 수천의 영혼과 돌과 우주선과 바람 자체는 물론이고 모든 것을 넘어서는 명백한 완벽함의 순간이었다.

그러고 나서 빛이 점차 흐려졌다.

그러자 모두가 하던 일을 하기 위해 돌아서서 떠나갔다. 마치 누군가 "마법처럼 완벽한 소-여인이 건물을 떠났습니다. 이제 더는 볼거리가 없습니다"라고 확성기에 대고 소리치기라도 한 듯했다.


마일로의 아파트로 돌아와서, 수지는 거실 소파 위에 무너지듯이 쓰러져 누웠고, 마일로는 빈백 의자를 차지하고 앉았다. 의자의 터진 옆구리에서 스티로폼 조각이 튀어나와 날아다녔다.

"소가 할 수 있다면 나도 할 수 있어." 그가 말했다. "뭔가 위대한 희생을 치르면, 나도 완벽함에 도달할 수 있을 테고, 그때가 되면 '모든 것' 안에 들어가지 않을 수 있는 협상력을 얻게 되지 않을까?"

"그건 단지 희생만으로 되는 게 아니야, 마일로. 만약에 늑대가 덫에서 빠져나오기 위해 자기 다리를 물어뜯어서 잘라버린다면, 그것도 희생이야. 하지만 동시에 그건 절박함이기도 해. 그게 완벽함은 아니잖아. 완벽함에는 사랑이 있어야 해."

"내게도 사랑이 있어!" 마일로가 항변했다. "당신과 사랑에 빠졌잖아."

"'사랑'과 사랑에 빠지는 게 항상 같은 건 아니야." 수지가 말했다. "'사랑에 빠지는 것'은 인간적인 거라고. 일종의 화학 작용이야. '사랑'은 우주적이지. 나도 역시 당신을 사랑해."

그녀가 그의 손을 잡자 사랑이 팔을 타고 올라가 그의 안에서 마치 은하수처럼 폭발했다. 잠시 동안 마일로는 그의 안에 경이로움과 별과 시간을 담고 있었다. 또한 스페인어를 말할 수 있었으며,

20차원으로 존재했다. 그는 또한 약간 폭발하기 시작했다.

"아, 자기." 그가 쌕쌕거렸다.

"어머, 미안, 미안."

수지가 그의 볼에 키스했다. 마일로는 마치 탄산이 빠지듯이 다시 평소의 자아로 돌아왔다.

그들은 한동안 침묵 속에 앉아 있었다. 창으로 들어오는 빛의 색이 변하기 시작했다.

"배고파." 수지가 말했다.


그들은 강변에서 훈제요리 전문점 한 곳을 발견했다. 나무가 우거진 버킷이라는 음식점이었다. 피아노 연주자는 술에 취해 시끄러웠고, 공기는 탁했고, 고기는 뜨거웠으며, 지역 사람들이 선호하는 '스키터'라는 맥주는 검은빛이었다. 마마나 낸처럼 자신들이 우주의 조각이나 다름없다고 생각하는 존재들은 거의 드나들지 않는 곳이었다.

"오늘 밤엔 낸도 마마도 안 나타나네." 수지가 첫 번째 맥주와 첫 번째 핫윙 바구니를 앞에 두고 말했다. "그들이 하는 일이라고는 지켜보는 것뿐이야. 사람들이 자기 삶을 살아가는 걸 지켜보고, 중요한 일을 해나가는 걸 지켜보면서, 보도에 걸터앉아 판결을 내리는 거지."

수지는 데이트하러 나갈 때면 늘 변장을 하고 나가겠다고 고집을 부렸다. 지금도 그녀는 야구모자에 가짜 콧수염을 붙이고 있었다. 그러지 않으면, 사람들이 그녀를 손가락질하며 쑥덕거리기 때문이었다. 죽음이야말로 진짜 유명인이었다.

"당신도 그들 중 하나잖아, 잘 알면서 왜 그래." 마일로가 지적했다.

"나도 알아." 그녀가 대답했다. "조용히 하라고."

8천 년을 함께해온 사람들 사이의 대화가 대부분 그렇듯이, 이 대화도 그들이 전에 했던 대화였다.

"제기랄!" 수지가 자신의 가짜 수염을 잡아 뜯어버렸다. 마늘 소스가 자꾸 수염에 묻었기 때문이었다.

마일로는 질긴 치킨 다리가 손안에서 다 뭉개져 버리기 전에 어떻게든 입으로 다 뜯어 먹으려고 안간힘을 쓰는 중이었다.

그 특정한 식당에서는 먹는 것과 대화를 동시에 해나가기가 결코 쉽지 않았다.


나중에 그들은 강둑길을 따라 걸어갔다.

"나도 그들 중 하나일지 몰라." 수지가 말했다. "하지만 그들과는 달라. 그들은 굉장히 대담하기도 하고, 우리가 함께하려는 것에 관해 굉장히 비판적이잖아."

"그렇다고 그들의 주장이 완전히 말이 안 되는 건 아니야." 마일로가 말했다. "당신은 거의 신이나 마찬가지고, 나는 그냥……."

"신 아니라니까. 내가 백만 번도 더 설명했잖아."

마일로는 잠시 더는 아무 말도 하지 않기로 했다. 그들은 침묵 속에 걸어갔다. 잠자리 한 마리가 주위에서 윙윙거리다가 강 위로 날아갔다.

"나 그만둘 거야." 수지가 말했다.

어? 마일로는 생각했다. 진심일까? 그리고 지금 우는 거야? 그녀는 거의 우는 법이라고는 없었다.

"그만둔다니, 그게 무슨 뜻이야?"

"당신도 알잖아." 그녀가 양팔을 휘저으며 말했다. "그만둔다고. 내 일을 그만하겠다고. 이 빌어먹을 직업에 질려버렸어. 내가 혹시라도 우주의 카누를 흔들어대고 있는 건 아닌지 시도 때도 없이 걱정해야 한단 말이야."

"정말 그래도 되는 거야?" 마일로가 물었다. "식당에 줄 서는 걸 그만두거나 생물학 가르치는 걸 그만두는 것처럼, 죽음의 사자를 그만둘 수 있어?"

"나도 몰라."

멀리 강물 위에서 잠자리 한 마리가 복잡한 모양으로 이리저리 날아다녔다.

물고기 한 마리가 뛰어올라 잠자리를 먹어치웠다.

마일로는 수지의 어깨에 팔을 둘렀다.

"질문이 하나 있어." 그가 말했다. "사후 세계에서 물고기가 잠자리를 먹으면 그 잠자리는 사후 세계로 가는 거야?"

"이미 사후 세계에 있는 잠자리잖아, 마일로."

"그래, 내 말이 바로 그거라고. 그럼 어디로 가는데?"

"얘기하기가 좀 복잡해."

"당신은 모든 문제에 그렇게 대답하지."

"모든 게 빌어먹게 복잡하다고."

또 다른 잠자리가 그들 사이로 날아왔다. 아까의 그 잠자리와 거의 비슷해 보였다.

"나 양초 가게를 하고 싶어." 그녀가 말했다.

마일로는 한쪽 눈을 감은 채 그녀를 바라봤다. 가게를 하고 싶다고?

대체 사후 세계에서 사업을 한다는 건 어떤 의미일까? 물론 사후 세계 사람들도 사업을 했다. 그러나 마일로는 이곳에서 돈이 어떤 역할을 하는지는 전혀 이해하지 못했다. 원한다면 돈을 벌 수야 있겠지만, 동시에, 만약 가게에서 뭔가가 필요하다면, 돈을 내든 안 내든 그냥 가서 가져올 수 있었다. 마찬가지로, 만약 은행에 가서 돈을 좀 달라고 하면, 은행은 얼마든지 줄 터였다. 다른 모든 것과 마찬가지로, 사후 세계에서는 돈도 변화무쌍하고 기복이 심하며 불명확한 특징이 있었다.

"도무지 이해를 못 하겠어요." 언젠가 그가 이해해보려 애쓰며 마마에게 이렇게 말한 적이 있었다. "사후 세계에서 돈은 공기나 마찬가지잖아요!"

그러자 마마가 대답했다. "그게 이상적인 형태야, 모르겠니? 돈이란 바로 그래야 하는 거야."

마마의 태도는 돈을 다루는 것이 엄청난 골칫거리라고 말하는 듯했다. 그가 수지를 바라보며 이맛살을 찌푸렸다.

"가게? 장사를 하고 싶다는 거야?"

"일종의 예술가가 되는 쪽에 더 가깝지." 그녀가 말했다. "양초를 직접 **만들고** 싶어. 다양한 모양으로."

"지금 그 말 생각나는 대로 아무렇게나 내뱉은 거지?"

"아니. 난 양초라는 게 발명된 이래로 계속 그걸 만들어보고 싶었어. 내 말은, 양초야말로 가장 위대한 유형의 조각품이라고. 예를 들어, 당신이 마이클 잭슨 모양의 양초를 만들었는데, 그게 정말 멋있고, 마이클 잭슨과 똑같이 닮았다면, 당신은 그걸 사람들에게 가져가 보여주겠지. 그럼 그 사람들이 '어머, 이건 내가 태어나서 본 것 중에 제일 귀여운 양초네요'라고 말할 거라고. 그럼 당신은 거기에 불을 붙이고 마이클 잭슨의 머리가 녹아 없어지는 걸 볼 수 있잖아. 양초야말로 정말 대단한 물건이야."

황혼이 밤으로 깊어가고 있었다. 강에서 뭔가가 튀어 오르며 물을 첨벙거렸다.

"그래서 지금 당신 얘기는 죽음의 사자 대신 그걸 하고 싶다는 거잖아." 마일로가 말했다.

"당신 같으면 안 그러겠어?"

젠장, 당연히 그렇지! 마일로는 생각했다. "젠장, 당연히 그렇지!" 그가 대답했다.


마일로는 한밤중에 잠에서 깨어 환생하기로 결심했다.

수지도 잠에서 깨어났다. 그리고 알았다.

"당신 여기 온 지 얼마 되지도 않았어!" 그녀가 주장했다.

"나도 알아." 그가 수지의 눈 위로 흘러내린 머리칼을 쓸어 넘겨주며 말했다. "그렇지만 어서 마무리를 지어야겠다는 생각이 자꾸 들어. 이번에 다시 태어나면 사랑과 희생이라는 위대한 행위를 반드시 수행하겠어. 그렇게 해서 내가 다시 돌아오면 우린 함께할 수 있을 거야."

"절대로 망치지 마."

"사랑과 희생은 사실 수행하기 꽤 간단한 거야."

"아니, 상당히 난해한 요소들이 있어, 자기."

"그래, 알아." 그가 대답했다(무슨 난해한 요소?).

그녀가 그에게 키스했다. 그러고 나서 돌아눕더니 침대 시트를 머리 위로 뒤집어썼다.

수지는 그를 강까지 배웅한 적이 한 번도 없었다. 죽음이 새로 태어날 사람의 팔짱을 끼고 가는 것은 상당히 부조리하게 느껴지지 않겠는가.

강가에서 그는 옷을 벗지 않았다. 그럴 필요가 없었다. 단지 얕은 진창과 버들개지 속으로 걸어 들어가 무릎 깊이의 물속으로 나아간 후, 더 차갑고 빠른 조수 속으로 들어갔다.

물속에서 여러 이미지가 번쩍이며 나타났다. 그가 앞으로 살게 될지도 모를 여러 삶의 장면과 얼굴이 사진처럼 스쳐 갔다.

이걸로 할까? 아니. 그럼 저거? 흥미롭군. 사랑과 희생의 기회들. 커다란 기회들이 보였다.

그가 마침내 선택했을 때, 그 선택이 그를 두렵게 했다. 하지만 그는 강하게 마음먹고 물속으로 뛰어들었다.

짧은 충격과 일시적인 멈춤, 무(無), 그러고 나서 그는 마치 치약처럼 세상 속으로 다시 쥐어짜졌다.

# 09

# 소피아 마리아 모차르트의
# 숨겨둔 연인

만약 누군가 완벽한 우주적인 사랑의 행위를 수행하게 될 예정이라면, 그건 보나 마나 마일로일 터였다.

지금까지 그는 6만 8천 504번 사랑을 했다.

그가 처음 사랑에 빠졌을 때, 그것도 진짜, 정말로 사랑에 빠졌을 때, 그는 철기 시대 중부 유럽의 농부였다. 그와 그의 아내 하일드레거는 드루이드교 주술사의 중매로 결혼했다. 20대가 되었을 때, 두 사람은 고된 노동 탓에 허리가 굽었다. 그들에게는 열 명의 아이가 있었지만, 어른이 되도록 살아남은 아이는 둘뿐이었다.

열 번째 출산으로 하일드레거는 세상을 떠났다. 그 후 마일로는 전보다 더 빠르게 늙어서, 서른둘의 나이에 세상을 떴다. 그가 생의 마지막 7년을 보내는 동안 이웃들은 그를 'gragn luc moesse'라고 불렀다. '별을 바라보는 슬픈 노인'이라는 뜻이었다.

"사랑은 두 조각으로 찢어지는 걸 의미한다네." 그는 젊은이들의 결혼식에서 이렇게 이야기하는 사람이라고 소문나 있었다. 하지만 젊은 사람들에게 이런 말을 해서는 안 되는 법이었다. 따라서 그 이후 마일로는 메기로 환생하는 벌칙을 받아야 했다.

미래의 어떤 삶에서, 마일로와 그의 연인 브리는 초창기 행성 식민지화 기간에 오릴레이 엡실론으로 향하는 세계적 규모의 초대형 우주선 위에서 태어났다. 대부분 승객은 그들이 우주선에 타고 있다는 사실조차도 까맣게 잊고 살았다. "이게 바로 우주의 형태야." 그들은 선언했다. "이 홀과 터널과 거대한 기계 장치들을 보라고."

마일로와 브리는 거의 대륙 크기만 한 기관실을 통과해서 우주선의 외피에 가까이 접근하려 시도했다. 그들은 묘지와 인공림과 중력 자이로스코프(항공기나 선박 등의 평형 상태를 측정하는 데 사용하는 기구이다-옮긴이)를 볼 수 있었다. 그들은 전쟁 지역을 통과해 갔다. 모든 생명체가 사라지고 2천 년 동안 죽어 있는 황무지도 보았다. 그 종말의 세상 저편에서 그들은 마침내 우주선의 외피를 발견했고, 빛의 10분의 1 속도로 지나쳐가는 우주 공간을 목격했다. 그 이야기를 가지고 그들은 다시 집으로 돌아갔다. 마일로는 라디오 방송국에서 일자리를 얻었고 브리는 잡지를 출간했다. 그들은 우주선 끝까지 나아갔던 자신들의 이야기를 들려주기 시작했고, 유명해졌다.

그들이 탄 우주선은 1천 년 이상을 여행한 후 마침내 오릴레이

엡실론에 도착했다. 마일로와 브리의 사랑은 우주선의 가장 위대한 러브스토리였고, 새로운 세상의 최초이자 가장 위대한 사랑 이야기가 되었다.

또 다른 삶에서는 사랑이 마치 한 편의 영화처럼 전개되기도 했다. 르네상스 시대의 빈에서 마일로는 절세 미녀인(그리고 위대한 작곡가 모차르트의 증-증-증-증-증-증-증-증-증조 고모이기도 한) 소피아 마리아 모차르트와 사랑에 빠진 젊은 머스킷 총병이었다.

소피아 마리아는 페르디난트 국왕의 장관이자 늘 화가 나 있기로 악명 높은 막시밀리안 반푸르젤하스의 아내였는데, 그는 늘 집을 비우고 출장 중이었다. 막시밀리안이 멀리 여행을 떠날 때마다, 마일로는 소피아 마리아의 창 아래쪽 정원으로 숨어 들어가서 그녀에게 재미있는 노래를 불러주었다. 그리하여 마침내는 소피아 마리아가 정원으로 내려와 그와 함께 아담과 이브 놀이를 하게끔 하는 데 성공했다. 그는 베네치아 가면을 챙겨갔다.

반푸르젤하스가 워낙에 자주 집을 비웠던 탓에 그의 집 하인들은 마일로와 상당히 친해지게 되었고, 그가 방문할 때마다 반푸르젤하스가 아니라, 마일로가 그 집의 주인이라도 되는 양 극진히 그를 대접했다. 심지어 하인들 이외의 사람들에게도 그들의 밀회가 널리 알려지게 되었다. 마일로의 동료 학자들은 '마일로 하이델베르크는 막시밀리안 반푸르젤하스의 아내와 바람을 피운다네, 트랄-라,' 라는, 섬세함이나 상상력이라고는 전혀 찾아볼 수 없는 노골적인 제목을 붙인 노래를 지어 술집에서 불러댔다. 그 노래는 반푸르젤하스의 귀에까지 들어갈 정도로 인기를 얻게 되었고, 노래를 듣게 된 반푸르젤하스는 당장에라도 마일로의 목에 검을 꽂아 넣을 수 있을 만큼 분노한 채 집으로 향해갔다. 뛰어난 검객이었던 마일로는 반푸르젤하스에게 상처를 입히고 잘츠부르크로 도피했다. 그때부터 소피아 마리아는 남편의 여행에 매번 동행해야만 했다. 하지만 이 조치는 오히려 그녀의 남성 편력을 심화시키는 역할을 했다. 그녀가 만난 사람 중에는 조각가 레오나르도 두아셀이나 건축가 제인 스피스호폰 같은 그 시대의 위대한 영웅들이 포함돼 있었는데, 심지어 한 번은 거의 우연히 교황과 사랑을 나누기까지 했다. 물론 어둠 속에서.

마일로는 판단력의 부족으로 너무 빨리 고향에 돌아간 탓에 그리 기대할 만한 마지막을 맞이하지는 못했다. 그는 오스만 제국의 포위 공격 동안 빈 방위군에 합류했고, 때마침 반푸르젤하스가 방위군의 부분 지휘권을 얻게 되었다는 사실을 알게 되었다. 그리고 그의 연줄은 마일로가 성벽에서 특히 위험한 자리에 배정되도록 손쓸 수 있을 만큼 매우 길다는 사실이 증명되었다. 그곳에서 마일로는 명성이 자자하게 생포되어 투석기에 매달려 다시 도시로 쏘아 올려졌다.

이따금씩, 초기 100여 번의 삶 중간중간에, 마일로는 수지와 시간을 보내려 애썼다. 물론 그때는 둘이 아직 연인으로까지 발전하지는 않은 상태였다. 그들은 둘 다 수영과 맛있는 음식을 좋아했다. 서로에게 "당신은 한쪽 팔을 잘리는 게 좋아요, 눈알을 잃어버

112

리는 게 좋아요?" 같은 질문도 즐겨했다. 그리고 가끔 마일로는 수지가 그를 묘한 시선으로 바라봤다고 생각했다.

그는 만약에 죽음이 평범하고 오랜 세월을 살아온 인간 남자와 사랑을 나눈다면 어떤 일이 일어나게 될지 궁금했다.

"나도 몰라." 그녀가 말했다. "그러면 우리의 우정은 끝나버리겠지. 그게 당신을 불태워버릴지도 모르고. 진짜 말 그대로 당신이 불길에 휩싸여버릴 수도 있잖아. 솔직히 정말로 모르겠어."

마일로는 얼굴을 붉혔다. "내 마음을 읽을 수 있는 거야?" 그가 물었다.

"난 당신이 이미 알고 있다고 생각했는데."

"당연히 모르지, 맙소사!"

100번의 삶을 살고 난 후, 그는 수지가 '초콜릿 오징어'라는 이국적인 식재료 판매점을 개업하는 것을 도와주었다. 그 상점에는 치즈 같은 것에 찍어 먹을 수 있는 오징어나 초콜릿으로 코팅한 나비와 꽃 등이 잔뜩 갖춰져 있었다. 마일로가 지켜본 바에 따르면, 신들은 가끔 인간들의 방식을 따라잡으려 애썼지만, 종종 목표한 바를 빗나가곤 했다.

가게가 문을 열고 1년이 지나도록 손님은 고작 15명이 찾아왔다.

수지가 마지막으로 가게 문을 닫은 후, 마일로가 그녀에게 키스하려 했을 때, 수지는 고개를 돌려버렸다.

"당신이 불타버릴지도 모른다는 얘기 진심이야." 그녀가 말했다.


환생에 환생을 거듭하면서 마일로는 매번 사랑에 빠졌다가 끝내기를 반복했다.

그는 세월을 마치 소시지처럼 갈아버리는 평범한 종류의 사랑을 수천 가지쯤 알고 있었다.

가족이나 좋은 친구들과의 사랑도 알았다. 해변이나 비, 그리고 잘 만든 시계 같은 것들도 사랑했다. 그는 사랑이 눈송이처럼 얇은 조각으로 떨어져 나가 죽어갈 때, 그것을 바라보는 동안 느껴지는, 멧돼지에게 공격당한 듯한 기분에 대해서도 잘 알았다.


한번은 18세기 잠비아에서 사랑이 마일로의 목숨을 구한 적이 있었다. 마을 전체의 사랑이었고, 수백 명의 사랑이었다.

당시 마일로는 일련의 불운을 겪고 있었다. 흉작에 가뭄이 찾아왔고, 뱀에 물리게 되었으며, 곧이어 어머니가 돌아가시고 치통이 찾아왔다. 또한 집에 불이 나서 농기구와 재산이 모두 불타버렸다. 파산한 데다 농기구도 없고, 도움을 청하기에는 자존심이 너무 강했던 탓에, 시간이 지날수록 그의 분노는 커지기만 했다. 결국 어느 날 그는 부유한 남자 하나를 숲으로 끌고 들어가 폭행하고 돈을 빼앗았다.

워낙에 작은 마을이었기에 피해자는 쉽게 범인을 특정했다. 순경 몇 명이 찾아와서 그를 체포했고, 그는 재판을 받기 위해 학교로 끌려갔다.

다른 마을에서였다면, 마일로는 목이 잘리거나 손목이 잘렸을 터였다. 그러나 마을마다 도둑을 다루는 방식이 달랐고, 마일로의 마을은 재판에 관해 매우 진보된 사고방식을 보여주는 곳이었다.

그들의 재판은 참으로 묘했다. 마을 자체가 묘하기도 했다.

그들이 내린 판결은 마일로를 사랑하는 것이었다.

그들이 마일로를 사랑한 방식은 200명의 사람들이 여러 시간에 걸쳐 마일로에게 그가 얼마나 좋은 사람이었는지 상기시키는 것이었다. 그들은 마일로가 십 대 시절에는 어떤 아이였는지 상기시켜주었다. 당시 그는 하이에나의 공격에 온몸으로 맞서서 어린아이 하나를 구해냈다. 그 아이는 이제 20대 여성이 되었다. 그녀가 마일로의 팔에 난 깊은 상처를 어루만지며 그에게 부드러운 목소리로 말을 건넸다.

그들은 마일로가 단지 할아버지를 방문하기 위해 콩고까지 걸어갔다가 돌아왔던 사실도 일깨워주었다. 또한 남동생을 대학에 보내 기술자로 키우느라 4년 동안 고속도로 순찰대에 근무했던 일도 상기시켰다. 그는 쥐나 뱀, 심지어는 거미에 이르기까지 그 어떤 동물도 해하지 않았다. 또한 외모가 아닌 마음과 사랑에 빠졌던 까닭에 마을에서 가장 못생긴 여자와 결혼했지만, 아무도 그 사실을 입 밖으로 소리 내서 말하지 않았다. 이제 그의 아내도 그 자리에 나와 있었다. 마일로는 아내가 자기만의 시간을 누릴 수 있도록 이따금씩 일찍 일어나 그녀 몫의 일을 대신 해주곤 했기에, 아내는 그 사실도 상기시켰다.

마을 사람들이 말을 마쳤을 때, 그들의 사랑이 마일로의 머리와 영혼 속에 엉켜 있던 분노의 매듭을 풀어놓았다. 그들은 마일로가 자신이 좋은 사람이라는 사실을 기억하게 했다. 그 후로 마일로는 매사에 감사하며 성실하게 자신의 삶을 살아갔다. 열심히 일한 덕분에 그의 운이 변했고, 마일로는 운명이 정해진 순간에 죽을 수 있었다.

한때 그는 휴스턴의 동성애자 주거 지역에서 브래드라는 남자와 사랑을 나누며 살았던 오언이라는 남자였다. 그들은 작은 아파트에서 함께 살며 매기라는 개를 키웠다. 그들은 15년이라는 세월을 함께 살았다. 그러고 나서 매기가 죽었고, 브래드는 꿈의 직업을 제안받아 스위스로 떠나게 되었다. 그 선택은 고통 그 자체였다. 그 일이 그를 나이 먹게 했다.

그는 오코라는 여자로 태어나기도 했는데, 그녀의 남편은 해전에서 익사해 죽었다. 그녀는 매일 밤 식탁에 남편의 식사를 준비해 두는 것으로 매우 유명한 미망인이 되었다. 그녀는 바닷가 바위 위에서 남편을 기다렸다. 처음에는 수평선 멀리 남편의 배가 떠오르지는 않는지 바라보는 것이 전부였다. 그러다 언제부터인가 점차 물속을 들여다보게 되었다. 그녀는 남편이 팔다리와 머리카락과 치아가 있는 몸을 가지고 살아가던 세상에서 지구 그 자체를 몸으로 가지고 살아가는 또 다른 세상으로 옮겨가 버린 듯한 기분이 들었다. 물살과 조수는 그의 팔이었다. 폭풍은 그의 목소리였다. 달과 별자리는 그의 변화하는 생각과 기분이었다.

그는 잘생긴 남자가 아니었다. 때로 그녀는 남편의 얼굴을 한 물고기를 보았다.

# 10

# 루킹글라스 사람들

>> *서기 2025년, 아이오와*

한여름이었다.

위로는 푸른 하늘이, 아래로는 초록의 옥수수밭이 펼쳐져 있었다.

그 초록의 바다 한가운데, 대형 선박 크기의 견고한 은색 우주선 네 척이 부드러운 바람 속으로 코를 높이 치켜든 채 잔디 위에서 기다리고 앉아 있었다. 어디서 바라보는가에 따라, 우주선은 태양 이나 잔디, 또는 옥수수밭을 반사해 보여주었다.

우주선에서 수 킬로미터쯤 떨어진 울타리 주변에 서서, 마일로 는 각각의 우주선이 마치 거울 속에 갇힌 하나의 세상 같다고 생각 했다.

그는 꼭대기에 가시철망을 설치해놓은 3미터 높이의 철책선을 바라봤다. 그리고 언덕을 가로지르는 그 잿빛 선을 눈으로 좇았다. 원주가 100킬로미터쯤 될 듯한 거친 원형이었다. 그들이 온다면, 정말 그런 일이 일어난다면, 이 울타리가 얼마나 도움이 될까? 그들은 수천 명에 달할 테고, 모두 분노해 있을 터였다.

자기들이 곧 죽게 되리라는 사실을 알게 됐는데, 분노 외에 어떤 감정을 느끼리라 기대할 수 있겠는가?

그것은 5년 전에 어떤 실종과 함께 시작되었다.

과학자와 기술자들의 실종이었다.

처음에는 단지 몇 명에 지나지 않았다. 그리 유명한 사람들도 아니었기에, 그들의 실종은 그다지 큰 뉴스거리가 되지도 않았다. 인류는 21세기의 세 번째 10년을 지나는 중이었고, 뉴스라면 그것 외에도 차고 넘쳤기 때문이었다. 과학자들이 인류에 경고해온 일들이 모두 한꺼번에 일어나는 중이었다.

해수면은 점점 높아지고 있었다. 바다는 플랑크톤에서부터 먹이사슬에 이르기까지 다 죽어갔다. 지하수면은 오염되었다. 컴퓨터 바이러스가 적어도 일주일에 한 번씩은 인터넷을 차단하는 네트워크를 형성했다.

그러니 지식인 몇 명쯤 사라졌다고 해서 그게 뭐 그리 대수란 말인가.

하지만 마일로가 근무하는 스탠퍼드 대학교에서도 사람들이 실종되기 시작했고, 그제야 마일로는 그 사건에 관심을 두기 시작했다. 전자공학계의 권위자인 멜린다 반스타인-케플러가 전자레인지 안에 저녁 식사거리를 그대로 남겨둔 채 자신의 아파트에서 사라졌다. 궤도 중성미립자 수집가인 주 첸-반하트가 그다음이었고, 《홀로그램 상대성이론의 문제점》이라는 저술로 노벨상을 받은 클라우딘 프라스가 그 뒤를 따랐다.

마일로는 자기도 실종될까 봐 걱정하지는 않았다. 그는 연구보조원이었다. 정보 과학 분야의 총잡이라 할 만했지만, 절대로 거물이 될 리 없는 존재였다. 그는 거물들을 위해 일했고, 그 사실을 영광으로 생각했다. 총잡이들은 원래 나름의 방식으로 세상을 구하려고 노력하면서, 그래도 아직은 구원의 가능성이 있다고 생각될 때 돌아오지 않는가.

마일로가 과학에 입문하게 된 계기는 평범하기도 하고 비범하기도 했다. 대부분 과학 숭배자와 마찬가지로 그도 호기심이 넘쳤다. 세상에 궁금하지 않은 것이 아무것도 없었다. 덕분에 그는 다른 아이들이 시끄러운 음악에 몰두하는 식으로 책과 컴퓨터 링크에 몰두했다. 그게 바로 평범한 입문 계기였다. 비범하다고 할 만한 부분은 왜 그가 세상이 어떻게 작용하는지(그리고 시간은 어떻게 작용하고, 공간과 삶과 죽음은 또 어떻게 작용하는지) 이해하기를 너무도 간절히 바랐는가 하는 점이었다.

그는 머릿속에서 여러 목소리를 들었다.

조현병이 있는 사람이 듣는 그런 목소리가 아니라, 과거로부터 들려오는 듯한 목소리였다. 그가 살았던 다른 삶의 목소리였다. 수천 년에 걸쳐 쌓인 추억의 소리였다. 이런저런 정보들이 난데없이 불쑥 그의 머릿속으로 들어오곤 했는데, 그건 한때 그가 일본에 살았거나 이집트의 수학자로 살았었기 때문이었다.

젠장, 어쩌면 그에게 정말 조현병이 생겼는지도 몰랐다. 아니면 뇌종양이 생겼을지도 몰랐다.

(넌 뇌종양이 생긴 게 아니야, 목소리 하나가 말했다. 이전에 의사였던 자의 목소리였다.)

그는 어쩌다 보니 시스템 통합 과학계의 록스타라 할 만한 웨인 앨드린 밑에서 일하게 되었다. 앨드린은 스물 다섯 살에 〈물에서 바라보면 그것은 단지 섬에 지나지 않는다〉라는 제목의 논문을 출간해서 문제 해결 분야에 혁명을 불러왔다. 서른 살에 그는 독성 토양에서 번식할 수 있는 식용식물을 개발했다. 그것은 독성을 해독해서 토양을 정화했으며, 기본적으로 노란색 대형 종합비타민이라 할 만한 과일을 키워냈다. 마일로가 들은 바에 따르면, 그것은 지구의 절반을 먹여 살릴 수도 있었지만, 가난한 사람들에게는 그림의 떡이었다.

"문제 해결이 골치 아픈 이유는, 너무 많은 사람들이 그 문제 덕분에 돈을 번다는 거야." 앨드린은 종종 이렇게 불평했다.

이제 앨드린은 마흔 살이었다. 그는 숱 많은 잿빛 머리를 길게 기르고 있었는데, 머리칼은 마치 파도처럼 뒤로 말려 목 주변에서 갈라져 내려갔다. 외과 의사의 손 같은 그의 손은 플루트만큼이나 섬세했다. 그는 다빈치가 상상했을 것 같은 부류의 남자였다.

마일로는 앨드린이 살아 있는 인간 중에 가장 위대한 인간이라고 생각했다.

그 당시 그들은 노웨어 컴퓨터Nowhere Computer를 작업 중이었다. 그것은 오직 사이버공간에서만 존재하는 컴퓨터로 마치 진공청소기처럼 작동했다. 즉, 이미 '존재'하는 기능과 데이터를 빨아들였다. 앨드린의 표현에 따르자면, 그것은 실재하지 않는 어떤 것치고는 거의 측정이 불가능할 만큼 강력했다. 실종이 시작되었을 때, 그들은 아직 노웨어 컴퓨터의 작동을 시작하지 않은 상태였다.

마일로는 그 일로 성가셔하지 않았다. 솔직히 말해, 그의 관심은 다른 곳에 있었다. 머릿속에서 들려오는 목소리도 아니었다. 그의 관심은 동료 정보 수집가인 킴에만 오롯이 쏠려 있었다. 그가 그녀를 짝사랑한다는 사실은 연구소의 공공연한 비밀이었다. 그는 언젠가 때가 되면 데이트를 신청할 작정이었다. 그가 너무 바쁘지 않은 때.

어느 조용한 금요일에, 킴이 그의 책상 위로 몸을 기울이더니 말했다. "나 좀 도와줄 수 있어요?"

"당연하죠." 그가 말했다.

"실은 오늘 데이트가 있거든요." 그녀가 말했다. "그런데 보모를 못 구했어요. 이젠 아기 보는 일 같은 건 아무도 안 하려고 하는 것 같아요. 당신이 우리 집에 와서 리비 좀 봐줬으면 해서요."

그녀는 차라리 그를 총으로 쏴버리는 게 나았을 터였다. 사무실 직원들 모두가 두 사람의 대화를 엿듣고는 움찔하고 놀랐다. 이런, 이런, 이런……

(절대로 안 돼! 그의 목소리 중 하나가 말했다.)

젠장. 정말 이러기야? 빌어먹을!

"좋아요." 그가 말했다. "물론이죠." 빌어먹을.

"7시 괜찮아요?" 그녀가 물었다.

"그럼요."


그는 1층에 있는 킴의 아파트 초인종을 눌렀다. 그녀가 길고 속이 다 비칠 만큼 얇은 드레스 차림으로 문을 열었다. 한쪽 어깨가 그대로 드러나 보였다. 갈색으로 그은, 부드러운 어깨였다.

"안녕하세요." 그가 안으로 들어서며 말했다. "정말 근사하네요."

"어머, 고마워요."

"안녕." 그가 TV 앞에 주차라도 한 듯이 앉아 있는 리비에게 말했다. 킴의 여섯 살짜리 딸아이였다. 사실 TV 보기에 딱 좋은 밤이 아닌가. TV가 방영 중이니 그건 당연한 일이었다.

리비는 아무 대꾸도 없었다.

"그 운 좋은 친구는 몇 시에 오기로 했어요?" 마일로가 물었다. 초인종이 울리면 욕실에 들어가 숨어 있을 작정이었다.

"이미 왔어요." 킴이 화이트와인 병마개를 따며 말했다.

여기 왔다고? 벌써? 젠장. 어디?

"내가 얘기 안 했던가요, 마일로? 당신이잖아요. 오늘 밤에 난 당신하고 데이트를 할 거예요. 물론 당신만 괜찮다면요. 그런데 내가 아까 양해를 구했듯이, 보모를 구하지 못해서 장소는 바꿀 수가 없어요."

그녀가 마일로를 바라보며 커다랗고 맑은 두 눈을 깜빡였다.

아, 우와!

"나는…… 그러니까, 물론이죠." 그가 대꾸했다.

"당신이 먼저 데이트 신청해주길 기다리다가는 내가 꼬부랑 할머니가 돼버릴 것 같아서요." 킴이 말했다.

그는 마냥 기다리고 있던 자신이 어리석게 느껴졌다. 따라서 즉시 용기를 내어 그 실수를 만회하기로 마음먹었다. 마일로는 킴의 허리에 한쪽 팔을 둘러 가슴 쪽으로 끌어당긴 후 그녀의 입술에 키스했다. 그녀도 키스로 응해왔다. 잠시 후 그들은 서로를 놓아주었다.

리비가 소파 등받이 너머로 두 사람을 바라봤다.

"엄마, 그 아저씨랑 결혼할 거야?" 아이가 물었다.

(두 사람 결혼할 거야? 목소리 중의 하나도 물었다.)


그들은 촛불 빛 아래서 아이와 함께 저녁을 먹었다. 마일로는 자신이 일종의 더블데이트를 하고 있다는 걸 깨달았다.

"우리 집에 연구실 컴퓨터 한 대를 가져다 뒀어요." 킴이 너무 바짝 익힌 로스트비프를 먹으며 말했다. "난 위성 문제를 연구하고 있거든요."

"난 거미가 무서워요." 리비가 그에게 말했다.

더블데이트는 이런 식으로 진행되었다. 한 번에 두 세트의 대화, 두 명의 데이트 상대.

"새 위성을 발사한 지가 벌써 3년이나 됐네요." 마일로가 말했다. "새로운 전송 방법을 찾아내지 못한다면, 새로운 암흑기가 도래할 거예요. 나도 거미는 싫더라. 거미가 날지 못해서 정말 다행이지 않니?"

"데이터 패킷이 기존 시스템을 무시하도록 프로그래밍하면 어떨까요? 또는, 글쎄요, 잘은 모르겠지만, 그냥 자기권에 부딪히는 것만으로도 우리가 정보를 얻을 수는 없을까요?"

"바퀴벌레 중에는 날 수 있는 것도 있다는 거 알아요?"

마일로는 기절할 만큼 놀랐다. 얼마나 대단한 생각인가. 앨드린이 흥분하고도 남을 만한 아이디어였다.

"박사님에게 연락해봐야겠어요." 그가 말했다. "나도 날아다니는 바퀴벌레에 관해 들어봤어!" 그가 덧붙였다. "징그러워!"

"그거 이름이 팔메토 벌레예요. 나 쉬하고 올게요."

TV 앞에는 디저트용 레몬 머랭 파이가 놓여 있었다. 그들은 고전 배트맨 영화를 보고 소파에서 함께 잠들었다. 세 명이 모두.

다음 날 아침, 어린이집이 문 열기 한 시간 전에, 그들은 앨드린이 아침마다 거의 습관적으로 찾아가서 태블릿과 오렌지 하나와 오렌지 주스 한 잔을 앞에 놓고 앉아 있는 카페테리아에서 그를 만날 수 있기를 기대하며 리비를 데리고 대학교로 속도를 내서 달려갔다.

하지만 그는 거기에 없었다.

사무실로 찾아갔지만, 문이 열려 있음에도 그의 모습은 보이지 않았다. 그렇다고 연구실에 있는 것도 아니었다. 이건 그의 평소 모습이 아니었다.

마일로와 킴은 도저히 믿기지 않는다는 듯한 시선을 나누었다.

"실종이에요." 두 사람이 자그마한 목소리로 소곤거렸다.

"그게 무슨 말이야?" 리비가 물었다.

그들이 대답도 하기 전에, 검은 정장 차림의 무섭게 생긴 남자 둘이 연구실 안으로 성큼성큼 걸어 들어왔다.

"마일로 오스굿 씨?" 그들이 물었다. "킴벌리 토드 씨와 리비?" 남자 중 하나가 들고 있던 태블릿을 확인했다.

아, 젠장, 마일로는 생각했다.

"네." 세 사람이 동시에 대답했고, 바로 그 순간, 그들도 역시 실종되었다.

처음에 그들은 차를 타고 공항으로 갔다. 그런 다음에는 급히 소형 제트기를 타고 동쪽으로 날아갔다. 비행기가 착륙한 후, 그들은 차를 타고 황금빛 아침 햇살과 옥수수밭을 통과해 농로를 따라가서 창문이 없는 하얀색 건물 앞에 도착했다. 군 막사와 군인들에 에워싸인 건물이었다. 그들은 안으로 안내되어 들어가서 티끌 한 점 떨어져 있지 않은 길고 하얀 복도를 따라 걸어가다가 역시 깔끔하고 아무 특징도 없는 문 앞에 도착했다.

마일로가 노크하기도 전에 문이 열렸고, 안에는 웨인 앨드린이 서 있었다. 그는 부스스해 보였지만 어딘가 다치거나 하지는 않은 듯했다. 하지만 전에 본 적 없는 뭔가에 홀린 듯한 표정을 짓고 있었다.

"일단 첫째, 미안해요." 그가 말했다. "그리고 둘째, 들어와서 앉아요."

리비가 막 무슨 말인가 하려던 찰나, 바로 그 정확한 순간에, 머리를 하나로 올려 묶은 점프슈트 차림의 매우 쾌활해 보이는 십 대 소녀 하나가 바쁘게 안으로 들어오더니 물었다. "네가 리비니?"

15초 후, 십 대 소녀와 리비는 밖으로 나가 손에 손을 잡고 복도를 따라 걸어갔다. "내가 리비 아침 먹일게요!" 십 대 소녀가 약속했다. "그리고 한 시간 후에 이리로 데려올게요!"

마일로는 앨드린이 자신의 새로운 사무실로 그들을 안내해 들어가는 동안 킴의 허리에 감아놓은 팔에 힘을 주었다. 싸구려 책상, 탁자, 커피추출기, 서류 캐비닛, 컴퓨터 몇 대, 접이식 의자 몇 개가 놓여 있었다. 확실히 앨드린은 실종된 게 아니었다. 이주해온 것이 분명했다. 그가 말을 시작했다.

"이제부터 내가 설명을 할 테니, 중간에 말을 끊지 않았으면 고맙겠어요. 내 말이 끝나면 질문을 하거나 고함을 지르거나 화를 낼 시간을 드릴 겁니다. 물론 원하신다면.

일 년 전에 아마추어 천문학자들이 밤하늘에서 뭔가 이상한 것을 발견했어요. 그들이 전문가들에게 그것을 확인해달라고 청했고, 안 좋은 소식이라는 게 밝혀졌죠. 2025년 10월에, 아일랜드 크기만 한 혜성이 거대한 총알처럼 지구에 충돌해올 예정입니다. 그렇게 된다면 지구상의 모든 생명체를 죽여버리겠죠. 그래서 그들은—일단, 내 얘기부터 들어봐요, 마일로—그래서 그들은 우리가 뭘 어떻게 해야 할지 논의하기 위해 크게 회의를 열었고, 다음과 같은 사항을 결정했습니다. 즉, 각 분야의 과학자와 각계의 중요인사들을 모아 인류를 지구에서 멀리 데려갈 우주선을 건설하도록 하자는 거였죠. 우주선 하나는 금성으로, 또 하나는 지구 궤도로,

또 하나는 화성, 다른 하나는 목성의 위성으로 보낼 겁니다. 그 우주선들이 인간의 거주지 역할을 하게 되고, 더 많은 거주지 건설에 필요한 재료도 운반하게 될 겁니다."

마일로는 손이 떨리지 않도록 양쪽 손가락을 깍지 꼈다. 그의 옆에서는 킴이 조용히 숨을 몰아쉬고 있었다.

"따라서……." 앨드린이 말을 이었다. "우리는 불과 5년 만에 100년 동안 이루어낼 만한 과학과 공학 작업을 수행해내야 합니다. 이제 두 분이 내게 무차별 질문을 퍼부어대기 전에, 내가 먼저 두 사람의 질문을 예상해낼 수 있을지 한번 보도록 하죠. 첫 번째 질문, 그 우주선에는 몇 명의 사람이 탈 수 있나요? 답은, 그다지 많은 인원이 탈 수는 없다는 겁니다. 각각의 우주선에 대략 6천 명 정도가 될 것 같아요. 두 번째 질문, 그렇다면 나머지 지구 사람들에게는 뭐라고 말할 겁니까? 답은, 가능한 한 아무 말도 하지 않을 겁니다. 안 그랬다가는 그들이 이리로 몰려와서 우리를 모두 갈가리 찢어놓을 테니까요. 셋째, 우리는 왜 여기 있나요? 당신들이 여기 있는 이유는 내가 여기 있고, 내게 두 명의 직원이 허용되었기 때문입니다. 그렇다면 나는 왜 여기 있느냐고요? 이 모든 게 무리 없이 작동되게끔 하려면, 가능한 한 단순해야 하기 때문이에요. 따라서 내가 이 모든 걸……."

"우아하게 만드는 거군요." 이렇게 말하고 마일로는 바닥에 구토를 했다.

"바로 그거예요." 앨드린이 말했다. "아, 젠장. 내가 관리인을 부를게요. 걱정하지 말아요. 나도 처음엔 먹은 걸 다 토해냈으니까요."

관리인을 기다리는 동안, 그들은 복도로 나가서 하던 얘기를 계속 나누었다. 함께 손을 잡고 선 채로, 킴과 마일로는 앨드린이 예상은 하고 있었을 테지만, 아직 답을 준비하지는 못한 질문들을 던졌다.

그는 참을성 있게 묵묵히 그들의 말을 들었다.

"아니요." 그가 대답했다. "우주선 내에 당신들의 자리가 보장되지는 않아요. 처음에는 오직 팀 대표들에게만 보장이 되죠. 그래요, 나도 대표예요. 아니요, 킴, 미안하지만, 아이들이라고 해서 딱히 예외는 아닙니다. 발사일에 가까워지는 동안, 우리는 점차 우리의 필요나 욕구에 관해 더 많이 알게 될 테고, 그럼 당연히 더 많은 숙련 인원이 선발될 거예요. 그러니 나중에는 추첨을 통해 승선 인원이 결정될 겁니다."

킴이 바닥에 뚫린 구멍을 빤히 노려봤다.

"리비에게 자리를 보장해주지 않는다면……." 킴이 조용히 말했다. "그게 뭐가 됐든, 난 당신을 돕기 위해 아무 일도 하지 않을 거예요."

"나도 마찬가지입니다." 마일로가 스스로 놀라며 대답했다.

앨드린이 고개를 저었다. "그건 내가 정한 규칙이 아니에요. 그 점은 부디 이해해주길 바랍니다. 내가 핵심 기획자라고 해서 정책에 관해 가타부타할 수 있는 권한이 있는 건 아닙니다."

"그럼 누구에게 권한이 있나요?" 마일로가 물었다.

"돈이겠죠." 킴이 내뱉듯이 말했다. "그 외에 누가 있겠어요? 솔직히 말해, 대여섯 개의 세계은행이 모든 것을 담보로 돈을 빌려주고 있잖아요."

"그건 확인되지 않은 소문일 뿐이에요." 마일로가 말했다.

"아니, 킴의 말이 맞아요." 앨드린이 말했다. "돈도 다른 모든 것과 조금도 다르지 않아요. 저항이 가장 적은 경로를 따라 시스템을 형성해가다가 여러 장소에 모이는 거죠. 그 장소들, 그러니까 은행이 우리가 여기서 하려고 하는 일을 성사시킬 수 있는 유일한 힘이에요."

"그렇다면……." 마일로가 말했다. "우리가 협력하지 않겠다고 하면, 그들이 와서 우리에게 총알이라도 박아 넣는 겁니까?"

"나도 몰라요." 대답하는 앨드린의 표정이 어두워졌다. "그러니 문제 일으키지 말아요. 일단 게임에 참가해서 당신의 값어치를 올려놓는 겁니다. 그러는 동안에 최선을 다하는 거죠."

관리자가 바퀴 달린 도구함을 밀며 도착했고, 곧 고개를 끄덕이더니 사무실 안으로 사라졌다.

"우리는 완전히 새로운 현실에 처해 있어요." 앨드린이 두 사람의 어깨에 손을 올려놓으며 말했다. "잠시 시간을 내서 생각해보도록 해요. 내가 두 사람이 함께 지낼 아파트를 마련해놨어요. 가서 앉아요. 뭘 좀 먹어야죠. 그들이 옷을 가져다줄 겁니다."

"함께요?" 마일로가 물었다. "어떻게 아셨어요? 내 말은, 우린 이제 겨우…… 어젯밤은……."

"맙소사, 당신들 정말……." 앨드린이 웃음을 터트렸다. "마일로 당신 말고는 모두가 알고 있었어요. 자, 이제 그만 여기서 나가줘요."

앨드린의 사무실 문이 그들 등 뒤로 닫혔다. 복도 저편에서 리비와 십 대 소녀가 깔깔 웃으며 달려오고 있었다.

"나도 알고 있었어요." 킴이 마일로의 어깨에 머리를 묻으며 말했다.

중부 아이오와 외부의 세계는 계속해서 붕괴했다. 방사능 폭탄이 시애틀을 유령 도시로 만들었다. 제약 업계는 마침내 극단적인 전환점에 도달했고, 아예 그 존재 자체가 사라져버렸다. 전 세계적으로 살아남기 위해 약이 필요한 사람들이 시름시름 앓다가 죽어갔다.

마일로는 천식약을 구할 수 없었다. 이제는 발작이 일어나도 그저 참고 견디는 수밖에 없었다.

아크ARK(방주. 피난처나 안전한 장소를 의미한다 ─ 옮긴이) 복합 주거지는 작은 도시로 발전했다. 아무도 그 정체를 알지 못하는 도시이자, 그 상공을 날아서 넘어가는 것도 허용되지 않는 도시였다.

가장 거대한 건물 안에서, 그들은 거대한 피난용 우주선을 디자인했다. 그것은 부분적으로 앨드린의 영토였다. 일주일 만에 그들은 살아 있는 생물에 기초한 우주선을 논의하기 시작했다. 그들의 우주선 시스템은 마치 폐처럼 호흡하고, 피처럼 흐를 것이며, 뇌처럼 보고 듣고 생각하게 될 터였다.

다른 건물 안에서는 인간이 우주 공간에서 하나의 공동체를 이루어 살아가고 일하게끔 하는 방법을 연구했다. 그들이 도출해낸 첫 번째 합의는 사회적 제약이 적어진다면 사람들이 더 행복해지리라는 것이었다. 인류를 다시 시작할 필요가 있어서 전통적인 결혼은 실용적이지 않았다. 우주선 위의 인간 문화는 매우 '자유로워'질 터였다.

이러한 실험과 결론들은 현재의 아크 문화에 많은 영향을 미쳤다. 아크는 정말, 정말, 정말로 들어가기 힘든 파티 스쿨(방탕하고 격렬한 파티 문화를 즐기는 대학 등의 고등 교육 기관을 말한다─옮긴이)처럼 되어버렸다.

마일로와 킴은 기숙사에서 다른 가족들과 함께 거의 비슷한 모습으로 생활했다. 그들은 친구를 사귀었다. 휴일도 함께 보냈다. 낮동안에 리비는 어린이집에 다녔고, 마일로와 킴은 우주선 조립 건물에서 일했다.

그들은 파티에 초대되었다. 보통은 참석하는 편이었다.

자유 사랑 지지자 모임에서도 가입 초대장을 받았지만, 정중하게 거절했다. 마일로와 킴은 일부일처제를 유지하기로 했다.

그다지 나쁜 세상은 아니었다. 바깥세상이 멸망하고 있고, 그들 자신도 머지않아 똑같이 멸망해버리리라는 사실만 무시해버릴 수 있다면.


마일로는 자신이 우울증과 싸우고 있음을 깨달았다. 영혼을 뭉개버려 전신을 마비시킬 수도 있는 극한의 종류가 아니라, 시간이 지날수록 점점 차오르는 지속적이고 지고한 슬픔 같은 우울이었다.

다시 목소리들이 돌아왔다. 그들은 지구에서 인류 역사의 모든 시대를 살아온 이들이었다. 그리고 이제 그 역사가 끝나가려 하고 있었다. 폭력적이고 안 좋은 방식으로.

목소리 중에는 폐렴으로 맞이했던 자기 자신의 죽음보다도 지구의 죽음을 더 두려워하는 야수파 화가가 한 명 있었다. 천 년 전에 살았던 매우 독실한 기독교 신자인 농장 일을 하는 소녀도 하나 있었는데, 그녀도 자기 죽음에는 신경 쓰지 않았다. 세상과 하나님의 창조물이 그것을 견뎌내리라 믿고 있기 때문이었다. 하지만 이제는 그것마저도 위험에 처해 있었다.

대부분의 목소리는 침묵했다. 바로 그것, 그 침묵이 마일로를 우울하게 했다. 8천 년의 세월을 살아온, 침묵하는 목소리가 그의 머릿속에서 그의 눈을 통해 세상을 바라보고 있었다.

"왜 그래요?" 어느 날 밤 아파트 창문을 통해 멍하니 밖을 내다보는 그를 보고 킴이 물었다.

"머릿속에서 목소리들이 들려요." 그가 마침내 불쑥 말했다. "보통은 그렇다고요."

"그럴 줄 알았어요." 그녀가 그의 팔짱을 끼며 말했다. "자는 동안 당신이 그 목소리들과 대화를 하거든요."


1년이 지났다.

경계 철망 구내에서 우주선들이 형태를 잡아가기 시작했다. 처음에는 노동자로 붐비는 도시 한 블록만큼이나 큰, 거대한 새장처럼 보이는 우주선 틀이 기중기에 의해 움직여 다녔다. 모두 넉 대였다. 실험용 우주선인 루킹글라스Looking Glass가 가장 먼저 완성되어 역사상 가장 위대한 시험 운전에 돌입해 태양계를 여행해 다닐 예정이었다. 다른 우주선들—아발론, 아틀란티스, 서머랜드—은 헤성이 충돌하기 직전 지구를 떠나기로 되어 있었다.

아크 외부 세계에서는 경제가 증발하고 있었다.

"저 바깥은 빠르게 죽어가고 있어요." 앨드린이 말했다. "그런데 난 정말 모르겠네요. 지금 일어나는 모든 일은 예방할 수 있던 것이었어요. 지난 60년간 우리는 재계 지도자들이 우리를 빠져나갈 곳 없는 궁지 속으로 몰아넣는 모습을 지켜보기만 했던 거예요."

그들은 컴퓨터실에 있었다. 근래에는 거의 시간을 컴퓨터실에서 보내는 중이었다. 우주선의 거대한 화학적 폐가 아직 제대로 순환하지 못하고 있기 때문이었다. 마일로와 킴은 앨드린이 제시한 컴퓨터 모델에 모든 업무 시간을 쏟아부었다. 앨드린은 그 모델이 우주선 폐의 실패 원인을 찾아내 뿌리 뽑게 되리라고 확신했다.

만약 그게 성공한다면, 그들은 축하 파티를 할 예정이었다.

아크에서는 매일 갖가지 돌파구를 찾아냈기에 축하 행사도 많았다. 아크 주거지에 노벨상을 비처럼 뿌려댄다고 해도 그들의 공적을 다 치하할 수 없을 정도였다. 그러나 시간이 많지 않았다.

컴퓨터 모델은 근사하게 작동했다. 환기 기관 속에서 자라는 식용식물은 너무 빠르게 번식했다. 뻗어 나갈 공간이 필요하다는 의미였다. 어쩌면 식물 중 일부는 냉각실에서 키울 수 있을지도 몰랐다. 그곳에서라면 응축이 가능할 터였다.

그들은 축하했다. 그날 밤에는 골판지와 땅콩기름으로 방사선 차폐하는 법을 발견해낸 또 다른 팀 하나도 함께했다.

얼마 후, 인파와 술에 지친 마일로와 킴과 앨드린은 복합 건물에서 멀리 떨어진 잔디밭 한가운데 있는 탁 트인 공간으로 나갔다.

하늘에는 얼음과 불의 바다처럼 별들이 빛나고 있었다.

그들은 장비실에서 휴대용 화기를 빌리고, 마시멜로를 챙겨 아이오와의 밤 속에 앉아 와인을 마셨다.

그때 앨드린이 말했다. "아내가 그립네요."

뭐라고?

"내가 결혼한 거 알고 있었어요?" 그가 물었다. "오래전 일이네요. 아내는 너무 갑작스럽게 세상을 떠났거든요."

"알고 있었어요." 킴이 말했다. 그녀가 그의 팔을 꽉 잡았다가 놓았다.

"아내가 살아 돌아와서 예전으로 다시 돌아가기를 바라거나 그런 건 아니에요. 사실 이 프로젝트가 사람을 외롭게 하기도 하고 다른 일에는 전혀 신경 쓸 수도 없게 하잖아요. 내 말은, 이 모든 게 다 사회적인 종(種)이 되자고 하는 일 아닌가요? 사회가 계속 유지되게끔 하자는 거잖아요. 우린 햄스터가 아니에요. 햄스터는 혼자 살거든요. 그 사실 알고 있었어요? 걔들은 심지어 다른 햄스터들과 교류도 하지 않아요. 우린 늑대 쪽에 가깝죠. 늑대들은 서로 떨어졌다가도 다시 뭉치고, 만나면 반가워 펄쩍펄쩍 뛰고 서로 냄새를 맡으면서 좋아 죽으려고 들잖아요. 그걸 사람들은 '늑대의 환희'라고 하죠."

모닥불 속에서 뭔가가 터져, 밤 속으로 불꽃을 날려 보냈다.

"외로운 늑대로 지내기에는 그리 적당한 시기가 아닌 것 같아요." 앨드린이 말했다.

그가 킴의 무릎에 한 손을 올리더니 꽉 쥐었다.

뭐야, 이거! 마일로는 생각했다. 지금 무슨 일이 일어나고 있는 거야?

킴의 입술이 떨리며 열렸다. 그리고 말했다. "와인을 너무 많이 마신 것 같아요." 그녀가 일어섰다.

앨드린의 손이 아래로 떨어졌다. 그의 눈은 모닥불을 바라보고 있었다.

"우리 전부 그런 것 같네요." 마일로가 말했다. 그가 벗어놓은 재킷을 집어 들었다. 그리고 킴의 어깨에 숄을 덮어주었다.

"난 조금만 더 앉아 있다 들어갈게요." 앨드린이 말했고, 마일로와 킴은 인사를 건넨 후 그를 혼자 두고 자리를 떠났다.

그들이 300미터쯤 걸어갔을 때, 멀리서 길게 흐느끼는 듯한 목소리가 들려왔다.

"주정뱅이 후레자식 같은 놈." 마일로가 투덜댔다.

킴이 그에게 팔짱을 끼며 말했다. "착하게 굴어요." 착하게? 마일로는 잠시 그 단어에 관해 생각해봤다.

그의 우울증은 이제 심한 좌절감으로 변해버렸다. 유기체처럼 작동하는 우주선을 건조하고자 하는 그들의 노력이, 통합에 관한 모든 작업이, 이제 거의 성공 단계에 들어선 듯했다. 그러자 그토록 위대해 보이던 앨드린이라는 자는 자신이 얼마나 인간적인지 증명해 보였다. 뿐만 아니라, 적절함에 관한 감각도 떨어진 것 같았다.

제기랄.

문제가 복잡해질지도 모른다는 사실을 난 이미 알고 있었을지도 몰라, 마일로는 생각했다.

문제는 원래 복잡한 거야, 그의 머릿속 이집트 수학자가 말했다. 그러니까 그게 문제인 거지.

첫 번째 추첨이 있던 날 밤, 그들은 리비가 가장 좋아하는 저녁 메뉴인 맥 앤드 치즈 위에 치즈와 얇게 저민 핫도그를 추가해 넣은 식사를 준비하고 리비가 가장 좋아하는 영화인 〈베벌리 힐스 치와와 47〉을 함께 시청했다. 아이가 잠들고 난 후에, 그들은 한 사람이 겨우 들어갈 수 있는 수면 캡슐 안에서 말 그대로 서로를 집어삼킬 듯이 탐닉했다.

서로에게 보내는 그들의 메시지는 단순했고, 오해의 여지란 없었다. 즉, 그들은 가족이었고, 서로를 사랑했다.

그들은 선택되지 않았다.

"리비, 리비, 리비." 자정이 지난 후, 추첨의 마지막 번호 조합이 화면에 공개되는 동안, 마일로는 킴이 가정용 노트북 앞에서 작은 소리로 중얼거리는 것을 들었다. "제발 리비만이라도. 리비, 리비, 리비, 리비." 충분히 마법을 일으키지 않는 마법의 주문을 외우기라도 하듯이.

**루킹글라스**가 마지막 형태를 갖추었다. 그것을 보고 있노라면, 그들이 아이오와 평원 저 멀리 일종의 성당을 세웠다는 생각이 들 정도였다. 우주선은 마치 어떤 눈속임인 것처럼 언덕을 가로질러 거대하게 누운 채 반짝거렸다.

**루킹글라스**가 지구를 떠나는 것을 바라보는 일은 불이 붙어 타오르는 고래를 바라보는 것 같았다.

지구와 대기가 동시에 흔들렸고, 고래가 솟아올랐다. 처음에 그 것은 천천히, 여전히 푸른 언덕과 푸르른 옥수수밭을 반사하면서 떠올랐고, 올라가는 동안에는 지구에 서서 멀리 떠오르는 지구를 바라보는 듯한 느낌을 주었다. 그런 다음 거대한 기관 벨이 점화되었고, 우주선은 마치 두 번째 태양처럼 하늘을 가로질렀다.

언덕 위의 날씨가 바뀌더니 바람이 불어와 사람들의 머리카락과 실험실 재킷과 갓 자른 잔디의 풀을 날리게 했다. 그리고 그들 모두, 지상에 남아 있는 30만92명 모두, 우주선이 하늘을 가로질러 날아가는 동안 눈살을 찌푸린 채로 가만히 서서 바라봤다.

그러고 나서 다들 일터로 돌아갔고, 카운트다운이 다시, 이번에는 전보다 빠른 속도로 시작되었다.


마침내 멕시코의 몇몇 아마추어 천문학자가 혜성을 목격했다. 그들이 그것에 마리 혜성이라는 이름을 지어주었다. 세계 각지에 있는 철조망 밖의 다른 사람들은 이것저것 조합해 상황을 추론하기 시작했다.

"이것 때문에 과학자들이 실종되었는지도 몰라." 그들이 말했다.

그러자 몇몇 아크 직원들에게는 인터넷에 접속해 허위 정보를 유포하라는 임무가 주어졌다. 그들은 페루의 안데스 산맥에는 일반인들이 들어갈 수도 없고, 비행기를 타고 넘어갈 수도 없는 비밀스러운 장소가 있다는 소문을 퍼트렸다. 그리고 수천 명의 사람과 건설 중인 몇 개의 거대한 로켓이 찍힌, 텐트 도시처럼 보이는 희미한 위성사진도 유포했다.

사람들이 생존할 기회를 찾아 남아메리카로 몰려가서 안데스 산맥으로 올라가기 시작했다. 하지만 안데스 산맥은 돌아다니기에 여간 힘든 장소가 아니었다. 여객기 같은 사치품은 세계 경제와 함께 무너져버린 지 오래였다. 바다 여행은 비싸기도 하고 위험했으며, 대부분 해적의 통제하에 있었다. 곳곳에서 법률이 무너지고 있었다.

아이오와에 있는 그들은 한동안 평화롭게 작업을 이어갈 수 있었다.


몇 달이 흘러갔다.

우주선들이 마지막 형태를 갖추었다. 구조적인 장치들이 실험되었고, 폐가 숨을 쉬었으며, 심장도 뛰기 시작했고, 뇌는 탁탁 튀고, 엔진은 탄력을 얻었다.

아크 내의 모든 곳에서 작업이 활발해졌고, 작업 강도 역시 최대치로 끌어 올려졌다. 사람들은 더 열심히 일했고, 더 열심히 술을 마셨으며, 더 열심히 사랑했다. 그들은 루킹글라스가 다시 나타나서 이주가 시작되기를 기대하며 시계와 하늘을 바라봤다.

처음으로 대다수 아크 직원이 자신들의 삶이 그리 오래가지 않으리라는 사실을 이해하기 시작한 듯 보였다. 그들은 열심히 작업했지만, 그 사실에 관해서는 입을 다물었다. 일부 직원들이 한밤에 철조망을 넘어 사라지기 시작했다. 몇몇은 세상이 죽음을 맞이하기 전에 친구나 가족을 보고 싶기 때문이었고, 또 다른 이들은 생존을 위해 준비할 시간을 갖고 싶기 때문이었다.

마일로와 킴도 그에 관해서는 이야기하지 않았다. 킴이 거부했다. 겉으로 보기에 그녀는 기회나 정의가 도와서 적어도 자신의 아이는 방주에 탈 수 있게 되리라는 믿음을 버리지 않았다. 그러나 마일로가 보기에 그녀의 내면은 산산이 조각나는 중이었다. 그 사실에 관해 이야기하는 대신, 그들은 술을 마셨다. 술집에 간 것이 아니라, 그저 술만 마셨다. 한동안 그들은 대화 대신 사랑을 나누었다. 하지만 어느 순간부터는 사랑을 나누는 것도 슬퍼졌으며, 간격이 벌어지다가 결국에는 멈춰버렸다. 그때부터 리비가 그들의 침대에서, 두 사람 가운데 누워 잠들기 시작했다.

세상은 이미 멈춰버렸다고 마일로는 생각했다. 사람들의 얼굴에서 그 사실을 읽어낼 수 있었다. 그들은 스트레스가 포화 상태에 이른 초조한 표정이었다. 마치 뭔가에 흠씬 두들겨 맞았지만, 무엇에 맞았는지 전혀 알지 못하는 그런 표정이었다. 모퉁이만 돌아가면 사람들이 울고 있었고, 우는 모습을 들킨 사람들은 수치스러워하며 서둘러 자리를 피했다.

마일로는 울지 않았다. 대신 천식 발작이 너무 심해져서 한번 시작하면 거의 정신을 잃을 정도였다. 하지만 그는 아무에게도 말하지 않았다.

머릿속에 있는지 영혼 속에 있는지 정확히 알 수는 없었지만, 어쨌든 그의 안에 있는 목소리가 도움이 되려고 애를 쓰며 합창하듯이 말했다. 크라카타우(인도네시아의 화산섬 – 옮긴이)의 어부였던 목소리 하나는 전 세계에서 들려오는 화산 폭발음 속에서 이미 세상의 종말을 목격했었다. 여덟 살짜리 아이 하나는 전염병이 마을을 덮쳐와서 가족을 모두 데려간 것은 물론이고, 그것이 자기 목구멍 속으로 기어 내려가는 모습을 지켜봐야 했었다. 은행원이었던 목소리 하나는 곡물 거래소 지붕에서 뛰어내림으로써 너무 많은 위험을 감수하기도 했었다.

세상은 이미 끝나 있었어, 그들은 말했다. 세상이 다시 끝나지 않으리라고 누가 장담할 수 있겠어?

믿든 안 믿든 간에, 어쨌든 이것이 마일로의 기분을 조금은 나아지게 해주었다.


대부분 국가가 혼란에 빠지고 폭동이 일어났다. 인터넷은 헐떡거리다가 화면이 깜빡이더니 꺼져버렸다.

어느 날 아침, 마일로가 실험실 안으로 걸어 들어갔을 때, 마침 킴과 앨드린이 열띤 논쟁을 벌이는 중이었다. 마일로의 모습을 보자마자, 둘 다 얼굴이 벌겋게 달아오른 채 서로를 외면했다.

"무슨 일이에요?" 마일로가 물었다.

"별일 아니……." 앨드린이 입을 열었다.

"**무슨 일이냐고요?**" 마일로가 가까이 있는 의자를 발로 걸어차며 소리 질렀다. "두 사람 중 **한 명**이라도 나를 얼간이 취급하지 않는 예의 정도는 지켜준다면 고맙겠는데요."

"이 사람이……." 킴이 앨드린을 손가락질하며 떨리는 목소리로 말했다. "자기가 우리를 위해 **서머랜드**에 자리를 만들어주겠다고 약속했었어요. 만약 우리가……."

그녀는 계속할 수 없었다.

"우리가 뭐요?" 마일로가 물었다.

"날 가족으로 만들어주면." 앨드린이 말했다. 그는 뒷짐을 지고 서서 위엄 있어 보이려고 애쓰는 중이었다.

"당신을 가족으로 만들어요?" 마일로가 물었다. "어째 '내가 당신 아내와 뒹굴고 싶어'라는 개소리처럼 들리는군."

(이게 세상이 끝장나는 또 다른 방법이지. 이집트 수학자였던 목소리가 머릿속에서 말했다.)

"그렇게 간단한 문제가 아닙니다." 앨드린이 말했다. "혹은 그렇게 저속한 게 아니에요."

그들은 거의 코를 맞댈 만큼 가까이 노려보고 서 있었다.

킴이 걱정스러운 표정으로 그들 곁으로 다가섰다. 그녀는 마일로가 사람을 치는 것을 한 번도 본 적이 없었지만, 지금은 당장에라도 주먹이 날아갈 것처럼 보였고, 정말 그랬다가는 아무 도움도 되지 못할 게 분명했다. 폭력적인 사람은 아크에 머물 수 없었다.

바로 그때, 뭔가 꽤 복잡한 일이 마일로의 정신적 황무지에서 일어났다. 낯선 내면의 목소리 하나가 그에게 소리 지르고 있었다. 거의 수천 명에 달하는 그의 전생이 그에게 조언하려 애쓰기라도 하듯이, 분노 뒤에 있는 그의 영혼이 현명해지려 노력하는 중이었다.

수천의 목소리가 마일로에게 잠시 침묵하고 생각해보라고 설득했다.

마침내 입을 열었을 때, 마일로는 이렇게 말했다.

"앨드린, 우린 당신을 사랑해요. 게다가 빌어먹게 암울한 미래가

다가오고 있는 까닭에, 심지어 당신의 제안을 생각해볼 가치가 있다는 생각조차 드네요. 하지만 내가 이해하기 힘든 문제가 좀 있어요. 만약 당신의 제안이 진심이라면…… 왜 우리 둘 다에게 그 제안을 들고 오지 않았나요? 게다가 당신이 이런 상황을 틈타 리비와 당신의 영향력을 이용해서 킴을 당신의 침대로 끌어들이려고 시도하는 것 같다는 느낌이 강하게 드는 건 어떻게 해야 하는 걸까요? 그건 당신이 할 법한 일이 아니잖아요. 그건 내가 아는 웨인 앨드린이 아니에요. 그러니 이 질문에 답해주면, 내가 렌치로 당신 이빨을 뽑아버릴지 말지 결정할게요."

앨드린이 고개를 끄덕였다.

"물어봐 줘서 고마워요." 그가 말했다. "그리고 참을성을 보여준 것도 고마워요. 가장 중요한 질문에 대한 답은 내가 그런 식으로 변한 건 아니라는 겁니다. 나는 당신들이 매춘을 하게끔 유도하는 것도, 리비를 인질로 잡으려는 것도 아니에요."

"그렇다면 당신의 진짜 의도는 뭐였죠?" 킴이 물었다.

"그들이 한 가지 정책 변화를 발표했어요." 앨드린이 말했다. "미리 선택된 팀 대표들에게만 해당하는 정책이에요. 무슨 이유에선지 모르겠지만, 정책관들이 우리의 직계 가족들에게 추가적인 기회를 주자고 결정했어요. 나는 상황이 좀 불안정해지고 있다고 생각해요. 그들은 팀이 응집력을 유지하고 계속 일할 수 있도록 해야 하기에, 팀 대표에게 뼈다귀를 던지고 있는 겁니다."

마일로의 천식 발작이 시작되려 하고 있었다.

"계속해봐요." 그가 식식거리며 말했다.

"음, 그래서 그랬던 거예요. 난 당신 아내와 침대에 들어가려는 게 아닙니다. 당신 가족을 방주에 태우려고 애쓰는 중이에요."

마일로는 그 순간 킴의 마음이 눈앞에 고스란히 보이는 것 같았다. 그녀의 마음속에는 오직 한 가지 생각뿐이었다. 리비, 리비, 리비, 리비, 리비…….

제기랄, 그는 이 상황이 참을 수 없었다.

킴과 리비는 그의 가족이었다, 젠장.

"그럼 하는 겁니까?" 그가 킴을 바라보며 말했다.

그녀는 말 그대로 안도감에 당장에라도 폭발할 것 같았다. 눈물이 강물처럼 흘러내렸다.

"그래요." 그녀가 말했다.

그러고 나서 그들은 모두 뒤로 물러났다. 어색하고, 어색하고, 어색하게. 그리고 컴퓨터 작업을 시작했고, 점심시간이 될 때까지 서로에게 눈길도 주지 않았다. 점심시간에는 세 사람이 행정처에 있는 공증인 사무실로 가서 사실상 자동판매기의 주례로 결혼을 했다.


혜성이 밤하늘에 나타났다.

"정말 아름다워." 사람들이 말하는 소리가 들려왔다. 밤이면 그들은 언덕으로 올라가 아크 주변에 몰려섰다. 매일 밤, 담요를 둘러쓴 사람들이 마치 불꽃놀이를 기다리듯이 언덕에 진을 치고 있었다. 부부가 한 쌍을 이루어 여기저기. 배우자 무리가 우르르 몰려서 여기저기.

마일로와 킴과 리비는 앨드린의 포드(우주선이나 선박에서 분리 가능한 부분 - 옮긴이)로 옮겨갔다. 훨씬 널찍하고 설비도 잘 갖춰져 있었다. "우와, 식기 세척기도 있어!" 리비가 소리 질렀다. 아이는 이 상황이 무엇보다도 그들의 삶이 점차 발전해가는 신호라고 생각되는 모양이었다.

마일로와 킴은 앨드린의 침실에서 밤을 보냈다. 앨드린은 점잖게도 소파에서 잠을 잤다. 그들은 불편한 생활 주기를 겪어가기 시작했다. 처음에 마일로와 킴은 그들의 침대에서 그랬던 것처럼 앨드린의 침대에서도 사랑을 나누지 않았다. 그러다가 뭔가 필사적이고 말로 표현할 수 없는 어떤 것에 사로잡혀서는 사흘 밤 연속으로 사랑으로 나누었다. 그런 다음에는 다시 사랑을 나누지 않았다. 킴은 마일로의 손이 닿으면 실제로 몸을 떨기까지 했다.

"왜 그래요?" 마일로가 속삭였다. "당신 남편이 들을까 봐 겁나요?"

"왜 그래요?" 마일로가 처음 잠자리를 거부했을 때, 킴이 물었다. "당신 남편이 들을까 봐 겁나요?"

리비는 몇 날 며칠 지치지도 않고 식기 세척기 안에 작은 카트를 밀어 넣었다 뺐다 하며 놀았다. 아이는 앨드린이 마치 가족과 함께 살러 온 커다랗고 살가운 개라도 되는 듯이 바라봤다.

그들은 아이에게 아무런 설명도 하지 않았다. 다른 이유는 없었다. 그저 겁이 났기 때문이었다.


두 번째 추첨은 행정처가 귀환하는 루킹글라스와 연락이 되었음을 보고한 날 아침 아홉 시에 시작되었다.

모든 게 원만하게 진행되었다. 우주선은 은색 제비처럼 날아왔다.

팀 대표의 가족을 위한 별도의 추첨은 당첨 확률이 80퍼센트였다. 해 질 녘쯤 되었을 때, 그들은 리비가 좌석에 당첨되었다는 사실을 알게 되었다. 킴은 욕실로 들어가서 울기 시작했다. 조용히 운게 아니라, 마치 당나귀처럼 큰 소리로 울어댔다.

"저럴 거면 욕실에는 왜 들어간 거래요?" 앨드린이 물었고, 두 명의 남편은 처음으로 함께 마주 보고 웃음을 터트렸다.

밤 9시에, 그들은 킴도 자리를 확보했음을 알게 되었다.

모두 부엌에 모여 와인을 한 잔씩 따라 마셨다. 심지어 리비도.

자정에, 승객 명단이 완성되었다. 마일로는 그들 중에 포함되지 않았다.

다들 무슨 말을 해야 할지 몰랐기에, 아무도 아무 말도 하지 않았다.


한밤중에, 마일로는 숙소를 떠났다.

이미 몇 주 전에 마음먹은 일이었다. 만약 추첨에서 그 혼자만 자리를 얻지 못한다면, 즉시 떠나기로 작정하고 있었다.

마일로는 매점에서 침낭과 소형 텐트와 휴대용 식기 세트를 사서 숙소를 떠나 언덕에 형성돼 있는 작은 캠프 쪽으로 향해갔다.

그는 혼자가 아니었다. 사람들이 언덕 여기저기에 자리 잡고 있었다. 어두운 잔디밭 곳곳에 놓인 침낭이 어두운 그림자를 만들어냈다. 모닥불이 붉은 별처럼 여기저기서 타올랐다. 이들은 뒤에 남겨질 계급이었다. 그들은 미래로 나아갈 은빛 우주선과 약간의 거리를 두고 자리해 있었다.

마일로는 이들, 이미 죽은 것이나 다를 바 없는 사람들과 합류하는 것이 심정적으로 전혀 편치 않았다. 너무도 공허하고 끔찍했으며, 마치 누군가 그의 복부를 열어 위 수술이라도 하는 듯한 기분이었다. 그 탓에 천식 발작이 너무 심해졌고, 그 상태로 잠이 든 마일로는 목이 졸리는 꿈을 꿔야 했다.


그들은 스스로를 '지구인'이라고 불렀다.

아침에 몇몇 사람이 일어나서 일터로 향했다. 다른 사람들은 옥수수밭을 통과해 빠져나가 버렸다. 마일로는 연구실로 돌아가지 않았다. 이미 그곳 업무는 모두 마무리된 까닭이었다. 옥수수밭을 통과해 사라져버린 지구인들 탓에 아직 진행되어야 할 작업에 수도 없이 많은 구멍이 생겨버렸다.

남은 사람들이 그 구멍을 메꾸면서 미친 듯이 일에 몰두했다. 그것이 평생 평균 이상의 충만한 삶을 살아왔던 사람들 앞에 남은 모든 것이었다. 이제 시간이나 오랜 기간, 혹은 미래가 요구되는 것은 무엇이 됐든 전부 옆으로 치워두어야 했다. 꿈과 계획도. 늙어간다는 두려움도. 소망도. 남은 것이라고는 일밖에 없었고, 약간의 추억과 무차별적인 섹스뿐이었다. 마일로의 목소리는 갈수록 조용해지다가 결국에는 들리지 않게 되었다.

그는 연료를 공급하는 팀과 일하면서 뛰어난 화학 성분이 차갑거나 뜨거운 상태로 계속 유지되도록 확실히 챙기는 역할을 담당했다. 그는 극저온의 우주 비행복 차림으로 일했다.

마일로는 아무것도 생각하지 않으려고 노력했다.

킴이 찾아왔을 때, 그는 **아발론**에 연료 공급하는 일을 돕는 중이었다. 점심시간에 그녀가 협소한 직원용 승강기를 타고 위로 올라왔다. 구식 도시락 통과 발로니 샌드위치 하나를 들고 있었다.

그는 허공에 다리를 대롱거린 채 연료 탑 위에 앉아 있었다. 킴의 연구실 신발이 그의 시야 모퉁이에 나타났다. 그녀가 자신을 내려다보며 서 있는 것이 느껴졌다.

"뭐 하는 거예요?" 그녀가 물었다. "왜 그런 식으로 떠났어요?"

그는 자리에서 일어섰다.

"왠지 당신도 알잖아요."

"우린 아직 사흘이나 남았다고요!" 그녀가 마일로의 가슴을 때리며 말했다. "적어도 그건 **의미 있는** 거잖아요!"

마일로는 고개를 저었다. "이제는 가족이 되려고 노력해봐요. 그와 셋이 함께 진짜 가족이 되는 거예요. 그들이 와서 당신을 우주선에 태우고 어디가 됐든 떠나기 전에 말이에요. 그러니 당신에게도 시간이 필요해요. 난 그 시간을 주려는 거예요."

그녀가 양팔로 자신의 몸을 꼭 껴안았다. 눈은 감고 있었지만, 눈물이 흐르지는 않았다.

그가 킴을 끌어당겨 두 몸을 밀착시켜 꼭 껴안았다.

그녀가 그의 우주복 속으로 손을 밀어 넣으려 했다.

"안 돼요." 마일로가 속삭였다. "가서 그의 여자가 돼요. 그를 당신의 것으로 만들어요."

아주 약하게, 킴이 다시 그의 가슴을 때렸다. 그들은 서로 이마를 맞댄 채 몸을 흔들며 서 있었다.

"리비에게는?" 그가 물었다.

"아이에게 말해주려고 노력했어요. 모든 걸 얘기해주려고 애썼어요. 정말로, 내 말은, 이틀 후면 우주선에 올라타야 하잖아요. 게다가, 우린 당신에 관해서도 얘기해줘야 했고…… 아, 어땠을 거라 생각해요? 애를 다독이느라 애먹었어요. 그게 다예요. 리비는 당신을 사랑해요. 나도 사랑해요."

마일로는 고개를 끄덕였다. 그가 그녀의 이마에 키스했다.

잠시 후, 킴은 그녀가 해야 할 일을 했다. 승강기를 타고 내려가 시야에서 사라졌다.

그날 작업이 끝나고, 마일로는 언덕 중간에 잠시 멈춰 서서 복합 주거지 쪽을 돌아봤다. 우주선들이 부드러운 바람 속에서 하늘로 코를 치켜든 채 푸르른 잔디와 파란 하늘을 반사하며 기다리고 서 있었다.

그는 뒤쪽 언덕을 가로질러 수 킬로미터에 걸쳐 뻗어 있는 잿빛 철망 울타리를 눈으로 좇았다. 만약 그들이 온다면 울타리가 얼마나 유용할까? 당연히 그들은 올 것이다. 일단 우주선이 하늘로 날아오르는 모습을 보게 되면 분명히 올 것이다. 날아오르는 우주선을 다른 것으로 보이게끔 가장할 방법이란 없지 않은가. 그들은 보게 될 테고, 그러면 결국에는 오게 될 터였다.

지구인들은 많은 일을 수행해 나갔다.

사흘째 되는 날 아침, 그들은 우주선에 짐 싣는 작업을 도왔다.

거대한 해치를 봉인하고 최첨단 엔진에 시동을 걸었다.

그들은 가장 멀리 있는 언덕으로 달려 올라갔다.

그리고 그 일이 일어났다.

엔진이 **우르르** 울리고 땅이 흔들리더니 공기가 물처럼 뿌옇게 흐려지면서 충격파가 도달했다.

**아발론**이 섬광을 내뿜으며 공중에 뜨더니 하얗고 뜨겁게, 거울처럼 밝은 빛을 반사하며 치솟아 올랐다.

다음은 **아틀란티스**였다.

그리고 마지막은 진정 애끓는 **서머랜드**였다. 그리고 그것은 지구인들이 예상치 못했던 방식으로 그들 가슴에 못을 박고 상처를 주었다. 왜냐하면 서머랜드가 가버렸을 때, 그것도 너무 순식간에 사라져버렸을 때, 정말로 모든 것이 끝나버렸기 때문이었다. 위대한 업적이 성취되었고, 이제는 모두가, 죽은 것이나 다름없는 한 무리의 사람들만이, 심지어 아무 할 일도 없이 서로를 바라보며 서 있을 뿐이었다.


그들은 모닥불을 피웠다. 핼러윈 때나 피우는, 해변에서나 피울 법한, 단합대회 때나 볼 수 있는 거대한 크기의 모닥불이었다. 몇몇 사람은 우주선 건조에 사용했던 크레인을 접수해 피라미드와 젠가 탑을 만들었다. 남겨진 사람 중에는 건축가와 기술자 들도 있었기에 그 주 마지막쯤에는 온갖 놀랍고도 경이로운 작품들이 남은 로켓 연료에 흠뻑 적신 채로 제작되어 수 킬로미터에 걸쳐 늘어서 있었다.

밤이면 모두 녹초가 되어 잠들었다.

그들이 지구의 다른 어떤 곳에서 무엇을 했는지 누가 알 수 있을까?

마일로는 목재로 거대한 인간 형상을 만들기 시작했다. 입도 커다랗게 만들고, 곡괭이며 이것저것 다 제작했다.

마지막 날 아침, 마침내 사람들이 울타리로 모여들었다.

처음에는 밖에 그대로 서서 마치 죄수들이 교도소 밖에서 안쪽을 바라보듯이 철망에 손가락을 걸고 안쪽의 모습을 바라봤다. 그러다가 울타리를 기어오르거나 자르고 안으로 들어왔다. 어떤 사람은 분노했지만, 일단 모닥불과 피라미드와 탑과 거대한 목제 인간 등을 보고 나서는 다른 사람을 해치는 행동은 하지 않았다. 이곳에서 무슨 일이 일어났든 간에 이미 다 지난 일이었다. 남은 것이라고는 자신들이나 마찬가지로 저주받은 한 무리의 인간뿐이었다.

해 질 무렵, 그들은 모닥불을 피웠다.

전체 풍경은 우주선 발사를 근본적으로 비웃기라도 하듯이 과장되게 떠들썩하고 화려했다. 지금 그들은, 우주선은, 어디에 있을까? 궤도를 돌고 있을까? 지구인을 바라보고 있을까?

밤이 야만인들의 아우성 속에 깊어져 갔다. 사방에서 그림자가 떼 지어 뛰어다니거나 모여 있었다. 어떤 이들은 노래를 불렀다. 다른 이들은 조용히 머물렀다.

마일로도 목소리도 결국에는 완전히 조용해졌다. 그들 모두 자기 죽음을 경험했다. 그것을 공유할 필요는 없었다.

완전히 어두워지고 얼마 지나지 않아, 혜성이 하늘 높이 떠올랐다. 전과는 달랐다. 무시무시해 보였다.

한 여성이 비틀비틀 마일로 곁을 지나쳐가며 불렀다. "테리? 테리!" 그 순간 마일로는 생각했다. 이것이 세상이 끝나는 방식인가? 사람들이 비틀거리며 주변을 스쳐 지나면서 "테리?"라고 소리 지르는 게?

혜성이 환하게 밝아지더니 갑작스럽게 빠른 속도로 움직였다.

하늘이 엄청난 휘이이이이이이이이이이익 소리와 함께 찢겨 나갔다.

한데 얽힌 남녀 무리가 광기 서린 눈빛으로 술에 취해 벌거벗고 춤을 추며 다가왔다.

"우리와 함께 춤춰요!" 그들이 마일로를 움켜잡으며 고함을 질렀다. 마일로는 개처럼 이를 드러낸 채 그들에게서 억지로 몸을 빼냈다.

백만 개의 로켓이 날아오는 듯한 굉음.

땅이 찢기며 열렸고, 공기에 불이 붙었다.

"테리!" 누군가 비명을 질렀다.

그리고 어둠이었다. 그러고는 아무것도 없었다.

# 11

# 홍수

마일로는 호스로 뿌려지는 듯이 사후 세계로 날아갔다.

사방에서 물줄기가 흩어지고 파도가 솟아올랐다. 강은 우주의 빗물 배수거가 막히기라도 했는지 부글부글 끓어올랐다. 그게 바로 수많은 사람들이 한꺼번에 죽었을 때 일어나는 일이었다. 사후 세계도 마치 댐처럼 폭발할 수 있었다.

마일로는 발버둥 치는 몸과 고함지르는 목소리로 가득 찬 강물 속에서 자신이 이리저리 굴러다니고 있다는 걸 알아차렸다. 목소리들은 세상의 종말을 견뎌내고 내세에 도달했지만, 알고 보니 내세도 역시 끝장난 것처럼 보인다는 사실에 실망한 듯했다.

수지도 정신없이 바쁠 게 분명하다고 마일로는 생각했다.

하루가 지나갔다. 이따금씩 집 한 채가 강물로 떠내려왔고, 사람들이 그 위로 기어 올라갔다. 가끔은 섬처럼 보이는 것이 떠오기도 했는데, 그러면 갓 내세로 온 망자들이 그 위로 올라가 자리를 차지하곤 했다.

마일로는 강물 위에 떠서 긴장을 풀었다.

이승과 저승 사이를 통과하는 강은 다른 강들과는 달랐다. 그 속에서는 익사하지 않았다. 몸에 힘을 빼면 나뭇잎이나 물에 떠가는 벌레처럼 편안하게 떠내려갔다. 사후 세계의 강은 인간을 마치 거울에 비친 상처럼 붙들고 있을 뿐이었다.

마일로는 몸의 힘을 풀었다.

심지어 잠시 후에는 몸이 가라앉도록 해서 강바닥에 뿌리내리게 했고, 거기서 마치 해초처럼 흔들리며 잠을 청했다.

그녀가 아래로 잠수해 내려와 그를 버들개지처럼 잡아 뽑았다. 진흙이 마치 끓어오르는 구름처럼 위로 퍼져나갔다.

반쯤 잠이 깬 채로, 그는 졸린 어린아이처럼 반항했다.

그들은 물방울이 뚝뚝 듣는 채로 손을 잡고 강가에 앉았다. 마일로는 차츰 정신이 들었고, 이제는 강물이 거의 평소의 모습으로 돌아갔다는 사실을 알아차렸다. 비명을 질러대던 사람들은 다 사라지고 없었다. 표류물과 쓰레기가 숲과 근처 공원에 널려 있었지만, 매우 급박한 순간은 지나간 듯했다.

마일로는 조정이 얼마나 오래 걸렸는지 궁금했다.

"일주일 됐어." 수지가 작게 소곤거렸다.

"내가 강 속에 일주일이나 있었던 거야?"

수지가 그의 입술에 손가락을 대고 눌렀다.

"그 얘기는 그만해." 그녀가 말했다. "내가 아무 일도 하지 않고 빈둥거리며 시간이나 보냈을 거라고는 당신도 생각지 않을 테니까. 들어봐, 세상 사람이 거의 다 죽었다고."

"진정해." 마일로가 말했다. "나도 알아. 나도 거기 있었으니까."

수지는 너무, 너무 피곤했다. 이제 완전히 정신을 차린 까닭에 마일로는 거의 투명해 보일 정도로 창백해진 그녀의 피부를 통해 그 사실을 알 수 있었다.

수지는 마치 고양이처럼 그의 무릎 위로 기어 올라갔다. 이제는 그녀가 잠들 차례였다.


그들은 말 그대로 진흙 속에 큰대자로 뻗어 누운 모습으로 잠에서 깨어났다. 뭔가 커다란 그림자가 그들을 뒤덮은 채, 길고 바짝 마른 잡초로 마일로의 입술을 간질이고 있었다.

그는 잡초를 손으로 쳐버리고 일어나 앉아 눈을 끔뻑였다.

"마마." 그가 말했다. "오랜만이에요."

"너희들 정말 귀엽다." 마마가 말했다.

"웃기지 좀 마." 수지가 웅얼거렸다. 그녀는 아직 눈도 못 뜨고 있었다.

마마가 토실토실한 두 손을 들어 올려 손뼉을 쳤다.

"자, 자!" 그녀가 말했다. "이제 상황도 말끔히 정리됐고, 낸이 모두를 초대했어."

"그녀의 집으로?" 마일로가 물었다.

"왜?" 수지가 호전적인 목소리로 물었다.

마마가 눈을 부라렸다. "자기가 이럴 때마다 나 정말 지긋지긋하거든." 그녀가 말했다. "제발 좀 그냥 가서 뭐든 최선을 다하면 안 되겠어?"

그들은 함께 출발했다. 진흙투성이에 퀭한 눈으로 각자 혼잣말을 하며, 그렇게 걸어갔다.


여러 생애 이전에, 오하이오에서 학교에 다니는 어린 꼬마였을 때, 마일로는 (그리고 다른 동네 아이들 모두) 아먼트라우트 부인이라는 무서운 미망인을 두려워하며 살았다. 아이들은 아먼트라우트 부인의 잔디밭을 밟지 않으려고 매우 조심했는데, 만에 하나라도 잔디를 밟는 날에는 부인이 문 앞으로 나와 욕설을 퍼부어대거나 창가로 다가가서 총성처럼 큰 소리로 창문을 쾅쾅 두들겨댔기 때문이었다. 언젠가 한 번은 그 일로 레너드라는 아이가 바지에 오줌을 싸기도 했었다. 그러던 어느 날, 길 잃은 개 한 마리가 지나가는 마일로를 물었는데, 마침 그 장면을 목격한 아먼트라우트 부인이 밖으로 나와 가죽 허리띠를 휘둘러 개를 쫓아버렸다. 그녀는 울며 덜덜 떨고 있는 마일로를 부엌으로 데리고 들어가서 콜라에 보드카를 아주 조금 섞어 마시라고 주었다. 그리고 자신은 펠맬 담배를 피우며 마일로의 엄마에게 전화를 걸었다.

낸을 볼 때마다 마일로는 아먼트라우트 부인이 떠올랐고, 그녀의 집은 아먼트라우트 부인의 집을 떠올리게 했다.

집의 외부는 전혀 시선을 끌지 않았다. 말라버린 잔디밭과 죽은 정원에 둘러싸인 채 서 있었다. 그러나 일단 안으로 들어가면, 집은 생기가 넘쳤다.

마치 군중 속으로 걸어 들어가는 듯한 기분이 들게 했다. 낸에게는 약 85대의 텔레비전이 있었고, 모두, 언제나 큰 소리로, 각기 다른 채널이 틀어져 있었기 때문이었다. 게다가 얇은 유선형의 현대식 TV 세트가 아닌, 커다란 다이얼이 달리고 목제 전함처럼 생긴 1960년대식 모델이었다. 낸의 TV에는 하나같이 장식용 덮개가 덮여 있었고, 그 위에는 수도 없이 많은 사진 액자가 놓여 있었다. 사실 낸은 TV 쪽으로는 거의 시선도 주지 않는 듯했다. 하지만 누가 그 많은 TV 중 하나라도 끄거나 채널을 돌리기라도 하면, 고래고래 고함을 질러댔다. 심지어 집 맨 끄트머리에 있는 TV라 해도 소리를 기막히게 알아들었다.

집 그 자체는 거의…… 만물상회나 다름없었다. 구석구석 놓인 작은 탁자(이 역시도 장식용 덮개가 덮여 있었다) 위에는 플라스틱 과일이 놓인 접시와 도자기 인형이 잔뜩 늘어서 있었다. 종류 불문하고 모든 표면에는 재떨이가 하나씩 놓여 있었는데, 그 안에는 립스틱 자국이 찍힌 담배꽁초가 수북했다. 촌스러운 1970년대식 벽지가 붙은 벽에는 베네치아 풍경이나 개, 꽃병 등의 그림이 들어 있는 액자가 빼곡하게 걸려 있었다. 그리고 당장에라도 누군가 쳐서 떨어트려 주길 기다리는 듯한 꽃병과 수공예 머그잔도 여기저기 놓여 있었다. 낸의 집 안에 들어가면, 일단 팔꿈치를 옆구리에 바짝 붙이고 다녀야 했다. 또한 걷는 것도 살금살금, 앉는 것도 조심조심해야만 했다. 고양이가 돌아다니고 있었기 때문이다.

그것도 사방에. 셀 수도 없이 많이.

만약 텔레비전이 이 집의 눈이자 심장이자 전자 혈액이라면, 고양이는 호흡이었다. 그들은 마치 방들이 그들을 들이마시고 뱉어내기라도 하듯이 조수처럼 이곳에서 저곳으로 흘러 다녔다. 가끔은 집이 휴식이라도 취하듯이 정적과 고요가 찾아왔고, 그러다가는 마치 집이 크게 한숨을 내뱉기라도 하듯 갑자기 부산해졌다. 어떤 신호는 일반적인 신경학과 비밀과 신비술의 작용으로 고양이들만이 감지할 수 있었다.

그들은 진흙투성이 신발을 밖에 벗어두고 안으로 들어갔다. 낸은 부엌에서 담배를 피우며 카운터 위에 올려놓은 TV에서 방영하는 〈발칙한 기부쇼Family Feud〉를 보고 있었다.

"오랜만이에요." 마일로가 인사했다.

"앉아." 낸이 말했다. 딱히 친절하지도 그렇다고 불친절하지도 않은 말투였다. "집에 뭐가 있으면 간식거리라도 좀 내겠는데, 사람들을 안심시키느라 있던 걸 다 내줘버려서 아무것도 없어."

"그건 정말 잘한 거야." 수지가 말했다.

"가르치려고 들지 마."

그들은 탁자를 가운데 두고 빙 둘러앉아서는 아무 말도 하지 않았다.

마침내 수지가 입을 열었다. "우리 제발 이 바보 같은 짓 좀 그만하면 안 돼?"

"바보 같은 짓이라……." 마마가 말했다. "네가 말하는 그 바보 같은 짓이 실은 전혀 바보 같지 않거든."

마일로가 어린 학생처럼 한 손을 들어 올렸다.

"그 바보 같은 짓이라는 게 뭐든 간에……." 그가 말했다. "아무래도 내가 관여된 것 같은데, 난 그게 뭔지 전혀 모르……."

"내 생각에는 이번 생에서 당신이 가족을 위해 했던 일은 완벽함을 성취한 행위로 간주할 수 있어." 수지가 말했다. "그래, 내 생각에는 명백해. 그런데 이 두 심술쟁이는 반대하거든. 난 '찬성'에 투표하겠어."

"투표 같은 건 없을 거야." 마마가 말했다. "완벽하게 균형 잡힌 삶이 아니라면, 그건 완벽한 게 아니야. 낸과 나는 직전의 네 삶이 왜 균형을 이루지 못했는지 이해하지만, 수지는 이해하지 못하는 거야."

마일로는 커피 한 잔을 마시기 위해 자리에서 일어섰다.

그는 자신의 평가에 대해서는 아직 생각해보지 않았다. 혜성 충돌 이후에는 상황이 다소 바쁘게 돌아가지 않았던가. 하지만 지금 잠시 생각해보니 갑자기 화가 났다.

"그렇다면 나도 알아야겠어요." 그가 말했다. "직전의 내 삶이 어떤 면에서 조금이라도 불완전하다는 건지."

그의 눈동자가 불타올랐다. 마일로는 분노를 억눌렀다. 고양이 한 마리가 집 뒤쪽에서 울고 있었다.

"조금이 아니라, 완벽함에는 아예 가깝지도 않았어." 낸이 말했다.

"잘 생각해봐." 마마가 말했다. "넌 계획이 있어서 거기로 내려갔잖아, 그렇지?"

"사랑 때문에 간 거예요, 그것도 진정한 사랑. 이타심과 희생을 통해 사랑을 이루기 위해서. 그리고 내가 거기서 뭘 했느냐고요?

내 가족을 다른 남자에게 주었어요. 그들에게 살아남을 기회를 주기 위해서. 그게 무슨 뜻인지 알기나 해요? 감정적인 희생이 얼마나 큰지 알기나 하냐고요? 당연히 모르겠죠. 그러니까 당신들이……." 그의 손가락이 마마와 낸 쪽을 가리켰다. "늘 인간의 모습을 하고 인간의 삶을 흉내 내려 하면서도 항상 모든 걸 잘못 이해하는 거라고요." 그가 집과 수많은 TV와 고양이를 일일이 손가락질했다.

낸이 눈을 가늘게 뜨고 담배를 깊이 빨아들였지만, 아무 말도 하지 않았다.

마일로는 커피메이커에 물을 채우고 다시 자리에 앉아 기다렸다.

마마가 크고 부드러운 팔을 그의 어깨에 둘렀다.

"울타리에 관해서 얘기해보렴." 그녀가 말했다.

울타리?

"너와 아크에 있던 사람들이 다른 사람들을 소외시키기 위해 우주선 건설부지에 둘러쳐 놓았던 그 거대한 철조망 말이야."

아, 젠장.

"우린 일종의 구명정을 만들고 있던 거예요." 그가 말했다. "어차피 모두를 위한 자리는 불가능했다고요. 어디, 내가 추측해보죠. 마마가 말하는 완벽한 삶을 위해 내가 해야 했던 일은 지구 전체를 돕는 것이었겠네요. 지구상의 모든 사람을요."

마마가 고개를 끄덕였다. 낸도 마찬가지였다. 수지만 바닥을 뚫어질 듯이 바라봤다.

"그 외에 내가 줄 수 있었던 다른 도움으로는 어떤 걸 염두에 두고 있었는데요?" 마일로가 물었다. "사실 선택의 여지라고는 '혜성 충돌로 죽음을 맞이하다'나, '혜성 충돌로 죽음을 맞이하지 않는다' 정도뿐이었다고요."

"생존자들이 있어." 마마가 말했다. "이제 그들이 재건을 시작할 거야, 조금씩, 조금씩. 네가 그들이 앞으로 나아가기 수월하게 미리 도와주었을 수도 있지."

"이제 와서 그런 말을 하면 뭐 해요." 마일로가 말했다. "생존자가 있으리라는 사실을 내가 어떻게 알았겠어요?"

TV가 떠들어대는 소리만이 불편한 침묵을 메우고 있었다. "그게 그렇게 쉬운 거라면, 왜 '완벽한 삶'이라고 부르겠니." 마마가 작은 소리로 말했다.

"그 프로젝트와 관련된 사람들을 돕는 게 우리의 시간과 자원을 최대한으로 활용하는 거였어요. 심지어는 당신들 같은 신도 대안을 제시할 수 없을 거라고요." 마일로가 주장했다.

"우린 신이 아니야." 수지가 말했다.

"오, 쉬-잇." 낸이 소곤거렸다. "인간들은 그 차이를 몰라."

"어떤 경우든 간에, 우리가 어떻게 생각하든 그건 아무 상관이 없어. 바다는 물로 이루어졌고, 2 더하기 2는 4야." 마마가 말했다.

커피추출기에서 띵 소리가 났다. 마일로는 그 소리를 무시했다.

"대체 내가 어떻게 하면 완벽한 선택을 할 수 있는 거예요?" 그가 물었다. "결국, 그건 늘 어려운 문제잖아요."

"나도 몰라." 낸이 냉정하게 말했다. "더 영리해지든가, 더 약삭빨라지든가, 그건 네가 알아서 할 일이지. 네가 완벽한 삶을 사는 순간, 우리도 네게 완벽한 순간이 왔다는 사실을 알게 될 거야. 물론 그건 놀랍고, 기가 막히고, 불가능할 테지만, 그래도 거의 모든 사람이 9천 번의 생애 내에 그걸 이루어낸다고. 너를 제외한 거의 모든 사람들이. 그게 내가 아는 전부야."

창문에서 비쳐드는 빛이 자리를 옮겨갔다. 고양이들이 한 번에 두 마리씩 부엌으로 들어가 부엌을 가득 채웠다.

먹이를 줄 시간이군.

작별의 시간이야.

마마와 수지에게 낸이 말했다. "지금쯤은 마일로의 집이 준비됐을 거야. 원한다면 가서 자리 잡고 앉아 커피나 마시면서 밤새 논쟁을 해보라고. 3분 후면 〈마스터 셰프〉가 시작할 거야."

수지가 탁자에서 일어섰다. "내가 데려갈게." 그녀가 말했다.

"음, 이거 놀랄 노자구먼." 낸이 새로 담배 한 개비에 불을 붙이며 말했다.


집 밖으로 나와 죽은 잔디밭 위를 가로질러 걸어가면서, 마일로는 수지의 손을 잡았다.

"여기서 멀어?" 그가 물었다. 집이 이 근처였으면 좋겠다는 생각이 들었다. 그는 낸이 사는 동네가 마음에 들었다.

"지금 거기로 가는 거 아니야. 당신한테 먼저 보여줄 게 있어."

수지의 목소리에서는 고무줄이 떨리는 듯한 소리가 났다. 흥분했다는 의미였다.

먼 곳은 아니었다.

그들은 상점과 빅토리아 양식의 가로등이 줄지어 서 있는 벽돌 거리를 따라 언덕 위로 올라갔다. 상점들은 육중한 목재 몰딩을 두르고 있었고, 문에는 회반죽 칠이 되어 있었다. 지붕널에는 금박을 두른 간판들이 걸려 있었다.

수지가 이름 없는 어느 상점 앞에 멈춰 섰다. 창문은 깨끗이 닦여 있었다. 문에는 간판도 걸려 있지 않았다.

"문이 닫혔는데." 마일로가 말했지만, 그는 수지가 해골 모양의 열쇠를 꺼내 문을 땄을 때 기억해냈다.

"당신 가게구나!" 그가 숨을 헉 들이마셨다. "당신 양초 가게!"

"내 공간이지." 그녀가 말했다. "양초 가게가 되면 그럴 거라는 거야."

안으로 들어서자, 그녀가 손뼉을 쳤고, 백여 개의 양초에 번쩍하고 불이 붙었다. "일단 첫걸음은 내디뎠어. 임대 계약을 했거든. 다음 단계는…… 뭘까? 내 생각에는 양초로 여길 채우는 게 아닐까 싶어. 페인트칠도 하고. 귀여운 이름으로 간판도 만들어야지."

마일로가 양초 하나를 집어 들었다. 토끼 모양의 키 큰 호박색 양초였다.

다른 양초들은 전부 각양각색의 모양이었다. 고대의 기사. 스누피. 부처. 임신해서 배가 부른 풍요의 여신 모양도 있었고 과일 모양 양초도 있었다. 차 모양, 집 모양, 말 모양, 해골 모양도 보였다. 코브라. 댄서. 천사. 유령.

모두 다 아름답고 실제 같았다. 그중 많은 수가 마치 무슨 말인가 하려는 듯 보였다.

"바빴겠구나." 마일로가 말했다. "이걸 보니 질문이 하나 떠오르네."

"그래?"

"이게 당신이 그걸 그만뒀다는 의미인 건가? 당신의 다른, 그러니까…… 다른 직업 말이야."

수지는 대답하지 않았다.

"알았어." 그가 말했다. "아닌 게 확실해. 당신은 이승에서 거의 온 세상 사람을 다 데려오느라고 지난 일주일 내내 자신을 혹사시킨 게 분명하니까. 그렇지만 어쨌든 아무리 당신이라고 해도 양초를 만들고, 사람들을 죽게 하고, 가게에서 물건을 파는 세 가지 일을 다 해낼 수는 없을 거야. 내 말이 틀려?"

"틀리지 않아. 그러니까 이제부터 그 일은 그만두려는 거잖아. 하지만 그러려니 너무 두려워."

수지가 깊이 한숨을 쉬고 손가락으로 머리카락을 헝클어트렸다.

마일로가 눈썹을 추켜세웠다. 그리고 천천히 물었다. "죽음이 뭔가를 두려워한다고?"

"그게 내 잘못이라는 거야? 내 말은, 죽음은 그만둘 수 없는 직업이야. 여름이 사표를 내고 서커스단에 들어갈 수 있을 것 같아? 아름다움이 사직서를 제출하고 동물 보호소에 가서 일하는 건 가능할 것 같아? 그러면 균형에 영향을 미친……."

"아, 젠장!" 마일로가 양쪽 주먹을 흔들어대며 말했다. "그놈의 균형, 균형, 균형. 내가 다시 한 번만 세상이 균형을 이루니 마니 하는 소리를 들었다가는 말 그대로 온몸에 불이 붙어버릴 것 같아.

나 진심이야."

"당신이 이러는 건 수소나 사과나무에 화를 내는 거나 마찬가지야."

마일로는 분노한 채로 조용히 서 있었다.

"나 피곤해." 그가 말했다.

"알았어." 수지가 대답했다. "나도 가서 자야겠어. 가게 뒤쪽에 간이침대를 가져다뒀거든. 내가 당신 집까지 가는 지도를 그려줄게. 집이 아주, 아주 근사해. 아니면 나랑 같이 가서 해피포니를 할 수도 있고."

"해피…… 뭐?"

"전에 잡지에서 읽었는데, 조랑말 타는 여자처럼 꾸미는 놀이야. 해보면 아주 재미있어."

그는 간이침대로 그녀를 따라갔다.


다음 2주 동안, 그들은 다른 10억 쌍의 커플처럼 집에서 놀며 시간을 보냈다. 그들은 함께 잤다. 또 한밤중에 깨어나서 화장실에 갔다. 분위기도 잡았다. 함께 TV도 보고 서로에게 쪽지도 남겨놓았다.

그들은 세탁도 했다. 둘 다 빨래에는 소질이 없어서 늘 뭔가가 줄어들거나 흰옷이 분홍색으로 변하기 일쑤였다. 수지는 별난 옷가지를 많이 가지고 있었다. 예를 들어, 검은색 긴 가운이나 벨벳 튜닉(그리스, 로마 시대에 입었던 무릎까지 내려가는 느슨한 의복 – 옮긴이), 그리고 주머니가 백 개쯤 달린 망토 같은 옷이었는데, 전부 업무용이었다. 한번은 마일로가 품이 넉넉하고 후드가 달린 야간 근무용 망토를 둘러쓰고 그녀의 뒤로 살금살금 다가가 이렇게 소리 지른 적이 있었다. "너의 시이이이간이 다아아아 되에에어어어었구구 구구나!"

그때 수지는 길이 조정이 가능한 긴 붓으로 낡은 주석 천장에 페인트칠하던 중이었다. 그녀가 고개를 돌리더니 그대로 얼어붙어서 마치 돌 위에 올려놓은 얼음 같은 표정으로 그를 빤히 바라보며 말했다. "그거. 당장. 벗어."

그는 가서 벗어놨다.

둘이 함께하는 시간은 대부분 열정적이었다. 덕분에 어느 날은 밖으로 나가 침대 하나를 새로 장만해야 했다. 간이침대가 부서졌기 때문이었다.

가끔은 평소와 다른 날도 있었다. 예를 들어, 어느 날 그녀는 출근했다가 기분이 몹시 상한 채로 집에 돌아왔다. 학교 화재로 많은 아이가 사망했기 때문이었다. 사람들이 받아들이기 힘든 죽음을 맞이할 때면 수지도 힘들어했다. 그들이 계속해서 다른 삶을 살게 된다는 사실을 알고 있었음에도 다르지 않았다. 그런 일이 있을 때마다, 사람들이 죽음, 즉 수지를 증오하고 두려워했기 때문이었다. 바로 그 특정한 날 밤에 마일로는 부들부들 떨며 바닥만 응시한 채 아무 말도 하고 싶어 하지 않는 그녀를 한 시간 동안 꼭 껴안고 있었다. 마일로라면 그 상황에서 울음을 터트렸을 테지만, 그녀는 울지 않았다.

바깥에서는 사후 세계가 평소와 마찬가지로 흘러갔다. 지구처럼, 그리고 꿈처럼. 하루가 왔다가 지나갔다. 거리는 방향을 바꾸었다. 천국과 지상의 균형은 그 자체의 불가해한 일정을 따라갔다. 구름이 흘러갔다. 비가 내렸다. 달이 바뀌었다.

"하루가 늘 오늘만 같았으면 좋겠어." 어느 일요일 아침, 마일로가 수지에게 말했다(아무튼, 그들이 있는 곳은 일요일이었다. 거리 저편은 목요일일지도 몰랐다. 또는 신발의 날일지도. 그걸 누가 알겠는가).

그들은 서로 다리를 겹쳐놓고 소파에 함께 앉아 신문을 읽고 있었다.

그녀가 두 다리로 그를 껴안았다.

바로 이거야, 그는 생각했다. 이게 바로 완벽한 삶이야.

그런 순간을 망치지 않고 그대로 만끽할 줄 아는 사람은 극히 드물었다.

마일로도 역시 알지 못했다.

"결심했어." 마일로가 입을 열었다. "다음번에 다시 이승으로 돌아가면 상황을 바로잡기 위해 내가 해야만 할 일을 반드시 할 작정이야."

수지의 얼굴에 그늘이 드리워졌다.

"그게 정확히 무슨 의미야?" 그녀가 물었다.

모닝커피를 마시는 동안 머릿속에 불현듯 떠오른 생각을 그녀에게 어떻게 설명해야 할까?

"다음 생에서는 어떤 위험도 감수하지 않을 거야." 그가 말했다. "특별한 능력을 갖추고 태어날 작정이야."

그녀의 눈에 주의 깊은 관심의 빛이 떠올랐다.

그가 손가락 하나를 꼽았다.

"첫째, 난 원한다면 얼마든지 똑똑하게 태어날 수 있어, 그렇지? 좋아. 난 정말 끝내주게 똑똑하게 태어날 거야."

"그건 보장되는 게 아니야."

"물론 아니지. 하지만 난 특별한 힘과 능력을 선택할 수도 있어." 두 번째 손가락을 접었다. "예를 들어, 당신도 알다시피 투시력을 갖거나, 기운을 읽어내거나, 저항할 수 없는 개인적인 매력 같은 걸 타고나거나."

"그중에서?"

"아직 마음을 정하지는 못했어." 세 번째 손가락. "난 아주 똑똑한 사회에서 똑똑한 부모 밑에 태어날 거야. 그리고 내 능력을 좋은 일에 사용할 거야. 그 정도는 보장되어야 해." 그가 말했다. "하지만 지난 몇 번의 삶을 생각해보면, 난 총싸움에 칼을 들고 덤비는 식으로 인생을 살았어. 이번에는 선의의 폭탄처럼 인류를 공격해주겠어."

수지가 들고 있던 신문을 내려놓았다.

"그거 괜찮네." 그녀가 말했다. "당신이 성공하기만 한다면, 우린 정말로 이렇게 살 수도 있을 거야." 그녀가 소파와 커피 두 잔과 근처에 놓인 브랜디 병과 햇살과 상점을 두루 가리키며 말했다. "영원히."

햇살의 방향이 촛불 가게에서라면 당연히 그래야 하는 식으로 바뀌었다.

"그래서 곧 가게 되는 거야?" 수지가 물었다.

그가 고개를 끄덕였다. "당신도 어떤 식인지 알잖아. 일단 좀이 쑤시기 시작하면, 갈수록 더 심해지기만 하거든. 마치 우주에 편재하는 눈이 이제 때가 됐다고 말하는 것 같아."

수지가 이상한 표정을 지었다.

"나도 알아. 실은, 아주 정확히 알고 있어." 이렇게 말하며 그녀가 일어섰다.

마일로는 눈을 가늘게 뜨고 그녀를 바라봤다.

"수지? 왜 그래, 나 당황스럽게."

하지만 그녀는 마일로를 바라보지 않았다. 그저 낡은 주석 천장만 바라볼 뿐이었다.

딱히 뚫어지게 바라보는 것은 아니었다. 마일로는 수지가 마치 온 우주에 대고 무슨 말인가 하려는 사람처럼 보인다고 생각했다.

"미안해, 마일로." 그녀가 말했다. "잠시 동안 당신이 많이 불편할지도 몰라."

마일로가 그게 무슨 말이냐고 채 묻기도 전에 그녀가 입을 열었고, 방과 이웃과 우주 자체가 안팎으로 뒤집혔다. 존재하는 모든 것의 언어가 광양자와 허리케인과 조끼 스웨터와 쇠똥구리와 목요일 오후로 가득 찬 양초 가게 뒷방으로 꾸역꾸역 비집고 들어섰다. 피라미드와 욕조와 수상 경력에 빛나는 바비큐 소스도.

마일로는 자신의 몸이 고무줄처럼 늘어나는 것을 느꼈다.

그러다가 멈췄다.

방이 조용해졌고, 그들은 둘 다 가게 뒷방에 선 채로 남아 있었다. 마일로는 자신의 몸을 손으로 두드려봤다. 절반쯤은 바지에서 은하계나 빅토리아 여왕이 떨어져 내릴 것만 같은 기분이었다.

"방금 사표를 낸 거지?" 그가 물었다. "그렇지?"

수지가 고개를 끄덕였다. 그녀는 약간 창백해 보였다.

"괜찮아?" 그가 바닥을 가로질러 가서 그녀를 껴안았다. 그리고 이마를 짚어보았다.

"나 괜찮아. 그냥 나 자신에게 좀 놀랐어, 그게 다야."

"알았어."

그들은 한동안 그대로 서 있었다. 어느새 그림자가 길어져 있었다.

그가 수지를 놓아주었다. 그리고 욕실로 걸음을 옮겼다.

"아까 말했던 내 거창한 생각을 좀 더 숙고해볼 필요가 있는 것 같아." 그가 말했다. "이점을 가지고 태어나는 삶이 특권을 누리는 삶과 같지는 않겠지만, 그래도 여전히 유혹이나 함정은 있는 거잖아. 비슷한 유혹, 정말로……."

"마일로?"

수지의 목소리가 갑자기 작아졌다. 뭔가에 매우 놀란 듯했다.

고개를 돌렸을 때, 마일로는 자기 뒤에 있던 방이 더는 존재하지 않는다는 사실을 알아차렸다.

마치 그들 사이의 벽과 바닥과 공간이 길게 늘어난 듯했다. 중간에 렌즈가 삽입되어 수지를 렌즈 저편으로 격리해버린 것 같았다. 그녀는 방금 마일로가 떠나온 자리에 그대로 서 있었지만, 동시에 그렇지 않기도 했다. 수지는 모퉁이를 돌아간 곳에 서 있는 듯했다.

그녀가 소리 질렀다. 그의 이름을 부르고 있었다.

그가 팔을 뻗었지만, 수지는 몇 광년쯤 떨어져 있었다.

"무슨 일이 일어나는 거야?" 그가 여전히 팔을 뻗어 그녀 쪽에 닿으려고 애쓰며 외쳤다. 하지만 그는 알고 있었다.

수지가 두려워했던 것처럼 모든 게 균형을 맞춰가고 있었다.

**"사랑해."** 그가 애절하게 말했다.

눈물이 수지의 눈을 떠나 비 오듯이 방을 가로질러 비스듬히 쏟아져 내렸다.

그녀가 어둑한 불빛 속에 반짝이며 물처럼 휩쓸려 흘러갔다. 그렇게 사라져버렸다.

마일로는 그녀의 이름을 외쳐 불렀다. 그의 목소리가 기차의 경적처럼 길게 늘어지다가 어느 순간, 다른 모든 것들처럼 평소대로 돌아왔다. 그는 잠시 멈추고 무슨 일이 일어난 것인지 가늠하며 주변을 둘러봤다. 그리고 잠시 후 이성이 그를 떠나버렸다. 역류하는 홍수처럼 그에게서 빠져나갔다. 마일로는 바닥에 주저앉아 어린아이처럼 비명을 질러댔다.


"그녀는 사라진 게 아니야." 낸이 콜라와 보드카 섞은 잔을 세 번째로 그에게 내밀며, 세 번째로 말했다. "어딘가에 어떤 형태로든 있어. 어딘가에."

마일로는 낸의 부엌에서 몸을 떨며 앉아 있었다. 그는 눈물과 콧물 범벅이 된 채 무슨 말인가 웅얼거리면서 문 앞에 나타났다. 그는 전생의 엄마들이 보고 싶었다. 전부 합쳐 9천900명의 엄마 모두가.

"그녀가 가는 걸 내 눈으로 봤어요." 그가 다시 설명했다.

"아무도 '가지' 않았어." 낸이 말했다. "내 말 듣기는 하는 거야?"

"거짓말 말아요. 보도에 서서 했던 말은 다 뭐고요."

"그건 다른 거야."

"어떻게요?"

"젠장, 마일로, 술이든 뭐든 일단 앞에 있는 거 퍼마시고 좀 조용히 있어줄래. 〈휠 오브 포천Wheel of Fortune〉이 하고 있잖아. 그리고 〈아메리칸 아이돌American Idol〉하고 〈웰컴 백 코터Welcome Back, Kotter〉도."

그들은 조용히 앉아 〈웰컴 백 코터〉를 끝까지 보고, 다시 보드카한 병을 열어서 연속으로 여섯 편의 쇼를 더 시청했다.


일주일 후, 마침내 마일로는 강가로 걸어 내려갔다. 머릿속에서 모든 상황이 정리되었다거나, 치유가 되어 새로운 삶을 시작할 준비가 되었기 때문은 아니었다. 그의 머리와 마음은 여전히 폭파 후의 분화구처럼 뚫려 있었다.

그래서 그는 강가로 갔다.

그는 그것을 일종의 자살로 간주하고 싶지 않았다. 하지만 생각해보라, 당신이 8천 년 동안 한 여자를 사랑했는데, 우주의 보아가 갑자기 당신과 그녀는 이루어질 수 없는 사이라고 갈라놓는다면, 그건 정말 견디기 힘든 일 아니겠는가.

"아주 멍청하고 빌어먹을 일이지." 그가 투덜거렸다. 그러고 나서 입을 다물었다. 그의 모든 말과 생각이 가슴속의 분화구를 더 깊어지게 만들 뿐이었다.

그는 자신이 선택한 새로운 삶에 집중했다. 물속에서 그것을 찾아봤다.

이점. 특별한 능력. 심지어는 초능력도. 그는 진흙과 갈대를 헤치고 앞으로 걸어 나가는 동안 물속에서 그것들을 찾아보았고, 강물이 무릎을 감싸고 흐르는 동안에도 물에 비친 자신의 모습 사이에서 그것들을 찾았다.

그가 찾는 것이 늘 기대하는 모습으로 나타나는 것은 아니지만, 일단 눈으로 보면 그는 곧장 그것을 알아봤다.

거위. 교수 가운을 입은 키 큰 남자. 대학교 건물과 담쟁이덩굴과 돌.

이미지와 반사된 형상으로 가득 찬 강이 그를 아래로 잡아당겼다.

강. 안개. 낡은 돌다리.

그리고 아무것도 없었다.

# 12

# 이아고 포르투노가
# 노환으로 세상을 떠나는 날

룰렛 휠은 스스로 선택하지 않는다.

원인이 제공된다: 바퀴가 돈다.

결과가 나타난다: 공이 전기 충격을 받은 고양이처럼 튀어 다니다가 마침내 어딘가에서 멈춘다.

마찬가지로, 우주의 보아도 스스로 선택하지 않는다. 한쪽 끝에서 원인이 제공되면, 수동적인 균형 유지 과정이 진행되고, 반대편 끝에서 그 결과가 나타난다.

따라서 수지가 룰렛 휠을 돌리듯 우주와의 관계를 돌렸는데, 갑자기 자신의 양초 가게에서 쑥 빠져나가 멀리 산타나의 타코 팰리스 매장 안의 구석 자리 부스에 앉아 있는 자기 모습을 발견하게 되었다고 해서 우주를 탓할 수는 없는 노릇이었다.

그 일은 너무 빨리 일어났고, 너무 두렵고 끔찍했기에 그녀는 꽉 찬 3분 동안 멍한 표정으로 그 자리에 그대로 앉아 있었다.

단 한 번 떨리는 목소리로 "마일로"라고 불렀을 뿐이었다.

그러나 울지는 않았다. 사실 카우보이모자를 쓴 심각한 표정의 여자가 탁자 앞에 나타났을 때, 수지는 타말레와 마가리타를 주문했다.

"얼음 넣어주세요." 그녀가 상세하게 주문했다. "얼린 마가리타 말고요."

"부에노(알겠습니다)." 종업원이 대답하고는 돌아서서 떠나가려 했다.

"아예 양동이로 주세요." 수지가 더 구체적으로 말했다.

종업원이 다시 대답했다. "술 마실 줄 아시네요." 그러고는 진짜로 걸어가 버렸다.

운다고 **보아**가 마음을 바꾸지는 않을 터였다.

당연히 술을 마시는 것도 아무 도움이 안 될 테지만, 어쨌든 수지는 그럴 참이었다.

**투 마마 에스탄 고르다.** 그녀가 우주를 향해 말했다. "당신 엄마는 정말 뚱뚱해……."

그녀는 자리에 앉아 술을 마시면서 스페인어로 우주를 흉볼 참이었다.

물론 그게 이번이 처음은 아니었다.


오래전 일이었다. 아니, 얼마 안 된 일일지도 몰랐다.

어느 날 잠에서 깨어났을 때, 그녀는 자기 일에 진절머리가 났다.

그렇다면 정확히 무엇 때문에 진절머리가 났던 것일까? 어느 날 그녀는 가뭄에 시달리는 과테말라 계곡에 비를 내리려고 애쓰는 중이었다. 그곳에 사는 300만 마리의 지렁이가 흙 속에서 천천히 죽어가고 있었기 때문이었다. 우주가 그녀를 휘감아 돌더니 그곳에서 멀리 튕겨내 버리면서, 그녀는 비나 자비가 아니라 죽음이라는 사실을 상기시켰다.

다음 날 아침 사후 세계에 분노를 표하면서, 수지는 지상으로 내려가 카리브 해의 작은 어촌으로 이주해서 한동안 그곳에 집을 구해 살았다.

그렇지만 죽음의 사자 일을 그만두지는 않았다. 여전히 바람과 그림자를 타고 다니며 제 할 일을 수행했다. 하지만 그녀는 머리를 땋고, 망고를 먹고, 인간들과 대화를 나누기 시작했다.

하지만 평범한 대화가 오갈 리 없었다. 많은 사람이, 너무도 당연하게, 그녀를 마녀로 오해했기 때문이었다.

"미 에스포소 티에네 라 레스피라시온 마스 오리블리." 누군가는 이렇게 말했다. "내 남편 입 냄새가 너무 지독해요! 어떻게 해야 할까요?"

그러면 그녀는 나이도 많고 현명했기에 이렇게 말해주었다. "프로바르 알고나스 데 라스 오하스 데 멘타 포르 라 라구나. 저쪽 호숫가에서 자라는 박하 잎을 따서 먹게 해봐요."

사람들은 등 뒤에서 그녀를 **브루하**(마녀)라고 불렀지만, 좋은 뜻과 나쁜 뜻 둘 다를 의미했다.

하지만 할머니들은 그녀가 무엇인지 정확히 알았다. 그들은 타오르는 불길을 바라볼 때와 똑같은 시선으로 그녀를 바라봤다.

아이와 남자들은 그녀가 좀 신비스럽다는 점을 간단히 인정해 버렸다. 여섯 번이나 벼락을 맞았던 돈 치코 시장도 마찬가지였다.

이 마을은 산 비에호로 불렸다. 수지가 그곳에서 살기 전에 마을 사람들은 어업으로 생계를 이어가며 저녁마다 기타를 연주했는데, 그녀가 마을에 정착한 이후에도 마찬가지였다. 전에 그들은 야구를 했다. 그리고 여전히 야구를 했다.

처음 산 비에호에 왔을 때, 정확히는 산 비에호 **가장자리** 해변 위쪽에 있는 언덕에 왔을 때, 그녀는 즉시 좋은 친구 하나를 사귀었다.

마리아 시메나는 산 비에호에 사는 다른 많은 여성들과 같은 직업을 가지고 있었다. 즉, 저녁나절 어부들이 일을 마치고 돌아오길 기다렸다가, 예리한 칼을 들고 나가 생선을 다듬었다. 어느 날 그녀는 작은 나무 탁자 앞에 서서 바로 그 일을 하다가 손가락 끝을 잘라버렸다. 손가락은 마치 작은 쿠키처럼 생선의 내장 속에 놓였다.

수지도 우연히 그 자리에 함께 있었다. 생선 몇 마리는 아직도 약하게 숨이 붙어 있었는데, 그녀는 조용히 그 생선들에게 죽음을 선사했다. 마리아 시메나의 손가락이 탁자 위에 놓여 있는 것을 보았을 때, 수지는 그쪽으로 다가가서 마리아의 손을 자기 손에 꼭 쥐고는 다시 손가락을 온전하게 만들어주었다.

마리아는 신에 관해 한마디를 했고, 악마에 관해서도 한마디 했다. 그 후 둘은 친구가 되었다. 마리아는 수지와 함께 해가 지는 모습을 바라보기 시작했고, 매일 밤 어선들 사이에서 그녀에게 탬버린 연주법을 가르쳐주었다.

동시에, 마을의 젊은 남자들이 수지를 짝사랑하기 시작했다. 그들도 어쩔 수 없었다. 하지만 겁이 나서 그녀에게 꽃을 가져다주지도 못했다. 꿈에서 수지가 자신들에게 날카로운 이빨을 드러내 보였기 때문이었다. 그녀를 두려워하지 않은 유일한 남자는 로드리고 루이스 에스트라다 알데이라는 젊은이였다. 그는, 마을의 노파들이 하는 말에 따르면, 신이 때때로 실수로 만들어낸, 서너 명의 남자가 몸 안에 들어가 있는 그런 남자였다. 그는 눈이 큼지막했고, 숱 많은 콧수염을 기르고 있었다.

"내가 바다로 헤엄쳐 나가서 칼로 상어를 죽여 당신에게 가져다준다면⋯⋯." 어느 날 아침 교회 예배가 끝난 후 그가 그녀에게 속삭였다. "당신은 내게 키스해줄 거예요. 안 그래요?"

그러자 그녀가 말했다. "아니요." 그러고는 슬픈 표정을 지어 보였는데, 그는 그 미소를 오해했다. 그리하여 칼을 들고 바다로 헤엄쳐 들어갔지만, 파도가 그를 삼켜버렸다.

시간이 지나자, 또 다른 젊은이 이아고 포르투노가 그녀에게 사랑을 고백하려 했다. 그는 그녀의 집 문 주변에 많은 꽃다발을 묶어놓는 것으로 시작했다.

"그라시아스(고마워요)." 그녀가 말했다. "하지만 꽃은 슬퍼요, 그렇게 생각지 않아요? 당신이 꽃을 꺾어서 누군가에게 주면, 꽃은 죽고 말아요."

그 말에 상처를 받는 대신, 이아고 포르투노는 곰곰이 생각에 잠기는 듯했다. 그는 어쩌면 꽃이 더 오래 살아 있게 하거나, 심지어 는 새처럼 땅에서 떨어져 살 수 있게 할 만한 방법이 있을지도 모른다고 생각했다. 그리하여 그는 어부 생활을 그만두고 플로리스트가 되었다. 그는 수지나 돈 치코(일곱 번이나 벼락에 맞고도 살아났지만, 지금은 죽고 없었다. 그가 세상을 떠난 후 아무도 새로운 시장을 뽑는 것에 동의하지 않았기에 벌써 몇 년째 시장 자리는 공석으로 비어 있었다)처럼 사람들이 잘 이해하지 못하는 신비한 존재 중 하나가 되었다.

수지가 마을에 나타난 이후로 사람들이 더 자주, 혹은 더 쉽게 죽는 경향이 있다는 사실을 산 비에호 주민들이 알아차렸는지는 모르겠지만, 그랬다고 하더라도 그들은 그저 어깨를 으쓱해 털어버리고는 다른 일에 관해 이야기를 나누었다.

그동안에도 수지는 자신의 암울한 임무를 수행했다. 다른 모든 직장인처럼, 그녀도 계속해서 배웠다. 그녀는 모든 죽음이 다르다는 것을 배웠다. 때로는 천천히 가는 것이 좋다는 사실도 알게 되었다. 동물들, 특히 늑대와 열대 조류들은 죽어가는 동안 노래 부르기를 좋아했다. 어떤 때에는 빠른 것이 최선이었다. 예를 들어, 장로교도와 햄스터 둘 다 멋지고 빠르고 간단히 죽는 것을 선호했다.

산 비에호에서 오래 살면 살수록 그녀는 삶과 관련된 것들, 예를 들어 잘 때 창문을 열어두는 것이나 잔디, 맛있는 토르티야 같은 것을 더 적극적으로 즐기게 되었다. 사람들이 방문했을 때의 기쁨과 그들이 떠났을 때의 후련함도 알게 되었다. 책이나 도끼, 맥주, 또는 한 무더기의 엠앤엠스 초콜릿처럼 손에 집어 들었을 때 근사하게 느껴지는 것들도 좋아했다.

그녀는 이런 것들, 이런 감정과 함께 산 비에호에 사는 것을 사랑했다. 물론 수지는 그들의 삶 속에 뛰어들기보다는, 그 주변에 머물며 지켜보는 데 만족했다. 그녀는 연인을 두지는 않았다(사실 친절을 베풀고 싶은 마음에, 가여운 이아고 포르투노에게 한두 번 정도는 키스를 해주고 싶은 유혹에 시달리기도 했다. 그는 지치지도 않고 쉼 없이 꽃을 들고 찾아왔고, 자신이 키운 꽃이 계속해서 신선하게 오랫동안 살아 있지 않으면 저주를 퍼부었다). 한번은 학교 보조교사로 취직할 뻔한 기회도 있었지만, 마을 노인들이 반대하는 것 같아 그만두었다. 노인들이 조용히 주장하는 한 가지는 그녀가 아이들 주변에서 거의 시간을 보내지 않는다는 점이었다. 그녀는 가게를 시작하거나 댄스파티를 열거나 정치적인 주장을 하거나 하지도 않았다.

하지만 가끔 다른 사람들이 그런 일을 할 때면 지켜보면서 도움을 주기도 했다.

마리아 시메나는 헤수스 프랑코와 결혼해서 슬하에 세 딸을 두었다. 어부들은 자그마한 5마력짜리 엔진을 배의 뒤쪽에 달고 더 많은 물고기를 잡기 시작했다. 한 해는 허리케인이 강타했다. 그 후 몇 년 동안은 전쟁이 있었다. 그다음 한 해는 모든 것이 훌륭했다! 가끔은 그런 일이 일어나기도 하지 않는가. 잡아 올린 생선들은 그 어느 때보다도 컸고, 모두가 건강했다. 그들은 불길이 6미터나 치솟는 모닥불을 피워놓고 축제를 열었다. 이아고 포르투노는 수녀는 아니지만, 신성한 침묵의 서약을 한 여자와 결혼했다. 다른 남자들은 그 사실을 경이로운 심정으로 받아들였고, 이아고가 현자 중의 하나가 분명하다고 간주하고는 그야말로 시장직을 맡을 적임자라고 생각했다.

카를로스 데스 카사스 몬토야라는 젊은이는 칼을 삼켜 수지에게 감동을 주려 했다. 칼 두 개를 한꺼번에! 세 개나! 그리고 나서 피를 토하며 죽었다.

마리아 시메나 프랑코는 열병으로 사망했다. 그녀의 남편 헤수스는 아내를 땅에 묻던 날 한쪽 눈을 실명했다. 그들의 딸 중 두 명은 자라서 도시로 나갔다. 셋째 딸은 공산주의자가 되어 어디를 가든 총을 들고 다녔다.

스스로를 엘 가토(고양이)라고 부르던 젊은이는 시로 수지에게 사랑을 고백했다. 그는 수지를 위해 기타를 연주하고 그녀를 바람에 비유하여 쓴 노래를 불러주었다.

"엘 비엔토 에스 우나 무헤리 운 칸피오니 운 수에뇨(바람은 여자와 노래와 꿈이어라)." 그는 노래 불렀고, 잠자는 동안 세상을 떠났다.

오랜 세월이 지난 후에도 수지가 전혀 변하지 않고 아름다운 모습 그대로 남아 있다는 사실을 마을 사람들이 알고 있었는지는 모르겠지만, 설혹 그랬다고 하더라도 그들은 그 사실에 관해 언급하지 않았다. 비록 예전의 노파들이 새로운 노파들에게 그 자리를 내어주기는 했지만, 어쨌든 노파들은 여전히 같은 눈으로 그녀를 바라봤다.

그러던 어느 날 마침내 그녀는 마지막으로 집 안 청소를 끝내고 나서 사실상 자신이 속해 있던 곳으로 돌아가고 싶다는 생각을 하게 되었다. 수지는 그 사실을 인간들이 하루를 끝내고 이제 잠자리에 들 시간이 되었다는 사실을 알게 되는 것처럼 알았다.

너무도 당연하게, 그녀는 이아고 포르투노가 노환으로 세상을 떠나는 날도 알고 있었다.

수지는 그의 정원과 온실을 가로질러 걸어갔다. 이아고는 침상에 앉아 기다리고 있었다. 그녀가 몸을 기울여 이마에 입을 맞추기도 전에, 그가 눈을 뜨고는 말했다. "당신에게 줄 게 있어요."

그러고는 침대 옆에 있는 나무 탁자에서 무언가를 집어 들어 수지에게 건네주었다.

꽃 한 송이. 작고 노란 꽃송이였다.

"**우나 플로르 인모르탈.**" 그가 말했다. "불멸의 꽃이에요. 언제까지고 행복하게 바라보고, 슬퍼하지 말아요."

실크와 철사로 만든 꽃이었다.

"**부에노**(알았어요), 이아고." 수지가 말했다. 그리고 몸을 기울여 그의 입에 키스했고, 이아고는 사후 세계로 떠났다.

수지는 언덕 위로 올라가 집 안을 청소하고 등 뒤로 문을 닫은 후 해안을 따라가는 바람이 되었다.

할머니들은 존경을 표하면서도 속삭였다. "**라 라나 에스타 푸에라 델 포소.** 개구리가 우물 밖으로 나온 거야." 그러고는 자신들의 할머니가 몇 년 전에 남겨두었던 와인 한 병을 꺼냈다.


산타나의 타코 매장 종업원들은 수지가 주문한 마가리타를 마시는 동안 그 근처에 가지 않았다.

두려워서 그런 게 아니었다. 단지 그녀가 정말로 마가리타 한 양동이를 다 비울 수 있을지 그게 궁금했을 뿐이었다.

그리고 나중에 판명 난 대로 그녀는 할 수 있었다. 하지만 그 후에 수지는 식탁에 엎드려 잠이 들었다. 그래서 누군가가 그녀를 깨워 이제 그만 가야 할 때라고 알려줘야만 했다. 그들은 가게 주인인 산타나 본인을 데리고 왔다.

　　"세뇨라?" 그가 수지의 어깨를 살짝 찌르며 불렀다.

　　"마일로?" 그녀가 잠을 깨며 고개를 들었다. 그러고는 말했다. "어머, 안녕하세요, 죄송해요."

　　그녀가 비틀거리며 걸음을 옮겨놓았다. 여전히 비틀거리는 채로, 그녀는 뭔가 신경에 거슬린다는 사실을 알아차렸다. 몸이…… 종전과 달리…… 더 가볍게 느껴졌다. 마치 진한 수프를 물로 희석해놓은 듯한 느낌이었다. 그녀는 만약 장식용 천장 램프 쪽으로 손을 들어 올리면, 자신이 투명해졌다는 사실을 확인하게 되리라는 걸 알았다.

　　"젠장." 그녀가 산타나에게 말했다. "내가 점점 흐려지고 있어요."

　　"시(맞습니다)." 산타나가 대답했다. "로 시엔토(죄송합니다). 개구리가 우물 안에 있군요."

　　"맞아요." 그녀가 동의하고는 비틀거리며 밖으로 나가 저녁 바람이 되었다. 마치 길이라도 잃은 듯이 코 고는 소리를 내며 밤새 공원에서 흔들리는 가늘고 불안한 산들바람이 되었다.

# 13

# 독살할 수 없는 스와미

마일로는 여러 삶에서 특별한 재능을 타고난 사람으로 살았다. 때로 그 재능은 연습과 고된 노력을 통해 개발되었다. 또 어떤 때는 마치 생일 선물처럼 얻기도 했다. 어느 쪽이든, 특별한 능력은 항상 일을 더 쉽게 만들어주었다. 마치 마법의 검을 들고 전투에 나가는 것과 같았다.

그는 '어크로스더시(Across the Sea, 바다 건너)'라는 이름이 붙은 경주마였다. 그의 폐는 기관차 같았고, 발굽은 전투용 망치 같았다. 그리고 그는 다른 말에 추격당하는 것을 참지 못했다.

'밀로나 옥시즌 템플턴'이라는 이름의 여성으로 태어난 그는 행성 간 화물 운반하는 일을 관리했는데, 그것은 이제까지 세상에 존재했던 가장 힘든 일 중의 하나였다. 그 업무를 하려면 모든 일정을 머릿속에 저장하고 양자 붕괴 지점을 조정할 수 있어야만 했다. 밀로나는 다른 사람들이 껌 하나를 상상하는 식으로 초공간(초광속 여행이 가능한 공간—옮긴이)을 상상할 수 있었다.

오래전 인도에서 그는 뱀 부리는 사람이었다. 처음에는 그냥 흔히 볼 수 있는 뱀 부리는 사람이었지만, 어느 날 부주의하게 행동한 탓에 그는 뱀에 물리고 말았다. 그날 집에 돌아간 그는 자리에 누워 죽기만을 기다렸지만, 죽지 않았다. 알고 보니 그는 각종 독에 면역이 되어 있었다. 그는 종교 지도자인 스와미가 되었고, 사람들은 그가 끔찍한 것들을 마시고, 물리면서도 계속 생존하는 것을 보기 위해 그를 찾아왔다. 그는 순례자들을 위해 기도해주었고, 사람들은 그에게 대가를 지급했다.

어느 날 그의 입과 눈과 온몸의 모공에서 검은 액체가 쏟아져 나왔고, 그는 쓰러져 죽고 말았다. 뭐든 과하면 독이 되는 법이다. 그건 누구도 어쩔 수 없다.

언젠가 한 번 마일로는 사람들이 흔히 '동물을 잘 다룬다'라고 말하는 재주를 타고난 적이 있었다. 그는 유전자 조작 쇠고기 시대에 유명한 카우보이가 되어 푸르른 인공 하늘 아래서 말 위에 올라탄 채 다리를 채찍처럼 휘두르면서 옥수수를 먹는 대형 선박 같은 소들 사이로 위태롭게 뛰어다녔다.

그가 "이랴!" 하고 소리치거나 "워워!"라고 말하면, 그를 사랑하는 말들은 그가 원하는 대로 나아갔다. 소 떼가 그를 보고 음매 하고 우는 소리가 뱃고동처럼 울려 퍼졌다. 소들도 나름의 슬프고 불행한 방식으로 역시 그를 사랑했다.

그는 어느 파형 물리학자의 딸인 모나 리벳으로 태어난 적도 있었다. 나이보다 조숙했던 소녀는 무척이나 아름다웠지만, 결핵의 마지막 희생자 중 하나라는 불운을 타고났다. 아홉 살이 되었을 때, 소녀는 거의 전신이 마비되었다. 병마와 싸우며 자기 자신의 몸속에 갇혀 있다는 두려움이 아이로 하여금 특히 천재적인 행동을 하게끔 이끌어갔다.

소녀는 아버지에게 태양열 슈퍼컴퓨터에서 그의 클라우드(인터넷 기반의 디지털 공유 공간−옮긴이) 시간을 좀 사용하게 해달라고 청했고, 아버지는 그것을 허락했다. 아이는 이따금씩 아버지에게 이런저런 자료나 물건을 가져다달라고 하거나, 이런저런 것을 기계로 만들거나 틀에 끼워달라고 부탁했고, 아버지는 늘 딸의 부탁을 들어주었다.

열한 번째 생일에 모나는 자신의 가족과 45구역 은하 특허 위원회에 '피시Fish'라고 이름 붙인 발명품을 선물했다. 피시는 사람들의 어깨 위에서 맴돌며 전화를 걸거나 계산을 하거나 장면과 소리를 녹음하거나 방송하고 레이저로 치수를 계산하는 등의 일을 하는 통신 장비로 거의 궁극적인 개인 비서라고 할 수 있었다.

사람들은 피시를 좋아했다. 그들이 직접 하고 싶지 않은 지루한 기술적인 일들을 수도 없이 처리해주었기 때문이었다. 더 비싼 모델들은 심지어 물건을 운반해주기도 했다. 사람들은 그것이 옆에서 맴돌거나 함께 날아다니거나 심지어 수영까지 하는 등 귀엽기 때문에도 좋아했다.

"이런 세상에……." 딸이 자신의 발명품을 보여주었을 때, 물리학자 아버지가 말했다. 그는 딸의 특허를 감독했고, 그것이 딸을 부유하게 해주는 것을 지켜보았다.

2년 동안, 모나는 휠체어 위에서 자신의 발명품에 의해 극진한 보살핌을 받으며 살았다. 덕분에 그녀는 생각한 바를 말로 전달하고 글로 적을 수 있었으며, 죽기 전까지 두세 가지 발명품을 더 만들어낼 수 있었다. 마침내 그날이 왔을 때, 그녀는 피시의 도움을 받아 "안녕"이라고 인사했고, 피시는 그녀가 죽어가는 동안 슬프게 그르렁거리며 근처를 맴돌았다.


또 다른 몇 번의 삶 속에서, 마일로는 거의 초능력에 가까운 재능을 계발하기도 했다. 중세 중국에서는 쿵후의 대가 모피로 태어났다. 모피는 어느 날 혼자 몽골 진영으로 걸어가서, 그들에게 이제 그만 고향으로 돌아가라고 조용히 요구했다. 침입자들은 웃음을 터트렸고, 모피는 땅에 발을 한 번 구르고는 고개를 숙여 예를 표하고 집으로 돌아갔다. 사흘 후, 들판과 산을 가로질러 지진이 일어났다. 마지막 여진이 사라졌을 때, 몽골인들은 집으로 돌아가고 없었다.

종종 위대한 재능은 위대한 비밀이 되어야만 한다.

철의 장막 뒤에서, 밀로셰비치 코세바르는 존경받는 제화공으로 태어났다. 그는 합리적인 가격에 튼튼한 신발을 만들었고, 생기 없는 여성과 결혼하여 생기 없는 아이들을 키웠으며, 엄청난 양의 양배추를 먹고, 아무도 성가시게 하지 않았다. 아니, 적어도 보기에는 그래 보였다.

밀로셰비치는 때때로 폭탄을 만들었지만, 소수의 사람 외에는 아무도 그 사실을 몰랐다. 그는 그 폭탄을 스너키지, 즉, 비밀경찰의 차 밑에 심어두기도 하고, 마을 가장자리에 있는 작은 정부 건물의 휴지통에 가져다두기도 했다. 가끔은 적군파 캐러밴이 지나다니는 고속도로에 폭탄을 설치하기도 했다. 그가 제작한 폭탄들은 마치 버려진 신발처럼 보였다. 따라서 제때 발견되어 폭발이 무산된 적이 한 번도 없었다.

훗날 그가 아주 늙어 철의 장막이 무너져 내렸을 때, 그는 자신이 했던 일을 모두에게 털어놓았지만, 심지어 가족조차도 그의 말을 믿지 않았다.


때로는 우연히 무언가를 잘하게 되기도 했다. 수 세기 전, 마일로는 양조장을 소유하고 훌륭한 맥주를 양조했다. 그의 유일한 경쟁자는 그가 태어나기도 전부터 매년 브리스틀 박람회에서 최고상을 받았던 나이 든 제프리 모건이었다.

제프리 모건에게는 이그레인이라는 아름다운 딸이 있었는데, 그녀가 열여섯 살이 되었을 때, 마일로는 그녀에게 청혼했다.

"안 돼!" 제프리 모건이 소리쳤다. "네놈이 이그레인의 손을 잡는 날이 온다면, 그날은 네놈의 구정물이 박람회에서 최고상을 받는 날일 거야!"

그래서 마일로는 집으로 돌아가 자신만의 최고급 맥주를 만들기 시작했고, 거의 그 결과물을 얻어냈지만, 때마침 인근에서 왕의 군사와 살리스버리 공작의 부하들 간에 전투가 벌어지고 말았다. 그리고 군사들이 마을 안으로 쏟아져 들어왔다. 죽은 병사와 그들의 피가 열린 맥주 통 안으로 들어갔다. 시체는 밖으로 끌어낼 수 있었지만, 맥주에서 피를 제거할 수는 없었다.

그해에 마일로는 박람회장에 짙은 색에 씁쓸한 맛의 맥주를 들고 도착했고, 술은 그 독특하고 강렬한 맛 덕분에 즉각적으로 인기를 끌었다. 그는 1등 상을 탔고 이그레인도 얻었으며, 맥주를 양조하고 아이들을 낳아 기르는 길고 여유로운 삶으로 돌아갔다. 그리고 그는 자신의 신비로운 흑맥주로 매년 더 유명해졌다. 마일로와 그의 아내는 늘 너무도 창백하고 팔에는 붕대를 감은 모습으로 박람회장에 도착했다. 하지만 사람들은 예의를 지키느라 그들의 모습에 거의 주목하지 않았고, 그 사실을 입 밖으로 언급하지도 않았다. 사람들의 입에 오르내렸던 얘기는 마일로와 그의 아내가 서로에게 너무도 헌신적이어서 남편이 아내에게 부탁할 수 없는 것도, 아내가 남편을 위해 하지 않을 일도 전혀 없다는 것이었다.

마일로는 맥주를 양조하는 자신의 재능을 너무도 아꼈기에, 죽을 때까지 아무에게도 그 방법을 전수하지 않았다.

그는 아담한 사후 세계의 집(맥주를 제조하며 소박하게 살았던 삶에 대한 보상이었다) 지하실에 틀어박혀 몇 시간이고 맥주를 만들었으며, 여전히 혈관을 벌려 열지 않고도 완벽한 흑맥주를 만들 방법을 찾아내려 애쓰는 중이었다.

"이제 그만 앞으로 나아갈 때도 됐잖아." 수지가 지하실 층계에 걸터앉으며 말했다. 눈에는 눈물이 맺혀 있었고, 목소리는 쉰 듯했다. 그녀는 최근 발견한 인간적인 호기심의 하나인 흡연을 실험하는 중이었다. 그렇지만 잘 안 되었다. 그녀가 층계에 담배꽁초를 비벼 껐다.

"나아가는 중이야." 마일로가 통의 마개를 열어 가장 나중에 만든 술을 맛보며 말했다. 그가 인상을 찌푸렸다. "지난번 술은 너무 달았어. 이번 건 너무 써. 올바른 방향으로 단 한 걸음⋯⋯."

"내 말은 그게 아니야." 그녀가 기침했다. "배운 것을 가지고 새로운 삶을 준비하기 시작해야지, 과거에 얽매여 있어서는 안 된다고."

마일로가 일그러진 미소를 지어 보였다.

"당신이 왜 이러는지 나도 알아." 그가 말했다. "그녀 때문이잖아."

수지가 눈을 가늘게 떴다. "그녀라니?"

"그녀. 이그레인. 내 일생의 사랑. 가장 최근의 사랑."

"당신 미쳤구나. 내가 지상의 계집애를 질투한다고?"

"예의를 갖추라고." 그가 말했다.

수지의 눈에 불길이 확 타올랐다. "잘 들어!" 그녀가 소리 질렀다. "그 여자를 머릿속에 간직하고 있는 건 바로 당신이야, 내가 아니라고."

"좋아." 마일로가 통 마개를 닫고 굴리면서 말했다. "그래, 맞아. 그녀가 아직 내 마음속에 있어. 결국 우린 50년이나 결혼생활을 했으니까. 그래서 당신이 질투하는 거야."

수지가 그를 복잡한 시선으로 바라봤다.

"당신도 우리가 그냥 친구 사이라는 걸 알고 있어." 수지가 말했다. "그렇지?"

아니, 어쩜 이렇게 멍청할 수가 있어?

"나 멍청하지 않아." 그녀가 얼음처럼 차가운 어조로 말했다. "나는 죽음이야. 모르겠어? 나는 모든 걸 끝내는 일을 한다고. 사랑에 관련된 일은 하지 않아. 그건 내 영역이 아니야."

마일로가 어깨를 으쓱했다. 좋아. 그는 애걸하지 않을 작정이었다.

"다음번에 환생하면……." 그가 말했다. "난 백만 명의 여자와 잠자리를 한 첫 번째 남자가 될 거야. 어떻게 생각해?"

"아주 좋아. 난 당신 영혼의 거시기가 떨어져 버리길 빌어주지."

마일로는 아무 말도 하지 않았다. 속으로도 침묵했다.

영혼의 거시기?


은행원으로 한 생을 살고 난 후, 마일로는 끈적끈적한 연못 바닥의 칙칙한 물속에 들어앉아 발톱을 바닥에 박아 넣고 숨을 참으며 사는 악어거북으로 태어나는 벌칙을 수행해야 했다.

물론 그것도 역시 재능이었다. 기다리기. 때가 되면 빠르게 타격하기.

5천만 년이나 이어 내려온 원초적인 재능을 숨긴 채 늪지대에 찾아온 봄처럼 똬리를 틀고 앉아 기다리기.

그는 느리고 칙칙한 곡을 연주하는 재즈 색소폰 주자였다. 무키 언더우드는 줄무늬 정장에 멜빵을 차고 목에는 완벽한 모양의 매듭 넥타이를 하고 다녔다. 신고 다니는 새들 신발은 궤도를 따라 도는 행성들처럼 빛을 발했다.

클럽이나 연주홀, 또는 스모크스택 레코드 같은 곳에서 음악을 듣는 사람들을 가만히 지켜보면 모두가 마치 그 커다란 금관악기 속에 뭔가 살고 있기라도 하다는 듯이 그 안을 훔쳐보고 싶어 안달하는 듯한, 자신도 모르게 드러나는 표정을 짓고 있었다. 뭔가 현명하고 축축하고 딱히 행복하지는 않은 어떤 것이 그 안에 사는 듯한 소리가 난다고 생각하기 때문이었다. 물론 그 소리 뒤에는 나이 든 영혼이 있었지만, 그 영혼이 색소폰 속에 있는지, 아니면 그것을 연주하는 사람 속에 있는지는 쉽게 판단할 수 없었다.

# 14

# 해이스티 푸딩 사건

>> 서기 3417년, 브릿저 행성의 크라이스트민스터에 있는 킹스 칼리지

낡은 돌다리.

안개와 흐릿함으로 가득한 원시의 아침. 안개 낀 강이 다리 아래로 흘러가서 안개 낀 강변과 만났다.

안개는 아침 햇살이 내리비치기 전에 물러갔고, 석조 교회가 마치 시간 속에서 떠오르듯이 그 모습을 드러냈다. 그 뒤로 멀리 석조 시계탑이 나타났다.

세 척의 목재 스컬(조정 경기용 배로 'sculling'은 한 사람이 양손에 노를 하나씩 잡고 젓는 노 젓기 방식이다—옮긴이)이 마치 창처럼 안개와 물살을 가르고 다리 밑에서 쏜살같이 튀어나왔다. 강하고 혈기왕

성한 목소리들이 소리쳤다.

"스트로크, 활주를 늦춰!"

"다섯에 파워3, 제군들! 하나, 둘······."

"셋, 핸즈 다운, 핸즈 어웨이!"

강변에서 흐릿해 보이는 사람들이 외치는 함성과 환호성이 들려왔다.

"파이팅!"

"그래, 바로 그거야, 해로우!"

안개 속 어딘가에서 배 한 척이 결승선을 통과했다. 절정을 이룬 환호의 함성.

그때 안개가 옅어지면서 재킷을 입고 학교 넥타이를 맨 100명 이상의 소년들이 모습을 드러냈다. 그중에는 교수복을 입은 머리가 희끗희끗한 사람들도 섞여 있었다.

군중이 멀리서 들리는 권총 소리에 조용해졌고, 다리 너머 강 상류에서 시작되는 다음 경기를 지켜보고자 온몸을 위로 끌어 올렸다.

하지만 소년들이 다니는 학교 부학과장인 대니얼 티피클 씨만은 예외였다. 그는 모여선 군중에게 양해를 구하며 그들을 헤치고 나아가서 신학과 교수인 윌리엄 해이의 우뚝 솟은 모습과 찡그린 영혼 앞에 도달해 그의 팔을 톡톡 두드렸다.

"어쩐 일이신가요, 티피클 교수님?" 해이 교수가 낮게 울리는 목소리로 물었다.

"프루시안 구스 때문입니다." 티피클 교수가 낮게 소곤거렸다.

"그게 다모클레스 클럽에서 다시 사라졌어요. 발리콘 협회가 의심을 받는 데는 다 그럴 만한 이유가 있지 않습니까."

발리콘 협회의 교수 자문 역을 맡은 해이 교수가 깜짝 놀라 눈썹을 추켜세웠다. 사실 기회가 있을 때마다, 전설적인 발리콘 본즈를 납치해가는 것이 다모클레스 협회의 의무인 것처럼, 발리콘 회원들이 다모클레스 협회의 신성한 프루시안 구스를 훔쳐가는 것도 역시 그들의 전통이기는 했다. 그런데도 해이 교수는 뭔가 미심쩍은 기분이 들었다.

프루시안 구스는 (최초로 킹스 칼리지를 설립한 지구의 에드워드 왕 2세가 사냥한 거위로 만든) 매우 오래된 거위 봉제 인형으로, 집회에서 엄숙하게 들고 나와 형제들 앞에 놓아두는 '친교의 상징'이었다. 발리콘 본즈는, 어느 어둡고 비밀스러운 전설에 따르면, 유명한 성직자이자 식인종이었던 조녀선 푸어의 해골이었다.

프루시안 구스는 약 100년 전에 발리콘 협회가 창립된 이래 한두 번 정도 납치된 적이 있었다. 본즈는 단 한 번 납치되었었는데, 전설에 따르면, 그날 밤 보초를 서던 중에 잠이 들어 본즈를 도난당했던 불운의 형제는 옥스브리지 홀의 식당 아래 매장돼 있었다.

"내 사무실로 함께 가시죠." 티피클 씨가 제안했다. "가서 보안실의 브루드에게 전화를 걸어보면, 그가 뭔가……."

"그러실 필요 없습니다." 해이가 성직자 같은 손을 들어 올리며 말했다. "이번에는 아니에요."

"하지만……." 티피클 씨가 식식거렸다.

해이가 날카로운 시선으로 그를 침묵하게 했다.

"우리 애들이 아닙니다." 그가 말했다. "물론 그애들이 죄인이기는 해요. 하지만 이번에는 그애들이 납치한 게 아닙니다. 필요하면 내가 직접 경찰에 수사를 의뢰하겠습니다."

그는 한 마디 말이나 몸짓 없이도 티피클을 물리쳤다. 필요한 것이라고는 가슴을 펴서 분위기를 약간 과장하는 것뿐이었다. 학장은 슬그머니 왔던 길로 다시 돌아갔지만, 이미 라운드 처치 서클 형제들이 예상치 못했던 2차전 승리를, 그것도 간발의 차로 거둔 이후였다.

해이는 어둠의 군주처럼 학생들을 가르쳤다. 진지한 성향의 학생들은 그를 숭배했다. 하지만 별 목적의식 없이 수업에 참여하는 학생들은 그의 등 뒤에서 인상을 찌푸리며 앉아 있다가 선배들이 해준 "해이 교수는 뒤통수에 눈이 달리고 전신에 귀가 달렸어"라는 말이 사실이라는 것을 알게 되면 소스라치게 놀라곤 했다.

"해이 교수는 모든 위대한 종교 지도자들처럼 악랄해." 그의 제자들은 이렇게 말했다.

해이는 보통 워싱 커먼스(뷔페식으로 먹는 학교 식당─옮긴이)에서 점심을 먹었지만, 오늘은 아니었다. 그가 집으로 가서 아내에게 마일로의 점심으로 요리 중인 식사를 자기 몫까지 준비해달라고 청했을 때, 아내는 상당히 놀랐다. 마일로는 그들의 8살 먹은 아들로, 대학에 부속된 초등 사립학교인 스패로에 다니는 도전적인 성향의 꼬마였다. 대부분의 교직원 자제가 스패로에 다녔다. 그곳은 일종의 탁아소 같은 곳이었지만, 초서(Geoffrey Chaucer, 영국 문학의 아버지라 불리는 14세기 영국 작가-옮긴이)를 읽는다는 점이 다른 곳과 달랐다.

그래서 해이의 아내 빅토리아는 남편의 볼에 키스하고 나서 미트로프 샌드위치를 만들어 우유 한 잔과 함께 내주었다. 그런 다음 해이를 식탁에 홀로 두고 하던 집안일을 마저 하기 시작했다. 해이가 무릎 위에 두 손을 모은 채 식탁에 앉아 있을 때, 마일로가 쿵 소리가 나게 문을 열고 머리칼과 셔츠와 4반 넥타이를 휘날리며 부엌으로 뛰어 들어왔다.

해이는 아들이 멈춰 서서 차분히 경외심을 갖추고 인사해주길 바랐지만, 아들은 들어올 때와 마찬가지로 총알처럼 빠르고 조용하게 부엌을 빠져나가면서 재빨리 "아빠, 안녕!"이라고 말하고는 별로 깨끗하지 않은 한 손을 흔들어 보였기에, 일단은 그것에 만족해야 했다.

해이는 브릿저의 모든 이를 두렵게 했지만, 자신의 아이만은 예외였다. 오히려 마일로가 그를 당황하게 했다. 물론 그는 자기 아이가 왕에서부터 올챙이에 이르기까지 모든 종류의 삶을 거의 1만 번 가까이 살아온 고대의 영혼이라는 사실을 알지 못했다.

해이는 기다렸다. 그는 샌드위치를 한 입 베어 먹었다.

잠시 후 그의 기다림이 보상받았다. 마일로는 타이를 느슨하게 풀고, 셔츠는 허리춤에서 빼내고, 신발은 벗어버린 채로 다시 나타났지만, 손과 얼굴은 깨끗이 씻은 후였다. 아이가 식탁에 앉아 예의 바른 태도로 점심을 먹기 시작했다.

"어떻게 집에 계세요?" 입 안 가득 음식을 물고 아이가 물었다.

"네가 한번 말해보렴." 해이가 대답했다.

소년은 점심을 먹으며 아버지의 표정을 유심히 살폈다.

아이의 머릿속에서 바퀴 돌아가는 모습이 거의 보이는 것 같았다. 아이들이 백만 년 동안 머리를 굴려왔던 그 방식 그대로 말이다. 허세를 부릴지 접을지를 판단하려 애쓰는 포커 플레이어의 마음처럼.

"제가 옷장 안에 프루시안 구스를 숨겨뒀어요." 마일로가 우유를 마시려고 잠시 씹는 것을 멈췄을 때 말했다. "파란색이나 점박이 무늬로 칠할 생각이었어요."

소년이 우유 콧수염을 핥아 먹었다.

발리콘은 약 25명의 전도유망한 열아홉 살 소년들로 구성된 클럽이었지만, 매년 거위를 훔쳐 달아날 때마다 경보를 울리지 않은 적이 거의 없었다. 따라서 해이는 자신도 어쩔 수 없이 감명 받았다.

"어떻게 했는지 말해주렴." 그가 말했다.

"저 곤경에 처한 거예요?" 소년이 물었다.

"당연히 곤경에 처했지. 괜히 바보처럼 굴지 마. 어떻게 한 거니?"

해이는 혹시라도 아이에게서 유아기에 발병한 천식의 징후가 나타나지는 않는지 계속해서 주의를 기울였다. 걸음마를 배우던 시기에 마일로는 스트레스를 받거나 나쁜 짓을 하다가 걸리면 이따금씩 얼굴이 빨개지고 숨이 차올라 힘들어했다. 그때 이래로 병세는 많이 완화되었지만, 때때로 실수를 지적당하거나 하면 여전히 숨쉬기 힘들어하는 듯 보였다.

하지만 최근에는 그렇지 않았다.

"어떻게 아셨어요?"

"이봐, 아들⋯⋯."

"어떻게 아셨는지 먼저 얘기해주면, 저도 어떻게 했는지 말씀드릴게요."

"어제 저녁 식사할 때, 네가 그 거위가 왜 친교의 상징이냐고 물어왔고, 내가 거위는 부상을 입었을 때도 절대로 무리를 뒤에 버려두지 않는다고 설명해주었지." 해이가 말했다. "무리 중 하나가 다쳐서 뒤처지게 되면 누군가 하나가 남아서 그 부상자가 회복되거나 죽을 때까지 옆에 머물러 있거든. 그 말을 듣고 넌 나름대로 무척이나 흥미로워하는 것 같았어. 그래서 다모클레스 협회의 거위가 사라졌다는 소식을 들었을 때, 난 어떻게 된 상황인지 짐작이 가더구나. 네가 할 법한 일이었거든. 자, 이제 넌 어떻게 했는지 말해줄래?"

"가끔 다모클레스 협회에서 그걸 여기저기로 옮겨가곤 하잖아요. 그날 제가 학교에서 집으로 걸어오고 있을 때, 협회 형제 중 하나가 그걸 밖으로 가지고 나와서는 차 옆에 내려놓더라고요. 그러고는 차 키를 가지러 다시 안으로 들어갔어요."

"네가 그 클럽 하우스에서 우리 집 문 앞까지 누구의 제지도 받지 않고 프루시안 구스를 들고 걸어왔다는 거냐?"

"들고 걸어왔다는 게 아니에요. 차를 운전해왔어요."

해이가 샌드위치를 떨어뜨렸다.

"뭐라고?"

"별로 어렵지 않았어요."

"키도 없이 차에 시동은 어떻게 걸었니?"

소년이 갑자기 기가 꺾인 듯이 시선을 바닥으로 떨어트렸다.

"네가 직접…… 차에 시동을 건 거야?"

소년이 고개를 끄덕였다.

해이는 마일로가 그 특별한 재능을 사용하지 못하게 했었다. 나이가 들기 전까지는, 두뇌가 더 완전하게 형성되기 전까지는 안 될 일이었다. 그것은 어디까지나 아이를 위해서였다. 다른 곳도 아닌, 그가 재직하고 있는 킹스 칼리지에서 이루어진 여러 연구에 따르면, 뇌의 특정 부분이 너무 일찍 사용될 경우 그 영역에서 관장하는 운동 기능이 저하될 수 있었다.

"차는 어디에 두었니?" 해이가 물었다.

"승전기념관 옆 브레인트리 거리에 두고 왔어요."

해이가 일어섰다.

"셔츠를 바지에 집어넣어라." 그가 명령했다. "그리고 신발을 찾아 신어."

아들이 나갈 준비가 되었을 때, 해이 교수는 경찰서로 차를 몰아가서 소년이 자신의 죄를 자백하는 모습을 지켜보았다.

여덟 살짜리 대형 절도범에게는 1년의 집행 유예가 선고되었다. 해이의 주장으로 법원은 또한 마일로의 염력을 무력화시킬 작은 전자 장비인 도슨 몰을 몸에 삽입하도록 규정했다. 마일로는 아버지가 주위에 있을 때는 항상 그 장비를 양쪽 눈 사이에 끼워야 했다. 그 때문에 해이가 죄책감을 느꼈을지는 모르겠지만, 그 사실이 밖으로 드러나지는 않았다.


그 후 몇 년 동안, 마일로는 성취 기준을 높게 세우고 학업에만 전념했다. 그는 읽고 배우고 시험을 치고 상을 탔으며, 점차 성장해 갔다. 마일로는 마음으로 사물을 움직이는 데 허비해버렸을지도 모를 엄청난 에너지를 지성이라는 더욱 전통적인 렌즈에 집중시켰다.

그리고 그러한 집중이 성공을 거두었다. 아직 어린 15세의 나이에, 그는 킹스 칼리지에 입학원서를 내고 학부 장학금을 신청했으며, 입학시험에서 수석을 차지했다. 전공은 부분 공간 물리학이었다.

마일로가 뛰어난 수행능력으로 감동을 줄 때마다, 아버지는 눈썹을 추켜세우며 "흠!"이라고 말했다. 아버지의 그런 반응에 마일로가 딱히 자랑스러움을 느낀 것은 아니었지만, 감동을 받기는 했다.

그는 신경 응용학을 전공하겠다고 신청했지만, 허가받지 **못했다**. 도슨 몰의 착용이 그의 시냅스(신경 접합부)를 다시 고쳐 썼고, 그 탓에 염력을 쓰는 재능이 사라져버린 까닭이었다.

그것은 마치 사지 중 하나를 잃거나 시력을 잃은 것과 같았지만, 마일로는 그 상실감을 자신의 거대한 마음속 깔개 밑으로 쓸어 넣고는 눌러버렸다.

마일로의 영혼 속 깊은 곳에 잠재되어 있던 희미하고 오래된 목소리가 속삭였다. 와, 우리가 이번에는 진짜 해낼 수 있을지도 모르겠어.

대학은 마일로에게 힘든 시기였다. 물론 대부분의 사람들에게 대학 시절은 힘든 시기지만, 마일로는 동급생들보다 훨씬 어릴 뿐 아니라, 교직원의 아들이라는 점 때문에 더욱 파란만장하게 보내야 했다. 킹스 칼리지 학생들은 대개 부유한 가정의 똑똑한 아이들이었다. 반면에 마일로는 단지 똑똑하기만 했다. 다행스러운 점은 워낙에 똑똑했기에 주변의 선망을 샀고, 여전히 프루시안 구스를 훔친 것으로 유명하기도 했다는 것이었다.

그도 역시 모든 사춘기 남학생들의 품위를 떨어뜨리는 똑같은 어려움에 직면했다. 마일로는 멋있고 잘생긴 학생이 되기 위해, 그리고 5분에 한 번씩 자신의 성기를 만지작거리지 않기 위해 애썼다. 킹스 칼리지에는 여학생들도 있었지만, 그가 중학교 때부터 알고 지내던 여자아이들과는 많이 달렸다. 여대생들은 그를 무섭게 했다.

난 여대생들이 무서워! 그가 자신보다 더 나이 먹고, 더 현명한 고대의 자아에게 호소했다. 나이를 먹어가며 차츰 깨닫기 시작해서 의지하게 된 자아였다.

그의 현명한 자아도 여대생 문제에서는 전혀 도움이 되지 않았다. 목소리들도 여대생들을 무서워하기는 마찬가지였다.

어느 날 마일로가 식민지 시대 저항 시인을 다루는 문학 수업에서 바스모두 웅가투 교수에게 도전장을 내밀어 자신의 실력을 뽐내려던 참에 그의 운명이 더욱 흥미로워지는 계기가 되어줄 사건이 하나 일어났다.

머리가 엄청나게 큰, 비쩍 마른 흑인 남성인 웅가투 교수는 일방적인 강의를 하는 사람이 아니었다. 그는 토론자이자 질문자였다.

"왜일까?" 어느 날 칠판 앞에서 웅가투가 물었다. "왜 재커리 헤리디아는 산소 카르텔에 대한 자신의 공격을 서한 형식이 아닌 시로 적었을까? 카르텔의 동맹들이 그의 공격을 공격으로 인식하지 못하게끔 하면서 은밀히 공격을 감행하려 했던 것일까?"

대부분의 학생들은 왼쪽 어깨 위에 살짝 떠 있는 피시들이 대신 노트 필기를 하는 동안 책만 빤히 들여다보았다.

웅가투와 눈을 마주치는 것은 위험한 일이었다. 하지만 마일로는 그렇게 했다.

"해이 군?"

"교수님, 저는 헤리디아가 시 형식을 선택한 것이 좀 더 예술적인 결정에서 나온 것이 아니었을까 생각합니다. 그가 글을 운문으로 써서 문학 포럼에 올린 것이 수사적인 전략이 아니라 단지 운문이 좀 더 아름답기 때문이라면 어떨까요?"

웅가투가 학생들이 앉아 있는 갤러리로 성큼성큼 올라가서 골동품 안경 너머로 마일로를 빤히 내려다봤다. 도금한 그의 피시도 뒤에서 급히 따라 올라갔다.

"〈에머라인 K의 질식사〉는……." 웅가투가 말했다. "가니메데 테라포머(인간이 살아갈 수 있도록 행성을 지구처럼 만드는 일을 하는 사람들—옮긴이)들에 대한 산소 공급 금지령이 내려진 사흘 후에 쓰였고, 그다음 주에 출판되었네. 그 금지령으로 4천 명이 목숨을 잃었지. 그리고 600명이 유로파 감옥 섬 행성으로 추방됐고. 그런데도 자네는 목성의 일산화탄소 '사고'로 누이를 잃은 헤리디아가

의식의 고취보다 예술에 더 관심을 두고 있었다고 말하고 싶은 것인가?"

다른 학생들도 이제는 책에서 고개를 들어 올리고 있었다.

마일로가 고개를 저었다. "그런 의미가 아닙니다." 그가 대답했다. "예술은 사회적 책임과 아름다움에 대한 질문을 둘 다 포용할 수 있습니다. 그리고 에밀리 디킨슨의 말을 인용하자면 '그 둘은 하나'입니다. 그리고 저는 헤리디아도 바로 그런 입장이었다고 생각합니다. 그는 자신의 메시지가 노리는 효과를 극대화하려면 그것을 아름답게 표현해야 할 뿐 아니라, 그 속에 담긴 역설을 제대로 이해하고 그것에 슬퍼할 수 있는 올바른 청중에게 그것을 전달해야 한다는 사실을 알고 있었던 겁니다."

"슬퍼한다고?" 웅가투가 눈을 가늘게 뜨고 물었다. "그렇다면 자네는 그가 다른 무엇도 아닌 감정적인 반응을 유도하기 위해 시의 형식을 빌린 거라 생각한다는 건가?"

"인간은 복잡합니다." 누군가 끼어들었다. 다들 고개를 돌렸다. 목소리의 주인공은 앨리 셰퍼드라는 여학생이었다.

"셰퍼드 양?" 웅가투가 불렀다.

앨리 셰퍼드가 어깨를 으쓱했다. "헤리디아가 운문 형식을 택한 이유는 여러 가지가 있을 수 있어요. 제 생각에 그게 바로…… 저 학생이…… 말하고자 하는 바 같은데요." 그녀가 마일로의 방향으로 손을 흔들었다. 근사한 손이다! 앨리 셰퍼드는 열대 지방에서 온 섬나라 소녀 같았다. 그녀는 마치 잠든 고양이처럼 킹스 칼리지 교복에 근사하게 어울렸다. 마일로는 자신의 손이 그녀의 온몸 구석구석을 마치 고양이를 쓰다듬듯이 어루만지는 상상을 했다. 실은 킹스 칼리지의 대다수 남학생과 많은 여학생도 그의 이러한 상상을 공유했다. 앨리 셰퍼드는 자랑스러운 대학 부속 연극 단체인 해이스티 푸딩 클럽의 회장이자 최고의 인재였다. 아마도 그녀는 킹스 칼리지가 내세울 만한 최고의 유명인사일지도 몰랐다.

그것도 아주 똑똑한 유명인사.

"누군가 왜 시를 썼는가 같은 복잡한 문제에 관해 작가의 사후 왈가왈부하는 것은 사실 매우 위험한 일이에요." 앨리가 계속 말을 이었다. "왜냐하면 후대 사람들은 그것을 이치에 맞게끔 해석하려는 유혹을 느낄 수 있거든요. 우린 그 해석에 이성을 적용할 수는 있겠지만, 인간의 마음을 시시각각 지배하는 폭풍과 변화는 절대로 적용할 수 없어요."

그녀가 마일로 쪽을 바라보며 윙크했다.

"자네의 말이 고려해볼 만한 가치가 있다는 생각이 드는군." 응가투가 칠판 쪽으로 다시 내려가며 말했다. "그렇다면 이 점은 어떻게 생각하는지 한번 들어볼까. 그 예술가는 어떻게 같은 마음이던 정치적인 체스 주자에게 영향을 미쳤을까? 또 그 반대는?"

마일로의 귀에는 교수의 말이 더는 들리지 않았다. 그의 전 우주는 앨리 셰퍼드에게 고정돼 있었다. 그는 감히 그녀를 바라볼 수도 없었다. 멋있게 보이려고 하면서 열다섯 살짜리 소년처럼은 보이지 않으려고 애를 쓰면 쓸수록, 마일로는 단지 얼굴을 붉히면서 점차 아랫도리에 불편함을 느끼며 멍한 눈빛으로 앉아 있을 뿐이었다.

그 후 몇 주가 지나는 동안, 마일로는 일종의 정체성의 위기라 할 만한 것을 겪어야 했다.

나라는 존재가 1학년 신입생 학급이 은밀한 즐거움을 느끼며 장식처럼 데리고 있는 작고 귀여운 경이로움에 지나지 않는 것은 아닐까? 또는 내가 내 나이를 그다지 중요하지 않은 것으로 만들어버리지는 않았을까? 혹은 내가 바이런 경의 음울한 미래상은 아닐까? 마일로는 자신의 모습이 흑백 사진으로 찍히거나, 자기도 모르는 사이에 촬영되고 있는 상황을 상상했다.

머지않아, 그는 이들 중 어떤 것이 자신의 진정한 자아인지 알게 될 터였다. 머지않아 교내 여러 클럽에서 가을 초대장을 발송할 테고, 그것이 모든 것을 말해줄 것이기 때문이었다. 킹스 칼리지에서는 미래를 책임질 위대한 인물을 클럽에 초청했다. 평범함과 귀여움은 초대되지 않았다.

진짜 고대 양식의 종이에 작성한 초대장들이 어느 습하고 초록이 우거진 10월 아침 학생들의 방문 밑에 도착했다.

마일로는 다모클레스 클럽에서는 초대를 받지 못했다. 대신 발리콘과 과학기구인 타이고 펠로우십, 〈일리언〉을 출판하는 문학 동아리 해리슨, 해로우 인터뮤랄 팀, 그리고 (세상에, 우와!) 해이스티 푸딩 클럽에서 따뜻한 초대장을 받았다.

그가 이중 어떤 곳에라도 가입하고자 한다면 부모님의 허락이 필요하리라고 생각하고 있던 찰나에 그의 피시가 웡웡거렸다.

"마일로?" 아버지의 목소리였다. "저기 말이다, 혹시 다른 계획이 없다면……. 참, 잘 지내고 있지?"

마일로는 뒤에서 "관심을 좀 보여요"라고 상기시키는 엄마의 희미한 목소리를 들을 수 있었다.

"잘 지내요, 아빠. 두 분도 잘 지내시죠?"

"그럼, 잘 지내지. 엄마가 혹시 금요일에 네가 잠깐 들러서 저녁 먹고 갈 시간이 될지 궁금해서. 엄마가 한동안 널 못 봤잖아."

빌어먹을. 바이런 경은 엄마, 아빠와 저녁 식사를 하고 싶은 마음이 조금도 없었다.

"물론 가야죠." 그가 말했다.

"좋아, 그럼 다섯 시까지 오렴. 식사는 여섯 시쯤에 할 거야. 하루 잘 보내고." 그러고 나서 피시가 조용해졌다.

"그건 그렇고……." 마일로가 말했다. "제가 타이초와 해리슨과 해로우 인터뮤랄 팀과 발리콘과 해이스티 푸딩 클럽에 가입하려면 아빠의 허락이 필요하거든요, 젠장."

마일로는 금요일에 부모님 집으로 곧장 달려가지 않았다.

정오에 수업을 끝내고 그는 캠퍼스를 돌아다녔다. 미래의 과학자이자 작가인 그는 주머니에 양손을 찔러 넣은 채 바람을 맞으며 시적으로 헤매다녔다. 캠퍼스의 사각형 안뜰을 가로질러서 스토우 홀과 피치 사이의 조약돌 길을 따라 걸어 내려갔다. 그리고 운하를 따라 내려가서 멈춰 섰다.

그는 좁은 목조 바지선의 고물에 서서 긴 나무 막대기를 조종해 운하를 항해해 나감으로써 여학생들에게 깊은 인상을 심어주려 애쓰고 있는 남학생들의 일상적인 모습을 지켜보았다. 그들 대부분은 전에는 이런 일을 해본 적이 없는 도시 소년들이었고, 나머지는 보트와 관련된 경험이라고는 모터에 시동 거는 것 외에는 아무것도 없는 시골 소년들이었다. 대부분이 배가 거의 전복이라도 될 것 같은 모습으로 물 위를 기우뚱거리며 움직여 다녔고, 그들의 데이트 상대들은 어떡해서든 용감한 표정을 유지하려 애쓰고 있었다.

반면에, 마일로는 아주 어릴 때부터 수요일 저녁마다 주로 엄마와 함께 바로 그 운하에서 노를 저으며 시간을 보냈다. 따라서 당장에라도 앞으로 나서 나이 많은 소년들에게 한 수 가르쳐주고 싶은 심정이었다.

"오랜만입니다, 헤이 도련님." 보트장 관리인인 르준 씨가 말했다. "어머니는 안녕하시죠?"

"예, 잘 계십니다. 저도 보트 한 척을 빌리고 싶은데, 지금도 같은 가격인가요?"

"그렇습니다. 하지만 성년만 빌릴 수 있어요. 열여덟 살이 넘으셨나요?"

"르준 씨, 제가 얼마나 노를 잘 젓는지 아시잖……."

"물론 그 누구보다 배를 잘 젓는다는 건 알고 있습니다, 도련님. 하지만 자격이 안 되는 사람에게 보트를 빌려주었다가는, 제가 직업을 잃을 수도……."

"제가 사인을 하죠." 친숙하면서도 끔찍한 목소리였다. "돈을 내, 마일로."

앨리 셰퍼드.

그는 죽어버리고만 싶었다.

"아무래도 그냥 없던 일로……." 그가 말을 시작했지만, 앨리가 그의 팔에 손을 올려놓았고, 마일로는 따뜻한 새끼고양이가 몸을 비벼오는 듯한 기분을 느꼈다. 아, 냄새도 너무 좋았다.

그녀는 디자이너 브랜드의 선글라스를 끼고 그를 올려다보면서 곤돌라에서 가장 가까운 뱃머리에 앉았다. 그러자 르준 씨가 그에게 영수증과 노를 건네주었고, 그렇게 그는 다시 킹스 칼리지의 명사가 되었다.

마일로는 전문가처럼 선미로 올라가서 그녀를 수로로 이끌어갔다. 그가 어찌나 부드럽게 배를 움직여가는지 그들은 마치 유리 위를 떠가는 느낌이었다. 그리고 그것이 바로 그가 꿈꾸던 것이었다. 그는 흰동가리 떼를 헤치고 나아가는 상어처럼 남은 수로를 헤치고 가서 우현으로 선회해 성의 다리를 향해 속도를 냈다. 그리고 아, 다른 남학생들이 그를 노려보고 있었다! 그리고 아, 그들의 연인들은 감명을 받아 눈썹을 추켜세우고 있었다!

"너 정말 노를 능숙하게 젓는구나." 그녀가 말했다.

마일로는 머리를 홱 뒤로 넘기며 어깨를 으쓱해 보였다.

그들은 돌담 사이로 두 개의 돌다리 밑을 지나야 했다. 다리를 지날 때 마일로는 몸을 숙여야 했다. 성 마틴 야드의 광활한 푸른 평원이 운하의 좌측에서 그 모습을 드러냈다. 그 너머에는 성 마틴의 절벽과 첨탑이 자리해 있었다.

앨리가 신발을 벗었다. 그리고 스타킹도 벗었다. 그런 다음 벤치에서 돌아앉아 치마를 허벅지 중간까지 걷어 올리고, 이물 한쪽 측면으로 다리 하나를 얹어놓더니 그 아름다운 발이 물살을 가르게 했다.

마일로는 발기를 예상하며 바지에서 셔츠 자락을 잡아당겨 꺼내놓았다. 그녀가 한쪽 어깨로 고개를 돌려 뒤로 젖히더니 그를 거꾸로 쳐다보았다. 그렇게 나머지 몸을 한껏 들어 올린 채 완전히 뒤로 쓰러져 누워 있는데, 그가 어떻게 그녀의 눈을 마주 볼 수 있겠는가.

대담해지라고, 마일로의 머릿속 깊은 곳에 있는 고대의 자아들이 그에게 충고했다.

마일로는 바이런 경이 했을 법한 일을 했다. 그는 앨리의 다리를 쳐다보고, 나머지 몸을 이글거리는 시선으로 바라보았으며, 불타는 눈빛으로 그녀의 눈을 빤히 쳐다봤다.

후대 사람들이 내 전기 속에서 내 여인들에 관해 쓰게 된다면, 그들은 내가 미쳤고 사악했으며 위험한 남자였다고 말하게 되리라고, 마일로는 생각했다.

그녀가 웃으며 몸을 똑바로 일으켜 세우고는 다시 돌아앉아 운하 쪽을 바라봤다.

마일로가 다른 곤돌라에 부딪혔다.

"야, 똑바로 해!" 나이 먹은 소년이 소리 질렀다.

"괜찮아." 앨리가 말했다. "연습이 완벽을 만드는 거야."

이런 젠장. 그는 그녀의 노예였다.

"성으로 가자." 그녀가 말했다.

운하는 이스트 그린 끝까지 흘러갔고, 그곳에는 곤돌라가 180도 방향 전환하기에 좋은 넓은 물웅덩이가 있었다. 하지만 원한다면 브랜디 강까지 상류 쪽으로 계속 올라갈 수도 있었다. 강에서 조금 떨어진 곳에서 운하는 성의 벽을 감싸 안은 해자처럼 돌아갔다. 이곳은 강과 운하 사이에 있는 자동화된 문루였지만, 실제로는 킹스 칼리지의 일부였기에 성처럼 쌓고 성으로 부르고 있었다.

"넌 열다섯 살처럼 안 보여." 앨리가 말했다. 이제 그녀는 앞으로 몸을 숙인 채 마치 연인과 포옹하듯 뱃머리를 껴안고 발과 손을 물속에 집어넣어 물을 가르고 있었다. 그 모습은 정말로 우연히, 그냥 편안하게 취하는 행동 같았다. 그게 정말 우연이었을까? (이런, 그건 아니지, 절대로 무심히 하는 행동이 아니야! 그의 마음속 고대의 목소리들이 소리 질렀다.) 그런 행동이 마일로에게 어떤 영향을 미치는지 그녀는 알고 있을까? 그녀가 고개를 돌리고 있었기에 그는 원한다면 얼마든지 그 모습을 바라볼 수 있었다. 앨리는 그 사실을 알고 있었을까?

"내가 몇 살이라고 생각했는데?" 그가 성의 다리 아래를 지나는 동안 몸을 숙이며 물었다. 그는 운하의 황량한 구역으로 배를 움직여가는 중이었다.

첨벙, 첨벙!—거북이였다. 놀란 거북이들이 통나무에서 미끄러져 물속으로 사라져버렸다.

앨리가 똑바로 앉아 해안을 자세히 살폈다.

"거북이 갖고 싶어." 그녀가 말했다. 그러고는 옆으로 미끄러지더니 거의 물 한 방울도 튀기지 않고 운하 속으로 들어갔다.

물속으로 사라져버렸다.

철썩!—그녀가 해변에서 물 밖으로 세게 튀어나오더니 근처에 있는 플라타너스 통나무를 맹목적으로 움켜잡았다.

그녀가 거북이를 잡았다는 데 내기라도 걸 수 있었다. 작은 비단 거북이었다. 앨리가 승리감에 그것을 하늘 높이 치켜들고는 눈앞으로 쏟아져 내린 머리칼을 걷어내기 위해 머리를 세게 한 번 젖혔다.

그녀는 물속에서 반쯤은 서 있고, 반쯤은 떠 있었으며, 흠뻑 젖은 채 마치 폭포처럼 물을 흘려댔다. 그리고 거의 투명해 보일 지경이었다. 마일로는 경이로운 심정으로 그 모습을 바라봤다. 킹스 칼리지 교복이 그녀의 분홍색 피부와 거의 하나가 되어 있었다.

"젠장." 그녀가 말했다. "선글라스를 잃어버렸어."

하지만 그녀는 별로 개의치 않는 듯 보였다. 앨리가 곤돌라로 헤엄쳐 왔고, 마일로는 그녀가 다시 배에 올라타는 동안 흔들리지 않게 배를 고정했다.

"보여?" 그녀는 마일로가 자세히 볼 수 있게 거북을 앞으로 내밀었다.

"비단 거북이야." 그가 말했다. "조심해, 물기도 하니까."

앨리가 그에게 무는 시늉을 하고는 거북을 배 한가운데 내려놓았다. 거북이 중간 벤치 아래를 기어가며 필사적으로 나무를 긁어댔다.

"이것도 별로 재미없네." 그녀가 입술을 뾰루퉁하게 쑥 내밀었다. 그러고는 곧 입을 오므리더니 눈을 가늘게 뜨고 마일로를 바라보며 물었다. "넌 어때, 마일로 해이? 넌 재미있게 해줄 수 있어?"

"난 재미를 발명했어." 그가 말했다. 그러고는 자신의 말이 무슨 뜻이었는지 생각해봤다. 또, 그녀의 말은 무슨 뜻이었는지도 생각해봤다.

숲이 항구에 길을 내어주더니 성이 나타났다. 높은 돌담에서 이끼가 뚝뚝 떨어져 내렸다. 나뭇잎이 둥둥 떠다니는 해자는 고요하고 거무튀튀했다. 나뭇가지 사이에 끼어 있는 큰 거미줄에 태양이 걸려 있었다.

그는 곤돌라가 미끄러져 들어가게 내버려두고 노로 바닥을 짚어 조심스럽게 배를 멈춘 다음 노를 배 위에 올려놓고 고물 벤치에 자리 잡고 앉았다. 배는 그냥 떠 있게 두었다. 그리고 바이런 경처럼 위험하고 사악하게 몸을 뒤로 기댔다.

그들은 몇 분 동안 아무 말도 하지 않았다. 그녀는 성의 이미지와 나뭇잎 사이로 춤을 추는 태양의 모습에 사로잡혀 있는 듯했다. 마일로는 고요함이 엄습해오도록 내버려두었다.

"네가 유령이 아닌지 넌 어떻게 알아?" 앨리가 여전히 성을 바라보면서 물었다. "사람들 말이 유령은 자기가 유령인지 모른다던데. 그게 사실이라면 넌 어떻게 알겠어?"

"아마도 모르겠지." 마일로가 말했다. "우리가 정말 유령일지도 모르지."

"난 유령들은 자기가 하지 않았던 온갖 것들을 생각하며 돌아다닐 것 같아." 그녀가 말했다. "너도 무슨 말인지 알 거야. 후회. 예를 들어, 네가 지금 당장 죽는다면, 네 유령은 생전에 키스를 한 번도 해보지 않은 것을 애석해하면서 돌아다녀야 할지도 몰라."

이제 그녀가 그를 바라봤다.

"나 키스해봤어." 그는 거의 입 밖으로 이 말을 할 뻔했다. 중학생 아이들도 나름대로 키스를 했다. 하지만 그는 모욕을 흡수했다. 그 순간은 감히 흔들 엄두도 내지 못하는 배 같았다.

그녀가 바닥으로 몸을 낮추더니 그의 쪽으로 다가와서 그의 위로 몸을 숙였다. 그녀에게서는 강 냄새가 났다. 그리고 그녀가 자신의 입술로 그의 입술을 눌러왔고, 그도 그녀의 입술을 눌렀다. 처음에 마일로는 그것이 앨리가 의도하는 전부라고 생각했고, 그 사실에 만족했다. 그러고 나서 뭔가 새로운 일이 일어났다. 새로운 입술이 밀려 나왔고, 그는 그것이 앨리의 혀라는 사실을 깨달았다.

그들이 키스하는 동안, 마일로는 앨리의 손이 그들 사이에서, 빗장뼈 아래쪽에서 바쁘게 움직이고 있다는 사실을 알아차렸다. 하지만 그는 모든 것을 망각한 채 아무 생각도 할 수 없었다. 마침내 그녀가 몸을 빼냈을 때, 마일로는 정신을 차렸고, 그녀는 일어서서 마일로의 몸 위에서 양다리를 벌리고 서서 셔츠의 단추를 열고 브래지어를 풀었다.

바이런 경이라면 그녀의 몸을 만졌을 것이다.

그는 양손을 위로 뻗어 손등으로 그녀의 배를 쓰다듬었다(단번에 배를 움켜잡으면 안 돼, 목소리들이 충고했다).

마일로는 그녀가 그의 벨트 버클에 손대는 것을 느꼈고, 심장이 달음박질치기 시작했다.

그의 성기가 얼마나 단단해졌는지 그녀도 느끼게 될 터였다. 그녀가 그걸 좋아할까? 아니면 기분 상해할까?

거의 배를 뒤집을 뻔하면서, 앨리가 갑자기 벌떡 일어서더니 치마 밑으로 손을 뻗어 팬티를 내렸다. 그것을 벗어버리고 나서 그녀는 다시 마일로 위에 양다리를 벌리고 섰다. 그리고 몸을 아래로 낮추기 시작했고, 어느 순간 그는 그녀 안으로 들어갔다.

세상에! 그의 온 마음과 몸이 흥분으로 타올랐다.

거의 즉각적으로 그는 침을 질질 흘려대는 짐승처럼 오르가슴에 도달했다. 그 순간 그는 엉덩이를 들썩이며 사나운 표정을 짓고 있는 앨리 셰퍼드의 모습에 겁을 먹기도 하고 놀라기도 했다. 그리고 솔직히 그 모습이 별로 마음에 들지 않았다. 마치 누군가를 공격하는 것 같은 느낌이었다.

그러고 나서 모든 것이 비명과 웃음소리로 엉망진창이 되었고, 그는 물속에 잠겨 있었다. 그 탁한 물속에 코를 처박고 바지는 무릎에 걸친 채였다. 앨리가 갑자기 옆으로 몸을 움직여 배를 뒤집어 버린 탓이었다.

해자는 얕았다. 그는 바닥을 짚고 식식거리며 일어섰다.

손으로는 벨트를 더듬거리면서.

"젠장, 앨리!" 그가 꺽꺽거렸다.

그녀도 식식거렸지만, 여전히 웃느라 정신이 없었다. 그녀는 재빨리 몸을 추스르고 한 손에는 신발을 들고, 다른 손에는 거북이를 든 채 강가로 나갔다. 셔츠와 브래지어는 여전히 벌어진 채였다.

"적어도 이제 그 정도는 경험했잖아." 그녀가 말했다. "그러니 넌 오늘 밤에 자다가 죽는다고 해도 원은 없겠다." 그리고 앨리는 캠퍼스를 향해 숲 속으로 걸어 들어갔다.

그는 그녀를 사랑하고 증오했다.

곤돌라는 탁한 물 위에 반쯤 뜨고 반쯤은 가라앉아 있었다. 그는 그것을 해안으로 끌고 가서 물을 빼고는 집까지 노를 저어갔다.

그는 자신이 바이런 경 같기도 하고 리틀 보이 블루(전승 동요에 등장하는 파란 상의를 입은 소년-옮긴이)처럼 느껴지기도 했다.

그 순간 그는 행복하게 혼란스러워하는 젊은이였다.


부모님 집에서의 저녁 식사는 편치 않았다.

"너 딴 데 정신이 팔린 것 같구나." 아버지가 로스트비프를 앞에 놓고 언짢은 표정으로 말했다.

"예?" 마일로가 말했다. "아니요, 그렇지 않아요."

"아니긴, 내가 볼 때는 아빠 말이 맞는데." 엄마가 웃으면서 물었다. "넌 여기 몸만 와 있어. 내 생각에는 여자 문제 같구나."

마일로는 속이 울렁거렸다.

"일이 있기는 한데 여자 문제는 아니에요." 그가 말했다. "클럽 때문에 그래요."

아버지가 인상을 찌푸린 채 곰곰이 생각에 잠겨 음식을 씹고 있었다.

"넌 이미 나이에 비해 너무 많은 걸 감당하고 있어." 아버지가 말했다. "내년까지는 추가로 뭘 더 하려는 생각은 안 하는 게 좋을 것 같구나."

제기랄, 마일로는 생각했다. 아버지는 클럽 초대의 기회는 단 한 번밖에 오지 않는다는 사실을 알고 있었다. 1학년 때 가입하거나, 아예 안 하거나 둘 중 하나였다. 그가 이 말을 아버지의 심기를 건드리지 않게끔 계산된 방식으로 막 전달하려던 찰나에 초인종이 울렸다.

어쩌면 앨리 셰퍼드일지도 몰랐다. 사람을 놀라게 하고 불편하게 만드는 게 바로 그녀가 할 법한 일 아닌가.

하지만 앨리는 아니었다. 두 명의 크라이스트민스터 경찰이었다.

"마일로 해이 씨? 마일로 해이 씨인가요?"

"그런데요."

"당신은 체포됐습니다." 이렇게 말하며 경찰이 그를 잡고 돌려세워 쇠고랑을 채웠다.

"마일로?" 엄마가 다른 방에서 그를 불렀다. "누구니?"

"아니, 왜 이래요!" 마일로가 소리 질렀다. "죄목이 뭔데요?"

"강간입니다, 해이 씨. 이쪽으로 가시죠."


시내의 유치장에 앉아 있는 동안, 마일로의 목소리들은 그를 위로하려 애썼다. 네 삶이 취해가는 형태는 환상일 뿐이야, 목소리들이 말했다. 행복, 또는 교도소, 그건 꿈처럼 일시적인 거라고.

"진실은 밝혀지기 마련이란다." 그가 방문객과 변호사를 만나도록 허가받았을 때, 그의 아버지가 말했다.

마일로는 해자에서 보트를 타던 동안 무슨 일이 있었는지 설명하면서 여러 번 죽음을 경험했다. 그의 아버지는 가슴 앞에 팔짱을 낀 채로, 커다란 석상 올빼미처럼 그의 말에 귀를 기울였다. 하지만 마일로가 이야기를 마쳤을 때, 아버지는 전혀 예상치 못했던 행동을 했다.

그가 커다란 한쪽 손을 내밀어 애정처럼 느껴지는 손길로 마일로의 머리를 감싸 안았다.

"넌 잘못한 게 아무것도 없어." 그가 말했다. "어리석기는 했지만, 잘못한 건 아니야. 그들이 네가 잘못했다고 설득하게끔 하지 마라."

마일로는 고개를 끄덕였다.

변호사는 탈색한 금발 머리를 한심해 보일 만큼 정수리 위로 한껏 부풀려놓은 젊은 남자였다. 그가 서류를 뒤적거리며 말했다. "다행히도 멍청한 건 죄가 아닙니다. 당신이 결백하다면, 결백한 거예요. 아주 간단하죠."


그가 결백하다는 사실은 중요한 게 아니었다.

그는 워프(시공간을 일그러뜨려 두 점 사이의 거리를 단축함으로써, 광속보다도 빨리 목적지에 도착하는 가상의 방식 — 옮긴이) 운송수단의 한가운데 놓인 침상에 묶여 언퍼스에 있는 교도소 식민지로 가는 길에 생각했다. 사흘 동안 그는 모든 것이 얼마나 불공평한지 느끼고 겁에 질리는 것 외에는 아무 할 일이 없었다.

알고 보니 정말 중요한 사실은 앨리 셰퍼드의 아버지가 부유한 스파르타 출신의 은행원이었고, 아이비리그 출신의 변호사를 한 명이 아니라 팀으로 고용할 수 있는 재력가라는 것이었다. 반면에, 해이 교수의 능력은 그의 교실에만 국한돼 있었다. 그의 세속적인 급여는 머리를 심하게 부풀려놓은 단 한 명의 변호사 비용만을 감당할 수 있었다. 그의 변호사는 상대 변호인단을 단 한 번 쳐다보고는 법정 바닥에 거의 구토를 할 뻔했다.

상대 팀 변호인단은 앨리 셰퍼드가 찢어서 벌려놓은 듯 보이는 셔츠 차림으로 흠뻑 젖은 채 킹스 칼리지 캠퍼스를 걸어가는 모습이 백여 명의 사람들에게 목격되었다고 진술했다.

아이비리그 변호인단은 또 이렇게 주장했다. "해이 씨의 학생부 기록을 보면 그의 정신세계가 매우 조숙하고 인상적으로 개발되었으며, 자아도 그와 동등하게 개발되었다는 사실을 알 수 있습니다. 그는 자신이 모든 면에서 동료 학생들보다 우월하다고 믿고 있습니다, 재판장님. 또한 동급생들을 단순한 먹잇감으로만 취급합니다. 그의 교활함을 고려해보면, 해이 씨는 재판장님만큼이나 성숙한 어른이라 할 수 있습니다. 그가 성인이라면, 성인에 합당한 판결을 받아야만 합니다."

부풀린 머리 변호사는, 자기 면목을 세우기 위해, 앨리 셰퍼드와 긴 명단의 정신과 상담 의에 관해 무슨 말인가 하려 했지만, 아이비리그 변호인단은 왜 그 증거들이 채택되어서는 안 되는지 복잡한 이유를 제시했다.

해이 교수 부부는 창백하고 수척한 모습으로 맨 앞줄에 앉아 있었다.

"언퍼스 교도소." 판사가 선고했다.


초공간으로 빠져들어 가는 동안 마일로는 자신의 변화를 다시 생각해봤다.

브릿저 행성의 바이런 경으로 살아가던 아름다운 시절은 이제 끝났다고 그는 생각했다. 그것은 꽤나 근사한 삶으로 펼쳐질 예정이었기에 참으로 가슴 아픈 일이 아닐 수 없었다.

갑자기 위가 심하게 뒤틀렸고, 그는 차오르는 눈물을 애써 참아야 했다.

이제 난 교도소에서 살아남을 방법을 찾아내야만 한다. 그것이 나의 엄연하고 새로운 진실이다.

말도 안 되는 소리, 그의 깊은 영혼이 주장했다. 진실은 바로 이거야. 별과 시간과 존재와 무. 너의 **보아**.

알았어, 마일로가 생각했다. 지금 그에게는 절망 이외의 다른 무언가가 절실했다.

그는 진실이 바다처럼 그의 주위를 휘감아 흐르게 할 작정이었다. 파도는 물을 가르며 움직이지만, 물 자체는 그대로 남아 있는 바다처럼 말이다. 그는 그 물과 같을 터였다. 그 병적인 거짓말쟁이 마녀가 그를, 마일로를, 처박아 넣었던 고요하고 검은 해자의 물과 같은…….

마일로, 깊은 영혼이 그를 불렀다.

나는 물과 같을 거야, 마일로는 생각했다. 바닥부터 다시 올라오는 물과 같을 거야.


그가 온라인을 통해 알게 된 언퍼스 교도소 식민지는 우주 사법 재판의 가장 무시무시한 사례 중 하나였다. 거의 1400년 전, 인간이 처음 지구를 떠나 우주선과 우주 정거장, 그리고 다른 인공적인 환경에서 생활하기 시작했을 때, 생명 유지의 문제는 법을 포함한 모든 것의 길잡이가 되었다. 처음 지구에서 살 때, 그들은 따뜻하고 유연하고 관대했다. 그러나 시간이 지날수록 폭력적인 범죄자들이

제멋대로 사람을 해치기 시작했다. 탐욕스런 재계의 거물들은 꼭두각시 정부의 비호 아래 부를 축적하고 자원을 낭비했다. 그러다 결국 그것이 지구를 어디로 이끌어갔는지 모두 알고 있었다, 그렇지 않은가? 재계의 거물들이 지구 위의 인간을 모두 빚의 노예로 만들었다. 폭력적인 범죄자들은 모든 지역 사회를 살기에 부적합한 곳으로 만들었다. 정보와 교육이 너무 부실하게 전달된 나머지, 지구는 앞을 내다보며 미래를 생각하고 계획하는 능력을 잃어버렸다. 그래서 그들이 자신들의 오염되고 근시안적인 배설물 속에서 익사해가고 있을 때, 마침 마리 혜성이 충돌해와서 그 비참함에서 그들을 구해냈다. 오직 소수의 사람만이 재계 최악의 거물들에 의해 목숨을 건져 삶을 이어가게 되었다.

우주에서의 삶은 모든 것을 바꾸어놓았다. 지구상에서 환경과 공동체는 광대하고 이해할 수 없는 존재였다. 우주에서의 환경은 계량기 같은 것을 보고 측정할 수 있는 어떤 것에 지나지 않았다. 또한 공동체의 건강은 식당을 한번 쓱 둘러보는 것으로 측정할 수 있었다. 공기와 물은 단지 하늘과 바람을 통해서 얻는 것으로 끝나는 게 아니었다. 처리하고, 재활용하고, 감시되어야 했다. 기계는 망가질 때까지 그냥 무시해버릴 수도, 그렇다고 그것에 관해 논쟁만 하고 있을 수도 없는 중요한 존재였다. 지식과 기술로 유지해가지 않으면, 우주의 거대한 적대감이 그것들을 산산조각 내버리고 인간을 모조리 죽여버릴 터였다. 그것도 아주 빠르게. 진공과 중력 그리고 방사능은 인간의 믿음이나 미신 같은 것에는 신경 쓰지 않았다. 우주의 보아는 엄격하고 가차 없었다. 중요한 것은 우리가 무엇을 했고, 얼마나 잘 그리고 빠르게 그것을 해낼 수 있는가였다. 생명 유지 요소들은 어떤 의미에서는 생명 그 자체만큼이나 가치 있는 것이 되었다. 헛소리나 낭비는 허용되지 않았다. 만약 누군가 산소와 물을 사용하고자 한다면, 그는 유용해야만 했다. 살인하고 강간하고 때리고 속이고 훔치고 괴롭히는 사람들이 설 자리는 없었다. 자신들의 이익을 위해 자원을 조작할 능력이 되는 부유한 범죄자들이 가난한 범죄자들보다 더 오래가기는 했지만, 머지않아 **보아**가 그들도 따라잡았다.

혜성이 충돌한 직후인 초창기에는 해로운 사람들을 다 '우주로 날려'보냈다. 행정당국이 그들을 에어로크로 끌고 가서 로크의 바깥쪽 문을 열어버리는 식이었다.

결과는? 상황이 빠르고 깔끔하게 정리되었다.

OZ 드라이브가 개발되어 행성 간 여행 시대가 열렸을 때, 인공 환경이 행성계 공동체에 다시 자리를 내어주었다. 정의의 고삐가 어느 정도 느슨해졌다. 범죄자들도 반드시 사형을 당하지는 않았다. 외딴 행성에 공간이 마련되었고, 그들은 그곳에 머물렀다. 중죄인들은 좀처럼 집에 돌아가지 못했다.

언퍼스도 그런 외진 곳 중 하나였다. 그것은 깊은 우주로 빨려 들어가 어느 곳에서도 몇 광년이나 떨어져 있는 소행성이었다. 불모의 분화구투성이인 그 표면은 중립지대였다. 바깥쪽 해치를 열고 들어가면 토끼굴처럼 좁은 터널이 아래로 이어졌고, 그곳이 죄수들이 그들의 삶을 사는 곳이었다. 그들도 에어로크를 열어 시체나 쓰레기를 배출할 수 있었다. 하지만 좀처럼 그렇게 하지 않았다. 외부로부터 아무것도 제공되지 않았기 때문에, 그들은 지극히 강력한 재활용 프로토콜을 따라야만 살아갈 수 있었다. 따라서 재소자들은 모든 것이 쓸모 있다는 사실을 잘 알았다.

어쨌든 다들 그러리라고 생각했다. 소식이 거의 들고 나지 않았기 때문이었다.

"그건 지하 감옥이야." 그들이 작별 인사를 나눌 때, 아버지가 언퍼스를 설명한 말이었다. "망각의 장소지."

그들이 다시는 만나지 못하리라는 사실을 인정하는 아버지의 방식이었다.

이제 해이 교수는 어둠의 영주가 아니었다. 그는 예산에 맞추어 재단한 옷 뭉치에 지나지 않았다. 자기 안에서 모든 환상을 쫓아내 버린 남자였다.

아무도 그렇게는 살 수 없다고 마일로는 생각했다. 그는 부모님이 발을 질질 끌며 멀어지는 모습을 울며 바라봤다. 감옥에서의 삶은 여러 형태를 취할 수 있었다.


브릿저 행성을 떠난 지 사흘 만에 순양함은 언퍼스에 위치한 초공간에 도착했다. 경비원이 마일로를 에어로크로 데려갔다.

**찰칵! 철컥! 쾅!**

압력과 공기가 빠지는 쉬-익 소리.

반대쪽 해치가 열리자 마일로는 자신이 텅 비고 녹슨 육면체를 응시하고 있다는 것을 알아차렸다. 퀴퀴한 냄새가 셔틀에 가득 찼다.

마일로가 걸어 들어갔습니다.

"어이, 꼬마." 경비원이 불렀다. "엉덩이 잘 간수해."

해치가 회전하며 닫혔다.

**찰칵! 철컥! 쾅!**

순양함이 워프로 순식간에 사라져버렸고, 마일로는 녹슨 교도소 에어로크 속에 기다리며 서 있었다.


그는 다섯 시간을 기다렸다.

마침내 시끄럽게 덜그럭거리는 소리가 나더니 안쪽 해치가 끼익거리며 열렸다.

마대로 만든 바지에 샌들을 신고 직접 만든 거대한 안경을 낀 비쩍 마른 노인이 그를 맞이했다.

"이런!" 노인이 소리 질렀다. "구멍에 한 놈이 왔어. 들어올 거지?"

마일로는 고개를 숙이고 해치를 통과해서 감옥 안으로 들어섰다.

"문 닫아." 노인이 기침을 하며 말하고는 발을 질질 끌며 들어갔다……. 어둠 속으로.

"저기요!" 마일로가 소리 질렀다. "저기, 있잖아요……." 그러나 노인은 계속 움직여가서 시야 밖으로 사라졌다.

법원은 그에게 환영은 물론이고 어떤 형태의 절차도 기대하지 말라고 경고했었다. 그의 피시와 그것의 생체적합성 습식 배선도 다 제거돼버렸다. 번호가 배당되지도 않았고, 어떠한 기록 장비도 그를 따라 교도소로 보내지지 않았다.

그렇다면 그는 어디로 갔을까? 그는 무엇을 했을까? 어느 시점이 되면 그에게도 먹을 것과 잠자리가 필요하게 될 터였다. 죄수들은 어떻게 그런 것들을 구했을까? 법원은 그것이 바로 그의 문제가 될 것임을 분명히 했었다.

마침내 눈이 어둠에 익숙해졌을 때, 마일로는 복도가 완전히 암흑은 아니라는 것을 알아차렸다. 벽에 높이 걸려 있는 부드럽게 빛나는 사각형의 조명 기구가 거칠게 깎인 바위벽을 식별해낼 만큼의 빛은 제공해주고 있었다.

손으로 사물을 더듬으며 그는 복도를 따라 내려갔다. 약 6미터쯤 나아가자 뒤에 있는 불빛이 어두워졌고, 동시에 앞에 있는 조명에 불이 들어왔다.

말이 되는군, 마일로는 생각했다. 자원 절약. 불이 붙기 쉬운 광원은 없을 것이다. 그런 것은 산소를 태우지 않는가. 그러니 벽에 달린 전등은 원시적인 동작 감지기와 인광성 빛이 혼합된 결과일 터였다. 수감자들에게 그 정도의 지각과 치밀함이 있다는 사실을 깨닫게 되자 그는 잠시나마 기분이 나아지는 듯했다. 어쩌면 이곳에서도 극도의 무자비함을 경험할 걱정은 하지 않아도 될지 몰랐다.

100미터쯤 떨어진 곳에서 그림자들이 암흑 속에서 튀어나와 그를 쓰러트려 의식을 잃게 했다. 그리고 그의 옷을 벗겨낸 후, 피 흘리며 바닥에 누워 있는 그를 내버려두고 사라졌다.


깨어났을 때, 마일로는 무슨 일이 있었는지 다시 생각해봤다.

교도소는 자원 부족 환경이었다. 그러니 수감자들이 새로운 수감자가 도착할 때에 대비해 해치 가까운 복도에 잠복해 있으리라는 사실은 이해할 만했다. 이 정도 함정은 예상했어야만 했던 것이다.

바로 그거야! 그의 목소리들이 말했다. 계속 머리를 쓰라고⋯⋯.

마일로는 몸을 일으켜 세워 계속 앞으로 걸어갔다. 적어도 이제 그에게는 빼앗길 거리가 남아 있지 않았다.

목소리들은 그 점에 관해서는 아무런 언급이 없었다.


한 시간 후, 그는 사람들을 만났다. 그림자나 형체가 아닌, 진짜 알아볼 수 있는 사람이었다. 복도를 빠져나가자 일반적인 거실만큼 큰 공간이 나타났다. 남자 몇 명과 두 명의 여자가 둘러앉아 직접 만든 카드로 게임을 하고 있었다. 한쪽 구석에서는 남자 하나가 역시 직접 손으로 만든 것처럼 보이는 사다리를 잡고 서 있었는데, 사다리 위에서는 또 다른 남자가 파이프로 만든 둥지처럼 보이는 것을 수리하는 중이었다.

그들 모두 최소한 마대 바지 같은 것은 입고 있었다. 마일로는 자신이 벌거벗고 있다는 사실에 끔찍할 만큼 자의식을 느꼈다.

그는 이제 누구라도 나서서 그를 자신의 날개 아래 감싸고 말을 걸어주며 그가 모든 것을 배울 때까지 찬찬히 설명해줄 때가 되었다고⋯⋯.

현명한 사람은 질문하는 것을 두려워하지 않는 법이야. 그의 고대 영혼 중 하나가 일러주었다.

"누가 좀 도와주시겠어요?" 마일로가 청했다. 그가 할 수 있는 건 거기까지가 다였다. 그의 말이 끝나기가 무섭게 카드놀이를 하던 사람 중 세 명(남자 둘과 여자 하나)이 벌떡 일어나 달려와서 그를 바닥으로 쓰러트리고는("세상에 너무 예쁘다!") 그가 의식을 잃을 때까지 번갈아가며 그의 몸을 겁탈했다.

마일로는 몽롱한 정신으로 깨어났다. 몸은 사방에 멍이 든 것 같았고, 뻣뻣했다. 그는 차갑고 축축한 돌 위에서 몸을 웅크렸다. 다시 잠들기 위해 노력했지만, 누군가 그를 발로 차며 말했다. "일어나. 이걸로 몸 좀 닦아내."

마일로는 깨어 있고 싶지 않았다. 자기 안으로 다시 후퇴해 들어가고 싶었다. 마음 한구석에서, 그는 뭔가 구덩이 같은 것을 느꼈다. 그 속에서 무언가가 횡설수설했다. 구덩이는 일종의 광기 같은 것으로, 마일로는 그 속으로 사라져버릴 수도 있을 것 같았다.

안 돼, 그의 목소리들이 주장했다. 넌 인간으로 남을 거야. 일어나서 눈을 뜨고 하루를 견뎌.

그래서 마일로는 교통사고를 당한 듯한 기분을 느끼며 일어나 앉았다. 그는 시야를 맑게 하려고 눈을 깜빡였고, 자신이 텅 빈 구멍처럼 보이는 곳에 앉아 있다는 사실을 깨달았다. 마치 돌 속에 파놓은 무덤 같은 곳이었다. 마대 자루로 만든 일종의 카펫처럼 보이는 것이 협소한 바닥의 절반을 덮고 있었고, 그릇 몇 개가 여기저기 널려 있었다. 카드 한 벌도 보였다. 숯이나 조악하게 만든 연필처럼 보이는 검은 막대들도 있었다. 칼처럼 보이는 반짝이는 물건도 보였다. 구덩이에서는 하수구 냄새가 났다.

그의 바로 앞쪽에, 거의 무릎이 닿을 정도로 가까운 거리에, 머리를 길게 기르고 수염도 만만치 않게 긴, 거대하고 뚱뚱한 남자가 앉아 있었다. 덥수룩하게 내려온 머리카락 사이로 보이는 두 눈은 두 개의 작은 얼음덩어리 같았다. 마일로와 마찬가지로 그도 벌거 벗고 있었다.

"몸 좀 닦아." 남자가 다시 한 번 말하더니, 곰팡이 핀 걸레를 마일로에게 들이대며 탁한 물이 담긴 그릇을 가리켰다.

마일로는 온몸을 닦기 시작했다. 모래와 말라붙어 있던 피가 떨어져 나갔다. 남은 얼룩은 문질러 닦아야 했다.

다음은 몇 가지 기본적인 의사소통일 거라고, 마일로는 생각했다.

"나는 마일로야." 그가 말했다.

남자가 자신을 가리켰다. "토머스." 그러고 나서 그가 말했다. "이거 먹어." 그가 마일로에게 흡사 낙타의 정액처럼 보이는 것이 가득 담긴 그릇을 건네주었다.

그는 도저히 먹을 수 없을 것 같았다.

"나중에 먹을게." 그가 말했다.

"기회가 될 때마다 먹는 거야." 토머스가 말했다.

마일로는 먹었다. 그렇지만 자신이 입 안으로 밀어 넣는 그것의 정체가 무엇일지에 관해서는 생각하지 않으려고 노력했다.

일단은 묻어서 가는 거야, 그는 생각했다. 복수는 나중에 하면 돼.

안 돼, 그의 나이 든 영혼이 말했다. 바다가 되고, 연못이 되어…….

**복수할 거야**, 마일로는 입에 든 것을 힘겹게 목으로 삼키며 생각했다.

머지않아, 이 악몽 같은 느낌은 사라져버릴 거야, 그렇지? 조만간 언퍼스가 현실로 보이기 시작할 테고, 그러면 마일로도 그것의 공포에 조금은 덜 예민해질 거라고, 맞지?

아니었다. 하지만 마일로는 중요한 것들을 배웠다. 그는 집중과 배움이 핵심이라는 것을 직감했다.

마일로는 자신이 천식을 앓고 있다는 것을 알았다. 어둡고 곰팡이 핀 축축한 상태와 끊임없는 공포 사이에서 그는 때때로 자신의 몸이 숨쉬기 힘들어한다는 사실을 느끼기 시작했다. 젠장, 멋지군, 그가 식식거리며 생각했다.

그는 자신이 토머스에게 '속해' 있다는 것을 알았다. 토머스는 마일로의 어깨에 낙인을 찍었다. 토머스 817-GG. 이 숫자는 교도소 자체 제작 시스템에서 토머스의 감방 위치를 설명하는 숫자였다. 그가 마일로를 항상 옆에 두거나 묶어두는 것은 아니었지만, 만약 마일로가 너무 멀리 돌아다니면, 누군가 그를 찾아 토머스에게 돌려주고 보상금을 받아 챙길 가능성이 컸다.

토머스는 배관공이었다. 가끔 그는 자가 제작한 연장을 들고 몇 시간, 혹은 며칠 동안 떠나 있었다. 언퍼스에서는 모든 것이 다 자체 제작이었다. 따라서 물건을 만드는 사람들이 있었다. 음식을 재배하는 사람, 옷을 만드는 사람, 종이와 유리를 제작하고 술을 양조하고, 사람들에게 메시지를 전하는 일을 직업으로 하는 사람들도 있었다. 심지어 일종의 학교 시스템 같은 것도 있었는데, 그곳을 통해 사람들은 기술과 이야기를 공유했다.

관리인은 없었다. 자신이 어지른 것은 스스로 치우거나 다른 사람을 억압해 대신 치우도록 강제해야 했다. 그렇게 함으로써 교도소가 너무 지저분해지는 것을 막을 수 있었다.

마일로가 토머스의 '여자'가 된 지 일주일 정도 되었을 때, 그는 토머스가 그를 다른 사람에게 대여해줄 수도 있다는 것을 알고 두려움에 휩싸였다.

토머스는 새로운 연장이 필요했다. 그래서 그는 마일로를 대장장이 고브의 집으로 데려가 그곳에서 하룻밤을 보내라고 했다.

"네 눈에 고브가 썩 마음에 들지는 않을 거야." 고브의 가게로 가는 길에 토머스가 마일로에게 말했다.

그들은 상점과 산업용 구역으로 개발되어서 규모도 훨씬 크고 배관 시설도 잘 돼 있고 믿을 만한 전력을 이용할 수 있는, 인구 밀도가 높은 구역을 통과해야 했다. 근본적으로 그곳은 마을 크기의 동굴이었다. 이끼 낀 케이블에 인광성 등불이 걸려 있었다. 상업적인 공간과 주거용 공간이 아나사지 인디언 유적지의 절벽 주택들처럼 벽을 따라 붙어 있었다. 아무나 닥치는 대로 밀치고 다니는, 냄새나고 성미 고약한 상시 인파로 꽉꽉 들어찬 난폭한 거리와 통로가 이어졌다.

고브는 거인이었다. 그들이 대장간에 도착했을 때 마일로는 그 사실을 알아차렸고, 도저히 그에게서 눈을 뗄 수가 없었다.

그는 태어나길 거인으로 태어났으나, 그 후 여러 가지 일들을 겪어야 했다. 그의 두개골은 절반이 알루미늄판이었다. 팔과 어깨는 마치 근육이 폭탄처럼 터지고, 그 후에 레버와 스프링과 다른 기계들이 살과 뼈를 이어 붙여놓기라도 한 것 같았다. 그들이 처음 그의 가게에 도착했을 때, 고브는 자신의 세미로봇 맨손으로 금속판을 찢고 있었다.

"이 친구 사람 맞아?" 마일로가 소리 질렀다.

"강해야 할 수 있는 일이잖아." 토머스가 설명했다. "여기서는 열을 사용할 수 없어. 불은 산소를 잡아먹잖아. 그래서 오직 두들기고 찢고 자르고 찌그러뜨리는 것밖에 할 수 없거든."

고브가 찢어낸 철판을 굴려서 원통 모양으로 만들었다. 작업하는 동안, 고브가 빨갛게 충혈된 눈으로 마일로를 흘낏거렸다.

"정말 예쁘군." 고브가 말했다.

"빌려주는 거야." 토머스가 말했다. "무슨 말인지 알겠지? 이틀 밤이야. 쪽가위 하나랑 바꾸는 거라고."

고브는 이해했다.

토머스가 마일로에게 말했다. "넌 여기 며칠만 있어." 그리고 가 버렸다.

고브가 가게를 가로질러 팔을 뻗더니 마일로를 번쩍 들어 올려서는 그의 발목에 족쇄를 채웠다. "이럴 필요까지는 없잖아." 마일로가 짜증스럽게 말했다. 그는 도망칠 생각이 전혀 없었다. 도망쳐봐야 어디로 간단 말인가.

"조용히 해." 고브가 툴툴거렸다. 그리고 아무렇지도 않게 아래로 팔을 뻗어 조잡하게 만든 뒤틀린 가위 하나를 집어 들더니 마일로의 왼쪽 귀를 조금 잘라냈다. 그것이 마일로를 펄쩍 뛰게 만들어서 그는 쇳가루가 흩어져 있는 바닥으로 뻗어버렸다. 정신이 멍해진 채로 마일로는 바닥이 얼마나 더러워 보이는지, 그리고 자신도 그 바닥만큼이나 더러운 것은 아닌지 정도만 간신히 생각할 수 있을 뿐이었다.

천식 발작이 다시 시작되어 그는 숨쉬기가 힘들었다.

고브의 대장간에서 이틀을 보내는 동안, 마일로는 그 거인이 마치 나무를 깎듯이 금속을 깎아내는 것을 지켜보았다. 때로는 그의 근육과 장비가 혹사당한 그의 피부를 찢어 벌려서 피를 흘리는 모습도 보았다.

가끔씩 고브는 이런저런 물건들을 가져오라고 시켰고, 마일로는 그가 시키는 대로 했다. 또 가끔은 고브가 그를 다른 용도로 이용했다. 그 일이 일어날 때면, 마일로는 강제로 자기 자신을 잠재우려 했다. 숨을 들이마시고 내쉬면서, 그곳이 아닌 다른 곳으로 자신을 보내버렸다. 이런 방식으로 마일로는 자신이 천식을 잠재울 수 있다는 사실을 알아냈다.

둘째 날 아침, 둥글둥글하고 상처가 심한 남자 하나가 들어와서 자신의 양쪽 다리 피부를 얇게 벗겨내서는 고브에게 물건 값을 치렀다. 고브는 그중 하나를 자신이 먹고 하나는 마일로에게 주었다. 마일로는 그것을 거절했다.

"말 들어." 고브가 으르렁댔다. "먹을 수 있을 때 먹으라고."

고브가 가위로 그를 협박했다. 마일로는 그래도 거절했다.

고브가 짐승처럼 포효하며 올가미를 만들어 벽 높은 곳에 박힌 철 못에 마일로를 목매달았다.

"안 돼!" 마일로는 기도가 무너지기 전에 울부짖었다. 그는 발로 차고 몸부림치면서 척추가 늘어나는 것을 느꼈고, 그 후로는 아무 것도 느낄 수 없었으며, 그리고 나서 암흑이 찾아왔다.

고브가 그를 바닥에 내려놓았다. 마일로의 목과 폐가 타는 듯했다. 토하고 싶었지만, 목을 움직일 수가 없었다.

고브가 일어서서 마치 사악한 신처럼 그를 노려보았다.

토머스가 돌아왔지만, 그는 새로 맞춘 연장이 마음에 들지 않았다.

"이러면 실이 똑바로 잘리지 않을 거야." 그가 가위를 손에서 앞뒤로 돌려보며 투덜거렸다. "실들이 잘리지는 않고 들러붙어 버릴 거라고."

고브가 음침하고 못마땅한 듯한 소리를 냈다. 그 소리가 토머스를 초조하게 하는 듯했다.

"아니야." 그가 말했다. "내가 좀 손보면 될 거야."

토머스가 마일로 쪽을 돌아보며 말했다. "가자, 너한테 보여줄 게 있어. 보면 좋아할걸." 그는 정말로 신이 나서 거의 행복해 보였다. 이상하군. 대체 그는 어떤 걸 가지고 마일로가 보면 좋아할 거라고 생각하는 걸까?

하지만 고브가 그 거대하고 반은 로봇인 두 팔을 앞으로 뻗어 그들의 어깨를 한쪽씩 움켜잡았다.

"이 꼬마." 고브가 말했다. "이 녀석에 관해 얘기 좀 하지."

"이 애는 못 줘." 토머스가 대답했다. 하지만 자신도 별로 확신하지 못하는 목소리였다.

고브가 고개를 저었다. "그게 아니야." 그가 말했다. "내가 녀석을
목매달아 버리려고 했어."

토머스의 두 눈이 불타올랐지만, 동시에 그는 문 쪽으로 조금씩
움직였다. "제기랄, 고브! 나한테 약속했잖……."

"잘 안 됐어." 고브가 말했다.

"알았어, 좋아." 토머스가 이를 악물고 대꾸했다.

"잘 생각해봐." 고브가 말했다. "문으로 도망칠 궁리만 하지 말고,
그게 무슨 뜻인지 알아차릴 때까지 잘 생각해보라고."


"그게 무슨 뜻인가 하면…… 우리가 부자가 될 수도 있다는 거
야." 그들이 마침내 대장간을 나왔을 때, 토머스가 마일로에게 말했
다. "물론 네가 여기서 부자가 될 수 있는 최대한도로."

마일로는 토머스와 거인, 그 두 거구의 죄수들이 이야기하는 소
리를 들었고, 그 대화를 통해 이해할 수 있었던 내용이라고는 그,
그러니까 마일로가 '훈련'을 받게 되리라는 것이었다.

그들은 붐비는 인파를 밀치고 앞으로 나아갔다. 토머스는 여전
히 무언가에 관해 흥분한 채 몹시도 서둘렀다. 하지만 그것이 무엇
인지는 말하지 않으려 했다.

"뭘 하도록 훈련받는다는 거야?" 마일로는 궁금했다.

"일단 테스트부터 받아야 해." 토머스가 말했다. "그걸 통과하면,
그때부터 훈련을 받는 거지. 내일이면 알게 될 거야. 지금 당장은,
자, 봐! 다 왔어."

토머스가 그들을 절벽 주거지로 이끌어가서 2층의 열린 출입구 앞에 멈춰 섰다.

"여기가 어딘데?" 마일로가 물었다.

"집. 새집이지."

"어떻게?" 마일로가 물었다. "이게 비싸? 이해가 안 되네."

토머스가 어깨를 으쓱해 보였다. "내가 갖고 싶으니까." 그가 말했다.

그들은 안으로 들어갔고, 안쪽에 설명이 있었다. 알몸의 남자가 맞은편 벽 앞에 웅크리고 누워 있었다. 목은 뒤틀리고 머리는 깨져 열린 채였다.

바닥에는 죽은 사람이 흘린 피가 바다를 이루고 있었다. 마일로는 공기 중에서 톡 쏘는 쇠 맛을 느낄 수 있었다. 그는 고개를 저었고, 곧바로 구토했다.

"내가 빼앗았어." 토머스가 말했다.

마일로는 방이 그들이 살던 구멍보다 크다는 사실을 깨달았다. 대략 4배 정도 큰 듯했다.

"저녁을 어떻게 먹을지 정해야지." 토머스가 거대한 팔을 마일로의 어깨에 두르며 말했다. "내가 나가서 우리가 먹을…… 음식을…… 아니면, 우리가 같이…… 너도 무슨 말인지 알 거야."

토머스가 방 저편의 시체를 가리켰다.

마일로는 다시 구토했다.

"우린 저걸 '기다란 돼지'라고 불러."

그는 다시 구역질했다.

"그걸 '잠수'라고 해." 토머스가 설명했다.

그들은 표면으로 향하는 통로를 걸어 올라가고 있었다. 토머스가 넌지시 암시했던 테스트를 하러 가는 길이었다. "잠수?"

"내가 시키는 대로 해봐." 토머스가 말했다. "숨을 가능한 한 깊고 빠르게 들이쉬고 내쉬는 거야."

"왜?"

"그냥 하라면 해!" 토머스가 소리쳤다.

그래서 마일로는 시키는 대로 과호흡을 하기 시작했다. 그들은 모퉁이를 돌아 가파른 경사로를 따라 올라가기 시작했다.

"현기증이 날 것 같을 때 멈춰." 토머스가 충고했다.

마일로는 터널이 대략 마을에 있는 그들의 새 주거지 크기만 한 방으로 이어지는 바로 그 순간 현기증을 느끼기 시작했다.

한쪽 벽 전체가 창문으로 되어 있었고, 울퉁불퉁한 분화구가 내다보였다. 그 창문 옆에는 문이었고, 그 문 옆에는 마법사처럼 보이는 늙은 여자가 있었다. 긴 백발에 파란 눈이었다. 단지 홍채만 파란 게 아니라 눈 전체가 파란색이었다. 눈이 먼 것일까?

그는 비틀거렸고, 만약 여자가 잡아주지 않았다면 바닥으로 쓰러졌을 터였다.

"과호흡하고 있었구나, 그렇지?" 그녀가 물었다.

"이자가 그렇게 하라고 해서요." 마일로가 토머스 쪽으로 고개를 홱 돌려 보이며 헐떡거렸다.

"좋아, 나는 아라베스라고 한다. 네 머리가 맑아지는 대로 우린 출발할 거야."

마일로의 머리는 빠르게 맑아졌다. 그의 시각과 사고가 다시 초점을 잡았다.

"그가 알고 있나……?" 아라베스가 토머스에게 물었다.

"아무것도 모릅니다."

"좋아, 그것에 관해 생각할 시간이 적을수록 당황할 가능성도 적을 테니까. 이봐, 꼬마, 내 말 잘 들어. 날 쳐다보면서 잘 들으라고."

"알았어요." 마일로가 대꾸했다.

노파가 문 한가운데 달린 커다란 금속 손잡이를 후려쳤다. 마치 낡은 양동이를 망치로 두드려서 펴놓은 듯이 보이는 문이 쉬-익 소리를 내더니 펑 소리와 함께 열렸다. 그 너머엔 녹슨 에어로크였다.

"우리가 널 우주로 내보낼 거야, 꼬마." 그녀가 말했다. "네가 나가서 해야 할 일은……."

마일로가 뒤로 물러나면서 소리 질렀지만, 토머스가 그를 붙잡고 움직이지 못하게 했다.

"저 해치가 열리면 넌 6미터쯤 떨어져 있는 다음 해치로 가야 하는데, 시간은 약 10초가 주어질 거야." 그녀가 설명했다. "정신을 잃기 전까지."

토머스가 그를 에어로크 속으로 내던졌다. 마일로는 있는 힘을 다해 뒤로 물러서려 했지만, 그들이 해치를 닫고 있었다.

"이봐!" 그가 소리쳤다.

쉬-익! 쿵! 해치가 밀폐되는 소리가 들렸다.

그는 오줌을 지리면서 망치로 두드려 편 금속 문에 몸을 날려 부덮쳤다.

그때 또다시 쉬-익 소리가 들리더니 에어로크에 불이 나갔고, 공기가 빠지더니 바깥쪽 해치가 열렸다. 위쪽으로는 별들이 떠 있었고, 아래로는 완전한 암흑이었다.

동시에, 그는 자신의 몸이 마치 풍선처럼 부풀어 오르는 것 같은 끔찍한 기분을 느꼈다.

공기가 입술을 통해 목구멍으로 바쁘게 들어갔다가 나오길 반복했고 그의 가슴은 마치 팬케이크처럼 부풀어 올랐다.

타는 듯한 추위, 화산처럼 폭발하는 추위가 사방에…….

그는 벌거벗은 채 우주 한복판에 있었다.

원초적이고 극심한 공포…….

지금 두려움을 느끼면, 넌 죽게 될 거야. 그의 안에 있는 고대의 현명한 목소리들이 말했다. 서둘러, 노파가 하라고 시킨 일을 해.

마일로는 화살처럼 마음을 곧게 펴서 문제를 겨냥했다.

그는 발가락에 힘을 주어 밀면서 손가락으로 해치를 잡았다. 뜨거웠다! 차갑게 얼어붙은 가로등 기둥에 혀가 달라붙어 버리는 것처럼 모든 것이 냉기에 불타고 있었다.

그의 눈에 뭔가 끔찍한 일이 일어나고 있었다. 점점 안개가 끼어가는 중이었다. 그것도 빠르게!

다른 쪽 해치……. 그는 노파가 설명해준 쪽을 바라봤고, 그곳에 해치가 있었다. 얼마나 멀리 있는 걸까?

(부풀어 오르는 **빵** 반죽처럼 온몸이 붓고 있었다. 몸속은 소다수처럼 끓어…….)

그는 해치의 가장자리를 움켜잡고 양손으로 잡아당기며 두 다리를 힘껏 밀어 몸이 어둠을 통과해 빛을 향해 날아가도록 쏘아 올렸다.

시야가 흐려졌다. 그는 거의 장님이었다.

움직임도 느껴지지 않았다. 아무것도 느낄 수 없었다.

(온몸이 부풀어 오르는 고통, 화산처럼 폭발하는 추위, 몸속의 부글거림, 그 외에는⋯⋯⋯⋯⋯.)


믿기지 않게도, 그는 깨어났다.

어떻게 그가 여전히 살아 있을 수 있을까? 솔직히 말해서, 마일로는 그 사실이 그다지 기쁘지 않았다.

처음에 그가 알아차린 것은 고통이었다. 자신이 안팎으로 햇볕에 탄 것처럼 느껴졌다.

눈은 여전히 보이지 않았다.

마치 주석 깡통 밑바닥에서 올라오는 듯한 목소리가 들려왔다.

"아마 햇볕에 탄 것 같은 느낌일 거야." 여자 목소리였다. 그 푸른 눈의 여자.

"몰골이 말이 아니구먼." 다른 목소리가 말했다. 토머스였다.

"햇볕에 탄 건 아니야." 여자가 말했다. "근처에는 별이 없어. 그러니 방사능 걱정은 안 해도 돼. 자, 내 이름이 뭐지?"

"아라베스." 마일로가 웅얼거렸다.

"좋아, 좋아. 아주 정확히 해냈어." 여자가 말했다. "올바른 방향으로 움직여서 의식이 없는 상태에서도 몸이 열려 있는 에어로크 안으로 정확히 들어갔거든. 늘 오늘처럼 운이 좋은 건 아니야. 그러니 계속 깨어 있는 게 가장 좋아."

뭐라고? 이 사람들은 내가 이걸 다시 하길 원하는 거야?

그의 시력이 조금씩 회복되었다. 두 개의 흐릿한 형체가 웅크리고 앉아 그를 내려다보고 있었다.

"이 테스트에 통과한 사람은 거의 없었어." 여자가 그에게 말했다. "넌 운이 좋은 거야, 꼬마. 이제 넌 운동선수가 될 거야. 한동안은, 어쨌든 죽기 전까지는 말이지."


언퍼스에는 오락거리라고는 거의 없었다. 그들이 집으로 돌아갔을 때, 토머스가 설명했다. 물론 격투기는 있었고, 누가 이런저런 화학물질을 가장 많이 삼킬 수 있는지 경쟁하는 시합도 있었다. 하지만 진정한 관중 스포츠는 잠수뿐이었다.

그것은 기본적으로 경주였다. 일단 에어로크 안에 서너 명의 벌거벗은 사람을 집어넣은 후 외부로 향한 로크 문을 열었다. 그러면 선수들은 허둥대며 그곳을 빠져나갔는데, 목표는 가장 멀리까지 갔다가 에어로크로 무사 귀환하는 자가 되는 것이었다. 다시 말해, 승자는 가장 먼 거리를 갔다가 살아서 에어로크로 돌아오는 사람이었다.

"거의 매번 적어도 한 명은 돌아오지 못해." 토머스가 양동이 안에 대변을 보며 말했다. "기절해버리거나 우주로 나가떨어지거나, 아니면 내출혈을 일으키거나 눈알이 빠져버리거나 길을 잃거나 해치를 놓쳐서 돌아오지 못하거든."

"나는 당신들이 인간을 그냥 우주로 내보내리라고는 생각도 못했어." 마일로가 말했다. "우주복도 입히지 않고 말이야. 난 그렇게 나가면 당장에 죽어버릴 거라 생각했었거든."

"인간은 강해." 토머스가 손바닥만 한 부대조각으로 엉덩이를 닦으며 말했다. "잠깐은 그 어떤 상황이라도 견뎌낼 수 있어."

그의 설명에 따르면, 언퍼스 수감자들은 자신이 가진 게 무엇이든, 혹은 제공할 수 있는 게 무엇이든 가리지 않고 그것을 잠수부들에게 걸었다. 헝겊 조각. 노동. 음식. 근육. 잠수부들도 때로는 돈을 벌었다.

"대체 내가 왜 그걸 할 수 있을 거라 생각하는 거야?" 마일로가 물었다.

"목을 매달았는데도 살아났잖아. 네 몸은 산소가 부족할 때 어떻게 해야 하는지 알아. 네 마음은 그 상황에서 어떻게 공황 상태에 빠지지 않을 수 있는지 알고. 그 여자, 그 파란 눈의 여자 기억나지? 아라베스? 그 여자가 지금까지는 가장 유명한 잠수부야. 그 일을 그만둬도 될 만큼 충분히 돈을 벌었거든. 지금은 그 경기 운영에 자금을 대고 있어."

"내가 얼마나 부자가 돼야 하는 건데, 그 일을 그만두려면?" 마일로가 물었다.

토머스가 웃음을 터트렸다.

"넌 절대 부자가 될 수 없어." 그가 마일로에게 한 사발의 단백질 곤죽을 건네주며 대꾸했다.

"무슨 뜻이야? 내가 부자가 될 수 없다는 게 대체……."

"넌 고브와 내 소유물이야. 네가 이기면 우리가 상금을 갖고, 넌 목숨을 부지하는 거지."

마일로는 눈이 따끔거렸다. 그가 방을 가로질러 사발을 집어 던졌다.

**"난 빌어먹을 네 노예가 아니야!"** 그가 고함을 질렀다.

토머스가 마치 뱀처럼 공격해왔다. 그의 주먹이 마일로의 머리를 때렸다. 그리고 즉시 그의 체중이 마일로의 가슴 위에 웅크리고 올라앉았다.

"노예가 맞아." 토머스가 말했다. "맞고말고."

단지 자신의 주장을 이해시키기 위해, 토머스는 마일로의 가슴 위에 적어도 20분 동안 앉아 있었다. 그동안 마일로는 천식 발작이 시작되어 결국 정신을 잃었다.


다음 날 아침 깨어났을 때, 마일로의 머릿속에 처음 떠오른 생각은 토머스가 밤새 그의 가슴 위에 앉아 있다가 잠에 곯아떨어졌고, 지금도 여전히 그의 위에 있다는 것이었다. 그는 눈을 뜨고 일어나 보려고 했지만 할 수 없었다.

"토머스……." 그가 숨을 몰아쉬며 불렀다. "나 좀 일어나게 해줘. 숨 좀 쉬게 해달라……."

하지만 토머스는 그의 뒤에 있었다.

"입 다물어." 이렇게 말하며 그가 마일로의 귀를 막아버렸다.

반쪽은 금속으로 만든 핼러윈 가면을 쓴 것 같은 거대한 얼굴이 앞으로 숙여 그를 빤히 내려다보고 있었다.

고브.

그리고 또 다른 얼굴. 뚱뚱한 대머리에 고브와 마찬가지로 금속 해골 조각을 화상 자국에 덧대어 짜깁기해놓은 모습이었다.

"이쪽은 시그램이야." 고브가 거친 목소리로 말했다. "이 친구가 우리에게 자금을 대줄 거야."

"잘 잤나, 마일로." 시그램이 말했다. "너 이게 뭔지 알아?"

그가 가운데 붉은 공이 있고, 구리선을 꼬아 만든 꼬리가 달린 금속 굴처럼 생긴 것을 내밀었다.

마일로는 대답하지 않았다.

시그램이 뭔가를 설명하기 시작했지만, 고브가 끼어들었다.

"이건 생체 공학적인 눈이야." 그가 설명했다. "네가 우주에서 몇 초쯤 시야를 더 확보할 수 있게 해줄 거야. 다른 사람보다 한 발 유리해지는 거지."

"자, 잠깐……." 마일로는 숨을 헐떡이며 말했다.

"최소한 술이라도 좀 취하게 해주자고." 토머스가 투덜거렸다.

"그냥 끝내버려." 고브가 말했다.

오, 하느님! 절대 안 돼…….

순식간에 일어난 일이었다. 누군가가 그의 오른쪽 눈꺼풀을 크게 벌렸다. 그리고 누군가 자가 제조한 술을 그의 온 얼굴에 쏟아 부었고, 곧 모든 것이 따끔거리며 뿌옇게 흐려졌다.

낚싯바늘 같은 갈고리가 그의 눈알을 찔러 잡아당겼고, 마일로는 눈알이 튀어나오는 것을 느꼈다.

그가 비명을 지르자, 토머스가 그의 입을 막아버렸다.

칼날이 그의 텅 빈 눈구멍을 도려내고 그의 머릿속으로 파고들었다.

마일로는 자신을 기절시키려 했지만, 헛수고였다. 그들이 그의 뇌 속에 전선을 삽입하는 동안 마일로는 모든 조각과 찌름과 모욕을 고스란히 느꼈다. 불빛이 번쩍였고, 불길이 활활 타올랐으며, 그는 멀리서 프렌치호른 소리를 들었다. 그러고 나서 그들이 그의 눈알을, 금속 굴처럼 생긴 그것을 그의 눈구멍에 끼워 넣었다.

세상이 붉은색으로 뿌옇게 흐려 보였고, 높은 톤으로 윙윙거리는 소리가 들렸다. 그리고 시그램의 뚱뚱한 얼굴이 그의 앞에 나타났다. 역시 붉은색이었지만, 초점은 잘 맞았다.

"확대해." 시그램이 말했다.

눈이 스스로 무엇을 해야 하는지 아는 것 같았다. 마일로는 단지 그 남자를 좀 더 자세히 보려고 했을 뿐인데, 이미지가 확대되었다. 잠시 시야가 흐려지는가 싶더니 초점이 맞았다.

다시 시야가 흐려졌다.

"그렇게 할 때는 다른 쪽 눈을 감아." 고브가 말했다.

"이제 다 된 거지?" 시그램이 물었다.

"됐어." 고브가 대꾸하고는 마일로를 놓아주었다.

시그램이 일어서서 턱을 비비며 그들을 내려다봤다.

"이 녀석이 몇 번 정도는 이길 것 같군." 그가 말했다. "직접 지불 대신 지분으로 하면 안 될까?"

"안 돼." 고브가 말했다. "직접 물물교환."

물물교환?

"내일 잠수가 끝나고 너는 일주일 동안 시그램의 집에 가 있을 거야." 마일로가 일어서는 것을 도우며 토머스가 말했다. "내가 나중에 시그램에게 네가 얌전하게 굴었는지 물어볼 거야."

마일로는 눈을 끔뻑였다. 그의 새로운 눈이 마루를 확대해보며 윙윙거렸다.

내일 잠수를 한다고?

언퍼스에 갇힌 이후로 마일로는 자신의 다른 삶, 이전의 삶에 대해서는 생각지 않으려고 노력해왔다.

그러나 완전히 실패였다. 그가 제아무리 이성적이 되려고 애를 써도, 쓸모없는 생각과 기억을 떨쳐버리려 노력해도, 그것들은 그의 꿈속으로 헤엄쳐 들어와 그가 깨어 있을 때도 마치 유령처럼 정신 속을 걸어 다녔다.

어떤 것은 그저 한낮에 꾸는 백일몽에 지나지 않았다. 어린 시절 친구들과 대학 캠퍼스에서 보내던 여름날. 책들. 부모님과 함께한 저녁 식사. 이런저런 여자애들. 마치 진짜 들리는 것처럼 그의 마음 속 귓가에서 선명하게 흘러 다니는 음악 같은 것들 말이다.

그가 가장 그리워한 대상은 어머니였지만, 예기치 않게도 그는 자신이 아버지 때문에 울고 있다는 사실을 깨달았다. 마지막에 법정에서, 결국 그 늙은 어둠의 영주는 무너져버렸고, 처음으로 다른 모든 사람들처럼 심장이 터져버린 초라하고 왜소한 남자임을 드러냈다. 무엇보다도 마일로는 그 새로운 아버지를 알고 싶었다.

처음에 마일로는 그런 생각들에 맞서 싸웠다. 이 어두운 세상 속에서, 그런 기억들은 그를 가로막는 장애물이었다. 특히 앨리를 생각하는 것만으로도 그는 화가 났고, 바닥이 없는 나락으로 떨어져 내리는 것 같은 자기연민에 빠져버렸다. 자기연민이 그를 작고 약하게 만들었다. 마일로는 그것을 느낄 수 있었다. 앨리를 기억하는 것은 그가 감당할 수 없는 일이었다.

그는 자신의 생존에 도움이 되는 것만 감당할 수 있었다. 기억과 소망은 치명적인 환상이었다.

태고의 목소리들도 그의 기억이 위험하다는 데 동의했다. 하지만 그들은 기억이 다른 환상과는 다르다는 말도 덧붙였다. 기억은 우리의 인간성을 형성했다.

마일로도 결국에는 그 사실에 동의했다. 언퍼스가 그를 나락으로 떨어트리도록 그냥 내버려둘 수만은 없었다. 마일로는 동물적인 생각 외에는 아무것도 남은 게 없는 존재로 전락해버리지는 않을 작정이었다.

기계 눈알을 받은 다음 날 밤, 세상이 너무도 고요하고 차분해서 마일로는 심지어 토머스에게 인간이 다른 인간에게 말하는 방식으로 말을 걸었다.

"토머스? 여기 오기 전에 당신 삶은 어땠어?"

토머스는 뭔가 조잡한 도구를 고치느라 바빴다. 그는 일손을 멈추지 않았다.

"오기 전 같은 건 없어." 그가 말했다.

마일로는 계속 대화를 이어나가려고 입을 열었지만, 토머스가 고개를 돌려 그를 바라봤다. 너무도 차분하고 정직한 시선이었다.

그 눈빛은 만약에 마일로가 다시 한 번만 그의 이전 삶을 엿보려든다면, 그를 죽여버리고 말겠다는 의사를 확실히 전달했다.

그래서 마일로는 입을 다물고 몇 년 전 부활절 아침에 보았던 영화 한 편을 분홍빛으로 뿌옇게 흐려져 있는 그의 머릿속에서 돌려보았다.


아라베스가 마일로의 머리를 양손으로 잡고 이리저리 돌리고 앞뒤로 넘겨보며 시그램이 작업해놓은 것을 꼼꼼하게 살폈다.

"충분히 합법적이야." 그녀가 토머스와 고브에게 말했다. "누가 아니라고 하겠어?"

그들은 전날 마일로를 에어로크로 던져 넣었던 같은 방에서 만나고 있었다. 다른 점이라면 이번에는 방이 붐빈다는 것이었다.

다른 세 명의 수감자도 에어로크로 나가기 위해 대기하고 있었다.

우선 채찍을 연상시키는 비쩍 마른 체격에 다리에는 용수철을 연결해 붙인 노인이 하나 있었다.

트롤처럼 온몸이 털로 뒤덮인 팔이 하나 없는 젊은 남자도 있었다.

벌거벗고 있기 때문에 여자라는 사실을 알 수 있을 뿐, 영락없이 남자처럼 보이는 여자도 하나 있었다. 그녀의 눈도 아라베스처럼 푸른색이었다.

이들의 생체 공학도 다 시그램의 작품일까? 파란 눈은 무슨 용도일까? 그리고 스프링은?

분명히 이들을 더 빠르게 해줄 것이다. 더 잘 보이게 해주고, 더 멀리 가고 더 오래 살아있도록 하는 용도일 터였다.

마일로는 주먹을 단단히 쥐었다 펴기를 반복했다. 어떤 식이든 어서 이 일을 해치워버리고 싶었다.

"네가 이기는 게 좋을 거야." 고브가 마일로의 팔꿈치를 꽉 쥐며 말했다. "아니면 내가 네 얼굴을 먹어치워 버릴 테니까."

"이기지 못한다면 그냥 밖에 있는 게 좋을걸." 토머스가 말했다.

잠수부 중에 마일로가 유일한 노예였다. 그를 위협할 주인과 함께 있는 유일한 사람이라는 뜻이었다. 보아하니 다른 죄수들은 자원한 것 같았다. 행운아들. 멍청한 걸까?

창문 옆에는 다섯 명의 남자가 카메라처럼 보이는 것을 들고 서 있었다.

"스포츠 기자들이야." 남자 같은 여자가 마일로 옆으로 한 걸음 나서며 말했다. "마치 예전 세상에서처럼."

"나도 그렇게 생각해." 마일로가 말했다.

"저들이 바로 내가 널 박살 낸 후에 네 죽은 얼굴 주위에 모여서 사진을 찍어댈 자들이야."

"멋진데." 마일로가 대답했다.


아라베스가 잠수부들에게 뭔가를 뿌렸다……. 뭐지? 뜨거운 물?

"빛나라고." 트롤 잠수부가 당황한 듯한 마일로의 표정을 보고 말했다. "이렇게 하면 밖에 떠다녀도 보이거든. 그래야 사람들이 네 몸이 붕붕 떠다니는 걸 볼 수 있을 거 아냐."

"행운을 빌어." 마일로가 그에게 말했다.

트롤이 고개를 저었고 모두 함께 해치를 넘어 들어갔다.

예선전도, 초읽기도 없었다.

그저 쉬-익! 쿵! 그리고 그들 네 명은 우주에 있었다.

마일로는 자신도 저돌적이어야 한다는 것을 알았다. 다른 자들보다 빨라야 했다.

하지만 그렇지 않았다.

우주가 그를 꽉 움켜잡고는 단번에 사방으로 밀고 들어와 그를 진공 상태로 만들었다.

손발이 그를 위아래로 마구 때렸다. 그는 뺨 한쪽에서 피부가 아래쪽으로 찢기는 것을 느꼈다. 상처에서 피부조직이 부풀어 오르기 시작했다.

그들은 구멍이 숭숭 뚫린 언퍼스 행성 표면 바로 위를 날면서 우주를 가로질러 뛰어가는 유령처럼 보였다. 완전한 어둠 속에서 벌거벗은 몸이 빛을 발했다.

마일로는 지난번에 그랬듯이 이번에도 화살의 방식을 따랐다. 한쪽에서 뛰어올라 텅 빈 공간으로 날아가면서, 그는 기자들이 렌즈를 통해 바깥세상을 바라보고 있는 대기실 창을 바라봤다.

마일로가 자신의 실수를 깨닫는 데는 그리 오래 걸리지 않았다.

지난번에 그는 빛이 있는 반대쪽 에어로크에서 몸을 날렸다. 그러나 이번 경주는 달랐다. 마일로는 그 사실을 까맣게 잊고 있었다. 그는 목표를 향해 날아갔다가 원래 왔던 길로 돌아가기로 되어 있었다. 아직 그렇게 할 시간이 남아 있을까? 그에게 아직 충분한 의식이 남아 있을까?

그는 트롤이 아래로 내려가 속도를 늦추고 행성 표면 위로 손가락을 끌다가 울퉁불퉁한 바위 위에 발을 내려놓는 모습을 바라봤다. 그러고는 수영선수처럼 발로 바닥을 밀어 다시 에어로크 쪽으로 돌아가기 위해 방향을 바꾸는 모습을 지켜봤다. 잠시 후, 마일로는 의식이 없다는 것을 느낄 수 있었다. 방향을 제대로 조준했던가? 알 수 없었다.

마일로는 일단 멈추고 다시 시작하기 위해 자신을 멈출 방법이 없을지 주변을 둘러봤다. 하지만 그는 너무 높은 곳을 목표로 삼았던 듯했다. 바위와 분화구 들이 손이 닿지 않는 곳으로 미끄러져 지나갔다.

이런, 젠장.

(마치 100만 개의 작은 톱니처럼 파고드는 추위…… 부글거림과 끓어오름…… 반죽처럼 부풀어 오르는 몸…….)

머릿속이 완전히 비워지기 전에 그가 마지막으로 알아차린 사실은 노인이 그를 옆으로 멀리 밀쳐버렸다는 것이었다.

마일로는 누가 이겼는지 궁금했다. 바로 그때………… **픽**. 무(無). 어둠.


그는 깨어났다.

그들이 와서 그를 안으로 끌어넣은 것일까?

아니었다. 그는 아직도 밖에 있었다. 분화구를 가로질러 떠다니는 중이었다. 중력이 마침내 그의 속도를 늦춰놓은 것이 분명했다. 원하기만 한다면 당장에라도 아래로 손을 뻗어 자신을 멈출 수도 있었다. 그래서 마일로는 그렇게 했다. 그리고 돌아서서 자신이 지나온 길을 돌아보았다.

멀지 않은 곳에서, 창문에 붙어서 있는 기자들의 모습이 보였다.

또한 멀지 않은 곳에서, 그는 세 명의 경쟁자들이 열려 있는 에어로크를 향해 다양한 속도로 둥둥 떠가는 것을 보았다. 우선 남자 같은 여자가 몇 초만 있으면 가장 먼저 도착할 터였다. 그다음에는 노인. 트롤은 진로를 벗어나고 있었다. 그렇게 둥둥 떠다니다가 방사능 노출로 죽음을 맞이하리라고 마일로는 생각했다.

서둘러, 그의 목소리가 조언했다.

그의 손, 행성 표면을 움켜쥐고 있는 그의 손은 마치 풍선이나 소시지처럼 보였고, 그의 내부도 이전처럼 부풀어 올랐다. 하지만 그의 머리는 맑았다. 왜지? 어떻게 이런 거지?

시간이 없어.

마일로는 몸을 밀어 다시 우주로 떠올랐고, 거의 즉각적으로 다른 잠수부들 사이로 돌아갔다. **너무 빨라!**

그는 속도를 늦추었다.

대체 무슨 일이지? 우주에서는 속도를 줄일 수 없잖아!

하지만 그는 해냈다.

무슨 일이 일어나고 있는 걸까? 그는 자신에게 물었다. 고대의 자아에도 물었다. 하지만 그의 안에 있는 현명한 이들도 그만큼이나 놀라고 있을 뿐이었다.


나중에는 언퍼스의 관람객도 모두 놀라움을 금치 못했다. 그리고 감탄했다. 더 많이 알고 싶어 안달했다.

디지털 스크린이 걸려 있는 곳이라면 어디든, 돌담에 사진을 붙여놓을 수 있는 곳이라면 어디든 간에, 마일로의 첫 번째 우주 잠수 경주 이야기가 온통 점령해버렸다.

비디오와 사진 들은 마일로가 멀리 사라졌다가 예기치도 못하게 깨어나 움직이고, 그러다가 속도를 늦추는 모습을 보여주었다.

그것들은 그가 부어오르고 꽁꽁 언 팔을 뻗어 노인과 남자처럼 생긴 여자를 멈추는 모습을 보여주었다. 그들을 뒤에 남겨둔 채 부드럽게 빛을 발하며 천천히 돌아서는 모습도 보여주었다.

그 사진들은 마일로가(여전히 의식이 있는 채로 조심조심!) 공기도 없는 우주 공간을 5미터나 게걸음으로 가로질러 가서 트롤을 끌고 오는 모습을 보여주었다. 자신의 몸을 에어로크로 끌어 올린 후(우승을 거머쥐고!) 마일로는 뒤에 있던 모든 경쟁자를 안으로 끌어들였다. 그러고 나서 에어로크가 쿵 소리를 내며 닫혔고, 그것이 교도소 뉴스의 끝이었지만, 뉴스는 곧장 다시 처음으로 되돌아갔다.

"마일로 해이가 누구고, 뭐 하는 놈이야?" 언퍼스 전역의 수감자들이 물었다.

"그가 누구야?" 토머스의 벼랑 주거지 밖의 통로를 가득 메우기 시작한 무리와 군중과 개인적인 사기꾼들이 물었다. "지금 어디 있어?"

"빌어먹을 병원에 있어!" 토머스가 소리 질렀다. 그는 사진 찍히는 것을 좋아하지 않았기에 그들에게 돌을 집어 던졌다. "네놈들이 알몸으로 우주 공간에서 꽉 찬 1분 동안 떠 있었다면, 네놈들은 어디에 가 있을 것 같은데?"

마일로는 병원에 있지 않았다.

다른 잠수부들은, 물론 언제나 그랬듯이, 다양한 손상을 입고 그
곳으로 직행했다. 그들은 살아남았다. 노인만이 숨을 참으려 애쓰
다가 결국에는 폐가 조각나 죽음을 맞이했다. 노인도 그 정도는 알
고 있었어야 했다.

놀랍게도 마일로는 비틀거리며 에어로크에서 빠져나와 남아 있
는 한쪽 눈을 깜빡여 몇 방울의 피눈물을 흘리며 자신의 소유주들
을 찾아 주위를 둘러봤다.

고브와 토머스는 고개를 저으며 서 있었다. 그들은 마치 마일로
의 등을 두드려주고 싶지만, 그가 너무 약해 보여서 그러지 못한다
는 듯이 행동했다.

"내가 방금 본 게 대체 뭔지 모르겠어." 토머스가 말했다.

아라베스는 아무 말도 안 했다. 그녀가 스포츠 기자들을 방에서
몰아내고, 그들을 따라 복도로 나갔다.

"이 정도면 나도 한 몫 받을 만큼은 한 것 같은데." 마일로가 감
히 고브에게 주장했다.

"넌 시그램과 데이트가 있어, 그게 다야." 고브가 대꾸했다.

그래서 그곳이 바로 마일로가 있는 곳이었다.

시그램의 집은 실험실이자 스튜디오이고 가게이기도 했다. 마일
로는 마치 박물관을 구경하는 것 같은 기분이었다. 이쪽에는 철판

으로 만든 선반이 걸려 있었고, 저쪽에는 렌즈와 현미경과 진짜 컴퓨터가 있었다. 시그램은 심지어 직접 만든 피시도 가지고 있었다. 그것이 그의 어깨 위를 맴돌며 따라다녔다. 언퍼스에는 피시를 가진 사람이 아무도 없었다. 적어도 마일로는 본 적이 없었다.

시그램은 마일로에게 주석 컵에 담긴 와인 같은 것을 대접했고, 진짜 음식처럼 보이는 것을 요리해주었다. 보기에는 닭고기 같고 맛은 돼지고기 같았다.

"이게 뭐야?" 마일로가 물었다. "진짜 고기 같은데."

"너도 뭔지 알잖아." 시그램이 대답했다.

그렇다, 마일로도 알고 있었다. 언퍼스에는 오직 한 종류의 동물만이 살고 있었다. 그는 배가 고팠다. 에라 모르겠다, 될 대로 되라. 그는 고기를 먹었다.


저녁 식사 후에 마일로는 시그램이 진짜 매트리스를 가지고 있다는 사실을 알아차리고는 비열하게도 기쁨을 느꼈다. 다른 모든 곳과 마찬가지로 언퍼스에서도 돈이 자원이자 기술이었다. 시간이 지나 시그램이 점잖고 친절하다는 사실을 알아차렸을 때도 그는 안도감을 느꼈다. 언퍼스에 온 이후로 처음 느끼는 감정이었다.

하지만 그렇다고 해도…… 울퉁불퉁 화상으로 일그러진 그의 피부를 보면…….

단지 살덩이와 뼈에 지나지 않아, 고대의 목소리들이 말했다. 그냥 흘려보내.

"넌 텔레파시 능력자야." 얼마 후 시그램이 말했다.

그들은 바위 천장에 비친 그림자를 보며 시그램의 매트리스 위에 나란히 누워 있었다.

"텔레파시 능력자?" 마일로가 물었다.

"물론 염력자라고 부르기도 해. 네 눈에 전선 작업을 할 때 혹시나 했었거든. 초능력자들의 뇌는 다르게 접혀 있어. 너 혹시 지금까지 계속해서…… 너 뭘 했었어?"

"어렸을 때는 물건들을 공중에 뜨게 할 수 있었어." 마일로가 말했다. "그러다가 문제를 일으켜서……."

"그들이 도슨 몰을 착용하게 했었군." 시그램이 마일로의 말을 대신하여 이었다. "네게 그 능력이 아직 남아 있다고 생각했다면, 널 이곳으로 보내기 전에도 똑같이 조처했을 거야. 그런데 그 능력이 거의 사라진 것 같아서 무시해버렸던 거지. 어쨌든 그게 다시 돌아왔어. 내 추측으로는 네 머리가 필사적이 돼서 네 능력에 시동을 걸어버린 것 같아. 그런 일이 종종 일어나. 사고를 당하거나 머리를 심하게 부딪치거나 강렬한 감정적인 경험을 하게 되면, 갑자기 펑! 그러고는 전에는 할 수 없던 일을 하거나 볼 수 없던 걸 보게 되는 거지. 네가 의도했든 안 했든 간에, 넌 산소 소비를 줄이기 위해 혈액 순환을 조절했어. 어쩌면 우주 공간 속에서 너 자신을 추진시켰을지도 모르지. 비디오는 거짓말하지 않거든."

시그램이 옆으로 돌아눕더니 마일로의 어깨를 쓰다듬었다. 마일로는 몸을 말았다.

시그램이 뒤로 물러났다. "원치 않으면 안 해도 돼." 그가 말했다.

마일로가 시그램을 노려봤다. 그의 붉은 눈이 확대와 축소를 반복했다.

"당연히 원치 않아!" 그가 소리 질렀다. "왜 미리 얘기해주지 않았어?" 시그램은 상처받은 표정이었다.

"미안해." 마일로가 말했다. "나는…… 남자를 그런 식으로 좋아하지 않아."

시그램이 침대에서 빠져나가 뚱뚱한 몸에 옷을 둘러 입었다.

"괜찮아." 그가 자기 벤치 중 하나로 바쁘게 걸어가며 말했다. "나도 전에는 그랬어. 하지만 결국에는 너도 그렇게 될 거야. 다들 그러니까."

"아니, 난 아니야."

"그래, 알았어, 마일로. 잠 좀 자둬."

언퍼스에서 그가 자기 이름으로 불린 것은 이번이 처음이었다.


다음 날, 시그램이 그에게 입을 옷을 주었다. 마대로 만든 소매 없는 평범한 셔츠와 벨트로 쓸 끈이 하나 달린 반바지였다.

"사방에서 사람들이 널 찾고 있어." 시그램이 어제 먹다 남은 식은 음식으로 아침을 먹고 난 후 말했다.

"그 사람들에게 무슨 말을 해야 하는 거야?" 마일로가 말했다.

"나 같으면 진실을 털어놓지는 않겠어. 그럼 다들 겁을 먹을 거야. 그냥 토머스에게 가. 어떡하면 사람들을 문 앞에서 몰아낼 수 있을지는 그가 궁리하게 해."

마일로가 이맛살을 찌푸렸다. "지금 가라고? 난 여기 일주일 동안 있어야 한다고 생각했는데." 그가 말했다. "지금 내가 어젯밤에……."

"아니, 아니야. 토머스에게는 얘기 잘해줄게. 걱정하지 마. 그냥 내가 몸이 좀 안 좋아서 그래. 가끔 그렇거든. 두통이 올 때가 있어."

마일로는 토머스에게 돌아가고 싶지 않았다. 그 생각만으로도 온몸이 경직되는 것 같았다.

"있잖아." 그가 말했다. "내가 뭘 좀 시도해볼게."

"뭘 시도해?" 시그램이 눈을 가늘게 떴다.

"날 믿어봐."

"이봐, 꼬마, 날 칼로 찌를 생각이라면, 한 가지 기억해야 할 게 있어. 뚱뚱한 사람을 죽이는 게 생각만큼 쉽지……" 하지만 시그램은 도중에 말을 멈추었다. 문득 무슨 생각이 들었거나 묘한 기분을 느낀 모양이었다. "좋아, 뭘 하라고?"

"눈을 감아."

시그램이 눈을 감자, 마일로는 탁자를 빙 돌아 시그램의 뒤로 가서 그의 거대하고 뚱뚱한 머리를 두 손으로 감쌌다.

만약 그가 우연히 우주 공간에서 자신을 지킬 수 있었다면, 시그램의 두통도 낫게 해줄 수 있을 터였다. 어떻게? 그도 몰랐다. 마일로는 자기 눈도 감았다.

잠깐은 '아무것도' 느껴지지 않았다. 그러다가 잠시 후 양손 사이에 바다를 쥐고 있는 기분이 느껴졌다. 전기적인 파장이 느껴지는 따뜻하고 꽉 찬 어떤 것이었다.

시그램의 **자아**.

그것은 거대했고, 진기함을 꿈꾸는 마일로 자신의 것과 매우 흡사하지만, 또 한편으로는 다른 **보아**였다. 그보다 더 나이 먹고, 추억으로 깊어진 자아였다.

고통.

마일로가 자기 손과 마음으로 그 자신과는 다른 자아인 시그램을 오래 잡고 있을수록, 그것은 점점 더 무거워졌다. 여기에 한 영혼이 있었다. 너무도 부당하게 취급받고 상처 입어서 거의 단순한 생명체가 될 위험에 처해 있는 영혼이었다.

마일로는 그 밑에서 큰 소리로 헐떡이는 자신의 소리를 들었다. 마치 그게 자신의 고통이라도 되는 것처럼, 그는 그 속에서 길을 잃을 듯한 고통을 느꼈다. 그는 자신이 특별한 이유가 있어서 이 일을, 시그램을 머리를 붙잡고 있는 일을 하고 있음을 기억해냈다. 그는 자신이 스스로에게서 그림자와 혼란과 환상을 벗겨내고 있다고 느꼈다. 그리하여 마침내는 단순하고 인간적인 어떤 것을 찾아냈다고 생각했다.

문. 검은 바다 밑바닥에 문이 하나 있었다. 소중한 무언가를 그 안에 남겨두고 걸어 잠가 버린 문이었다.

마일로는 문을 열었고, 빛이 쏟아져 나왔다. 그는 그것을 양손으로 느꼈고, 그 자신의 마음속에서 보았다.

시그램이 몸을 홱 움직이며 말했다. "세상에, 맙소사!"

그저 화학 작용에 불과하다는 사실을 마일로는 알았다. 그는 시그램의 머릿속에서 신경 화학물질을 이리저리 움직여놓았다. 하지만 기억과 같은 신경 화학물질이 바로 그 남자를 만드는 것 아니겠는가.

바로 그거야, 마일로! 태고의 영혼들이 그를 격려했다.

그는 시그램의 머리를 놓아주었다.

시그램은 아연실색해서 앉아 있었다.

"두통은 없어졌어?" 마일로가 물었다.

시그램은 뚱뚱한 남자치고는 매우 인상적인 기운을 내뿜으며 벌떡 일어섰다. "대체 뭘 어떻게 한 거야?"

"내가 당신 두뇌를 더 잘 작동하도록 만든 것 같은데."

시그램이 마치 자신의 가게가 너무도 생소해 보인다는 듯이 주위를 둘러봤다.

그의 눈 속에 뭔가 새로운 게 나타났다. 언퍼스에서는 전혀 보지 못했던 것이었다. 마일로는 아직 그것에 이름을 붙일 수 없었다.

"세상에……." 시그램이 숨을 들이마시며 말했다. "고마워."

"그럼 나 그냥 여기 있어도 돼?" 마일로가 물었다. 토머스를 피하는 것에 관해서라면, 그는 지극히 목표 지향적이었다.

"물론이지." 시그램이 말했다. "하지만 안 그러는 게 좋을 것 같은데. 무언가로부터 도망치거나 숨으려 해서는 안 돼."

"그가 날 해칠 수 있어서 그래. 죽일 수도 있어."

시그램이 고개를 저었다. 그의 표정은 기쁨으로 거의 울고 싶어하는 사람 같았다.

그가 말했다. "내게 해준 걸 그에게도 해준다면 그렇지 않을 거야."

마일로는 그런 상황을 상상조차도 할 수 없었다. 그는 바닥에 침을 뱉었다. 하지만 아무려면 어떻겠는가. 만약 시그램이 가라고 하면, 그냥 가면 될 일이었다.

마일로는 고개를 끄덕여 작별 인사를 하고 어두운 돌의 미로 속으로 출발했다.

가는 동안, 그는 자신의 머릿속으로 더듬어 들어갔다. 그 자신의 검은 바다를 항해해갔다. 자신만의 숨겨진 문을 찾을 때까지 손을 더듬어갔다. 문이 끼-익 소리를 내며 열렸다⋯⋯. 활짝, 더 활짝, 그리고 더욱 활짝⋯⋯.


시그램은 마일로와 토머스가 함께 사는 숙소에서 4개의 마을과 여러 통로를 지나가야 도달하는 곳 2층에 살고 있었다. 마일로는 자신이 머리 안쪽을 살짝 두드리기만 해도, 이전에 지났던 길을 냄새로 찾아갈 수 있다는 사실을 깨달았다. 실제로 그런 식으로 집 근처까지 찾아갈 수 있었지만, 인근에서 다른 죄수들이 그의 얼굴을 보고는 그가 비디오에 나왔던 장본인이라는 사실을 알아차리고 따라오기 시작했다. 그들이 그를 붙잡고 큰 소리로 질문을 퍼부었다.

"너 대체 어떻게 한 거야?" 그들이 물었다. "마법을 부린 거야?"

"몰라." 그가 대답했다. "그냥 기절했다가 깨어났어."

"거짓말 마, 이 빌어먹을 자식아! 대체 뭘 숨기고 털어놓지 않는 거야?"

"그런 거 없어." 그가 대답했다.

누군가 그의 팔을 잡았다.

제발 좀 놔줘, 그가 생각했다. 그러자 그들은 마치 충격을 받거나 뭔가 미끈거리는 것을 만지기라도 한 것처럼 정말로 잠시 그를 잡았던 손을 풀어놓았다. 하지만 그것도 잠시뿐이었다. 곧바로 그들의 손이 돌아와 그를 움켜잡고, 옷을 비틀어댔다.

가자! 이렇게 생각하며 마일로는 토머스의 집을 향해 달렸다.

그리고 숨을 헐떡이며 문턱을 넘어섰다. 토머스는 바닥에 앉아 집으로 가지고 온 일거리를 작업하고 있었다. 파이프와 엘보와 렌치 같은 일감이었다. 마일로는 먼 벽에 기대놓은 물건 더미 속으로 쓰러졌고, 군중들이 문을 가로막아 어둡게 했다.

토머스가 손에 파이프를 든 채로, 그의 발치에서 포효했다.

픽! 턱이 부러지는 소리. 울부짖는 침입자.

군중이 해산했다.

토머스가 마일로 쪽으로 돌아섰다. 두 눈이 활활 타올랐다.

"일찍 왔군." 그가 앙다문 치아 사이로 말했다. "시그램을 행복하게 해주는 게 네 신상에 좋을 거라고 내가 미리 경고했을 텐……."

"그는 행복해." 마일로가 일어나 앉으며 말했다. "내 말 들어보……."

하지만 토머스는 듣고 있지 않았다. 군중들이 그를 몹시도 화나게 해놓은 탓이었다.

"시그램이 네게 이걸 준 거야?" 그가 마일로의 옷을 잡아당기며 으르렁거렸다. 그가 마일로에게서 셔츠를 벗겨내려고 옷을 움켜잡았지만, 마일로가 그의 손목을 잡았다.

토머스가 그를 찰싹 때렸다.

"너 완전히 맛이 갔구나, 꼬마?"

마일로는 손을 놓지 않았다.

그는 몹시도 세게 두드려 맞았지만, 그럼에도 사력을 다해 토머스의 팔을 움켜쥐고 놓지 않았다. 근육질의 무언가가 그의 마음을 휘감고 손으로 확장되어 내려왔다. 그는 빛과 뼈로 된 통로를 올라 갔고, 마침내 토머스의 자아를 손에 넣었다. 시그램의 자아보다 훨 씬 작은 바다였다.

그래서 그는 고통을 세게 밀치고 어깨를 으쓱해 털어버리면서 앞으로 나아가 묻혀 있던 문을 찾아내 열었다. 마침내 고통이 쏟아 져 나왔다.

그가 눈을 떴을 때, 토머스는 한쪽 구석에서 토하고 있었다.

마일로는 물을 가져다주고, 그가 마시는 것을 도왔다. 그리고 힘 닿는 데까지 깨끗이 치웠다.

마침내 토머스가 조용해졌다. 그러고는 방 한가운데 앉아 텁수 룩한 머리를 들어 올리고는 마일로를 똑바로 바라보며 그냥 "알았 어"라고 말했다.


고브는 그보다 훨씬 힘들었다.

토머스가 그를 공격해야 했다. 아니, 어떻게든 그러려고 시도해 봐야 했다. 그렇게 해서 마일로가 납관으로 고브를 후려쳐서 잠시 정신이 멍해지게 할 수 있도록 충분히 시간을 끌어주었다. 그다음 에는 토머스가 더 큰 납관을 들고 고브를 제대로 때려눕힐 수 있었 다. 고브가 잠들어 있을 때, 마일로는 양손에 그의 머리를 잡고 내 면의 문을 열었다.

매우 작은 집이었다. 가장 깊숙한 곳에 있는 방에는 빛이라고는 거의 없었다. 고브는 스스로 그 방을 벗어나 누군가의 본보기가 될 수는 없는 존재였다.

그는 깨어났을 때도 토하거나 자책하지 않았다. 단지 "훨씬 나아졌어"라고 말하고는 울기 시작했다.

자유다! 일종의 자유였다.

마일로는 마침내 자기 방을, 아니, 감방을 갖게 되었다. 그는 토머스와 시그램과 고브를 대동하고 어느 키 크고 슬픈 남자의 문 앞으로 찾아갔다. 그는 머리에 두른 터번 외에는 아무것도 걸치고 있지 않았다.

"행복해지고 싶나?" 마일로가 그에게 물었다. "살아갈 이유가 필요하지 않아?"

"그렇다고 대답해." 토머스가 조용히 조언했다.

"내가 이자의 팔을 부러뜨려 놓을게." 고브가 제안했지만, 마일로는 아주 가벼운 몸짓으로 그를 저지했다.

"그래." 남자가 대답했다. 그래서 마일로는 남자의 머리를 잡고 신경 화학물질을 이리저리 움직여 그의 내면에 있는 문을 열었다.

"밖으로 나가서 모든 게 얼마나 좋은지 둘러봐." 토머스가 말했다. "마일로가 네 감방이 필요하대."

남자는 기쁘게 밖으로 나가 토머스가 시키는 대로 했다.

나중에 터번을 쓴 남자의 그릇에 저녁을 담아 먹는 동안, 마일로와 토머스와 고브, 그리고 시그램은 매우 간단하지만 중요한 대화를 나누었다.

"그게 뭐야?" 토머스가 물었다. "네가 하는 그게 대체 뭐야?"

"뭔가 자연스러운 거." 마일로가 말했다. "뇌가 하는 일이야. 드물

게 어떤 사람이 가진 능력."

"다음은 뭐야?" 시그램이 물었다.

"나도 몰라." 마일로가 대꾸했다.

시그램이 목청을 가다듬고는 겸손하게 자기 그릇을 내려다보며 조용히 말했다.

"나한테 좋은 생각이 있는 것 같아." 그러고는 자기 생각을 털어놓았다.

시그램은 그들이 교도소 전체를 '치료'해야 한다고 생각했다.

"이렇게 짐승처럼 사는 대신, 이곳에 문명을 건설하면 얼마나 근사하겠어." 그가 말했다. "진짜 문명 말이야. 사람들이 함께 일하면서 서로를 돌보는 곳. 구타당하고 살해당할까 봐 일하는 것이 아니라, 삶을 즐기기에 일하는 곳. 그냥 목숨만 부지하고 살아가는 건 아무 의미도 없어. 우리에겐 뭔가 살아야 할 이유가 필요해. 그게 바로 인간과 동물의 차이점이야. 우리도 진화해야 한다고."

"그럼 마일로가 밖으로 나가서 우리에게 한 것처럼 모두를 변화시키는 거야?" 고브가 말했다.

"그건 사람들의 선택에 달려 있겠지." 시그램이 대답했다. "그게 우리를 더 좋은 쪽으로 변화시켰다는 걸 알게 된다면, 다들 마일로를 신뢰하게 될 거야. 하지만 그것만으로는 부족할지도 몰라. 우리가 모두 서로를 가르치고, 또 서로에게서 배워야만 해. 그렇지 않으면 그 뇌 화학 어쩌고저쩌고 하는 건, 내가 장담컨대 금방 신기루처럼 사라져버리고 말 거야. 일단 우리가, 물론 그들도, 살아 있다는 것에 관해 새로운 시각을 얻게 되면, 다들 전과는 다르게 행동하게 될 거라고."

그들은 조용히 앉아 있었다. 명상 중이었다.

"재소자가 모두 회의에 참석하게끔 해야 해." 토머스가 말했다. "여기서부터 시작해서 한 번에 한 마을씩 돌자."

마일로의 머릿속에 처음 떠오른 생각은 '젠장, 싫어. 그들이 우릴 산 채로 잡아먹어 버릴 거야'였지만, 그래도 그는 "좋아"라고 대답했다.

그들은 잡아먹히지 않았다.

하지만 사람들을 설득하지도 못했다.

수감자들을 집회에 참여시키는 것은 비교적 쉬운 일이었다. 대부분 지루해하고 있었기에 평소와 다른 뭔가를 발견하면 거의 자동으로 몰려들었다. 하지만 그건 어떤 생각에 개방적인 것과는 달랐다.

그들은 토머스와 시그램이 하는 짧은 연설을 끝까지 경청하며 앉아 있었다. 심지어는 고브와 터번을 쓴 벌거벗은 남자의 추천사에 박수도 보냈다. 하지만 그들이 뭔가를 배웠다는 의미는 아니었다.

"우린 살던 대로 살 거야." 온몸이 빈 곳이라고는 없이 완전히 문신으로 뒤덮인 남자가 말했다. "그게 우리에겐 맞거든. 강자가 약자를 먹어치우는 거지. 그게 자연스러운 일이야." 웅성거림이 들려왔다. 수감자들은 그의 의견을 마음에 들어했다.

"맞아." 시그램이 말했다. "그렇지만 그게 정말 너희에게 맞는 걸까? 여기 행복한 사람 있어?"

"네놈 엄마는 매춘부지?" 문신한 남자가 물었다.

웃음소리.

"내가 보여줄게." 마일로가 남자가 있는 곳으로 걸어 나갔다. "모두 이걸 보게 된다면……."

작은 돌멩이 하나가 날아와 그의 어깨를 맞혔다.

"아야!" 그가 소리 질렀다. "정말 이럴 거야?"

모여 있는 재소자가 하나의 물결이 되어 움직였다. 그들은 자신이 무엇을 원하는지 알지 못했지만, 위협을 느끼고 있었기에 뭔가 조처를 하고 싶었다.

"가자." 마일로가 자신의 일행을 돌아보며 말했다. "지금은 일단 가는 게 좋겠어."

고브가 아니었다면, 그들은 목숨을 부지하지 못했을지도 몰랐다. 그 거인이 길을 막는 사람들을 들어 올려 던져버렸고, 토머스가 주먹을 휘두르며 그 뒤를 따랐다. 시그램은 자신의 뚱뚱한 머리를 보호하는 데 집중하며 느릿느릿 걸어갔다. 그리고 마일로는 맨 마지막에 걸어가며 이따금씩 "비켜!"라고 소리 질렀고, 그러면 사람들은 그들이 지나갈 수 있을 만큼 충분히 오랫동안 뒤로 물러나 있었다.

그들은 시내를 빠져나가 통로 쪽으로 달려가서 행성 표면을 향해 올라가기 시작했다. 벌써 그들에게 흥미를 잃어버린 군중도 있었지만, 다른 이들은 계속 따라붙으며 무언가를 집어 던졌다.

"저들은 나를 원해." 마일로가 헉헉거리며 말했다. "그냥 날 따라오게 내버려둬. 당신들은 다음 골목으로 들어가……. 여기야! 저쪽으로 가! 오늘 밤에 시그램의 집에서 만나."

"안 돼!" 토머스가 소리 질렀다. "우린 다 같이 함께 있을 거야. 그리고……."

"고브." 마일로가 불렀다.

고브가 토머스를 끌고 마일로가 가리키는 곳으로 달리기 시작했고, 시그램이 그 뒤를 따랐다.

마일로는 왼쪽으로 돌아 우주 잠수부 대기실이 있는 곳으로 달려가 제어장치 쪽으로 몸을 던졌다. 해치가 열렸다. 그는 온몸에 산소를 채우기 위해 잠시 과호흡을 하면서 서 있었다. 얼마 후 대기실로 달려오는 발소리와 고함소리가 들려왔다.

그는 에어로크 안으로 걸어 들어가 폐를 비우고 문을 열라고 명령했다.

쉬-이이이이익!

남아 있던 압축 공기가 울퉁불퉁한 행성 표면을 가로질러 마일로를 우주로 쏘아 올렸다.

그의 몸이 약간 부어올랐다. 그리고 차갑고 무감각해졌다. 마치 몸 전체가 재채기를 하고 싶지만 할 수 없는 것처럼, 속이 부글거리며 가스로 꽉 차올라 불편해졌다.

하지만 그는 모든 것의 속도를 늦추고 단지 흐르고 교환하고 타올랐다. 그는 졸리기는 하지만 정신을 잃지는 않을 정도까지 천천히 모든 속도를 늦추었다.

그러고 나서 가벼운 표면 중력 속에서 두 발을 아래로 내려 해치와 창문이 있는 곳으로 다시 걸어갔고, 창문 반대편에서 서로 밀치며 경악한 표정으로 그를 바라보는 폭도들의 모습을 차분히 응시했다.

그는 그들을 이해하려 노력했다. 그들을 사랑하려고 노력했다.

잘했어, 그의 예전 자아가 말했다.

그는 눈을 감고 몇 초간 명상했다. 그러고는 돌아서서 그들의 시야 밖으로, 느리게 선회하는 별들의 불기둥에 의해서만 아주 살짝 밝혀져 있을 뿐 거의 암흑에 가까운 바위투성이의 넓은 풍경을 가로질러 사라졌다.


그는 1.5킬로미터가 넘는 거리를 달려가서 해치를 선택하고 그것이 열릴 것이라고 상상했다.

문이 열렸다.


그날 밤늦게 마일로가 시그램의 집에 도착했을 때, 그의 친구들은 그를 기다리고 있었다. 토머스는 약간 뚱해 있는 것 같았다.

그리고 다른 이들도 있었다. 마일로는 그를 추적했던 폭도들과 그가 우주에서 걸어가는 모습을 지켜보았던 수감자들의 얼굴을 알아봤다. 대략 열 명 정도 되는 듯했다. 이제 시작이었다.

"당신은 우리가 모르는 뭔가를 알고 있는 게 분명해." 100퍼센트 문신을 한 남자가 말했다.


6개월이 지나갔고, 이제 마일로는 단백질 정원에 살고 있었다.

그것은 은하계 어디에나 있는, 행성 위는 물론이고 우주에서 궤도를 도는 온실 속에도 있는 정원과 같은 곳이었다. 거기엔 진흙만 있는 것이 아니라, 성장하는 것들이 있었다. 그들은 돌과 쓰레기를 갈아 거름 주는 방법을 알아냈다. 그들은 인공 종자를 만들어냈고, 블루 라이트 발전기도 설치했다.

인간은 넉넉한 시간과 마음의 평화가 보장되는 상황에서는 대부분 똑똑했다.

항상 두려워하거나 분개하지 않아도 되는 세상이 제공되기만 한다면.

정원에는 하늘이 없었다. 돌이 있었다. 신선한 냄새와 바람도 없었다. 곰팡이와 습기가 있었으며, 동굴과 사람들의 호흡이 있었다. 마일로와 그의 첫 번째 제자들이 정원을 돌보았다.

이제 모두에게 할 일이 있었고, 그들의 일은 다음과 같았다. 마일로는 심고 수확하는 일을 했다. 고브는 기계류를 유지했다. 시그램은 무언가를 만들어냈다. 토머스는 뿌리고 물을 주고 돌멩이와 분변과 죽은 죄수들로 토양을 만들었다.

그리고 다른 이들도 있었다. 그들은 학교를 지었다. 또 어떤 이는 그림을 그리고 색칠하고 멋진 물건들을 만들었는데, 만든 것을 여기저기 걸어두어 벽을 근사해 보이게끔 꾸미는 것이 그들의 일이었다. 감옥처럼 보이지 않는다면, 어쩌면 감옥도 진정한 의미의 감옥이 아닐지 몰랐다.

그래, 바로 그거야, 마일로의 예전 자아들이 말했다. 그들의 목소리는 갈수록 의기양양해졌다.

가르침을 청하러 사람들이 마일로를 찾아갈 때면, 그들은 정원으로 가서 큰 원을 그리고 앉아, 옆 사람과 손을 맞잡았다. 그러면 마일로가 이미지와 감각의 물결을 불러일으키는 것으로 모임을 시작했고, 그 물결이 모든 사람을 관통해가면 그들은 눈을 떴고, 그러면 하얀 구름이 둥둥 떠 있는 푸른 하늘 아래 따뜻한 초록 잔디밭에 앉아 있는 자신들의 모습을 보았다. 사방에 꽃과 새 들이었다. 그 상황은 한동안 지속되었다.

그것, 그 상상 속의 정원이 바로 가르침이었다. 그것은 그들이 어디든 가져가고 기억하고 꿈꿀 수 있었다.

때때로 마일로는 밖으로 나가 그들과 함께 걸어 다녔다. 그들은 통로나 시내에서 그를 마주칠 때마다, 그가 마치 사후 세계에 속해 있거나 적어도 수경재배에 속한 어떤 대상이라도 된다는 듯이 입을 쩍 벌리고 바라봤다. 그가 지나갈 때도 폭도로 변하지 않았다. 그저 그의 리넨 정장을 만져보았고(이제 그들은 더 좋은 옷을 만들었다), 그가 빨간 로봇 눈을 돌려 바라보면 축복을 느꼈다. 그는 그들을 남자와 여자로 만들었다.

마일로는 늘 겸손했다. 적어도 겉으로 보기에는 그랬다. 그는 늘 짬을 내어 멈춰 서서 사람들과 이야기를 나누고 농담을 하고 인간답게 행동했다. 처음에는 마일로도 그들을 바라볼 때마다 한 무리의 어리석은 사기꾼을 바라보는 듯한 기분을 느끼지 않을 수 없었다. 그는 제발이지 아름답고 젊은 여자들이 범죄를 저질러 이곳으로 추방되어서 그의 신성한 정부가 되게 해달라고 신에게 간절히 기도했었다. 하지만 그도 다른 사람들과 마찬가지로 시간이 흐를수록 점점 더 성숙해지고 친절해졌다. 그리고 그들이 건축가와 디자이너와 예술가로 변모해가는 모습을 지켜보는 동안, 더는 그들이 저속하고 더럽고 멍청하다는 생각을 하지 않게 되었다.

이번에는 우리가 해낼 것 같아. 마일로는 자신의 고대 영혼들이 이야기하는 소리를 들은 것 같았다.

마일로는 그들이 하는 말의 의미를 알지 못했다. 그저 모든 것이 완벽하다는 사실을 마음속 깊은 곳에서 의식할 뿐이었다. 단지 세상만사가 자연스럽게 흘러가도록 내버려두었을 뿐인데, 뭔가 굉장한 것이 성취되었다.

"그대로 두어라." 그는 자신의 제자와 모든 백성에게 말했다.

"뭘 그대로 두라는 말씀인가요?" 그들이 물었다.

"완벽한 상태로."

"아, 알겠습니다." 모두가 대답했다.

때때로 그는 우주 잠수용 에어로크로 올라가 밖으로 나갔다. 무턱대고 행성 표면을 가로질러 자신을 날려보내는 게 아니었다. 그가 가장 즐겨했던 것은 옷을 벗고 100미터 길이의 밧줄 한쪽을 에어로크 내부의 기둥에 묶은 다음 반대편 밧줄 끝은 자신의 발목에 묶은 채 우주로 뛰어내려 잠시 동안 그대로 떠 있는 것이었다. 그럴 때면 마일로는 자신이 별들 속으로 사라져버리는 것 같았다.

어느 날부터인가 그는 매일 에어로크로 갔다. 정원을 가꾸거나 밖으로 나가 사람들에게 숭배받지 않을 때면 우주를 둥둥 떠다녔다. 그것이야말로 우주에서 가장 불가해하고 행복한 삶의 형태였다.

그날도 그는 우주로 나가 떠다니고 있었고, 그때 순양함 한 대가 다가오는 것을 보았다.

그는 로봇 눈의 확대 기능을 사용해 우주선의 추진 엔진이 불길을 뿜어내며 속도를 줄이는 모습을 지켜보았다.

꽤 오랜만이었다. 그는 순양함이 어떤 부류의 범죄자를 떨어트려 놓고 갈지 궁금했다. 누가 떨어지든 간에, 그들은 안에 들어서자마자 기분 좋게 놀랄 터였다. 마일로는 밧줄을 잡아당겨 해치로 다시 둥둥 떠가서 정원까지 신성한 걸음을 옮겨놓았다. 머지않아 제자들이 새로운 수감자가 도착했음을 알려주러 올 터였다.

정원으로 통하는 문이 열렸고, 정복을 입은 경찰 두 명이 안으로 걸어 들어왔다.

마일로는 그들이 토머스와 이야기하고, 토머스가 가지런히 심어 놓은 무와 상추와 옥수수를 가리키는 것을 보았다. 그들이 마일로가 있는 방향으로 걸어왔고, 그는 반쯤 걸어 나가서 호박들 가운데서서 그들을 맞이했다.

브릿저 행성의 법원 배지를 착용한 남자 하나와 여자 한 명이었다.

"당신이 마일로 해이 씨인가요?" 남자가 물었다.

"그런데요." 그가 대답했다.

자신의 평범한 이름을 듣는 게 너무도 이상하게 느껴졌다. 벌써 몇 달 동안이나 언퍼스의 수감자들은 그를 '그 마일로'라고 불렀다.

여자가 그를 보고 환하게 웃으며 말했다. "우린 당신을 고향으로 데려가려고 왔습니다."

그들은 앨리 셰퍼드가 이상하고 질 나쁜 행동을 너무도 많이 하게 되어 결국에는 가족들이 그녀를 병원에 입원시킬 수밖에 없었다는 사실을 마일로에게 설명하느라 진땀을 빼야 했다. 병원에서는 그녀가 옳고 그름을 구분하는 게 거의 불가능한 해리성 장애라는 매우 드문 질병의 희생자라고 진단 내렸다. 마침내 앨리의 가족이 그녀의 이상 행동에 관심을 기울이게 된 계기는 그녀가 공원에서 한 무리의 아이들을 모아 건설 현장으로 데려갔던 사건 때문이었다. 그날 그곳에서 한 아이가 불도저에 밀리는 사고를 당했지만, 다행히 타박상만 입고 도망칠 수 있었다.

보호관찰을 받는 동안, 앨리는 마일로 해이가 자신을 강간하지 않았음을 인정했다. 또한 현재 그가 교도소에 갇혀 있다는 사실을 매우 유감스럽게 생각하지만, 아마도 지금쯤은 죽지 않았겠냐고 말하면서 자신은 언제쯤 집에 갈 수 있는 거냐고 묻기도 했다.

그러나 마일로는 이런 사정에 관해서는 전혀 듣지 못했다. 정원 탁자들을 뛰어넘어 경찰에게서 도망치려 하고 있었기 때문이었다. 경찰이 전기 충격 채찍을 그의 머리로 휘둘러 의식을 잃게 하지만 않았다면, 마일로는 도주에 성공했을지도 몰랐다. 하지만 경찰이 쓰러져 있는 그 신성한 몸을 정원에서 끌어냈다.

전기 충격 채찍은 그의 제자들에게도 효과를 발휘했다. 심지어는 고브에게도.

마일로는 정원 밖 통로 어디쯤에서 겨우 정신을 차렸고, 대기실에 도착했을 때쯤에는 완전히 깨어 있었다. 그는 비명을 지르고 울고 물건을 움켜잡고, 손이 피범벅이 될 때까지 사방을 긁어댔지만,

결국 그들은 그를 해치로 끌고 나가 순양함에 태울 수 있었다. 쿵! 소리와 쉬-익! 소리와 강력한 엔진의 폭발과 함께, 그들은 초공간을 가로질러 그를 고향으로 데리고 갔다.

그의 부모님도 별 도움이 되지 않았다.

그들은 아들이 끔찍한 부당함의 희생자라는 사실을 알고 있었다. 하지만 이제는 집에 돌아왔으니, 모든 것을 우주와 그곳에 깃든 정신 나간 신의 탓으로 돌리고 그냥 다 용서해버리는 게 나으리라고 생각했다.

"나는 이런 걸 '무작위 가치 이동'이라고 한단다." 그의 아버지가 설명했다. "동물학 박사학위가 다섯 개나 있는 교수가 어떻게 정글에서 호랑이에게 잡아먹힐 수 있는지, 그 이유를 설명해주는 이론이지. 네게도 세상 별의별 일이 다 일어날 수 있어. 하지만 그때 네가 누구인지는 전혀 중요치 않아. 그게 바로 신학 속 우화의 주요 교리 중 하나야."

마일로는 그 말에 신경조차 쓰지 않았다. 신이야말로 신학 같은 것엔 쥐뿔도 관심이 없지 않은가.

그의 부모님은 왜 한때는 야심찼던 그들의 훌륭한 아들이 이제는 거실 창문 앞에서 혼잣말을 웅얼거리며 시간을 낭비하는지 이해하지 못했다. 왜 한밤중에 일어나 벌거벗은 채로 뒤뜰에 서 있는지도.

마일로는 거의 말을 하지 않았다. 거의 숨도 쉬지 않았다. 부모님이 그가 죽지 않았음을 100퍼센트 확신했던 유일한 때는, 아들을 병원에 데려가 그 신성한 눈을 제거했을 때였다. 그때 마일로는 죽기 살기로 비명을 질러댔다.

그의 예전 영혼들은 충격을 받았다. 전생의 모든 삶에서 얻은 기억들은 마일로가 언퍼스와 제자들에게서 멀리 떨어져 나와, 이 작고 한심한 장소에서 살아간다는 게 대체 어떤 의미일지 아직 이해하지 못했다. 이곳에서 마일로는 운전면허증을 따기에도 아직 너무 어린 꼬마였다.

마일로, 그의 예전 자아였던 고대의 영혼이 불렀다. 지금 상황을 이해하고 받아들여. 어려운 일도 아니야. 극복해야 해.

마일로는 예전 자아의 목소리를 무시했다. 그리고 그들을 정신적인 바다 밑바닥에 있는 작은 방 안에 가두어버리려고 애썼지만, 경찰의 전기 충격 채찍에 맞은 이후로는 그 행복한 두뇌 마법 중 어느 것도 효과가 없었다.

그것은 마치 자기 자신에게서 절단되는 것 같았다.

1년 후, 그는 노력하기 시작했다.

서른 살이 될 때까지 노력했다. 14년 동안, 그는 평범하고 일상적인 삶의 단조로움과 하찮음을 견뎌냈다. 그것은 마치 다리도 없이 마라톤 경주를 하려고 애쓰는 것 같았다.

그는 평균 C 학점으로 대학을 마쳤다.

마일로는 자신이 술을 마시면 그나마 사교적인 사람이 될 수 있음을 알게 되었다. 사람들과 방에 앉아 그들이 떠들어대는 소리를 참고 견딜 수 있었다. 그래서 그는 술을 마셨다.

그는 사람들의 집에 가서 물건 고치는 일을 했다. 복잡한 전기 장치나 원자력 장치 같은 것을 손봤다. 그나마 그 일이 그를 깨어 있게 할 만큼은 사로잡았고, 일하는 동안에는 다른 사람과 대화를 많이 나눌 필요도 없었다.

저녁에 집에 돌아오면, 마일로는 잠들 때까지 자기 피시나 벽에 설치된 장비로 쇼를 시청했다. 때때로 그는 마리화나를 사곤 했다. 이런 것들이 그의 영혼에 산소 호흡기가 되어주었다.

꽤나 자주, 그는 고향을 떠올리며 힘들어했던 언퍼스에서의 어떤 밤을 기억하곤 했다.

근사하지만, 아무 쓸모 없고 정신만 산만하게 하는 추억을 계속 간직하고 있어야 하는 걸까, 아니면 다 털어버려야 하는 걸까? 그는 지금도 같은 문제에 직면해 있었다. 그는 자신에게 인간다워지라고, 산만하고 불완전해지라고 상기시켰다.

그는 뭔가를 성취하기로 되어 있었다, 아니던가? 죄수들의 마음과 영혼을 구하는 것은 말할 것도 없었다. 그가 되려고 했던 그 시인, 바이런 경은 대체 어떻게 된 것일까? 아니면, 계속 공부를 했더라면 지금쯤 되어 있을지도 모를 그 교수는 어떻게 된 것일까?

그는 칙칙한 회색 안락의자에 큰 대자로 누워 있었다. 군대가 나폴레옹을 위해 싸우지 않았다면, 나폴레옹의 모습도 이렇게 되었을지 몰랐다.

마일로는 머리에 손을 얹고 신경화학 물질을 이리저리 움직여

보려 애썼지만, 그것은 마치 빈 신발 상자를 뒤지는 것 같았다.

　마일로가 서른 살이 되었을 때, 어느 날 앨리 셰퍼드가 그를 찾아왔다.

　앨리는 괜찮았다. 그녀는 극문학과 부교수였다. 대뇌에 아주 미세한 위상파 자극을 가하는 것으로 그녀의 미친 짓과 이상하고 부적절한 행동이 멈추었기 때문이었다.

　단 한 가지 사실만 제외하면 그녀는 행복했다. 오래전에 마일로와의 사이에서 있었던 일이 그녀를 괴롭게 했다.

　그녀가 아파트 문을 두드렸다. 평소 같으면 문을 두드려도 아무 소용이 없었을 터였다. 마일로는 생전 문을 열어주지도 않았고, 피시에도 응답하지 않았다. 하지만 그날은 마침 식료품 가방을 들고 층계를 올라가던 중이었다. 가방 안에는 마약이 들어 있는, 뚜껑 달린 50온스(567그램)짜리 용기도 들어 있었다. 그는 그녀를 보고 층계 맨 위에서 멈춰 섰다.

　"앨리." 그가 말했다.

　(마일로, 상황을 바로잡아……. 그가 오랫동안 무시해온 그의 예전 자아가 졸린 목소리로 말했다.)

　"마일로, 좋아 보이네."

　물론 그가 이런 상황이 찾아오리라 예상하고 미리 대처하지 않았다고 한다면 그건 거짓말일 터였다. 아마도 이것이 사소하고 지루한 일이 아니기 때문이었을 것이다. 이건 정말 큰일이었다.

　그는 앨리를 안으로 초대하고 함께 먹을 저녁을 준비했으며, 둘

다 마약에 취했다. 그녀가 평소의 냉정함을 잃고 눈물을 흘리며 몇 마디 하찮은 말로 사과하면서 그가 겪은 모든 외상을 만회하려 노력했을 때, 그는 앨리를 안고 사과를 받아주었다.

"앨리, 걱정할 필요 없어." 그가 말했다. "넌 아팠잖아. 그리고 이제 그걸 바로잡았어. 게다가 적어도 난 그곳에서의 삶을 즐겼어."

앨리는 훨씬 나아진 기분으로 집에 돌아갔다.


다음 날, 역시 기분이 나아진 상태에서, 마일로는 궤도를 도는 리조트로 가는 표를 샀다. 그곳에서 자판기 음식으로 점심을 먹은 후, 기계실 층에 있는 에어로크까지 용케 숨어 들어갔다. 감시하는 사람도 없었고, 금방은 누가 올 것 같지도 않았다.

코드를 풀어서 스위치를 작동시키는 것은 그에게 별문제도 아니었다. 마일로는 해치를 열고, 체육관용 운동화와 바지, 그리고 가벼운 재킷 차림으로 에어로크로 들어갔다.

안 돼, 마일로, 그의 슬픈 영혼이 항의했다. 댄스파티와 공짜 맥주가 기다리는 생일파티 장소로 가다가 그곳에 도착하기도 전에 열차에 치여 세상을 떠나야 했던 영혼의 목소리였다.

조금의 망설임도 없이 그는 에어로크로 들어가는 비상용 빗장을 열었고, 즉각적인 감압이 그를 우주로 날려 보냈다.

이번에는 태양 빛과 방사능이 있었기에 너무도 고통스러웠다. 우주와 황혼의 바다 사이를 둥둥 떠다니면서, 그는 한쪽은 구워지고 반대쪽은 얼어버렸다. 안으로는 튀겨지고 구워지고 암흑이 되었다.

그는 마지막으로 뭔가 신성한 것을 생각하려 애써봤지만, 죽어가는 뇌는 뭔가를 담아두기에는 너무도 미끄러웠다.

그는 다모클레스 협회 형제들이 아직도 그 망할 거위를 가지고 있는지 궁금하다고 생각했다.

# 15

# 코끼리 들어 올리기와
# 물 저글링하기

마일로는 천천히 흐르는 맑은 강물 옆 모래사장에서 깨어났다.

새하얀 하늘에는 작고 맹렬하게 타는 화석화된 오래된 태양이 떠 있었다. 빛바래고 뼈만 남은 태양.

늘 그래왔듯이 8천 년의 추억이 되살아났다. 그는 언제나처럼 그 추억을 환영해주었고, 자신의 더 커진 자존감도 반갑게 맞이했다.

특이한 것은 그의 내면과 영혼에서 느껴지는 잿빛 우울감이었다. 그는 이것이 자살에서 남은 흔적임을 알아차렸다. 스스로의 삶을 끝내는 데는 어느 정도의 공허함이 필요했고, 그 공허함이 이승과 저승 사이에서도 사라져버리지 않은 탓이었다.

"천천히 해." 누군가 말했다.

삐쩍 말라 각이 진 얼굴에 눈은 부드럽게 빛나는 창백한 남자 하나가 마일로 발치의 모래밭에 웅크리고 앉아 있었다. 긴 검은 머리가 마치 장막처럼, 또는 날개처럼 그를 감싸고 있었다.

죽음. 어쨌든 그들 중 하나였다. 수지가 아니었다.

"내가 어디 있는 거지?" 마일로가 물었다.

죽음이 대답했다. "있어야 할 곳에 있는 거지." 그리고 먼지와 뜨거운 바람의 폭발과 함께 사라졌다.

개자식.

바다와 같이 거대한 슬픔이 마일로를 덮쳐왔다.

수지. 그는 추억을 떠올리며 한동안 마비된 채 앉아 있었다.

그리고 생각을 떨쳐버리고 기운을 내기 위해 최선을 다했다. 지금껏 거의 50만 번쯤 되는 월요일 아침마다 억지로 침대에서 일어나야 했었기에 어떻게 해야 하는지는 잘 알고 있었다.

좋아, 일단, 다시 한 번, 내가 어디 있는 거지?

사후 세계는 시간과 마찬가지로 무한했지만, 마일로는 자신이 그 경계선 밖으로 내던져졌다는 확실한 느낌을 받았다. 예를 들어, 만약 그가 보통은 보스턴에서 깨어났다면, 이번에 그가 깨어난 곳은 달 위였다.

적어도 옷차림은 그에 어울리게 하고 있었다. 그는 자신이 사막 여행자 복장을 하고 있음을 알아차렸다.

마일로는 전생에 베두인 유목민이었던 적이 한 번 있었기에 대낮의 열기 속에 여행하는 것이 얼마나 어리석은 짓인지 잘 알았다. 그래서 그는 일종의 텐트 역할을 하게끔 옷을 머리 위로 끌어당겨 덮고 한동안 눈을 감았다.


그는 별빛에 씻긴 하늘 아래 덜덜 떨면서 깨어나 한밤중에 강을 따라 걸어갔다.

동이 튼 직후, 기온이 점점 올라가기 시작했을 때, 그는 강의 수원에 도달했다. 푸른 잡초와 야자수 한 그루가 서 있는 작은 오아시스였다. 이 생명의 물웅덩이 너머로, 사막이 마치 바람에 날려온 토르티야(타코를 만드는 데 사용하는 얇게 펴서 구운 빵 — 옮긴이)처럼 뻗어 있었다.

계속 되짚어 올라가는 것이 최선일까, 마일로는 궁금했다. 이 작은 웅덩이가 더 큰 물줄기로 이어지고 결국에는 사람들에게 도달하기를 바라면서? 어쩌면 그는 그냥 여기 머물면서 공식 물웅덩이 은둔자가 될 수 있을지도 모른다.

그런 생각을 하며 서 있을 때, 누군가가 "안녕하세요!"라고 소리질렀다.

가까운 능선 위에서 누군가 말 등에 올라탄 채 낙타 한 마리를 몰고 다가오는 중이었다.

마일로가 손을 흔들었다. 말 탄 이도 손을 흔들더니 말의 옆구리를 차서 언덕을 내려왔다.

마일로는 다가오는 남자를 찬찬히 살펴봤다. 위풍당당한 턱수염을 기르고 생기 넘치는 자신감을 풍기는 남자였다.

"도움이 필요하신 것 같은데, 맞나요?" 남자가 마일로에게 물었다.

"어찌할지 몰라 망설이던 중입니다." 마일로가 대답했다. "그건 맞아요."

"걸어서 가는 건 너무 느릴 겁니다." 수염 난 남자가 예측했다. "제 말동무가 돼주시면, 낙타를 빌려드리죠."

마일로는 고개 숙여 인사했다. "고맙습니다." 그러고 나서 손을 내밀며 말했다. "마일로라고 합니다."

여행자가 손을 잡고 악수를 했다. "아크람이라고 합니다."

아크람은 낙타에서 캠핑 장비를 내리기 시작했다. 마일로는 도움이 되기 위해 말을 물가로 데리고 갔다.

아크람이 던져놓은 텐트에는 은색 글씨로 '비범한 아크람'이라는 광고 문구가 적혀 있었다.

"뭐가 비범한데요?" 마일로가 물었다. 천문학자인가? 들개 포획자? 수염 기르는 사람?

"난 저글러예요." 아크람이 설명했다. 그가 텐트 말뚝 몇 개를 공중으로 던지더니 그것들을 느리게 회전시키다가 제자리에 정확히 박아 넣었다.

"왜 '비범함'인가요?" 마일로가 물었다. "'위대함'은 안 돼요? '경이로움'은요?"

아크람이 시선을 내리고 말했다. "겸손함을 드러내는 거죠."


저글러는 꽤 친절한 사람이었다. 그가 자신의 텐트에 마일로의 자리를 내어주었고, 두 사람은 한낮의 더위 속에 잠을 청했다. 마일로는 수지의 꿈을 꾸었다.

어둠 속에서 그녀의 목소리가 들렸다. 멀리서 들려왔다.

"마일로!" 그녀가 희미하게 부르는 소리가 들렸다. 이게 무슨 징조인가? 그녀가 아직 그 세계에 있는 걸까? 사후 세계에? 어스름 녘에 아크람이 그를 흔들어 깨웠다.

"마일로!"

"수지?" 그가 목멘 소리로 불렀다.

"음, 아닌데요."

그 후 한 시간 동안 두 사람은 텐트를 걷고 낙타에 짐을 싣고 불을 피워 신선한 커피를 끓여 마셨다. 그리고 마일로는 아크람의 낙타에 올라탔다.

그 짐승은 그를 물려고 했다. 그리고 약간은 성공하기도 했다.

마일로는 어깨를 으쓱해 털어버렸다. 낯선 사람이 등 위에 기어올라탔는데, 그러면 기분이 좋겠는가. 어쨌든 낙타와 마일로는 서로를 알아가게 될 테고, 그러면 둘의 관계도 차츰 나아지게 될 터였다.

후에 낙타는 계속해서 길을 벗어났고, 마일로가 소리를 지르고 고삐를 흔들어대도 말을 듣지 않았다. 아크람이 그들을 뒤따라와서 낙타를 다시 끌어가야 했다. 하지만 잠시 후에는 당연하게도, 또 멋대로 길을 벗어나 버렸다.

매번 낙타의 방향을 바꿔 끌어갈 때마다, 아크람은 **"앗살람 알라이쿰"**이라고 중얼거렸다.

"**'앗살람 알라이쿰'**은 '신의 가호가 깃들기를,' 그런 뜻 아닌가요?" 마일로가 물었다.

"맞아요."

"그렇지만 왜죠? 이 훌륭한 낙타가 계속 길을 벗어나서 끌어오고, 또 끌어오고, 수도 없이 끌어와야……."

"저주를 퍼붓는 것보다는 낫잖아요. 저주는 영혼을 어둡게 하거든요. 녀석이 너무 말썽을 부려서 죄송해요."

마일로는 베두인족이었을 때 자신이 어떻게 미덕을 갖추고 감사함을 표했는지 떠올려봤다.

"사탄은 좋은 낙타예요." 그가 아크람에게 말했다. "그저 고집이 좀 셀 뿐이죠. 아직 어린가요?"

"맞아요."

"그렇다면 제가 장담컨대 앞으로 점차 원숙해져서 오랫동안 당신에게 봉사하게 될 겁니다."

"그렇게까지 사탄의 진가를 인정해주신다면……." 아크람이 말했다. "녀석은 이제 당신 것입니다. 기꺼이 선물로 드리겠습니다."

오, 젠장, 안 돼!

하지만 선물을 거절하는 것은 무례한 일이었다.

**"앗살람 알라이쿰."** 마일로가 고개를 숙여 인사하며 말했다.

아크람의 말이 모래 위에서 거의 춤이라도 추듯이 자랑스럽게 고개를 흔들었다.

"정말 멋진 말이군요." 마일로가 말했다.

아크람은 대답하지 않았다.

별이 총총한 기나긴 밤이었다.

뜨거운 바람이 불어대는 무더운 하루가 그 뒤를 따랐고, 그들은 텐트에서 졸며 시간을 보냈다. 그리고 다시 별이 빛나는 밤이 찾아왔다. 그러고 나서 둘째 날 밤에 어두워진 지 한 시간 후, 지평선 너머에 불빛이 나타났다. 그들 주변으로 부드러운 잔디와 야자나무가 서서히 모습을 드러내기 시작했고, 마침내 그들은 거대한 오아시스 외곽에 도착했다.

음식과 향과 동물과 장작 태우는 냄새가 났다.

사탄은 그 순간을 망치려고 최선을 다했다. 계속해서 끈적끈적한 콧물과 침과 구토물을 질질 흘려대서 마치 달팽이가 지나간 듯한 자국을 남겨놓았다. 그들이 지나가는 동안 사람들이 인상을 찌푸렸다.

마일로는 좋은 점에만 집중했다.

이곳에 한동안 머물러도 될 것 같은데, 그는 생각했다. 아니, 좀 길게 머물러도 되겠어.

그것은 굉장히 행복한 생각처럼 느껴졌다. 하지만 그 밑바탕에는 자신은 그 어디에도 있을 이유가 없다는 인식이 자리 잡고 있었다.


그날 밤 그들은 마을에 머무르며 치킨 두 마리와 약간의 맥주로 저녁을 먹었다. 그러고 나서 말과 낙타를 타고 사막으로 다시 돌아가 다른 유목민들이 일시적으로 마을을 이루고 있는 곳으로 가서 그 한가운데에 텐트를 쳤다.

다음 날, 마일로는 아크람의 비범한 마술 공연에 공연 일원으로 참가했다.

상황은 이러했다.

아크람이 한낮에 그를 깨우더니 말했다. "나와 함께 마을에 가고 싶을지도 모를 것 같아서 깨웠어요. 난 거기서 아침을 먹고 공연을 할까 해요."

"물론이죠." 마일로가 어깨를 으쓱하며 말했다.

그들은 텐트와 동물들을 뒤에 남겨두고 오아시스의 중심부로 길을 떠났다.

마일로는 아크람이 저글링을 할 재료를 아무것도 가져오지 않았다는 사실을 지적했다.

그 말에 아크람이 대꾸했다. "얼마나 신기해요!" 그러고는 아무 말도 하지 않았다.

시장 거리를 걸어가는 동안, 마일로는 이미 자리를 펴고 재주를 선보이는 재간꾼이 넘쳐난다는 사실을 알아차렸다. 어디를 바라보든, 공간이 있는 곳이라면, 여행객이 멈춰 서서 구경하고 모자에 동전을 던져 넣을 수 있도록 다양한 종류의 공연이 펼쳐지고 있었다.

저글러도 이미 여럿이 나와 있었다. 몇몇은 실력이 꽤 좋았다. 뱀을 부리는 사람, 행상인, 음악가도 있었다. 초상화를 그려주는 사람도 있었고, 운세를 점쳐주는 사람도 있었으며, 얼굴에 그림을 그려주는 사람도, 몸에 그림을 그려주는 사람도 있었다.

모든 오락거리가 재능에 기반을 둔 것은 아니었다. 그중 일부는 마법처럼 느껴질 만큼 신기하기도 했는데, 자신의 몸을 매우 복잡한 매듭으로 결박해놓은 남자도 그중 하나였다. 관객은 1달러만 내면 그 결박을 풀어볼 수 있었다. 마일로도 시도해봤지만, 실패했다. 동물과 대화를 나눌 수 있는 여자도 있었고, 캔버스 커튼 뒤에 은밀히 몸을 숨기고 앉아서 5달러만 내면 금목걸이 하나를 배설해주는 남자도 있었다. 전부 다 신기하고 재미있었지만, 그들을 바라보는 마일로의 마음은 편치 않았다. 이 사람들은 한동안 사후 세계를 떠돌았으며, 당분간은 다시 태어날 계획이 없는 사람들이었다. 어떤 기구한 사연이 있는지는 몰라도, 그들은 자신들을 벼랑 끝으로 몰아가고 있었다.

익명성? 무관심?

"얼마나 오래됐나요?" 마일로가 아크람에게 물었다. "이승을 떠나온 지가?"

"5년 됐어요." 저글러가 대답했다. "더 됐을지도 모르겠네요."

그들은 잠시 멈춰서 부리토와 함께 커피를 마셨다.

"얼마나 더 있다가 돌아갈 생각이에요?" 마일로가 말을 이었다.

아크람이 한숨을 쉬며 부리토를 씹어 먹었다.

"오봉과 글리라는 두 여성이 있어요. 내 상담을 맡은 우주의 여인들이에요. 다들 두 명씩 있잖아요, 그렇죠? 어느 날 그들이 모래폭풍을 타고 들이닥쳐서는 나더러 세무사로 지구에 돌아가야 한다고 하더군요. 나는 생각해보겠다고 했어요. 그리고 한동안 생각해봤죠. 바로 직전 삶에서 나는 7년 동안 식물인간이었어요. 미안하지만, 마일로, 이승이 내겐 더는 흥미롭지가 않아요."

마일로가 다른 질문을 하기 시작했지만, 아크람이 그의 말을 막았다.

"내 짐작에 그들은 내가 영원히 돌아다니도록 그냥 내버려두지 않을 거예요. 난 그걸 알아요. 결국 나는 그 귀중한 균형 같은 건 다 던져버리고, 판매 여사원이나 노새나 커피콩 같은 게 되어야 할 테고, 그럼 난 정말 슬프겠죠. 자, 이제 더는 질문 같은 거 하지 말아요. 평화를 누리자고요."

그들은 마일로가 묵을 텐트를 하나 장만했다.

"텐트를 함께 쓰는 게 싫어서 그러는 게 아니에요." 아크람이 말했다. "가끔 저녁에 손님을 초대할 일이 있을지도 몰라서, 만약 그렇게 되면……."

"무슨 말인지 알아요." 마일로가 말했다.

그렇게 해서 그는 한 짐이나 되는 캔버스 천과 텐트 막대를 한쪽 어깨에 짊어지고 균형을 잡으며 시장 골목을 걸어 내려가게 되었다. 그 때문에 마일로는 한쪽 편을 바라볼 수 없었다. 그는 아크람이 따라오고 있는지 확인하기 위해 돌아섰다.

그는 없었다.

"아크람?" 마일로가 소리쳤다.

주변에 인파가 서성이고 있었지만, 아무 대답도 들려오지 않았다.

그때 뭔가가 그의 시선을 끌었다. 몇 발짝 떨어진 군중들 사이에서, 반짝이는 뭔가가 공중에 떠서 태양 빛을 받아 번쩍였다. 그것은 기름을 태우는 놋쇠 램프였다. 램프가 다시 아래로 내려갔다.

잠시 후 그것이 다시 공중으로 떠올랐고, 그 뒤로 목제 사발이 올라갔다.

마침내 램프가 세 번째로 올라갔고, 그다음에는 사발, 바구니,

누군가의 모자, 플라스틱 분무기 같은 것이 계속 따라 올라갔다. 그러자 사람들이 둥글게 퍼져 나갔다. 물건을 공중에 띄우는 신기한 현상을 일으키는 데르비쉬(극도의 금욕생활을 하는 이슬람교의 탁발 수도승으로 예배 중에 격렬하게 춤추거나 노래 부르는 등의 의식을 행한다─옮긴이)가 대체 누구든, 그에게 공간을 열어주려 함이었다. 그리고 당연하게도 그 데르비쉬는 바로 아크람이었다.

아크람이 주인의 허락을 받거나 정황을 설명하지도 않고, 어느 노점상의 물건을 잔뜩 집어 들어서는 공중으로 던지기 시작했다는 사실은 딱히 천재가 아니어도 알 수 있었다. 가게 주인은 그의 앞에 서서 노발대발 성질을 부려대고 있었다.

"선량한 이들이여……." 아크람이 군중을 향해 말했다. "이제 여러분은 공중 마술 시범을 보게 될 겁니다! 제가 진심으로 간청하건대, 지금 이 공연이 끝나고 나면, 여기 있는 이 훌륭한 신사분, 저기, 성함이 어떻게 되시나요? 빌? 빌의 노점을 방문해주시기 바랍니다. 빌이 파는 물건들은 공기 역학적일 뿐 아니라, 질은 최고이면서 가격은 저렴합니다."

화가 누그러진 노점 주인 빌이 뒤로 물러났다. 마일로도 텐트를 놓아둔 곳으로 돌아갔다.

"자, 이제 누가 제게 저글링할 물건을 던져주시겠습니까?" 아크람이 손가락 관절을 소리 내어 꺾으며 말했다.

누군가 아크람에게 샌들 한 켤레와 밀짚모자 하나를 던져주었다. 그러자 아크람이 그것들을 느리게 공중으로 던지기 시작했다.

"좀 재미있는 것 좀 던져보세요." 그가 군중들에게 도전했다.

"좋소이다!" 누군가 소리를 지르고는 뭔가를 던져주었다. 그런데 무엇을? 뭔가 물음표처럼 생긴 기다란 것이 스스로 움직이면서 공중으로 올라갔다.

"이런, 맙소사!" 마일로는 물론이고 모여선 사람 모두가 소리 질렀다.

뱀이었다!

아크람도 비명을 질렀지만, 동시에 그것을 받아 들더니 돌리기 시작했다. 모자가 올라가고 신발이 올라가고, 그리고 뱀이 올라갔다. 뱀이 몸을 비틀고 쉭쉭거리며 이빨을 드러내어 물려 했지만, 아크람은 관객을 향해 윙크하더니 크게 웃음을 터트렸다.

관객이 환호하며 박수갈채를 보냈다. 그가 신발과 모자를 주인에게 돌려주었다. 그러나 뱀은 자신의 팔을 타고 아래로 내려가게 했고, 그것이 군중들 속으로 들어갔다. 잠시 사람들이 이리저리 펄쩍거리며 뛰어올랐지만, 대부분은 다음에 무슨 일이 일어날지 지켜보기 위해 그대로 남아 있었다.

그리고 남아 있었다는 사실에 만족했다.

아크람은 그로부터 30분 동안 공연을 더 이어갔다. 관객은 그에게 칼과 벽돌, 뜨거운 석탄이나 의자 등을 던져주었다.

관객이 그에게 골프공 한 자루 분량을 한꺼번에 던져주었을 때도 아크람은 전혀 동요하지 않았다. 아니, 완벽하게 편안해 보였다. 공중에서 공을 낚아채는 그의 손이 어찌나 빠르던지, 골프공과 그의 손이 거의 구름처럼 합쳐져 보이기까지 했다. 그가 완벽한 것은 아니었다. 한두 번은 공을 떨어트리기도 했지만, 즉시 샌들 신은 발

끝으로 가볍게 쳐올려서 다시 돌리기 시작했고, 시종일관 웃음을 잃지 않았다.

그의 유일한 실패는 누군가 그에게 물 한 양동이를 던져주었을 때였다. 물이 들어 있는 물통을 던져주었다는 게 아니라, 그냥 물을 끼얹어주었다. 아크람은 온몸에 물이 뚝뚝 듣는 가운데도 전혀 놀란 기색 없이 가만히 서 있었다. 그가 텅 빈 양동이를 들고 있는 여자에게 고개 숙여 인사했다.

"축하드립니다, 부인." 그가 말했다. "부인이 제가 절대로 저글링할 수 없는 유일한 물건을 던져주셨습니다."

군중이 박수를 보냈다. 아크람은 세 명의 예쁜 여자아이를 저글링하는 것으로 공연을 마감했고, 그날의 공연 수입을 거둔 후 마일로를 향해 손을 흔들었다.

"우리는 부자예요!" 그가 말했다. "당분간은요. 오늘 밤에는 구운 치즈와 맥주로 저녁을 먹자고요."

마을을 떠나 유목민 촌으로 걸어가는 동안, 아크람은 친절하게도 마일로의 텐트를 한동안 대신 짊어지고 걸어가 주었다.

"대체 얼마나 힘이 센 겁니까?" 마일로가 세 명의 예쁜 여자아이를 떠올리며 물었다.

아크람이 어깨를 으쓱해 보였다. "다 손목 힘에 달려 있어요." 그가 말했다.


나중에 배불리 먹고 마신 후 두 사람은 마일로의 텐트를 설치하기 시작했고, 한참 애를 쓰던 중에 마일로가 불쑥 말했다. "나도 당신과 함께 일하고 싶어요."

아크람이 딸꾹질을 하며 말했다. "난 혼자 일해요."

그들은 텐트의 한쪽 부분이 쓰러지지 않고 서 있게 하는 데 성공했지만, 반대쪽은 쓰러지고 말았다.

"당신에게 신의 가호가 깃들기를." 마일로가 저주를 퍼붓는 대신 말했다. "좋아요, 그렇지만 들어봐요. 만약 파트너가 있다면, 물건을 서로에게 던져주면서 저글링할 수도 있잖아요. 그리고 그냥 가만히 서서 미소만 짓는 대신에 둘이 함께 대화도 나누고 서로 격려해줄 수도 있어요."

"다시 말하지만, 거절할게요." 아크람이 말했다. "난 책을 쓰거나 말 농장을 살 생각을 하고 있어요."

텐트 전체가 또다시 주저앉아버렸다.

"텐트는 됐어요." 마일로가 말했다. "그냥 아주 비싼 침낭 정도로 생각하고 안에 들어가서 자면 되니까요."

그리고 나서 마일로는 동물들을 몰고 연못으로 물을 먹이러 갔다.


낙타와 말은 물을 마셨고, 마일로는 물에 발을 담그고 앉아 돌멩이 세 개를 저글링하려 애썼다. 그가 할 수 있는 최선은 세 개 중에 두 개를 공중에 띄우는 것이었다. 세 번째 돌은 어김없이 바닥에 떨어지거나 풍덩 소리를 내며 물속으로 빠져버렸다.

"그것도 다 비법이 있어요." 뒤에서 목소리가 들려왔다.

고개를 돌리자 아크람이 서 있었다. 그는 콩주머니를 공중에서 돌리는 중이었다.

"내가 5분 만에 저글링하는 법을 당신에게 가르쳐줄 수 있어요."
아크람이 말했다. "아주 쉬워요. 일어나 봐요."

마일로는 일어섰다. 아크람이 그에게 콩주머니 두 개를 던져주었다. "왼손에 쥐고 있는 주머니 하나를 오른쪽 손으로 던지면 한 손에 두 개의 주머니를 들고 있게 될 거예요."

마일로는 주머니를 던졌다. 쉬웠다.

"자, 이제 다시 한 번 해볼 건데, 이번에는 오른손에 있는 첫 번째 주머니가 공중에 떴을 때, 왼손에 있는 두 번째 주머니를 공중으로 던지고, 그걸 왼손으로 잡는 거예요."

아크람이 가르쳐준 방식을 제대로 해내기까지 마일로는 주머니를 두어 번 땅에 떨어트렸지만, 어쨌든 결국에는 해냈다.

"그게 바로 비법이에요. 아크람이 어깨를 으쓱하며 말했다. 던지고, 교차시키고, 반복하고."

마일로가 세 개를 모두 위로 던져 공중에서 회전시킬 수 있기까지는 몇 분밖에 걸리지 않았다.

"우와!" 마일로가 말했다. "고마워요!"

"그래서 이제 우리가 할 일은 다음과 같아요." 아크람이 말했다. "내가 저글링하는 비법을 알려줬으니까, 세 개 이상 돌리는 방법을 알아내고 못 하고는 당신에게 달린 겁니다. 일곱 개의 물건을 공중에 띄울 수 있게 되면, 그때는 내가 어떻게 하면 자기 얼굴을 찌르지 않고 칼을 저글링할 수 있는지 그 비법을 알려줄게요."

"고마워요." 마일로가 말했다. "정말 너그럽네요. 왜 마음을 바꾼 겁니까?"

"마음은 축복이자 신비로움이죠." 아크람이 연못을 떠나가며 말했다.

마일로는 다시 목표를 갖게 되었다.

그는 위대한 스승 밑에서 공부하는 보잘것없는 학생이었다. 마법사의 제자였다. 물론 그것은 그가 이미 알고 있는 역할이었다. 수천 번의 삶에서 그는 쿵후도 배웠고, 비행기 조종법도 배웠다. 포커 챔피언, 당구장 사기꾼, 프리마 발레리나였던 적도 있었다. 그는 마술처럼 보일 때까지 무언가를 어떻게 배우고 훈련하는지 잘 알았다.

쉽지는 않았다. 그것이 가치 있는 무언가를 배울 때 마주치는 첫 번째 관문이었다. 인내심을 가져야 했다. 무언가를 천 번 시도하면 대개는 성공할 수 있고, 백만 번 연습하면 아주 잘할 수 있다는 사실을 반드시 알고 있어야 했다. 그 외에도 이런저런 것들이 있었다. 어쨌든 뭔가를 연마해 대가가 된다는 것은 마법처럼 한 번에 되는 게 아니라 엄청난 노력이 담보되어야 했다.

부처가 말했듯이, 나무도 하고 물도 길어야 했다.

그래서 마일로는 열심히 했다. 그는 동물들에게 먹이를 주고 물을 마시게 해주었다. 아크람을 지켜보았다. 그리고 연습했다. 이것이 그의 삶이 되었다.

물론 그렇게 열심히 일하고 힘들게 연습하려면 반드시 **이유가** 있어야만 했고, 마일로에게는 그 이유가 있었다. 그는 아크람이 군중 앞에서 하는 것을 자신도 할 수 있기를 매우 간절히 바랐다. 그뿐만 아니라, 그는 아크람이 칼이나 신발, 혹은 새끼 고양이를 공중에 띄워 돌리면서 느끼는 그 낯선 평화로움을 자신도 느끼고 싶었다. 그럴 때면 아크람은 마치 그곳에 없는 것 같았다. 거의.

때때로 그는 자신이 수지의 꿈 대신 저글링하는 꿈을 꾸고 있음을 깨달았다. 가끔씩.

"수지가 누구예요?" 어느 날 아침, 그들이 시장에서 도넛을 먹고 있을 때 아크람이 물었다.

"왜요?"

"당신이 밤에 그 이름을 부르던데요."

마일로는 그 얘기를 하고 싶지 않았다. 아니, 생각도 꿈도 꾸고 싶지 않았다. 그는 남은 도넛을 전부 입 안에 욱여넣고 태양을 노려봤다.

"말하고 싶지 않으면 안 해도 돼요." 스승이 말했다. "누군가 중요한 사람이 분명한 것 같네요. 자, 이제 좀 쉬어요."


세 가지 이상의 물건은 어떻게 돌리는 것일까?

마일로는 아크람을 주시했다. 그리고 연습했다. 팔을 돌리고 손을 풀었다. 손가락 사이로 구슬 굴리는 법도 익혔다. 모래밭에서 팔 굽혀 펴기도 했다.

그가 팔 굽혀 펴기를 할 때면 사탄은 그를 물고 등을 밟는 것을 좋아했다. 그는 사탄을 피하는 법도 익혔다.

마침내 깨달음의 순간이 왔을 때, 그것은 그가 예상하던 것과는 달랐다. 오전 내내 콩주머니를 저글링하고 새로운 교차 방식을 연구하던 중에 마일로는 갑자기 깨달았다.

물어보자.

그래서 마일로는 시장으로 가서, 키가 크고 눈동자가 검은 저글러가 공연을 마쳤을 때, 그에게 말했다. "세 가지 이상을 공중으로 던져 저글링하는 법을 알려주면 내가 50달러를 드리리다."

그러자 까만 눈의 저글러가 말했다. "높게 던져요."

"그리고 빠르게 던지고, 맞죠?"

"아니요, 그냥 높게만." 그러고는 남자가 돈을 가지고 갈 길을 갔다.

아하!


마일로는 한 달을 혼자 연습한 후에 아크람을 찾아가 말했다.

"이것 좀 봐요."

"지금은 안 돼요." 아크람은 한 뭉치의 종이와 펜을 들고 뭔가를 바쁘게 적고 있었다. "내가 책을 쓰게 될지도 모른다고 했었잖아요. 음, 지금 바로 그걸 하고 있거든요. 내 삶의 이야기이자, 저글링에 관한 가르침이기도 해요."

마일로가 허공으로 콩주머니 다섯 개를 던졌다. 이것이 아크람을 크게 감동시킨 것 같지는 않았지만, 어쨌든 그가 쓰던 것을 멈추고 바라봤다.

마일로는 여섯 번째 주머니를 추가했다. 그런 다음 일곱 번째. 주머니가 더 높이 올라가 초승달을 그리며 돌고 있었다.

"이보다 더 형편없는 걸 본 적도 있어요." 아크람이 말했다. "물론, 벌써 **한 달**이나 지났으니……."

마일로는 콩주머니를 더 추가했다. 주머니에 손을 넣어 하나를 더 꺼내고, 두 개 더, 한 개 더. 그렇게 한 손은 새로운 주머니를 꺼내느라 바쁘게 움직이는 동안, 다른 손은 계속해서 나머지 주머니들을 떨어트리지 않고 돌렸다.

아크람의 입이 벌어졌다. 그가 펜을 내려놓았다.

마일로는 콩주머니를 하나씩 차례대로 잡아서 옷 속에 다시 집어넣었다.

"괜찮았어요?"

"괜찮다마다요!" 스승이 아이처럼 눈을 커다랗게 뜨고 말했다.

"책에는 무슨 얘기를 적고 있었어요?" 마일로가 물었다. "제목은 뭐라고 할 거예요?"

《마일로와 비범한 아크람이 파트너로 함께 일하기 시작한 날》이에요."

마일로가 고개 숙여 감사의 마음을 표했다.

"신의 가호가 깃들기를." 아크람이 말했다.

"이하 동문." 마일로가 대꾸했다.


그들은 물건을 주거니 받거니 하며 함께 공연 연습을 했다. 그리고 마침내 아크람은 따로 시간을 내서 마일로를 가르치기 시작했다.

"비밀이 하나 있어요." 그들이 일곱 개의 콩주머니를 서로 주거니 받거니 던지던 중에 아크람이 말했다. "관객들이 공연 중에 던져주는 것을 뭐든 가리지 않고 저글링할 수 있는 비법이죠."

"그날 뱀을 저글링한 것처럼요?"

"바로 그거예요."

"비밀이 뭔데요?"

"공중에서 물체는 세 개의 축, 다시 말해, 세 개의 다른 방향으로 회전하는 경향이 있어요. 그럴 때 당신은 물건을 단단히 잡고 계속 위아래로 던지기만 해야 해요."

그리고 이 시점이 바로 마일로의 훈련이 복잡하고 기술적인 방향으로 나아가기 시작한 순간이었다. 그의 하루하루는 과학과 반복의 몽타주가 되어갔다. 이걸 던지고, 저걸 던지고. 물체가 공중에서 어떻게 움직이는지 배우고. 그중 일부는 마일로가 이미 알고 있던 것이었다. 전생에서 그는 여러 차례 과학자로 살기도 했다. 서커스에서 공중그네도 탔다. 야구공을 던지고 검을 휘두르기도 했다.

시간이 지나갔다. 그는 연습하고 부상에서 살아남았으며, 더 많이 연습했다.

아크람은 계속 책을 써나갔다. 때로 그는 마일로에게 흥미로운 부분을 한두 구절 정도 보여주기도 했다.

"한 번은 코끼리를 저글링한 적이 있었어요." 그가 마일로에게 책을 건네주며 말했다. "읽어봐요."

"여기 적혀 있네요." 마일로가 말했다. "코끼리를 딱 한 마리만 저글링했네요. 그걸 진정한 저글링이라고 할 수 있어요?"

"코끼리일 때는 그래요."

"아크람, 맙소사! 대체 얼마나 힘이 센 거예요?"

"필요한 만큼이요. 어서 가서 팔 굽혀 펴기나 해요."

마일로는 팔 굽혀 펴기 천 번을 했고, 사탄은 그의 등 위에 서서 만두처럼 느껴지는 무언가를 뚝뚝 흘려댔다.

시간이 흘러갔다. 유목민이 오아시스로 찾아왔다가 떠나기를 반복했다. 마일로는 수많은 꿈을 꾸었다. 하늘과 땅이 돌아갔다. 사막에서 바람이 불어와서 모든 걸 날리고 닥치는 대로 묻어버렸다. 사막의 바람이 늘 그러하듯이.


그들이 시장에서 처음으로 함께 공연하던 날, 공연을 개시한 것은 마일로였다.

처음에 그는 한 젊은 노점상의 수레에서 'I'M HOT FOR THE DESERT(나는 사막을 갈망해요)'라고 적힌 티셔츠 세 장을 집어 들었다.

"이봐!" 노점상 주인이 그를 따라 벌떡 일어서며 소리 질렀다.

몇 초 만에 마일로는 티셔츠를 공중으로 던져 돌리기 시작했다. 티셔츠는 마치 날아가는 백조 같았다.

"와!" 관객이 소리 지르며 몰려들었다.

"좋은 아침입니다!" 마일로가 소리 질렀다. "여러분, 이제 저는 여러분에게 고도로 과학적인 저글링 시범을 보여드리려고 합니다. 그전에 우선, 이 공연이 끝나면 이 멋진 신사분의 노점을, 이름이 어떻게 되시죠? 모우디? 모우디의 노점을 방문해주시기를 진심으로 권해드리는 바입니다."

모우디가 뒤로 물러났다.

그때까지만 해도 공연은 그저 평범한 정도에 머물러 있었다. 마일로는 군중을 향해 자신에게 뭐라도 던져달라고 부탁했고, 그들은 샌들을 벗어 던져주었다. 프리스비를 던져준 사람도 있었다. 그는 그것들을 다 함께 앞뒤로 던져 올렸다. 그는 세 마리의 칠면조와 달걀 열두 개도 저글링했다.

"에이, 이러지 맙시다, 여러분." 그가 말했다. "이보다는 잘할 수 있잖아요."

그러자 바로 그때 누군가 그에게 아기를 던졌다.

아기는 맨 앞줄의 군중을 넘어 마일로를 향해 빙글빙글 돌며 날아오는 동안 큰 소리로 울음을 터트렸다.

마일로는 거의 얼어붙을 뻔했다. 지켜보는 모든 군중과 마찬가지로, 그도 헉하고 숨을 들이마셨다. 하지만 그는 아기를 붙잡았다. 그 상황에서라면 누구라도 당연히 그랬을 것처럼 팔뚝으로 아기를 받고 손바닥으로 아이의 머리를 받쳐 들었다.

하지만 바로 그때 또 다른 아기가 그를 향해 날아왔고, 곧바로 또 하나가 날아왔다.

마일로에게는 선택의 여지가 없었다. 그는 반사적으로 날아오는 아이를 모두 붙잡았다. 그리고 자신도 깨닫지 못하는 사이에 울고 있는 세 명의 아기를 저글링했다.

군중은 무기력하게 양팔을 하늘로 들어 올린 채 마일로의 앞을 가로막지 않으려고 애쓰며 이리저리 한꺼번에 몰려갔다 몰려오길 반복했다. 시끄러운 소리가 사람들의 시선을 끌기 시작하면서 인파가 몰려들기 시작했다. 시장 저편에 있던 사람들까지 달려와서 숨도 제대로 쉬지 못하며 그 모습을 지켜봤다.

셀 수도 없을 만큼 여러 번 엄마와 아빠이자 아기이기도 했던 마일로였기에, 오래지 않아 그는 뭔가가 잘못되었다는 사실을 깨달았다. 아기는 너무 경직돼 있었고, 울음소리는 셋 다 너무 똑같았다.

인형이군.

어떤 망할 자식이 노점에 진열해놓은 아기 인형을 전부 집어 들어서는…… 음, 노점 주인이 손짓하며 다가오고 있었다.

하나, 둘, 셋……. 마일로가 노점 주인에게 인형을 던져주었다.

하나, 둘, 셋……. 군중도 상황을 이해했다.

잠시 술렁임과 불편한 침묵이 찾아왔다. 그러고 나서 크나큰 안도감에서 비롯된 박수갈채가 터져 나와서는 그칠 줄을 모르고 계속되었다.

그제야 마일로의 눈에 아크람이 보였다. 그도 다른 관객이나 마찬가지로 경악했다가 안도한 모습이었다.

"인사하고 얼른 갑시다." 아크람이 가까이 다가오며 말했다.

"하지만!" 마일로가 항의했다. "아직 칼을 들고 하기로 한 우리 합동 공연이……."

"방금 한 것보다 더 잘할 수는 없어요." 아크람이 말했다. "언제가 됐든, 늘 공연이 정점에 올랐을 때 끝내는 겁니다. 자, 이제 가요!"

마일로는 고개 숙여 인사한 후 쌓여 있는 동전 더미를 챙겼고, 그들은 자리를 옮겨 타코를 사 먹었다. 그게 마일로가 전문 저글러로 데뷔한 무대였다.

그날 밤 그는 환상적이면서 끔찍하기도 한 꿈을 꾸었다.

군중 속의 누군가가 그에게 여자를 던져주었다. 수지였다.

"수지!" 그가 외쳐 부르며 매우 노련한 솜씨로 그녀를 공중으로 던져 올렸다가 붙잡았다.

"그래 봐야 소용없어." 그녀가 말하고는 마일로가 채 뭐라고 대답하기도 전에, 저처럼 그에게서 몸을 빼냈다. 그리고 멀어지기 시작했다. 떠나가는 그녀의 손이 그의 얼굴을 훑어 내렸다.

"안 돼!"

수지가 여러 차원을 넘어 사라지는 동안, 그의 얼굴에 부드럽고 따뜻하게 얹혀 있는 그녀의 손가락이 점점 더 길어졌다.

마일로는 잠에서 깨어났다. 볼에서 여전히 부드러움과 따뜻함을 느낄 수 있었다. 어둠 속에서 그의 머리 위로 뜨거운 숨을 내쉬며 뭔가 젖은 것을 씹는 듯한 소음이 들려왔다. 길고 축축한 그림자가 텐트를 펄럭이며 쑥 들어왔다.

"웩, 맙소사, 사탄!" 마일로는 낙타의 머리를 옆으로 밀쳐버리면서 소리를 꽥 지르고는 텐트를 거의 뽑아서 치워버리기라도 할 것처럼 비틀거리며 밤 속으로 걸어 나갔다. 그는 손으로 얼굴을 문질러 닦고는 별빛 아래 물 양동이를 더듬어 찾아 끈적끈적한 낙타의 침을 씻어냈다.

"마일로!" 아크람이 자기 텐트에서 나오며 불렀다. "마일로, 무슨 일이에요? 어디 아파요? 적에게 포위당하기라도 한 거예요?"

마일로가 툴툴거리며 설명했다.

아크람이 웃음을 터트렸다.

"웃을 일이 아니에요." 마일로가 말했다. "저 녀석이 내 삶을 아주 야비한 방식으로 지옥처럼 만들고 있다고요."

"정말 재미있는 건 바로 이거예요." 아크람이 말했다. "첫째, 맞아요, 저 녀석은 야비해요. 낙타잖아요. 그렇지만 둘째, 왜 녀석이 당신에게 그토록 신경을 쓰는지 정말 모르겠어요? 그게 바로 녀석이 나름의 방식으로 자기가 당신을 사랑하고 있다는 걸 보여주는 거라고요."

마일로는 모래 위에 주저앉았다. 그는 아무 말도 하지 않았다. 아크람은 시나몬롤을 좀 사 오겠다며 출발했다.

사실이었다. 그는 그것이 사실이라고 느꼈다. 심지어 자신의 마음이 조금 부드러워지는 것도 느꼈다. 그런데…….

"왜죠?" 아크람이 돌아왔을 때, 그가 마침내 물었다.

아크람은 어깨를 으쓱했다. 그가 마일로에게 시나몬롤 하나를 건네주었고, 그들은 침묵 속에 그것을 먹었다.

"사탄이 별의별 말썽을 다 부려도 당신이 다 받아주고 잘 대해줘서 그런 거 아닐까요? 어쩌면 당신이 어느 먼 전생에서 암낙타였던 건 아닐까요? 누가 알겠어요?"

사탄이 텐트에서 나왔다. 그리고 마일로를 발견하고는 그에게 호흡을 내뿜으며 가까이 다가왔다.

마일로는 손을 뻗어 끈적거리고 땀에 젖은 그 짐승의 목을 쓰다듬어주었다.

사탄이 무시무시한 소리를 내며 그의 팔을 다정하게 물었다.


다음 날, 마일로와 아크람은 합동 공연에 성공했다. 그들은 예쁜 여자아이들을 서로에게 주거니 받거니 했다. 사과도 서로에게 던지면서 도중에 한 입씩 베어 먹었다. 그들은 칼과 불을, 도자기 접시와 유리 조각상을 저글링했다. 느리게 춤을 추면서 비누 거품과 풍선을 저글링하기도 했다.

그들은 거의 한 자루쯤 되는 동전을 벌어 텐트로 가지고 갔다.

시간이 흘러갔다.

어느 날 그들은 물이 가득 든 양동이를 저글링했다. 그것은 힘과 타이밍이 이루어낸 업적으로 마일로가 아이디어를 내서 완성한 공연이었다. 또 어느 날 마일로는 그들이 마치 인간 팝콘 튀기는 기계라도 되는 것처럼 고무공 몇 개를 바닥에 튕기면서 동시에 몇 개는 공중으로 저글링하는 방법을 알아냈다.

학생이 스승을 능가했다는 사실은 이제 너무도 명백해 감출 수가 없었다.

아크람은 질투 같은 것을 하지 않는 사람 같았다. 갈수록 그의 책은 마일로에 관한 것으로 변해가기 시작했다.

그는 마일로가 잠들어 있는 세 명의 어린 소녀를 잠에서 깨지 않게 저글링했던 일에 관해 적었다.

마일로가 땡볕에 달구어진 벽돌 더미를 저글링해서 한쪽에 무더기로 쌓여 있던 것이 반대편에 가서 쌓여 있게 되었던 일화도 적어 넣었다.

또한 마일로가 잠결에 "수지!"라고 외쳐 부르고는 그것에 관해서는 얘기하고 싶어 하지도 않고, 마치 너무 많은 질문을 받은 어린아이처럼 행동했던 일화에 관해서도 책에 써넣었다. 사실 이런 일은 한두 번이 아니었는데, 그때마다 마일로는 벌어진 상황을 부인했을 뿐 아니라, 뭔가를 숨기고 있다는 인상을 강하게 주었다.

어느 날 저녁, 아크람이 밖으로 나갔을 때, 마일로는 모래 위에 앉아 달을 빤히 바라보면서 손가락을 접었다 펴기를 반복했다. 손을 푸는 중이었다. 사탄은 가까이에 무릎을 꿇고 앉아서 마치 토사물로 꽉 찬 증기 기관차처럼 코를 골며 자고 있었다.

"친구……." 아크람이 불렀다. "가끔은 밖에 나가 바람 좀 쐬고 그래요. 함께 마을로 가서 문제를 일으킬 만한 거리라도 있나 찾아봅시다."

"난 괜찮아요." 마일로가 간신히 알아들을 수 있는 목소리로 대답했다.

아크람이 한숨을 내쉬었다. "그런다고 일 속으로 사라져버릴 수는 없어요." 그가 우겼다.

마일로가 몸을 약간 일으켜 세웠다.

"사라지려는 게 아니에요." 그가 말했다. "집중하는 거죠. 이게 바로 어떤 일에 능숙해지는 방법이에요. 내가 이러고 있으면, 다른 사람들은 내가 집착한다고 할 겁니다. 내가 뭘 찾고 있는지 제대로 이해하는 사람은 오직 나 하나뿐이라고요."

"그래, 뭘 찾고 있는데요?"

"완벽한 삶."

"거짓말 말아요. 존경을 담아 말하는 거예요, 친구. 당신은 뭔가로부터 달아나려 하고 있어요."

"당신도 마찬가지잖아요. 여기 있는 사람의 절반은 그럴걸요. 우린 가능한 한 천천히, 그리고 멀리, 배수관을 돌아 빠져나가고 있는 거라고요."

"그 말도 맞아요. 좋아요. 정말 맞아요. 하지만 난 당신 같은 사람을 본 적이 없어요. 당신은 연습하고, 공연하고, 자고, 저 음흉한 낙타와 여기 앉아 있는 게 전부잖아요. 그건 인생도 아니고, 그렇다고 사후 세계의 삶도 아니에요."

"내 일이니 상관 말아요."

그가 모래밭에서 손가락 풀기를 그만두었다.

아크람은 혼자 마을로 들어갔다.


다음 날, 새로운 사람 몇 명이 코끼리 등에 타고 마을로 들어와 시장으로 향해갔다.

"코끼리예요." 마일로가 아크람에게 말했다.

"코끼리네요, 정말!" 아크람이 말했다. "거대한 생명체죠! 코끼리 등에 타본 적 있어요? 난 있어요. 한 번이었는데, 그게 언제……."

마일로의 눈에 어떤 표정이 떠올랐다.

"마일로." 아크람이 불렀다. "안 돼요."

하지만 마일로는 이미 새로 도착하는 행렬 중 첫 번째로 걸어오는 가장 큰 동물 쪽으로 다가가고 있었다. 보석으로 치장한 근사한 천을 옆구리에 늘어트리고 엄니에는 색을 칠해 입히고 등에 얹어 놓은 하우다(코끼리나 낙타 위에 얹는, 두 사람 이상이 앉을 수 있는 좌석-옮긴이)에는 멋들어지게 옷을 차려입은 유목민을 태운 근사한 동물이었다.

마일로가 하우다에 앉아 있는 사람들에게 친근하게 말을 걸었고, 그들은 마일로가 하는 말에 상당히 흥미를 보였다.

"마일로!" 아크림이 그의 옆으로 다가서며 소리 질렀다. "안 돼요!"

"당신은 했잖아요."

아크람이 자신의 엄지손가락을 비틀었다.

"했을 수도 있고 아닐 수도 있어요." 그가 말했다.

"책에 했다고 적었잖아요."

"내 책에는 그것 말고도 많은 게 적혀 있어요. 그건 어디까지나 '책'일 뿐이에요."

유목민들이 아래로 내려왔고, 마일로는 코끼리 밑으로 들어갔다.

"신의 가호가 깃들기를." 아크람이 말했다. "신은 위대하시고 어리석은 자를 보호하십니다."

그러나 효과가 없었다.

마일로는 부들부들 떨며 코리끼의 배를 있는 힘껏 밀어 올렸다. 온몸의 모든 근육(그동안 엄청나게 강화된 근육이었다)이 눈에 보일 정도로 떨렸지만, 문제는 사실상 코끼리는 거의 꿈쩍도 하지 않는 듯이 보인다는 점이었다. 코끼리가 그르렁거리는 소리를 냈다. 사실 코끼리는 마일로를 밀어내는 것처럼 보이지 않았다. 오히려 이 이상하고 별난, 온 힘을 다 짜내 뭔가를 하는 듯 보이는 두 다리 달린 존재가 대체 무엇을 원하는지 알 수만 있다면 어떻게든 도와주고 싶어 하는 듯 보였다.

그러나 세상에는 불가능한 일도 있는 법이었다. 한계라는 것도 있고, 절대적인 것도 있는 법이었다.

아크람은 샌들 신은 발로 흙바닥 위에 원을 그렸다. 어쩌면 이것이 그의 친구가 배워야만 할 교훈일지도 모른다는 생각이 들었다. 상황이 종료되고 나면 둘이 함께 마을을 벗어나서 한동안 어딘가로 떠나 있어야 할지도 모르겠다는 생각도 들었다.

그때 코끼리의 엉덩이 쪽이 하늘로 약간 올라갔다.

"우와!" 군중이 숨을 몰아쉬었다.

코끼리가 가벼운 트럼펫 소리를 냈다.

길게만 느껴지던 몇 초가 지난 후에는 앞발도 땅에서 떨어졌다.

아연실색한 구경꾼들 사이에 완벽한 침묵이 흘렀다.

하지만 오래가지는 않았고, 코끼리도 그리 높이 올라가지는 않았다. 대략 5센티미터 정도 될 듯했다. 그러나 아주 잠깐이기는 해도 한 남자가 코끼리를 공중으로 들어 올렸다는 사실만은 부인할 수 없었다.

지칠 대로 지친 마일로가 "어이쿠!" 소리를 내며 무릎을 꿇자, 코끼리가 우아하게 착지했고, 사람들은 함성을 지르며 돈을 내던졌다.

아크람은 거리로 뛰어들어 코끼리를 옆으로 밀치고 마일로를 일으켰다.

그러나 마일로는 서 있을 수가 없었다. 반쯤 몸을 일으켰다가 침몰하는 배처럼 쓰러져버렸다.

"내가 내 몸을 망가뜨린 것 같아요." 그가 소곤거렸다.

"대체 뭘 기대했는데요?"

"코끼리를 들어 올릴 거라고 기대했어요. 그리고 그렇게 했죠."

아크람은 소방관들이 하듯이 마일로를 한쪽 어깨에 둘러메고 마을 밖으로 걸음을 옮겼다.

"사실 저글링이라고 하기는 힘들어요." 그가 말했다.

"그건 당신 책을 위해 아껴둬요." 이렇게 대답하고, 마일로가 정신을 잃었다.

마일로는 잠이 들었다.

아크람은 그를 텐트 안에 눕혀놓고 가끔씩 사탄을 넘어 들어가 그의 상태를 확인해보았다.

잠이 혼수상태가 되었다. 어쩌면 절반만 혼수상태였을지도 몰랐다. 왜냐하면 그는 때때로 일어나서 물을 마셨고, 심지어는 식사도 조금씩 했기 때문이었다. 하지만 그러고 나서는 다시 잠에 빠져들었다.

시간이 흘러갔다. 정확히는 한 주가 지나갔다.

그러고 나서 시원한 산들바람이 부는 밤에 아크람의 텐트 덮개가 위로 들렸고, 마일로가 어둠 속에서 그 앞에 서 있었다.

아크람이 양초에 불을 붙였다.

그렇다, 그건 마일로였다. 드디어 깨어났고, 상태도 좋아 보였다. 어쩌면 전보다 약간 마르기는 했을지 몰라도, 전반적으로 좋아 보였다. 적어도 그게 친구의 눈을 들여다보기 전까지 아크람의 생각이었다.

마일로의 눈은 이미 코끼리 앞에 섰을 때부터 낯설게 내적으로 빛을 뿜어내고 있었다. 그 빛은 일주일간 계속된 꿈에 의해 자극받

309

은 것처럼 훨씬 강렬해져 있었다.

"작별 인사를 하러 왔어요." 마일로가 말했다. "그리고 내가 진심으로 고마워하고 있다는 말도 하고 싶네요."

"작별 인사요? 어디로요? 신의 가호가 깃들기를, 미일로! 대체 어디로 간다는 겁니까? 아직은 길을 떠날 만한 상태도 아니……."

"어딘가로 혼자 떠날 거예요." 마일로가 아크람의 말을 가로막았다. "물을 저글링하는 법을 배우러 갈 겁니다."

"마일로." 아크람이 말했다. "제발, 내 말 좀 들어요. 물은 저글링할 수 없어요. 아니, 들어봐요. 코끼리는 사실 정도의 문제였어요. 그건 무겁지만, 적어도 물질이라 잡을 수 있고 움직일 수도 있……."

아크람은 속수무책으로 입을 다물었다.

마일로가 말했다. "신의 가호가 깃들기를." 그러고는 텐트를 빠져나갔다.


그는 사탄을 타고 꼬박 일주일 동안 사막을 가로질렀다. 마일로는 그 짐승이 가고 싶은 데로 가게끔 내버려두었다. 그런다고 뭐가 달라지겠는가. 그는 사탄과 함께 이동하는 동안 손가락을 풀었다. 그리고 돌멩이를 저글링했다.

얼마나 시간이 지났을까, 마일로는 전적으로 우연히 처음 아크람을 만났던 그 오아시스에 도착해 있었다. 어디로 향하는지 알 수 없는 맑은 강의 수원지, 그곳이었다.

마일로는 그곳에서 멈춰 텐트를 치고, 물에 손을 담갔다.

그 오아시스에서 마일로를 발견한 나그네들은 그때그때 상황에 따라 그를 저글링하는 은둔자, 혹은 빤히 바라보는 은둔자, 물을 첨벙거리는 은둔자, 불경스러운 낙타와 함께 있는 은둔자 등으로 불렀다.

운이 좋을 때면, 유목민들은 견과류나 돌멩이, 혹은 진흙 뭉치를 저글링하면서 비교적 여유로운 기분에 젖어 있는 그를 발견했다. 심지어 그는 나그네들을 위해 공연하면서 그들이 던져주는 것은 무엇이든 저글링했다. 또한 유목민들은 그가 물가에 앉아서 눈도 깜빡이지 않고 아래만 뚫어지게 바라보는 모습을 발견하기도 했다. 물에 비친 자신의 모습을 바라보는 것이 아니라, 뭔가 깊이 자리한, 눈에 보이지 않는 것을 바라보는 듯했다.

때때로 그들은 그가 마치 어린아이처럼 물속에 들어가 첨벙거리며 노는 모습을 발견하기도 했는데, 그럴 때면 마일로는 사람들의 눈에 띄는 것을 조금도 부끄러워하지 않는 듯했다. 어쨌든, 그는 다소 내성적이기는 해도 늘 상냥하고 모두를 환영했다. 안타깝게도 그의 낙타는 영 정이 안 가는 동물이었지만, 그런 것 때문에 사람을 탓해서야 되겠는가. 그것도 거의 성자의 표본이라 할 만한 그런 사람을 말이다.

별들이 회전하고, 달과 해가 머리 위로 지나가고, 사막이 구르듯이 변해갔다.

어느 날, 마일로는 수지의 얼굴을 보지 않으려고 물속을 빤히 내려다봤다. 대체 물속에 있는 어떤 비밀이 물에 형태를 주어 수지의 얼굴을 만들어내는지 알고 싶었다. 바로 그때 밝은 녹색 옷을 입은 커다란 덩치의 여행객이 강 하류 쪽에 나타났다. 머리에는 천을 단단히 둘러 감고 있었고 기다란 지팡이에 의지해 걸어오는 중이었다.

"아!" 그 허깨비 같은 모습이 가까이 다가오며 말했다. "여기 있었구나!"

마일로는 고개를 들어 올려다보며 눈을 깜빡였다. 사막에 나와 있는 동안, 그는 가끔 실재가 아닌 헛것을 보기도 했다.

이 여행객은 실재였다. 그녀가 머리에 감은 천을 풀고 무릎을 꿇고 앉아 커다랗고 뚱뚱하고 근사한 양팔을 그의 쪽으로 뻗었다.

"마마." 그가 쇳소리를 내며 말하고는 그녀가 끌어안는 것을 허락해주었다.


그는 텐트 안에 들어가 음식과 컵 하나를 가져다가 마마에게 주고, 낙타에게는 그녀에게 토하지 말라고 경고했다. 그들은 조용히 앉아 먹고 마셨다. 어느덧 해가 졌고, 마마가 그에게 말했다. "마일로 대체 네가 지금 뭘 하고 있다고 생각하는 거야?"

그가 물을 저글링하는 것에 관해 웅얼거렸다.

"세상에, 내가 지금까지 들어본 말 중에 가장 멍청한 말이네. 물은 저글링할 수 없어."

"하지만 그렇게 할 수만 있다면……." 그가 고집을 부렸다. "내가 완벽함을 성취하는 게 될 테니까요."

마마가 여행용 옷을 벗고 물속으로 걸어 들어갔다.

"이게 다 그것 때문인 거야?" 그녀가 물에 반사된 별들 사이로 둥둥 떠다니며 물었다. "왜냐하면 사후 세계에서 일어난 일은 포함되지 않거든. 너도 알 거야. 알지?"

마일로는 알고 있다고 대답했다.

"내가 왜 이러는지 마마도 알잖아요." 그가 말했다.

그녀가 형체를 알아볼 수 없을 정도로 아주 멀리 헤엄쳐 갔다. 이제 마마는 하나의 그림자, 하나의 목소리일 뿐이었다.

"그래, 알고 있어." 그녀가 대답했다.

침묵이 흘렀다.

마일로는 침묵이라면 자신 있었다. 그는 이 침묵이 오랫동안 머물러 있게 내버려두었다.

"만약 그녀가 거대한 우주의 영혼 속으로 빨려 들어갔다면⋯⋯." 그가 마침내 말했다. "그렇다면 이게 다 무슨 소용인 거죠?"

마마가 더 가까이 헤엄쳐왔다. 커다랗고 따뜻한 손 하나가 물 밖으로 뻗어 나오더니 그의 발목을 잡았다.

"그건 나도 대답해줄 수가 없어." 그녀가 말했다. "내가 아는 건 네가 어린애처럼 입을 쭉 내밀고 여기 계속 앉아 있든가, 아니면 그것을 해결하기 위해 행동을 취하든가 가부간에 결정해야 한다는 거야. 어쩌면 넌 네가 원하는 걸 얻지 못할지도 몰라. 그렇다고 이게 맞는 걸까? 이런 식으로 포기해버릴 거야?"

마일로는 뭔가 대꾸하려 했다.

"너 자신을 봐." 마마가 말했다.

마일로는 그녀의 말대로 했다. 시간이 좀 걸리긴 했지만, 결국 그의 눈은 별빛 속에서 적응했고, 오랜만에 처음으로 물에 비친 자

313

신의 모습을 보았다.

거의 뼈만 앙상하게 남아 있었다. 살은 쫙 빠지고 눈은 움푹 꺼져 있었다. 사막 사람들이 입는 옷은 마치 수의처럼 몸에 걸려 있었다.

"돌아가." 마마가 말했다. "돌아가서 최소한 시도라도 해봐."

"뭘 시도해요?" 그가 목멘 소리로 물었다.

"뭘 시도하느냐고?" 이제 마마는 화를 내고 있었다. "너 지금 장난해? 대체 뭐가 잘못된 거야, 이 이기적인 멍청이 같으니라고! 도전해서 완벽함을 얻어내라고! **뭐라도** 해보란 말이야! 지금까지 살면서 가장 쌈박했던 인생이 어떤 거였어? 그래, 쌈박은 좀 그렇네, 그건 적당한 단어가 아니야, 그렇지만……."

"거콘 선장." 마일로가 대꾸했다.

"정말? 좋아. 그래, 내가 보기에도 훌륭한 선택이야. 거콘 선장이라면 이곳 사후 세계에 앉아서 물에 비친 자신의 모습이나 들여다보며 썩어가고 있지는 않을 거야. 그러면 다시 돌아가서 또 한 번의 일생을 살아가고 있을 거라고……."

"저글링을 하면서." 마일로가 말했다.

마마가 그의 발목을 꽉 움켜잡았다.

"빌어먹을, 마일로, 만약……."

"농담이에요. 악마와 싸우고 있겠죠. 다시 돌아가서 악마와 싸우는 데 자신의 모든 걸 걸었을 거예요."

마일로는 일어나서 옷의 주름을 털어 펴기 시작했다. 그의 뒤에 있던 사탄도 일어났다.

왜 안 되겠는가? 다시 태어나는 것도 길을 잃는 또 하나의 방법일 텐데, 안 그런가?

"가." 마마가 말했다. "가서 악과 싸워. 완벽하게 해내라고. 그런 다음 돌아와서 다시 만나자."

거짓말, 마일로는 생각했다.

그렇지만 마일로는 자신을 몰아붙였다. 결국 그는 50만 번의 월요일 아침을 겪어냈던 베테랑 아니던가. 그것은 현명한 남자나 현명한 여자만이 할 수 있는 일이었다. 일단 자신에 대한 연민과 집착을 떨쳐버리고 한 발 앞에 또 한 발을 내밀며 그렇게 계속 움직여가야 했다.

마일로는 검은빛 사막 웅덩이 속으로 걸어 들어가 눈에 보이는 삶을 자세히 살펴봤다. 그가 물속으로 막 뛰어들려던 순간에, 강둑에서 둔탁하고 슬픈 '히-잉!' 소리가 들려왔다. 고개를 돌려 보니 그 녀석, 그 징그럽고 혐오스럽지만 그를 사랑하는, 어쩌면 마일로가 인간으로 변장한 암컷 낙타일지도 모른다고 생각하는 그 동물이 서 있었다. 사탄의 두 눈에는 동물들이 자신의 주인이 돌아올지 안 돌아올지 확실히 알 수 없을 때 짓는 그 표정이 서려 있었다.

지금껏 그는 충분히 많은 개를 길러봤고, 또 충분히 여러 번 개로 환생해 삶을 살아왔던 까닭에 다시 돌아가서 작별 인사를 하고 오는 건 아무런 도움도 되지 못한다는 사실을 잘 알았지만, 그럼에도 어쨌든 그렇게 했다. 그러자 그 동물은 마일로의 온몸에 침을 흘리고, 숨을 헐떡이고, 땀을 뻘뻘 흘려댔다. 그 모습에 마일로는 가슴이 미어지는 듯했다. 이 거대하고 멍청한 사막에는 팝콘처럼 펑펑 터지는 심장이 사방에 널려 있는 듯했다. 마일로는 씁쓸했다. 그리고 자기 자신이 안쓰러웠다. 그게 바로 마일로가 물속으로 뛰어들 때의 마음이었다. 물이 그를 아래로 잡아당겨서 모든 것을 잊게 했다. 영혼 탈출용 모드라고 할 수 있는 그의 특이점을 제외한 모든 것을 잊고 계속 움직여 9천998번 연속으로 다시 생을 시작하게끔 도와 주었다.

# 16

# 푸른 사과 게임

그녀는 매일 조금씩 더 투명해졌다.

손을 들어 올리면 이제 그것을 통해 꽤 선명하게 태양을 볼 수 있었다. 마치 밝은 빨간색 문신처럼.

젠장, 수지는 생각했다.

예상보다 더 빨리, 그녀는 완전히 사라질 터였다.

그것에 대해 수지가 어떻게 느끼고 있느냐? 그건 순간순간 달랐다. 구체적으로 말하자면 그때그때 좌절감의 정도에 달려 있었다. 어떤 날은 완전히 사라져서 더는 어떤 문제에도 관여하지 않게된다는 사실이 지극히 행복했다. 또 어떤 날은 단호한 희망을 품었다. 마일로가 그녀를 찾아내게 되거나, 그녀가 마일로를 찾아내게되리라 믿었다. 결국에는 우주도 그녀가 옳았다는 사실을 알게 될 터였다. 즉, 약간의 불균형은 그리 나쁜 게 아니라는 사실 말이다.

그녀는 헤매다녔다.

낙엽과 바람이 되어 이곳에서 저곳으로 날아다녔다. 때로는 사후 세계의 바람이 자신을 데려가도록 내버려두었다. 그녀는 해안가와 식당에서 모습을 드러냈다. 공원과 보트 위와 부엌과 재활용 센터 등에도 나타났다.

우주는 그녀가 매우 진지하게 죽음의 사자 일을 그만두려 한다고 생각지 않는 것 같았다. 그래서 어느 날인가는 그녀를 죽어가는 나이지리아 왕의 침상 곁에 데려다놓았다.

"내가 말했잖아요." 그녀가 말했다. "그만두겠다니까요."

우주가 그 자신의 **보아**를 수축했다. 그리고 수지와 나이지리아 왕의 주위에서 으르렁거리고 삐걱거렸다.

"우주와 계속 다투려거든 어디 다른 곳으로 가서 하면 안 되겠습니까." 왕이 한숨을 내쉬었다. "내가 지금 힘겨운 변신을 앞두고 있으니, 그래 준다면 정말 고맙겠네요."

바람과 그림자. 수지는 여행을 떠났다.

마일로가 이곳에 있기는 할까? 아니면 저 아래 어딘가, 어느 행성에서 자신의 마지막 남은 삶 중의 하나를 살아가고 있는 건 아닐까?

그녀의 본능이 복잡한 곳에서부터 변두리 쪽으로 그녀를 데려가는 듯했다. 사람들이 피곤하거나, 뭔가를 피해 달아나거나, 뭔가를 찾을 때 가는 그런 곳으로.

언젠가 한 번 수지는 마일로가 머물러 있었던 곳을 통과해 지나갔다. 그녀는 마치 모래밭에 찍힌 불안한 발자국처럼 그를 느낄 수 있었다. 하지만 이미 그는 가고 없었다. 치명적일 만큼 불쾌한 낙타 한 마리만 뒤에 남겨두고 떠나버린 뒤였다.

먼지와 바람, 머나먼 장소.

인간은 이런 곳을 좋아한다는 사실을 그녀는 알았다. 다른 어떤 생물보다도, 그들은 때때로 단지 도망치기 위해 그런 장소가 필요했다. 자신을 무(無)로 만들어 그 무에서 새로운 것을 탄생시키기 위해.

그녀는 자신이 전에 알던 누군가를 떠올리고 있다는 것을 깨달았다. 친하게 지내던 친구. 약간이나마 그녀를 이해하고 있었을지도 모를, 마일로를 제외한 단 한 명의 인간. 그녀를 인생에서 가장 큰 싸움 속으로 몰아넣었던 한 남자.

그의 이름은 프란체스코였다. 그는 이탈리아에 살았다.

프란체스코는 부유한 가문에서 태어났고, 주위 환경도 좋았으며, 미남에 영리하고 옷도 잘 입었다. 그는 친구들과 술 마시고 노래하고 여자들과 뒹굴며 젊은 시절을 방탕하게 보냈다. 그러던 어느 날, 그들 모두가 전쟁터에 나가야만 할 상황이 되었다. 가족들은 그들에게 갑옷을 입히고 말을 사주었으며, 노래 부르고 웃고 화려한 깃발을 흔들며 그들을 떠나보냈고, 거의 즉시 그들은 적에게 잡혀서 외국의 감옥 안에 던져졌다.

참으로 당황스러운 일이 아닐 수 없었지만, 그 젊은 친구들은 노래를 부르고 서로 이야기를 들려주고, 누가 가장 많은 쥐를 죽이고, 또 누가 가장 많은 벌레를 먹을 수 있는지 보면서 그 시간을 꿋꿋이 견뎌내었다. 그리고 마침내 전쟁이 끝났을 때, 그들은 여전히 노래를 부르며 고향으로 돌아갔다.

프란체스코의 아버지는 "**벤토르나토, 피글리오!**(잘 돌아왔다, 아들아!)"라고 소리치며 키스해주고는 멋진 옷을 사고파는 가족 사업에 그의 자리를 마련해주었다.

아마도 그것이 프란체스코가 아프게 된 원인일 터였다.

어쨌든 뭔가 분명히 그렇게 했다. 사실 가족들은 그가 죽었다고 생각했고 그의 몸 위에 장막을 드리웠다. 수지가 그의 이마에 입을 맞추고 사후 세계로 떠나보내려던 찰나, 그가 갑자기 일어나 앉아 "**제수, 논 소 코사 다레이 페르 우나 의 치오톨라 디 주파**"라고 말했다. "맙소사, 수프 한 그릇만 먹을 수 있으면 뭐든 다 줄 수 있을 것 같아요"라는 뜻이었다.

이런 일이 가끔 있었다. 보통 때라면 수지는 곧장 그 집을 떠났을 테지만, 그 젊은 남자의 무언가가 그녀의 호기심을 자극했다. 그에게는 질병 탓에 풀려난 광기나 선량함 같은 빛이 있었다.

실제로 병에서 회복되었을 때, 프란체스코는 미친 것처럼 보였다. 그는 계속 일을 빼먹고 목초지와 숲에서 대부분의 시간을 보내며 새들을 쫓고, 개울에서 알몸으로 헤엄을 치고 사슴을 쓰다듬으려 애를 썼다. 친구와 이웃 들은 그런 모습을 보며 웃고 또 웃었지만, 프란체스코는 그저 웃어넘기고는 옷을 벗고 완전히 벌거벗은 채 마을을 떠나갔다. 그는 황량한 들판에 폐허로 덩그러니 남아 있는 석조 예배당에서 딸기와 견과류를 먹으며 마음대로 살아갔다.

"쿠에스토 에 폴레!(이 어리석은 친구야!)" 마을 사람들이 충고했다. "사람이 그저 빈둥거리기나 하고, 자기 하고 싶은 것만 하면서 행복해하면 안 되는 거야!" 심지어 어떤 사람은 폐허가 있는 곳까지 일부러 찾아가서 그에게 잔소리를 했다.

프란체스코는 그들의 말에 아무런 대꾸도 하지 않았다. 그저 그들 앞에서 계속 행복하게 지냈다. 그것이 그의 방문객들을 화나게 했기에 그들은 집으로 돌아가서 집 안의 물건들을 발로 차며 화풀이를 했다. 하지만 어떤 이들은 그와 함께 남기로 했다. 얼마 지나지 않아, 작은 공동체가 형성되었다. 세상 그 누구보다도 착한 사람의 무리가 누더기를 걸치고 폐허가 된 예배당에 돌을 차곡차곡 쌓아 수리를 하며 열매를 먹고 살아갔다. 심지어는 동물들도 주변으로 몰려오기 시작했다. 새, 사슴, 다람쥐, 개구리, 두꺼비 등이 주변을 돌아다녔다.

수지는 믿을 수가 없었다. 인간은 보통 고통과 수고에 묘한 중독을 느끼는 법이었다. 단순함과 행복을 주장하는 이 괴짜들은 그녀에게 마일로의 모습을 떠올리게 했다(당시 그는 일본에서 토끼로 환생해 살고 있었다). 만약 그들이 조심하지 않는다면 두 가지 중 한 가지는 반드시 일어날 게 분명했다. 첫째, 그들이 다른 이들에게 자신들의 행복을 전파해서 세상을 더 좋은 곳으로 만들 터였다. 혹은 둘째, 사람들을 불편하게 해서 화형에 처해질지도 몰랐다.

수지는 인간의 형상을 하고 나타나서 프란체스코에게 그 사실에 관해 경고해주었다. "행복은 사람들을 두렵게 해요." 그녀가 말했다.

그는 그저 웃으면서 하던 일만 계속했다.

그들이 이야기를 나누던 바로 그때 무슨 일인가 일어났다.

그들이 서로를 본 것이다. 정말로 서로를 **보았다**.

프란체스코는 그녀의 진짜 정체를 보았다. 그는 죽음이 자신의 작은 예배당 근처를 배회한다는 사실에 놀란 듯했다. 하지만 기분이 상하지는 않았다. 죽음은 자연의 일부였다. 죽음은 문이었다. 게다가 그녀는 전혀 흉측한 모습이 아니었다. 그 사실은 분명했다.

그리고 수지는 프란체스코의 깊은 내면을 보았다. 그녀는 그가 평화와 선함의 훌륭한 본보기가 되어 세상을 더 나은 곳으로 만들게 되리라는 사실을 보았다. 그 일이 실제로 일어나게 하려면 그가 지금까지 해온 일을 계속해나가는 게 그 무엇보다도 중요했다.

수지는 그 외에 다른 것도 보았다. 뭔가 안 좋은 것이었다.

프란체스코는 여전히 아팠지만, 그 자신은 그 사실을 몰랐다. 병은 그의 몸속에 잠들어 있었고, 곧 깨어나 그를 죽일 터였다. 그녀는 물속에 잠겨 있는 그림자를 보는 것처럼 그 사실을 알아봤다.

수지는 그 일이 일어나지 않게 해야겠다고 마음먹었다.

그녀는 누더기를 찾아 입고 예배당 수리하는 것을 돕기 시작했다.

손과 발이 점점 거칠어졌다. 이따금씩 동물들을 쓰다듬어주려 했지만, 그들은 죽음을 알아보고 거리를 두었다.

프란체스코는 신발도 신지 않은 채 로마까지 걸어가서 교황과 이야기를 나누었다. 교황은 그를 마음에 들어하며 축복해주었고, 그 후 더 많은 사람들이 예배당으로 모여들기 시작했다. 비웃기 위해서도 아니었고, 불편함을 느껴서도 아니었다. 그를 만나 배우고 싫기 때문이었다.

그후 얼마 지나지 않아, 프란체스코의 몸속에 잠복해 있던 병이 스멀스멀 밖으로 드러나며 만개하기 시작했다. 수지는 그의 이마에 입을 맞추고 사후 세계로 이끌어가고 싶은 충동을 느꼈지만, 실천에 옮기지는 않았다.

그렇다고 과거 고래에게 저질렀던 실수를 또다시 저지른 것도 아니었다. 그녀는 그의 영혼이 도망가게 내버려두지도 않았고, 그것을 다시 잡아 안에 가두려고 하지도 않았다. 대신 그의 그림자, 즉 병에 집중했다. 그것이 프란체스코 몸속의 어떤 해부학적 암석 밑에 숨어 있었든 간에, 다시 그 밑으로 그것을 쑤셔 넣은 후 움직이지 말고 그대로 있으라고 명령했다.

프란체스코는 하루 정도 코감기에 시달렸지만, 딱 거기까지였다. 저녁때쯤에는 제자들을 데리고 나환자를 돌보러 나갈 수 있을 정도로 거뜬해졌다.

이 일에는 엄청난 대가가 따르리라는 사실을 수지는 직감적으로 느꼈다.

아니나 다를까, 약 일주일 후에 그녀는 예배당 문을 고여놓기에 적당한 쐐기돌 하나를 찾으러 들판으로 나갔다가 키 크고 창백한 남자 하나가 숲에서 말을 타고 나오는 것을 목격했다.

다른 죽음의 사자 중 하나였다. 그는 자기 자신을 '자제이모조그멜라펠로-바-트레뮬로소-바-할로폰소-움베르토아위그시트오살라바그레도로-바'라고 불렀다.

이 우주의 조각이 수지에게 다가오며 물었다. "그래, 그는 어디 있어?"

수지는 방금 유난히 마음에 드는 돌무더기를 발견한 참이었다. 그녀가 잘생긴 돌멩이 하나를 골라잡아서는 약간 위협적으로 보이기를 바라며 겁을 주듯이 들어 올렸다.

"누가 어디 있느냐고 묻는 거야?" 그녀는 자기는 아무것도 모른다는 듯이 결백해 보이려 애를 썼다.

다른 죽음의 사자가 역겨운 표정을 지어 보이며 예배당 쪽으로 향했다.

"그를 데려갈 수 없을걸." 수지가 소리 질렀다. 그리고 돌멩이를 더 세게 움켜잡았다. 만약 그래야만 한다면 언제든 던질 준비가 되어 있었다.

그가 멈췄다.

"수지." 그가 말했다. "대체 왜 이러는 거야? 이래서 될 일이 아니라는 거 알고 있잖아."

그녀가 고개를 끄덕였다.

"그래도 안 돼." 수지가 말했다.

그는 뭔가 미심쩍다는 듯이 말에서 내려왔다.

"무슨 말이 하고 싶은 거야?" 그가 물었다. "그리고 제발 그 돌 좀 내려놓을래? 그거 나한테 던지지 않을 거라는 거 우리 둘 다 알고 있잖아."

수지는 돌을 떨어트렸다.

"그는 중요한 사람이야." 그녀가 말했다.

"그래, 그건 분명한 사실이야. 나도 안타까워. 하지만 다 균형을 이루기 위해서라고."

"균형이라는 게 늘 옳은 건 아니야."

"그건 네가 할 말이 아닌 것 같은데."

수지의 눈이 활활 타올랐다.

"그걸 말하는 게 내 역할이라고 마음먹었어." 그녀가 말했다. "사과 좋아해?"

"사과?"

수지에게 좋은 생각이 있었다. "나와 게임을 해서 이긴다면, 그를 데려가도 좋아." 그녀가 말했다.

"어떤 게임?" 죽음의 사자들은 게임이라면 사족을 못 썼다. 모두 다 그랬다.

수지가 주머니에 손을 넣어 자그마한 푸른 사과 두 개를 꺼냈다.

"우리가 이 사과를 하나씩 던지는 거야." 그녀가 말했다. "그리고 더 멀리 던지는 사람이 원하는 대로 하는 거지."

그는 당황스럽기도 하고 의심스럽기도 한 모양이었다.

"그건 딱히 게임이라고 하기도 그렇잖아." 그가 말했다. "안 그래?"

그녀가 그에게 사과를 던져주고는 "하나" 하고 세었다.

"정 원한다면야." 그가 말했다.

"둘." 수지가 계속해서 수를 셌다. "셋!" 그들 둘 다 있는 힘껏 사과를 던졌다. 그리고 그 순간 까마귀 한 마리가 날아와 공중에서 수지의 사과를 낚아채서는 나무들 위로 날아가 시야에서 사라져버렸다.

다른 사과는 적당한 거리를 날아가 오래된 말뚝 구멍 속으로 떨어졌다.

"이건 무효야." 자제이모-어쩌고-바가 불평했다.

하지만 그는 속임수에 말려들었다는 사실에 수치심을 느끼며 말에 올라타서 떠나갔다.

수지는 코감기와 관련된 한바탕 소란에 관해 프란체스코에게 진실을 털어놓지 않았던 것과 마찬가지로 이번에도 무슨 일이 있었는지 그에게 알리지 않았다.

그녀는 또한 자제이모-바가 몰래 들어와 어둠 속에서 프란체스코를 데리고 갈지도 모른다는 생각에 밤새 문을 지켜보며 깨어 있었다.

세월이 흘렀다. 여름과 겨울이 번갈아가며 지나갔다. 사람들이 배우고 돕기 위해 예배당으로 찾아왔다. 그들 중 몇몇은 다른 장소에서 그들 자신의 공동체를 시작했다. 수지는 마침내 동물들이 그녀의 손길을 허락하도록 하는 데 성공했다. 그중 몇몇은 죽었지만, 전반적으로는 그녀가 쓰다듬어도 별일 없다는 사실을 깨달은 듯했다.

때때로 수지의 동료 중 하나가 말을 타고 초원을 가로질러 찾아왔고(혹은 바람을 타고 휘몰아쳐 오거나 비로 내리거나 황혼이 되어 스멀스멀 다가오기도 했다), 그럴 때면 수지는 수단과 방법을 가리지 않고 그들을 돌려보내는 데 성공했다.

그러던 어느 날, 마침내 프란체스코의 질병이 내부의 암석 밑에서 기어 나왔다. 수지는 별의별 수단을 다 써서 병을 돌려보내려 했지만, 그것은 다시 돌아가지 않으려고 버텼다. 프란체스코는 코감기에 걸려 훌쩍거렸고, 눈은 쾡해졌다. 수지는 그의 기운을 북돋우려 애쓰며 몸에 좋다는 것을 이것저것 먹였고, 심지어는 고함을 질러대기도 했지만, 아무 소용이 없었다.

사지가 검게 변하기 시작했을 때, 프란체스코가 고개를 들어 그녀를 바라보며 말했다. "수지, 이만하면 됐어요."

그가 옳았다.

그녀는 그의 이마에 키스해주었다. 그리고 그의 손을 잡고 앉아 있었다. 그동안 프란체스코의 의식은 서서히 흐려졌고, 마침내 그의 영혼이 몸을 빠져나가 하늘로 올라가서는 우주에 한바탕 흥분을 일으키며 경이로운 인물의 대열에 들어섰다.

수지는 그의 죽은 눈을 감기고 우주의 소란을 향해 가운뎃손가락을 들어 보였다.


수세기가 지난 지금, 수지는 프란체스코를 자주 생각했다. 많은 사람들이 그랬다.

그녀는 유난히 길을 잃었다는 기분이 들 때면, 그에 관해 생각하곤 했다. 황무지를 헤매 다니거나 텅 빈 도로를 방랑해 다닐 때 특히 그랬다. 가끔 그녀는 마일로를 찾아 헤매기도 했고, 그러지 않기도 했다. 너무 피곤하고 화가 나서 도저히 행복할 수가 없었다.

이따금씩 동료 방랑자들이 그들 모두가 공유하는 시선으로 아주 오랫동안 그녀를 바라보며 어디로 향해 가는지 물어오곤 했다.

"난 그저 우주를 피해 돌아다니는 거야." 그녀는 이렇게 대답했다.

# 17

# 실체와 힘을 가진
# 진정한 악

거콘 선장.

마일로는 여러 인생에서 악과 싸워왔지만, 거콘 선장은 그중에서도 가장 주목할 만한 인물이었다.

그 일은 많은 사람이 미래라고 생각하는 곳에서 일어났다. 그는 은하계 전역에서 판매하는 복권에 당첨되었고, 그 돈을 모두 생체공학 수술을 받는 데 사용했다. 그는 자신의 몸을 날아다니는 원자사이보그로 만들어서 강력한 우주 해적의 요새에 착륙한 후, 그들을 사슬에 묶어 정의의 심판대로 끌고 갔다.

제4 은하군의 범죄율은 50퍼센트까지 떨어졌다.

하지만 놀랍게도 그의 이런 행위가 전적으로 고마운 일로 인정받은 것은 아니었다.

"당신이 악당들로부터 우리를 구해주었어요." 한 대학원생이 그에게 말했다. "그렇지만 누가 당신에게서 우리를 구해줄 건가요?"

그는 그녀의 질문에 신경 쓰지 않았다. 그런 사람들은 대개 자신의 생명이 위협받게 되어야만 정신을 차리기 때문이었다.

이틀 후에, 그는 일전의 그 대학원생을 한 무리의 야생 합성 돼지-개들에게서 구해주었다.

"전에 했던 말은 정말 죄송해요." 그녀가 그의 금속 뺨에 키스하며 말했다. "그저 상상력의 결핍에서 나온 말이었어요."

"대부분의 결핍이 그렇죠." 그가 대답했다. "신경 쓰지 마세요."


악.

때로 그것은 스스로 일어서서 분명하게 자신을 드러냈다. 예를 들어, 그가 이슬람교도로 태어났을 때는 기독교도가 악의 축이었고, 그가 기독교인으로 태어났을 때는 이슬람교도가 사악한 존재였다. 어느 쪽의 삶에 속해 있든 간에, 그는 악의 존재를 그토록 명백하게 드러내 주신 것에 감사하다고 신께 기도드렸었다.


또 어떤 때에는 여전히 선명하게 드러나기는 해도 맞서 싸우기는 힘들었다. 예를 들어, 언젠가 한번 그는 노동자로 태어나 크룩-생크 강 밑으로 지나가는 터널 건설 작업에 투입된 적이 있었다. 그런데 가끔 현장의 에어로크가 오작동을 일으켜 터널이 침수되어 인부들이 익사하는 일이 있었다. 그러나 만약 누군가 안전에 대해 불평이라도 하게 되면, 밤에 괴한들이 캠프를 찾아 들어가 그 사람을 끌어냈다. 그러고는 그가 어느 집에 무단 침입하는 장면을 자신들이 목격했다고 누명을 씌우면서 그를 데리고 사라졌다. 그 상황이 전달하는 메시지는 그저 입 다물고 지내면서 모든 걸 운에 맡긴 채 받아들이라는 것이었다.

하지만 마일로는 심지어 괴한들이 그를 찾으러 왔을 때에도, 목소리를 높이고 멈추지 않았다. 그는 교도소에서 사고를 당해 피를 토하며 죽었다.


때때로 싸움은 가장 평범한 방식으로 일어났다. 21세기에 그들은 온라인으로 값싼 처방전 약을 사는 것을 불법으로 규정했다. 제약 회사들은 이런 상태를 유지하기 위해 입법자들에게 뇌물을 먹였고, 고가의 의료비용 탓에 사람들은 파산하고 죽어갔다. 마일로는 이런 악당들은 무시하고, 언제 어디서든 원하는 사람에게서 원하는 것은 무엇이든 사들였고, 그런 식으로 악과 싸워나갔다.

때로 슈퍼 영웅은 평범한 사람들이고, 그들 중 수백만 명은 키보드를 치며 악에 맞서 싸운다.


수 세기 전, 마일로는 시위에서 천여 명의 농민들을 이끌었다. 그들은 영주의 성으로 행진해 올라가서 세금을 낮춰달라고 요구했다. 그들에게는 먹을 것도 넉넉지 않았다.

영주는 자신의 칠면조 만찬에서 일어나 스무 명의 병사들에게 성벽 위로 올라가서 농부들에게 화살을 쏘라고 명령했다.

열 명의 농부가 밀과 야생화 사이로 쓰러져 죽었다.

990명의 농민이 돌아서서 미친 듯이 달려 도망쳤다.

"당신들은 대체 뭐가 문제요?" 마일로가 그들을 쫓아가며 소리쳤다. 그는 후퇴하는 농민들의 등에 돌을 던졌다. "당신들은 900명이 넘고 저들은 40명밖에 되지 않는다고!"

그것은 마치 말이 말파리에 의해 좌지우지되는 것을 바라보는 것 같았다.


마일로는 무키 언더우드라는 색소폰 연주자로 수백 명의 남녀와 함께 다리 하나를 건너 앨라배마 주 셀마를 향해 걸어갔다. 다리 건너편에서는 경찰관들이 몽둥이를 들고 기다리고 있었다.

"돌아가십시오." 경찰들이 말했다.

행진 참가자들은 돌아가지 않았다.

경찰이 그들을 몽둥이로 내리치며 구타했다.

행진하는 사람들은 달아나고 쫓기고 끔찍하게 폭행당했다.

카메라가 번쩍였다. 카메라가 돌아갔다. 전 세계 인구가 그들을 보았다.

"그들이 보게 해요." 무키는 자신이 흘린 피에 숨이 막힌 채 말했다. "그들이 보게 해요. 이건 그들의 문제이기도 하니까요."


악을 물리치는 것은 종종 비밀스러운 일이었다.

밀로셰비치 코세바르라는 이름의 제화공이었던 그는 마룻널 밑에 책을 숨기는 것으로 와픈-SS(독일 나치 SS 부대의 무장 조직 – 옮긴이)에 저항했다. 저항군의 일부는 병사들에게 총을 쏘았고, 또 일부는 철로를 파괴했으며, 다른 이들은 책과 그림이 나치의 손에 닿지 않도록 숨기는 일을 했다.

밀로셰비치는 자기가 보기에 희귀한 장서라 생각되는 폴란드 포르노물을 감춰두었다. 전쟁이 끝나자, 그는 그것을 박물관에 되돌려놓았고, 박물관은 비밀스러운 기쁨을 느끼며 그것을 감춰두었다. 오늘날에도 그것을 보려면 따로 신청해야 했다.

그 특별한 폴란드인의 삶을 끝내고 사후 세계에 갔을 때, 마일로는 수지에게 그 포르노 수집물 전체를 완벽하게 복사한 사본이 있다는 사실을 알게 되었다.

"이것 때문에 당신 목숨을 걸었던 거야?" 그녀가 물었다.

수지의 표정은 극적이고 변화무쌍했다. 몇몇 그림과 사진은 꽤 놀라웠다. 그중 몇 장은 조랑말에 관련된 것이었다.

"사람들이 예술이나 생각을 파괴하려고 할 때는, 모든 형태의 예술과 사고가 가치 있어지는 거야." 마일로가 설명했다. "일단 우리가 사람들이 무엇을 보고, 무엇은 보지 말아야 할지 말하기 시작하면 그 자체가 위험한 비탈길이 되어서 중단하기 어려워 결국에는 파국으로 치닫게 되거든. 그게 바로 실체와 힘을 가진 진정한 악이지. 나는 사람들이 보고 선택할 수 있는 기회를 지키려고 했던 거야."

"알았어." 그녀가 소곤거렸다. "무슨 말인지 이해해."

그 후로 한 달 동안, 그가 돌아설 때마다 그녀는 그 책 중 하나를 펼쳐보고 있었다.

그리고 이렇게 말했다. "난 악과 싸우는 중이야."

"로주미엠." 그가 폴란드어로 대답했다. "이해한다는 말이야."

# 18

# 도축장

영혼이 거의 1만 번쯤 환생하면, 탄생은 갈수록 더 쉬워지는 법이다.

마일로는 쥐어짜는 듯한 압박감과 갑작스러운 빛의 공격에서 건강하게 회복되었다. 물론 그도 다른 아이들이나 마찬가지로 태어난 즉시 자신이 누구이고 무엇인지 이해하지는 못했다. 하지만 시간이 지나면서 그는 배웠다.

그는 감정을 배웠다. 때때로 그는 거대하고 따스한 선량함으로 가득 차 있었다. 또 어떤 때는 걱정하거나 차분해졌다. 때로는 분노했다. 화가 나면 그는 무조건 먹었다. 그는 이 사실을 알아차렸다.

의심할 바 없는 영리함과 자신감만 제외하면, 마일로도 전 세계 여느 아이들이나 다를 바가 없었다. 하지만 그의 머리, 그 똑똑한 머릿속에 들어 있는 무언가는 달랐다. 그것은 일종의 전원 자동 차단 스위치와 비슷했다. 그 스위치는 그의 나머지 두뇌와 마찬가지로 아직 형성이 끝나지 않은 상태였다.

그 자동 차단 스위치는 무엇에 쓰이는 걸까?

알 수 없었다.


마일로는 '엄마'라는 또 한 사람과 함께 살았다. 그들은 어느 농장에 있는 트레일러에 거주했다. 엄마의 이름은 조이스였고, 농장을 소유한 스모커 가족을 위해 일했다. 그녀는 소를 돌봤다. 농장에는 백 마리의 소가 있었기에 조이스는 항상 바빴다.

마일로가 세 살 무렵이던 어느 날, 엄마는 소젖을 짜는 동안 아이가 시야에서 벗어나지 않게 지켜보려고 마일로를 헛간에 데려다 놓고 돌아다니도록 내버려두었다. 마일로는 녹슨 비료 살포기 뒤쪽 구석에서 뭔가 긁히는 소리가 나는 것을 듣고 다가갔다. 그곳에는 아주 야비해 보이는 커다란 좀벌레 한 마리가 있었다.

그 벌레는 반짝거리는 무시무시한 눈으로 그를 올려다보았다. 전생에 포주였던 벌레였다.

마일로는 바닥에서 녹슨 못 하나를 집어 들었다. 그리고 뭔가에 사로잡힌 듯한 표정으로 벌레를 못으로 찔러 바닥의 판자에 고정해버렸다.

벌레는 마치 마른 잎이 떨리듯이 경련을 일으켰다.

아이들은 다들 그런 행동을 한다. 그러고 나서는 기분이 나빠지는 것을 느낀다. 마일로의 경우에는 자동 차단 스위치가 작동해서 나쁜 기분을 느끼지 못하게 막아주었다. 하지만 그것도 그가 겁을 집어먹거나 흥분했을 때면 나타나는 숨쉬기 힘든 느낌까지 막아주지는 못했다. 그의 엄마는 그것을 '천식'이라고 불렀다.

5분 후, 엄마는 젖 짜는 일이 끝내고 소들을 목초지로 내보낼 준비를 마쳤다. "마일로!" 그녀가 불렀다.

"가요, 엄마!" 아이가 대답하고는 달려가서 엄마의 손을 잡았다.

그가 가버린 자리에는 체계적으로 절단된 좀벌레 한 마리가 남아 있었다. 날개가 잘려져서 일렬로 늘어서 있었다. 다리도 잘려서 일렬로 늘어서 있었다. 머리도 잘렸는데, 그것은 마일로의 주머니 속에 있었다.


5학년 때, 조디 퍼터보라는 여자아이가 커빙턴으로 이사를 왔다. 마일로의 엄마와 마찬가지로 그애의 부모도 농장 일을 했다. 등교 첫날, 버스에 올라탄 소녀가 곧장 마일로의 좌석으로 걸어가 말했다. "너 5학년처럼 보인다."

마일로가 고개를 끄덕였다. 그는 공상과학 소설을 읽느라 정신이 없었다.

"언제 버스에서 내려야 하는지 알 수 있게 내가 네 옆자리에 앉아도 될까? 우리 엄마 말이 이 버스가 세 개의 다른 학교에 정차한다고 그랬는데, 난 실수로 고등학교 앞에 내리고 싶지 않거든. 내 이름은 조이 퍼터보야."

"난 마일로 우드야."

소녀가 그의 옆에 앉더니, 그가 계속 책을 읽을 수 있도록 해주었다.

하지만 그 후 마일로는 책에 집중할 수가 없었다. 그는 긴 갈색 머리에 소의 눈을 한, 옆자리에 앉은 조디 퍼터보에 관해 생각했다. 그의 뇌 속에 새로운 스위치들이 마구 열리기 시작했다. 머릿속에서 숨쉬기 힘든 느낌이 약간 고개를 쳐들었다.

자동 차단 스위치는 조용히 상황을 지켜봤다.


9월의 긴 장마가 지난 어느 날, 마일로가 운동장에 나가 지렁이들을 마구 짓밟고 있을 때, 뒤에서 날카로운 "어머!" 소리가 들렸다.

조디 퍼터보가 충격을 받은 표정으로 서 있었다.

"너 뭐 하는 거야?" 그녀가 물었다.

"아무것도 안 해."

"지렁이들을 죽이고 있잖아. 왜 그러는 거야?"

마일로는 대답할 말이 없었다. 조디가 그를 바라보는 방식이 마음에 들지 않았다.

"이제 더는 죽이지 않을 거야." 그가 말했다.

소녀가 고개를 끄덕였지만, 계속 가던 길을 가버렸다. 마일로는 아주 조금 비통한 마음이 들었지만, 자동 차단 스위치가 즉시 그 감정을 차단해버렸다.


조디의 가족은 커빙턴 북쪽에 화학물질을 사용하지 않는 유기농

농장을 시작했다. 그들은 돼지고기를 얻기 위해 돼지를 길렀지만, 동물이 살아 있는 동안에는 매우 인도적으로 다루었다. 조디는 6월에 마일로와 다른 5학년 학생들을 자신의 생일파티에 초대했다.

"저 녀석이 헨리란다." 조디의 아버지가 마일로에게 말했다. 무리에서 빠져나온 돼지 한 마리가 마일로의 다리를 코로 쿵쿵대다가 그의 바짓단을 씹기 시작했다. 그들은 모두 소풍 탁자에 앉아 노란색 케이크를 먹고 있었다.

"동물에게 이름도 지어주나요?" 마일로가 물었다. "그렇지만……."

"그래, 맞아. 우린 그들을 죽일 거야. 하지만 그렇다고 해서 생명에 대한 존경심을 보일 수 없다는 뜻은 아니란다. 여길 보렴." 그러더니 그가 무릎을 꿇고 앉아 양손으로 헨리의 머리를 잡았다.

"녀석의 눈을 들여다봐." 조디의 아빠가 말했다. "이 안에 누군가가 있어. 나와 너처럼 헨리도 자기 머릿속에서 살아 있어. 그래서 친절함에 감사할 줄 알아."

퍼터보 씨의 말이 맞았다. 불과 1년 전만 해도, 헨리의 영혼은 부에노스아이레스에 사는 은퇴한 화가였다. 그가 이웃 사람들에게 베풀었던 친절은 거의 전설적이었다. 따라서 퍼터보 가족의 농장에서 돼지로서 사는 그의 짧고 행복한 삶은 보상이지 처벌이 아니었다.

"난 세상이 동물을 다루는 방식을 바꿔놓을 거야." 조디가 마일로에게 말했다.

사람이 사랑에 빠지는 계기를 가만히 살펴보면 흥미롭기 그지없다. 마일로의 경우에는, 조디가 손을 뻗어 그의 손을 꽉 잡아주었을 때였다. 나중에, 사과나무 밑에서, 노을이 지는 완벽한 순간에, 반딧불이가 밖으로 날아오를 때, 그들은 "하나, 둘, 셋"이라고 숫자를 세고는 서로의 입술에 키스했다.

그 순간 마일로는 마치 자신의 머릿속 깊은 곳에서 만 명쯤 되는 태고의 영혼들이 뭔가를 충고하려 하는 듯한 속삭임을 들었다. 그 목소리들은 그들의 키스를 찬성하는 듯했다.

이제 다 괜찮아질 거야, 나이 든 영혼들이 말했다.


영혼들의 짐작은 맞지 않았다. 자동 차단 스위치는 기다리는 법을 알았다.

몇 년이 지났다. 농장의 주인인 프레드 스모커는 아들들과 함께 마일로를 데리고 사냥을 나갔다. 마일로가 처음 동물을 사냥했을 때, 스모커는 그의 이마에 피로 표시해주었다. 피가 피부에 닿았을 때, 마일로는 약간 신음했다. 그도 어쩔 수 없었다. 하지만 조디에게는 말하지 않았다.

퍼터보 가족은 캐스타운에 새로 생긴 거대 디너벨 정육 공장 탓에 파산을 하고 멀리 이사를 가버렸다. 마일로는 가슴이 찢어질 듯 아팠지만, 자동 차단 스위치가 그 통증을 억압해서 감춰버렸다.

뭔가 잘못됐어. 그의 예전 영혼들은 졸음에 취해 지나치게 자신하며 직감했지만, 무엇이 잘못됐는지까지는 알 수 없었다.

마일로는 엄마에게서 농장 허드렛일을 배웠고, 그것은 그가 자라는 동안 보수를 받고 하는 일로 발전해 나갔으며, 일의 양도 점점 많아졌다. 어느 날 밤, 그는 숲 속에서 엄마 친구인 데비 페어에게 순결을 잃었다.

그리고 나서 어느 날 문득 정신을 차려보니 그는 고등학교 졸업장을 받고 자기만의 아파트에 거주하고 있었다. 아파트는 커빙턴 외곽에 있는 럭키 마트 주유소와 선드리스 맞은편에 있는 방 하나짜리였다. 이제 그는 '사람'이었다. 그는 돈을 절약해서 곧 대학에 갈 계획을 세웠다. 그런 계획들은 그를 기분 좋게 했고, 그의 영혼도 기쁘게 했다. 그의 영혼은 돈을 모으기 위해서는 일단 돈을 벌어야 하기에 일종의 직업이 필요하다는 사실을 상기시켜주었다.

좋아, 마일로가 동의했다. 어느 날 밤, 마일로는 월트 바에서 톰 리틀존이라는 정육업자와 술에 취했고, 그 덕에 톰이 마일로에게 디너 벨 공장에서 소를 도축하는 일자리를 구해주었다(아, 젠장, 그의 예전 영혼들이 탄식했다).

그는 일종의 공기 해머인 충격기를 들고 하루에 100번씩 소의 두 눈 사이에 그 총구를 가져다 댔다.

쉬-익, 픽!

강철 총알이 소의 두개골을 뚫고 들어가 뇌를 마비시켰다. 때때로 이것은 소를 즉사하게 했다. 하지만 이따금씩 소는 몸을 부들부들 떨면서 마일로를 바라보며 눈알을 굴리기도 했다. 근무 시간이면 마일로의 자동 차단 스위치가 자동으로 작동해서, 그는 동물이 그를 어떤 눈으로 바라보든 전혀 개의치 않고 그 동물을 죽일 수 있었다.

언젠가 한 번 그들은 올랜도라고 이름 붙힌 160킬로그램짜리 두록 돼지를 신시내티 10월제 자선 디너 행사를 위해 특별히 도살했다. 돈 스위니라는 공장의 선임 도축업자가 에어 해머로 올랜도를 쓰러뜨리려고 했지만, 올랜도는 분노로 꽥꽥거리며 앞뒤로 뛰어다녔다. 스위니는 껄껄 웃으며 우리에서 뛰쳐나왔다. "난 할 만큼 한 것 같아, 이제 자네들이 맡으라고!"

마일로가 스위니에게서 해머를 건네받고는 벽을 넘어가기 위해 몸을 들어 올렸다. 마일로가 제대로 균형을 잡기도 전에 올랜도가 입을 쩍 벌린 채 몸을 날려왔다. 올랜도는 여섯 번이나 연달아 돼지로 태어났기에 이런 상황에 익숙했다.

마일로는 두려움 없이 집중했다.

쉬-익, 픽!

돼지와 돼지 도살자가 함께 나가떨어졌다.

마일로가 먼저 일어나서 올랜도의 오른쪽 눈에 또 한 방을 먹였다(쉬-익, 픽!).

그의 작업복이 온통 피범벅이 되었다.

여전히 그 힘센 돼지는 앓는 소리를 내면서 다시 일어서기라도 할 것처럼 발을 차댔다. 마일로는 가능한 한 높이 뛰어올라서 돼지의 갈비뼈를 겨냥해 두 발뒤꿈치를 세게 찍어 눌렀다.

픽! 쩍!

올랜도가 비명을 지르며 몸부림쳤다.

마지막으로, 흐르는 듯한 움직임으로 마일로는 돼지의 뒤로 팔을 뻗어 9파운드짜리 도축용 망치를 집어 들고 돼지의 턱을 후려쳤다.

또다시 망치가 원을 그리며 돼지를 내리쳤다. 마일로가 충혈된 눈으로 숨을 헐떡이며 뒤로 물러섰을 때, 돼지의 머리는 남아 있지 않았다. 그것은 마치 넝마와 젤리처럼 보였다.

"맙소사, 마일로." 스위니가 기어들어 가는 목소리로 말했다.

그날 늦게 자신의 아파트로 돌아갔을 때, 마일로는 마치 사고라도 당한 사람처럼 몸을 떨어냈다.

지금 넌 뭐라도 느껴야만 해. 그의 예전 영혼들이 속삭였다.

마일로는 울고 싶었다. 그의 호흡도 떨고 있었다. 그는 한 시간 동안이나 몸을 떨며 자리에 앉아 평범한 사람처럼 느껴보려 애를 썼다.

그는 대학에 가서 공학을 공부하고 싶었다. 한 달간의 조사 끝에, 그는 연간 4천 달러가 들어가는 대학 프로그램을 찾아냈다. 도살장에서 5년을 근무한다면, 빚더미에 올라앉지 않고도 혼자 힘으로 일단 공부를 시작할 수 있을 터였다.

아주 좋아, 현명한 목소리가 말했다. 좋은 정도가 아니야!

마일로는 시간표까지 적어 넣은 계획표를 작성했다. 그리고 입학처장을 만나 재정적인 도움에 관해 상담하고 싶다는 내용을 담은 서한을 대학에 보냈다. 이제 그는 그 어느 때보다도 자신이 사람답게 느껴졌다.

자축하기 위해, 그는 대학 학자금으로 모아놓은 돈을 공기총을 사는 데 썼다.

그는 밤마다 숲으로 산책을 나가 41번 도로를 따라 서 있는 나무들 사이에 몇 시간이고 앉아 있었다.

그가 마음을 진정시키고 정신을 차릴 수 있었던 유일한 시간이 바로 차들이 천천히 옆을 스치고 지나가는 동안 라이플을 어깨에 메고 밤 시간 숲의 곤충들 사이에 웅크리고 앉아 있는 그 순간이었다.

숨을 들이쉬고, 내쉬고. 나머지 세상은 고요했다.

생일날, 그는 자신에게 망원경과 겨울용 방한 위장복을 선물했다.

여름이 되었을 때, 그는 자신도 놀랄 일을 저질렀다.

도로에서 50미터쯤 떨어진 곳에 숨어 있다가 지나가는 도요타 4러너의 앞 유리에 탄환 한 발을 쏘아 맞힌 것이었다. 트럭이 휘청하더니 속도를 높여 스프링필드 방향으로 사라져버렸다.

아, 젠장! 한심한 짓이었다. 정말 심각한 짓이기도 했다. 사람들의 관심을 끌 만한 일이 아닌가.

다음 날 마일로는 신문을 확인했다. 아무 언급도 없었다.

그는 실망했을까? 안심했을까? 그도 확실히 알지 못했다.


같은 날, 마일로는 볼로냐소시지와 고추냉이 소스를 사기 위해 즈비엘의 시장에 갔다가 우연히 조디 퍼터보를 만났다.

그는 밀러 맥주 열두 캔들이 피라미드 너머로 그녀를 빤히 바라봤다. 처음에는 친숙한 얼굴이라는 것만 느꼈을 뿐 확신하지는……

"우리 아는 사이던가?" 조디가 물었다.

그녀는 일반적인 의미에서 약간 벗어난 의미로 귀여웠다. 운동복 차림이었다.

"글쎄, 잘 모르겠네. 난 마일로 우드야."

"어머, 웬일이니, 마일로! 나, 조디 퍼터보야!"

때때로 기억은 우리가 이상한 일들을 하게 만든다. 특히 우리가 이상한 사람일 때는 더욱 그렇다. 마일로는 "안녕, 조디"라고 인사하고는 맥주 피라미드를 돌아 그녀 쪽으로 성큼성큼 걸어갔다. 그리고 조디의 팔을 꽉 움켜잡고는 그녀의 입술에 강렬하게 키스를 퍼부었다. 게다가 친밀함을 드러내는 키스도 아니었다.

오래전 황혼 녘에 반딧불이가 날아다니는 가운데 나누었던 키스가 그의 머릿속에 떠올랐음이 분명했다.

우-후! 고대의 영혼들이 환호성을 질렀다.

"좋아." 조디가 말했다. 그리고 그들은 서로에게 두 팔을 둘러 껴안은 채 맥주 옆에 한동안 서 있었다.


그녀는 어디로 이사했던 걸까?

아이오와. 그러고 나서 조디는 환각 증세를 보여서 몇 년 동안 병원에 입원해 있다가 결국에는 뇌수술을 받았다. 이제 그녀는 전보다 멍청했다. 그게 겉으로도 드러날까?

그녀의 부모님은?

돌아가셨다.

"젠장, 조디, 정말 미안해."

그는 안타깝다고 **느꼈었다.** 순간 그의 자동 차단 스위치가 작동했다.

조디가 말했다. "고마워. 난 가을에 학기가 시작하면 스쿨버스를

343

운전하기로 했어."

　가게에서 조디 퍼터보를 만난 후, 그녀와 함께 K에 가서 그릴드 치즈와 콜라로 식사를 마친 다음, 마일로는 생각을 정리하고 싶었다. 그러려면 조용한 장소가 필요했다.

　어두워진 후, 그는 고속도로 근처의 그림자 속을 찾아 들어갔다. 그곳에서 호흡하며 생각에 잠겼다.

　기다림이 이어졌다. 그러다가 그는 방아쇠를 당겼다. 픽! 파란색 소형 머큐리 링크스의 운전석 쪽 창문이 별처럼 반짝였다. 운전사는 당황하지 않았다. 차를 돌리지도 않고 속도만 높여 사라졌다.

　그 총격은 신문에 났다. 경찰은 또한 이전에 신고가 들어왔던 도요타에 대해서도 언급했다. 누군가 그를 '41번 국도 BB 총 저격수'라고 불렀다.

　왜 그들은 굳이 'BB 총'이라는 표현을 넣었을까? 그가 어린아이인 것처럼 느껴지지 않는가.

　마일로는 가서 진짜 라이플과 탄환을 샀다. 그는 탄환을 하나만 제외하고 다 차창 밖으로 던져버렸다. 그리고 그 탄환 하나만 주머니에 넣어두었다.


　그들은 브루어리에서 마이애미 강을 내려다보며 저녁을 먹었다. 아, 정말이지 그녀는 근사했다. 즈비블에서 처음 만났던 그날처럼 그냥 귀엽기만 한 게 아니었다. 이제 그녀는 그의 마음속에서 성장해 나갈 수 있었고, 그도 마음속에 그녀를 위한 자리를 마련해주었다. 그녀를 보고 있으면 마일로는 숨을 쉬기도 힘들었다. 조디는 그만큼 아름다웠다. 그녀는 파란 드레스를 입고 머리에는 거대한 국화꽃을 꽂고 있었는데, 국화는 거의 그녀의 두 번째 머리처럼 보였다.

그는 나가서 넥타이를 하나 샀다.

"농장에서 살던 삶이 그립지는 않아?" 그가 샐러드를 먹으면서 물었다.

조디가 고개를 끄덕였다. "그리워." 그녀가 말했다. "일만 빼고. 동물들은 그립지만, 농장에서 살려면 정말 열심히 일해야 해. 내가 게을러서 그런 걸까?"

"아니야." 마일로가 대답했다. "세상에 일의 종류가 얼마나 많은데. 일마다 쏟아붓는 에너지의 종류가 다르잖아."

그러자 조디가 따뜻한 시선으로 그를 바라봤다. 그는 옳은 말을 했다. 잠시 접시에 남아 있는 마지막 양상추를 포크로 찌르면서, 그는 맑은 물을 항해해가는 배처럼 자기 삶의 올바름을 느꼈다. 하지만 그 사실이 그를 불안하게 하기도 했다. 조만간 자신이 어디서 일하는지 그녀에게 털어놔야 한다는 사실을 알고 있기 때문이었다.

그들은 대학에 관해 이야기했다. 두 사람 다 저축을 하고 있었다.

"우리 에디슨 대학에서 수업을 하나쯤 같이 들어도 괜찮을 것 같아." 조디가 제안했다. "한번 해보자. 시문학 수업. 넌 시문학 수업 같은 건 듣고 싶지 않을지도 모르지만, 가끔 우리가 일상생활에서 단어를 조합하는 방식을 살펴보면 재미있을 거야."

"그래."

"'빨간 상추와 구두끈.'"

"그럼 그것도 시라는 거야?" 마일로가 물었다.

"아니, 이건 시장 볼 물품 목록 외로는 좀처럼 함께할 수 없는 단어들이지."

마일로가 어깨를 으쓱했다. "누가 그걸 시가 아니라고 하는데?" 그가 말했다. "그게 단지 무작위로 함께 나열해놓은 것이라서?"

조디의 얼굴이 환해졌다. 그녀가 몸을 앞으로 기울였다.

"너 시를 이해하는구나." 그녀가 손을 뻗어 그의 팔뚝을 어루만지며 말했다. "어쩌면 네가 이해할지도 모른다고 생각했었는데, 정말 그러네."

"나 디너 벨 공장에서 일해." 그가 불쑥 말했다.

전채요리가 나왔다.

"세상에, 마일로."

"대학 가려면 돈을 벌어야만 했어." 그가 중얼거렸다. 마치 어릴 적 그가 지렁이를 뭉개버리는 모습을 그녀가 발견했을 때의 상황과 비슷했다.

"그들이 상품 가치가 없는 아기 돼지로 뭘 하는지 알아?" 그녀가 물었다. "언젠가 피츠버그에 있는 어떤 도살장에 관한 기사를 읽은 적이 있어. 새끼 돼지 뒷다리를 잡고 들어 올려서 바닥으로 내리쳐버린대. 누가 새끼 돼지 뇌를 가장 멀리 튀게 하는지 내기를 한다는 거야."

그들이 마주 앉은 식탁 위에서는 양초 하나가 타고 있었다. 양초가 너무 키가 커서 고개를 옆으로 기울이고 보지 않는 한, 조디의

346

머리 한가운데에 밝은 후광을 남겨놓았기에, 그가 볼 수 있는 것이라고는 옆으로 툭 튀어나와 있는 국화꽃뿐이었다.

그녀의 어조가 그를 신경 쓰이게 했다. 차단 스위치가 무장을 했다. 그래서 지금 그녀가 공포물을 들려주려 한다는 거지?

"한번은 경연대회가 열린 적이 있어." 그가 촛불 빛 속에서 몸을 앞으로 기울이며 말했다. "디너 벨에서. 수소들이었어. 공기 해머는 고장이 났고, 야근 근무조는 퇴근 전까지 200마리의 수소를 가공 처리해야 했거든. 그래서 그들은 공기 해머를 사용하지 않고 소들을 고리에 끼워서 천장에 설치된 트롤리선에 걸었어. 그건 기본적으로 소들이 예정대로 뇌사 상태에 빠지는 대신 완전히 살아 있는 채로 겁에 잔뜩 질린 채 거꾸로 매달리게 됐다는 의미야. 그리고 야간 근무조는 소가 완전히 죽기 전에 그들을 어느 정도까지 가공할 수 있을지 경쟁하기 시작했어. 일단 소가 가죽이 벗겨지고 내장은, 너도 알겠지만, 다 터진 채로 가공 라인으로 내려오면 그건 곧장 증기 분무기를 통과해서 갔고, 그다음에는 플랭크 스테이크를 잘라내는 인부 앞으로 가게 돼 있는데, 거기서도 소는 온몸을 비틀면서 그 인부 눈앞에서 '음매!' 하고 울었어. 내 말은, 사실 그쯤 되면 소도 더는 소가 아니잖아. 그냥 고깃덩어리라고. 그런데도 '음매' 하고 울었다니까. 그 친구는 회사를 그만뒀어."

그는 조디가 충격을 받았는지 보기 위해 고개를 옆으로 기울였다. 그녀는 자기 무릎만 내려다보고 있었다.

순간, 자동 차단 스위치가 나가버렸다. 갑자기 정신이 번쩍 들었다. 아, 맙소사…….

"저기······." 그가 말했다. "실은 경연대회가 아니었어. 가공 라인에서 일하는······."

조디가 그의 목소리에 몸을 움찔했다. 그는 입을 다물었다.

그들은 저녁을 먹었다.

마일로는 자신이 머릿속에서 목록을 만들고 있다는 사실을 알아차렸다.

이야기할 거리 목록이었다. 지금까지 한 일 중에 가장 터무니없는 짓. 고속도로에서 차에 총질했던 일.

안 돼! 그의 예전 영혼들이 소리 질렀다. 그는 침묵을 지켰다.

저녁 식사용 포크. 벽에 걸린 그림. 눈알인지 물방울인지가 하수구로 쓸려 내려가는 것 같은 그림이었는데, 정확히 어느 쪽인지는 말하기 힘들었다.


마일로는 41번 국도상에 있는 그의 나무쪽으로 차를 운전해갔다.

그는 왜 조디에게 그 끔찍한 얘기를 들려줬을까?

인간은 항상 그들 자신을 방해한다고, 마일로는 생각했다. 예를 들어, 그는 왜 이미 두 대의 차를 쏘아 맞혔던 바로 그 지점인 것 같은 나무를 향해 차를 몰아가고 있는 것일까? 사람들이 이미 그 지역을 감시하기 시작하지는 않았을까? 만약 41번 국도 BB 저격수가 영리하다면, 그는 이제 41번 도로에서 더는 저격하지 않을 터였다.

그는 차를 세워둔 곳으로 다시 걸어갔다.

그는 트로이 끝자락으로 차를 몰고 가서 지붕이 덮여 있는 낡은 다리를 지나 실험 농장 도로를 지나쳐서 I-75 도로가 내려다보이는 언덕이 눈에 보일 때까지 운전해갔다.

그는 주간 고속도로에서 1.5킬로미터가량 떨어진 자갈밭에 트럭을 세워두었다. 총 두 자루, 그러니까 공기총과 진짜 라이플 한 정을 들고, 그는 철조망 울타리를 넘어 400미터쯤 떨어진 나무 옆에 자리 잡고 앉았다. 전조등 범위를 벗어난 곳이었다.

고속도로에서는 차량이 지날 때마다 요란한 소리가 포효하듯이 울려왔다. 전조등 불빛이 마치 우주선처럼 다가와서는 가느다란 빛줄기로 변했다가 미등으로 바뀌었다. 차들이 지나가는 순간 쏘아 맞히기는 상당히 어려울 터였다. 그들보다 적어도…… 6미터 정도는 앞서 있어야 했고, 그 성패는 그가 공기총을 사용할지 진짜 총을 사용할지에 달려 있었다.

마일로는 공기총을 선택했다. 물론 살짝 기분이 나쁘기는 했다. BB 총 저격수라니, 빌어먹을. 호주머니 속에 들어 있는 라이플 탄환이 그의 다리와 마찰하며 점점 뜨거워지는 것이 마치 목청을 가다듬어 자신의 존재를 드러내려는 것처럼 느껴졌다. 마일로는 그것을 무시하고 조준경을 고정했다. 그런 다음 도랑에 빠져 있는 음료수 캔에 총알 네 발을 쏘아보며 시간을 들여 조정했다.

인내심을 가져, 자동 차단 스위치가 그에게 속삭였다.

그는 인내심이라면 자신 있었다. 그러나 자신이 어떤 형태의 완벽을 기다리고 있는지는 알 수 없었다. 전조등은 하나같이 똑같아 보이는 거 아니던가? 게다가 그곳에 오래 앉아 있으면 있을수록, 지나던 경찰관이 뒤쪽 창문에 빈 총걸이가 설치된 트럭 한 대가 아무 이유도 없이 길에 주차된 것을 보고 미심쩍어할 가능성만 더 커질 터였다.

그는 마침내 트럭 한 대를 선택했다. 비탈길 1.5킬로미터쯤 위쪽에서 피터빌트 유조선이 브레이크를 밟는 것이 그의 관심을 끌었다.

마일로는 피터빌트가 조준경에 꽉 차게끔 내버려두었다. 그리고 십자선이 중심에서 벗어나도록 했다. 운전사를 쏘아 맞히고 싶은 생각은 없었다. 그는 약간 몸을 흔들면서 어깨와 팔과 손을 함께 움직여서 마치 막 달리기 시작한 단거리 선수처럼 십자선이 트럭 앞을 떠나가게 했다.

심호흡할 시간이었다. 그는 숨을 내쉬었다.

폐가 텅 비었다. 혈액 속 산소가 최대치에 도달하면서, 시력을 날카롭게 만들었다. 그는 몸과 마음이 가장 평온한 상태에 이르렀을 때, 호흡과 호흡 사이에서 방아쇠를 당겼다.

예민해질 대로 예민해진 귀가 탄환이 픽 소리를 내며 발사되는 소리와 차 앞 유리창에 부딪히며 내는 픽 소리를 들었다. 그의 내면에서 아드레날린이 폭발했다. 그는 완벽의 순간을 경험했고, 심지어 그의 내면에 있는 고대 영혼까지도 그 순간을 즐겼다.

그러고 나서 트럭이 급브레이크를 밟으며 비탈길을 미끄러져 내려오기 시작하더니 갓길에서 채 100미터도 떨어지지 않은 곳에서 멈춰 섰다. **놀랍지 않은가!** 고무 타는 냄새가 밤공기를 꽉 채웠다. 차들이 트럭에 공간을 내주기 위해 허둥지둥 핸들을 돌려 방향을 바꾸어 달려갔다. 경적이 울렸다.

마일로는 온몸이 경직되어 거의 벌떡 일어날 지경이었다. 그때 자동 차단 스위치가 작동했다.

그는 숨을 내쉬었다. 그리고 돌처럼 앉아 있었다.

운전사가 빠른 걸음으로 나타났다. 평범한 트럭 운전사 타입이 아니라 근사한 바지 안에 셔츠를 밀어 넣어 입은 비쩍 마른 남자였다.

손전등이다.

불빛이 도랑 위아래를 오갔다. 그러더니 언덕 위쪽으로 올라가 마일로의 오른쪽을 비추었다.

마일로는 자신을 타일렀다. 그는 자신의 모습이 마치 밤에 피워 놓은 모닥불처럼 노골적으로 드러나는 듯이 느꼈지만, 그건 단지 정신적 공황 상태에서 오는 두려움일 뿐이었다. 그는 저 아래 갓길에 서 있는 트럭 운전사에게는 그가 있는 곳이 어떻게 보일지 상상해봤다. 그리고 트럭 운전사의 눈에 보일 만한 것들의 목록을 만들어봤다.

형체들. 그림자들. 커다란 바위 하나와 약간의 패스트푸드 쓰레기.

바늘. 건초 더미.

불빛이 그의 방향으로 움직였다. 마일로는 조준경이 반사되지 않도록 손으로 렌즈를 가렸다.

불빛이 전혀 머뭇거림 없이 그를 스쳐 지나갔다.

어둠 속에서, 그는 총을 어깨까지 들어 올리고 운전사를 조준했다. 남자가 자신의 차를 향해 다시 걷기 시작했다. 마일로는 조준경의 십자선을 운전사의 뒤통수에 정확히 맞추었다. 그리고 머리를 따라갔다.

심호흡해, 자동 차단 스위치가 소곤거렸다. 방아쇠를 당겨.

그는 하지 않았다. 가슴속의 아드레날린 폭탄이 바람 빠지는 소리를 내며 꺼져버렸다.

운전사가 차에 올라탔지만, 트럭은 움직이지 않았다. 고속도로 순찰대에 무전을 치는 게 분명하다고 마일로는 생각했다. 그렇다면 순찰대가 오기 전까지는 운전사도 움직이지 않을 터였다.

그는 몸을 웅크린 채 무성한 잡초 사이로 뒷걸음질 쳤다. 울타리를 돌아왔던 길로 나아갔다.

죽은 잔디. 나뭇가지 아래 몸 숨기기. 달음박질치는 심장. 끙끙거림. 헐떡임. 땅 다람쥐 굴.

사이렌. 젠장! 만약 그들에게 조금이라도 생각이 있다면, 실험농장 도로 쪽으로도 분명히 누군가를 보냈을 터였다. 빌어먹을. 그가 트럭에 올라타고 도로로 나선다고 해도, 가는 길에 경찰을 만나게 된다면, 분명히 그의 차를 세울 것이 분명했다.

제기랄. 그는 달리는 동안 총을 어깨에서 내려 소매로 문질러 닦았다. 지문이 다 지워졌다는 판단이 섰을 때, 그는 총을 왼쪽 숲 속으로 멀리 던져버렸다.

그는 세워두었던 트럭이 보일 때까지 길가의 무성한 풀숲을 가로질러 뛰어갔고, 30초쯤 후에는 차를 몰고 길로 나서 라디오 주파수를 맞추고 있었다. 라이플은 두고 갔던 자리, 총 걸이 선반에 그대로 놓여 있었다.

그는 위험을 피해, 아무 일도 없었다는 듯이 트로이로 차를 몰아갔다. 여전히 그의 마음을 가장 무겁게 짓누르는 한 가지는 조디에게 그 도살장 이야기를 들려주지 말 걸 그랬다는 후회의 감정이었다.

일단 시간이 좀 지나도록 내버려두자, 그는 생각했다. 인내심을 갖자, 라이플을 발사할 때처럼. 완벽하게 만드는 거야, 그럼 그녀도 그를 다시 받아줄 테니.

라디오. 세탁기 겸 건조기 할인 판매. 느린 노래. 잠음.


학교가 개학하고 약 3주간 수업이 진행되고 있을 때, 조디는 티크리지 도로의 코스멀 진입로에 스쿨버스를 정차했다. 꼬마 레이철과 스카이를 태우기 위해서였는데, 그곳에 마일로 우드가 신시내티 레즈 팀의 새 야구모자를 쓰고 서 있었다. 그의 트럭은 바로 길 아래쪽에 주차되어 있었다.

"마일로!" 그가 버스에 올라타는 동안 조디가 말문이 막힌다는 듯이 말했다.

"안녕." 그가 활짝 웃으며 말했다. "여기 앞자리에 앉아도 될까?"

한 주 전에 그는 조디에게 꽃을 보냈다. 노란 장미 다섯 송이와 빨간 장미 두 송이를 성기게 엮어 만든 꽃다발이었다.

사흘 전에는 편지지에 미안하다는 말을 적어 쪽지를 보냈다. 그리고 깜짝 선물을 준비해두었다는 말도 적었다.

그는 집 안에 작은 조디 사원을 만들어놓았다. 플라스틱 장난감 돼지. 식료품점 영수증. 양초. 국화 몇 송이가 그려진 그림 하나. 스쿨버스 사진 한 장.

그리고 이제는 진짜 버스에 반쯤 몸을 걸치고 서 있었다.

열 명의 어린아이와 십 대 아이 두 명이 그를 관찰하며 완벽하게 정지된 상태로 앉아 있었다.

"난 학생들 이외의 다른 승객은 태울 수 없어." 조디가 조용하게 말했다. "친구든 뭐든 간에 다른 성인은 탈 수 없어."

'태울 수 없다'라는 말은 '반드시 안 된다'라는 말이 아니었다. 마일로는 버스 충계를 마저 올라가기 시작했지만, 조디가 레버로 팔을 뻗더니 천천히 문을 닫았다.

"날 따라서 차고로 와." 그녀가 말했다. "그렇지만 지금은 내려. 너 때문에 내가 곤란해질 수 있어."

좋아. 그는 충계를 내려갔다. 문이 그의 눈앞에서 닫혔다.

그는 버스를 따라 열네 개가 넘는 차량 진입로와 세 개의 학교를 지나쳐갔다. 아이들이 차량 뒷좌석에 잔뜩 몰려서서 빤히 바라보고 있었다. 아이 중 한 명이 그를 보고 인상을 찌푸렸다. 그도 역시 인상을 찌푸렸다. 아이들이 웃음을 터트렸다. 그는 아이들이 조디에게 말하기 위해 돌아서는 모습을 볼 수 있었다.

어린애들이란, 그는 생각했다. 최고야.


"나 도축장 그만뒀어." 조디가 지역 차고에 버스를 주차한 후에 그가 말했다.

"생활비를 벌어야 한다면서 너무 무리하는 거 아니야?"

"괜찮아. 아는 사람 지인 중에 신타그로에서 일하는 사람이 있어. 그쪽에 일을 구할 수 있을 거야."

신타그로는 트로이에 있는 회사로, 집집이 돌아다니며 잔디에 작은 알갱이를 뿌려 벌레와 잡초를 제거하는 일을 하는 곳이었다. 만약 그곳에 고용된다면, 마일로는 자신의 이름이 새겨진 녹색 제복을 입고 사람들의 정원으로 잔디 깎는 기계처럼 생긴, 비료 등을 뿌리는 작은 녹색 장비를 밀고 다니며 일하게 될 터였다. 디너벨만큼 보수가 많지는 않았지만, 그런 건 상관없었다.

"디너벨은 〈텍사스 전기톱 연쇄 살인사건〉이나 똑같아." 조디가 말했다. "그것만 아니면 다 괜찮아."

그러고는 그녀가 그의 볼에 키스했다.

어떤 이유에선지, 이것이 자동 차단 스위치를 활성화했다. 그 자신의 머릿속 공간에서, 마일로는 이빨을 드러낸 채 야만적인 미소를 지으며 홱 돌아서서 그 스위치를 사라지게 했다.

난 이 기회를 놓치지 않을 거야, 그는 생각했다. 이 좋은 기회를 반드시 손에 넣을 거야. 그다음엔 더 좋은 걸 차지할 거야. 그리고 또 다른 걸 가질 거야.

그의 옛 영혼들은 놀라서 오줌을 지렸다. 물론 영적으로.

그도 그녀에게 키스했다.

장미. 편지. 학교 버스.

"무슨 생각해?" 조디가 물었다.

"머릿속에서 시를 쓰고 있어." 그가 대답했다.


그녀는 그들이 함께 살기 전까지는 그와 자지 않겠다고 했다.

"그러니까 우리 집으로 들어와." 그가 어깨를 으쓱하며 말했다.

"네 아파트나 내 아파트나 똑같잖아. 뭐가 다르지?"

그녀가 눈살을 찌푸렸다.

"그거 낭만적이네." 조디가 말했다.

"실용적인 거야." 그가 이렇게 말하며 돌아서서 그녀를 잡고 키스한 후 손을 잡았다. 조디는 그의 손을 뿌리치고는 팔을 그의 몸에 둘렀다. 그들은 서로의 몸에 팔을 두르고 K를 걸어 나갔다.

"아이들이 네가 언제 또 버스를 따라올 거냐고 계속 물어봐."

"난 네가 나 때문에 곤란해질 줄 알았는데?"

"그랬어. 누군가 학교에 전화를 걸었거든. 공식적으로 불만을 제기한 게 아니라 얼마나 다행인지 몰라."

그는 교사가 되면 재미있을지도 모른다고 이따금씩 생각해보곤 했다. 일단 대학에만 들어가면, 정말로 무슨 일이든 일어날 수 있을 터였다.


그날 저녁, 조디가 이사를 들어왔다.

그녀는 마일로가 만들어놓은 조디 사원을 보고 완전히 침묵 속에 멈춰 섰다. 그는 아무 설명도 하지 않았다. 그저 걱정만 하면서 조용히 손가락 관절을 꺾는 시늉만 했다.

그녀는 아무 말도 하지 않았다. 그저 계속 짐을 안으로 옮겨놓기만 했다. 짐이 전부 다 안으로 들어갔을 때, 그녀는 욕실을 청소하고는 그를 침실로 끌고 들어가서 말했다. "옷 벗지그래."

그는 그녀가 조디 사원 옆에 뭔가를 만들어놓은 것을 보았다. 간소한 마일로 사원이었다. '마일로'라는 이름이 적힌 종이 한 장과 양초 하나.

맑은 피부. 램프. 뒤엉킨 시트. 산들바람. 열린 창문.

그러고 나서 목록은 멈췄다. 시도 멈췄다. 물론 그게 시가 맞는 다면. 그리고 단지 그녀와 그만이 있었다. 하나가 되어 완벽하게 숨을 쉬며.

그후, 조디는 그의 가슴을 쓰다듬으면서 그의 위에 몸을 반쯤 겹쳐 누워 있었다. 그녀가 말했다. "사랑해. 너도 알고 있지?"

"알아." 그가 말했다. 그도 그녀를 사랑했다. 아니, 어쨌든 그러고 싶었다. 사랑하는 거나, 사랑하고 싶은 거나, 같은 게 아닐까?

그래서 그도 그녀에게 "사랑해"라고 말했다. 그러자 자동 차단 스위치가 마치 그 위에 염산을 끼얹기라도 한 듯이 비명을 질렀다.


나른한 오후가 가고 저녁이 왔다. 그들은 짐을 풀고 물건을 정리했다. 그녀의 소파를 사용해야 할지, 그의 것을 사용해야 할지(그녀의 것으로 결정했다), TV는 누구의 것을 사용할지(그녀의 것), 접시는 어떤 것을 사용할지(역시 그녀의 것) 등에 관해 기분 좋게 논쟁을 벌였다. 그리고 그동안 세 번이나 하던 일을 멈추고 사랑을 나누었다.

자동 차단 스위치는 차분하게 좀 더 부드러운 노선을 택하기로 했다.

지금 뭐 하는 거야? 스위치가 소곤거리며 물었다. 이건 좋은 일일 수도 나쁜 일일 수도 있어. 넌 단지 **뭔가** 밝고 인간적이고 **평범한** 일을 해야만 했던 거야, 그렇지? 그렇지 않으면 네가 저질렀던 그 **아름다운** 일들이 폭로될지도 모르니까.

357

두 번째로 사랑을 나눈 이후, 그들은 다시 옷을 입으려는 시도조차 하지 않았다. 벌거벗은 채 거실 바닥에 주저앉아 레코드를 정리했다. 조디는 한쪽 어깨에 돌고래 문신이 있었다.

"내 돌고래 보여?" 그녀가 거의 그의 무릎으로 엎어질 듯이 앞으로 몸을 기울여 보이며 물었다.

"근사하네." 그가 말했다. 문신은 푸른색이었다.

"난 네 암릿이 맘에 들어." 그녀가 말했다.

마일로의 팔뚝에는 '조디'라는 이름이 반지처럼 빙 둘러서 문신으로 새겨져 있었다.

"이건 진짜 문신이 아니야." 그가 말했다. "내가 마커로 그린 거야."

"우와."

"우리 진짜 문신으로 해 넣자. 서로의 이름을 적은 문신을 암릿 모양으로 해 넣는 거야."

그녀가 고개를 저었다.

"왜?" 그가 물었다. 조디는 그의 생각이 별로 마음에 들지 않는 모양이었다. 그는 조디도 좋아하리라고 생각했었다. 왜 내켜하지 않는 걸까?

"너무 요란 떠는 거 싫어." 그녀가 말했다.

맞아, 그의 안에 있는 수천의 목소리가 합창하듯 말했다. 그러지 마.

그들이 옳았다. 마일로는 고개를 끄덕이며 시선을 돌렸다. 그는 조용히 앉아서 조디의 돌고래를 손가락으로 따라가다가 그녀를 가까이 끌어당겨 안았다.

좋아, 그는 생각했다. 심호흡해. 가만히 있어. 그냥 가만히 앉아 조용히 내버려두면 다 괜찮아질 거야.


조디가 잠든 후, 마일로는 드라이브를 나갔다.

그는 길가에 트럭을 주차하고 티크리지가 내려다보이는 절벽으로 올라갔다. 조디의 버스가 다니는 노선의 일부였다.

결국 그는 다시 총을 쏘기 위해 완전히 새로운 장소가 필요했다. I-75 도로는 보나 마나 경찰이 주시하고 있을 게 뻔했기 때문이었다.

보름달.

들이마시고…… 내쉬고…….

탕! 진짜 라이플 소리, 어깨에 지지하고 겨눈 진짜 라이플이 발사되는 소리.

픽! 차량 뒷유리가 산산이 조각나는 소리.

끼익거리는 타이어. 사방으로 돌아가는 전조등. 뒤로 미끄러져 도로 저편 도랑에 처박히는 차량.

마일로의 심장에 따뜻함이 꽃처럼 피어나서 가슴 전체로 퍼져 나갔다. 사타구니가 따끔거렸다.

혹시 그가……?

마일로는 기다렸다.

희미하게 들리는 차량 라디오 소리.

긁어대는 듯한 소음.

운전석 문이 열리더니 여자 하나가 밖으로 나왔다. 길 한가운데로 걸어가 고개를 푹 숙인 채 서 있었다. 한 손으로는 허리를 짚고 다른 손은 뒷목을 문지르고 있었다.

좋아.

좋은 거 맞지? 여자는 다치지 않았잖아. 맞지?

내면의 목소리들과 자동 차단 스위치가 서로 맞붙잡고 드잡이를 했다.

집에 돌아왔을 때, 마일로는 그의 거실에서 그의 담요로 몸을 감싸고 그녀 자신의 소파에 앉아 그녀의 TV를 보고 있는 조디를 발견하고는 순간적으로 깜짝 놀랐다.

사람들이 연인과 집을 합치고 나서 마음까지 그 사실을 받아들이는 데는 약간의 시간이 걸리는 법이다.

"어디 갔다 왔어?" 그녀가 물었다.

그가 허리를 숙여 그녀에게 키스했다.

"잠이 오지 않아서 차 몰고 좀 돌아다녔어."

"음, 조심해." 그녀가 말했다. "요즘 사람들에게 BB 총을 쏘아대는 얼간이들이 있다잖아."


이틀 후에, 그는 신타그로 유니폼을 입고 첫 근무를 시작했다.

심지어 업무 훈련 같은 것도 없었다.

"그냥 잔디 깎는 기계와 같아." 감독이 그에게 설명했다. "다 하고 나면, 이 깃발을 서너 개 꽂아놓으면 돼." 그가 마일로에게 작은 노란 깃발이 달린 가느다란 철제 말뚝을 건네주었고, 집주인에게는 약물 처리가 되었으니 이틀 정도 잔디밭에 들어가지 말라고 경고했다.

"이제 가도 되지?" 그가 물었다.

"그럼요." 마일로가 대답했다. 그리고 그는 신타그로 트럭에 올라탔다. 안에서는 독극물 냄새가 났다. 냄새가 콧구멍을 통과해 들어가는 동안 코가 타는 듯한 느낌이 들었다.

하지만 이것은 직업을 갖는 냄새이기도 했다. 진짜 삶을 사는 냄새이자, 그가 함께 있고 싶어 하는 누군가가 집에 있는 냄새이기도 했다. 그리고 사랑의 냄새였다.

그는 세 곳의 잔디밭에 약을 뿌린 후에 트로이에 있는 스톱-앤-고 밖의 공중전화에 들러 전화를 걸었다.

조디가 전화를 받았다.

"안녕, 자기." 그녀가 말했다. "지금 뭐 해?"

"우리 만나서 점심 같이 먹을까?"

"좋지."

"피자헛."

"건강한 선택이군. 좋아. 지금?"

"내가 먼저 가서 자리 잡아놓고 기다릴게. 약 1.5킬로미터 정도 떨어져 있거든."

그가 전화를 끊는 동안 조디가 키스를 보냈다.

4분 후, 마일로는 피자헛으로 가는 도중에 사망했다.

그는 메인스트리트로 내려가면서 어떻게 〈스쿠비 두 Scooby-Doo〉에서 벨마가 실제로는 다프네보다 더 매력적일까 생각하고 있었다. 실은 그 반대로 생각하려 했음에도 생각처럼 되지 않았다. 대체 왜 그럴까? 그 일이 일어났을 때, 그의 뇌는 막 그 생각을 시작한 참이었다.

그 일은 빠르게 일어났고, 치명적이었다.

메인스트리트를 미친 듯이 질주해가던 카마로 한 대가 마일로가 타고 가는 신타그로 트럭이 너무 느리게 간다고 판단하고는 그 옆을 쌩하고 지나쳐 반대편 차선으로 앞지르기하기 위해 질주해갔다(재수 없는 자식).

카마로는 수노코 주유소 옆의 선로를 거의 붕 뜨듯이 지나갔다.

반대편 차선에서 달려오던, 콜럼버스의 리버티 침례교회에서 여행 온, 어린이로 가득 찬 교회 버스 한 대가 카마로를 피하려고 휙 방향을 틀었다. 그리고 마침 막 선로를 넘어서던 마일로의 차선으로 넘어왔다. 마일로는 〈스쿠비 두〉의 벨마에 관해 생각하던 것을 멈추고 그냥 버스와 충돌해야 할지, 아니면 도랑에 처박히는 게 나을지 판단할 시간이 겨우 10분의 1초 정도밖에 없었다.

빨리, 빨리빨리. 마일로는 핸들을 휙 돌려 도랑으로 트럭을 몰아넣었다. 운전석 문이 활짝 열렸고, 마일로는 그쪽으로 굴러떨어졌다. 떨어져 나온 문짝이 그의 몸을 두 동강이 냈고, 잘린 몸이 둘 다 트럭 밑으로 들어가 버렸으며, 잔디 병충해용 화학물질이 그 위로 쏟아져 버렸다. 그의 자동 차단 스위치가 채 작동할 시간도 없었다.

그가 죽는 데는 단 3초가 걸렸지만, 그것은 아주 길고 끔찍하며 느리게 가는 시간이었다.

피자헛으로 가려면 조디는 사고 현장을 지나쳐야 했고, 그때쯤에는 다수의 차량이 현장에 몰려서 있었다. 교회 버스, 카마로, 경광등을 번쩍거리는 다섯 대의 경찰차, 구급차 한 대. 그리고 두 대의 소방차까지.

그녀는 멈춰 섰다. 그리고 알았다. 조디는 떨기 시작했다.

그 순간 화학물질 냄새가 엄습해왔다.

"내 남자친구일지도 몰라요." 그녀가 한 손으로 얼굴을 가리고 구역질을 하며 경찰관 중 한 명에게 말했다.

경찰이 고개를 끄덕였다. 그는 동정심을 보이는 듯했지만, 그래도 양손을 들어 올리며 말했다. "뒤로 물러나주십시오. 어서요. 유해물질이 쏟아져서 위험합니다."

조디는 뒤로 물러섰다.

그녀는 도랑을 응시했다.

트럭. 화학물질. 사고와 충돌. 마일로의 시신 일부. 빨간 불과 파란 불.

그녀는 앞으로 일어났을지도, 그렇지 않았을지도 모르는 수도 없이 다양한 상황에 관해 생각했다. 그리고 이제는 그들이 꿈꿔왔던 삶과 얼마나 다른 삶이 그녀 앞에 펼쳐지게 될지도 생각했다.

아래를 내려다봤을 때, 조디는 자신이 신발을 신고 있지 않다는 사실을 깨달았다.

맨발. 아스팔트. 색 바랜 펩시콜라 캔. 이런 꼴로는 어차피 피자헛에 들어가지도 못하겠네, 그녀는 생각했다.

# 19

# 고교 시절 알았던
# 가장 놀라운 소녀

마일로는 물속에 반쯤 잠긴 채로 깨어났다. 그는 마치 죽은 짐승처럼 물가로 씻겨 올라와 있었다.

아주 잠깐은 기분이 매우 좋았다. 땅과 풀과 야생화의 향기와 피부에 닿는 강물의 시원함. 그러고 나서 언제나처럼 기억이 떠올랐다. 처음엔 속삭임으로, 그다음엔 포효로, 그리고 마일로는 구역질을 했다. 구르는 트럭과 두 동강이 난 몸뚱이, 뭉개진 시체와 화학물질에 익사해 죽어가던 순간이 지금도 여전히 직접적이고 분명하게 느껴졌다.

이 기억은 그에게 이글거리는 분노를 남기고 뒤로 물러났다. 그리고 다른 기억이 그 자리를 차지했다. 사람들을 향해 총질했던 것 같은, 그가 저질렀던 일들. 사고가 나지 않았다면, 그가 앞으로 저지르게 되었을 일들도……

그는 몸을 굴려 옆으로 돌아누웠고, 경련을 일으키다가 민들레 밭 위로 구토했다.

온몸이 부들부들 떨렸다.

마일로는 자신의 상태에 놀라지 않았다. 나쁜 일들은 영혼 속을 파고들어 각인된다는 사실을 알 수 있을 만큼 의문의 여지가 많은 삶을 이미 여러 번 살아왔기 때문이었다. 보통 사악한 짓을 저지른 영혼은 지독한 숙취와 함께 사후 세계에 도착했다.

부드러운 잔디를 밟으며 발자국이 다가왔다. 마일로는 움찔했다.

그는 올려다보지 않았다. 대신 침을 뱉고, 목청을 가다듬은 후 말했다. "잘 지냈어요?"

"그래." 누군가가 말했다. "잘 지냈지."

수지가 아닌 누군가였다.

고양이 한 마리가 살금살금 다가오더니 그의 코에 코를 비벼대 다가 다시 종종걸음쳐서 가버렸다.

주름 장식이 달린 장례식 드레스 같은 옷을 입고 그의 위로 높이 솟아오른 낸이 그를 내려다보며 눈살을 찌푸렸다.

"그건 그렇고……." 그녀가 가슴 앞으로 팔짱을 끼며 말했다. "그 건 어떻게 돼가고 있어?"

마일로는 생각을 정리하는 데 몇 초가 걸렸다.

"내가 거의 사람을 죽일 뻔했어요." 그가 온몸을 떨며 이야기했 다. "지금 안 죽었다면, 정말 그랬을지도 몰라요."

낸이 입술을 적셨다. 그리고 마침내 입을 열었을 때, 마일로는 그녀의 목소리가 얼마나 부드러운지 깨닫고는 깜짝 놀랐다.

"넌 **확실히** 발전하고 있었어." 그녀가 말했다. "거기에 관해서 해 줄 말이 있어. 가자, 집에 데려다줄게."

그녀가 손을 뻗어 놀랄 만큼 강하게 그를 움켜잡고는 두 발로 일어서게끔 도왔다. 마일로는 잠시 떨며 서 있었고, 곧 그들은 강을 따라 앞으로 나아갔다.

"이번에도 난 오버소울의 일부가 되지는 못했군요." 마일로가 구역질하기 위해 다시 멈춰 서서는 말했다. "도저히 눈치채지 않을 수가 없네요."

"그래서, 그 어려운 걸 눈치챘다는 건가?"

그들은 다리를 건너서 시내를 통과해 걸어갔다. 근사한 동네를 지나고 교외 지역도 지나갔다.

"보나 마나, 또 조충 같은 거로 태어나겠네요." 마일로가 말했다.

"그만 징징거려."

"음, 아무것도 **성취**하지 못했잖아요."

낸이 멈춰 섰다. 그녀가 그의 팔꿈치를 홱 잡아당겨서 자기 쪽으로 돌려세웠다.

"때로 삶의 가치는 살아 있는 동안 하지 않은 것에 담겨 있기도 해." 그녀가 말했다. "생각해봐, 만약 히틀러가 그의 내면에서 들리던 목소리를 거부하고 양봉이나 하면서 그의 삶을 보냈다면 어땠을까? 정말 멋진 삶이었을 거야."

마일로도 그런 삶을 고려해봤다.

"버스와 충돌하는 대신 도랑으로 차를 처박아버린 게, 네가 조충으로 환생할 필요가 없어진 이유야." 낸이 말했다. "거기에 만족하도록 해. 넌 완벽함에 미치지도 못했고, 어떤 상을 받은 것도 아니니까. 자, 조용히 해봐. 다 왔어."

그들은 트레일러 주차장 한가운데에 도착했다. 부서진 창문이 달린 녹슬고 낡은 에어스트림 캠핑 트레일러 앞이었다. 한쪽으로는 30년쯤 치우지 않고 쌓아 올린 듯이 보이는 맥주 캔 무더기가 놓여 있었다.

"즐거운 우리 집입니다." 낸이 말했다.

"음⋯⋯." 마일로가 맥주 캔 무더기를 넋을 잃고 바라보며 말했다.

그것이 그의 마음이 받아들일 수 있는 전부였다. 아직은.


트레일러 내부도 외부나 마찬가지였다. 얼룩진 의자, 벗겨진 벽, 그리고 발 냄새와 바나나 껍질 냄새가 섞여 있는 듯한 퀴퀴한 악취가 났다.

마일로는 신경 쓰지 않았다. 그는 뒤쪽에 있는 침실로 가서 축축한 매트리스 위로 녹초가 된 몸을 무너뜨렸다.

시간이 지나갔다.

그는 깊은 잠을 잘 수 없었다. 새가 날아가거나 맥주 캔 위에 나뭇잎만 떨어져도 계속 깨어났다.

그는 곰팡이 핀 베개 밑으로 머리를 집어넣었지만, 전혀 도움이 되지 않았다.

도움이 되지 않은 이유는 그가 빛이나 소음, 또는 그를 계속 깨어나게 하는 것들 때문에 잠들지 못하는 것이 아니었기 때문이다. 수지 때문이었다.

수지에 관해서는 생각하지 마! 뇌의 한 부분이 경고했다.

지난번 사막에 있었을 때, 그는 자신의 뇌가 하는 경고를 새겨들었었다. 하지만 지금은 난폭하게 그 소리를 밀쳐버렸다.

8천 년 동안 그는 강가에서 깨어났고, 그때마다 수지는 그곳에 있었으며, 모든 것이 괜찮았다. 그런데 지금은 모든 게 엉망진창이었다.

그는 만약 수지가 그와 함께 침대에 누워 있다면 어떤 모습일지 그 형태를 그대로 느낄 수 있었다. 물론 그는 깨끗한 시트를 사기 위해 옷을 챙겨 입고 밖으로 나갔을 테고, 사후 세계의 리졸이라 할 만한 소독제 스프레이를 뿌리고 있었을지도 몰랐다. 그들은 사랑을 나누고 대화도 했을 것이다.

마일로가 베개에 대고 비명을 질렀고, 흰곰팡이가 입 안 가득 들어왔다.


그들은 다음과 같은 상황에서 사랑에 빠졌다. 그날은 그가 101번째 죽은 날이었다.

그의 첫 번째 100번의 삶 동안 그들은 친구 사이였다. 그들은 오랜 대화를 나누었고, 함께 TV를 시청했다. 책을 교환해 읽고, 디저트 때문에 다투기도 했다.

"당신 디저트 같이 먹을게." 그녀는 자기 디저트를 주문하지 않고 그에게 이렇게 말하곤 했다.

그러면 마일로는 대꾸했다. "아니, 안 줄 거야." 그의 말은 진심이었다. 마일로는 음식에 관한 한은 양보가 없었다. 그는 음식을 사랑했고, 자기 접시에 있는 것은 모두 자기가 먹어야 했다. 그래서 그는 수지도 자기 몫을 주문하게 했다. 친구들은 서로에게 그런 식으로 하지 않는가.

그러다가 모든 것이 변했다.

당시 그는 지상에서 그다지 존경스럽지 않은 삶을 살아가고 있었다. 다른 사람의 양을 훔쳐 생계를 이어가는 앤드루 마일로 매클라우드라는 이름의 스코틀랜드 악당이었다. 보안관이 그를 체포해서 등 뒤로 손을 결박하고는 막 그의 머리를 잘라버리려던 참이었다.

마일로는 무언가에 관해 생각하면서 높은 언덕과 안개를 바라보고 있었다. 어쩌면 묶여 있는 손을 풀고 도망갈 수도 있을 것 같았다. 그는 자신이 천국에 갈 확률이 얼마나 될까 생각하다가, 이럴 줄 알았으면 더 많은 여자를 침대로 끌어들일 걸 그랬다고 후회했다. 그는 주변의 산과 그가 훔친 양의 소유주인 도넬 영주에 관해 생각하다가 그가 매독에 걸려서 거시기가 스위스 치즈처럼 변해버리면 좋겠다고 빌었다. 그런 생각을 하고 있을 때, 검은 드레스를 입은 창백한 여자가 앞에 나타나 말했다. "소원을 빌 때는 조심하는 게 좋아, 마일로."

그 말에 그는 고개를 홱 젖히고는 윙크를 하며 말했다. "음, 그렇다면 아가씨, 이번에는 당신이 우리에게 키스해주기를 기도할래요."

그녀는 즐거워하는 것 같았다. 그리고 그에게 다가와 키스했다.

그것도 제대로 했다. 그녀의 키스에 마일로는 제발 머리가 계속 붙어 있었으면 좋겠다고 생각할 만큼 현기증이 났다. 그는 자신이 일어나서 도망칠 수 있도록 그녀가 도와줬으면 좋겠다는 제안을 하려던 참이었다. 그러면 함께 숲으로 들어가서…….

하지만 그녀는 날카롭게 날을 세운 폭이 넓은 검을 든 보안관에게 자리를 내주기 위해 옆으로 물러났다. 보안관은 자신이 처형한 죄수들의 귀를 잘라 허리띠에 줄줄이 꿰놓고 있었다. 그것이 보안관이 얼마나 비열한 사람인지 보여주었다.

"사랑해." 그녀가 말했다.

그도 마찬가지였다. 앤디 마일로 매클라우드도 그녀를 사랑했다. 그것도 많이 사랑했다! 그가 아침 공기와 낮은 구름과 그 뒤에 숨어 있는 태양과 멀리 언덕 위에 점점이 흩어져 있는 양 떼와 바다와 파도가 부딪치는 바위를 사랑하는 것과 같이, 그리고 이 여자가 누구든 간에, 그녀와 다시 키스하기를 간절히 바라는 만큼…….

검이 휙 소리와 함께 내려왔다.

날카롭고 감전된 듯한 급작스러운 움직임.

세상이 구르다가 멈췄고, 그는 잔디밭에 엎드려서 눈을 깜빡여 클로버 잎을 빼내 버리려고 애쓰며 누워 있었다. 그때 눈꺼풀이 아래로 내려갔다.

그는 자신이 그 창백한 여자 옆에 서서 잘린 자신의 머리를 내려다보며 서 있다는 사실을 알아차렸다.

영혼의 기억이 함께 둥둥 떠다니다가 마침내는 그 여자가 누구인지 알아냈다.

"정말, 정말, 정말 미안해." 그녀가 말했다.

"그거 정말 근사한 키스였어." 마일로가 대답했다. 그는 다시 그녀에게 키스하고 싶었다. 그가 신경 쓰는 것이라고는 그것뿐이었다.

"아팠어?" 그녀가 물었다. "정말 아파 보이던데."

"당신이 상상할 수 있는 것 이상으로 아파." 그가 목을 문지르며 인정했다. "내 생각에는 칼이 척추를 관통하는 것과 관련 있는 것 같은데, 설명하기는 어려워."

그녀가 팔을 뻗어 그의 목을 꼭 껴안고 자신의 몸을 밀착해왔다.

그의 머리가 떨어져 나가기 전에 그녀가 "사랑해"라고 말했던가?

"맞아." 그녀가 말했다. "아, 젠장, 그래 맞아. 아주 오랫동안 당신에게 말하고 싶었어. 사후 세계에서, 우리는 굉장히 조심해야 하잖아. 그리고 난 모든 게 제대로 되길 바랐거든."

마일로는 잘린 자신의 머리와 흥건한 피를 둘러보았고, 저편에서 오줌을 누는 보안관도 바라봤다.

"완벽해." 그가 말했다. 그리고 그녀에게 양팔을 둘렀다.

그리고 둘은 다시 키스했으며, 둘 다 이제 그만 떠나야 한다는 사실을 알았다.

"어떻게 설명해야 할지 알겠어." 그가 말했다. "머리가 잘려나가는 순간 말이야. 그건 마치 척골(팔꿈치 위쪽의 신경이 예민한 부분으로 부딪히면 찌릿하게 아픈 부위이다―옮긴이) 부분을 아주 세게 부딪치는 것과 비슷한데, 차이점이라면 척골뿐 아니라 온몸이, 그중에서도 특히 목 부분이 그렇게 찰나적으로 아프다는 거야."

371

"고마워, 자기."

그들은 보안관이 걸어와서 피로 물든 긴 머리채를 잡아 잘린 목을 들어 올려서 낡은 보릿자루 안에 던져 넣는 동안 감미롭게 키스를 나누었다.


고지에서의 그날 아침 이후 많은 것이 변했다. 일단 그들은 몰래 만나 돌아다니기 시작했다. 꼭 그럴 필요가 있을지 확신하지는 못했지만, 어쨌든 그들은 헤어지고 싶지 않았다. 그러니 어쩌겠는가.

그날 밤, 사후 세계에서 낸과 마마와 수지는 마일로를 그의 집에 데려다주고는 그만 혼자 남겨두고 다 떠나갔다. 집은 정수처리장 옆에 있는, 다 쓰러져 가는 형편없는 오두막이었다. 그날부터 오랜 전통이 시작되었다. 수지는 마른 잎과 시원한 바람으로 부엌 창문을 통해 다시 들어왔다. 그들은 손을 맞잡고 그의 부서질 듯이 휘어지고 낡은 침대로 걸어가서 아주 오랫동안 말이라고는 한 마디도 하지 않았다.

그것은 그가 예상했던, 혹은 예상치 못했던 일이었다.

그 순간은 따뜻하고 완벽했다. 그들은 항상 서로에게서 '집에 있는 듯한' 편안함을 느꼈다. 그리고 이제는 그보다도 훨씬 더 편안하게 느꼈다. 마치 그들이 수 세기 동안 사랑을 나눠온 것처럼, 그렇게 친숙했다.

걷잡을 수 없이 초자연적인 것은 아니었다. 마일로는 죽음과 사랑을 나누는 것이 이상한 불길이나 그림자, 어둠 속에서의 속삭임 같은 것이거나, 심지어는 고통까지도 결부된 어떤 것이리라 예측했지만, 그런 현상은 거의 나타나지 않았다. 오직 그녀의 눈동자에서 부드러운 붉은빛이 반짝일 뿐이었다. 가끔은 피가 다 빠져나가는 느낌이 들기도 했다. 한두 번쯤은 날개로 감싸 안는 듯이 퍼덕이는 따뜻한 온기가 느껴지기도 했다. 그리고 한번은 그녀의 눈이 그를 완전히 마셔버리기라도 할 듯이 확장되었고, 그는 자신의 몸이 교향곡의 음표 하나처럼 뭔가 더 큰 것 속으로 빠져 익사하는 듯한 기분을 느꼈다. 그래서 그는 비명을 지르고, 또 지르고…….

그것 말고는 모든 것이 놀랄 만큼 평범했다.

그후 그들은 저녁을 먹으러 나갔고, 마일로는 자기 디저트를 그녀에게 나누어주었다. 거대한 땅콩버터 파이. 단지 그가 **원해서**라기보다는, 사랑에 빠지는 것은 친구로 지내는 것과는 다르기 때문이었다.

그래서 수 세기 후에 마일로는 잠이라고는 한숨도 자지 못한 채 곰팡이 핀 침대에서 일어나 축축하고 지저분한 트레일러를 떠나서 우주의 신이 좋아하든 싫어하든 상관없이 그녀를 찾아 나섰다.

그녀가 보편적인 음양 속으로 빨려 들어갔으면 어떡하지? 그는 한편으론 궁금했다. 만약 그녀가 더는 여기에 존재하지 않는다면?

그는 궁금해하는 자신의 일부에게 입 다물고 꺼지라고 으름장을 놓고는 계속해서 한 발 한 발 앞으로 나아갔다.


그는 잡화점에 들러서 통조림과 깡통 따개와 생수를 샀다. 그리고 베개로 배낭을 만들어 어깨에 메고 길을 나섰다. 어디로?

붉은 달이 나무에 걸려 있었다.

마일로는 철도 건널목에 다다를 때까지 걸어갔다. 거기서 그는 배낭을 내려놓고 기다렸다.

까마귀 한 마리가 날아와서 철도 표지판에 잠시 앉아 있다가 다시 날아갔다.

멀리서 기차 한 대가 기차들이 보통 그러듯이 요란하게 삐걱거리고 신음하고 칙칙거리면서 덜컹덜컹 다가왔다. 그러고는 떠나갈 듯이 기적을 울려대며 곁을 스쳐 지나갔고, 마일로는 모자가 날아가는 것을 막기 위해 손을 올려 모자를 눌렀다.

그는 지붕이 열린 화물차 안으로 배낭을 던져 넣고 그 뒤를 따라 뛰어올랐다. 먼지와 짚더미 위로 튕겨 들어간 후 어둠 속에서 구르다가 멈췄다.

그는 문 쪽으로 다시 기어가서 바람 속에 잠시 머물러서 달을 바라보다가 잠이 들었다.


그는 차량의 어두운 구석에서 무언가가 내는 소리에 잠을 깼다.

동물인가?

"거기 누구 있어요?" 그가 물었다.

"젠장, 있어요." 누군가 말했다. "하나가 아니라, 여럿입니다."

"음, 안녕하세요."

"당신도 안녕하세요."

마일로는 눈이 어둠에 익숙해질 때까지 구석 자리를 빤히 바라봤고, 마침내 뒷벽에 기대앉아 있는 세 명의 형체를 알아봤다.

마일로는 전에 지구에 있을 때도 기차를 타본 적이 있었다. 만약 여기가 지구라면, 그는 보나 마나 칼을 꺼내서 나무토막을 깎고 있을 터였다. 무심하고 소탈해 보이기 위해서, 그리고 자신에게 칼이 있다는 것을 알리기 위해서. 하지만 지금 그에게는 칼이 없었고, 여기는 지구도 아니었다.

"난 누군가를 찾고 있어요." 마일로가 말했다.

"음, 지금 누군가를 찾은 것 같네요."

"특별한 존재예요." 마일로가 말했다. "죽음."

"내 여자친구예요." 그가 덧붙였다.

덜커덕덜커덕.

"지금 수지 얘기를 하는 거군요." 형체 중 하나, 목소리 중 하나가 말했다. "그럼 당신이 마일로겠네요. 당신 얘기는 들어봤어요."

"1만 번의 삶이라." 또 다른 목소리가 말했다. "슈퍼맨이나 다름없겠어요."

"음……." 마일로가 입을 열었다. "거기까지는 나도 잘 모르겠네요."

"당신이 코끼리를 하늘로 던졌는데, 그게 다시는 아래로 내려오지 않았다는 얘기를 어떤 남자에게 들었다는 사람을 만난 적이 있거든요."

마일로가 눈썹을 추켜세웠다.

"슈퍼맨이든 아니든." 첫 번째 남자가 말했다. "당신은 그들과 데이트해서는 안 되는 거잖아요. 바다와 결혼했다는 남자나 같은 거잖아요. 그 얘기 들어봤어요?"

"경고는 들었어요."

덜커덕덜커덕.

"죽음과 사귀면 어때요?" 한 명이 물었다.

마일로는 그 질문에 대해 잠시 생각해보다가 충분히 궁금할 만하다고 결론 내렸다.

"고교 시절 알았던 가장 놀라운 소녀에 관해 한번 생각해봐요." 그가 말했다. "당신 여자친구도 아니고 같이 잤던 여자도 아니었을 거예요. 내 말은 한 번도 엮이지 않았던 여자라는 거죠. 그런데도 계속 머리에서 떠나지 않았고, 지금도 여전히 생각이 나는 그런 여자. 무슨 말인지 알죠?"

그들은 알았다. 남자라면 다 알고 있었다.

"마샤 펀더버그." 조용한 목소리로 한 명이 말했다.

"우핑." 또 한 명이 말했다.

"비키 투스키데로." 세 번째 남자가 말했다.

"그래요." 마일로가 말했다. "그런 느낌이에요."

유개화차box car 문밖으로 몇 개의 불빛이 지나가고 있었다. 누군가의 농장일 터였다.

"그렇지만 그녀는 못 봤어요." 얼마 후에 첫 번째 목소리가 말했다. "미안해요."

기차가 속도를 늦추었다. 마일로는 배낭을 챙기고 문에 기대서 중심을 잡았다. 그는 기차가 조금 더 느려지면 뛰어내려야겠다고 생각했다.

"그 말이 사실이에요?" 그림자 속의 남자 중 하나가 물었다. "보도에서 한 발 물러서면 무(無)로 변해버리는 그런 곳이 있다면서요?"

"맞아요." 마일로가 대답했다.

**덜컥. 덜컥.** 속도가 느려진다.

앞쪽에 불빛이 보인다. 마을이다.

그는 뛰어내렸다.


마일로는 시내로 걸어 들어가서 경찰서를 찾았다.

정확히 말하자면 그 자체로 경찰서는 아니었다. 하지만 대부분 마을이나 도시에는 도움이 필요할 때 찾아갈 수 있는 곳이 있었고, 이 마을에도 좋은 곳이 한 군데 있었다. 도심에 있는 벽돌로 지은 건물이었는데, 문 위에는 시멘트 독수리가 올라가 있었다.

마일로는 긴 책상 뒤에 피곤한 표정의 경사 한 명이 앉아 있는 것을 발견했다.

"안녕하세요." 경사가 한밤중에 듣기에는 충분히 우호적이라고 느낄 만한 목소리로 인사했다.

"안녕하세요. 제가 누굴 좀 찾고 있거든요."

"그 누군가에게 이름이 있나요?"

마일로는 이름을 말해주었다.

경사가 잠시 얼어붙은 듯이 보였다. 그러고 나서 그가 앞으로 몸을 기울여 학교 선생님처럼 찬찬히 살펴봤다.

"그건 당신이 마일로라는 의미 같은데요, 맞나요?"

젠장. "맞아요." 그가 대답했다.

"음, 그렇다면 내가 당신에게는 아무 말도 하지 말라는 지시를 받았다는 말을 해도 그리 놀라지는 않겠네요. 사실 내가 받은 지시

사항은 당신이 나타나서 수지 양을 찾으면, 당신의 에너지를 집중할 만한 뭔가 다른 방법을 찾아보는 게 어떻겠냐고 권해주라는 거였어요. 그리고 이런 말을 해도 좋을지 모르겠지만, 솔직히 그 메시지에서는 뭔가 거부해서는 안 될 것 같은 분위기가 느껴졌어요."

"물론 그렇겠죠."

"그리고 당신에게 여기서 기다리라고 요청하라는 지시도 받았습니다." 경사가 말했다. "불편하지 않으시다면……."

마일로는 이미 떠나고 없었다.

그는 멀리 가지 않았다. 단지 몇 블록 내려간 기차역 가까운 곳에서 공원 벤치에 잠시 누워 잠을 청하려 애를 썼다.

몇 시인지는 정확히 알 수 없지만, 그는 모두가 한 번씩은 경험해봤을, 누군가 자신의 이름을 부르는 것을 막 놓친 것 같다는 느낌으로 잠에서 깨어났다. 그는 일어나 앉아서 귀를 기울였다.

산들바람이 벤치 주위를 맴돌았다. 그림자가 그의 눈을 괴롭혔다.

아무것도 없었다. 공원을 가로질러, 고양이인지 주머니쥐인지 모를 무언가가 가로등 불빛 웅덩이를 통과해 쏜살같이 내달았다.

그는 잠을 잘 수 없어서 가방을 어깨에 메고 다시 철길로 돌아갔다.

"귀신이 들려? '귀신 들린 길'이라니 무슨 말이야?"

마일로는 빠르게 달리는 기차 위의 붐비는 유개화차 한가운데 앉아서 이리저리 몸을 흔들고 있었다. 가끔 기차에 사람이 많을 때면 거의 파티 분위기가 되곤 했는데, 이번에는 대화 꽃이 만발해 있었다. 저마다 손에 손전등과 구식 랜턴을 환히 밝혀 들고 있었고, 위스키병도 돌고 있었으며, 뜨끈뜨끈한 케이준 감자튀김으로 가득 채워진 거대한 자루도 하나 있었다.

고무장화를 신은 노인 하나가 어떤 길에는 귀신이 나온다고 하더라는 이야기를 하고 있었다.

"어떻게 여기에 귀신 같은 게 있을 수가 있어?" 이마를 가로질러 헤나 문신을 한 여자가 물었다. "여긴 사후 세계잖아."

"사후 세계에서도 죽을 수 있어." 아까의 노인이 말했다. 그는 단지 노인이라는 사실만으로도 사람들의 호기심을 살 만했다. 사후 세계에 있는 사람들은 모두 젊었다. 안 그런가?

그렇다, 물론이다. 모두가 행복하고 다시 태어나기를 열망하고 있으며, 오버소울과 함께하기를 손꼽아 기다리는 것과 마찬가지였다.

"만약 사후에 죽으면 어디로 가는데요?" 다수의 사람이 물었다.

노인은 '아무 데도 아닌 곳'으로 가게 된다고 설명했다.

"하지만 가는 데 좀 시간이 걸릴 수 있어." 그가 말했다.


마일로는 몸을 떨었다.

그는 술병을 허리춤에 끼우고 달빛 아래 기차에서 뛰어내려 길을 따라가는 동안 술을 마셨다. 인적이 드문 도로였다. 떠돌이 개한 마리가 한동안 그를 따라왔다.

그의 나날은 마을에서 마을로 옮겨 다니며 나누는 대화들로 뿌옇게 흐려졌다.

"죽음? 죽음의 사자? 날 데리러 왔었어, 내가 아는 건 그게 다야."

"난 자네에게 아무 말도 하면 안 돼, 친구. 지시사항이 내려왔거든……."

때로 그는 엄지손가락을 내밀어 차를 얻어 타기도 했다.

때로는 잔소리나 경고성 이야기를 들어야 했다.

북극광과 데이트하려고 시도했던 남자. 제트 기류를 사랑했던 소녀.

어딜 가든, 그는 버스 정류장으로 걸어 들어가면 수지가 잡지를 팔고 있을 것 같다는 생각을 끊임없이 했다. 또는 그녀가 버스에 타고 있을 것 같아서 자신도 버스에 올라타 사람들 얼굴을 확인하고 다녔다.

때로는 사람들이 그를 알아봤다. 결국 그는 유명한 노인이자 현자였고, 심한 곤경에 처해있는 것으로도 유명하지 않았던가.

"그게 사실입니까?" 그들이 물었다. "아무 데도 아닌 곳으로 가는 장소가 있다는 거 말입니다. 무슨 터널 같은 건가요? 폭풍이 몰아치는 곳인가요? 아니면 커다란 손 같은 것이 뻗어 내려와서 당신을 움켜잡거나 그러나요?"

"그냥 보도일 뿐이에요." 그가 말했다.

마일로는 밤낮으로 몇 주 동안, 그리고 거의 1년이 넘게 떠돌아다녔다.

그동안 그는 거의 지팡이처럼 여위어갔다. 반드시 먹어야 할 때를 제외하고는 배고프지 않게 하는 법도 배웠다.

그에게서는 동물처럼 사향 냄새가 나기 시작했다.

그는 사람들이 말하는 것처럼 '저 위'에서 살다가 '여기 아래'서 사는 법을 배웠다.

그는 한동안 곡물 엘리베이터에서 일하며 약간의 음식과 따뜻한 잠자리를 제공받았다. 그러고 나서 공기가 한두 주 후에는 눈이 내릴 것처럼 바뀌기 시작했다. 이제는 남쪽으로 향해야 할 듯했다.

그는 소금과 바다에 떠 있는 섬들의 냄새를 맡을 때까지 남쪽으로 내려갔지만, 여전히 춥다고 느꼈다. 자신이 가늘어진 느낌이었는데, 어쩐지 그게 날씨나 계절 때문은 아니라는 생각이 들었다.

그런 생각이 들었을 때, 그는 보름달 아래서 철길을 달리는 길고 녹슨 기차 꼭대기에 앉아 있었다. 떠돌이들이 나뭇가지 한두 개를 놓고 아주 작은 불을 지펴서 차량의 후류에 맞서 몸을 데우려 애썼다. 그리고 바로 그때 마일로는 뭔가를 알아차리고 소스라치게 놀랐다.

자신의 손을 통해 불길을 볼 수 있었다.

그는 화들짝 놀라 말했다. "제기랄!" 그리고 손을 코트 주머니에 쑤셔 넣었다.

나중에 다시 용기를 그러모은 후, 그는 달을 향해 손을 들어 올렸고…….

"빌어먹을." 그가 속삭였다.

이곳이 바로 귀신 들린 길이었다. 그가 귀신이었다.

마치 스위치가 딸깍거리며 켜진 것처럼, 그는 신화 속의 뱀을 타고 가는 사람들처럼 낡은 기차에 줄지어 올라타 있는 그들 모두를 보았다. 달빛이 그들을 통과해 비추었지만, 마치 물처럼 그 위로 흘러가는 듯 그들의 모습을 드러냈다.

그들 중 몇몇은 앉아 있었고 몇몇은 서 있었다. 모두가 앞을 응시하고 있었지만, 기차가 실제로 어디를 향해 가는지에는 전혀 관심이 없는 텅 빈 시선이었다. 그들 중 많은 이가 낡은 헛간처럼 기울어 나이를 먹어가고 있었다. 또 많은 이가 그처럼 불을 피워놓고 있었다. 그리고 그들 중 누구도 따뜻해 보이지 않았다.

지나가던 미풍이 마일로에게 말을 걸어왔다. 말라 바삭해진 나뭇잎을 품고 가는 서늘한 바람이었다.

"만약 당신 눈에 저들이 보인다면 내 모습도 볼 수 있을 테지." 미풍이 말했다.

미풍이 그의 손을 잡았고, 그는 달빛을 향해 시선을 돌렸다.

그녀는 보글보글 끓는 물 위로 피어오르는 김 같았다. 그곳에 있으나 거의 없는 듯했다.

"수지." 그가 불렀고, 그들은 가능한 한 가깝게 서로 기대어 이마를 맞댄 채 손을 잡고 불 옆에 한동안 앉아 있었다. 그들의 일부는 마치 안개와 같았다. 그 일부가 서로에게 흘러들었다.

이것은 마일로가 알고 있는 가장 슬픈 기쁨이었다.

"난 거대한 구멍 속으로 끌려 들어가고 있는 게 아니야." 그녀가 말했다. "보도 치료를 받는 중이야."

망할 놈의 것들, 아니, '것'이라고 해야 하나, 뭐가 됐든 전부다. 마일로는 생각했다.

"이게 현실이야, 자기." 그녀가 말했다. "죽음은 인간이 아니잖아. 난 죽음이야. 내가 죽음이 아니라면, 아무것도 아닌 거라고. 2 더하기 2. 여기서 텅 빈 공간 속을 더듬어 다니는 일은 이제 그만하고 돌아가서 삶을 살아. 가서 완벽함을 이루란 말이야."

터널이 어렴풋이 보이기 시작했다. 기차의 등골을 따라 유령들이 옆옆이 나란히 누워서 엔진의 연기와 증기를 들이마시지 않기 위해 숨을 참는 모습이 보였다.

터널을 빠져나왔을 때는 밤 자체가 더 맑아진 듯했다. 기차가 휘파람 소리를 내며 호수 위로 지나가는 긴 철로를 덜컹거리며 굴러갔다. 호수는 미시간 호일지도 몰랐다. 끝이 없을 듯이 넓었다.

"어떻게 해야 할지 모르겠어, 당신이 떠난다면." 마일로가 목멘 소리로 말했다.

몇 킬로미터쯤 앞에서 엔진이 휘파람을 불며 신음했다.

수지는 천상의 손을 들어 흔들었다. 그 손은 유개화차안에, 그리고 기차 위에 타고 있는 유령 승객들을 가리키고 있었다.

"저들도 뭘 어떻게 해야 할지 몰라." 그녀가 말했다. "이건 도박이야. 이제 그 정도는 알아야 하는 거 아니야? 제발 이런 대화는 그만하자. 우린 시간이 없어."

**와아아아아아아아아우우우우우우우우우!** 기차가 신음했다. "당신은 뭘 해야 할지 **알아.**" 그녀가 말했다. "이미 알고 있어."

"오, 그래?"

"그래. 그건 당신이 콩주머니를 세 개 이상 들고 그걸 어떻게 저글링할까 고민하는 것과 마찬가지야. 해도 해도 도저히 성공하지 못하면, 당신은 지칠 대로 지쳐서 누군가를 찾아가 물어볼 수밖에 없잖아. 놀란 척하지 마. 내가 당신 마음속을 훤히 들여다보고 있으니까."

"스승을 찾아야 하는 거군." 마일로가 말했다.

"맞아, 스승."

"그것도 역사상 가장 위대한 스승."

"그래, 비슷해."

여명이 거대한 호수에 다다랐다. 기차 위아래에서 유령들이 자기 자신의 존재를 알아차리기 시작했다. 마일로는 태양이 아침 안개를 관통해 내리비치는 동안 수지의 손을 잡고 있었다. 그런 다음 자리에서 일어나 꽤 믿음직한 모습으로 물을 향해 백조처럼 뛰어내렸다.

내려가는 길은 길었고, 호수에 부딪혔을 때는 상당히 고통스러웠다. 호수에 닿는 순간 그는 의식을 잃었다. 하지만 깨어나기 위해 자기 자신과 싸웠고, 추위 속에 떠내려갔다. 이미지와 그림자를 찾으며, 가능한 삶을 찾으며, 그렇게 2천 년이 넘는 세월 동안 가라앉았다.

진짜, 진짜, 진짜, 진짜, 진짜, 진짜, 진짜, 진짜, 진짜, 진짜, 진짜, **진짜** 훌륭한 스승을 찾아 그토록 오랜 세월을 거슬러 올라가야 한다는 사실은 참으로 안타깝기 그지없는 일이었다.

# 20

# 하늘에서 떨어진
# 신망을 잃은 경제학자

마일로는 배움에 큰 존경을 품고 있었다.

배움은 영혼이 할 수 있는 가장 중요한 일이었다. 배움과 가르침
에는 한계가 없었다. 배움과 가르침을 얻을 방법도 무한했다.

우선 인간은 실수를 통해서 배울 수 있다. 그건 꽤 흔한 일이다.
인도에서 아기였을 때 마일로가 저지른 첫 번째 실수는 손을 뻗어
가아사 거미를 움켜잡은 일이었다. 가아사 거미가 그의 엄지손가
락을 물었고, 엄지손가락 일부가 검게 변해 떨어졌다. 그는 비명을
질렀고, 현명하게도 손가락을 포기해버렸으며, 다시는 그런 실수
를 하지 않았다.

또한 인간은 세상 누구도 해본 적이 없는 일을 하는 법을 배울 수도 있다. 그런 일들이 이루어지고 있음을 상상할 수 있다면 말이다. 아바스 이븐 피르나스라는 모로코의 발명가인 마일로는 이제 인류가 하늘을 정복할 때라고 결정했다. 그는 혼자서 나무와 두꺼운 종이로 뼈대를 만들어 안달루시아에 있는 가장 높은 지붕 위로 올라가 몸을 던졌다. 만약 그것이 제대로 작동하지 않았다면, 마일로는 그길로 비명횡사했을 터였다.

멀리 아래쪽에는 구경꾼이 잔뜩 몰려 있었다. 그리고 놀랍게도 마일로는 거의 십 분 동안이나 건물과 첨탑들 사이를 미끄러지듯이 급강하했고, 마침내 그 기세가 느려지더니 착륙할 시간이 다가왔다. 이 시점에서, 그는 자신이 비행의 요소를 그토록 철저히 연구했음에도, 착륙을 위한 프로토콜 개발은 등한시했다는 사실을 깨달았다. 새들은 날개로 날아다닌다. 그래서 그도 날개를 만들었다. 하지만 새들이 꼬리로 착륙한다는 사실을 무시하고, 그는 자신에게 꼬리를 제공하지 못했다. 그는 상당한 상처를 입으며 힘든 착지를 견뎌내야 했지만, 후회는 없었다.

"당신은 천사입니다!" 한 지역 시인이 감격에 겨워 외쳤다.

"과찬이십니다." 아바스가 대답했다. "하지만 저는 과학자이자 인간의 친구입니다. 그게 천사보다 100배는 더 위대한 존재죠."


그는 바위에 구멍을 뚫고 다이너마이트를 집어넣은 후 다이너마이트가 폭발하기 전에 무사히 달아나는 법을 초보자들에게 가르치는 일을 하는 늙은 구리 광부였다.

그는 이 가르침을 매우 진지하게 받아들였다.

그의 학생들도 그랬다.

점수에 얽매이지 않아도 될 때, 비로소 가르침은 예술이 될 가능성이 커진다.


마일로의 여러 삶에서 가장 신비로웠던 삶 중의 하나는 존경받는 유대인 신비주의자 아벤 벤 아벤 랍비로 살았던 삶이었다. 그는 평생 두루마리와 서책을 들여다보며 앉아 있었다. 어느 날 그는 풀 수 없는 어떤 비밀을 풀어서 배울 수 없는 무언가를 배운 사람처럼 두 눈에 경외감을 가득 담은 채 비틀거리며 자리에서 일어섰다.

"무슨 일인가요, **라보니**(큰 스승이라는 의미로 '랍비'보다도 훨씬 극존칭이다－옮긴이)?" 그의 동료 학자들이 속삭였다.

"그건 함정이야!" 그가 소리치고는 돌처럼 쓰러져 죽었다.

이는 아마도 중요한 가르침이었을 테지만, 마일로를 포함해 누구도 그것이 무엇인지 이해하지 못했다.


마일로는 돈에 대해 배웠고 유명한 경제학자가 되었다.

그는 '비밀경제학'이라는 분야를 발명했다.

그것은 빅풋이나 네스 호의 괴물같이 존재하지 않는 동물들에 관해 다루는 '신비동물학'의 분야와 비슷했다.

마일로는 일부 경제학자들이 부자가 부유해지는 것을 돕고 그들이 세금을 내지 않게끔 도와준다면, 궁극적으로는 그것이 가난한 사람도 도와줄 것이라고 공공연히 말하고 돌아다닌다는 사실을 알아차렸다.

"그것이 빅풋의 경제학 버전입니다." 마일로는 TV에서 이렇게 말했다.

그리고 비밀경제학에 관해 여기저기 이야기하고 다녀서 많은 부자를 화나게 했다. 그러자 두 가지 이상한 일이 일어났다. 첫째, (부자들이 경영하는 거대 기업에 고용된) 많은 경제학자가 모여서 마일로의 머리는 똥으로 가득 찼다고 말하기 시작했다. 그러고 나서 두 번째 일이 일어났다. 마일로가 개인 제트기에 타고 있을 때 팔꿈치 옆에 있던 비상문이 폭발하면서 마일로를 밖으로 튕겨냈다. 한 농부가 맑고 푸른 하늘에서 근사한 정장을 입은 한 남자가 자신의 밀밭으로 떨어지는 것을 보았지만, 제트기는 보지 못했다.

그 대기업들이 훗날 인류가 소멸할 지경에 이르도록 몰아가는 자원 카르텔이 되었다.

세상에는 다양한 지식이 있다. 하지만 특정 부류의 사람들이 당신은 절대 배우지 않기를 **바라는** 지식도 있는 법이다.


마일로는 도저히 앞으로 나아갈 수 없는 삶도 살아봤다. 그는 지하철에서 일하며, 차량 할부금을 내고, 임대료를 내고, 식비를 해결하고, 전기세를 내야 했다.

그런 삶을 살아내려면, 사실 한두 가지 재주를 배워야만 한다. 저축해서 겨우 대학 등록금을 마련했나 싶으면 차가 고장 날 테고, 마침내 전기세 낼 돈을 모았다 싶으면 차량 미등이 나간 것 때문에 벌금을 물어야 하는 상황이 오기 때문이다.

마일로는 중고품 가게를 이용하는 법을 배웠고, 학위를 받기 전에는 아이를 갖지 않는 법도…….

아! 그런데 그에게는 아이가 있었다. 손쓸 새도 없이 일어난 일이었다.

때로 우리가 배우는 것은 우리 삶에 거의 도움이 되지 않는다는 사실 또한 마일로가 배운 지식이었다.


때로 마일로는 시와 같은 간단한 것들을 배웠다. 그는 열 살이었고, 할머니에게 식물 돌보는 법을 배우고 있었다.

"돌멩이를 하나 집어 오렴." 할머니가 온실에서 발을 질질 끌고 걸어 다니며 말했다. "새싹이 돋아나는 곳 옆에 놓아두어라. 나중에 물을 주러 오면 새싹에 바로 물을 주지 말고 그 돌에다가 물을 뿌리는 거야. 그렇게 하면 물이 흙을 파헤쳐서 뿌리를 헝클어놓는 대신 화분 안에서 부드럽게 흩뿌려지게 될 거란다."

"돌에 물을 주어라." 마일로가 말했다.

"돌에 물을 주어라." 할머니가 말했다.

# 21

# 겨울날의 부처

≫ *기원전 500년, 인도*

옛날에 무사라고 불리는 작은 인도 마을이 있었다.

무사는 어느 면으로 봐도 흥미롭거나 주목할 만한 장소가 아니었다. 사실, 그 마을과 그곳 주민들은 딱히 빛을 발하는 개성 같은 게 부족하다는 것이 일반적인 평이었다. 그들은 매우 정직하고 선했지만, 일반적으로 그다지 밝지도 야심 차지도 않았으며, 상대를 휘어잡는 매력도 없었고, 운도 없었다.

이곳에서 태어난 것은 좋든 나쁘든 마일로의 운이었다. 너무도 당연하게 그는 무사 마을에 계속 머물지 않았다. 그를 바깥세상으로 이끈 것은 호르사 차터라는 남자였다.

무사 마을 정신에 충실했던 호르사 차터지는 학자도 운동선수도 위대한 전사도 아니었다. 그는 어떤 면에서도 영감을 주는 사람이 아니었다. 단지 구멍에 빠져 다리가 부러진 사람이었다.

이것은 마을에서 일어난 매우 크고 중요한 사건이었다.

마을 원로들이 구멍 앞에 모여 서서 그 구멍이 어떻게 거기에 생겨났으며, 호르사는 왜 앞도 제대로 보지 않고 걸어갔는지 논의하고 있을 때, 누군가 앞으로 나서 호르사를 구멍에서 끌어 올려 어딘가 도움을 받을 수 있는 곳으로 데려가야 하지 않겠느냐고 제안했다. 시도 때도 없이 마을 원로들에게 달갑지 않은 충고를 해대는 꼬마 마일로의 목소리였다. 이미 마일로는 무사 마을이 미래 제국의 권좌에 앉을 만한 재목은 아니라고 의심하고 있었다. 더군다나 원로들이 호르사 차터지의 다리 문제를 다루는 상황을 지켜보는 동안 그 의심은 더 깊어져만 갔다.

"그의 다리를 잡아당겨." 잿빛 상투를 틀어 올리고 셔츠도 입지 않은 가장 나이 많은 실성한 노인네가 말했다. "뼈가 피부 밑으로 다시 미끄러져 들어갈 때까지 당기는 거야. 그리고 뼈가 맞춰지게 퍽 끼워 넣어. 그런 다음 피가 멈출 때까지 찢긴 상처 부위에 염소 똥을 발라주라고."

마일로는 벌어진 상처에 염소 똥을 바르는 것이 끔찍한 짓이라고 꽤 확신했다. 그래서 그렇게 말하려고 애썼으나, 그 대가로 뺨만 세게 한 대 얻어맞고 말았다.

그런 상황에서라면 어느 사내아이라도 그랬을 테지만, 마일로는 골이 나서 나무 위로 올라가 버렸다.

마일로가 나무에 올라가 있는 동안 세 가지 일이 일어났다.

첫째, 머릿속에 있는 몇몇 목소리가 어리석고 고집 센 노인들은 신경 쓰지 말라고 타일렀다. 마일로는 한동안 이 목소리들을 들어왔고 그 목소리들이 자신이 살아온 이전 삶의 목소리라는 사실을 이해하고 있었다. 그는 그들을 매우 존경했다.

둘째, 그는 숨이 차오르는 것을 느끼기 시작했다. 이것은 드문 일도 아니었다. 그는 평생 이런 천식 발작을 느껴왔다. 발작은 그가 뛰어다니거나 나무에 오르거나 기분이 상했던 것이 풀리면 점점 약해지곤 했다.

하지만 이번에는 갈수록 상태가 안 좋아졌고, 결국 마일로는 세상이 빙글빙글 도는 듯이 느끼다가 나무에서 떨어지고 말았다.

그때 세 번째 일이 일어났다.

여행 중이던 한 치유자가 마을로 걸어 들어왔다.

성자인 그 치유자는 수염이 너무 길어서 그것을 밧줄처럼 꼬아 허리띠에 여섯 군데나 묶어두어야만 했다.

마일로가 나무에서 추락해 그의 발치에 떨어졌을 때, 치유자는 눈살을 찌푸리며 구슬로 장식한 긴 지팡이로 그의 몸을 쿡쿡 찔렀다. 마일로는 눈을 깜박이고 숨을 고르며 그를 올려다봤다. 바로 그 순간 가장 나이 많은 원로의 오두막에서 무시무시한 비명이 터져 나왔다.

"아아아아아아아아악!"

"저건 무슨 소리지?" 치유자가 물었다.

"호르사 차터지예요." 마일로가 그에게 말했다. "노인들이 그의 부러진 다리에 염소 똥을 바르고 있어요."

"아." 치유자가 말했다. "그럼 여기가 무사 마을이 분명하군."

그때쯤 다른 사람들도 치유자의 존재를 알아차리고는 주위로 몰려들었다.

"네가 원한다면 내가 가서 네 친구를 살펴봐 주마." 치유자가 말했다. "값은 저녁 식사로 대신하자꾸나."

"으아아아아아아아아아아!" 호르사 차터지가 비명을 질러댔다.

치유자는 식사를 대접받았고, 환영도 받았다.


마일로는 오두막 밖에서 창문턱 너머로 치료하는 모습을 바라봤다.

치유자는 염소 똥을 씻어내서 고약한 악취를 풍기며 빨갛게 성나 있는 다리를 드러냈다. 그는 횃불로 상처를 지져서 호르사를 거의 궤도 밖으로 날려 보낼 뻔했다. 그런 다음, 호르사의 발치에 무릎을 꿇고 앉아 횃불을 흔들며 기도했다. 마일로는 창문가에 몸을 웅크리고 서서 완전히 넋이 나간 채 생각했다. 이게 바로 도시에서 하는 방식이구나!

치유자가 발을 질질 끌며 집 밖으로 걸어 나왔을 때도 마일로는 여전히 그 자리에 서 있었다. 치유자가 말했다. "아아, 이곳에 악마가 도사리고 있구나. 누가 내게 도끼를 가져다주시오. 저 다리는 잘라버려야 합니다."

그들이 도끼를 가져다주자, 치유자는 자신이 직접 수술을 했다.

수술이 끝난 후 치유자는 아무런 보상도 받지 않고, 오직 고약한 염소 똥을 제공했던 염소만을 데려가겠다고 했다. "선한 시골 사람들인 여러분에게 선의를 베푸는 겁니다." 그가 말했다.

"이런 스승이 있다면, 성실한 학생은 황금시대를 맞이할 수 있을 거야!" 마일로는 넋이 나간 채 생각했다. 그리고 그는 나이가 들면, 온 세상을 뒤져서라도 반드시 그런 스승을 찾아 떠나겠다고 맹세했다.


성년식을 치른 다음 날, 여전히 노란색 기도 매듭을 손목에 찬 채로 마일로는 부모님의 아침 식사 자리에 나타나서 말했다. "안녕히 주무셨어요. 저는 지식을 찾으러 세상 속으로 떠나려 합니다. 여기서는 그것을 찾을 수 없다는 사실을 신도 알고 계시거든요."

"현명한 생각이다, 애야." 그의 아버지가 말했다. 그리고 약간의 빵과 새 샌들 한 켤레를 내주었다.

마일로는 몇 주 동안 마을에서 마을로 다리와 강을 건너 헤매다녔다. 그는 동료 여행자들과 이야기를 나누고 친절한 타인들의 불 옆에서 함께 잠을 잤다. 처음 예상했던 대로, 멀리 가면 갈수록 세상은 점점 더 커지고 모든 것이 중요하게 느껴졌다. 길을 따라가는 동안, 그는 산 너머에 숨어 있는 군대에 대해 들었다. 또한 부처라는 이상한 신비주의자에 관해서도 들었는데, 부처의 제자들은 너무나 거룩하여 먹거나 마실 필요조차 없다고 했다. 그는 거대한 홍수와 바다와 배에 관해 전해 들었고, 함께 사랑을 나누면 남자들이 쾌락 때문에 죽음에까지 이르게 된다는, 너무도 아름답고 솜씨도 좋다는 여자들 얘기도 들었다. 여행을 다닐수록, 그는 더 많이 듣고 보았으며, 애초에 바라던 대로 그의 세상도 더욱 커졌다.


　어느 날 저녁, 마일로가 사탕무 농사를 짓는 부유한 농부와 그의 농장 노동자들의 환대를 즐기고 있을 때, 농부가 그에게 세상을 떠돌아다니는 특별한 목적이 있는지 물었다.

　"저는 스승을 찾고 있습니다." 마일로가 대답했다.

　"무엇을 위한 스승인가요?"

　마일로가 어깨를 으쓱했다. "중요한 일인지는 잘 모르겠지만, 뭔가 새로운 것, 뭔가 굉장하거나 끔찍한 것을 가르쳐줄 수 있는 스승이요."

　농부의 식탁이 술렁거렸다.

　"우리가 사탕무에 관해서는 가르쳐줄 수 있어요." 누군가 말했다. "그 정도는 우리도 할 수 있거든요."

　농장 인부 중에 가장 키가 크고 사려 깊은 표정을 짓고 있는 남자였다.

　"당신의 얘기가 무슨 뜻인지 나도 이해합니다." 남자가 말을 이었다. "나도 그렇게 하고 싶거든요. 아마도 당신이 찾고 있는 스승은 흔히들 얘기하는 평범한 선생님과는 아예 다를지도 몰라요. 어쩌면 농부나 대장장이 같은 사람일지도 모르겠네요."

　마일로는 그의 이야기에서 지혜를 알아봤다.

　"나도 당신과 함께 가고 싶군요." 농장 인부가 계속 말을 이었다. "하지만 난 내 고용주에게 수확기 동안에는 여기서 일하겠다고 약속했습니다. 그러니 당신도 사탕무를 수확할 준비가 될 때까지 우리와 함께 지내면 어떨까요? 그런 다음 나와 함께 여행하면서 무엇을 찾아낼지 보면 될 것 같네요."

마일로는 그 제안을 받아들여서 한동안 사탕무 농사일을 돕기로 하고 고마움을 표현했다.


그는 배웠다.

일찍 일어나 물을 길어 나르는 법을 배웠다. 사탕무에 관해서도 배웠다. 사탕무, 사탕무, 사탕무. 그는 물건 고치는 법을 배웠다. 그렇게 점점 더 강해졌다.

사탕무를 다 수확한 후에, 그와 농장 인부(그의 이름은 옴파티였다)는 스승을 찾아 나섰고, 그때가 마일로의 삶에서 가장 즐거운 시기 중 한때였다. 그들은 긴 도로를 따라 걸어가고 다른 여행객들을 만났으며, 서로 이야기와 노래를 교환했다. 한번은 두 사람이 매음굴에서 하룻밤을 보낸 일이 있었는데, 그때 옴파티는 지갑을 도둑맞았다. 또한 산적들이 두 번이나 칼로 그들을 위협해 가진 것을 강탈해 가려 했지만, 마일로와 옴파티는 농장 일을 했었기 때문에 그들에게도 칼이 있었다. 그들은 강에서 수영을 했다. 별을 바라보며 잠을 청했다. 이상하고 놀라운 것들을 목격하기도 했는데, 그중에는 콜카타까지 기어서 가겠다고 선언한 어느 다리가 없는 나환자도 있었다. 그들은 그림자에서 자신을 분리해낼 수 있는 마술사도 보았다. 문 스모크라는 마을에서 성자와 하룻밤을 보낼 때는 함께 뱀의 피를 마시기도 했다.

마일로는 현명해 보이는 수많은 성자와 이런저런 사람들이 실은 그의 돈만을 노리고 있다는 사실을 서서히 이해하게 되었다.

그런 것 때문에 낙담하지 마, 그의 머릿속 목소리들이 말했다. 세상에는 진짜 스승들이 있어. 계속해서 찾아봐.

"알았어요." 마일로가 부드럽게 말했다. "그럴게요."

한번은 마일로와 옴파티가 며칠 동안 대규모 군대와 나란히 행진해나간 일이 있었다. 그들은 병사들과 농담도 주고받고, 거대한 전쟁 코끼리의 모습에 경외감을 품기도 했다. 닷새째 되던 날, 그들은 머리를 밀고 몸에 주황색 천으로 넓은 띠를 두른 남자들과 마주치기 시작했다. 그들은 지나가면서 군인들에게 웃으며 손을 흔들어주었다.

"순례자들이에요." 옴파티가 설명했다.

태양이 떠오르는 동안, 그들은 점점 더 많은 승려의 모습을 볼 수 있었다.

"부처의 제자들이 근처에서 가르침을 주고 있대." 행진하는 군인들의 대열에서 소문과 속삭임이 번져나갔다.

그날 저녁 군대는 예기치 않게 행진을 멈추었다.

그 이유가 마치 기후 전선처럼 아래로 밀려 내려왔다. 부처의 **제자뿐** 아니라, **부처도** 함께 있대! 부처와 그의 수행원들이 앞쪽에 있는 교차로에서 군대와 마주쳤고, 부처가 지나갈 수 있도록 군대가 멈춰 선 것이었다.

"다들 왜 이렇게 흥분한 건지 난 이해를 못 하겠어요." 마일로가 말했다.

"그분의 가르침이 아직 무사 마을까지 흘러들지는 않은 모양이군요." 옴파티가 말했다. "하지만 여러 중요한 장소에서 사람들이 말하길, 부처가 지금까지 살았던 가장 위대한 영혼이라고 하더라고요. 그는 심지어 자리에서 일어나지도 않고 단 한 번의 싸움에서 악마 마라를 패배시켰답니다. 사람들 말로는 부처가 단지 손으로 땅을 한 번 만져서 순수한 완전함으로 악마를 물리쳤다고 해요."

"그게 정확히 무슨 뜻이에요?"

"나도 몰라요. 아무도 모를걸요."


마일로와 옴파티는 다음 날 아침 전령들이 하사와 사령관에게 고함을 질러대며 전선을 따라 말을 타고 달려왔을 때 소스라치게 놀랐다. 그들은 무척이나 흥분한 듯 보였다.

하사와 사령관들이 차례로 그들의 부대에 소리를 질러댔다.

"빠르게 행진한다, 앞으로!" 사령관이 명령했다.

그들 앞뒤로 강인해 보이는 병사와 코끼리, 마차, 그리고 무장한 기병들이 목표를 향해 움직였다.

"내 생각에는 이쯤에서 우린 우리 갈 길로 가야 할 것 같네요." 옴파티가 말했다.

그래서 그들은 군대를 뒤로하고 떠나 나무들 사이를 헤치고 나아갔다.

주위로 화살이 떨어지기 시작했다. 그중 한 발이 마일로의 발목을 살짝 빗겨나가 바닥에 박혔다.

"아무래도 우리가 **전장 쪽으로** 나아가고 있던 모양이네요." 옴파티가 말했다.

마일로는 숨을 쉬려고 안간힘을 썼다. 겁에 질려 꼼짝도 할 수 없을 지경이었다. 그는 자신이 바지에 오줌을 지렸다고 확신했다. 앞쪽에서, 그리고 사방에서 전투의 울부짖음과 비명과 용맹하고 짧은 연설이 들려왔다.

병사들이 덤불 속에서 일어났다. 가죽 갑옷으로 무장한, 야만적으로 보이는 자들이었다.

마일로는 숨을 식식거리다가 아시아 나무딸기 덤불 속에 얼굴을 박고 정신을 잃었다.


따뜻한 비.

마일로는 고통스럽게 잠에서 깨어났고, 온몸에서 끈적거림을 느꼈다. 근처에서 누군가 발을 질질 끌며 잔디 위를 걸어왔다.

그는 고개를 들어 주위를 둘러봤다. 코끼리 한 마리가 그를 내려다보며 서 있었다.

마일로는 놀라지 않았고, 두렵지도 않았다. 코끼리가 그를 해치지 않으리라는 사실이 처음부터 너무도 명백했기 때문이었다. 사실 코끼리는 슬프고 혼란스러워 보였고, 기이할 정도로 어리둥절한 시선으로 그를 바라보고 있었다.

"아, 맙소사!" 마일로는 탄식했다. 코끼리의 코가 반으로 잘려져 있었다. 그를 깨웠던 따뜻한 비는 그 짐승이 숨을 내쉴 때 공기 중에 퍼져 나간 피였다.

눈물 한 방울이 그 거대한 한쪽 눈에 고이더니 볼을 따라 흘러내렸다.

주변 숲은 그 코끼리가 마구 밟아놓은 듯이 보였다. 사방에 부러진 나무와 뭉개진 사체가 놓여 있었다. 마일로는 옴파티에게 무슨 일이 일어났는지 궁금했다.

정신 차려, 머릿속의 목소리들이 말했다.

마일로는 죽은 병사의 손에서 검을 빼내 들어 코끼리를 향해 한 걸음 다가갔다.

코끼리도 그를 향해 다가와 중간에서 만났다. 힘겨운 신음과 함께 코끼리가 그의 앞에 무릎을 꿇었다.

마일로는 코끼리의 머리를 가볍게 쓰다듬어주었다. 그러고는 코끼리의 목을 잘랐다.

피가 뿜어져 나와 그의 온몸을 덮었다. 코끼리가 큰 소리로 꾸르륵거리더니 눈알을 굴리다가 쓰러져 죽었다.

새들이 큰 소리로 울었다. 부상한 병사들은 신음했다.

마일로는 자신을 바라보는 시선을 의식하고 천천히 몸을 돌렸다.

근처에 사람의 형체가 서 있었다. 약간 오르막길에 아침 해를 배경으로 하나의 윤곽이 보였다.

"참으로 연민 어린 행동이구먼." 윤곽이 말했다.

마일로는 고개를 끄덕였다. 무슨 말인가 하려고 했지만, 아직 호흡이 정상으로 돌아오지 않아 힘들었다.

구름 한 조각이 태양을 가리며 지나갔고, 마일로는 그 형체가 노인이라는 것을 알아봤다. 채찍 같은 턱수염을 기르고, 몸은 덩굴처럼 굽어 있었다. 다른 노인들처럼 그의 피부도 느슨하게 걸린 옷처럼 늘어져 있었지만, 매달린 피부 밑에는 근육이 오래된 하프 줄처럼 뻗어 있었다. 간단히 몸에 감아놓은 낡은 옷은 마치 두 번째 피부처럼 그의 몸에 걸려 있었다.

그것이 마일로가 그 가여운 노인에게서 처음 본 것이었다. 하지만 곧 그의 눈이 마일로를 사로잡았다.

엑스레이 같은 눈이군, 내면의 목소리들이 소곤거렸다.

마일로는 엑스레이가 뭔지 몰랐다. 이번 생에서는 본 일이 없기 때문이었다. 하지만 대충 감은 잡았다. 그 노인은 마치 몸 속의 뼈와 그것을 구성하는 원자들을 꿰뚫어 보듯 마일로를 쳐다봤다.

"나마스테." 마일로가 고개를 숙이며 말했다.

노인도 답례로 고개를 숙였다.


언덕 꼭대기에서 갑자기 합창이라도 하듯 고함지르는 소리가 들려왔다.

"보살님!" 누군가 소리치면 뒤이어 합창 소리가 들려왔다. "보살님! 저기 계신다!"

마일로는 고개를 들어 언덕 위를 보았다. 소박한 옷차림의 젊은 대머리 남자 몇 명이 시체와 부상자를 뛰어넘어 나무들 사이로 서둘러 달려오고 있었다.

"음." 노인이 중얼거렸다. "또 시작이군."

젊은이들이 숨을 헐떡이며 작은 무리를 지어 도착했다.

"난 괜찮네." 노인이 그들에게 말했다. "좋은 날을 보내는 중이야."

"좋은 날을 보내든 나쁜 날을 보내든, 그건 상관없습니다. 아난다에게 아무 말씀도 안 하시고 이렇게 돌아다니시면 안 됩니다."

무리 중 가장 키 큰 사람이 말했다.

"쉬-잇." 피 흘리는 병사를 돕기 위해 무릎을 꿇고 있던 노인이 말했다. "어서 도움이 되게나."

그가 집에서 짠 속옷 한 장만 남을 때까지 자신의 몸에 감고 있던 천을 풀어내기 시작했다. 그러고는 그 천을 손으로 갈기갈기 찢어냈다. 마일로가 추측하기에 그의 제자가 분명한 젊은이들도 질문이나 주저함 없이 스승이 하는 그대로 따랐다.

"부처." 마일로가 혼잣말을 했다.

노인이 그의 소리를 들었다. 그러고는 엑스레이 윙크를 보냈다.

마일로도 자신의 옷을 찢어 붕대를 만들어서 상처를 싸매주며 숲 속을 돌아다녔다.


마일로는 자신이 부처의 제자들 중에 가장 나이 많은 발베르와 일하고 있다는 것을 알아차렸다. 그들은 언덕 꼭대기에 일련의 천막을 설치했고, 그게 야전병원의 시초였다.

마일로가 물었다. "부처님께서 좋은 날과 나쁜 날을 보낸다는 게 무슨 뜻입니까?"

"우리는 그분을 '부처'라고 부르지 않아요. 그건 깨달음을 얻은 사람을 지칭하는 포괄적인 용어예요. 부처란 모든 사람이 그들 안에 가지고 있는 본성입니다. 누구든 거기에 도달할 할 수 있습니다. 그래서 우리는 그를 단지 '보살'이라고 부릅니다."

"그럼 좋은 날과 나쁜 날이란?"

발베르가 그에게 장작을 건네주었다. "도움이 되십시오." 그가 말했다.

마일로는 물을 데우기 위해 자리를 떴다.


그래, 치유자가 된다는 게 바로 이런 거구나, 마일로는 생각했다.

그는 피가 나는 상처를 압박했다. 부러진 팔에는 부목을 대고 붕대를 감아주었다. 한 번은 완전히 망가진 다리를 직접 잘라내기도 했다. 그는 장작을 모았다. 청소가 필요한 것들은 깨끗이 청소했다.

어느 날, 마일로는 부처가 분변으로 가득 찬 양동이를 들고 병원에서 나오는 것을 보았다. 당신이 직접 파놓은 변소에 가져다 버리려고 들고 나온 것이었다.

"저분이 내가 찾고 있던 스승이야." 마일로는 혼잣말했다. "나를 거둬주시기만 한다면."

"제발 그렇게 넋 놓고 있지 말고······." 한 병사가 그의 발치에서 기침하며 말했다. "내 목에 꽂힌 화살 먼저 빼내주면 안 되겠어요?"

마일로의 눈썹이 위로 치켜 올라갔다.

"옴파티!" 그가 소리쳤다. "당신이 죽지 않았다니, 정말 기뻐요!"

옴파티가 무슨 말인가 하려 하다가, 대신 컥컥거리며 구역질을 했다.

마일로는 그를 조용히 시켰다.

그리고 도움이 되기 위해 애썼다.


다음 며칠은 정신없이 지나갔다. 마일로는 임시 병원에서 일하면서 주변에 있는 부처의 제자들이 하는 일을 했다. 그는 몸만 눕힐 수 있으면 어디든 가리지 않고 잤다. 주는 것은 뭐든 먹었지만, 그 양은 얼마 되지 않았다. 마일로는 인간이 정작 필요로 하는 것이 얼마나 적은지 깨달았을 때, 놀라움을 금치 못했다.

부처의 제자들은 행복해 보였는데, 사실 마일로는 그 이유를 이해하는 데 약간의 어려움을 느꼈다. 그들은 다른 사람들과 달랐다. 일반적으로 사람들은 각자 나름의 불행을 안고 살았다. 그 사실은 그들의 눈을 통해 볼 수도 있었고, 말하는 방식에서 들을 수도 있었다. 그들은 언제나 뭔가에 대해 약간 화가 나 있거나, 걱정스러워하거나, 미안해했다. 이 끊임없는 불행은 대부분 인간이 익숙해진 삶의 방식이었다.

부처님을 모신 사람들은 이런 불행을 겪지 않았다. 그들은 안달하기보다는 그저 되어가는 대로 내버려두는 것 같았다. 해야 할 일이 상대방에게 말을 거는 것이든, 상처를 봉합하는 일이든, 아니면 물 한 잔을 마시는 일이든 간에, 그저 그 순간 눈앞에 닥친 일을 해나갔다.

마일로가 그 사실을 알아차리고 곰곰이 생각에 잠겨 있을 때, 발베르가 그의 곁으로 다가왔다. 그리고 마일로의 어깨에 한쪽 팔을 친근하게 올리고 말했다. "당신은 이미 깨달음을 얻었어요."

마일로는 눈을 끔뻑였다.

"어떻게 그럴 수 있었는지 모르겠네요." 그가 말했다. "나는 아직……."

"혹시 머릿속에서 빛이 폭발하거나, 미래를 보거나, 코에서 불기둥이 솟아나거나 그러지 않았나요?"

"아니요, 그런 건 없었어요."

"깨달음은 그런 게 아닙니다. 뭔가 신비로운 폭발 같은 게 아니에요. 주변에서 일어나는 일을 지금, 바로 이 순간 알아차리는 것인데, 당신이 그렇게 하고 있잖아요."

"항상 그렇지는 않아요."

"음, 늘 깨달음의 상태로 있는 건 아니니까요."

"그렇다면 기본적으로 모든 사람이 적어도 생의 어느 정도 기간은 깨달음의 경지에 이르러 있다고 할 수 있겠네요. 예를 들어, 지난번에 내가 다리를 절단해준 그 사람처럼요. 당시 그는 어찌나 심하게 비명을 질러댔던지 침을 질질 흘려대며 눈알이 뒤집혀 들어갔거든요."

발베르가 눈을 가늘게 뜨고 생각에 잠겼다. "글쎄요, 잘 모르겠네요." 그가 대답했다.

마일로는 놀랐다. 그는 소위 스승이라는 사람과 그의 열혈 제자가 "모르겠네요"라고 대답하는 것을 한 번도 들어본 적이 없었다. 그 말은 놀랄 만큼 지적으로 들렸다.

"왜 코뿔소는 머리 위가 아니라 얼굴에 뿔을 가지고 있나요?" 마일로가 물었다.

"모르겠어요." 발베르가 대답했다.

"아주 좋아요. 나무에는 어떻게 불이 붙죠? 왜 겨드랑이 냄새는 지독할까요? 내가 시장에서 벌거벗고 서 있는 꿈은 대체 무슨 의미일까요?"

"모르겠어요. 난 '벌거벗는' 꿈은 나만 꾸는 줄 알았어요."

405

"내 생각에는 모두가 꿀걸요."

그들은 가서 뭘 좀 먹었다.


얼마 지나지 않아 아침이 되자, 부처의 수행원들이 모두 일어나 길을 따라 걷기 시작했다. 마일로와 옴파티도 일어나서 그들과 함께 갔다. 갑자기 마일로는 이 세상에 자신의 이름으로 돼 있는 게 아무것도 없다는 사실을 깨달았다. 그의 것이라고는 조잡한 옷 한 벌, 속옷 한 벌, 가죽 샌들 한 켤레가 전부였다. 가죽 샌들은 코끼리 부리는 사람에게서 빌렸던 것인데, 그 사람은 이제 죽고 없었다.

옴파티가 길가에서 나무막대 하나를 집어 들었다.

"뭔가를 갖게 되면 기분이 좋아요." 그가 말했다. "그냥 막대 하나라도요."

그들은 한동안 말없이 걸어갔다.

"난 일주일이나 스승님을 보지 못했어요." 옴파티가 말했다. "그가 지금 우리와 함께 가기는 하는 걸까요? 어쩌면 앞서 갔을지도 모르겠어요."

"그는 늙었어요." 마일로가 말했다. "제자들이 그러는데, 그분은 좋은 날을 보내기도 하고 나쁜 날을 보내기도 한대요."

"다들 좋은 날과 나쁜 날이 있지 않아요? 그게 대체 무슨 뜻이에요?"

마일로가 어깨를 으쓱했다. 그도 몰랐기 때문이었다.

그날 밤 그들은 그 의미를 알게 되었다.

황혼 무렵, 그들이 불가에 앉아서 지나가는 마차 행상에게 구걸해 얻은 콩을 볶고 있을 때, 마일로는 갑자기 기운이 넘치는 것을 느꼈다.

"가서 물어봐야겠어요." 그가 말했다.

"누구에게 뭘 물어봐요?" 함께 앉아 있던 옴파티와 다른 두 명의 순례자들이 물었다.

"내가 꿨던 꿈에 관해서요. 내가 시장에 있다가 갑자기 벌거벗고 있다는 걸 깨달았던 꿈이에요."

"다들 그런 꿈을 꾸잖아요."

"맞아요. 그래도 그게 무슨 꿈인지 알고 싶어요."

그리고 그는 일어나서 부처를 찾아 많은 모닥불 사이를 헤치고 나아갔다.

부처는 크고 화려한 천막 같은 데 머물지 않았다. 따라서 제자들 사이에 천막을 치고 다른 사람들과 마찬가지로 땅에서 잠을 자는 그를 찾아내기란 쉽지 않았다. 하지만 마일로는 스승이 불을 피우고 앉아 있는 곳이라면, 그곳이 어디든 많은 사람이 주변에 몰려 있으리라고 추측했다. 그래서 그는 불길이 가장 크고 대화와 웃음이 넘쳐나는 곳으로 찾아갔고, 실제로 그곳에 부처가 있었다.

마일로는 나이 든 제자 몇 명이 빙 둘러 원형으로 앉아 있고, 그 가운데 스승이 불길을 응시하며 앉아 있는 모습을 발견하리라 예상했다. 하지만 그가 발견한 것은 혼란이었다. 마일로가 부처의 제자 중 중추세력에 해당한다고 알고 있는 몇몇 나이 많은 사람들이 서로서로 크게 소곤거리고 있었다. 스승은 그들 가운데에 서서 무척이나 화가 난 표정으로 울고 있었다.

근처 모닥불 앞에 있는 다른 순례자들은 그들을 안 보는 척하느라 바빴다.

마일로는 무슨 일인지 알고 싶어 조바심이 나서 앞으로 나아갔다. 만약 누군가 스승을 다치게 한 거라면…….

"대체 왜 그런 말을 하는 건가?" 부처가 흐느끼며 말했다. "정말 잔인하지 않은가. 다들 왜 그러는 건가?"

하나는 뚱뚱하고, 또 하나는 겨울잠쥐처럼 작고 비쩍 마른 제자 두 명이 한쪽 옆에서 말다툼 비슷한 대화를 나누고 있었다.

"왜 그분과 논쟁했어?" 뚱뚱한 제자가 물었다. "그분이 이런 상태일 때는 그의 말에 반박하면 안 된다는 거 알잖아! 그분은 이해 못 해. 그저 상심하기만 할 뿐이야!"

"나도 알아!" 겨울잠쥐가 고통스러운 표정으로 소곤거렸다. "하지만 그분은 괜찮았어. 그건 사실이잖아. 한순간 미풍처럼 경쾌하게 산은 강과 같고 단지 느릴 뿐이라고 하시면서 당신은 아주 좋은 날을 보내고 있다고 말씀하시고는, 다음 순간에는 너무도 자연스럽게 '내가 이에게 아직도 그 흑요석 덩어리를 가지고 있는지 물어봐야겠구나'라고 하시기에 난 내가 무슨 말을 하는 건지 채 생각지도 못하고 무심결에 '스승님, 이는 벌써 죽은 지 7년이나 되었습니다. 그 호랑이 기억나시죠?' 그랬더니 갑자기 이성을 잃으신 거라고."

뚱뚱한 제자가 마음을 가라앉히려 애쓰는 듯했다.

"우린 조심해야 해." 그가 말했다. "나도 자네가 일부러 스승님을 화나게 하지는 않았으리라는 걸 알아."

강한 손이 마일로의 어깨를 잡고 몸을 돌려세웠다.

젠장! 부처에게 폭력배 부하들이 있었다니! 누가 알았겠는가!

발베르였다.

"마일로." 발베르가 슬픈 눈으로 말했다. "그냥 가서 식사나 해요. 여기 상황은 어쩔 수가 없어요."

"대체 무슨 일입니까?" 그가 더듬거리며 물었다.

발베르가 마일로를 숲에서 데리고 나갔다. 그들 뒤로 부처의 성난 목소리가 크게 울려왔다.

"그는 늙었어요." 발베르가 말했다. "노인들은 가끔 혼란스러워하잖아요."

"그렇지만 그분은……."

"그분은 신이 아닙니다."

마일로는 자신의 불 앞으로 돌아가 자리에 앉았다.

"그분이 대답을 해주었나요?" 옴파티가 물었다. "그 꿈에 대해서요?"

마일로는 어깨를 구부정하게 숙이고 앉아 있었다.

"그분을 찾을 수가 없었어요." 그가 대답했다.


그는 잠을 청했지만, 잘 수가 없었다.

눈을 감을 때마다, 자기 친구들을 두려워하며 눈물 흘리는 부처의 모습이 보였다.

그는 눈을 감고 명상을 하려 했다. 그게 도움이 될지도 몰랐다.

명상은 부처의 사람들이 하는 일이었다. 그게 그들이 매사에 초

연할 수 있도록 돕는 것 같았다. 그는 명상을 하려 노력해봤지만
별로 운이 따라주지 않았다.

"마음속에서 무슨 일이 일어나고 있는지 보고 들으려 애써보세
요." 발베르가 그에게 말했었다.

"내 마음은 시끄러워요." 마일로는 대답했었다. "보거나 들을 수
가 없어요."

발베르는 어깨를 으쓱하고는 눈을 감았다. 그의 존재는 무시하
는 듯 보였다.

이제 마일로는 다시 시도해봤다.

숨을 들이쉬어라. 아무 생각도 하지 말라. 숨을 내쉬어라. 자신
이 숨 쉬고 있다는 것을 인식해라.

스승님께 무슨 일이 있는 것일까? 그의 마음이 물었다.

마일로는 자신이 질문하고 있다는 사실을 알아차렸다.

달에도 사람이 살고 있을까? 그의 마음이 궁금해했다. 그가 아무
리 열심히 노력해도, 무작위 생각들이 마구잡이로 쏟아져 나왔다.

발목이 아프다. 오랫동안 천식 발작을 일으키지 않았다. 혹시 다
나은 것일까? 부처의 추종자들도 섹스를 할까? 저 소음은 뭐지?

입 다물어, 그는 생각했다. 닥쳐, 닥쳐. 호흡해! 정적……. 호흡…….
나는 내 머리카락이 자라는 걸 느낄 수 있었다.

**"빌어먹을!"** 그가 포효했다.

"쉬-잇." 근처의 몇몇 순례자가 주의를 주었다. "우린 명상 중이
에요."

다음 날 오후, 여행자들은 스라바스티라는 곳에 도착했다.

스라바스티는 부처가 이전에도 여러 번 방문했던 소도시로 오래전에 지은 대단위의 수도원이 자리해 있는 곳이었다. 부처의 가르침을 배우고 싶을 때, 사람들이 주로 찾는 주요한 장소 중 하나이기도 했다. 부처의 학생과 제자 중 가장 뛰어난 이들이 그곳에서 가르침을 전수했고, 마을은 일종의 '부처님 만나기 행사'를 진행하는 중이었다. 따라서 명상하는 순례자들에 발이 걸려 넘어지지 않고는 시내에 나가 빵 한 조각도 살 수가 없었다.

부처가 마을에 도착했을 때는 마치 예수가 예루살렘에 들어서는 것 같았지만, 다른 점이라면 예수는 아직 세상에 태어나지 않았다는 것뿐이었다.

부처의 일행은 흩뿌려진 꽃 세례를 받으며 노래 속에 행렬을 이루어 나아갔다. 모두 그들에게 절을 하고 무릎을 꿇고 경건한 태도로 그들을 어루만졌다. 스라바스티 군중이 이렇게 하는 이유 중 하나는 그들이 부처와 관련된 것이라면 무엇이든 무조건 공경할 만반의 준비가 되어 있기 때문이었고, 또 다른 이유는 그들이 여행자 행렬에서 누가 부처인지 확실히 모르기 때문이었다.

대부분의 다른 사람들과 마찬가지로 종교적인 목적으로 스라바스티를 여행하는 사람들도 부처라면 한눈에 알아볼 수 있으리라고 기대했다. 소문에 따르면 부처는 말 한마디로 밥그릇을 공중에 둥둥 띄울 수 있는 그런 사람이었다. 또한 무시무시한 정글 괴물이 그를 잡아먹게끔 한 후에 목구멍으로 들어가는 동안 완벽한 광선으로 괴물을 안에서부터 태워 죽인 사람이었다. 이 사람은 영혼 속

411

에 모든 시간과 우주를 품고 있었다.

그러나 그는 등이 구부정한 여느 노인들처럼 그들 앞을 조용히 스쳐 지나갔다. 사실 그의 눈은 엑스레이 같았지만, 그가 상대를 똑바로 바라보지 않을 때면 그 사실을 알아보기가 쉽지 않았다.

"사람들이 그를 알아보지 못하네요." 옴파티가 머리카락에 묻은 목련 꽃잎을 떼어내면서 중얼거렸다.

마일로가 고개를 끄덕였다.

"차라리 그편이 나아요." 곁에서 걸어가던 수행원 중 하나가 소곤거렸다. "스승님은 온종일 결혼식 준비에 관해 물어왔거든요, 특히 밸리 댄서들에 관해서요."

마일로가 눈살을 찌푸렸다. "누구의 결혼식이요?"

"스승님의 결혼식이요."

"그가 결혼을 해요?"

"이미 했어요. 잘 되지 않았지만."

"아……." 마일로가 말했다. "안됐네요."

"게다가……." 제자가 덧붙였다. "그게 벌써 60년이나 지난 일인걸요."


그날 밤, 수도원 경내 부드러운 잔디밭과 소박한 벽 사이에 횃불이 밝혀졌다. 수천의 사람들이 찾아와서 자리 잡고 앉아 신이 나서 술렁거리며 부처의 말씀을 기다렸다.

마치 야외 록 콘서트 같군, 마일로의 머릿속에서 누군가(미래의 삶에서 온 목소리였다)가 말했다.

나이 많은 제자들이 중앙 사원에서 나와 크고 화려한 방석을 잔디 위에 내려놓고, 긴장한 표정으로 방석을 에워싸고 반원 모양으로 자리 잡고 앉았다.

스승이 걸어 나왔다. 발베르의 부축을 받으며 한 번에 한 걸음씩 내디뎠다.

군중이 조용해졌다. 풀벌레가 울었다. 박쥐들이 횃불 사이를 쏜살같이 움직여 다녔다.

스승이 베개 위에 앉아 손가락으로 무드라를 만들었다.

약간의 시간이 흘러갔다.

달이 떠올랐다.

부처가 시선을 들었다. 그의 눈은 밝았지만, 마치 멀리 있는 불길처럼 무심했다. 마일로는 그 길 잃은 시선을 알아봤다.

아, 안 돼!

부처가 결혼식에 관해 이야기하기 시작했다.

"저는 곧 결혼을 하게 됩니다." 그가 살짝 흘리는 듯한 미소를 지으며 말했다. "제 아버지의 궁전에서, 제 사랑이자 운명인 사촌 야소다라와 식을 올릴 겁니다. 밸리 댄서의 공연도 있을 겁니다."

주위를 둘러보던 마일로는 군중들이 서로서로, 혹은 혼자 고개를 끄덕이는 것을 보았다. 그들은 귀담아듣고 무슨 이야기인지 이해하려 애쓰고 있었다.

"우리는 훌륭한 밸리 댄서를 존경해야 합니다." 부처가 말을 이었다. "그들은 춤을 춘다기보다는 거의 흘러가는 듯 보이거든요. 그들은 진실이나 강물 같아요. 파도 같죠. 그 사실을 생각해보세요.

우리는 그들의 배꼽에 에메랄드를 달게 될 겁니다.”

군중은 그의 말을 게걸스럽게 받아들였다. 진실! 강물! 조화! 덧없음! 아무도 부처가 자신의 기억 속 미지의 나라를 방랑하고 있다는 사실은 꿈에도 생각지 못했다.

가장 가까이서 부처를 모시는 제자들은 진정한 사랑과 경외심으로 그를 지켜보았다. 하지만 그들의 시선은 감히 입 밖으로 낼 수 없는 어떤 질문을 공유했다.

얼마나 더 오래 이 사실을 대중에게 숨길 수 있을까?


그날 밤, 첫 번째 장맛비가 내렸다.

부처를 따르는 수천의 사람들이 모두 돗자리를 말아 들고 오두막과 수도원으로 몰려 들어갔다. 아침에 몇몇 젊은 순례자들이 크게 소리 질러 모두를 깨웠다. “빨리들 와보세요! 엄청난 일이 일어났어요! 이상한 일입니다! 스승님께서 보셔야만 해요!”

그래서 부처와 제자 들이 그 젊은이들을 따라 근처 강가로 내려갔다. 마일로는 스승이 절뚝이지 않는다는 사실을 알아차렸다. 그는 민첩하고 빨라 보였다.

불어난 강은 마치 말을 삼키는 보아 구렁이 같았다. 그것이 나무와 큰 가지 들을 거꾸러트리고 후려치고 움켜잡았다.

“보세요!” 젊은 순례자들이 위아래로 뛰어다니며 손가락질하면서 외쳤다.

그들은 모두 보았다.

“괴물이다!” 그들이 소리 질렀다.

해안에서 어느 정도 떨어진 곳에, 대추나무 한 그루가 가지가 꺾어지고 부러진 채 홍수에 버티고 서 있었고, 가장 높은 곳에는 뭔가 흉측해 보이는 것이 웅크려 앉아 있었다. 이를 다 드러낸 채 눈에서는 광선이 번쩍였지만, 확실히 두려움에 휩싸여 있었다.

"악마야!" 누군가 중얼거렸다.

"마귀야!" 다른 사람들이 말했다.

"쓸데없는 소리 말게." 부처가 말했다. "호랑이네."

그랬다.

흠뻑 젖고 진흙 범벅이 된 채로 불어난 강물을 향해 이빨을 드러낸 호랑이는 뭔가 공격할만한 대상이 나타나기만 하면 바로 덤벼들 준비가 된 것 같았다. 마일로가 지켜보는 동안, 호랑이가 공포에 사로잡혀 커다란 초록색 똥을 쌌다.

모두 뭔가를 기대하며 스승을 바라봤다.

"누가 내게 밧줄을 가져다주게나." 그가 말했다. "찾을 수 있는 가장 긴 거로. 저 나무 꼭대기에 닿을 만큼 충분히 길어야 하네."

100명은 됨직한 순례자들이 단 한 순간의 주저함이나 단 한 번의 질문도 없이 수도원으로 돌아가 스라바스티 시내로 향해갔다.

마일로는 발베르에게 몸을 가까이 기대며 물었다. "대체……?"

발베르가 인상을 찌푸리며 고개를 저었다.

소음과 고함치는 소리가 들려왔다. 그들이 밧줄을 가지고 돌아왔다! 백 개의 밧줄! 부처가 그중 하나를 골라 넓고 느슨한 올가미로 묶었다.

"말도 안 돼!" 옴파티가 말했다. 강가에 몰려서 있는 모두의 감정

415

도 옴파티와 같았다.

심지어 호랑이도 관심을 보였다. 눈도 깜박이지 않고 입맛을 다시며 부처를 바라봤다.

그가 올가미를 머리 위로 돌렸다……. 처음에는 느리게……. 그러다가 화살처럼 물 위로 쏘아 올렸다. 올가미가 호랑이 바로 뒤쪽 부러진 나뭇가지 위에 깔끔하게 자리 잡았다.

부처가 올가미를 세게 단단히 잡아당겼다.

그가 대추나무를 강가로 당겨 호랑이가 안전하게 뛰어내릴 수 있도록 해주려 한다는 사실은 불을 보듯 명백했다. 하지만 그는 여든 살이나 먹은 노인이고, 게다가…….

나무가 휘어지기 시작했다.

모여선 사람들이 웅성거리며 숨을 헉하고 들이마셨다.

호랑이는 무슨 일이 일어나고 있음을 알았지만, 그 일이 자기 마음에 들지 확신하지는 못했다. 호랑이가 눈을 부릅뜨고 자세를 고쳐 앉았다.

부처의 손이 떨리기 시작했다.

"부디 도움이 되어주게나." 그가 둘러선 사람들에게 말했다.

제자와 순례자 들이 밧줄에 달려들었다. 발베르가 구호를 선창하자 모두 힘을 합쳐 당기기 시작했다. "영차!" 그들은 구호를 외치고 줄을 당겼다.

"영차!" 그들은 구호를 외치고 줄을 당겼으며, 마침내 나무가 가깝게 구부러져서 뿌리가 끼인 곳에서 빠져나왔고, 나무 꼭대기의 가지들은 강둑에서 3미터 떨어진 곳에서 맴돌았다.

바로 그 시점에서 두 가지 사건이 눈 깜짝할 사이에 일어났다.

호랑이가 공중으로 뛰어올랐다.

모두가 강둑을 향해 날아가는 호랑이를 보고는 밧줄을 놓아버리고 달아났다.

밧줄을 허리에 감아놓았던 부처를 제외한 모두였다.

호랑이는 이빨과 송곳니를 번쩍 드러내 보이고는 아무도 잡아먹지 않은 채 숲 속으로 달아났다.

대추나무는 느슨하게 풀려나와 부처를 홱 잡아채 공중에 띄워서는 분노한 강물 속으로 끌고 들어가 시야에서 사라지게 한 후 불어난 물살과 함께 하류로 흘러갔다.

거의 순식간에 일어난 일이었지만, 마일로는 그보다 더 빨랐다. 그는 자신이 물속으로 뛰어들 거라는 사실을 채 알아차리기도 전에 이미 물에 들어가서 부처의 몸에서 가장 마지막으로 사라지고 있던 늙은 맨발로 팔을 뻗었다.

물이 그의 주위로 소용돌이쳤다. 나뭇가지와 자갈과 물에 떠 있는 쓰레기 들이 그의 몸을 할퀴었지만, 그의 손은 찾고 있던 것을 찾았기에 나무와 부처와 마일로는 함께 강을 따라 떠내려갔다.

마일로는 스승의 손목에 닿을 때까지 거의 나무를 타듯이 노인의 몸을 타고 올랐다. 그리고 자신의 손에 그의 손목을 잡고 나서는 스승이 할 수 없었던, 반드시 두 손으로 해야만 하는, 허리에 묶인 밧줄 풀어내는 일을 했다.

나무가 지구의 끝을 향해 구르듯이 멀리로 흘러갔다.

마일로와 부처는 숨을 헐떡이며 물 위로 고개를 내밀었다. 그들은 잡초나 나뭇가지를 움켜잡고, 진흙탕에 손톱을 박아 넣으며 해안을 향해 헤엄쳐 나갔다.

키 큰 사람 하나가 그들을 향해 물을 첨벙거리며 다가왔다. 커다랗고 강한 사탕무 농부의 두 손이 마일로를 움켜잡았다. 옴파티! 그가 세 사람이 모두 물가로 나올 때까지 마일로와 스승을 끌어당겼고, 마침내 그들은 다리를 물속에 담근 채 숨을 헐떡이며 강가에 쓰러져 누웠다.

순례자와 제자들이 기쁨으로 함성을 지르며 달려와 그들을 에워쌌다.

그제야 마일로는 물살이 그들의 옷을 다 벗겨내 버렸다는 사실을 깨달았다. 그와 부처는 점차 늘어만 가는 군중들 앞에 발가벗고 누워 있었다.

"이걸 꿈으로 꾸었어요." 마일로가 말했다.

"모두 그런 꿈을 꾸지." 스승이 대답했다.


거대한 호랑이를 구해준 사건은 예측할 수 있는 결과를 낳았다.

부처의 초인적인 연민에 관한 이야기가 정글과 마을을 거쳐 사방으로 퍼져갔다. 몇 시간 만에 더 많은 순례자가 스라바스티로 줄지어 몰려들었다. 새로운 전설! 또 하나의 새로운 기적이었다!

부처가 강으로 끌려 들어가 누군가가 그를 건져 올려야 했다는 이야기는 그 어느 곳으로도 퍼져나가지 않았다. 오히려 엄숙하고 자발적인 기초 위에서 다들 쉬쉬거렸다.

그들을 탓할 수는 없어, 전생의 목소리 중 하나가 마일로에게 말했다. 예수님이 흰담비 무리에게 잡아먹혔다고 상상해봐. 우상화에는 별로 도움 되는 얘기가 아니잖아.

제자와 순례자 들은 그날 그 상황에 대해서는 아예 이야기조차 하고 싶어 하지 않았다. 그들이 모두 함께 가늘게 내리는 시원한 비를 맞으며 밥그릇을 들고 모여 앉아 식사를 하고 있을 때, 옴파티가 말했다. "세상에, 난 그때 다 끝난 줄 알았지 뭡니까. 두 분이 너무 오랫동안 물속에 잠겨……."

그러자 주변에 있던 모든 사람들이 일어나서 자리를 떴다.

"저들은 그 얘기를 듣고 싶어 하지 않아요." 마일로가 말했다.

"당신이 그의 목숨을 구했어요." 옴파티가 주장했다.

"내 생각에는 우리가 구한 것 같은데요. 그렇다고 해서 그가 평범한 사람이 아니라는 사실이 바뀌는 건 아니에요. 그분은 살아 숨 쉬는 이야기 같은 존재에 가까워요. 때로 이야기는 편집되어야 하잖아요."

"점점 현자처럼 이야기하는군요." 옴파티가 말했다.

발베르가 다가와 마일로 옆에 무릎을 꿇고 앉았다.

"스승님이 좀 뵙자고 하시네요." 그가 말했다. "두 분 다요."

아, 멋지군.

발베르가 군중을 헤치고 스승의 오두막으로 그들을 이끌어갔다. 집은 벽돌을 토대로 만들고 신선한 녹색 프와바 잎을 엮어 지붕을 덮어놓아서 마치 부처가 거대한 샐러드 아래에 사는 것처럼 보였다.

안에는 스승이 책상다리를 하고 눈을 감고 앉아 있었다. 마일로와 옴파티가 맞은편에 앉자, 그가 눈을 떴다.

"고맙네." 부처가 마일로의 무릎을 토닥이고 옴파티에게는 고개를 끄덕여 보이며 말했다.

"별말씀을요." 그들이 작게 말했다.

"당연하게도 인생은 강의 파도와 같네." 스승이 말했다. "올라갔다가 다시 강 속으로 사라지지. 그러고는 어디에선가 다시 솟아오른다네. 오르고 내리는 것이 많은 차이를 만들어내지는 못하지."

"그러니까 그 말씀은 마일로가 스승님의 목숨을 구하고 안 구하고는 별로 중요하지 않다는 것이군요." 옴파티가 말했다.

"중요하지 않지." 스승이 옴파티를 쳐다보며 말했다. "강의 입장에서는."

옴파티는 무슨 말인지 알아듣고는 시선을 바닥으로 낮추었다.

"이제…… 나와 명상을 해보세." 스승이 말했다.

그가 다시 눈을 감았다.

마일로도 눈을 감고 명상을 하려 애썼다.

그는 닭에 관해서 생각지 않으려 노력했다. 또 바위는 왜 단단한지에 관해서, 언젠가 흘낏 봤던 가슴을 풀어헤친 여자에 관해서, 끈에 관해서, 자신의 배꼽과 하늘에서 내리는 눈에 관해서도…….


부처와 그의 여행하는 제자들은 한밤중에 스라바스티를 떠났다.

"스승님이 또다시 나쁜 하루를 보내기 전에 길을 떠나는 게 좋을 것 같습니다." 발베르가 마일로를 깨우며 속삭였다.

"내 생각에는 사람들이 그것에 관해 얘기하지는 않을 것 같아요." 마일로가 하품을 하며 말했다. "스승님이 그런 상태에 있더라도 말입니다. 사람들은 그걸 보고 싶어 하지 않으니, 보지 않을 거예요."

"그래도 자주 그런 일이 일어나면 보게 될 겁니다." 발베르가 말했다.

그들은 음식을 구걸하며 여러 날 동안 길 위를 걸어갔다. 매일 밤, 마일로와 옴파티는 조용한 대화와 명상으로 스승과 함께했다. 부처를 에워싸고 있는 나머지 세상은 그가 거의 익사할 뻔했던 사건을 잊고 싶어 했을지도 모르지만, 부처 자신은 그 두 명의 젊은 이를 매우 믿음직하고 가치 있는 친구로 여기고 있음이 확실했다.

"저는 명상을 잘 못 합니다." 어느 날 저녁, 마일로가 불쑥 말했다. 그는 너무도 간절히 명상을 하고 싶었기에 명상할 수 없다는 사실에 위가 꼬이는 것만 같았다.

스승이 조용히 하라는 의미로 손을 들어 올렸다.

"명상은 대부분 숨을 쉬는 것이네." 그가 말했다. "호흡은 우리 자신과 바깥세상이 나누는 가장 친밀한 접촉이지. 우리는 숨을 들이마시고"―스승이 숨을 들이마셨다―"내뱉는다네"―그리고 내뱉었다. "그렇게 할 때, 우리도 바깥세상의 일부가 되는 거지."

그들 세 사람은 함께 호흡했다. 들이마시고, 내쉬고. 들이마시고, 내쉬고.

"그렇다면……." 마일로가 말했다. "제가 계속해서 원숭이나 엄지발가락에 관해 생각해도 아무 상관 없다는 건가요?"

"마음이란 원래 시끄러울 수밖에 없네. 지난밤에 명상하려고 앉았을 때, 내 머릿속에는 온통 고양이뿐이었어."

"아⋯⋯." 마일로가 놀라서 물었다. "고양이는 왜요?"

"아무 이유도 없었네. 그냥 고양이, 고양이, 고양이, 고양이, 고양이 생각만 나더라고."

"고양이, 고양이, 고양이, 고양이, 고양이, 고양이, 고양이." 마일로가 반복했다. 옴파티도 따라 했다.

"지금 우리가 명상을 하는 거죠, 그런가요?" 마일로가 물었다.

"그렇다네." 스승이 대답했다.

"저는 잘 모르겠습니다." 옴파티가 말했다. "명상이라 하면 일단 마음을 깨끗이 비워야 하는데, 고양이는 생각해도 괜찮다니요. 고양이에 관해 생각하는 것은 명상이지만, 명상에 관해 생각하는 것은 명상이 아니라는 거잖아요."

부처가 눈을 감고는 옴파티의 말을 곰곰이 생각해보는 것 같았다.

그들은 스승이 무슨 말이라도 하기를 한동안 기다렸지만, 곧 부처는 부드럽게 코를 골기 시작했다.


나중에 모닥불 앞에서 옴파티와 함께 앉은 채로 마일로는 한참을 침묵했다.

조용히 명상하는 게 아니라, 그냥 조용히 앉아 있었다. 생각에 잠겨서.

"저들은 스승님이 완벽함을 성취했다고 말해요." 마침내 마일로가 말했다.

"그건 거의 명백한 것 같은데요." 옴파티가 대답했다. "보면 알 수 있잖아요."

"그래요, 하지만 우리가 기대하는 건 그게 아니잖아요. 내 말은, 물론 스승님이 영적이라는 건 인정하겠지만, 그분도 역시 문제를 겪고 있잖아요. 나처럼 명상에도 어려움을 느끼고 있다고요. 하지만 그는 그것을 성공적으로 해내요. 정신이 무너지고 있음에도 성공적으로 해내고 있어요. 게다가 그 호랑이 사건 같은 것도 있었잖아요. 정말 대단했죠!"

불꽃이 튀었다. 불길이 확 피어올랐다가 사그라졌다.

"뭔가 하고 싶은 말이 있는 거예요?" 옴파티가 물었다.

"있어요. 내가 하고 싶은 말은, 나도 완벽함을 원한다는 거예요."

"다들 원하지 않나요?"

"아니요, 난 그렇게 생각지 않아요. 다들 약간은 그러길 바라지만, 전적으로 완벽해지는 걸 바라지는 않아요. 그렇게 되면 삶의 주기를 떠나게 되는 거니까요. 나는 내가 수천 번의 삶을 살았다고 생각해요. 아니, 확신해요. 내가 명상에는 최악일지 몰라도, 세상을 조금씩 알아가고 있는 건 맞아요. 마치 지금까지 살았던 나의 이전 생들이 내게 메모를 건네주는 것처럼 말이에요. 그런 눈으로 보지 말아요. 어쨌든, 그들은 내가 지금까지 단 한 번도 진정한 완벽함을 원해본 적이 없다고 반복해서 말하고 있어요. 내가 그걸 이룬 사람을 한 번도 본 적이 없기 때문인 거죠. 나는 오랫동안 완벽함에 저항해왔었어요."

"저항이요? 완벽해지지 않으려고?"

"그래요. 하지만 더 이상은 아니에요. 이제 완벽해질 필요가 있어요. 그걸 느낄 수 있어요. 난 우주의 일부가 되지 않으려고 저항해왔어요. 그런데 지금은 무엇보다 더 간절히 그것을 원해요."

마일로는 머릿속 목소리들이 덩실덩실 춤을 추며 노래하는 소리를 들을 수 있었다.

"내가 이해한 게 맞나 모르겠네요." 옴파티가 말했다. "그러니까 당신은 지금까지 완벽함에 저항해왔지만, 이제는 스승님을 보고 마음을 바꿨다는 건가요? 그분이 당신이 이해할 수 있는 실용적이고 근사한 방식으로 완벽하기 때문에?"

"맞아요. 그게 바로 스승의 역할이잖아요, 안 그래요? 학생이 이해하게끔 도와주는 거? 그래서 내가 이해한 거죠."

그의 머릿속 목소리들이 그에게 근사하게 춤추는 불빛과 시타르 음악을 선사해주었다.

마일로는 그들이 그렇게까지 할 수 있을 줄은 몰랐다.

"우와, 아름다워." 그가 말했다.

그리고 팔을 뻗어 흙바닥을 만졌다. 잠시 동안 그는 바닥이 발 아래서 돌아가는 것을 느꼈다.

"도대체 지금 뭐 하는 겁니까?" 옴파티가 물었다.

"잘 모르겠지만, 뭔가 멋진 걸 경험하고 있어요. 그 때문에 갑자기 화장실이 가고 싶어지네요."

그리고 이것은 마일로에게 거의 부처 같고 완벽하게 느껴졌다. 그리고 어쩌면 정말 그럴지도 몰랐다.


그 후엔 계속 안 좋은 날이 이어졌다.

부처의 핵심 집단에 속하지 않은 사람은 그 사실을 알 수조차 없었다. 하지만 그의 오랜 제자들이나 새로운 친구들에게는 그것이 더 많은 일을 해야 함을 의미했다.

발베르가 행진하는 순례자들의 대열을 통과해서 마일로와 옴파티가 있는 곳으로 와 그들의 팔을 잡았다. "스승님을 위해 도움을 주실 수 있겠습니까? 오늘 상태가 좋지 않으시거든요."

"물론입니다." 옴파티가 말했다.

"이제 곧 마을에 도착할 겁니다. 그럼 스승님의 그릇을 가져가서 음식을 구걸할 때, 그분의 공양 그릇도 채워주십시오."

그들은 고개를 숙이며 말했다. "기꺼이 그러겠습니다."

마을 가장자리에 도착했을 때, 제자들은 좁은 원을 그려 부처를 에워쌌고, 그들이 공양 그릇을 들고 지나갈 때 순례자들은 미소를 지어 보였다.

"다 잘 되고 있습니다." 미소가 의미하는 것이었다.

"이러다 코끼리 경주에 늦겠구나." 원 안에서 부처가 말했다.

마을 사람들은 관대했다. 그들은 언제나 관대했다. 특히 마일로가 스승의 공양 그릇을 들고 "부디 부처님을 위해 한 번만 더 주십시오"라고 말할 때면 더욱 너그러웠다.

그 후에 마일로와 옴파티는 스승의 방석 주변에 자리 잡은 제자들 사이에 앉았다. 부처는 바닥에 무릎을 꿇고 기어 나와 그들과 합류했다. 제자들이 공양 그릇을 건네주자, 스승은 마치 먹는 일은 별로 중요치 않다는 듯이 거의 맛도 음미하지 않고 음식을 입 안에 털어 넣었다. 그의 눈은 멀리 있는 것처럼 보였지만, 공허하거나 넋이 나간 것 같지는 않았다. 머릿속에서 뭔가 곰곰이 생각 중인 것 같았다.

잠시 후에 스승이 발베르를 돌아봤다.

"날 위해 뭔가 해줄 수 있겠는가?"

"물론입니다." 발베르가 대답했다.

"식사가 끝나면, 위층에 올라가서 어머님께 내가 좀 뵈었으면 좋겠다고 해주게."

마일로는 심장이 내려앉았고, 입맛도 달아나버렸다.

"물론입니다, 스승님." 발베르가 거의 울 것 같은 표정으로 대답했다.


그들은 온종일 그 마을에서 쉬었다. 마일로는 위엄 있는 늙은 무화과나무를 찾아 그 아래 앉아서 세 시간 동안 쉬지 않고 명상했다.

고양이. 비. 나무. 사랑. 개. 그의 성기. 밤.

그의 마음은 시끄러웠다. 그런데도 그가 할 수 있는 일은 아무것도 없었다. 하지만 호흡 정도는 그럭저럭 해낼 수 있었다.

들이마시고, 내쉬고. 공기에 주목하자 세상이 들어오고 나갔다.

호흡을 하다 보니 뭔가 친숙함이 느껴졌다. 평생 숨을 쉬었기 때문이 아니라, 전에도 이런 식으로 호흡한 적이 있기 때문이었다. 숙련되게. 의식적으로. 그는 자신의 벌거벗은 몸이 우주에 둥둥 떠다니는 모습이 머릿속에서 번쩍하고······.

완벽함. 다른 세상에서. 하지만 그것을 놓치고 말았다. 어떻게 했었는지 기억나지 않았다.

근사하고. 그리고 비극적인. 이번에는 놓치지 않을 참이었다.

그는 두 눈을 떴다. 어떤 소리가 났지만, 정글의 소리는 아니었다. 마을 변두리에서 들려오는 괴로운 목소리들이었다. 마일로는 숲에서 뛰어나갔고, 부처의 제자들이 마치 겁에 질린 황새가 푸드덕거리듯이 돌아다니는 것을 발견했다.

"무슨 일입니까?" 그가 물었다. "왜 그래요?"

"사라지셨어요." 뒤에서 나타난 옴파티가 말했다.

"하늘이 데려가 버린 건지도 몰라요!" 나이 많은 제자 중 하나가 가까이서 말했다. "봐요, 옷은 여기 있잖아요. 소지품도 다 그대로 있어요. 내 장담컨대, 하늘이 데려간 겁니다."

"갑시다." 마일로가 옴파티의 소매를 잡아당기며 말했다. 그들은 온 마을에 흩어져서 부처를 찾아다니는 다른 순례자들과 합류했다.

그를 찾는 데는 오랜 시간이 걸리지 않았고, 이번에도 역시 소음이 단서가 되어주었다. 마을 중심부에서 거리 아래쪽으로 높은 목소리가 들려왔다. 마일로와 옴파티는 달리기 시작했고, 시장 안에서 사람들이 웅성이며 모여 있는 것을 발견했다.

진정하자, 마일로는 생각했다. 부처는 상태가 좋아져서, 마을 사람들에게 가르침을 주기 위해 내려와 있을 거야.

군중이 갈라졌다. 마일로는 양해를 구하고 앞으로 나아가서 시장 가판대에 서 있는 스승을 발견했다. 그는 석류를 한 손에 들고 자세히 살펴보는 중이었다.

그리고 완전히 발가벗고 있었다.

마일로는 주위를 둘러봤다. 군중은 경외심이나 종교적인 감정은 물론이고 심지어는 호기심도 느끼는 것 같지 않았다. 그들은 학교

운동장에 모인 아이들 같았다. 괴롭히기 좋은, 상처 입은 새를 발견한 아이들 표정이었다.

"어쩌면 오늘이 빨래하는 날일지도 몰라." 누군가 말했다.

웃음이 터져 나왔다.

"오늘 날씨 정말 덥다." 누군가 또 말했고, 그 뒤로 또 누군가 말했다. "시장에 문신을 새기러 왔을 거야!" 그러고 나서 누군가 돌을 던졌다. 돌이 부처의 어깨에 맞아 튀었다.

마일로는 누가 돌을 던졌는지 보지 못했지만, 옴파티는 봤다. 그가 그 젊은 남자의 팔을 움켜잡아 바닥으로 메다꽂았다.

다른 젊은 남자 몇 명이 앞으로 나섰다.

양손을 들어 올렸던 마일로가 손을 내렸다.

"진정해요, 친구, 옴파티." 그가 말했다. "이건 우리가 배운 게 아니잖아요. 우리가 가르치는 것도 아니에요."

그가 숨을 들이마셨다. 그리고 내쉬었다. 공기와 군중과 마을 모두가 그의 일부였다.

그는 부처 쪽으로 돌아서서 그의 팔을 잡으며 말했다. "우리 친구들이 기다리고 있습니다, 아버님." 그는 부처를 '스승님'이라고 부르지 않았다. 보나 마나 군중은 그가 누구인지 모르고 있을 터였다. 그들이 알 필요도 없었다. 이건 후대에 전해질 필요가 없는 이야기 아닌가.

"나, 이 석류 갖고 싶어." 부처가 석류를 움켜잡으며 말했다.

"지금 제게 돈이 없어요." 마일로가 부처의 귀에 대고 속삭였다. "아버님도 없잖아요. 나중에 하나 사다드릴게요."

부처가 포기했다. "그럼 이걸로." 그가 석류를 제자리에 내려놓으며 말했다. "이걸로 가져다줘."

"알겠습니다. 하지만 지금은 가야 해요."

옴파티가 스승의 다른 팔꿈치를 잡았고, 그들은 군중 사이로 나아갔다. 아까의 젊은이들이 마일로의 눈에 담긴 바다의 파도와도 같은 평온한 힘의 표정을 알아차렸다. 젊은이들이 길을 열어주었다. 몇몇은 심지어 고개를 숙이고 부끄러워하는 듯 보였다. 그들은 옴파티의 눈에 나타난 표정도 알아봤다. 누군가의 사타구니를 걸어찰 구실을 얻길 바라는 표정이었다. 그들은 그에게도 역시 길을 열어주었다.


스승을 그의 오랜 친구들에게 인도한 후, 마일로는 다시 혼자 숲으로 들어갔다. 보리수나무 아래서 명상하고자 함이었다.

하지만 그것은 아무리 봐도 명상이 아니었다. 명상은 찌푸린 이마와 어두운 눈으로 하는 게 아니지 않은가. 그의 표정은 용기를 얻으려고 애쓰는 한 남자의 모습일 뿐이었다.

부처는 도움이 필요했다.

그가 필요로 하는 도움은 정말, 정말 얻기 어려운 것이었다. 그에게는 완벽함에서 우러나온 결단의 행위가 필요했다.

마일로는 잠시 그것에 관해 명상했다.

명상의 일부는 언제 명상을 중단하고 일어나서 맘먹은 바를 실천에 옮기러 가야 하는지 그 때를 아는 것이었다.

그는 일어났다. 그리고 자신의 공양 그릇을 들고 나무를 떠났다.

그는 발베르에게 스승의 공양 그릇을 달라고 해서 그것을 들고 마을로 들어갔다.

"기다려요." 옴파티가 그를 따라 달려오며 불렀다.

그들은 스승과 자신들이 먹기에 충분한 양의 음식을 구걸했다. 마일로는 동전도 몇 개 얻었기에, 그들이 다음에 들른 곳은 시장이었다. 거기서 그들은 부처가 점찍어두었던 석류를 샀다.


한 시간쯤 지나 부처의 방석 주변에 둘러앉았을 때, 마일로는 스승의 눈빛이 훨씬 밝아진 것을 알아차렸다.

"기분은 좀 어떠세요, 스승님?" 그가 물었다.

부처는 즉시 대답하지 않았다. 그는 눈도 깜박이지 않고 오랫동안 마일로를 쳐다봤다. 그러고 나서는 하늘을 올려다봤다.

"기분이 좋네, 마일로." 그가 말했다. "고마워. 아주 멋진 저녁이야."

그들은 모두 기분이 좋았다. 그날 저녁은 따뜻했고 새 소리로 가득했다. 태양이 미끄러져 사라지는 동안 잘게 찢어놓은 솜처럼 하늘을 수놓은 구름의 가장자리가 금색으로 물들었다.

"오늘 밤에는 설법하지 않을 작정이네." 부처가 말했다. "대신 우리 함께 음악이나 듣지."

그래서 그들은 음악을 들었다. 마을 사람들은 **루드라 비나**(인도의 전통 현악기 − 옮긴이)와 수금을 가지고 왔다.

석양의 색깔이 금빛에서 분홍색, 자주색, 검은색으로 변해갔다. 별들이 밝아지더니 돌기 시작했고, 부처는 석류를 먹었다. 어쨌든 절반 정도 먹었다. 나머지 절반은 옴파티에게 건네주었다.

덤불 속에서 밝게 빛나는 푸른 눈들이 그들을 에워쌌다. 눈들이 움직이더니 더 가까이 다가왔다. 그림자는 체구가 작은 사람 같았다.

"원숭이들이야." 옴파티가 속삭였다. 그가 이렇게 말하자마자, 나이 든 할머니 개코원숭이 한 마리가 어둠 속에서 걸어 나와 모닥불 빛 속에서 그를 빤히 바라봤다. 그러다가 가느다랗고 검은 앞발을 내밀어 그의 무릎에 손가락을 올려놓았다.

별들이 돌았다. 루드라 비나가 노래했다.

"괜찮네, 친구, 옴파티." 부처가 말했어. "내가 기억하는 한, 자네는 독신 서약을 한 적이 없지 않은가."

제자들의 웃음소리에 한동안 음악이 들리지 않을 정도였다.

아침에 부처는 상태가 좋지 않았다.

"내 생각에는 여기서 하루 더 묵어가야 할 것 같습니다." 발베르가 말했다.

정오가 되자 스승의 상태는 더욱 안 좋아졌다.

"기도를 올립시다." 발베르가 요청했다. 그가 마일로에게 말했다. "스승님의 공양 그릇을 가지고 나가 케일과 알로에와 디디 주스를 얻어다 주셨으면 합니다. 스승님 몸속에 뭔가 안 좋은 게 들어갔어요. 우리가 그것을 꺼내야 합니다."

발베르의 목소리는 차분하고 침착했지만, 마일로는 그의 눈에서 진짜 두려움을 보았다.

그는 발베르의 청대로 했다. 마일로가 마을에서 돌아왔을 때, 발베르와 제자들은 잠든 스승 주위에 느슨한 원 모양을 형성해 둘러 앉아 있었다. 모두 심각한 표정이었다.

"내려놓으세요." 발베르가 말했다. "지금은 아무것도 못 드실 겁니다."

그들은 모두 명상하는 척했다.

태양이 하늘에서 조용히 내려갔다.

옴파티는 남은 과일과 채소를 섞어 샐러드를 만들어서 마일로와 함께 먹으려고 반씩 나누었다.

잠시 후 부처가 몸을 움직였다. 그리고 일어나 앉았고, 곧이어 발베르의 간청에도 불구하고 자리에서 일어섰다. 처음에는 허리를 구부린 채 안색이 약간 초록빛으로 보이던 부처는 곧 허리를 똑바로 펴고 자신의 우주 같은 눈으로 주위에 둘러앉은 모두를 바라봤다.

"나는 죽게 될 겁니다." 그가 선언했다.

제자들이 술렁댔지만, 스승이 한 손을 들어 올리자 모두 입을 다물었다.

"왜 이 사실에 여러분이 모두 신경 써야 하나요?" 그가 꾸짖었다. "나는 여든 살입니다. 내 영혼은 만물에 스며들 겁니다. 나를 위해 기뻐해주세요."

그의 위에서 끔찍한 소리가 났다.

"마을로 나가, 사람들에게 담요와 베개를 가져다가 바로 저쪽 숲속에 날 위한 침상을 만들어달라고 부탁해주세요." 그가 멀지 않은 곳에 서 있는 사라수 숲 쪽을 가리키며 말했다. 그런 다음 양해를 구하고는 어색한 걸음걸이로 숲을 향해 걸어갔다.

오후 늦게 그들은 모두 알았다. 순례자와 제자와 거지 들이 마지막 한 명까지 모두 사라수 숲 속으로 모여들어 촘촘한 원을 그리고 서서 아래를 내려다보았다. 부처는 소박한 담요 더미 위에 누워 근사한 술이 달린 베개를 베고 있었다. 그의 얼굴은 전보다 더 녹색으로 변해 있었지만, 표정은 담담했다.

"들어보세요." 그가 말했다. "내가 떠나고 난 후에 혼란스럽지 않게끔, 상황을 좀 정리하고 싶군요. 내 자리를 대신할 사람을 아직 뽑아두지 않았습니다. 여러분이 인도 전역을 계속 걸어서 돌아다니게 하고 싶지 않아요. 우리 모습이 마치 서커스단 같잖아요. 다 흩어지세요. 집으로 돌아가요. 그리고 배운 걸 전파하세요."

"완벽함에 이르면 어떤 느낌인가요?" 숲 속 어딘가에서 절망적인 목소리 하나가 물었다.

"지금 기분이 어떤가요?" 부처가 물었다.

"슬픕니다." 목소리가 대답했다. "두려워요."

"완벽함이 바로 그런 느낌입니다." 부처가 대답했다. "걱정하지 말아요. 조만간 다르게 느껴질 테니까."

부드러운 목소리들이 혼란스러워했다.

"들어보세요." 부처가 기침하며 말했다. "행복을 찾아 지구 끝까지 헤매 다니지 마세요. 완벽함이란 여러분의 지금 현재 모습에 행복해하는 겁니다."

"당신이 개자식이라면 어쩔 겁니까?" 누군가 물었다.

부처가 약하게 미소를 지어 보였다. "내 생각에는……." 그가 대답했다. "행복한 사람은 대다수가 개자식입니다."

그러고 나서 그는 죽었다.

옴파티는 멀리 허공을 응시했다. 그의 눈은 충격으로 흐려져 있었다.

"스승님이 마지막으로 한 말이 '개자식'이었어요." 그가 말했다.

"스승님은 신경 쓰지 않았을 겁니다." 마일로가 말했다. 그러고는 "봐요!"라고 외치며 손가락질했다. 그 외에도 많은 사람이 가리키고 있었다.

사라수 가지에서 꽃이 떨어지고 있었다. 밝은 빨간색 꽃송이가 죽은 부처의 몸 위로, 잔디 위로, 그리고 순례자들 위로 나방처럼 퍼덕이며 떨어져 내렸다.

"이러니까 훨씬 낫네요." 옴파티가 말했어요.


마일로는 다시 자신의 보리수나무를 찾아가서 그 밑에 앉았다.

그는 명상을 할 참이었다. 그 외에 무엇을 더할 수 있겠는가?

그는 무사 마을로 돌아갈 수도 있었다. 왜 안 되겠는가? 무사 마을의 어리석은 주민들보다 스승님의 가르침을 더 필요로 하는 이들은 없을 터였다.

오리, 그는 눈을 감으며 생각했다. 고양이. 달. 죽음. 바람.

멀리서 마을 사람들이 사라수 숲으로 모여드는 소리가 들려왔다. 그들은 모두가 볼 수 있도록 부처의 시신을 한동안 그 자리에 그대로 눕혀놓을 예정이었다. 좋든 싫든 사흘 후면 부처를 화장해야 했다.

어쩌면 그들이 내게도 스승님의 재를 좀 나눠줄지도 몰라, 마일로는 생각했다.

내게도 그럴 자격이 있을까? 알 수 없었다.

그는 자신의 나이 든 목소리와 전생의 삶 들이 어떤 말이라도 좀 해주기를 바랐지만, 목소리들은 소름 끼칠 정도로 침묵을 지키고 있었다. 마일로는 그들이 그와 함께 행복했었는데, 그가 모든 것을 망쳐버렸다는 생각이 들었다.

"눈을 떠요." 옴파티가 말했다. "당신은 명상할 자격이 없다는 걸 스스로도 잘 알잖아요. 그러니 그 망할 눈을 뜨라고요."

마일로가 눈을 떴다.

옴파티는 그의 앞에 서 있었다.

"당신이 한 짓이죠, 그렇죠?"

마일로가 인상을 찌푸렸다. 그가 하늘을 올려다봤다.

"무슨 말을 하는 건지……." 마일로가 입을 열었다.

"자신의 명예를 더럽히지 말아요!" 옴파티가 소리쳤다.

"좋아요." 마일로가 말했다. "맞습니다, 내가 그랬어요. 스승님의 저녁을 구걸하러 나가기 전에 숲에서 버섯을 발견했어요. 특별한 종류의 버섯이요. 그걸 내가 스승님께 가져다 드린 석류에 으깨어 넣었고요. 그렇게 된 겁니다. 이게 당신이 원하는 대답이에요."

옴파티가 눈에 띄게 떨고 있었다. "왜 그랬죠?" 그가 물었다.

"왜 그랬는지 당신도 알잖아요. 스승님의 이야기는 그의 삶보다 더 중요해요. 그분도 그걸 알고 있었어요. 우리 모두 알았어요. 나는 필요한 일을 했을 뿐이에요. 어쩌면 내가 그분의 가장 위대한 친구일지도 몰라요."

그게 사실일까? 그는 의심스러웠다. 마일로는 음울하게 중얼거리는 그의 영혼 속 목소리를 들을 수 있었다.

그는 무사로 돌아가는 길에 그것에 관해 명상해보기로 마음먹었다.

"미안해요." 옴파티가 말했다.

"뭐가 미안해요?" 마일로가 물었다.

"내가 스승님이 남긴 석류 절반을 샐러드에 섞어 넣었어요."

마일로의 위가 뱃멀미를 할 때처럼 울렁거렸다.

"뭐라고요?" 그가 물어봤다.

"우리가 아까 간식으로 나눠 먹은 샐러드요."

새 한 마리가 울었다. 마일로는 나뭇가지 사이에 걸린 달을 바라봤다.

"아." 그가 말했다. "어쨌든 파도는 강으로 돌아오기 마련이니까요."

"그렇죠." 옴파티가 그의 옆에 자리 잡고 앉으며 말했다.

그들은 함께 사탕무와 계절풍과 신과 사창가와 그들이 알고 있는 이런저런 것들을 명상하며 기다렸다.

그들은 숨을 들이쉬었다. 그리고 내쉬었다.

"고양이." 마일로가 말했다.

"쉬-잇." 그의 친구가 말했다.

# 22

# 중국의 천국으로의 도피

이번에 마일로가 깨어난 곳은 강 옆이 아니었다.

심지어 사막에서 깨어나지도 않았다.

그는 깊은 우물 바닥에 앉아 있었다. 일종의 감방 같은 곳이었지만, 싱크대나 변기는 없었다.

"굉장하군." 그가 중얼거렸다.

만약 당신이 부처를 살해한다면, 여기야말로 당신이 도착할 만한 곳이라는 사실을 추측해내는 데는 그리 똑똑한 머리가 필요한 것은 아니다.

"여보세요?" 그가 불렀다.

대답이 없었다. 그를 그냥 여기에 버려두고 다들 잊어버린 걸까? 그들이 이렇게까지 비열했나?

빌어먹을, 그에게는 아직 살아야 할 삶이 한 번 더 남아 있지 않은가! 누군가가 그의 소리를 듣게 될 것이다. 마일로는 위로 던져 볼 수 있는 막대나 돌멩이 같은 것을 찾아보려 주위를 둘러봤다. 정말로 그를 여기 가둬놓을 수 있다고 생각했다는 건가? 마일로는 한바탕 성질을 부려댈 참이었다.

뭔가가 불빛을 가로막으며 우물로 굴러떨어졌다.

밧줄 사다리였다. 그것이 눈앞으로 툭 떨어져 내리더니 앞뒤로 흔들렸다.

"타고 올라와." 낸이 으르렁대듯이 말했다. "네가 봐야 할 게 있어."

마일로는 좌절감에 앓는 소리를 냈다. 그는 진심으로 한바탕 성질을 부려댈 수 있기를 고대했다.

그는 사다리를 올라갔다.

꼭대기에는 낸과 고양이 한두 마리가 누군가의 집 뒷마당처럼 보이는 곳에 서 있었다.

뜰에는 사람들이 꽉 차 있었다. 서 있거나 담요를 깔고 앉아 있거나 접는 의자에 앉아 있었다. 모두가 한 방향을 바라보고 있었고, 마일로에게는 아무런 관심도 보이지 않았다.

심지어 낸도 그를 무시했다. 그녀 역시 돌아서서 뭔가를 지켜보는 중이었다.

집과 뒤뜰은 언덕 중턱에 서 있었고, 언덕 위에서는 강이 내려다보였다. 대부분 풍경은 언덕 전체에, 거의 수 킬로미터에 달하는 거리를 메우고 있는 수많은 군중에 가려 보이지 않았는데, 마일로는 이렇게 많은 군중은 지금껏 한 번도 본 적이 없었다.

아무리 봐도 그들은 축제 인파였다. 다들 밝은색 옷을 입고 있었다. 사방에 깃발과 손으로 직접 적은 플래카드가 보였다. 웃통을 벗어던지고 가슴에 색칠을 한 주정꾼도 있었고, 1만 8천 종류쯤 되는 다양한 곡도 연주되고 있었다. 마치 우드스톡과 슈퍼볼이 만난 듯했다.

마일로는 낸 옆으로 다가섰다.

"이게 대체······." 그가 입을 열었다.

"입 다물고 보기나 해." 낸이 소리 질렀다. "넌 앞으로 남은 한두 시간 안에 뭔가를 배워가야만 할 테니까."

뭐라고?

그의 심장이 두방망이질 쳤다. 그들이 그를 우주로 보낼 생각인 것이다. 아니면, '무'든 뭐든 간에 그런 것으로 만들어버릴 작정인 것이다. 세상에······. 수지에게는 그게 무슨 의미인 거지? 그녀는 기차 위에서 만났던 그날 밤에도 거의 투명해져 있었다. 지금은 어떨까? 아직도 저 밖 어딘가에 있을까? 아니면 그보다 먼저 '무'로 사라져버렸을까?

군중이 점점 소란스러워졌다. 그들은 기쁨과 환희에 겨워 노래 불렀다.

기쁨과 환희의 근원이 언덕 아래 멀지 않은 곳에서 나타났다.

그것은 바로 사후 세계에 도착한 부처였다. 그가 군중을 헤치고 즐겁고 겸허하게 앞으로 나아갔다. 다시 젊어져서 검은 머리를 한쪽 어깨에 길게 늘어뜨린 싯다르타 왕자의 모습이었다.

부처가 그를 알아볼까? 그를 도와줄까?

마일로는 양팔을 흔들어대며 소리 질렀다. "여기요! 여기 위쪽이에요!"

낸이 팔꿈치로 그의 가슴팍을 치며 으르렁거렸다. "가만히 있어. 그는 지상에서 살았던 가장 위대한 영혼이야. 넌 그를 죽인 나쁜 놈일 뿐이라고."

마일로는 얼굴이 벌겋게 달아올라 그녀 쪽으로 홱 돌아섰다. "당신은 이해하지 못할 줄 알았어!" 그가 소리 질렀다. "나는 스승님과 세상의 모든 사람들을 위해 인간이 상상해낼 수 있는 가장 어려운 일을 해낸……."

낸이 또 팔꿈치로 쳤다.

"네가 모든 걸 망쳤어." 그녀가 중얼거렸다. "넌 늘 너무 앞서 나간다고."

부처가 아래쪽에서 강 근처로 다가갔고, 물 위의 공기가 흔들리며 빛나기 시작했다.

어디선가 갑자기 황금색 빛이 돌아 나오며 군중들 위로 완벽한 우주의 새벽을 던져놓았다. 그것이 모든 것을 아름답고 단순하게 만들었다. 모든 것을 비 온 뒤의 공기나 빛처럼 맑게 만들었다.

그가 왜 그런 짓을 저질러야 했는지 부처만은 확실히 이해하고 있으리라고 마일로는 생각했다.

어쩌면 부처가 마지막 순간에 무슨 말이라도 할지 몰랐다. 지금이라도 갑자기 멈춰 서서 이렇게 말할 수도 있었다. "잠깐만요, 우리가 잊은 사람이 있습니다! 만약에 마일로가 없었다면, 부처는 자기 이름도 까먹고 자신이 흘린 침 웅덩이에 주저앉아 명상이나 하고 있던 늙은 멍청이의 이야기에 지나지 않았을 겁니다. 이리 내려오세요, 마일로!"

하지만 부처는 그런 말을 하지 않았다.

그저 가볍게 부는 바람 같은 표정을 지으며 강 속으로 걸어 들어갔다.

"제발……." 마일로가 말했다. 그 말 외에 다른 말을 할 기운도 없었다. 시간과 공간이 코르크 마개로 그를 꽉 눌러 끼워놓은 채 그에게서 모든 것을 비틀어 빼냈다.

그는 끝났다.

어떻게 사람이 보통은 아주 현명하고 선하면서도, 마지막에는 늘 온 우주가 그에게 등을 돌리도록 만들 수 있는 걸까?

부처가 수많은 빛의 홍수 속에 하나의 그림자가 되었다. 그러고 나서 태양의 문이 그를 압도해 흡수하면서 그는 우주의 일부가 되었다.

거대한 빛의 문이 닫히고 희미해졌다.

"저기는 네가 가게 될 곳과는 거의 정반대라고 할 수 있지." 낸이 말했다. 그러나 마일로는 거의 듣지 못했다. 그의 옛날 목소리들이 다소 화난 어조로 소리 높여 말하기 시작했기 때문이었다.

넌 네 삶을 바로잡을 수 있는 거의 마지막 기회에 도달해 있었어, 그의 영혼이 말했다. 그런데 부처를 살해했지. 세상에.

아, 이러지 말라고! 마일로는 생각했다. 당신들도 거기 있었잖아!

네가. 살해한 거야. 부처를.

나는 뭔가 복잡하고 이로운 일을 하려고 했어, 마일로가 설명했다. 어쨌든 시도라도 한 거라고. 그의 내면에서 갑자기 뭔가 가늘게 떨리는 듯한 느낌이 들었다. 폭력의 기운이었다. 부드럽고 고결한.

마일로의 영혼은 나름의 형이상학적인 방식으로 그 폭력의 기운을 내리누르려 애썼다.

이제 하늘은 저녁 빛으로 물들어 강과 마을과 다리와 군중들 위를 덮고 있었다. 하지만 흥분은 아직 끝난 것이 아니었다. 위대한 하루는 아직 저물지 않았다.

눈을 끔뻑거리며, 군중들이 웅성웅성 뭔가를 찾아 두리번거렸다. 그러다가 천천히 손가락질이 가리키는 쪽을 향해 돌아섰다. 그곳 언덕 위에서 모두가 찾고자 하는 것을 찾아냈다. 그들이 마일로의 뒤뜰과 마일로를 향해 시선을 들어 올렸다.

모두 한마음으로 그를 가리키면서.

"그야." 그들이 말했다.

"아, 젠장." 마일로가 말했다. "진짜 이러기야?"

펑! 마마가 그의 옆에 나타났다.

"미안해, 내가 좀 늦었지." 그녀가 말했다. "저 아래서 열린 영접식을 놓치고 싶지 않았거든."

"마마!" 마일로가 소리쳤다. 희망이 생겼다!

"신이시여, 감사합니다!" 그가 말했다. "내가 방금……."

"쉿!" 마마가 고개를 돌리며 말했다. "제발, 조용히 좀 해봐."

마일로는 자신이 속으로부터 무너져 내리는 것을 느꼈다. 실제로 그가 막 쓰러지려고 할 때 그들이 그를 잡았다. 마마와 낸이 아니라 뒷마당에 있던 군중들이었다. 그들은 마일로를 일으켜 세우더니, 때때로 군중이 성인들을 화형대로 보낼 때 하는 방식으로 그를 운반해갔다. 언덕을 내려가 강을 따라 나아갔다.

마일로는 눈을 감고 상황이 흘러가는 대로 내버려두었다.

그들은 다리 너머에 있는 마을과 보도를 향해 나아갔다.

그는 군중이 그를 부르는 이름들을 들었다. 그다지 독창적이지는 않았다.

"부처 살인자."

"부처 독살자."

"부처의 유다."

가끔은 누군가가 그를 쿡 찌르거나 뭔가를 집어 던지기도 했다. 뭔가 축축한 것이 그의 어깨에 철썩하고 부딪쳤다. 뭔가 그의 무릎을 때리기도 했다.

마일로는 계속 침묵했다. 나중에 사람들이 그가 마치 미친놈이나 살인자라도 되는 것처럼 분노하고 공황 상태에 빠져 있었다고 말하게끔 하고 싶지 않기 때문이었다. 하지만 바로 그때 누군가 그의 척골 신경을 막대기로 찔렀다.

"제기랄, 빌어먹을!" 그가 고함을 질렀다.

모두의 눈이 휘둥그레졌다.

"봤지?" 그들이 손가락질하며 말했다. "봤지? 이자는 늘 이런 식이었을 거라고 내가 장담한다고! 1만 번의 삶을 살아왔으면서도 마치 시한폭탄처럼 터질 날만 기다리고 있었던 거야."

참을 만큼 참았어, 마일로는 생각했다. 이들이 야비하게 굴면, 나도 야비하게 굴 수 있어. 어쨌든 내가 이 패배자들보다 훨씬 많은 경험을 했다고. 그리고 그는 있는 대로 입을 벌린 채 몸을 뒤집으려고 발버둥 치기 시작했다. 그는 우선 손가락을 물어뜯는 것으로 시작할 작정이었다. 그러고 나서는 얼굴 차례였다. 이제 그가 잃을 게 무엇이란 말인가?

그리고 바로 그때 그가 날기 시작했다.

순식간에 일어난 일이었다. 낙엽과 먼지가 폭풍처럼 휘몰아쳐 군중의 손아귀에서 그를 낚아챘다. 그리고 아무것도 아닌 곳으로, 아무것도 아닌 상태로 그를 날려 보냈다. 바람 외엔 아무것도 없었지만, 뭔가가 그를 감싸 안았다. 다리처럼 느껴지기도 하고, 바닥이 없는 눈동자처럼 보이기도 했으며, 혀처럼 느껴지기도 하는 어떤 것이었다.

"내 사랑." 그 어둠과 바람과 아무것도 아닌 것이 말했다.


휘몰아치던 바람이 멈추고 어둠이 걷혔을 때, 그들은 어딘가 먼 곳에 있었다.

황혼. 부드러운 미풍과 바람 소리가 들려왔다. 화려한 등불이 여기저기 걸려 있었다. 바람의 호흡과 함께 낡은 배들이 솟아올랐다가 내려가는 항구였다.

그들은 이 배들 중 한 척에 타고 있었다. 마치 지붕이 달린 카누처럼 길고 널찍한 돛단배였다.

중국의 천국인가, 마일로는 생각했다. 멋지군.

그는 주위를 둘러보았다.

"수지?"

돛단배 저편 끝에 보이는 그림자에서 헐떡임 같기도 하고 속삭임 같기도 한 소리가 들려왔다.

마일로는 달이 구름 뒤에서 나올 때까지 그녀의 모습을 보지 못했다. 그러고 나서 그는 뱃전 위로 누더기를 걸쳐놓은 것처럼 짙은 안개를 뚝뚝 흘리며 서 있는 그녀의 모습을 알아봤다.

"아, 젠장." 그가 서둘러 그녀 쪽으로 다가가며 말했다. 마일로는 그녀를 안으려 했다. 만질 수 있을 만큼 견고한 무언가를 찾으려 애썼다.

"날 꼭 안아줘야 해." 그녀가 숨을 쉬며 말했다. "난 완전히 소모됐어. 당신 걸 내가 좀 가질 수 있게 해줘."

그는 그녀를 안았다. 분노와 두려움으로 온몸이 떨려왔다. 그녀가 사라지기까지 시간이 얼마나 남았을까? 대체 그녀는 그를 끌어올려서 함께 이곳으로 날아오느라고 얼마나 엄청난 힘을 쏟아 부었던 것일까?

"나도 알아." 그녀가 한숨을 쉬며 말했다. "아무 말도 하지 마."

심지어는 그녀의 목소리도 다 남아 있지 않았다.

맙소사, 그는 생각했다. 우리가 누군가를 사랑하게 되면, 하루하루가 '반대의 날(Opposite Day, 아이들의 놀이에 전통을 둔 날로, 그날은 모두가 하는 말이 정확히 반대를 의미하는 것으로 받아들여진다−옮긴이)'이 된다. 사랑하는 사람과 함께하는 것은 우리를 약하게 느끼게도 하지만, 동시에 강하게 느끼게 해준다. 사랑하는 이는 우리를 웃고 싶게도, 동시에 울고 싶게도 한다. 옷을 차려입게도, 벗게도 한다. 그들을 영원히 곁에 두고 싶기도 하지만, 또 한편으로는 치즈 감자튀김 한 양동이처럼 다 먹어치워 버리고 싶기도 하다.

"내가 부처를 죽였어." 마일로가 말했다.

"그도 이해했어." 수지가 대답했다. "부처도 당신이 한 일이 현명한 처사였다는 걸 알아."

마일로는 좌절감에 발을 동동 굴렀다. "그럴 줄 알았어!" 그가 소리쳤다. "그럴 줄 알았다고! 제기랄, 수지, 그런데 어째서 그는 아무 말도 하지 않은 거야? 그는 그저 저 우주의 조각인지 뭔지 하는 빌어먹을 존재들을 바라보면서 '마일로를 너무 심하게 대하지 말라고, 이 영혼도 없는 쌍극성 얼간이들아. 그는 단지 평화와 친선의 미래를 공고히 하기 위해 노력했을 뿐이야,' 라고 말해줄 수도 있었다고. 그런데 그러지 않았어!"

"바빠서 그랬던 거야." 수지가 차분히 말했다. "순수한 영원의 빛으로 변하고 있었으니까. 그나저나 보고 싶었어."

그래, 맞아.

"나도 보고 싶었어." 그가 말했다. "지난번에 만났을 때는 오래 보지도 못했잖아."

"이번에도 오래 보지는 못할지도 몰라. 그들이 얼마나 간절하게 당신을 뒤쫓고 싶어 하는지에 달려 있겠지. 그리고 또……."

그녀가 등불 앞에 손을 대고 흔들자, 손이 투명하게 변했다.

하지만 그는 그녀의 눈을 읽을 수 있었다. 그것은 사랑의 눈이었다.

자, 보라고, 마일로가 생각했다. 이게 바로 완벽함이라는 거야.

"어쩌면 우리 둘이 순수한 영원의 빛으로 함께 들어간다면, 함께 융해되거나 해서 계속 같이 있게 될지도 몰라." 그가 말했다.

그녀가 고개를 끄덕였다.

"아마도 내 기대치가 낮아졌나 봐." 그녀가 말했다. "하지만 그렇게 하는 것도 괜찮을 것 같네."

마일로는 뱃전에 등을 기대고 앉았다. 수지는 그의 무릎을 베고 누웠다. 그녀가 그와 호흡을 맞추었다.

"부처가 내가 전에 보지 못했던 완벽함에 관한 뭔가를 보여주었어." 그가 말했다.

"그게 망각보다 나은 거야?"

"진화에 관한 거야. 그는 계속해서 진화했어. 치매에 걸려 한 번씩 정신을 놓기 시작했을 때, 사람들은 그가 그냥 죽어버리는 게 나을 거라고 생각했을지도 몰라. 그렇지만 그는 그러지 않았어. 아침이면 계속 일어나서 뭔가를 하고 배우기를 거듭했어. 그리고 마침내 죽음이 찾아왔을 때는 당연하다는 듯이 받아들였지. 그는 계속해서 진화했어. 계속 그다음 단계로 넘어갔지. 그리고 사실 그렇게 하는 게 맞는 거야. 그리고 내가 만약 그 단계까지 갈 수 있다면, 그다음 단계는 바로 태양의 문이야."

수지가 뭔가 석연치 않다는 듯한 소리를 냈다.

"당신에 관해서는 뭘 어떻게 해야 할지 함께 고민해보자." 그가 말했다. "우린 이 문제를 해결하기에 충분한 시간만큼만 그들을 계속 앞서 나가면 돼."

별들이 총총히 박힌 진짜 밤이 찾아왔다. 초에 불을 붙여놓은 종이 연등이 도시와 만 위로 마치 나비처럼 날아올랐다.

"우리가 이걸 오래전에 했으면 좋았을 텐데······." 수지가 말했다.

수많은 별과 연등이 물 위에 그 빛을 반사했다.

그들은 마치 우주 공간으로 도망이라도 치고 있는 것 같았다.


시간이 흘러갔다. 그들은 돛단배 위에서 살며 가끔은 같은 항구에 머물러 있었고, 또 가끔은 해안을 따라 움직여갔다. 몇 주에 걸쳐 밤낮으로.

한두 번씩 마일로는 적의에 찬 시선이 그들 쪽으로 향하는 것을 감지했다고 생각했다. 덫이나 나쁜 의도가 그들 주위를 돌아다니는 것도 감지했다. 균형도 자신의 존재를 드러내려 애쓰고 있었다. 그런 일이 일어날 때마다 그들은 흔들렸다. 그러면 그들은 항해를 했다. 강에 정박해서 거대하고 가지가 축축 늘어진, 꽃으로 만발한 나무 아래 닻을 내렸다.

그들은 모든 불멸의 존재 중에서 가장 아름다운 도망자들이었다.


도망자임에도, 그들은 삶이란 무언가를 하기 위한 것임을 알았다.

그들은 함께 책을 읽었다. 축제마다 돌아다니며 먹고 마셨다. 한번은 둘이 함께 들어갈 수 있을 만큼 커다란 종이 용을 만들어서 그 안에 숨어 들어가 종을 치고 포효하며 돌아다녔다. 신이 난 아이들도 그들을 따라다녔다.

그들은 아주 천천히 사랑을 나누었다. 그렇지 않고서야 어떻게 안개가 사랑을 나눌 수 있겠는가. 어쨌든 그래서 그들은 거의 반쯤 잠든 채로, 따뜻한 풀밭에 누워 있는 것처럼 사랑을 나누었다. 그녀는 마치 그림자나 따뜻한 물처럼 그와 몸을 맞대고 움직였다. 어찌됐든, 그들 둘이 완전히 그곳에 있든 없든 간에, 사랑을 나누는 것은 여전히 사랑을 나누는 것이었다. 사랑을 나누는 것은 아주 강력한 속임수였다.

어느 날 아침, 마일로가 선미에 앉아 양동이 속에서 양말을 빨며 작은 배터리로 작동되는 TV로 게임 쇼를 보고 있을 때, 한 무리의 사람들이 부두를 걸어 내려왔다. 육척봉을 들고 단호한 걸음걸이로 그들을 향해오고 있었다.

"우리 가야겠어." 마일로는 자기 차례가 되어 조리실에서 식사를 준비하고 있는 수지를 향해 소리 질렀다.

그리고 더는 아무 말도 하지 않았다.

그녀는 지친 듯이 한숨을 내쉬었지만, 필요한 일을 했다.

**휘리! 부스럭! 펑!** 그들은 떠나갔다.


그들은 한동안 산 중턱에서 지냈다.

그리 오랫동안은 아니었다. 마일로는 그들의 시간과 운이 점점 다해가고 있다고 느꼈다.

산에 사는 영혼들은 매일 차를 재배했고, 마일로와 수지도 그들과 함께했다. 차는 산을 깎아 만든 가파른 테라스의 생울타리 속에서 자랐다. 때로 바다에서 안개가 밀려들어 와 마치 만화 속에 등장하는 천국의 모습처럼 구름 위에 떠 있는 산에 그들을 고립시켰다.

그들은 염소도 키웠는데, 염소는 잡초만 뜯어 먹고 차는 남겨두었고, 똥으로 차 관목에 거름을 주었다. 그들은 300명의 다른 사람들과 함께 나무로 지은 둥근 집에서 살았다. 그 집은 벽과 창문과 걸려 있는 세탁물로 만들어진 월풀 욕조 같았다. 그들은 모두 함께 식사하고 밤이면 다 같이 연등을 켜놓았으며, 벽과 열린 창문을 통해 서로 이야기를 나누거나 노래를 부르거나 사랑을 나누는 소리를 들었다. 그 집은 6천 년이나 된 것이었고, 그곳에 살았던 모든 사람들은 벽이나 계단, 지붕, 혹은 어딘가에 자신의 이름을 긁어 새겨놓았다. 집은 마치 이름을 모아놓은 도서관 같았다. 마일로와 수지도 우물 주변의 작은 나무 연단에 그들의 이름을 적었다. 마일로는 '마일로'라고 적었다. 수지는 모든 보편적인 존재와 자연이 가진 것과 같은 자신의 진짜 이름을 적었다. 그것은 글자를 대신하여 서로 연결된 일곱 개의 무한 기호의 퍼즐로, 만약 누군가 손을 대면 그것은 손바닥 아래서 타오르고 움직였다. 그녀는 그 아래 '일명, 수지'라고 적었다.

어느 날, 낡은 삼베옷을 입은 우주의 한 조각이 산 위로 걸어 올라왔다. 처음에 마일로는 그가 마마라고 생각하고는 긴장했다.

하지만 아니었다.

그 우주의 조각은 아무에게 아무 말도 하지 않고 그들이 찻잎 따는 것을 도왔다.

마일로와 수지는 안전을 위해 선글라스로 신분을 위장했다.

그 우주의 조각도 그들과 함께 연등을 띄웠고, 함께 저녁을 먹었다. 그는 자신의 이름을 '첫날밤의 다섯 번째 표식의 다섯 번째 빛의 다섯 번째 길인, 가까이에 있기도 하고 멀리 있기도 한, 일의 화신 모헨조다로 보-티 하라주 난다로'라고 소개했다.

그는 나무를 깎아 만든 그들의 커다란 샐러드 그릇에 자기 이름을 새겼다. 이름을 새기는 데 꼬박 15분이 걸렸다.


모헨조다로는 의심스러운 말은 단 한 마디도 하지 않았다. 그는 혼자 설거지를 도맡아 하고, 연장을 넣어두는 헛간에서 밤을 보냈으며, 아침을 먹기 전에 떠났다.

"무슨 생각 해?" 마일로가 아침 식사 후에 수지에게 물었다. 그날 아침, 수지가 유난히 자신이 투명하다고 느끼며 걱정스러워했기에 그들은 그냥 침대에 머물러 있기로 했다.

"난 겁에 질려 도망 다니고 싶지 않아." 그녀가 말했다. "천천히 빠져나가는 모래시계처럼 계속해서 도망 다니는 데 지쳤어. 안정을 찾고 싶어. 내 양초 가게로 돌아가고 싶어. 우리가…… 우리가 함께……."

"우리의 삶을 살고 싶다는 거잖아." 마일로는 안개의 바다에서 솟아오르는 초록빛 산을 바라보며 창문가에 서서 말했다.

"맞아." 수지가 떨리는 목소리로 대답했다. "하지만 그들은 우리가 그렇게 하도록 내버려두지 않을 거야. 보아가 우리를 그냥 내버려두지 않을 거라고. 조만간 퍼져나가는 파도처럼 우리를 따라잡겠지."

침묵.

이게 포기할 때의 기분이겠군, 마일로는 생각했다.

멀리 아래쪽에서부터 안개가 엷어지더니 잠시 흩어져서, 아래쪽 해안과 굽이져 흘러가는 강물의 모습을 드러내 보여주었다.

마일로가 숨을 참았다. 그의 눈동자에서 부드럽고 특이한 불길이 활활 타올랐다.

"뭘 해야 할지 알겠어." 그가 속삭였다.

그녀가 의심스러운 시선으로 바라봤지만, 이내 말했다. "그래, 얘기해봐."

"따라와 봐." 이렇게 말하고 마일로가 그녀의 손을 끌고 월풀 집을 나섰다.

그들은 안개 속에서 차 관목 숲을 통과해 강 가장자리까지 내려갔다.

수지는 이해했다.

"마지막 삶을 살기 위해 돌아가려는 거구나." 수지가 말했다. 그녀의 눈은 슬퍼 보였지만, 마일로는 수지가 마음을 다잡고 몸을 꼿꼿하게 세우는 것을 보았다. "그러는 게 맞을 거야." 그녀가 말했다. "그래, 갈 수 있을 때 가, 그러면……."

"당신도 나와 함께 가는 거야." 그가 말했다.

그녀가 고개를 갸웃 기울였다. 궁금하고 혼란스러웠다.

"우리가 함께 바로잡을 거야." 마일로가 말했다.

"아니." 수지가 말했다. "그러니까, 당신 말은 내가 인간의 삶을…… 내가 인간이 된다는 거야?"

"한 번의 삶이야. 제대로 살든 못 살든, 성공하든 실패하든, 어쨌든 우린 함께하게 될 테니까. 모두 갖든가, 아니면…… 다 잃든가. 모 아니면 도라고."

"자기야, 그럴 수 없어." 수지가 부드럽게 말했다.

"수지." 마일로가 불렀다. "연인이라고? 8천 년의 사랑이라고? 난 당신을 정말 사랑해. 그러니 제발 고집부리지 마. 이제 잃을 게 뭔데? 우리 둘 다 말이야?"

수지의 눈은 사납게 활활 타오르며 절망적으로 빛났다.

"난 우주에서 가장 지혜로운 인간 영혼이야." 그가 상기시켰다. "이번 한 번만 날 믿어줘."

그녀는 아무 말도 하지 않았다. 그들은 좁고 울퉁불퉁한 해안을 가로질러 다시 걷기 시작했다.

그들 앞의 잿빛 물속에는 수천의 가능한 생명이 있었다.

수지가 손을 들어 올렸다. "봐!" 그녀가 말했다. "저거!"

마일로가 보았다.

"내가 어쩌나 보려고 아무거나 고른 거지?" 처음에 마일로는 이렇게 말했다. 하지만 바라볼수록 그녀의 선택이 맞는 듯했다.

"평화." 그가 말했다. 스승님도 옳다고 허락할 듯했다.

"평화." 수지가 따라 말했다.

그녀가 물속으로 걸어 들어갔다.

"난 그게 어떤 기분일지 궁금해." 수지가 큰 소리로 말했다.

"신과 비슷한 구석이라고는 하나도 없이 신처럼 되는 거겠지." 마일로가 말했다.

"당신은 그게 싫다는 말처럼 들리네."

"난 태어나는 게 싫어. 지긋지긋해."

파도 속에 허리까지 잠긴 채, 그녀가 펄쩍 뛰어올라 그의 입술에 키스했다.

"다 갖느냐, 다 잃느냐!" 그녀가 말하고는 돌아서서 물속으로 뛰어들었다.

마일로도 그녀 바로 뒤에서 마지막으로 한 번 더 삶 속으로 뛰어들었다.

# 23

# 줄리 데노프리오의 불가능할 만큼 정교하고
# 이상하게 최면적이기까지 한 문신

마일로의 삶들이 그의 눈앞에서 번쩍였다. 죽을 때나 태어날 때
는 종종 그런 일이 일어나곤 했다.

그동안 살았던 모든 삶이 다 번쩍이며 보인 것은 아니었다. 단지
몇몇 특정한 삶들이 보였다. 부처에게 배운 것을 실천하며 살았던
삶들. '진짜' 평화로운 무언가를 성취했던 삶들.

한때 그는 500년 동안 나무로 살아가면서 세상이란 그 안에 불
길을 품은 채 변화하고 움직이는 거대한 어떤 것이라고 생각했었
다. 바람이 불면 그는 몸을 구부렸다. 가을이 오면 낙엽을 떨어뜨렸
다. 사람들이 와서 그를 잘라내 집을 만들었을 때는, 정말 좋은 집
이 되어주었다. 그렇게 그는 느리게 오랜 세월을 살아낸 덕에 세상

의 모든 이치를 깨닫게 되었고, 세상 만물에는 다 자신만의 자리가 있다는 사실도 깨달았다.

그의 모든 순간과 생각은 조용하고 평화로웠다.

사람들이 곰7 실험 행성에서 삶의 다양한 방식을 실험해보고 있을 때, 마일로가 사는 지역의 관리자들이 1년 만에 임대료를 두 배로 올려놓았다.

그 지역 사람들은 관리사무실로 몰려가지 않았다. 대신 입고 있던 옷을 모두 벗어버리고 숲으로 살러 들어갔다.

"자연으로 돌아가자." 모두 그렇게 말했다.

"이봐!" 관리자들이 소리쳤다. "이럴 수는 없어! 그건 당신들의 선택사항이 아니야! 당신들은 우리 집이 **필요해!**"

벌거벗은 사람들은 대답하지 않았다. 그들은 나무들 사이로 사라졌다.

마일로는 우연히 그의 이웃이었던 줄리 데노프리오의 뒤에서 걷고 있었다. 그녀의 등에는 불가능할 만큼 정교하고 이상하게 최면적이기까지 한 문신이 새겨져 있었다.

이 평화롭고 고도로 효과적인 소비자 저항운동이 아니었다면, 그는 줄리의 문신을 볼 기회가 전혀 없었을 터였다. 사람이 진화하기로 선택하면, 사소한 놀라움이 눈앞에 나타나는 법이었다.

물론 사후에도 평화로운 변화가 일어나기는 했다. 그와 수지가 연인이 된 지 얼마 되지 않았을 때, 그녀는 온실을 열기로 했다.

"식물을 재배하고 팔 작정인 거지?" 마일로가 물었다. "내가 당신 말을 제대로 이해한 거 맞지?"

"응." 그녀가 대답했다. 그들은 부리토를 먹고 있었다. 수지는 먹는 걸 멈추고 물었다. "그런데 왜?"

그녀는 그의 마음을 읽을 수 있었기에, 마일로는 죽음이 얼마나 화초를 잘 기를 것처럼 보이는지에 관해서는 생각지 않으려고 노력했다.

"아무것도 아니야." 그가 대답했다. "원한다면 나도 도울게."

화원은 성공적이었다. 알고 보니 죽음은 성장하는 식물의 거대한 일부였다. 생명이 있는 것은 모두 다 죽어 흙으로 돌아갔다. 잎들도 죽어서 떨어지거나, 가위로 다듬어주어야 했다. 식물은 모두 죽어서 새로운 식물이 자라날 토양을 만들어주었다.

그녀는 특히 벌레잡이 식물을 잘 길렀다. 한번은 그녀가 기르던 파리지옥 풀이 낸의 고양이 한 마리를 먹어치웠다.

"아마 낸은 알아차리지 못할 거야." 마일로가 말했다.

그리고 실제로 그랬다.

먼 미래에는 서로 다른 행성에 사는 사람들이 행성 간 무역을 하는 것 외에는 서로에게 전혀 신경 쓰지 않았다. 그러나 3025년에 쿠르간 4호 행성이 폰드워터 3호 행성을 공격했다.

"이제 너희는 우리를 위해 일하는 거다!" 쿠르간 행성인들이 포효했다.

그러나 폰드워터 3호 행성(마일로도 여기에 속해 있었다) 사람들은 말했다. "싫어."

쿠르간인들은 본보기를 보이기 위해 폰드워터 사람 몇 명을 총

살했다. 그런데도 여전히 그들은 싫다고 반항했다.

그러자 쿠르간인들은 폰드워터 사람들을 폭행하고 팔을 비틀어서 일하고 돕게 했으며, 그들이 원하는 곳으로 폰드워터 사람들을 보내려 했지만, 폰드워터 사람들은 그냥 가만히 서 있거나 그들을 무시하거나 싫다고 말했고, 혹은 불구가 된 채 바닥에 누워버렸다.

때때로 그들은 '상대가 당신을 두려워하지 않는다면, 당신은 절대로 그 사람에게 뭔가를 하게끔 강요할 수 없다'라는 사실을 알려주는 매우 유명한 가르침인 조너선 야야 우화를 인용했다.

결국, 당황하고 혼란스러워하던 크루간들은 "아, 젠장, 다 뒈져버려"라고 말하곤 화분 몇 개를 발로 걸어차 쓰러뜨린 후 자신들의 우주선에 올라타 다시 고향으로 돌아갔다.

마일로는 총에 맞아 죽은 몇 안 되는 불행한 사람 중 하나였다. 마일로가 죽어가는 동안, 야구 모자를 쓴 남자 하나가 다가와 그를 내려다보며 말했다. "당신도 알다시피, 이건 정말 끝이 아닙니다. 당신은 솟아올랐다가 다시 강으로 돌아가는 파도와 같아요. 파도는 다시 일어날 겁니다."

"나도 알아요." 마일로가 대답했다. "그런데 그 파도가 가기 전에 피자 한 조각이 먹고 싶다네요."

그래서 야구 모자를 쓴 남자는 마일로에게 피자 한 조각을 가져다주었다.

그것은 참으로 친절한 일이었다.

죽어가는 동안 마일로는 지극히 사소한 일이 알고 보면 정말 큰일이라고 생각했다.

수지도 가끔은 평화의 옆구리를 슬쩍 찌르곤 했다.

물론 신분 자체가 죽음의 사자였기에 수지가 옆구리를 찔러오는 것은 혼란스럽기도 하고, 처음에 봐서는 전혀 평화롭게 보이지 않을 수도 있었다.

언젠가 한 번 그녀는 경마장에 갔었다. 1913년 엡섬에서 더비 경마대회가 열렸을 때였다.

축제가 열리고 있었기에 참으로 좋았다. 화려한 모자를 쓴 멋진 영국인들이 많이 참석해 있었다. 여자들의 모자는 거대했다. 수지는 모자라면 사족을 못 쓸 만큼 좋아했다. 그래서 여자들의 모자가 부러웠다.

그녀가 자기 일이 특히 싫다고 느껴질 때가 바로 그런 때였다. 축제처럼 근사한 장소에 찾아가서 한동안 멋진 시간을 보내다가…… 마침내 죽음의 사자가 되어서 모두의 하루에 젖은 담요를 덮어씌워 버려야 할 때 말이다.

그녀는 에밀리 데이비슨이라는 여자 때문에 그곳에 있었다.

에밀리 데이비슨은 여성 참정권 운동가였다. 그녀는 여성들이 동등한 권리를 얻게 하려고 투쟁한 죄로(주로는 투표권이었지만, 그 외의 다른 권리를 위해서도 싸웠다) 여러 번 감옥에 갇힌 적이 있었다. 단식 투쟁도 몇 번 벌였는데, 그때마다 교도소 간수들이 그녀의 코로 액체를 투여해 억지로 먹게 해야만 했다.

수지가 난간에 기대어 말들이 다음 경기를 위해 줄지어 서 있는 것을 보고 있을 때, 에밀리 데이비슨이 그녀 옆으로 다가와 인사했다. "음, 안녕하세요."

"아, 안녕하세요." 수지는 놀라서 대답했다.

에밀리는 현명하고 통찰력 있는, 오랜 세월을 살아온 영혼의 소유자였다. 어떤 사람들은 죽음이 자신의 모습을 눈에 띄게 하는 그렇지 않든 간에 죽음의 모습을 알아볼 수 있었는데, 그 여성 참정권 운동가도 그런 사람 중 하나였다.

종이 울렸고, 말들이 트랙을 떠나 시야에서 사라졌다.

수지는 에밀리의 모자를 감탄스러운 시선으로 바라봤다.

모자가 망가지기 전에 미리 벗어두면 어떻겠냐고 거의 물어볼 뻔했지만, 그러지는 않았다. 그 정도로 눈치가 없지는 않았다.

"나를 설득해서 그만두게 하려는 건 아니죠?" 에밀리가 물었다. "그렇죠?"

수지가 고개를 저었다. "난 당신이 하는 일이 용감한 일이라고 생각해요." 그녀가 말했다. "그리고 안타깝게도 정말 필요한 일이기도 하죠. 이 일이 있고 난 뒤에 많은 사람에게 정말 좋은 일이 일어날 거예요."

에밀리가 고개를 끄덕였다. 그녀는 거의 미동도 없이 가만히 서서, 큰 눈으로 트랙을 지켜보았다.

말들이 돌아 들어오는 동안 발굽 소리가 천둥처럼 울렸다.

"난 두려워요." 에밀리가 말했다.

수지가 장갑 낀 손을 그녀의 팔 위에 올리고, 뭔가 안심시키는 말을 하기 위해 입을 열었다. 하지만 정확히 뭐라고 말해야 할까?

"괜찮아요." 에밀리가 숨죽인 채 살짝 미소를 지어 보이며 말했다. "혹시 원하신다면 나중에 내 모자를 쓰셔도 좋아요."

그 말과 동시에 에밀리는 가드레일 밑으로 몸을 숙여 트랙으로 나가서 조지 왕의 경주마인 앤머 앞으로 몸을 던졌다. 관중석이 술렁이더니 단 한 번 소름 끼치는 듯 헉하고 숨을 들이마시는 소리가 들렸다. 그리고 비명이 뒤따랐다.

수지는 경주 관계자들과 놀란 말들과 상자형 카메라를 든 남자들과 의사 하나가 뛰는 사이로 경기장에 들어섰다. 그녀는 완전히 짓밟힌 모자와 망가질 대로 망가진 에밀리의 모습을 찾아냈다.

영국은 이 정도가 될 때까지 여성 참정권을 무시해왔었다. 5만 명의 사람들이 에밀리의 장례식에 참석해서 런던 거리를 봉쇄한 후에는 그들도 더는 여성 참정권을 무시할 수 없었다.

"얼마나 용감한가." 수지는 장례 행렬이 지나가는 것을 지켜보며 계속 혼잣말을 했다.

에밀리 데이비슨은 그다음 생에도 역시 여성 참정권 운동가로 돌아왔고, 그다음에는 전기 뱀장어로 돌아왔으며, 그다음에는 또다시 여성 참정권 운동가로 돌아왔다.

이토록 결연한 사람들이 존재하는 한 세상이 정말 나빠질 일은 없을 거라고, 수지는 종종 생각했다.

"세상에 정말 나빠질 일은 없지 않을까?" 그녀는 딱 한 번 소리 내서 말했지만, 그 말을 하자 갑자기 뱃속으로 엄청난 두려움이 느껴졌다.

"엄청나게 나빠질 거야." 그녀는 우주가 거대하고 가식적인 머리를 절레절레 흔들며 말하는 모습을 상상했다.

# 24

# 패밀리 스톤

>> *서기 2150년, 목성의 위성 가니메데*

마일로는 기계 안에서 태어났다.

그는 가족과 만 명의 다른 사람과 함께 그곳에서 살았다.

이 기계의 임무는 목성의 가장 큰 위성인 가니메데 표면을 사방으로 기어 다니면서, 이 행성을 과거의 지구처럼 만드는 것이었다. 탐색 크롤러라 불리는 이 기계는 대기 중으로 이런저런 것들을 주입해 넣었고 토양에 여러 작업을 수행했다. 기계 내부에 있는 사람들은 엔진을 가동하고 기계의 화학물질을 다루면서 땀에 젖은 채 불만스러운 삶을 살았다.

공식적으로 마일로의 이름은 JN010100101101110이었다. 자원 카르텔의 입장에서는 그것이 마일로가 필요로 하는 모든 신분이었다. 오직 그의 가족들만 그를 '마일로'라고 불렀다.

어린 시절 친구들은 그를 마일로와 철자가 비슷한 '밀듀(Mildew, 곰팡이)'라고 불렀다. 원래 어린 시절 친구들은 다 그러지 않는가.

그의 친구들은 프로그(Frog, 개구리)와 버블스(Bubbles, 거품)였다. 그들의 운동장은 엔진 룸의 터빈 사이에 있는 복도였고, 은신처는 호스와 저장 포드들이 뒤죽박죽 얽혀 있는 곳이었다. 그들이 감히 겁도 없이 함께 찾아가곤 했던 유령이 나오는 장소는 누군가가 해조류 펌프에 빠져 죽었거나 거대한 갯가재 발톱을 고치다가 죽었던 곳 등 셀 수도 없이 많았다. 심지어 사람들이 압착되거나 쪄지거나 냉동되거나 재활용된 곳들도 있었다.

가끔은 탐색 크롤러 내부에 드문드문 나 있는 둥근 창문을 통해 가니메데 행성의 분화구를 바라보거나 마치 마법의 고래처럼 목성이 하늘을 가득 메우는 모습을 목격하는 경이로운 순간도 있었다. 때로 그들은 카르텔 드론이 하늘을 휙 스쳐 지나가는 순간을 보고 듣기도 했다.

어느 날, 그들이 거주 구역에서 엔진의 기름 같은 것이 벽을 타고 흘러내리는 것을 손으로 찔러보고 있을 때, 근처 가족 포드에서 비명이 터져 나왔다.

"세상에, 안 돼! 이럴 순 없어요! 돈을 줄게요. 사고였어요. 일부러 그런 게 아니에요!"

"우리가 행성 밖에서 자격 있는 가족을 찾아줄 거다." 앰프로 증폭된 단호한 목소리가 말했다. "자, 이제 놔라!"

경찰 장비를 불룩하게 착용한 두 명의 감시 요원이 나타났다. 그 중 하나가 아기를 안고 있었다.

"우리 옆집에서 작년에 아기를 하나 더 낳았어." 프로그가 낮은 목소리로 말했다. "그 사실을 숨기려고 했지만, 어떻게 아기를 숨길 수 있겠어?"

"아기를 행성 밖으로 데리고 간다면서, 왜 부엌 쪽으로 가는 거야?" 마일로가 큰 소리로 궁금하다는 듯이 말했다.

몇 년이 지났다. 마일로는 크롤러의 대형 중앙 환기구에서 아버지와 함께 일하기 시작했다.

모든 것이 바뀌던 날, 아버지는 마일로가 기계의 폐 위에 서 있는 것을 발견했다. 폐가 숨 쉬는 동안 그것을 타고 올라가는 중이었다.

"빌어먹을, 마일로!" 아버지가 놀라서 고함을 질렀다. "우리 식구 다 해고되는 꼴을 보려는 거야."

마일로는 아무 대꾸도 하지 않았다. 해고는 늘 하나의 가능성이기 때문이었다. 그리고 만약 직업이 없다면, 카르텔 주택에서 살 수 없었다. 게다가 크롤러는 집 없는 사람들을 지원할 수 없었기에, 해고된 사람들을 아래쪽 행성으로 보냈다. 그리고 그곳에 갔다가 돌아온 사람은 아무도 없었다.

"엄마는 어떠세요?" 마일로가 미끄러져 내려오며 물었다. 엄마는 최근에 몸이 좋지 않았다. 아버지는 증기관 밑으로 몸을 숙이면서 허리에 차고 있던 렌치를 집어 들었다. "계속 일해." 그가 말했다. "그들이 지켜보고 있어."

마일로는 아버지 말대로 했다.

"그래서 내가 널 찾아온 거야." 아버지가 말했다. "네가 일전에 했던 얘기를 생각해봤거든. 네 친구 프로그에 관해 했던 얘기."

프로그는 요즈음 저렴한 암시장 약품을 제조해서 팔고 있었다.

"신중하게 생각해보시는 게 좋을 거예요." 마일로가 경고했다. "정말 해고당할 수도 있어요. 아니면, 아예 총에 맞을 수도 있고요."

아버지가 멈춰 섰다. 그리고 휘파람을 불자 그의 피시가 손으로 뛰어들어 설계도를 펼쳐 보여주었다. 아버지는 설계도를 보며 머리 위의 가스관을 살폈다.

"우리 카르텔 보험으로 더는 카르텔 의약품을 받을 수가 없어." 그가 말했다.

"그러니까 엄마가 더 나빠진 거군요."

"그래, 네가 밤마다 거기…… 그곳에 가서 봉급을 다 탕진해버리지 않고 집에 들어온다면……."

젠장! 마일로는 생각했다. 아버지가 그걸 **알아**?

'거기'란 휴게층에 있는 드림스케이프라는 할인 윤락업소로 여자들은 매춘 허가를 받고 추가적인 수입을 벌 수 있었고, 남자들은 마약과 함께 하룻밤의 쾌락을 얻을 수 있는 곳이었다.

"제가 상황을 바로잡아 볼게요." 마일로가 왔던 길을 되돌아가는 도중에 말했다.

"그렇게 하렴." 아버지가 말했다.

그들의 집은 벽에 취침용 셀이 설치돼 있는 원형 포드였다. 엄마는 그날 밤 저녁 식사 시간 동안 취침 셀에 누워 있었다. 마일로는 엄마의 기침 소리를 들었다.

아버지가 기분이 별로 좋지 않았기에, 마일로가 쌍둥이들과 이야기를 나누었다.

마일로의 네 살 먹은 이란성 남녀 쌍둥이 동생들은 그의 열두 번째 생일날 태어났다. 마일로의 가족은 최고급 기술 임무를 맡은 덕분에 세 명의 아이를 갖는 게 허용되었다. 때로 카를로와 세렌은 자기들이 고안해낸 언어로 대화를 나누면서 둘만의 우주에 숨어 있었다. 그럴 때면 다른 사람들은 그들이 무엇 때문에 즐거워하는지 알아듣지도 못했고, 이해하지도 못했다.

"지 투." 세렌이 말했다.

"마크 로." 카를로가 입 안 가득 음식을 문 채로 대꾸했다.

"무크 루크." 마일로가 말하자, 아이들이 그를 빤히 바라봤다.

저녁 식사 후, 마일로는 아버지를 프로그의 집으로 모시고 갔다.

친구의 집에는 그들보다 먼저 온 사람 둘이 복도에서 기다리고 있었다. 그들이 한 명씩 차례로 들어갔다가 나와서는 허둥지둥 돌아갔다. 마일로가 안으로 들어갔을 때쯤에는 일곱 명의 사람들이 한꺼번에 도착했다. 그들 모두 기침을 했고, 초조한 모습이었다.

"뭔가 병이 돌고 있나 봐." 마일로가 프로그에게 말했다.

"오늘 밤에는 이만 문을 닫을 거야." 프로그가 약 자르는 도구를 앞에 놓고 땀을 뻘뻘 흘리며 대답했다. "저 사람들 때문에 이러다가 체포되겠어. 그래, 무슨 일이야?"

"우리 엄마. 저 사람들이 겪고 있는 것하고 똑같은 기침 증세야."

프로그가 경구용 정제 다섯 알이 들어 있는 지퍼백을 건네주었다.

바깥쪽 복도는 점점 더 시끄러워지고 있었다. 더 많은 사람. 더 많은 기침.

"그건 스케줄-1(남용 가능성이 크고 심각한 심리적/신체적 의존성을 유발할 수 있는 약물을 의미한다─옮긴이) 항생제야. 16개만 줘. 친구 가격이야. 그리고 이제 가봐."

아버지가 전표를 건네주었다.

마일로가 막 문을 열었을 때, 손에서 걸쇠가 튀어 오르더니 갑자기 기침하는 거구의 배관공 세 명이 들이닥쳤고, 마일로와 아버지는 그들의 무게 아래 나동그라졌다.

"나한테는 아무것도 없어요!" 그는 프로그가 겁에 질려 소리치는 걸 들었다. "난 그냥 접시닦이에 불과해요. 정말이에요!"

복도에서 무거운 부츠 소리가 들렸다. 감시 요원!

아버지가 마일로의 팔꿈치를 움켜잡았다. 그들은 함께 일어나서 쭈그리고 앉아 문 쪽으로 움직여갔다.

그리고 마침내 자유를 찾아 비틀거리며 복도로 나갔다.

하지만 복도가 상황은 더 안 좋았다. 기침하는 사람들이 셀 수도 없이 많이 들어차 있었고, 그들 사이에서 감시 요원들이 사람들의 두개골을 부수고 있었다.

마일로는 모퉁이에서 아나콘다의 울부짖음 소리를 들었다.

사방에 주먹과 팔꿈치였다.

지퍼백이 떨어졌다.

"아, 멍청하긴!" 마일로가 떨어지는 백을 낚아채려 애쓰며 헉헉 댔다.

"시간이 없어." 아버지가 그를 잡아끌며 신음했다.

감시 요원 하나가 그의 목덜미를 움켜잡아 다른 쪽으로 끌어당겼다.

"네 SPLAT가 스캔되었다!" 증폭된 목소리가 으르렁거렸다. "즉시 벽에 기대선다!"

아나콘다가 나타났다. 감시 요원들이 외부 틀 속에 집어넣은 거대한 진공 호스로 울부짖는 폭도들을 흡수하고 있었다. 그들이 동굴 같은 틀 속으로 빨려들어가서 사라졌다(대체 어디로?).

아나콘다가 마일로 쪽으로 돌아섰다. 거센 후류가 그를 끌어당겼다.

아버지가 이를 악물고 뭔가를, 무엇이라도 움켜잡으려고 애를 썼다.

바로 그 순간 갑자기 그 소녀가 나타났다.

그녀가 검은 머리를 휘날리고 팔을 휘두르며 광기 서린 눈을 부라리면서 끼어들었다.

"안 돼!" 그녀가 감시 요원들에게 소리 질렀다. "이들은 내 일행이야! 비밀요원 6065650!"

그녀가 플라스틱 배지처럼 생긴 것을 공중으로 흔들었다.

진공관이 소녀를 끌어당겨 바닥으로 쓰러트렸다. 아나콘다가 마일로와 아버지도 빨아들였다…….

……거의. 감시 요원이 진공관을 껐다. 진공관 뚜껑이 거대한 입

을 가로질러 쿵 소리를 내며 닫혔다. 아버지가 쓰러지자, 감시 요원들이 발로 차서 일어서게 했다.

"따라와!" 소녀가 획 돌아서더니 복도를 달려 내려가며 소리 질렀다.

그들은 당황스러운 심정으로 가능한 한 빨리 그녀를 따라갔다.


소녀는 그들을 상업용 링으로 곧장 이끌어갔고, 그때 교대 호루라기 소리가 울렸다. 주간 교대조가 나와서 야간 교대조를 지나쳐 갈 때, 중앙 홀 전체가 우르르 울렸다. 부츠 소리가 쿵쿵거리고, 목소리들이 으르렁거렸으며, 공구 벨트가 달그락거렸다.

소녀는 얼굴에 흘러내린 긴 검은 머리를 흔들어 치워버리고 마일로가 이해할 수 없는 표정으로 그를 바라봤다.

"네가 그들에게 했던 말……." 마일로가 말했다. "그 비밀요원이라는 거……."

"그들이 우릴 스캔했어." 아버지가 다급하게 속삭였다. "그들이 우리 SPLAT 코드를 가지고 있어."

"들어봐." 소녀가 플라스틱 배지를 눈앞으로 획 스쳐 지나가게 보여주며 말했다. "이건 내 것이 아니야. 버려진 씨앗 케이지 중 하나에서 죽은, 우리 홀에서 근무하던 집행부 자원 봉사자의 것이야. 난 앞잡이가 아니야. 난 음식 만드는 걸 도와."

"부엌 말이구나." 마일로는 혐오스러운 표정을 짓지 않을 수 없었다.

"부엌이 아니야." 소녀가 눈을 부라리며 말했다. "난 '음식'이라고

469

말했어. 암거래로 살 수 있는 게 의약품만은 아니라는 거 너도 알
잖아. 두 사람은 전에 한 번도 체포된 적이 없지, 안 그래?"

두 사람은 똑같이 멍한 표정으로 소녀를 바라봤다.

"지금쯤 저들은 수천 개의 코드를 스캔했을 거야." 소녀가 마일
로를 바라보며 말했다. "제때 처리하기에는 너무 많은 수지. 그들이
두 사람을 아나콘다로 빨아들이지 못했다면, 그건 두 사람이 안전
하다는 의미야."

그들 뒤에 있는 복도에서 소음과 고함소리가 들려왔다. 프로그
의 복도에 있던 감시 요원들이 소요를 진압하지 못한 것이 분명
했다.

"점점 위험해지고 있어." 아버지가 말했다.

마일로가 소녀의 팔꿈치를 움켜잡고 물었다. "왜 우리를 도왔어?"

소녀의 얼굴에 다시 한 번 읽을 수 없는 표정이 떠올랐다. 그것
이 그녀가 한 유일한 대답이었다.

폭도들이 중앙홀로 쏟아져 들어왔다.

"이거 네가 떨어트린 거야." 소녀가 마일로의 손에 뭔가를 쥐여
주며 말했다.

엄마의 약이었다.

그리고 나서 소녀는 아래쪽으로 미끄러지듯이 사라졌다.


다음 날, 아버지는 가족들을 가까이 두었다. 심지어는 쌍둥이도
튜브와 터널로 아버지를 따라다녀야 했다.

"폭도들이 숙련공 레벨에 있는 포드로 침입해 들어올 거야." 그

가 설명했다. "음식을 구하러."

아버지는 쌍둥이에게 그의 피시를 주고, 중요한 숫자들을 그에게 읽어주게끔 했다.

아래쪽 복도에서, 연기 냄새가 났다.

"정제되지 않은 연료를 태우고 있어서 그래." 엄마가 말했다.

"어리석은 녀석들." 아버지가 이를 악물며 말했다. "이러다 공기를 다 써버리겠어. 그걸 이해 못 하는 걸까?"

바로 그때 감시 요원들이 나타났다. 모두 다섯 명이었다.

"환기 담당 11010010?" 사령관이 스피커를 위로 치켜들고 고함을 질렀다.

"접니다." 아버지가 대답했다.

"폐를 닫아라." 사령관이 말했다.

아버지가 가벼운 충격이라도 받은 듯이 깜짝 놀랐다.

엄마는 무슨 말인가 하려고 했지만, 갑작스러운 기침에 입을 다물었다.

"그러면 산소가 고갈될 텐데요." 아버지가 말했다.

사령관이 경기관총을 겨누었다.

쌍둥이는 조용히 지켜보았다. 뭔가 중요한 일이 일어나고 있음을 이해했기 때문이었다.

엄마는 덜덜 떨면서 눈을 감았다.

"안 됩니다." 아빠가 말했다.

그리고 총알이 날아오는 동안, 그들의 마스크 속을 똑바로 응시했다.

471

그의 가슴이 완전히 찢어져 벌어졌다. 그가 쓰러져서 컥컥거리다가 죽었다.

마일로의 턱이 벌어졌다. 그가 움직이거나 무슨 말을 하기도 전에 한 무리의 폭도가 몰려들어왔다.

감시 요원들의 경기관총이 녹색 가스를 분사했다.

마일로는 몸이 마비되는 것을 느꼈다. 그는 족히 1년은 될 듯이 길게 느껴지는 시간 동안 바닥으로 쓰러졌다.


그는 물속에서 깨어났다.

눈을 떴을 때, 그는 머리 위로 햇살과 파도가 비치는 것을 보았다. 자신이 물에 빠져 가라앉고 있음이 느껴졌다. 그는 발을 차서 수면으로 올라가 헐떡이며 물에 뜬 채 사방을 둘러봤다. 눈으로 볼 수 있는 한, 사방이 물이었다.

위에서는 날아다니는 기계 한 대가 윙윙거리다가 단말마의 비명을 지르며 지나갔다.

그는 물속에 버려진 것일까? 바다에? 이게 바다일까?

주위에 온통 외침과 경악의 비명뿐이었다. 그는 물속에서 버둥거리며 모두 15명쯤 되겠다고 추측했다.

목성은 초승달 모양의 칼처럼 하늘을 가르고 있었다. 다른 초승달, 그러니까 다른 위성들도 양쪽으로 우주 공간에 걸려 있었다. 크롤러 밖으로는 나가본 적이 없고, 폐보다 더 큰 장소에는 한 번도 가본 적 없는 아이에게는 이해하기가 쉽지 않은 상황이었다. 시뮬레이션 게임이 아니었더라면, 그는 완전히 공포에 사로잡혀 그대로 익사해버렸을지도 몰랐다.

우리가 아래쪽 행성에 버려진 걸까? 여기가 유로파일까?

**"엄마!"** 그가 소리 질렀다.

**풍덩!** 거대한 주황색 물고기 한 마리가 바다에서 폭발해 올라와서는 그들을 향해 떨어졌다. 그들 바로 위로……

뗏목이다! 그것이 부풀면서 단단해지더니, 마치 떠다니는 요새처럼 물속에서 돌아앉았다.

엄마가 보였다. 쌍둥이들도 이미 뗏목 한쪽으로 기어오르고 있었다.

키득거리면서. 서로를 밀치며.

마일로가 엄마 곁으로 기어가자, 엄마의 두 눈이 환하게 밝아졌다. 그녀가 아들의 뒤통수를 부여잡고 이마를 맞대왔다. 그들은 아무 말 없이 한동안 그렇게 앉아 있었다.

한편, 쌍둥이는 뗏목 한가운데서 서로 장난을 치고 있었다.

"후토이!" 카를로가 소리 질렀다.

"노크 베타." 세렌이 대답했다.

그러고 나서 두 아이가 마일로와 엄마 쪽으로 돌아서더니 함께 말했다. "아빠."

그들은 고개를 가로저을 수밖에 없었다. 마일로는 엄마가 떨고 있는 것을 느꼈다.

쌍둥이는 함께 손을 잡고 조용해졌다.


"육지야." 누군가 말했다.

뭐라고? 마일로는 눈으로 무엇을 찾아야 할지 알 수 없었다. 영화나 시뮬레이션을 제외하고는 지평선이라는 걸 본 적이 없는 까닭이었다.

짙은 색 벽처럼 보이는 뭔가가 멀리 앞에 보였다. 파도 위로 벼랑이 솟아올라 있었다.

섬이 그들을 향해 질주하는 것처럼 보였다.

"조수야." 엄마가 기침을 했다. "잘못하면 섬을 그냥 지나치게 될지도 몰라."

마일로는 호기심 어린 시선으로 엄마를 바라봤다. 엄마와 아빠는 크롤러 밖의 서로 다른 장소에서 살았었다. 그리고 사람들이 '교육'이라고 부르는 것을 받았다고 했다.

"유로파는 사실상 목성의 궤도에 들어가 있어." 엄마가 설명했다. "타원형 궤도 안에. 따라서 이걸 고무공처럼 압착할 수 있는 거대한 조수를 가지고 있지."

섬이 가까이 다가왔다. 꼭대기에는 정글 나무와 덩굴이 사방으로 뻗어 매달려 있었다. 물가에서 바다가 날카로운 바위에 부딪혀 폭발하더니 요란한 소리로 식식대면서 소용돌이쳤다.

"호!" 누군가 소리쳤다.

사람들과 배들이 파도 사이로 빠르게 질주해와서 그들을 에워쌌다. 검은 피부에 벌거벗은 사람들이었다. 길고 얇은 모양의 배들은 고철 더미로 만든 것처럼 보였고, 누더기 돛을 달고 있었다. 짙은 색 피부의 사람들이 뗏목 위로 케이블을 던졌다. 승객들이 그 구명줄을 움켜잡았다.

"꽉 잡아요!" 짙은 피부의 사람들이 소리 질렀다. 마일로는 그들 중 몇몇은 가슴이 있다는 사실을 알아차렸다.

그는 거칠고 낯선, 이전엔 한 번도 손대본 적이 없는 것 같은 케이블을 잡아 단단히 움켜쥐었다. 뗏목이 속도를 늦추었다.

물은 그가 이해할 수 없는 일들을 했다. 그것은 위로 상승하면서 섬 전체를 삼켜버리는 듯 보였다. 또한 물은 섬으로 기어오르고 또 올랐다. 섬이 가라앉고 있는 것일까?

"조수야." 엄마가 다시 말했다. "수백 미터까지도 올라간단다."

쌍둥이는 엄마의 팔과 서로의 팔에 매달려 있었다.

그들은 신비로운 구원자들이 그들을 빙 둘러선 채 활짝 웃고 있는 가운데 바다가 달음박질치는 동안 그렇게 파도를 타고 나아갔다.

바다가 낭떠러지 꼭대기에 닿자 마침내 올라가기를 멈추었다.

그리고 긴 백사장에 부딪혀 부서졌다.

바다가 배와 뗏목을 들어 올려서 그들을 육지로 부드럽게 밀어 올렸다. 그러자 짙은 피부의 사람들이 뛰어내려 새로 온 사람들이 마른 모래와 풀 위로 오르는 것을 도왔다.

풀밭 너머에는 집들이 있었다. 역시 보트와 케이블을 만든, 같은 재료로 지은 집 같았다.

나무구나, 마일로는 수업과 시뮬레이션을 기억해며 깨달았다. 덩굴과 나무들이야. 굉장하다!

그 작은 집들 너머로는 가파른 벼랑 측면으로 녹색 잎들과 나무와 덩굴이 거대하게 밀집해 있었다. 밀림이다!

더 많은 섬 주민들이 마을에서 달려 나왔다. 그들의 구조자들과 마찬가지로 모두 짙은 피부였고, 모두 벌거벗은 채였다.

"고마워요." 엄마가 목메어 말했다.

낯선 사람들이 고개를 끄덕였다.

"당신들이 이틀 만에 벌써 세 번째예요." 낯선 이들 중 하나가 말했다. 긴 잿빛 머리와 한쪽 눈이 없는 남자가 말했다. "저 별이 빛나는 지옥에서 대체 무슨 일이 일어나고 있는 겁니까?"


그 남자의 이름은 분이었고, 잡담 같은 것은 별로 나누고 싶어하지 않는 듯했다. 그가 자기소개를 하고 몇 명과 악수를 한 후 소리쳐 물었다. "잘레는 어디 있지?"

"여기요, 분." 잔디에 앉아 있던 구조자 중 하나가 대답했다.

가슴이 있는 구조자 중 하나라는 사실을 마일로는 알아차렸다. 나이는 그와 비슷하거나 조금 어릴 것 같았다.

"넌 다시 바다로 나가봐야 할 것 같구나."

"아, 젠장, 분, 들어온 지 이제 겨우……."

"붉은 생선이 다 떨어졌어. 나-가-봐-라. 어서." 그들, 그러니까 그 소녀와 외눈박이 남자가 서로를 노려봤다. 그러다가 소녀가 일어나서 팔을 위아래로 흔들었다.

"어업 위원회!" 그녀가 소리 질렀다. "포니, 깨끗한 물이 담긴 가방 꼭 배에 실어놓고, 칠리 페퍼, 자기는 그물을 확인해, 알았지?"

그제야 마일로는 그들을 구조해낸 짙은 피부의 벌거벗은 사람들은 거의 아이들과 청소년들이라는 사실을 깨달았다. 그들이 여기저기서 튀어나와 여러 방향으로 달려가 이것저것 집어 들기 시작했다. 그리고 대부분이 앞뒤로 고함을 질러대며 좀 전에 타고 들어왔던 가느다란 목제 배 위로 뛰어올랐다. 몇몇은 노래를 부르고 있었다.

잘레, 이 거친 여성 전사가 크게 세 걸음을 내디뎌 마일로 쪽으로 가로질러 와서는 그를 내려다봤다.

"고기 잡으러 가자." 그녀가 말했다.

"난…… 우린 방금 도착했어." 그가 더듬거리며 말했다.

"이제 여기서 볼 수 있는 건 다 봤어." 잘레가 어깨를 으쓱하며 말했다. "전혀 복잡하지 않아."

"그애도 갈 거야." 뒤에서 또 다른 목소리가 말했다. 또 한 명의 소녀였다.

햇빛에 눈살을 찌푸리며, 마일로가 어깨너머로 뒤돌아봤다. 폭동이 일어났던 날 밤에 크롤러에서 만났던 소녀가 그곳에 서 있었다. 그리고 그녀도 벌거벗고 있었다.

마일로는 자신도 모르게 컥 소리를 냈다.

"가거라!" 그의 어머니가 멀지 않은 곳에서 쌍둥이를 양쪽 팔에 하나씩 끼고 섬 주민들에 에워싸인 채 말했다.

그러자 그 두 명의 소녀와 많은 아이들이 마일로의 팔짱을 끼었고, 그들은 함께 배 위에 올랐다. 스무 명 정도의 섬 아이들이 함께 첨벙거리며 물속으로 뛰어들어 파도 속으로 배를 밀었다. 크롤러의 소녀도 그들과 함께 뛰면서 웃었다. 그런 다음 그들은 능숙하게 균형을 잡으며 배의 중심부로 뛰어올랐다.

잘레는 비틀거리며 뱃머리 쪽으로 올라가 웅크리고 앉아서 밧줄을 잡아당겨 돛을 풀어주었고, 돛은 날개처럼 활짝 펼쳐졌다.

바다와 바람이 그들을 섬에서 밀어냈다.

크롤러의 소녀가 그를 마주 보고 앉아 있었다. 소녀가 그를 바라봤다. 즐거워 보였다.

정말 예쁘다, 마일로는 생각했다. 그는 소녀가 완전히 벌거벗고 있었기 때문에, 그녀의 눈에 집중하려 애썼다.

"난 수지야." 소녀가 말했다.


다른 두 척의 배가 그들 옆에서 항해했고, 그렇게 세 척의 배는 사흘 동안 바다에 나가 있었다.

크롤러 시간으로 사흘이었다. 즉, 지구의 날짜로는 그랬다. 하지만 목성의 궤도에서는 하루였다. 한 번의 어두침침한 일출에서 그 다음 일출까지 80시간이 걸렸다.

마침내 마일로는 아버지에 대해 생각할 시간이 생겼다. 그는 태양을 충분히 오랫동안 바라보고 있으면, 아버지의 얼굴을 목성의 구름 띠 위로 투영해낼 수 있을 것만 같았다. 하지만 마일로는 울지 않으려 애썼다. 주위에 있는 아이들도 다들 나름의 상실을 겪었을 터였다. 그러니 당분간은 그도 홀로 상실감을 삼킬 작정이었다.

그는 너무 빨리 쌍둥이를 섬에 남겨두고 홀로 와버린 것이 아닐까 생각했다. 물론 엄마도.

섬사람들이 마일로와 수지를 돌아가고 뛰어넘으며 밧줄을 당기고 그물을 풀어놓았다. 그물이 물고기와 함께 되돌아왔고, 섬사람들은 노래를 부르며 배 앞쪽에 있는 구멍에 생선을 집어넣고 야자수 잎으로 덮어놓았다. 이따금씩 그들은 사악한 표정을 지으며 그물에 든 것을 다시 바다에 쏟아버렸다. 마일로는 물고기 하나가 배에 입이 달린 것을 보았다. 또 작은 분홍색 촉수를 비틀어대던 어떤 물고기는 눈에 종양 덩어리가 달려 있었다.

마일로는 수지가 그를 구출해주고 채 한 시간도 지나지 않아 아나콘다의 희생자가 되었다는 사실을 알게 되었다. 그와 마찬가지로, 수지도 행성 밖으로 이송된 기억이 전혀 없었다. 그녀는 나흘간 여기 있었다. 이번이 그녀의 두 번째 어선 여행이었다.

"여긴 정말 아름다워." 그녀가 말했다. "하지만 치명적이야. 테라포머들이 경험으로 얻은 아주 큰 깨달음이지. 그래서 해독제로 쓰기 위한 물고기가 엄청나게 많이 필요해. 레드피시라는 붉은 물고기야."

"해독제가 뭐야?"

"나도 몰라. 우린 배울 게 너무 많아. 예를 들어, 어떻게 배를 항해할지, 그리고 이 한심한 배 위에서 물에 빠지지 않고 어떻게 걸어 다닐지, 그리고 넌 왜 아직도 옷을 그대로 입고 있는지……. 여긴 따뜻해. 항상 따뜻해."

난 발기가 되거든, 마일로가 생각했다.

로마에서는 로마의…… 내면의 목소리 하나가 말했다.

갑작스럽고 특별한 용기에 사로잡혀서, 마일로는 반쯤 일어나 옷을 벗기 시작했고, 벗은 옷을 바다에 던져버렸다.

수지가 발기된 그의 성기를 바라봤다.

"이거 나 때문이야?" 그녀가 물었다.

마일로는 고개를 끄덕였다.

"우와." 그녀가 말했다. 그러고는 일어나서 잘레가 있는 뱃머리 쪽으로 올라가 그녀에게 그물 던지는 법을 가르쳐달라고 부탁했다.

그들은 그물과 돛과 날씨 읽는 법을 배웠다.

섬사람들의 이름도 배웠다. 꼬마들의 이름은 자르도즈, 하이 볼 타지, 데몬 럼이었고, 십 대들의 이름은 길가메시, 토크 프리티, 프 로도, 그리고 잘레의 남자친구 칠리 페퍼였다. 잘레는 선장이었다. 세 척의 배 모두 그녀의 지시를 따랐다.

하늘이 일변했다. 목성은 모양을 바꾸었다. 멀리 있는 태양이 지 평선 사이로 끼어 들어왔다. 작은 달들이 지나갔다. 이따금씩 먹구 름이 끓어오르면 그들은 구름 언저리를 항해했다.

"물도 잘 살펴봐야 해." 잘레가 그들에게 말했다. "하늘만 보지 말고."

"물고기를 잡는데?" 수지가 물었다.

"물고기뿐 아니라 쓰나미도 살펴야 하거든." 잘레가 바다 쪽을 바라보며 대답했다. "이곳의 조수는 모든 걸 더 크게 만들어."

밤에 잠을 잘 때 그들은 몇 명의 아이를 남겨두어 돛을 살피고 바다를 지켜보게끔 했다. 나머지 아이들은 모두 배 바닥에 서로 뒤 엉켜 누워서 잤다. 목성이 태양을 가려서 반짝이는 테두리가 있는 구멍처럼 하늘에 흔적을 남겼다. 그리고 별들이 나왔고, 다른 달들 은 그 어느 때보다 더 밝게 빛났다.

마일로와 수지는 잠들지 않았다. 적어도 그때는 아니었다.

그들은 배의 목제 선체를 한쪽에 끼고 다른 한쪽에는 잠든 아이들 무리를 둔 채 함께 자리에 누웠다. 그들의 맨팔과 어깨가 닿을 때마다 마일로의 전신이 떨려왔다.

"너 혼잣말을 하네." 수지가 소곤거렸다.

"음?"

"내 말 들었잖아. 어떨 때 혼잣말을 하는 거야?"

그가 무슨 말을 하려고 했더라?

"가끔 내 머리가 내게 말을 걸어." 그가 말했다.

"나도 그런데." 그녀가 말했다. 그리고 그들은 다시 입을 다물었지만, 잠들지는 않았다.


"레드피시!" 둘째 날이 중반쯤 지났을 때, 칠리 페퍼가 소리쳤다.

선원들은 돛을 고정하고 바삐 움직이기 시작했다.

"그물은 어떻게 해?" 수지가 물었다.

"레드피시는 그물을 쓰지 않아." 자르도즈가 말했다. "물에 뛰어들어서 잡아야 해."

마일로는 물속을 바라봤다. 그의 눈에 보이는 것이라고는 여기저기 쏜살같이 헤엄쳐 다니는 자그마한 무지갯빛 구피 떼뿐이었다. 구피들이 표면으로 뛰어 오르고 물을 튀겨댔다.

"뭘 잡으러 뛰어든다는 거야?" 그가 물었다. "먹을 수 있을 만큼 큰 물고기 종류는 없어. 여기 있는 거라고는……."

"무지갯빛 송사리뿐이지." 수지가 말했다. "걔들이 레드피시 먹이라서 곧 바닥에서 올라올 거야. 그러니 송사리 떼가 보이면 레드피시가 있다는 의미지."

"숨 들이마셔!" 잘레가 소리 질렀다.

모든 십 대 아이들이 과호흡을 하기 시작했다.

"세포 조직을 산소로 채우는 거야." 수지가 설명했다.

"맙소사." 마일로가 말했다. "레드피시가 얼마나 깊이 있는데?"

"아주 깊이." 데몬 럼이 대답했다.

마일로는 잠시 생각에 잠겼다. 그리고 나서 최대한 빨리 숨을 들이마시고 내쉬기를 반복했다.

"아니야, 마일로." 수지가 말했다.

"아빠와 함께 폐에서 근무했을 때…… 폐기물 차단막에서…… 가스가 누출된 적이 있었어……. 카르텔 방독면이 작동하지 않아서…… 한 번에 2분 정도씩 숨을 참고 작업을 했었거든……. 나 헤엄도 칠 줄 알아……. 그러니까 내가 물에 들어가서…… 고기를 잡지 못할…… 이유가 없는 거지……." 마일로가 숨을 내쉬며 대꾸했다.

데몬 럼이 십 대 아이들에게 나무로 만든 짧은 창을 건네주었다.

"마일로, 내 말 들어봐." 수지가 말했다. "너는……."

"나도 갈 거야." 그가 약한 현기증을 느끼며 말했다.

"잘레!" 수지가 소리쳐 불렀다.

"그냥 가게 해." 잘레가 대답했다.

데몬 럼이 다시 돌아와서 마일로에게도 창을 건네주었다. 아이는 미소를 감추려 애쓰고 있었지만, 잘 안 되는 듯했다.

그에게 무슨 말을 안 해준 걸까? 그가 모르는 게 뭘까?

"하나에 뛰어드는 거야!" 잘레가 소리 질렀다. "셋…… 둘……

하나!"

십 대들은 마지막으로 크게 숨을 들이마신 다음 뱃전에서 뛰어내렸다. 마일로가 가장 먼저 물에 뛰어들었다.

시원한 물과 푸른빛에 둘러싸인 채로 그는 다리를 차고 팔로 물을 밀어내면서 푸른색이 더 탁해지는 더 깊은 곳을 향해 똑바로 내려가기 시작했다. 바다는 마치 하늘을 뒤집어놓은 것 같았다.

섬 아이들이 칼날처럼 그를 스치고 지나갔다. 눈 깜짝할 사이에 그들은 6미터쯤 앞서 있었고, 곧 10미터쯤 멀어졌다.

대체 뭐야? 쟤들은 어떻게 된 거야?

그들은 다리와 발을 사용했고, 몸은 마치 돌고래처럼 물결 모양으로 움직이며 헤엄치고 있었다.

그래서 마일로도 그렇게 했다. 그는 더 빨리, 더 깊이 내려갔고, 사방이 어두워지기 시작했다.

다른 아이들의 모습은 전혀 보이지 않았다. 폐가 타들어가기 시작했지만, 아직은 몸을 돌려 올라가고 싶지 않았다. 레드피시는 멀지 않은 곳에 있을 터였다.

그의 머릿속에서 경고의 목소리가 들려왔다. 아래로 내려가는 건 반드시 위로 올라가게 되어 있고, 그러려면 올라갈 시간이 필요한 법이야.

젠장.

마일로는 몸을 돌려 다시 수면으로 올라가기 시작했다.

넌 아직 많이 배워야 해, 그가 속으로 생각했다. 배우는 데는 시간이 필요한 거야.

제기랄, 한낮과 얼룩덜룩한 태양이 지독히도 멀리 있었다.

하지만 그는 해냈다.

마일로는 찌르는 듯한 엄청난 고통 속에서 물 표면으로 솟구쳤다. 폐에 터지는 듯한 고통이 느껴졌다. 그는 목을 열고 아나콘다처럼 공기를 빨아들이며 역으로 비명을 내질렀다. 그러면서 바닷물도 마셨지만, 신경 쓰지 않았다. 물은 기침을 해서 뱉어버렸다.

수지가 그를 붙잡아 배 안으로 끌어 올렸다.

그는 피를 흘리고 있었다. 마일로는 그것을 느낄 수 있었다. 눈과 귀에서 피가 흘러내렸다.

"넌 정말 한심한 얼간이야, 너도 그거 알지?" 수지가 소리 질렀다. 그녀가 그를 때리는 걸까? 말하기 어려웠다. 몸의 일부에서는 부서져 버린 듯 날카로운 고통이 느껴졌고, 다른 일부는 죽은 것처럼 느껴졌다. "이렇게 두 살 먹은 어린애처럼 구는 게, 네가 최선을 다해 현명하게 구는 거라면, 그게 내 마음을 아프게 하는 말든 이제 상관 않겠어, 이 멍청아, 난……."

"그냥 혼자 있게 해줘." 어린 목소리가 말했다. 아주 어렸다. 데몬럼이었다. "정신부터 차리게 하자고. 그래도 용감했잖아."

"멍청했던 거지." 수지가 내뱉듯이 말했다.

"뭔가 깨달은 게 있을 거야. 어쨌든 잘레가 엄청 화낼 것 같네." 마일로가 몸을 움직여서 일어나 앉을 수 있게 되었을 때는, 나머지 잠수부들이 물고기처럼 물살을 가르고 표면으로 나와서 숨을 몰아쉬었다. 잘레를 포함한 몇몇 아이들의 창에는 레드피시가 꽂혀 있었다. 기다란 붉은 수염과 좁은 지느러미를 가진 어린아이 크기만 한 물고기였다.

꼬마들이 환호하며 그들이 배 위로 올라오는 것을 도왔다.

축하의 차례였다! 가짜 밤이 돌아오고, 목성이 태양을 가렸을 때, 추가로 음식과 물이 배급되었다. 그리고 그들은 노래를 불렀다.

마일로는 칠리 페퍼와 정겹게 껴안고 앉아 있는 잘레 옆에 털썩 주저앉으며 말했다. "다음번에는 제대로 할 수 있을 거야."

그는 정확히 어떻게 그렇게 할 수 있을지는 알지 못했지만, 자신의 말이 진심이라고 느꼈다.

하지만 잘레가 말했다. "안 돼."

"내 말 들어봐." 그가 말했다. "크롤러에 있을 때……."

"크롤러는 잊어." 그녀가 말했다. "칠리가 시간이 나면 제대로 가르쳐줄 테니까 그때까지 기다려. 너와 수지, 둘 다 배울 수 있어, 그리고 다음번에는……."

하지만 마일로는 이미 서 있었다. 이미 돛대 옆에 있는 자신의 자리로 향해가는 중이었다.

빌어먹을, 그가 생각했다. 어쨌든 난 예의를 지키려고 했어. 대체 왜 허락을…….

"마일로." 칠리 페퍼가 그를 따라오며 불렀다. "잘레가 선장이야. 그애 아버지도 배 위에 있을 때는 잘레가 하라는 대로 해."

마일로는 머릿속에서 음악을 연주하며 그의 말을 무시했다.

하루 뒤 프로도가 송사리 떼를 발견했을 때, 마일로는 창을 쥐고 다른 잠수부들을 따라 곧장 바다로 뛰어들었다. 누가 말릴 새도 없었다.

"젠장, 마일로!" 수지와 데몬 럼이 둘 다 소리 질렀다.

하지만 마일로는 머릿속의 목소리와 회의를 벌여왔고, 그들이 다른 생에서 가져온(목소리들은 그렇게 말했다) 도움 되는 기억들을 그에게 들려주었다.

네 뇌가 집이라고 상상해봐. 그 안에 연장 창고가 있는 거야. 그 연장 보관실을 열어서 뇌가 더 잘 가동될 방법을 찾아볼 수 있는 거잖아.

그는 우주에서 완전히 벌거벗고 평화롭게 떠다니던 때를 회상했다.

그는 부처님과 명상하던 일도 떠올렸다(그래, 맞아!). 호흡을 들이마시고 내쉬는 것은 단지 공기를 흡입하는 것 이상이었다. 호흡은 인간의 리듬이 세상의 리듬과 연결되는 것이었다.

심지어는 숨을 참을 때조차도 마찬가지였다.

그는 놀란 눈으로 바라보는 잘레를 빠르게 지나쳐갔다. 그를 에워싼 물이 어두워졌다.

압력과 움직임. 균형.

반짝이는 점들이 어둠 속에서 꿈틀거렸다……. 마일로는 창으로 목표물을 찔렀다. 그것 역시 호흡이었다. 죽음은 몸부림치고, 창은 싸워서 자유를 얻으려 했다.

그는 다시 빛 속으로 빠르게 올라가기 시작했다. 구르는 파도를 헤치고 날 듯이 따뜻한 태양과 빛 속으로 솟구쳐 올랐다.

그리고 혼자 힘으로 다시 배에 올라탔다. 이상하게 아무도 손을 내밀지 않았기 때문이었다. 그 누구도 그가 배에 오르는 것을 돕거나 그의 물고기를 칭찬하지 않았다.

심지어 아무도 그를 바라보지조차 않았다.

"아, 알겠어." 이렇게 말했지만, 그의 목소리는 거의 들리지 않았다. 마침내 상황이 이해가 됐기 때문이었다.

그들에게는 그들만의 방식과 선장과 규칙이 있었고, 그것이 그들을 계속 살아가도록 해주었다. 그는 성공적으로 물로 뛰어들었지만, 잘레의 명령에 반항한 얼간이에 지나지 않았다.

마일로는 그들이 잡은 물고기를 저장하고 섬으로 배를 이끌어 가는 동안 그 누구와도 시선을 마주치지 않았다.

수지가 그의 옆에 와서 앉았다.

"아까는 정말 끝내줬어." 그녀가 말했다. "이전보다 훨씬 잘했어. 아주 영리했어, 너도 알지? 넌 내가 생각했던 것만큼 단순한 애는 아닌 것 같아. 그렇지만 내 생각에는 잘레가 널 괴롭힐 것 같아."

"수지……." 칠리 페퍼가 경고했다.

"못 들은 걸로 해." 그녀가 날카롭게 말했다. "이 애한테 등 돌리는 건, 나한테도 등 돌리는 거야."

마일로는 이맛살을 찌푸렸다. 그는 수지를 사랑했다.


하루가 지나고 섬이 보이기 시작했지만, 아이들은 여전히 마일로에게 말을 걸지 않았다.

좋아. 그와 수지와 엄마와 쌍둥이는 섬의 반대편에 그들만의 마을을 만들 것이다. 그는 레드피시 잡는 법도 알았고, 어쩌면 작물을 재배할 수 있을지도 몰랐다.

"이봐." 수지가 엄지발가락으로 그를 쿡쿡 찌르며 깨웠다. "전에 나 만났던 거 기억나?"

"물론이지." 그가 소곤거렸다. "폭동이 일어난 날이었잖아."

"그때 말고." 그녀가 말했다. "그보다 전에. 언젠가 하면……"

"그전에는 한 번도 만난 적 없어. 중앙 홀이나 휴게층이나 그런 곳에서 우연히 지나치기는 했을 거야. 그렇지만 우린 분명히 수업도 다른 걸 들었고, 시뮬레이션도……"

그녀가 한 손으로 그의 입을 막았다.

"들어봐, 우리가 일전에 머릿속 목소리들에 관해 얘기했었지?"

"그 목소리들이 날 곤경에 빠트렸었어." 그가 중얼거렸다.

"내 생각에 그건 우리가 전에 살았던…… 그러니까…… 전생의 기억 같아."

마일로는 자신이 바다로 뛰어들었을 때 일어났던 일을 생각해봤다. 그가 호흡에 관해 알고 있는 내용은 사실 어디서도 배운 적이 없는 것이었다.

"내 생각에는……" 그녀가 말했다. "이상하게 네가 친근하게 느껴지는 이유가 있는 것 같아." 그때 마일로는 수지가 그의 성기를 손에 쥐고 있다는 사실을 깨달았다.


한 시간 후에, 배가 전반적으로 소란스러워졌고, 곧 알람 소리가 들려왔다.

"제기랄." 뱃머리에 있던 잘레가 짧게 내뱉었다.

마일로는 그녀의 시선을 따라갔고, 배가 집에 도착했음을 깨달았다. 섬이 푸르고 삐죽삐죽한 모습으로 앉아 있었다. 길고 하얀 해변 뒤로 언덕과 잔디밭과 마을이 보였다.

그리고 그 위로, 가장 높은 언덕 위에 카르텔 급수선이 하늘에 떠 있었다.

그것은 마치 변기에 용접된 커피 주전자처럼 보였는데, 크기는 고대의 축구 경기장보다 훨씬 컸고, 증기를 내뿜으며 쉭쉭거렸다.

"저건……." 마일로가 입을 열었다.

"골치 아프게 됐어." 잘레가 배를 해안에 대며, 마일로를 무시하기로 했다는 사실을 잊고 말했다.

그녀가 하이 볼타지와 데몬 럼에게 세 척의 배에서 생선을 모두 내리라고 지시했다. 그러고는 한 마디 말도 없이 숲 속으로 뛰어들어갔다.

그들도 모두 따라갔다. 모두가 무슨 일이 일어나고 있는지 아는 듯했다. 마일로와 수지를 제외한 모두가.

그들은 섬사람들처럼 체력이 뛰어나지 않았지만, 아이들은 조금의 망설임 없이 그들을 내버려두고 떠났다. 수지는 아이들이 남긴 아주 작은 흔적이라도 놓치지 않으려고 애쓰며 길을 따라 나아갔다. 그들은 쓰러진 나무를 뛰어넘고, 엉켜 있는 덩굴을 돌아 마침내 숲 밖으로 나갔다.

언덕 위에 공장이 하나 있었다. 확실히는 모르지만, 어쨌든 그런 것 같았다. 그것은 거인들이 구식 잠수함을 한쪽으로 세워 땅속으로 박아 넣은 것처럼 보였다. 호스가 잔뜩 달리고 기름얼룩이 범벅된, 녹슬고 여기저기 땜질해놓은 엔진이 높이 솟아 덜컹거리며 김을 내뿜고 있었다. 그 너머로 급수선이 어렴풋이 보였다.

"대체 이게……." 수지가 말을 시작했다.

"우물이야." 적어도 십 년 동안 기계 주변에서 아버지의 일을 도운 경력이 있는 마일로가 말했다. "거대한 우물. 아주 커다란 물 펌프가 들어 있는 빌어먹을 우물."

멀지 않은 곳에서 잘레와 분과 섬사람들이 두 명의 무장한 감시요원과 언쟁을 벌이고 있었다. 빨간 헬멧을 쓴 사령관 한 명과 경기관총을 들고 있는 부관 한 명이었다.

마일로와 수지는 그들의 대화를 듣기 위해 뛰어갔다.

"이 기계는 너희들 책임이다." 부관이 스피커를 통해 치직거리며 말했다. "너희 식으로 계속 돌아가게 수리를 하든가, 아니면 우리가 도움을 주겠다."

"이게 당신들이 도움이라고 부르는 건가?" 분이 냉소적으로 말했다. "쉰 살이나 먹은 할머니뻘 되는 사람에게 4킬로그램이나 나가는 무거운 렌치를 손에 들려 물속으로 들여보내는 게?"

"그녀가 너희 정비 책임자야." 사령관이 말했다.

"책임자였지." 분이 말했다.

잘레가 성난 눈물을 얼굴에서 훔쳐내며 돌아섰다.

"5분을 줄 테니, 다시 지원자를 뽑아라." 사령관이 말했다. "아니면 우리가 선택하겠다."

"할 만한 사람이 없다니까!" 분이 분노해서 소리쳤다. "왜 이해를 못 하는 거야? 정비공들은 그렇게 깊이까지 다이빙할 수 없어! 잠수부가 뛰어든다고 해도, 그들은 뭘 찾아야 할지 전혀 모른……."

사령관이 분의 목을 움켜잡고 그를 공중으로 들어 올렸다.

"4분 남았다." 그가 분을 바닥으로 내동댕이치며 치직거렸다.

섬 주민은 숨소리조차도 제대로 내지 못한 채 그 자리에 그대로 서 있었다.

"내가 갈게요." 마일로가 말했다.

수지가 그의 등을 후려쳤다. 아주 세게. "넌 심지어 그게 뭔지도 모르잖아!" 그녀가 식식거렸다.

"지금 누군가 아래로 잠수해 들어가서 뭔가를 수리해야 하는 거잖아." 마일로가 말했다. "난 두 가지 다 할 수 있어."

잘레가 고개를 저었다.

"너는 벌을 받는 중이야." 그녀가 말했다.

모두가 믿을 수 없다는 표정으로 그녀를 바라봤다.

"잘레?" 분이 목을 비비며 몸을 일으켜 세우면서 말했다. "나한테 무슨 일인지 설명해줄 수 있겠니?"


4분 후, 분과 기계팀이 마일로를 녹슨 잠수함(물 펌프) 속으로 이끌고 가서 무엇을 어떻게 해야 하는지 시범을 보여주었다.

그 펌프는 파이프와 호스와 기름이 떡이 된 채 회전하는 장비들이 설치된 동굴 같은 곳으로, 그을린 기름과 연소의 악취가 가득했다.

"이게 우리가 하는 일이야." 정비공들이 설명했다. "섬에 사는 사람 모두, 우리뿐 아니라 다른 섬에 사는 사람도 모두 수자원 카르텔을 위해 이 빌어먹을 펌프를 가동하고 있어. 파고들어가고 수리해야 하는 일이 수도 없이 많고, 그 일을 하다가 다치거나 죽은 사람도 셀 수 없이 많아."

잠수함의 중심에 아나콘다와 비슷한 것이 지하수 웅덩이 속으로 구불구불 내려가 있었다. 그 웅덩이가 우물 자체였다.

"깊이가 300미터야." 정비공이 말했다. "지하수면 속의 독소 아래로 들어가려면 그 깊이까지 내려가야 해."

"이런 젠장." 마일로가 말했다.

"그렇게 멀리까지는 잠수할 수 없어." 수지가 조용히 말했다. "이 애뿐 아니라 아무도 못 해."

정비 책임자(새로운 정비 책임자였다) 빅버드가 고개를 저었다.

"차단 밸브는 120미터 아래에 있어."

"맙소사." 마일로가 말했다. "그런데 착용할 스쿠버 장비도 없다고?"

"드릴 헤드가 제자리에 있는 상태에서는 우물이 너무 좁아서 장비를 착용하고 내려갈 수 없어."

"드릴 헤드를 들어 올리면 안 돼?" 마일로가 물었다.

"밸브가 잠겨 있는 상태에서는 불가능해. 그게 안전장치야."

빅버드가 너무 무거워서 두 손으로 받아 들어야 하는 초승달 모양의 렌치를 마일로에게 건네주었다.

"밸브 물림쇠는 밝은 주황색 너트야. 어둠 속에서는 볼 수 없을 테지만, 밖으로 길게 튀어나와 있으니까, 아래로 내려가는 동안 몸이 부딪치게 될 거야. 그게 아래에 있는 나사 중에 유일하게 이 렌치에 맞는 크기야."

그들은 말없이 서서 서로를 바라봤다.

"오른쪽으로 돌리면 잠기고, 왼쪽으로 돌리면 풀려." 빅버드가 말했다.

"알았어." 마일로가 말했다.

"얘가 준비할 시간을 줘." 수지가 말했다.

정비공들이 뒤로 물러났다. 수지도 그렇게 했다.


마일로는 잠시 그대로 서 있었다.

조금 떨어진 곳에서 보면, 수지와 정비공의 눈에는 그가 명상하는 것처럼 보일 터였다.

난 늘 입이 문제야, 마일로는 생각했다.

사실 구멍과 검은 물과 기름투성이 기계의 모습이 그를 몹시도 겁먹게 했다. 최근에 나쁜 일들이 많이 일어났었다. 그런데 이제 겨우 어딘가로 가서 수지와 섹스하는 게 그가 원하는 전부가 되어버린 그런 순간에 구멍으로 들어가 익사하거나 뭉개져 버리는 것으로 생을 마감하는 것이 거의 기정사실로 되어버린 것 같았다.

"마일로?" 수지가 그의 어깨를 톡톡 치며 불렀다.

젠장. 그녀는 그의 마음을 읽을 수…….

"꼭 하지 않아도 돼. 너도 그거 알잖아, 그렇지?"

"잠시만." 그가 대답했다. "나 지금 산소를 들이마시는 중이야."

수지가 다시 정비공들이 있는 곳으로 돌아가자, 그는 훨씬 집중이 잘 되는 듯했다.

잠시 후, 그는 뛰어들었다.

**풍덩!**

**웩!** 물은 정확히 기계 속에서 헤엄치는 사람이 기대할 만한 상태였다. 탁하고 끈적거렸다. 이젠 너무 늦었어, 그는 눈을 감으며 생각했지만, 이미 눈이 따끔거렸다.

큰 스패너를 움켜잡은 채, 그는 아나콘다 호스 벽에 긁히고 우물의 흙벽에 부딪혀 튕기며 내화 벽돌처럼 아래로 가라앉았다.

물이 그를 쥐어짰다. 압력이 높아지고 있었다.

그는 드넓은 바다에서 느낄 수 있는 균형과 조화를 느껴보려 안간힘을 썼지만, 그런 건 존재하지도 않았다.

그는 뇌 속의 연장 보관실 문을 열어서 빛이 밝게 비치도록 하고 싶었지만, 찾을 수가 없었다.

명상을 하려고도 해봤지만, 그의 마음은 계속해서 수지와의 섹스만을 생각했고…….

그는 뭔가 딱딱하고 둥근 것에 세게 부딪혔다. 그것이 그의 다리를 푹 찔러왔고, 마일로는 소리를 지르거나 숨을 들이마시기 위해 거의 입을 벌릴 뻔했다. 렌치가 손에서 빠져나가 버렸지만, 그는 팔꿈치로 그것을 붙잡았다.

젠장! 멍청하긴. 밸브 너트. 그는 잊고 있었다.

폐에 불이 붙기 시작했지만, 그래도 아직은 약속한 일을 해낼 시간이 있다고 그는 생각했다.

마일로는 렌치를 제자리에 위치시켰다. 깔끔하게 들어맞았다.

왼쪽으로 돌리면 풀리고……. 그가 렌치를 세게 돌렸다.

꼼짝도 안 했다.

좋아, 해보자는 거지, 그는 생각했다.

폐의 통증 강도가 한 단계 더 올라갔다. 이러다가는 돌아갈 호흡이 모자라겠다는 생각이 들었지만, 그는 그 사실을 무시했다.

그는 다시 한 번 렌치를 잡은 손에 힘을 주어 당겼다. 아무 일도 일어나지 않았다.

그 순간 누군가가 그의 얼굴을 어루만졌다.

그는 거의 비명을 지를 뻔했다. 그 탓에 소변을 지렸는데, 그것이 물을 데워서 따뜻한 느낌이 기분 좋았다. 그리고 그 즉시 그는 무슨 일이 일어났는지 깨달았다. 그것은 죽은 정비 책임자의 둥둥 떠다니는 시체였다.

마일로가 할 수 있는 일이라고는 자신이 당황하지 않게끔 설득하는 것이었다. 그는 자신을 진정시켰다. 심지어는(사실 너무 늦기는 했지만) 평화와 균형도 느끼기 시작했다.

그는 또한 최소한 1갤런쯤 되는 아드레날린을 혈관을 통해 뿜어냈다. 그는 자신이 호흡하고 있다는 사실을 아는 것과 같은 방식으로 그 사실을 알았다.

마일로는 온몸에 힘을 주고 다시 한 번 렌치를 돌렸고, 이번에는 너트가 느슨하게 풀리면서 돌아갔다.

그리고 또 돌아갔다. 마침내 마일로는 뭔가가 제자리에 철컥하고 들어가는 소리를 들었다.

올라가! 어서! 그는 자신의 몸에서 의식이 빠져나가는 것을 느꼈음에도 물 표면을 향해 올라가기 시작했다. 곧 그의 몸은 그가 원하든 원치 않든 간에 산소를 들이마시기 위해…….

시체의 손이 다시 그를 만졌다. 하지만 이번에는 그것이 그의 손목을 움켜잡았다.

걷잡을 수 없는 공포가 밀려왔다! 그는 똥을 조금 쌌다…….

하지만 그것은 죽은 정비사가 아니었다. 손은 산 사람의 것이었고, 그게 그를 잡아끌며 그와 함께 발을 차고 그를 위로 끌고 올라갔다…….

(뭐지? 누구지?)

빛이다. 아아아아아아아아아주 긴 터널의 끝에 빛이…….

물이 첨벙거린다!

기름지고 가스 찬 공기!

그는 우물 가장자리를 움켜잡으며 그것을 빨아들였다. 맛있다!

죽을 듯이 힘이 들었다. 정신을 잃고 다시 가라앉을 것 같았다.

그의 목에 팔 하나가 둘러왔다. 두 개의 다리가 그의 다리에 엉켜오더니 그를 단단히 잡았다.

"수지?"

"입 다물고 그냥 기절해." 그녀가 말했고, 그는 시키는 대로 했다.


우물이 기반암에서 물을 뽑아 올려 카르텔의 급수 탱크에 채워넣었다. 감시 요원들이 다시 급수선에 승선했고, 급수선은 스카이후크에 매달려 우주로 올라갔다.

마일로와 수지는 병원 오두막에 누워서 자고 있었다.

때때로 사람들이 그들에게 마실 것과 생선 같은 것을 가져다주었다.

한번은 마일로가 잠에서 깨어보니 엄마가 벌거벗은 채로 곁에 앉아서 그에게 수프 같은 것을 떠먹여주려 하고 있었다(아, 어색해……).

쌍둥이들도 잠시 머물다 갔다. 그들은 마일로에게 지루한 표정을 지어 보이며, "퐁!"이라고 말하고는 어디론가 황급히 도망쳐버렸다.

"섬사람들이 내가 학교에서 가르치게 해주었어." 엄마가 말했다. 그게 엄마의 방문으로 그가 기억하는 전부였다.

다음에 깨어냈을 때는, 수지가 수프를 먹여주었다.

"우물 속에서 죽은 정비 책임자도 마침내 수면으로 떠올랐어." 그녀가 말했다. "오늘 밤에 그녀의 장례식이 있을 거야. 이 섬에는 불이 붙으면 미친 듯이 타는 독성 있는 나무가 있나 봐. 그래서 장례식이 열린다는 건 모닥불을 피운다는 의미이기도 하대. 하지만 모닥불에 너무 가까이 가거나 그 연기를 들이마시면 안 되고, 장례식이 끝난 다음에도 비가 흠뻑 내려서 쓸어가 버리기 전에 그 재를 만지거나 불 피운 구덩이 가까이에 가도 안 된다고 해."

"대체 넌 우물 속에서 뭘 하고 있었던 거야?" 그가 물었다.

"그럼 내가 뭘 어떻게 하길 바랐어? 머릿속에서 목소리가 들리는 사람이 네가 유일하다고 생각하는 거야? 넌 내가 했던 말을 듣지도 않았구나. 그건 전생의 목소리라고 내가 말했었잖아. 우린 서로 알고 있었어. 그리고 내 생각에 난 전생에 여왕이나 뭐 그런 거였던 것 같아."

"그 점에 관해서라면 난 조금도 의심하지 않아." 마일로가 수프 그릇을 옆으로 치워두며 말했다.

"어머." 그녀가 말했다. 그의 반응이 마음에 드는 모양이었다. 그녀는 그가 키스하는 것을 허락했다.

그뿐만 아니라 그가 온갖 것을 하도록 내버려두었다.


그들은 장례식 시간에 맞춰 병원 움막을 나섰다. 장례식은 간소했다.

분과 다섯 명의 다른 섬사람들이 시체를 모래 무덤 속에 내려놓았다.

"미드나잇 라이더." 분이 손으로 깎아 만든 삽으로 모래를 덮으며 망자의 이름을 불렀다.

그게 그 여자가 자신을 위해 선택한 이름이었고, 그것이 사람들에게 그녀가 누구인지에 관해 알려주었다.

"미드나잇 라이더." 사람들이 반복했다. 그리고 쌓아놓은 장작에 불을 붙인 후, 뒤로 물러나서 연기가 미치지 않는 곳으로 가서 선채 아름다운 불꽃 색깔에 환호했다.

그러고 나서 그들은 하던 일로 돌아갔고, 마일로가 기억하는 한 아무도 그녀에 관해 다시는 언급하지 않았다.

장례식이 끝나고 나서 엄마는 마일로의 팔꿈치를 잡고 휘파람으로 쌍둥이를 불러 모았다. 그리고 네 사람은 함께 해변으로 가서 무릎 깊이까지 빠지는 곳에 조심스럽게 서 있었다.

그리고 그들은 아빠에 관해 이야기했다. 단지 그에 관해서만 얘기했다. 그리고 울었다.

엄마는 이제 더는 아버지에 관해 이야기해서는 안 된다는 등의 말을 하지 않았다. 아버지는 섬 주민이었던 적이 없었다. 그러나 마일로가 알기로는 그들도 마찬가지였다. 아버지는 다른 세계의 일부였고, 희미해지는 꿈에 나왔던 얼굴이었다.


다음 날 밤에 장례식이 또 있었다.

만조 동안에 수백 명의 사람들이 주위에 있는 가운데, 세 자매가 손을 잡고 바로 바다로 걸어 들어가 아무런 저항 없이 괴물 같은 저류에 휩쓸려갔다.

"아무도 그들을 말리려 하지 않았어?" 마일로가 칠리 페퍼에게 물었다.

칠리 페퍼가 고개를 저었다. "어떤 사람은 이렇게 살지 않기로 선택하기도 해." 그가 말했다. "그건 마치 도전과도 같은 거야, 무슨 말인지 알지?"

그날 밤 장례식에는 가벼운 비가 내려서, 불꽃의 색이 전처럼 화려하지 않았다.

매장할 시체가 없었기에 분이 바람에 모래를 끼얹었다.

"베티." 그가 읊조렸다. "런치 레이디. 더 프리스티스 오브 무."

"모래를 뿌리는 건 무슨 의미인가요?" 나중에 마일로가 분에게 물었다.

분도 몰랐다. "그냥 그렇게 하는 게 옳은 것 같아서." 그가 대답했다.

그들은 섬 주민이 되었다.

그들이 가장 먼저 알게 된 사실 중 하나는 섬 주민이 자신들을 '로큰롤 명예의 전당Rock 'N' Roll Hall of Fame'이라고 부른다는 것이었다 (부티 도그는 《나는 MTV를 원해》라는 제목의 20세기 팝 문화 관련 책을 한 권 가지고 있었다. 섬사람 대부분이 그 책을 보고 자기들 이름을 지었다).

다른 섬들도 나름의 분위기와 스타일에 따라 이름을 지어 불렀다. 섹시 지니어스Sexy Geniuses나 북쪽의 후카 팬서Hookah Panthers처럼 거창하고 기분 좋은 이름들이 인기가 있었다. 호프 아일랜드Hope Island, 아일 오브 라이프Isle of Life 게이트웨이 에톨Gateway Atoll 같은 진지한 이름도 있었다.

"상황은 계속 변하는 거야." 분이 마일로에게 말했다. "그래서 이름도 바뀌는 거지. 작년에는 우리 이름이 트와일라잇 존Twilight Zone이었어."

그들은 때때로 다른 섬들과 교역했다. 로큰롤 명예의 전당에서는 밧줄을 꼬기에 적당한 풀을 재배했다. 아일 오브 라이프에서는 일주일 동안 네 명의 사람을 먹일 수 있는 사과를 재배했다. 그래서 그들은 사과와 풀을 교환했다.

"작년에는 레드 리타라는 이름의 여자아이를 스포크라는 이름의 어선 건조 기술자와 교역했지." 분이 마일로에게 말했다.

"교역을 해요?" 마일로의 눈이 어두워졌다.

"둘이 결혼했다는 의미야." 분이 설명했다. "진정해."

로큰롤 명예의 전당은 마일로의 가족이 집 짓는 것을 도와주었다. 하나는 엄마와 쌍둥이를 위해, 다른 하나는 마일로와 수지를 위해. 마일로와 수지의 오두막은 대부분 거대한 잎으로 만들어졌지만, 카르텔의 쓰레기에서 회수한 금속판 몇 개도 사용했다.

엄마의 오두막집 한쪽 벽은 〈타임 로브스터〉라는 TV 소극 시청을 광고하는 빛바랜 광고 일부가 실린 알루미늄 조각이었다.

엄마는 마일로가 생각했던 것보다 섬에 무리 없이 잘 적응했다. 그녀는 작은 대나무 학교에서 아이들을 가르쳤고, 더 나은 생활 방식을 고안해내는 두뇌 집단인 신사고 위원회의 위원 자격도 얻었다. 공학 쪽 일을 하거나 진짜 교육을 받은 사람만이 신사고 위원회에 들어갈 수 있었다. 예전에 카르텔 실험실 책임자였던 레이먼드 카버라는 남자가 지금까지 가장 오랫동안 이 위원회의 회장직을 맡고 있었다.

다른 위원회도 여럿 있었고, 위원들도 계속해서 바뀌었다.

식품 안전 위원회는 먹어도 해가 되지 않는, 독성이 없는 과일과 채소를 확인하고 수집하는 일을 했다. 수지는 특정한 과일을 말리고 저장하는 방법을 알려주어 이 위원회를 사로잡았다. 수지 덕에 그들의 비축 식량은 계속 늘어갔다.

교육 위원회와 공정 위원회도 있었다.

쓰나미 위원회의 구성원들은 바다 보는 법을 배웠고, 늘 경계 태세를 갖추고 높은 절벽에 올라가서 거대한 북을 들고 파도를 지켜봤다. 이 위원회는 재건 위원회의 분과 위원회였다.

마일로와 수지는 둘 다 어업 위원회의 회원이 되었다. 어업 위원회에 들어가려면 그들처럼 젊고 건강해야 했다.

물론 지금 현재로는 그랬다.

섬에서 건강이란 절대 당연시해서는 안 되는 것이었다.

마일로는 많은 사람들이 팔이나 눈이 없다는 사실을 알아차렸다. 가끔 사람들 몸이 이상하게 붓기 시작하다가 빠르게 부기가 빠지곤 했는데, 그때마다 여지없이 뼈가 기형적으로 변하곤 했다. 섬 주민 중에 그런 흔적이 없는 사람은 거의 없었다. 아주 어린 아이들 중 몇몇은 피부에 이상한 주름과 흉터가 있었다. 데몬 럼은 발에 구멍이 나 있었는데, 거기에 풀을 꼬아서 만든 고리를 달고 다녔다. 버그라는 이름의 소녀는 목에 여분의 정맥처럼 보이는 게 있었는데, 그애의 목소리는 마치 모래를 들이마신 것처럼 거칠었다. 정말 많은 사람들이 시력이 나쁘거나, 눈동자가 돌아다니거나, 한쪽 눈에 푸른 막이 덮여 있었다. 또 몇몇은 아예 앞을 볼 수 없었다. 갓난아기는 눈을 씻고 찾아봐도 없었다. 아무도 그 얘기는 하지 않았다.

마일로와 수지는 물 펌프 위원회에도 임명되었다.

**섬사람** 모두가 거대한 펌프 가동하는 일을 했다. 그러나 물 펌프 위원회의 위원들은 작업이 실제로 어떻게 진행되는지 파악하고 계속 작업해 나가게끔 해야 할 책임이 있었다. 만약 카르텔이 물을 가지러 와서 원하는 것을 얻지 못하면, 그들이 첫 번째로 고통을 겪게 될 사람들이었다.

"우린 음식을 모으는 데 필요한 시간과 노동을 저 빌어먹을 카르텔을 위해 이 공룡을 운영하는 데 다 쏟아붓고 있어." 일주일 후에 마일로가 말했다.

"두말해서 뭐해." 잘레가 말했다.

"지금보다 두세 배쯤 선원을 더 내보낼 수 있다면, 우린 지금보다 훨씬 건강할 거라고."

"두말해서 뭐하냐고." 잘레가 다시 말했다.

"다들 섬에 갇혀서 여기서 나는 과일만 먹는데, 여기 과일은 다 오염돼 있잖아."

"그게 너도 중독시키고 있어. 잠수부 양반." 그녀가 그의 팔꿈치 근처에 부어오르는 부분을 지적하며 말했다.

그의 첫 번째 암이었다. 사랑스럽군.

그들은 쓰레기 더미에서 찾아낸 강철 조각을 뜨겁게 달궈서 그것을 태워버렸다.


섬에 살기 시작하고 처음 몇 주 동안, 마일로와 그의 가족은 다섯 번의 장례식에 참석했다. 그들은 너무 많은 사람들이 죽는다고 생각했다. 그러고 나서 폭풍이 왔다.

그걸 가장 먼저 알아챈 건 아이들과 몇몇 젊은 어부들이었다.

그들은 죽은 생선 한 마리를 발견해서 막대기로 찌르고 있었다. 그때 '무'라는 이름의 가장 어린 세 살짜리 소녀가 허리를 펴고 일어나 막대기로 수평선 쪽을 가리키며 말했다. "폭풍우."

다른 아이들도 즉시 돌아봤고, 그대로 얼어붙었다. 누군가 '폭풍우'라고 말하는 것은 쓰나미 북소리보다는 좀 덜 긴박하게 느껴지기 때문이었다.

그들은 일제히 한 곳을 가리키며 동시에 "폭풍이다"라고 반복해서 날카롭게 소리 질렀다.

섬사람 대부분이 해변으로 달려 나왔다.

수지와 마일로는 가니메데에 있을 때도 스크린과 창문을 통해 폭풍을 본 적이 있었다. 하지만 그 폭풍은 변덕스럽고 정적이었다. 약간의 바람과 먼지를 동반한, 아기가 젖을 달라고 우는 정도에 비교될 만한 것이었다. 지구 폭풍의 비디오를 본 적도 있었고, 사이클론급의 폭풍이 목성에 불기도 했다. 하지만 그날 오후에 지평선 너머로 스며든 것은 단지 바람과 어둠만은 아니었다. 그것은 굉장히 심각하고 부자연스럽고 부적절해 보였다.

"꼭 사람의 위 같아." 마일로가 말했다.

그것은 풍선처럼 부드럽고 분홍색이었으며 해파리처럼 떨면서 끔찍하게 바다를 가로질러 왔다. 여기저기서, 그것의 일부가 창자처럼 토해져서 쏟아져 내렸다. 분홍색이 점차 썩어 가는 녹색과 청색으로 조각조각 변해갔다.

악취 나는 바람이 파도를 납작하게 내리눌렀다가 불시에 끌어올렸다. 바람은 마치 불에 타는 플라스틱이나 썩어가는 사람의 발 같았다. 무리 지어 서 있던 섬 주민들이 허리를 구부려 모래 위에 구역질을 하기 시작했다.

그러고 나서 그들은 날아가는 파리 떼처럼 정글로 달려갔다. 젊은 사람들이 먼저 숲에 도달했고, 몸이 성한 장년층이 그 뒤를 따랐으며, 아이나 소지품을 들고 있는 사람들이 그 뒤로, 노인과 병자가 마지막으로 따라갔다.

정확히 무슨 일이 일어나려는 걸까? 마일로는 궁금했다.

그들은 화산 본거지와 가까운 곳에 있는 거대한 바위 밑으로 뛰어들었다. 지구 밖으로 뻗어 나가려는 가라테 손동작처럼 거대한 손 모양으로 생긴 바위 선반이 얹힌 곳이었다.

바위 밑은 처음에는 꽤 널찍한 듯 보였지만, 노인과 아프거나 장애가 있는 섬사람들이 차차 도착하면서 먼저 도착한 사람들은 발을 질질 끌며 점점 더 안쪽으로 가깝게 붙어 들어갔고, 나중에는 마치 병 속에 들어 있는 합성 올리브처럼 바위 밑에 옹송그리며 모여 있었다. 마일로는 수지 뒤에서 양팔로 그녀를 꼭 껴안았다.

천둥이 요란하게 울렸고, 악취 나는 바람이 그들이 있는 곳까지 찾아왔다. 마일로는 입으로 숨을 쉬었다.

그때 그는 자신의 팔에 손이 얹혀 있는 것을 깨달았지만, 수지의 손은 아니었다. 더 작은 손들이 그의 손가락을 찾아 파고들어와서는 꼭 잡았다.

쌍둥이였다. 세렌은 왼쪽에서 그를 올려다보며 미소 지었고, 카를로는 오른쪽에서 수지의 손을 잡고 있었다. 둘 다 미소 지었지만, 눈에는 걱정과 의심이 서려 있었다.

"이게 뭐야?" 세렌이 물었다.

"폭풍이야." 마일로가 대답했다. "지독한 폭풍."

"우리는 괜찮을 거야." 수지가 카를로를 업어주며 말했다.

마일로는 주위를 둘러봤다. "엄마는 어디 있어?" 그가 물었다.

"난 여기 계신 줄 알았는데." 수지가 말했다. "여기 안 계셔?"

마일로는 한 바퀴 빙 돌아봤다.

"엄마!" 그가 불렀지만, 바람이 거세지고 있었고, 다른 목소리들도 누군가를 찾고 있었다.

"우리한테서 떨어지지 마." 그가 쌍둥이를 꼭 안으며 말했다. "엄마는 나중에 찾으면 되니까."

그 순간 갑자기 바람이 녹색으로 바뀌었다.

**번쩍!** 번개가 쳤다.

**우르르 쾅!** 곧장 천둥이 뒤따랐다.

그리고 나서 세상이 산산조각 났다.


이런 게 바로 허리케인이라는 걸까? 마일로는 궁금했다. 바람은 마치 증기 압축기처럼 그들을 내리누르고, 날아다니는 나뭇잎과 나뭇가지로 채찍질해댔다. 또한 이상한 녹색 공기로 물을 들어 올려 그들을 향해 쏘아댔다.

마일로는 피부에 묻은 물의 감촉이 마음에 들지 않았다. 물이 기어 다니는 건가? 몸속으로 파고들려고 구멍을 찾고 있는 걸까? 딱 그런 느낌이었다. 그의 옆에 있는 세렌도 얼굴에서 물을 닦아내고 손에서 물을 튕겨내느라 계속 꿈틀거렸다.

"물이 미끄러워." 아이가 불평했다.

"나도 알아." 마일로가 말했다.

세렌이 마일로와 수지 사이로 파고들더니 카를로의 발목을 잡았다.

"부드 부 자." 세렌이 말하자 카를로가 대답했다. "파르카."

"파르카." 마일로도 말했다.

"젠장, 누가 아니래." 수지가 대답했다.


비를 맞은 곳에 물집이 잡혔다. 바위 선반 아래에 모인 사람들의 몸에 작은 물집이 솟아올랐다.

폭풍은 마치 사람들 위를 맴돌면서 그들을 모두 소화해버리기로 작정한 듯이 몇 시간이고 계속되었다. 그들은 소곤거리며 이야기를 들려주고 대화를 나누면서 시간을 보냈다. 번갈아가며 새우잠을 자면서 서로를 지켜주었다. 한동안 그들은 〈마가리타빌〉이라는 고대의 영적인 노래를 불렀다.

녹색 공기가 분홍색으로 변했다.

마일로는 바위 돌출부에서 멀리 떨어져 있는 나무들을 알아볼 수 있었다. 나무 둥치와 잎에 혈관 같은 모양이 드러나 있었다. 혈관인지 상처인지 모르겠지만, 어쨌든 비가 닿았던 곳이 그렇게 변한 것일까?

나뭇잎이 떨어졌다. 야자 열매도 떨어졌다. 나무가 뿌리째 뽑히며 쓰러졌다. 그는 가까이서 그 소리를 들을 수 있었다.

**번쩍.**

**우르르 쿵!**

번개가 쉴 새 없이 내리꽂히기 시작했는데, 재미있는 사실은 그것이 사람들을 진정시켰다는 점이었다. 마일로와 수지는 바닥에 자리를 잡고 쌍둥이를 사이에 두고 누워서 잠을 청했지만, 이상한 꿈을 계속 꾸며 잠을 이루지 못했다.

모든 게 끝났을 때도 나이 든 사람들은 밖으로 나가기를 망설였다.

폭풍이 지나갔다. 그들은 그것이 멀리서 여전히 우르르 하는 소리를 들을 수 있었다. 폭풍이 지나간 자리에는 단조로움과 정적과 배설물 냄새 같은 악취만이 남았다.

"먼저 몸을 말려요." 마흔 살의 미망인이자 로큰롤 명예의 전당에서 가장 기술 좋은 도구 제작자인 밥스 베이비론이 말했다.

"집어치워." 폭풍이 부는 내내 계속 서 있었던 분이 말했다. 그가 커다란 물웅덩이를 통과해서 축축한 밖으로 걸어 나갔다. 그 웅덩이는 휘발유의 색깔처럼 보기 흉한 무지갯빛을 띠고 있었다.

섬사람 대부분이 그 뒤를 따랐다.

"쌍둥이 좀 데리고 있어." 마일로가 수지에게 말했다. "그래 줄래?"

그녀가 고개를 끄덕였다. 그가 엄마를 찾으러 가려 한다는 사실은 말하지 않아도 알 수 있었다.

처음에 마일로는 분을 따라잡았다. 그는 양치식물들 사이에 멈춰 서서 구토한 후 숨을 고르고 있었다.

"여기 말고 사람들이 또 있을 만한 곳이 어딘가요?" 마일로가 물었다. "폭풍 위원회가 또 다른 장소를……."

분이 고개를 저었다.

"여기가 유일한 장소야." 그가 말했다. "네 어머니는 어쩌면 오두막에 그냥 머물러 있었을 거야."

그가 다시 구역질하기 시작했다. 그러고 나서 말했다. "나 좀 귀찮게 하지 말아주겠니, 마일로? 이제 그만 가보거라."

마일로는 아무런 계획이 없었다.

만약 엄마가 해변에 있었다면, 수지와 쌍둥이가 지금쯤은 그녀를 발견했을 터였다. 그러나 마일로는 그들이 엄마를 발견하지 못했으리라는 오래되고, 확실하고, 설명할 수 없는 어떤 느낌을 받았다.

그가 처음에 미스 누드 마스라는 이름의 십 대 소녀의 몸에 발이 걸려서, 말 그대로 정말 발이 걸려서 비틀거렸을 때, 그는 소녀가 덤불 속에서 자는 돼지라고 생각했다. 정말 이상하네, 그는 생각했다. 유로파에서 번식한 동물 중에는 돼지가 없었기 때문이었다. 하지만 그 동물은 분홍색에 둥글둥글하고 흙 속을 쿵쿵거리고 있었다.

"맙소사." 돼지의 모습을 다시 보고 상황을 이해한 후 마일로가 내뱉었다.

미스 누드 마스의 몸 왼쪽에는 말 그대로 머리 꼭대기에서 발뒤꿈치까지 거대한 종양이 부풀어 올라 있었다. 그리고 숨을 쉴 때마다 그것이 위아래로 움직였다. 마일로는 그것이 촉수와 같은 푸른색 혈관으로 피부 밑에서 소녀를 잡아당기는 것을 볼 수 있었다.

소녀가 두려움이 가득한 오른쪽 눈을 굴려 그를 올려다보았다. 왼쪽 눈은 거의 뭉개져서 노란색 진물이 흘러내렸다.

"도와아아아아아아……." 그녀가 그르렁거리는 소리로 말했다. 그리고 오른팔을 뻗어 그를 만지려 했다.

마일로는 뛰었다.

5분 후, 마일로는 엄마를 찾았다.

엄마는 괜찮아 보였다. 적어도 처음에는 그랬다. 그냥 나무에 기대 쉬고 있는 듯했다.

"엄마?" 그가 불렀다. 그리고 쓰러진 나무와 변색한 나뭇잎에 발이 걸리면서 서둘러 뛰어갔다.

"안 돼! 마일로, 오지 마……." 엄마가 소리 지르는 것이 들렸다.

일단 엄마는 말할 수 있는 게 확실했다. 그렇다면 엄마는 괜찮을 것이다. 미스 누드 마스를 그런 모습으로 만들어놓은 게 무엇이든, 그게 엄마에게는 치명적인 해를 입히지 않은 게 분명했다. 하지만 도대체 뭐가 엄마를 붙잡아두고 있는 것일까? 대체 왜……. 바로 그때 마일로는 보았다.

엄마가 임신했다. 정말로 그런 게 아니라는 사실만 달랐다. 그가 지켜보는 동안 그녀의 배 속에서 뭔가가 크고 동그랗게 자라면서 배를 점점 더 부풀리고 있었다. 엄마를 늘려놓고 있었다. 가슴 깊은 곳에서 올라오는 낮은 신음을 내뱉으며 거기 서 있는 동안, 마일로는 엄마의 배꼽 옆으로 마치 지퍼처럼 피부가 열리는 모습을 보았다.

엄마가 손을 들어 올려 얼굴을 가렸다. 아들을 보지 않으려고, 그의 눈앞에서 사라져버리려고.

엄마가 이를 갈며 숨 막힐 듯이 울부짖었다. 마일로 내면의 뭔가 오래되고 확실한 무언가가 그를 뒷걸음질 쳐서 다시 달아나게 만들었다.

이제 마일로는 마을로 달아났다.

그는 여전히 서 있는, 흠뻑 젖어 축 처진 오두막이나 모래 위에 누워 죽거나 죽어가는 몇몇 기형적인 섬 주민들 쪽으로는 거의 눈길 한 번 주지 않았다. 그가 본 사람 하나는 나무에서 떨어진 너무 익어버린 과일처럼 터져 있었다. 그는 마을의 연장 중에서 손으로 만든 마체테 하나를 집어 다시 언덕 위 정글로 올라갔다.


이제 마일로는 맘먹은 일을 하기 위해 자신의 내면에서 아주 멀리 벗어나 있어야 했다.

다시 엄마가 있는 곳에 도착해보니, 그녀는 숨을 쉰다기보다는 거의 구역질을 하고 있었다. 엄마의 비명은 목까지 솟아오른 종양 때문에 밖으로 울려 나오지 못했지만, 마일로가 도착했을 때는 헐떡이는 중에도 울면서 아들을 바라봤다.

가능한 한 빠르게, 온 힘을 다하여, 그는 마체테로 엄마의 목을 베었다. 그러고는 거의 제정신이 아닌 사람처럼 냉정하게 엄마의 몸에서 뿜어져 나오는 수도 없이 많은 유독성 액체가 자신의 몸에 닿지 않게 하려고 재빨리 뒷걸음질 쳤다.

왜지? 무슨 일이 있었던 걸까? 엄마가 제때 움직이지 못했던 걸까? 대피소로 가야 하는 줄 몰랐던 걸까? 대피 장소가 어디인지 몰랐던 걸까?

그는 절대로 알 수 없을 터였다. 마일로는 그에 관해서는 생각지 않으려 했다. 이미 그의 마음은 오후에 일어난 모든 일에 얼음을 채워 어딘가 멀리 숨겨두고 있었다.

그는 다시 왔던 길을 되돌아가 누드 마스 양을 찾아냈지만, 그녀는 이미 등 쪽이 갈라져서 활짝 열려 있었고, 찢어진 살 속에서는 독버섯이 자라고 있었다. 그 독버섯에는 작은 손가락 같은 것들이 달려 있었는데, 그것들이 마일로를 향해 손을 흔들었다.

일주일, 혹은 그 이상의 기간이 지나가는 동안, 로큰롤 명예의 전당 사람들은 가만히 둘러앉아 많은 말을 하지 않았다. 가만히 앉아 바다와 하늘만 바라봤다. 드라큘라라는 이름의 전직 기업 전용기 조종사였던 비교적 젊은 남자들 중 한 명은 파도 속으로 걸어 들어가 사라졌다. 그 당시 40명의 사람이 함께 있었지만, 아무도 그를 막지 않았다.

마일로는 수지와 쌍둥이들에게 돌아갔다. 빗물 탓에 몸에 생겨난 물집을 긁어내고 바닷물로 몸을 깨끗하게(과연 바닷물은 깨끗할까? 깨끗한 게 있기는 할까?) 씻겨줄 작정이었지만, 수지가 이미 그렇게 하고 있었다. 모두가 그렇게 하고 있었다.

그들은 멈출 줄 모르고 반복해서 발목까지 물이 차는 바다에 들어가 모래와 해초류로 자신들의 몸을 문질러댔다. 몇 명은 피가 날 때까지 문질러댔고, 다른 사람들은 그들이 그렇게 하는 것을 지켜보며 그대로 내버려두었다. 그러다가 마침내 잘레가 다리를 절뚝거리며 크래클링 로지에게 다가갔다. 로지는 계속해서 몸을 문지르며 피를 흘려대고 있었고, 손톱도 세 개나 떨어져 나간 참이었다. "안 돼, 로지. 그만해. 그만하라고." 이렇게 말하며 잘레가 그녀를 껴안더니 계속해서 꼼짝 못 하게 붙잡고 있었다. 그것이 다른 사람들도 정신을 차리게 만든 것 같았다. 그리고 그것이 재건 위원회를 움직여 일하게끔 하고, 엉클 샘이 언덕 위로 뛰어 올라가 쓰나미 북을 확인하게 하고, 그들 모두가 모이고 말하고 서로를 만지게(물론 처음에는 다들 움찔하기는 했지만) 한 것 같았다.

"내가 엄마를 묻어드렸어." 그게 마일로가 수지와 쌍둥이에게 해 줄 수 있는 말 전부였고, 수지와 쌍둥이는 다른 사람들처럼 울고 슬퍼하고 분노했다.

하지만 그가 한 말은 사실이 아니었다. 매장은 필요하지 않았다. 폭풍으로 인한 죽음은 죽음이 스스로를 처리한다는 게 마일로의 생각이었다.

세렌과 카를로는 마일로와 수지와 함께 살게 되었지만, 그들은 쌍둥이를 거의 만날 수도 없었다. 쌍둥이들은 마치 폭풍처럼 그들이 원할 때 들어오고 나갔다. 차이점이라면 그들은 독성이 없고, 이해하기 불가하다는 점이었다.

일주일쯤 지나 누가 죽었는지 확실히 파악됐을 때, 장례식이 열렸다.

윌리엄 호프 스텔라, 마니 데준, 팻 더 버니, 그리고 주네버그. 코데로, 나폴레옹, 웨이트 포 미 제인, 칼리스토 더 스트라이, 웨이비 그레비. 하지만 어떤 사람들은 웨이비 그레비가 정말 죽은 게 아니라고 주장했다. 실제로 그는 종양 고치 속으로 사라졌다가 다시 나타났을 때 다른 사람이 되어 있었다. 그래서 사람들은 그의 장례식을 치르기 위해 투표를 했고, 웨이비 그레이는 웨이비 그레이2라는 이름으로 장례식에 참석했다.

닥터 푸크, 벨마 피터스, 할라페뇨, 켈로그, 더블 딥, 조디 페투니아, 분, 이반 루, 라스트 모히칸, 밀크 머니, 그리고 조엘리 텍사스 라디오도 장례를 치렀다.

'조엘리 텍사스 라디오'는 마일로의 엄마였다. 마일로는 거의 잊고 있었다.


시간이 지나갔다.

한두 달쯤 지났을까, 섬 주민들 모두가 해변에 누워 목성의 제1위성 이오와 수십 개의 작은 내부 위성이 목성을 통과하는 모습을 보고 있었다.

거대한 행성의 상단에 있는 달들 사이에 뭔가가 반짝거렸다. 반딧불이나 불이 붙어 흩날리는 재 같았다.

"예쁘다." 마일로가 말했다.

"그렇기도 하고 아니기도 하지." 칠리 페퍼가 몇 미터 떨어진 곳에서 말했다. "카르텔의 우주선들이 오고 있는 거야."


아침이 되자 예상했던 대로 전체 카르텔 함대가 대기를 통과해서 아래로 내려왔다.

작은 슬레드 한 대가 추진 엔진을 우르르거리며 머리 위를 날다가 해변에 착륙했다. 로큰롤 명예의 전당 주민들은 하던 일을 멈추고 마치 벌거벗은 군인들처럼 두 줄로 정렬해 섰다.

마일로는 펌프 쪽을 향해가고 있었고, 거의 숲에 다다른 참이었다. 분의 역할을 대신하는 듯 보이는 레이먼드 카버가 그에게 소리 쳤다.

"마일로! 어서 이리로 와서 줄을 서!"

마일로는 뭔가 무례한 말을 하기 위해 입을 열었다.

"그냥 하라는 대로 해!" 카버가 자신도 주민들이 서 있는 곳으로 달려가며 고함을 질렀다. "설명은 나중에 해줄게!"

마일로도 줄을 섰다. 이미 펌프에서 일하는 사람을 제외한 모두 가 그렇게 했다.

마일로가 카버 옆자리로 가서 섰을 때, 슬레드가 열리더니 세 명 의 감시 요원이 걸어 나왔다.

"이게 저들이 원하는 거야." 카버가 속삭였다. "줄을 안 서면 총 에 맞거나 슬개골이 날아가거나, 장님이 되거나……."

"조용히 해." 사령관이 소리 질렀다.

"우린 과일이 필요하다." 그의 부관 중 하나가 말했다. "근무 중 이 아닌 인원은 모두 가서 저장해놓은 걸 챙겨서 반 톤 이상을 모 아오도록."

명예의 전당 주민들이 대열을 이탈해서 나무를 향해 걸어갔다.

"0.5톤이라고?" 마일로가 말했다.

카버는 그의 말을 못 들은 척하며 걸어갔다.

"무슨 문제 있나?" 부관이 총을 조준하며 소리 질렀다.

마일로는 대답하지 않았다. 그는 걸어가 버렸다. 천천히. 제발 무시하는 듯 보이기를 바라면서.

하지만 나무에 도착했을 때, 그도 역시 다른 사람들과 함께 과일을 모았다.

"이걸 다 줘버리면, 다음 달이나 그다음 달에 우리는 뭘 먹을지 누가 생각해둔 사람 있어요?" 그가 말했다.

아무도 그의 말에 대꾸하지 않았다.


나중에 해변에 과일을 쌓아놓는 동안, 마일로는 카르텔의 함대도 계속 분주했다는 사실을 알아차렸다.

그들은 단지 과일이 필요해서 온 것이 아니었다. 뭔가 큰일이 일어나고 있었다.

거대한 우주선들이 몰려와 수 킬로미터 떨어진 곳에서 크게 반원을 형성하며 파도 위에 내려앉아 있었다.

"또 실험하려는 거군." 카버가 말했다.

"뭘 실험해요?" 수지가 말했다.

"무기. 그들이 내 실험실을 빼앗기 전에 그에 관해 소문을 들었어."

"원자폭탄이요?" 마일로가 물었다.

"더 나쁜 거." 카버가 말했다. "그건 바늘이 자기 바늘귀를 통과해가는 것처럼 우주가 그 자신을 통과해가도록 끌어당길 거야. 저들은 그걸 '인사이드 아웃 폭탄'이라고 불러. 겉과 속을 뒤집어놓는 거지."

슬레드 옆에 서 있던 감시 요원들이 그들의 대화를 알아차렸다.

"일해!" 그들이 동시에 소리 질렀다. 그리고 한 명이 그들 쪽으로 걸어오기 시작했다.

명예의 전당 주민들은 허리를 구부리고 모아놓은 과일을 정리했다.

"그럼, 그 영향이 미치는 지역에 있는 건 그저 사라져버리는 거네요?" 수지가 말했다.

"광산업에 이용하면 아주 좋겠는데." 마일로가 말했다. "적절히 통제할 수만 있다면."

"아니." 감시 요원이 다가오는 동안 카버가 소곤거렸다. "저건 수많은 사람들을 흔적도 없이 제거하기 위한 거야. 아무런 증거도 남기지 않고."

"아무 일도 일어나지 않으니까 일들이나 해." 감시 요원이 마일로와 카버 사이로 밀고 들어오며 소리 질렀다.

그들은 지을 수 있는 가장 멍청한 표정을 지어 보이며 뿔뿔이 흩어졌다.


다음 날 오후 일찍, 카르텔은 폭탄을 실험했다.

마일로가 펌프 위로 기어오르던 중에 그 일이 일어났다. 잠수함에서 기름이 새고 있었다. 새는 걸 막지 않으면 조만간 폭발이 일어나리라는 것은 불을 보듯 뻔했다. 그래서 그는 호스 고정 장치를 살펴보느라 폭탄이 터졌을 때, 바다에 나가 있지 않았다.

그런데도 폭탄이 터졌을 때는 그도 잠시 눈이 멀었다.

섬광이 모든 것을 관통해서 마치 모두를 태양 쪽으로 던져버린 것 같았다. 마일로는 욕설을 내뱉으며 양팔로 얼굴을 가렸다. 오전 근무를 하던 나머지 사람들도 다 그렇게 했다.

폭발 당시 남쪽을 바라보던 크리스마스 브레이크라는 이름의

아이 단 한 명만 제외였다. 아이가 끔찍한 비명을 질렀고 그 소리
는 오랫동안 멈추지 않았다.

마일로는 소리로 그 소년을 찾아내서 만화경 속에 등장하는 장
소나 다름없는 곳들을 비틀거리며 걸어갔다. 그가 소년을 움켜잡고
꽉 끌어안아 비명을 잠재웠다. 크리스마스 브레이크는 자신의 눈
을 찌르고 할퀴려 했지만, 마일로는 아이가 진정할 때까지 그를 꼭
껴안고 있었으며, 점차 아이의 비명은 낮은 신음으로 줄어들었다.

그러는 동안, 마일로는 자신의 눈을 뜨고 바다 쪽을 바라봤다.
도저히 시선을 돌릴 수가 없었다.

카르텔 우주선들 너머로 바다 한가운데 거대한 분화구가 생겨
나 있었다. 완벽한 모양의 돔 형태로, 작은 세상 크기만 한 볼링공
이 그곳에 놓여 있다가 사라져버린 것 같았다. 이 불가능해 보이는
빈 공간 위에 둥근 구름이 형성되어 텅 빈 공간을 채우며 회전하고
있었다.

마일로의 뒤에서 바람이 사방으로 불어와 파도와 모래와 구름
과 새 들을 끌어당겨 그 둥근…… 아무것도 없는 공간…… 쪽으로
날려 보냈다.

물과 바람이 사방에서 요란하게 불어오고 몰아쳤다.

마일로의 턱이 쩍 벌어졌다. 그 광경은 신이나 거인이 만들어놓
은 것으로, 인간의 눈과 마음은 그것을 받아들일 준비가 되어 있지
않았다.

폭풍이 가라앉았고, 공중에는 뭔가 불안정하게 떨리는 별들이
남아 있었으며, 폭탄의 양자 강압이 남겨놓은 흉터 같은 흔적도 보

였다.

크리스마스 브레이크가 칭얼거렸다.

"넌 괜찮을 거야." 마일로가 아이에게 말했다(거짓말일까?). "낮이 저물기 전에 네 눈은 정상으로 돌아올 거야. 내가 가족에게 데려다줄게. 그런데 왜 '크리스마스'라는 이름을 골랐어?"

"부모님이 멜리사라는 이름을 지어줬거든." 소년이 말했다. "딸을 원하셨대."

마일로는 아이에게 계속 말을 걸었고, 언덕 아래로 내려갈 때까지 눈을 비비지 못하게 했다.


그 별은 다음 날 아침까지도 바다 위에서 고동치며 떠 있었다. 마침내 불이 다 타서 꺼지자 카르텔의 우주선들이 섬으로 향했다.

카르텔의 함대는 파티라도 벌일 기세였다. 마일로는 그 사실을 직감했다. 그러자 속이 뒤틀리고 씁쓸해졌다.

"그들이 우리를 그냥 내버려둘까?" 그가 해변에 줄지어 섰을 때, 카버에게 물어봤다.

카버는 대답하지 않았다.

먼저 큰 우주선들이 목성과 태양을 가리면서 상공으로 떠올랐다. 그리고 나서 나머지 크고 작은 우주선들이 늑대 무리처럼 그것들을 따라갔다.


슬레드와 화물 폭격기들이 상륙했다. 군인들이 쏟아져 나왔다. 무장한 감시 요원뿐 아니라, 점프슈트를 입은 군인들도 있었다. 병사들은 모래 위에 줄지어 서 있는 벌거벗은 섬 주민의 모습이 신기한 모양이었다.

"너희들은 가서 할 일을 해라!" 장교쯤 돼 보이는 사람이 섬 주민을 해산시키며 소리 질렀다. "우리가 필요할 때 부르겠다."

명예의 전당 주민들은 흩어져서 각자의 오두막이나 숲으로 향했지만 아무도 해변으로는 가지 않았다.

마일로와 수지는 병사들이 막사와 발전기를 설치하는 모습을 숲 언저리에서 지켜보았다. 더 많은 슬레드가 도착해서, 카르텔 사람들을 해안에 내려놓았다. 사람들은 온갖 종류의 유니폼 차림이었다. 군인, 기술자, 그리고 정장을 차려입은 기업가 같은 사람들도 있었다.

목소리가 시끄러워졌다. 유리가 쨍그랑거렸다. 음악도 울려 퍼졌다.

이따금씩 군인들이 마을로 행진해 들어가서 섬 주민들에게 과일이나 마약성 잎을 채취하게 하거나 '화려한 색으로 불타는 장작' 같은 것을 가져오게끔 강압했다.

한 무리의 감시 요원들이 무리에서 빠져나와 잘레를 찾아 그녀의 오두막으로 갔다.

"붉은 생선은 어디 있어?" 가장 키가 큰 감시 요원이 물었다. "가지고 있는 걸 우리에게 보여주고, 운반해갈 수 있게 자루를 가져와."

오두막 두 채 건너에 있던 마일로와 수지는 숨소리도 내지 않고 그들의 대화를 들었다.

"최근에는 바다에 나가지 못했어." 잘레가 대답했다. "너희들 펌프를 고치느라 바빴잖아. 그래서 생선도 없어."

"그럼 말린 고기라도 내놔." 키 큰 감시 요원이 말했다. "말려서 저장해둔다는 거 알고 있어."

"말린 건 우리도 필요해." 잘레가 말했다. "우리가 몇 달 먹을 과일을 너희가 다 가져갔잖아. 나무에 달려 있던 것도 다 따서 줬다고."

누군가가 세게 맞는 것 같은 소리가 들려왔다.

마일로와 수지는 아무 말 없이 일어나서 걸어갔다.

잘레가 피범벅이 된 입술에 손을 올린 채 오두막 앞 모랫바닥에 쓰러져 있었다. 칠리 페퍼가 그녀 위로 몸을 숙인 채 웅크리고 앉아 있었다.

"우리가 도와줄까?" 마일로가 물었다.

감시 요원들이 말했다. "생선."

"우리가 가서 보고 올게." 마일로가 시간을 벌기 위해 말했다. "그렇지만 이미 생선도 과일하고 함께 다 내놨을지도……"

감시 요원이 총 개머리판으로 마일로의 머리를 내리쳤고, 그는 쓰러져서 정신을 잃었다.


나중에 그가 깨어났을 때, 상황은 더 바쁘게 돌아가고 있었다. 비행선과 수상선이 하늘과 바다에서 으르렁거렸다. 음악 소리가 쿵쿵 울려왔다.

명예의 전당 주민들은 아직도 오두막 안에 갇혀 있었다.

수지가 뭔가 축축한 것으로 마일로의 뺨을 문질렀다. 잘레와 칠리 페퍼도 곁에 앉아 있었다.

"잘레가 그들에게 식품 저장고를 알려줬어." 수지가 말했다. "안 그랬으면 놈들이 널 쐈을 거야."

"대체 뭐가 어떻게 돌아가는 거야." 마일로가 말했다. "이번 달에 우리가 밥을 먹을 수 있기는 한 거야?"

"일단 오늘 밤을 넘기고 나서……." 칠리 페퍼가 말했다. "그다음 일을 걱정하자고."

갑자기 숲 근처에 있는 오두막들 사이에서 고함소리가 울려왔다.

"안 돼!" 한 여자가 소리 질렀다. 명예의 전당 여성들 중 한 명이 겁에 잔뜩 질린 표정으로 빠르게 달려가고 있었다.

그 뒤를 시선으로 좇다가 마일로는 그녀가 느끼는 고통의 근원을 보았다. 정장을 입은 남자 두 명이 10살이 겨우 넘은 듯 보이는 소녀의 다리를 잡고 숲으로 끌고 들어가는 중이었다.

소녀가 다리를 차며 비명을 질러댔다. 여자가 정장 입은 사람들에게 팔을 뻗어 소리 지르며 그들을 잡아당겼다.

정장들은 그 여자가 하는 말이 무엇이든 간에 그 내용에 관심을 보이는 것 같았다.

그들이 소녀를 내동댕이치고, 여자와 함께 숲으로 걸어 들어갔다.

마일로는 주먹을 움켜쥔 채 서 있었다. "이럴 바엔 내가 저놈들을 죽여버리고, 나도 죽어버리는 게……."

"안 돼." 잘레와 칠리 페퍼가 동시에 말했다.

"상황만 더 악화시킬 거야." 칠리 페퍼가 말했다. "지금보다 더 안 좋아질 수도 있어."

여자가 숲 속에서 우는 소리가 들려왔다. 그들은 그대로 있었다. 마일로는 눈이 따가웠다. 수지가 그의 손목을 아플 만큼 꽉 잡았다. 그는 아프도록 그냥 내버려두었다.

천둥이 으르렁거렸다. 멀리서 울리는 것 같았다. 섬 측면 어딘가에서 들려왔다.

그는 하늘을 유심히 살폈지만, 하늘은 맑아 보였다.

천둥이 안정된 맥박처럼 변해갔다.

"이건 천둥이 아니야." 칠리 페퍼가 일어서며 말했다. "쓰나미 북소리야."


칠리 페퍼가 마일로와 수지를 둘 다 거칠게 움켜잡고 밀치며 소리쳤다. "가!"

마일로는 아래쪽 해변에서 어업 위원회가 배를 물에 띄우기 위해 달려가는 모습을 발견했다. 해변에서 술에 취해 있던 카르텔 사람들은 갑자기 몰려오는 섬 주민과 선박의 모습에 혼란스러워하는 듯 보였다. 그들은 비틀거리며 옆으로 물러나서 서성거리다가 웃음을 터트렸다. 누군가 음악 소리를 키웠다.

"뭔가가 검둥이들을 놀라게 한 모양이군." 마일로가 정장 입은 사람들 사이로 이리저리 피해 빠져나가 파도 속으로 뛰어드는 동안, 누군가 말했다.

어두운 형체들이 숲에서 밖으로 날아 나왔다. 펌프에서 일하던 야간 작업조가 활강 줄을 타고 아래로 내려오는 모습이었다. 모랫바닥에 닿자마자 그들도 배를 향해 달려갔다.

마일로는 섬사람으로 가득 찬 낚싯배가 파도를 헤치고 나아가는 모습을 볼 수 있었다. 아래쪽 해변에서도 명예의 전당 주민들이 숲에서 배를 끌어내고 있었다. 거친 돛대와 돛이 달린, 커다란 통나무를 쌍동선으로 연결한 크고 단순한 배였다. 그런 것이 모두 세 척이 있었는데, 그것을 물속으로 끌어넣으려면 수백 명의 일손이 필요했다.

"저쪽이야!" 마일로가 수지에게 말했다. "쌍둥이를 찾아!"

섬사람들의 배가 해변을 떠나는 동안 우주선 한 대가 그들 쪽으로 불빛을 번쩍였다.

**위이잉-위이잉!** 사이렌과 경보가 음악 소리와 고함소리를 다 삼켜버렸다.

마침내 군인들도 바나나를 먹거나 술을 마저 마시려 안간힘을 쓰며 슬레드와 폭격기를 향해 달리기 시작했다.


쌍동선 위에서는 수백 명의 사람들이 돛대를 세웠다. 돛이 바람을 거슬러 펼쳐졌다. 마일로는 두 번째 쌍동선에 올라타서 발가락으로 젖은 나무를 꽉 움켜잡았다. 여러 손이 그의 몸과 그를 따라 올라오는 수지의 몸을 잡아주었다.

"그쪽에는 몇 명이나 더 올라탈 수 있어?" 누군가 소리 질렀다.

"한 명 더!" 그들 모두가 소리 질렀다. "언제나 한 명 더!"

마일로는 엮어놓은 그물 위에서 작은 공간을 발견하고, 가능한 한 자리를 적게 차지하며 수지와 함께 웅크려 앉았다.

머리 위에서는 카르텔 우주선이 불길과 굉음을 내뿜었다. 작은 크기의 우주선들은 로켓을 타고 올라갔다. 큰 우주선들은 물 위로 솟구치는 고래처럼 코를 위로 한 채 스카이후크가 바짝 조여진 후 위로 당겨지기를 기다리는 중이었다. 해변에는 아직도 몇 척의 화물 폭격기가 초조하게 엔진을 돌리며 연기와 증기를 내뿜고 있었다. 낙오자들을 기다리는 중이었다.

수지가 마일로의 팔을 쿡쿡 찌르고는 바다 쪽을 가리켰다.

수평선이 어두워져 있었다.

"파도처럼 보이지는 않아." 그녀가 말했다.

"아직은 진짜 파도가 아니야." 근처에 앉아 있는 누군가가 말했다. "얕은 물에 닿아야 파도가 되는 거지. 그때가 되면 파도가 쌓아 올려지는 거니까."

목소리가 귀에 익었다…….

"카버!" 마일로가 외쳤다. "내 동생들 봤어요?"

카버가 고개를 저으며 말했다. "어딘가 올라타 있을 거야. 그건 내가 장담할게. 네 동생들이니 어련히 똘똘하겠어."

마일로는 일단 그 정도에서 만족해야 했다.

"어쨌든, 저 멀리 나가면 가파르게 떨어지는 곳이 있어." 카버가 말을 이었다. "파도가 거기에 닿기 전에 우리가 먼저 그곳을 빠져 나가야 해."

"우린 그 정도로 빨리 갈 수는 없을 거야." 왼쪽 귀 뒤에서 종양이 부풀어 오르고 있는 한 여자가 으르렁대듯이 말했다.

남자 셋이 무거운 밧줄을 조종했다. 쌍동선이 옆으로 기울었고, 배 위의 주민들은 그물에 손가락을 끼우고 움켜잡았다. 배가 속도를 올렸다.

그리고 나서 그들 아래쪽으로 바다가 뚝 떨어져 내려갔다.

쌍동선이 코를 아래로 향하고 다이빙을 하는 것 같았고, 마일로
는 쓰나미 파도가 마침내 그들에게 이르렀다는 사실을 깨달았다.

1.5킬로미터쯤 떨어진 곳에서, 지평선을 따라 속도를 내던 혹들
이 쌓이고 쌓여 산이 되어갔다.

"맙소사." 마일로가 말했다.

눈 깜짝할 사이에 그 산이 그들을 덮쳐왔다. 수지는 바다가 그들
아래서 부풀어 올라 배를 위로 기울여서 하늘로 들어 올리는 동안
마일로의 팔을 꽉 움켜쥐었다.

몇몇 섬 주민들이 잡고 있던 그물을 놓치고 미친 바닷속으로 굴
러떨어졌다. 그들은 다시 나타나지 않았다.

마일로는 섬 쪽을 돌아봤다. 해변에 남아 있던 카르텔 폭격기들
도 엔진에서 불길을 내뿜으며 대기권을 벗어나 우주로 솟구쳐 올
라가는 것이 보였다. 한 대만이 예외였는데, 그것은 마치 신나게 모
래 속을 뒹굴고 있는 듯 보였다.

그들은 파도의 산을 미끄러져 내려갔고, 배의 속도가 빨라졌으
며, 위장이 그들의 목구멍까지 치밀고 올라갔다. 그러고 나서 다시
전보다 더 큰 파도가 그들을 던져 하늘로 들어 올렸다. 파도의 정
상에서 그들은 첫 번째 파도가 섬을 가로질러 떨어져 내리는 모습
을 바라봤다.

속도를 끌어 올리려 필사적으로 애쓰고 있던 해변에 남은 마지
막 카르텔 폭격기가 위로 들어 올려지더니 아무런 흔적도 없이 파

도 속으로 삼켜졌다. 순식간에 숲과 언덕이 물속으로 사라졌다. 가장 높은 봉우리와 거대한 펌프 기계만이 격렬한 거품과 소용돌이에 휩싸인 채 그대로 남아 있었다.

"미쳤어." 마일로가 작게 내뱉었다. "이 행성은 미쳤어!"

수지가 길고 격렬한 키스로 그를 침묵시켰다. 목구멍 속에서 느낄 수 있는 그런 종류의 키스였다.

하루가 지나고 저녁이 되었을 때, 그들은 해안가로 돌아왔다.

그동안 알고 있던 익숙한 해안이 아니었다. 그곳이 어디인지 누가 알겠는가? 마을은 바닷속 어딘가에 있거나, 산산이 조각난 채 숲 속의 나무들 사이에 흩어져 있을 터였다. 쓰나미가 섬에 새로운 해안선을 만들어냈다.

그들은 넓은 해변을 발견했고, 두 척의 커다란 쌍동선이 해안으로 항해해 들어갔다. 그들은 먼저 배를 숲 속 은신처에 밀어 넣은 후 모래 위에 쓰러져 누웠다. 재건 위원회 구성원들이 불을 피우고 나서 피난처를 마련하기 위해 해안의 잔해를 모으기 시작했다.

"쌍둥이야." 수지가 말했다.

카를로가 세렌을 이끌고 사람들 사이를 헤치고 걸어 나왔다. 두 아이가 마일로를 바라봤다. 그냥 바라만 봤다.

"좋아." 아이들이 동시에 간단히 말했다. 그러고는 수지 쪽을 바라보며 말했다. "좋아."

그들은 모두 함께 숲 가장자리를 거닐며 도움이 될 만한 것은 무엇이든 모았다.

세 번째 쌍동선은 돌아오지 않았다.

"어선들은?" 마일로가 카버에게 물었다.

"그쪽은 다 괜찮아. 어선이 속도가 빨라서 우리보다 훨씬 멀리 나갔기 때문에 돌아오는 데도 시간이 걸리는 거야. 그리고 바다에 나가 있는 동안 식량도 구해올 거야."

놀랍게도 그들은 가죽과 뼈대가 전혀 손상되지 않은 채로 바위 틈에 끼어 있는 쓰나미 북을 발견했다. 주민들은 그것을 근처 벼랑으로 굴려가서, 남편이 실종된 제인 에어라는 여자에게 보초 임무를 배정하고 그녀를 벼랑 위에 남아있게 했다.

재건 위원회는 가지고 있던 연장과 새로 만들어야 할 도구의 목록을 작성했다. 마일로와 수지는 새로 화장실을 파는 업무에 자원했다. 크래클링 로지와 레드와인과 매슈는 식수를 찾아 나섰다.

밀물과 썰물이 다시 들어왔다가 나갔다.

해 질 녘에, 그들은 죽은 사람들을 추모했다.

"폴리 올리." 카버가 이름들을 부르기 시작했다. "짐 셩크. 유스티니안 3세. 비드 우먼. 화이트 칙. 미스터 헨리. 캐스파. 빅 브래드. 올드 브래드. 셰익스피어. 사라 더 라이브래리언. 사이어미즈 캣. 코난 더 어벤저. 리브 미 얼론."

이상한 금빛 황혼 저 멀리서 어선들이 파도를 타고 해안으로 미끄러져 들어왔다. 선원들이 해변을 걸어 올라가서 한 마디 말도 없이 그들과 합류했고, 호칭 기도를 따라하기 시작했다.

"부–체리. 룹시돌. 캡틴 마이 캡틴. 본 길레스피. 인디고. 데몬 럼. 워드 샐러드. 더 라스트 사이언톨로지스트. 도리스 퓨바. 대니 보–

바니. 굿 정도. 맥도널드. 푸키 오브 나자레스……." 그렇게 일흔 개의 이름이 선창되고 반복되었으며, 그 후로 다시는 불리지 않았다.

모든 게 다시 평범하게 돌아왔다.

많은 게 변했다.

그들의 이름도 마찬가지였다. 로큰롤 명예의 전당은 고대의 유명한 밴드 이름을 따서 슬라이 앤드 더 패밀리 스톤Sly and the Family Stone으로 바뀌었다.

쓰나미가 발생하고 7일째 되던 날, 카르텔 슬레드 한 대가 우주에서 불길을 내뿜으며 내려왔다. 패밀리 스톤 주민들은 감시 요원들이 해변에 도착하기 전에 채 다 모일 시간도 없었다.

"줄을 서라!" 사령관이 소리 질렀다. "어서!"

두두두두두두두두두! 그가 공중에 대고 기관총을 쏘았다. 탄피가 비처럼 모래 위로 쏟아져 내렸다.

그들은 사방에서 달려 나왔다.

이건 과일을 가지러 온 게 아니야, 마일로는 생각했다.

"우주선이 한 척 사라졌다." 사령관이 말했다. "그게 어디 있지?"

당황스러운 술렁거림이 번져나갔다.

감시 요원들은 겁만 주려는 게 아니었다. 네 명의 총구가 망고라는 어린 소녀를 향했다.

"파도 속으로 빨려 들어가는 걸 내가 봤어." 마일로가 말했다. "낙오자들을 기다리다가 너무 늦게 이륙했거든."

"지금 어디 있나?" 부관 중 하나가 물었다.

마일로는 고개를 저었다. "나도 몰라." 그가 말했다.

"바다로 쓸려나갔을 확률이 커." 마일로 바로 뒤에 있던 빅버드가 말했다. "적어도 세 번의 파도가 섬을 쓸어갔으니까."

"입 닥쳐!" 사령관이 맨 앞줄 사이로 걸어 들어가 빅버드의 이마에 총구를 바짝 들이대며 소리쳤다.

"왜 우리에게 경고하지 않았지?" 그가 물었다. 그러고는 고함을 질렀다. "이 빌어먹을 검둥이들아, 왜 우리에게 경고하지 않았느냐고?"

분노의 술렁거림이 사람들 사이로 흘러다녔다.

"우리처럼 당신들도 북소리를 들었을 것 아니야." 누군가 말했다. "당신들도 그 북소리가 무슨 뜻인지 잘 알고 있잖아."

아, 젠장, 마일로는 생각했다.

두두두두! 빅버드의 머리가 붉은 구름 속에서 떨어져 나갔다. 그의 몸이 모랫바닥 위로 쓰러졌다.

마일로는 소리 지르고 싶었다. 왜냐하면 너희 카르텔 장교와 그들의 오합지졸은 소리 지르고 술을 퍼마시고 어린애들을 숲으로 끌고 들어가느라고 너무 바빴거든.

사령관이 다시 뒤로 물러났다.

"왜냐하면 너희가 우리에게 경고하지 않기로 선택했기 때문이다." 그가 말했다. "해 질 녘부터 징계 조처가 내려질 것이다."

두려움의 웅성거림이 줄 사이로 들려왔다.

감시 요원들이 슬레드에 올라타서 공중으로 솟구쳐 오르더니 불길을 내뿜으며 바다 멀리 사라졌다.

카버와 잘레가 빅버드의 시체를 넘어 맨 앞줄을 통과해 걸어가서 뒤돌아서더니 패밀리 스톤 주민을 마주 보고 섰다.

"들어봐요." 카버가 말했다. "지금 무슨 일이 일어나고 있는지, 그리고 뭘 어떻게 해야 하는지 아는 분들은 가서 그대로 하세요. 이곳에 새로 와서 뭘 어떻게 해야 하는지 잘 모르는 사람은 남아서 우리 얘기를 듣고요."

절반의 인구가 뒤돌아서 자신의 오두막으로 향했다.

"이제 이런 일이 벌어질 겁니다." 잘레가 남은 사람들에게 말했다. "쉽지는 않을 거예요. 카르텔 무리가 한 시간 내로 이곳에 올 테고, 오자마자 모두의 집으로 찾아가서 우리가 서로를 해치게끔 할 겁니다."

"그게 무슨 말입니까?" 누군가 물었다.

"과거 지구에서 폭정을 하던 정부가 했던 짓입니다." 카버가 말했다. "혜성이 충돌하기 전에요. 그래서 사람들은 집을 바꾸곤 했었어요. 자기 아이들을 이웃이나 덜 가까운 친척들에게 보내는 거죠. 그렇게 하면 군인이 와서 끔찍한 짓을 하게 할 때, 적어도 자기 아이들을 칼로 베거나 자기 어머니를 채찍질할 필요는 없어지니까요."

마일로는 눈이 따가웠다.

도망갈 수도 있지 않겠느냐고 말하고 싶었다. 숨을 수도 있지 않느냐고. 하지만 그는 잘레가 뭐라고 대답할지 알았다.

그러면 상황만 악화될 거야.

그는 용기를 그러모으려 아무리 애를 써도 용기가 나지 않을 때는 어떻게 하면 좋을지 궁금했다.

용감한 척해, 머릿속의 목소리들이 말했다.

그래서 그는 말했다. "좋아."

그러자 수지도 말했다. "좋아."

패밀리 스톤 모두가 말했다. "좋아." 그리고 줄이 흩어졌고, 모두가 마을로 돌아갔다.

"수지." 잘레가 말했다. "넌 나와 함께 가자. 칠리는 로지의 오두막으로 갈 거야. 우리 아버지는 마일로와 함께 있을 테고."

그녀는 다른 사람들이 가야 할 곳도 이야기했지만, 마일로는 거의 듣지 못했다.

쌍둥이들. 젠장, 대체 애들은 상황이 엉망일 때마다 왜 눈앞에서 사라지는 거지? 그러다가 그는 카버가 했던 말을 기억했다. **쌍둥이는 똘똘해. 애들이 알아서 할 거야.** 그리고 어차피 그가 쌍둥이를 위해 해줄 수 있는 일이 없었다. 하지만…… 젠장! 그의 마음은 이런 식으로 계속 제자리를 맴돌았다.

그와 수지는 키스를 했다. 그들 주변에서, 다른 가족들도 키스를 하고 헤어졌다.

마일로는 잘레의 아버지인 올드 듀터라노미(구약성서의 신명기-옮긴이)가 기다리고 있는 자신의 오두막으로 걸어갔다.

태양이 목성 뒤로 지나갔고, 별들이 나왔으며, 별들 중 일부가 움직이고 돌다가 낮아지더니 해안에 내려앉았다.


어둠 속에서 잘레의 아버지가 마일로의 팔을 더듬어 찾아 꽉 움켜쥐었다.

해변에 더 가까이 있는 오두막 사이에서 목소리가 들려왔다.

파도가 해안에 부서지는 소리와 정글에 사는 곤충의 소리도 들려왔다.

그들은 기다렸다. 어쩌면 놈들이 그냥 가버린 게 아닐까?

목소리가 폭발하며 고함을 질러댔다. 단말마의 비명과 함께 사람의 살을 주먹으로 치는 소리가 분명한 소음이 뒤따랐다.

마일로와 올드 듀터라노미는 둘 다 몸을 앞으로 기울인 채 듣고 있다가 거의 벌떡 일어나 소리를 지를 뻔했다.

신중하게 행동해, 마일로의 머릿속 목소리가 말했다. 그는 마음을 가라앉혔다. 노인도 마찬가지였다.

마일로는 문틈으로 그림자와 실루엣을 바라봤다. 대부분은 움직임이 없었다……. 마을 오두막의 모양, 해변 근처의 나무들, 그 너머로 보이는 별들과 유령처럼 보이는 목성의 초승달 모양. 하지만 다른 그림자들도 있었다. 헬멧과 소형 경기관총의 무딘 모양.

또 다른 오두막에서 욕설과 뭔가 산산이 조각나는 소리가 들려왔다. 이번에는 더 가까운 곳이었다.

그리고 해안 가까이에 있는 또 다른 오두막. 그리고 또 다른 오두막.

이따금씩 그 소리는 마치 섬 주민 모두가 동시에 두들겨 맞는 소리처럼 들렸다. 마치 밤 자체가 피에 굶주리기라도 한 것 같았다. 또 어떤 때에는 오직 한두 개의 오두막만이 폭행을 당하는 듯이, 몽둥이로 **퍽퍽** 내리치는 소리와 모든 비명과 훌쩍임을 하나하나

낱낱이 들을 수 있었다. 어떤 병사들을 채찍이나 벨트를 가지고 온 게 틀림없었다.

이따금씩 총소리도 들렸다.

한 번은 10분 연속으로, 어린아이 하나가 고통으로 인해 아주 높은 소리로 비명을 질렀고, 그때 주위에서 온통 수군거리는 소리가 들려왔다.

놈들이 이렇게 우리를 절망의 구렁텅이에 빠트리는구나, 마일로는 생각했다. 누군가는 저항할 테고, 그러면 누군가가 그들과 함께할 테고, 그때 놈들은 총을 쏴댈 터였다.

그 후로 오랫동안 침묵이 흘렀다. 마일로는 희망을 품고 슬레드 엔진 소리가 들려오기를 귀 기울여 듣기 시작했고, 문 앞에 그림자 세 개가 어른거렸을 때도 여전히 그 소리가 들려오길 기대하고 있었다.

"일어나!" 병사들이 소리 질렀다. 마일로가 채 움직이기도 전에 라이플 개머리판이 그의 머리 측면을 후려쳤다.

그들이 라이플로 그의 턱밑을 다시 올려쳐서 강제로 일으켜 세운 뒤 그의 손에 뭔가를 가져다 대고 눌렀다. 촉수 끄트머리에 갈고리가 달린 오징어처럼 생긴 채찍이었다. 총구가 그의 목을 찔러 왔다.

엄청나게 증폭된 스피커를 통해 감시 요원의 목소리가 치-익거리며 울려 나왔다. "일어나! 일어나라고, 이 새끼야! 죽고 싶어? 죽고 싶어? 그게 네가 원하는 거야, 이 개자식아? 일어나서 때려! 때리라고! 저 빌어먹을 늙은 검둥이 새끼를 때려! 때리라고……." 그래서 마일로는 올드 듀터라노미를 바라봤다. 노인은 단호한 표정으로 그를 올려다보며 소리 질렀다. "시키는 대로 해!"

규율.

놀랍게도 마일로는 팔을 들어 올려 노인의 어깨를 가로질러 채찍을 휘둘렀다. 고리가 걸리는 느낌이 들었다. 갈고리가 살 속으로 파고들자 채찍이 홱 멈추고 그것을 잡아당기던 그의 팔도 덩달아 홱 멈추는 것이 느껴졌다. 올드 듀터라노미가 비명을 질렀다.

마일로가 채찍을 살짝 들어 올렸다가 놓으며 갈고리를 풀었다. 피가 튀었다. 오두막집 사방으로 피부 조각이 튀어 들러붙었다.

"다시, 다시, 다시!"

뭔가 뜨거운 것이 그의 다리를 찔러왔다. 병사 하나가 웃음을 터트렸다.

마일로의 팔이 위아래로 움직였다. 홱, 철썩, 퍼덕, 촤악.

그들은 마일로가 아홉 번을 내리치게 했다.

마일로는 너무도 약해진 올드 듀터라노미의 숨소리를 들었다. 조명탄 불빛이 약해지기 시작했고, 그 흐려지는 빛 속에서 그는 노인이 아주 약하게 몸을 앞뒤로 흔드는 것을 바라봤다.

그는 해야만 한다면 얼마든지 더 많이 노인을 때렸을 터였다. 마일로는 그 사실을 알고 있었다. 필요하다면, 그는 노인을 죽일 수도 있었을 것이다.

병사들이 그에게서 채찍을 빼앗아 오두막을 떠났다.

"죄송해요." 마일로가 속삭였다.

"그래." 노인이 말했다. "조용히 해."

마일로는 카르텔 우주선이 언제 떠나갔는지 알지 못했다. 태양이 목성 뒤에서 나타났을 때 그들은 가고 없었고, 패밀리 스톤 주민들은 텅 빈 시선으로 서로를 응시하는 시간을 견뎌내야 했다.

그들 중 약 절반 정도가 부어오른 종양과 휘어진 사지 위에 새로 생긴 흉터를 갖게 되었다.

그는 수지를 찾았다.

저기 있다! 수지는 왼쪽 귀 일부가 잘려나가서 피가 떡이 된 채 멍한 표정을 짓고 있었다.

마일로는 손상되지 않은 자신의 몸이 새로운 종류의 나체처럼 느껴졌다.

"놈들이 카버에게 칠리를 쏘게 했어." 수지가 소곤거렸다. "그의 손에 총을 쥐여주고, 그들의 손으로 그의 손을 꽉 쥔 다음에 쏘게 했어."

칠리, 마일로는 생각했다. 하지만 아직은 그저 공허한 생각뿐이었다. 그냥 이름뿐이었다. 뭔가 느낌이라는 것은 나중에 찾아와서 가슴을 채울 터였다. 그렇지 않을까?

그는 쌍둥이를 찾아서 혼자 걸어갔다.


얼마 지나지 않아, 그는 세렌을 발견했다. 바다는 썰물이 되어 빠져나갔고, 세렌은 한쪽 눈에 습포제를 얹고 있는 크래클링 로지와 함께 절벽 근처에 앉아 있었다.

"세렌!" 마일로가 앞으로 달려가며 소리 질렀다.

세렌은 그의 쪽을 흘낏 바라보더니 다시 지평선을 응시했다.

카를로는 어디 있지? 마일로는 쌍둥이가 따로 떨어져 있는 모습을 지금껏 단 한 번도 본 적이 없다는 사실을 깨달았다.

동생에게 가까이 다가가는 동안, 마일로는 세렌이 너무 심하게, 그리고 빠르게 떨고 있어서 거의 정지해 있는 듯 보인다는 사실을 깨달았다.

"놈들이……."

"아니, 얘는 안 건드렸어." 크래클링 로지가 세렌의 머리를 쓰다듬으며 조용히 말했다.

안도감이 밀려왔다.

"그들이 어떻게 알았는지 모르겠지만……." 로지가 말했다. "우리가 쌍둥이를 각자 다른 오두막에 데려다놓았는데, 놈들이 가서 카를로를 찾아 데리고 오더니……."

로지가 말꼬리를 흐렸다.

"서로 때리게 했어?" 마일로가 물었다.

"아니." 그녀가 대답했다. 그리고 그다음 말은 너무도 작은 소리로 얘기해서 마일로는 그녀의 입술을 읽어야 했다.

몇 분 후, 카를로가 로지의 남자 형제인 넘버원과 함께 마을에서 아래로 내려왔다. 천천히, 주위의 시선을 의식하면서, 두 소년이 세렌 옆 모랫바닥에 앉았다.

아무도 아무 말도 하지 않았다. 그들 사이에는 끔찍한 어색함이 내려앉았다.

마일로는 벌떡 일어나서 동생들에게 우는 모습을 들키지 않기 위해 서둘러 걸어가 버렸다.

그 후 며칠간은 모두가 조용히 텅 빈 시선으로 하루하루를 보냈다. 아무 말 없이 일만 했다.

마일로는 한 달 동안 쓰나미 보초를 섰다. 수지는 섬 지도를 그리겠다면서 종이와 숯을 들고 마을을 떠났다.

몇몇 사람은 바다로 걸어 들어갔다.

카르텔은 새로운 사람들을 바다에 던져놓았고, 그들도 몇몇은 바다로 걸어 들어가거나 섬 주민이 되어 새로운 이름을 갖게 되었다. 크리스토퍼 눈게서. 로마. 포시. 세인트 존 포더린가이 경. 크롤러 파괴 공작원 한 가족도 있었는데, 그들은 존스 씨와 존스 부인, 요코와 표도르였고, 모두 펌프 기술자가 되었다.

마일로는 바다를 지켜보며 북을 지켰다. 그리고 돌과 모래와 바람이 그를 지배하게 했다.


"네게 보여줄 게 있어." 어느 날 아침, 쓰나미 북이 있는 곳으로 올라가며 수지가 말했다. "중요한 것일지도 몰라."

그녀가 그의 정수리에 키스했다. 마일로는 돌아서서 그녀를 꼭 껴안았다.

수지는 크리스토퍼 눈게서를 데려다가 북을 지키게끔 하고는 마일로를 먼 절벽으로 이끌어갔다.

그녀가 똑바로 아래쪽을 가리키며 말했다. "저기."

파도가 부서지는 바로 그곳, 물 위에 무지갯빛으로 빛나는 초승달 모양의 조각이 떠 있었다.

그렇게 그들은 실종된 카르텔 우주선을 찾아냈다.

두 사람은 바위를 기어 내려가 난파선 쪽으로 몸을 던졌다. 조종사는 여전히 자기 의자에 앉아 있었다. 안전띠를 단단히 맨 채로 살점은 물고기에게 다 뜯기고 뼈만 남아 있었다. 승객들은 조종사 뒤에서 물살에 흔들리며 파티복을 입은 뼛조각이 되어 둥둥 떠다녔다.

나중에 해변으로 돌아와서, 수지가 말했다. "카르텔에는 말하지 않는 거다."

마일로는 고개를 끄덕였다. 그는 불타는 듯한 눈빛으로 수지에게 마음을 전했다.

그들은 아무에게도 말하지 않았다.

10명이 더 바다로 걸어 들어갔다.

그들은 크게 장례식을 치렀다.

이번에는 잘레가 이름을 불렀다.

"호빗, 도리스, 로잭, 개빈 매클레드, 피터 맥피터, 그리고 오름. 질리, 너대니얼 더 디거, 머스탱 샐리, 넬리와 넬리의 남편과 넬리의 또 다른 남편. 마이클 벤조나, 카르텔, 셰인."

모닥불을 피우는 대신 모두가 작은 나무배를 만들어서 불을 붙인 다음 바다로 내보냈다. 마일로는 파도가 작은 배들을 삼켜버리겠다고 생각했지만, 밤은 소름 끼칠 정도로 평온했기에 배들은 오랫동안 타오르면서 마치 별처럼 멀리멀리 퍼져나갔다.

마일로는 쓰나미 북 옆에서 다시 경계를 늦추지 않았지만, 전처럼 그 옆에 앉아 축 늘어져 있던 것은 아니었다. 그는 기억하고 있는 것에 관해 명상했다. 그건 마치 마음이 상영하는 영화를 보는 것 같았다.

아버지에 관한 영화. 버블스와 프로그와 함께 놀던 영화, 수지와 함께 즐거운 한때를 보내는 영화. 그가 자랑스러워하는 것들에 관한 영화도 보았다. 예를 들어, 처음에 아무런 훈련도 받지 않고 깊이 잠수했을 때나, 부처가 익사하지 않도록 구해냈던 일에 관한 영화였다.

갑자기 내면의 목소리가 훨씬 선명해졌다. 마일로는 자신이 빈에 있었던 때를 기억해냈다. 결혼 50주년 파티를 했던 일, 죽었던 일, 서핑을 했던 일, 그리고 아버지가 되었던 일과 오하이오에서 살았던 일, 또한 이탈리아 피렌체에서 거의 살해당할 뻔했던 일 등을 기억해냈다.

그는 5주 동안 그곳에 앉아 기억해냈고, 자신의 목소리들과 대화를 나누었다.

그는 수지에 대해서도 꽤 많이 기억해냈다. 그녀는 그에게 붉은 생선과 히키피아키 베리를 가져다주려고 올라왔고, 마일로는 그자리에서 그녀와 사랑을 나눴다.

"기억해냈구나." 그 후에 수지가 말했다. "그냥 추측이야."

"응. 기억났어."

"꽤 오래 걸렸네."

그리고 마침내 좋은 생각이 떠올랐다. 그것은 훌륭하거나 복잡하거나 새로운 것이 아니었다. 단지 그 특정한 장소와 시간에 완벽했다.

그것은 한 편의 이야기로 시작되는 아이디어였다.

잠시 후 하이 볼타지가 올라와서 잠시 쉬고 싶은지 물어왔고, 마일로는 대답했다. "아, 당연하지." 그렇게 그는 자신의 이야기를 마을로 가지고 내려갔다.


그들은 또 한 번의 장례식을 치르고 있었다. 이번엔 죽음의 종류가 섞여 있었다. 몇몇은 자살이었고, 나머지는 아니었다. 그 주는 악성 암의 주간이라 할 만했다.

마일로는 불길에서 안전한 거리에 조용히 서 있었다. 그의 이야기도 잠시 기다려야 했다.

이름을 부른 후 주민들은 모닥불을 바라보고 서 있었다. 잠시 시간이 흐른 후에 마일로가 목청을 가다듬고 말했다. "내 얘기 좀 들어봐요."

패밀리 스톤 주민이 고개를 돌려 그를 바라보고는 눈썹을 추켜세웠다. 마일로는 온몸에 새까만 오물을 비벼 바르고 있었다. 그뿐만 아니라, 새까만 몸 위에 흰색 오물로 해골 모양을 그려놓은 참이었다. 마일로의 모습은 아이가 그린 해골 그림 같았다. 모두가 그에게 완전히 집중했다.

"내가 이야기를 하나 들려줄게요." 그가 선언했다. "내가 왜 이 이야기가 중요하다고 생각하는지는 나중에 알려줄 테니까, 일단 지금은 그냥 들어보세요. 알았죠?"

침묵.

"아주 오래전에, 이 섬과 비슷한 어느 섬에 조너선 야야라는 남자가 살고 있었어요." 그가 이야기를 시작했다. "조너선 야야는 모든 것을 두려워하는 그런 사람이었죠. 학교에서 불량배에게 폭행당했을 때, 그는 상황을 더 악화시키게 될까 봐 두려워 맞서 싸우길 주저했어요. 그는 평생 마리 투생을 사랑했지만, 거절당할까 봐 겁이 나서 그녀에게 꽃을 가져다준 적이 한 번도 없었어요. 그가 그 사랑을 비밀로 하는 한, 그녀가 그를 사랑할 가능성은 계속 남아 있는 거니까요. 하지만 만약 그가 꽃을 가져다주었는데 그녀가 그를 비웃는다면, 그때는 품고 있을 환상이 사라지고 상황이 더 안 좋아질 거라는 게 그의 생각이었던 거예요. 나중에 그가 가난해져서 화장실 쓰레기 처리장에서 변변치 않은 일을 하게 되었을 때, 그는 더 나은 직업을 찾아 나서기를 두려워했어요. 더 나은 직업을 찾아 나섰다가 상사가 그 사실을 알고 그를 해고해버리면 어쩌겠어요? 그럼 상황이 전보다 더 안 좋아질 테니까요. 상황이라는 게 언제나 더 나빠질 수 있거든요.

그러다가 그는 죽었어요.

사람들이 그를 묘지로 운반해가서 묻었죠. 그리고 조너선 야야는 관 속에 누워서, 자신이 너무도 형편없는 삶에 안주해 살았던 것에 슬픔을 느꼈어요. 하지 않았던 모든 일 때문에 두려워하며 살았으니까요. 그런 식으로 겁만 집어먹고 살았으니, 얼마나 한심한 일이냐고요. 다른 식으로 살았더라도, 어차피 그는 지금 똑같이 자기 무덤에 누워 있을 테니까요. 유일한 차이점이라면, 돌아보고 자랑스러워할 멋진 삶을 살았을지도 모른다는 거였죠. 하지만 그러지 않았기에, 지금 그는 화장실 쓰레기 처리장의 기억을 안고 무덤 속에 누워 있었던 거예요.

그때 마침 아주 권위 있는 부두교 로아(부두교의 신을 이르는 호칭-옮긴이)인 바론 사메디가 근처 지하 무덤 꼭대기에서 담배를 피우며 앉아 있다가, 그를 소리쳐 불렀어요. '조녀선 야야! 이리로 올라와서 나와 얘기나 나누세!'

그래서 조녀선 야야가 무덤에서 나와 몸의 흙먼지를 털고 로아가 무슨 말을 하는지 들으려고 기다렸어요.

바론 사메디는 이렇게 말했죠. '조녀선, 자네가 행복한 삶을 살 기회를 놓쳐서 정말 안타깝네. 그렇지만 난 자넬 경멸하기도 한다네.' 그러고는 조녀선의 이마에 담배를 비벼 껐어요. '왜냐하면 자넨 두려움이 모든 걸 대신 결정하게 내버려뒀거든. 그래서 내가 자네에게 호의를 베풀려고 하네. 그리고 뭔가 잔인한 짓도 하려고 하네.'

조녀선이 물었어요. '무슨 호의를 베푸실 건가요?'

그러자 바론 사메디가 대답했죠. '자네가 딱 하루만 더 살아 있는 사람들과 함께 땅 위를 걸어 다니면서 하고 싶은 건 뭐든 다 할 수 있게 해주지.'

그 말을 듣고 조녀선 야야는 절을 하며 고마워했어요.

그리고 물었죠. '그럼 잔인한 짓이라는 건 뭔가요?'

그러자 바론 사메디가 대답했어요. '자네가 딱 하루만 더 살아 있는 사람들과 함께 땅 위를 걸어 다니면서 하고 싶은 건 뭐든 다 할 수 있게 해주지.'

그러고 나서 로아는 거대한 먼지구름 속으로 사라졌죠.

아침이 되어 해가 떠오르자, 조너선 야야가 묘지 문을 통해 걸어 나왔어요. 그는 이전에 살았던 그 어떤 날보다도 더 의미 있는 하루를 보내겠다고 마음먹었어요.

그가 가장 먼저 한 일은 어릴 때부터 자기를 괴롭혔던 사람을 찾아간 거였어요. 조너선은 그의 얼굴을 주먹으로 한 대 후려칠 작정이었는데, 그때 두려움이 말했어요.

'너 감옥 가면 어쩌려고 그래?'

하지만 조너선은 그 점을 생각해보고는 말했어요. '날 감옥에 처넣고 싶으면 그러라고 해. 오늘이 끝나면, 난 어차피 무덤 속에 있을 테니까!'

그리고 그는 남자를 주먹으로 쳐서 코를 부러뜨려버렸어요. 기분이 상당이 좋았죠. 그리고 오히려 상대편이 경찰에 잡혀갈까 두려워서 조너선을 때리지 못하는 것 같았어요.

'벌써 몇 년 전에 이렇게 해야 했어.' 조너선은 혼잣말로 중얼거렸죠.

다음으로 조너선은 마리 투생이 남편과 사는 집으로 찾아가서 꽃을 선물하고 그녀의 입술에 실로 오래 기억될 만한 키스를 해주었어요. 그는 마리 투생의 눈에서 그가 정말 좋아하는 빛을 보았고, 생각했죠. '이것도 정말 오래전에 했어야만 했어!' 그때 그녀의 남편이 조너선의 얼굴을 주먹으로 때렸지만, 그는 신경 쓰지 않았어요. '어차피 난 무덤에 들어가게 될 텐데 뭘! 그렇게 말하고 나서 조너선은 뒤로 물러났죠.

마지막으로 조너선 야야는 평소 알고 지내던 목장주를 찾아가서 말했어요. '나를 고용해 소를 돌보게 해준다면, 최선을 다해 일하면서 정말 좋은 일을 하고 있다는 자부심을 품겠습니다.'

그러자 목장주가 대답했어요. '좋아요, 내일 다시 오세요. 그러면 내가 말 한 마리와 밧줄을 드리리다. 일주일에 6일 일하시면 됩니다.'

다시 묘지로 돌아가던 길에 조너선은 화장실 폐기물 처리장으로 가서 공손하게 일을 그만두겠다고 말했어요. 그것이 그가 몇 년 동안이나 하고 싶던 말이었으니까요.

묘지로 향하는 언덕을 오르는 동안, 조너선은 엄청난 슬픔을 느끼기 시작했습니다. 그는 속으로 생각했죠. '아, 세상에 두려워할 건 아무것도 없었어! 고통? 슬픔? 어쨌든 이 모든 것이 내게로 왔는데, 난 그들에게 보여줄 게 아무것도 없잖아. 아, 두려움 없이 살 수 있었다면, 얼마나 쉽게 위엄을 얻었을까. 얼마나 쉽게 가족을 이루었을까. 심지어 난 카우보이가 되었을지도 몰라.'

그는 두려움에 사로잡히지만 않았다면 훨씬 덜 슬퍼하면서 행복한 삶을 살았을지도 모른다는 사실을 알고 나니, 무덤 속에 누워 있기가 전보다 더 힘들게 느껴졌죠. 그게 바로 바론 사메디가 의도했던 잔인한 일이었던 거예요. 그는 그렇게 회한에 가득 찬 채 죽음에 빠져들었어요."

마일로가 잠시 말을 멈추었다.

아무도 아무 말도 하지 않았다.

"그러니까……." 세인트 존 포더린가이 경이 말했다. "지금 자네

몸에 온통 색칠해놓은 검은색 페인트와 그 해골 그림은, 기본적으로 죽음을 의미하는 거겠군, 맞나?"

마일로가 고개를 끄덕였다.

"넌 네가 죽었다고 말하는 거구나." 요코 존스가 말했다. "그리고 우리도 마찬가지라고. 우리 모두 다."

마일로가 고개를 끄덕이며 미소 지었다.

"카르텔에 관한 얘기구나." 잘레가 모닥불 너머에서 말했다. 마일로는 고개를 끄덕이며 해골 손을 들어 올렸다.

"우리는 노예로 살고 있어." 그가 말했다. "그러면서 괜찮은 척하는 거야. 우리가 할 수 있는 일은 아무것도 없다고 생각하면서."

"정말 없잖아." 포더린가이 경과 다른 많은 사람들이 중얼거렸다.

"우린 절대적으로 아무런 힘도 없어." 올드 듀터라노미가 말했다.

"우리가 모든 힘을 가지고 있어요!" 마일로가 비범함을 드러내며 말했다. "카르텔과 그들의 졸개들은 우리가 하는 일에 전적으로 의지하고 있어요. 카르텔은 여기 사람들이 그들을 위해 일하지 않는다면 절대로 존재할 수 없습니다."

"우리에게는 선택의 여지가 없어." 포더린가이 경이 말했다. "그들이 우리를 압박하고 있다고!"

"압박해요?" 마일로가 말했다. "그건 불가능해요. 그들이 뭘 할 수 있는데요? 여기 내려와서 우리 팔과 다리를 우리 대신 움직이나요? 아니죠, 우리가 우리 스스로 움직여야만 일을 할 수 있는데, 우리는 두렵기 때문에 그렇게 하는 거라고요. 그건 두려움이고, 우리의 선택이에요."

패밀리 스톤 주민들이 그 말을 잠시 곰곰이 되새겼다.

"우리가 일하기를 그만둔다면, 그들이 우릴 죽일 거야." 포더린가이 경이 말했다.

"우리 모두를 죽일 수는 없어요." 마일로가 대답했다. "이미 말했듯이, 그들은 우리가 필요해요."

"그들이 우리 중 몇 명만 죽이면 된다는 게 더 문제인 거지." 요코 존스가 말했다. "그러면 나머지 사람들은 겁을 먹고 다시 일하러 갈 테니까. 맞지?"

"틀렸어." 마일로가 말했다. "왜냐하면 우리는 두려워하지 않을 테니까."

"중요한 사실은……." 포더린가이 경이 말했다. "난 우리가 두려워하게 될 거라 생각한다는 거야."

마일로가 한 손으로는 모닥불을, 다른 손으로는 바다를 가리키며 말을 이었다.

"우리는 이미 수많은 사람들이 스스로 목숨을 끊었어요!" 그가 소리 질렀다. "우리는 독소에 중독되었고, 이미 병들어서 반쯤은 죽어가고 있다고요! 지금 이 중에서도 얼마나 많은 사람들이 바다로 걸어 들어가는 것을 고려하고 있을까요? 어디 손 좀 한번 들어봐요."

아무도 들지 않았다.

그러다가 손 하나가 올라갔다.

그러고는 100명, 그다음에는 모두가. 그중에는 심지어 아이들의 손도 있었다.

마일로는 그들이 그렇게 손을 든 채로 앉아 있게 내버려두었다. 아무도 아무 말도 하지 않았다.

그도 역시 손을 들어 올렸다.

"우리는 이미 죽은 목숨이에요." 그가 말했다. "그 희생을 가치 있게 만들어보자고요. 그래서 폭력으로는 아무것도 이루어낼 수 없는 세상과 태양계를 만들어봐요. 그런 세상에서는, 누군가 폭력을 써서 다른 사람을 강제하고 통제하려 한다면, 사람들은 절대로 그 폭력에 굴하지 않게 될 겁니다. 그러면 머지않아 누구도 타인을 억압하려 하지 않게 될 거예요. 그래 봐야 물을 저글링하려 애쓰는 거나 마찬가지일 테니까요."

다시 침묵이 흘렀다. 그리고 손들이 내려갔다.

한 손이 다시 위로 올라갔다. 길가메시였다.

"잘 이해가 안 돼." 길가메시가 말했다. "아까 이야기 속에서, 우리가 그 좀비 남자야, 아니면 그 바론이라는 남자야?"

더 많은 손이 위로 올라갔다.

"우리가 실제로 죽을 각오를 해야 하는 거야, 아니면 은유적으로 말하는 거야?"

"이야기 속의 여자는 자유를 상징하는 거야, 아니면 성적인 걸 상징하는 거야?"

"그 페인트 가렵지 않아? 가려울 것 같은데."

마일로는 눈을 감았다. 그는 다시 눈에 띄지 않게 뒤로 물러섰다.


다음 날 아침, 그는 해변으로 걸어 내려가서 낚싯배를 파도에 밀어 넣는 것을 도왔다. 그는 새롭게 검은색 칠을 하고 뼈 모양을 몸에 그려 넣었다.

"날씨 좋네!" 그가 소망을 담아 말했다. "고기 많이 잡아!"

"고마워!" 그들이 돛을 올리고 멀어져 가는 동안 잘레가 소리 질렀다.

그는 잘레가 한쪽 팔에 뼈를 그려 넣은 것을 보았다. 좋았어.

마일로는 해변에 앉아 명상에 잠겼다.

어떤 이유에서인지 그는 거미에 관해 생각하고 있었다. 그도 어쩔 수 없었다.

쌍둥이가 해골 그림을 그려 넣은 채로 그와 합류했다. 카를로는 600개의 팔뼈와 한 개의 눈을 더 갖고 있었다.


다음 날, 그는 펌프에 올라갔다.

누군가 우물에 뛰어들어서 드릴 헤드를 다시 느슨하게 풀어놓아야 했기에, 그는 특별히 기름기가 많은 종류의 페인트로 해골 그림을 온몸에 그려 넣은 참이었다.

두 명의 기술자가 얼굴을 해골처럼 칠하고 있었다.

그날 그가 했던 잠수는 지금까지 그가 시도했던 그 어떤 잠수보다 더 깊이 들어가야 했다. 마일로가 다시 물 표면에 모습을 드러냈을 때, 그는 새파랗게 얼어 있었다. 페인트칠을 했어도 알아볼 수 있었다.


다음 날, 그는 흙에서 싹을 틔우기 시작한 새로운 종류의 바나나

맛을 보기 위해 식품 안전 위원회 소속 인원들과 함께 숲 속을 걸어 다녔다.

그들 중에서도 세이지와 노스페라투가 해골 페인트를 바르고 있었다. 그들과 마일로 셋이서 함께 걸어 다니며 나무들을 조사했고, 마침내 위원회가 찾아다니던 것을 발견했을 때도 그들이 맛을 보겠다고 자원했다.

아주 약간만.

하지만 바나나 껍질을 채 벗기기도 전에 마일로의 손가락에는 물집이 잡혔다. 노스페라투는 아무 반응이 없었지만, 그는 마일로의 손가락을 보자마자 바나나를 떨어뜨렸다.

세이지는 한쪽 눈을 잃었다. 눈동자에서 종양이 부풀어 오르더니 갑자기 픽!, 눈동자가 터져버렸다.

하지만 그녀는 나중에 마일로의 일행이 해변에서 명상을 하고 있을 때 찾아왔다.

"난 명상이 안 돼." 그녀가 불평했다. "계속해서 내 눈에 관해서만 생각하게 돼."

"나도 그래." 마일로가 대답했다

그다음 날, 식품 안전 위원회 전체가 해골 페인트를 발랐다. 다른 많은 사람들도 그렇게 했다. 어쩌면 50명쯤 될 것 같았다. 어떤 이들은 마른 잎과 나뭇가지를 이용해 그림을 강조했다. 마일로는 녹색 해골, 노란색 해골, 푸른색 해골을 보았다. 빨간색 해골은 그리기가 쉽지 않았다.

마일로가 다시 한 번 연설하려고 생각 중일 때, 끔찍한 일이 일어났다.

그와 60명의 다른 사람들이 해변에 앉아 명상하는 척하고 있을 때, 무언가 꺼칠꺼칠한 은색 물체가 하늘을 찢고 나타났다. 그것이 섬을 질주해 다니며 총을 쏘아댔고, 그런 다음에는 천둥 같은 소리를 내며 다시 우주로 돌아갔다.

카르텔이 우주선을 잃어버린 것 때문에 여전히 화나 있는 게 분명했다.

대다수의 섬사람들이 쓰나미 북이 무사한지 보기 위해 해안을 따라 언덕 위로 달려 올라갔다.

그렇지 않다. 북이 둘로 갈라져서 불타고 있었다.

보초를 서던 마르쿠스라는 이름의 어린 소년도 마찬가지였다.


다음 날, 패밀리 스톤 주민 전체가 해골 그림을 그리고 나타났다.

마일로가 잠에서 깨어나 보니, 섬 주민 모두가 그의 텐트 밖에서 기다리고 있었다. 그들 모두가 오두막과 오두막 사이로 서로 엮인 채 커다란 반원 형태로 해변까지 늘어서 있었다.

그렇게 그들은 아무 말 없이 기다렸다. 유일한 소리는 아름답고 치명적인 나무 사이로 부는 바람과 바다의 끊임없는 한숨 소리뿐이었다.

마침내 파란색으로 해골 그림을 그리고 나타난 세인트 존 포더린가이 경이 목청을 가다듬었다.

"우리가 해줬으면 하고 자네가 특별히 원하는 게 있나?" 그가 물었다.

"예." 마일로가 대답했다. "고기를 낚으러 나갔으면 해요."

그들은 배를 타고 나갔다. 전부 다. 카르텔 작업을 하는 대신에.

섬 주민 모두를 태울 수 있는 충분히 큰 낚싯배를 만드는 데는 꼬박 2주가 걸렸다. 하지만 그들은 매일 숲으로 가서 나무를 베었다. 그 후에는 숨 쉬는 연습을 했다. 명상도 했다. 물론 늘 한결같이 마음을 가라앉힐 수는 없었지만, 그래도 자신의 호흡과 리듬을 조절하는 법을 배워갔다.

그들은 바다로 헤엄쳐 나가서 잠수 연습을 했다. 매일 더욱더 깊이.

그들 중 몇몇은 익사했다.

"제너도츠." 밤에 모닥불 옆에서 잘레가 그들의 이름을 하나씩 불렀다. "홀리 팀, 존스 부인, 악셀로드, 판타지아."

마침내 그들은 바다로 떠났다. 패밀리 스톤 전체가. 그들은 바다에서 꽉 찬 한 주를 보내면서 파도를 타고 왕처럼 먹었다.

마일로는 돌아오면 카르텔이 기다리고 있으리라고 확신했다. 하지만 그렇지 않았다.

물론 카르텔이 다녀간 건 확실했다. 마을이 전소되어 있었다.

패밀리 스톤은 그것에 관해 이야기조차 하지 않았다. 그들은 섬 주위를 항해했고 더 좋은 해변을 발견했다. 재건 위원회는 오두막을 짓기 위해 목재와 잎 들을 모았다. 쓰나미 위원회는 새로운 북과 쌍동선 제작을 의뢰했다.

모두가 물고기를 저장하거나, 요리하거나, 채소를 구하거나, 가르치거나, 배우거나, 거대한 파도를 지켜보며 바쁘게 지냈다. 그리고 어느 정도는 그렇게 하는 것에 행복해했다.

"파란색 해골 페인트가 가려워." 수지가 마일로에게 불평했다. 그녀는 라즈베리 주스와 진흙과 레몬 비슷한 뭔가를 섞어 자신만의 페인트를 만들어 발랐었다.

"그건 다시는 사용하지 마." 마일로가 충고했다. 그는 한심한 페인트가 종양을 키워서 사람들을 죽이기를 계속 기다리고 있었다. 하지만 그게 그의 신경을 긁는 유일한 걱정거리였다. 그것 말고는 모든 게 예정대로 돌아갔다.

카르텔이 확성기 소리를 쩌렁쩌렁 울리면서 감시 요원으로 가득 찬 중폭격기 두 대를 착륙시켰을 때, 패밀리 스톤의 상태가 바로 그러했다.

마일로는 낚시용 그물 만드는 데 쓰기 위해 나뭇잎 섬유질을 실로 만드는 일로 자신을 바쁘게 하려 애쓰면서도, 곁눈질로 카르텔 깡패들을 바라보지 않으려고 무척이나 조심해야만 했다.

그들은 언제나 그랬듯이 가슴에 기관총을 차고 무리 지어 모여서 있었다. 패밀리 스톤 주민들이 줄지어 서 있으리라 기대하고 있었음이 분명했다. 그들이 작게 무리 지어서 무시당한 채로 서 있는 모습을 보고 있자니 한심했다.

결국, 그들은 눈에 띄는 첫 번째 섬사람인 존스 씨에게 다가갔다.

존스 씨는 붉은 생선의 포를 뜬 후, 그것을 말리기 위해 조악한 나무 받침대 위에 매달고 있었다. 감시 요원이 다가갔을 때, 그는 해골 모양의 파란색 페인트칠을 한 몸을 긁어대고 있었다.

마일로는 그들이 하는 말을 들을 수 없었지만, 상상은 할 수 있었다.

"대체 이 행성의 검둥이들은 왜 줄을 서지 않는 거야?" 감시 요원이 물을 터였다.

"우린 우리 일을 하느라 바빠." 존스 씨는 계속 일을 하며 대꾸할 게 분명했다.

"너희 일은 우물을 관리하고 우리 탱크가 오면 제공할 물을 준비해두는 거야." 감시 요원이 계속 말하면, 존스 씨는 그 한심한 말을 무시해버릴 터였다. 더는 그들의 말이 진실이 아니기 때문이었다.

보나 마나 감시 요원은 화를 낼 테고—그렇다, 그들은 걸어가서 존스 씨를 초주검이 될 때까지 폭행할 것이다. 그러면 존스 씨는 미리 연습한 대로 두 팔로 머리를 감싼 채 참아낼 것이다. 그는 심지어 하던 일을 계속하려 할 테지만, 놈들이 그를 때려 땅에 쓰러트린 후 피투성이가 되어 움직이지도 않는 그를 그냥 내버려두고 갈 게 분명했다.

"제기랄." 마일로는 숨죽여 내뱉었다.

잠시 후, 감시 요원들이 흩어져서 몇몇 사람들을 해안가로 끌고 가려 했다. 하지만 그들이 붙잡은 사람들은 온몸을 축 늘어트려 버렸기에 끌고 가기가 여간 힘든 게 아니었다.

"대체 다들 이 빌어먹을 해골은 왜 그리고 있는 거야?" 마일로는 감시 요원 하나가 크리스토퍼 눈게서를 그가 하는 일에서 떼어놓으려 애쓰면서 질문하는 것을 들었다.

"우린 죽었어." 눈게서가 대답했다. "그러니 너희가 우리에게 할 수 있는 일은 아무것도 없어."

그 감시 요원은 눈게서의 이를 세게 걷어차고는 그를 그곳에 남겨둔 채 가버렸다.

"젠장." 마일로가 말했다. 그는 계속해서 실을 느슨하게 풀었는데, 그것은 실 감기를 다시 시작한다는 의미였다. 그에게 필요한 것은 드롭 스핀들(솜뭉치를 가늘게 빼내 빙글빙글 돌려서 실을 만드는 도구-옮긴이)이었다. 모르는 게 없는 만물박사 루타베스가 그에게 적어도 세 번쯤 했던 말이었지만, 그는 너무 게을러서 나무로 깎아 그것을 만들 수가 없었다. 하지만 오늘 밤에는 반드시 만들겠다고 다짐했다. 오늘 섬사람 모두가 총에 맞아 죽지만 않는다면.

이제 감시 요원들은 우주선 옆에서 회의를 하고 있었다.

치직, 치직, 치직.

곧 그들이 확성기를 통해 위협을 가해오리라는 사실을 마일로는 알고 있었다.

하지만 그들은 그러지 않았다.

그들은 다시 폭격기에 올라 썰물을 타고 위로 올라가서 사라졌다.

병원 위원회가 존스와 눈게서를 돕기 위해 서둘러 달려갔다.

"이제 어쩌지?" 수지가 물었다.

"나는 나뭇조각을 좀 찾으러 가야겠어. 스핀들을 만들어야 하거든." 그가 말했다. "너는?"

"난 이 망할 파란색 페인트를 벗겨내러 갈 거야." 그녀가 말했다.

적어도 80명쯤 되는 다른 섬 주민들도 그녀와 함께 숲으로 가서 몸을 긁어대며 욕을 퍼부었다. 그들 모두 조용히 자부심을 느꼈고 눈물이 날 만큼 자신들이 용감하게 느껴졌다.

완전한 무시는 양쪽으로 효과가 있을 수 있음을 마일로는 깨달았다.

다음 날, 카르텔이 돌아왔다. 슬레드와 폭격기 몇 대도 착륙했다.

큰 우주선 한 대는 상륙하지 않은 채 해변 위를 맴돌았다.

밖으로 나와 돌아다니는 카르텔 앞잡이들은 기술자처럼 보였는데, 몇 명의 감시 요원과 함께 다녔다. 그들은 스피커와 무전기를 통해 서로 치직거리며 대화를 나누었지만, 패밀리 스톤 주민에게는 전혀 말을 걸지 않았다.

큰 우주선의 화물칸 문이 열리더니 뭔가 거대한 코코넛처럼 생긴 것이 떨어져 내렸다.

하지만 땅에 완전히 떨어지지는 않았다. 마치 투명한 밧줄 끄트머리에 달린 것처럼 공중에서 까닥거렸다. 그것은 부드럽게 빛을 내기도 하고, 아니기도 한 것처럼 이상한 모양이었다. 마치 그 자리에 있지 않은 것처럼 가장자리가 뿌옇게 흐려 있기도 했다.

큰 우주선이 기수를 올려 스카이후크를 타고 다시 우주로 돌아갔다.

한 척을 제외한 모든 우주선이 그 뒤를 따랐다. 폭격기 한 대만이 김을 뿜어내며 벼랑 끝에 자리해 있었다.

주민들이 집을 짓고 요리하고 물건을 고치는 동안 확성기 소리가 들려왔다.

"우린 일주일 후에 돌아올 것이다." 확성기가 말했다. "그때는 펌프와 우물이 제대로 기능하고 적어도 4만 킬로리터의 독소를 제거한 물을 탱크에 적재할 수 있기를 기대하겠다."

그러고 나서 폭격기가 우르르거리며 모래에서 궤도로 쏘아 올려졌다.

크리스토퍼 눈게서가 걸어 올라왔다. 눈게서는 턱에 붕대를 감고 있었으며, 치아 절반이 사라지고 없었다.

그가 머리 위에서 흐릿한 모양으로 맴도는 코코넛처럼 생긴 것을 가리켰다.

"놈들이 테스트해온 것 중 하나야." 그가 말했다. "안팎을 뒤집어놓는 폭탄."

"저건 안팎을 뒤집어놓는 폭탄입니다." 마일로는 정오경에 패밀리 스톤 주민 모두에게 발표했다. 그가 아는 사실을 나누는 게 옳아 보였기 때문이었다.

"대단해." 그들이 목격했던 첫 테스트에서 거의 장님이 되었던 크리스마스 브레이크가 말했다.

거의 100명쯤 되는 많은 섬 주민들이 일어서서 숲을 향해 갔다. 구체적으로 말하면, 펌프가 있는 방향으로 가고 있었다.

"아, 빌어먹을." 마일로가 말했다. 그러고는 그들에게 멈추라고, 다 함께 있어야 한다고 소리치기 위해 입을 열었지만, 수지가 그를 감싸 안으며 말했다. "쉿, 자기. 저들에게 지시하려 하지 마. 그들이 옳을 수도, 그렇지 않을 수도 있어."

그녀가 옳았다.

하지만 그런데도 마일로는 여전히 화가 났다. 어떻게 그런 식으로 쉽게 포기할 수 있지? 그는 앉아서 다시 명상하려 애썼다. 자신의 엉덩이가 나이를 먹어감에 따라 점점 커지고 있는 것 같다는 생각을 멈출 수가 없었다. 다른 사람들도 다 그런 걸까? 왜 그렇지? 그러다가 마침내 거의 평화로운 순간에 도달할 수 있었다.

수지도 그의 곁에 앉아 똑같이 했다.

그는 땅거미가 질 무렵, 거의 일식이 시작되는 순간에 일어나서 자신의 빌어먹을 드롭 스핀을 만들 나무를 찾으러 갈 준비를 마쳤다. 그때 수지가 숲이 있는 쪽을 가리키며 말했다. "봐, 마일로."

그는 보았다.

백 명의 섬사람들이 사냥에 성공한 의기양양한 사냥꾼 무리처럼 한 줄로 길게 줄지어 숲에서 나오고 있었다. 모두 기계류나 철판, 또는 소형 모터나 변압기, 파이프 같은 것을 손에 들고 있었다.

카르텔의 귀중한 펌프 부속품이었다.

그들은 가지고 나온 것을 마을 한가운데 쌓아놓았고, 재건 위원회는 부품들을 분류하고 무엇이 어디에 어떻게 유용하게 쓰일지 논의하느라 정신이 없었다.

마일로는 많은 섬 주민들이 이제는 빨간색 해골 그림을 그리고 있다는 사실을 알아차렸다.

"어떻게 빨간색 물감을 구한 거야?" 그가 큰 소리로 물었다.

"진정해." 수지가 대답했다. "괴야."

카르텔이 돌아오기로 약속한 날을 하루 남겨두고, 마일로는 조용히 패밀리 스톤 주민들에게 해변으로 모이라는 전갈을 보냈다.

해골이 그려진 손에 손을 잡고, 위원회 회원들끼리 무리 지어 모두 해변으로 몰려갔다.

마일로는 옆구리에 꾸러미 하나를 끼고 나타났다. 보기에는 돛을 말아놓은 것 같았다.

"여러분에게 보여줄 것이 있어서 가져왔어요." 그가 발표했다. 그러고는 말았던 돛을 펼쳐서 열 대의 통신 피시를 보여주었다. 검은색에 매끈한 군대용 장비 같았다.

숨을 헉하고 들이마시는 소리가 여기저기서 들려왔다. 섬사람들은 실제로 통신 피시 열 대를 가지고 있는 것은 말할 것도 없고, 단지 피시라는 말을 언급했다는 사실 하나만으로도 총에 맞아 얼굴이 날아가 버릴 수도 있었다.

마일로는 피시 한 마리를 높이 집어들어 올렸다.

"몇 달 전에 수지와 내가 실종된 카르텔 우주선을 발견해서 그 난파선 쪽으로 잠수해 내려갔었어요. 이것들은 수지가 조종실 안에서 꺼내온 건데, 여러분에게는 알리지 않았던 거예요. 그 점에 관해서는 죄송해요. 진작 알려드렸어야 했어요. 그때는 서로 비밀을 지켜야 할 것 같았거든요."

패밀리 스톤 주민들이 용서를 의미하는 소음을 냈다.

"네게 계획이 있는 거지." 카버가 멀리 뒤쪽에서 소리 질렀다.

"그렇지, 마일로?"

마일로가 피시를 내려놓고, 박수를 두 번 쳤다.

"내 계획을 알려드릴게요." 그가 말했다.


마일로의 계획은 일단 카르텔 우주선이 내려와야만 성공할 수 있었다. 그들이 와서 혹시라도 섬의 노예들이 카르텔의 계획을 알아채지는 않았는지 살피느라 섬을 둘러보게 해야만 했다.

그리고 카르텔은 그렇게 했다.

**파-주우우우우움!** 오전에, 약 50척의 우주선이 하늘에서 내려와 섬 위를 여기저기 선회했다. 그들 중 상당수가 60킬로미터쯤 밖에서 원을 그리며 돌았다. 처음 폭탄을 실험했을 때 내려왔던 우주선처럼 거대한 우주선들이었다. 폭격기 몇 대가 해변에 착륙했다.

해변에 있던 감시 요원들이 주위를 둘러보기 시작했다. 마일로는 그들이 수없이 많은 펌프 장비와 기계가 오두막을 지탱하거나 쌍동선을 띄우는 부두를 형성하거나, 또…… 놀이터를 만드는 데 사용된 것을 알아차리고는 거의 미쳐 날뛰는 모습을 볼 수 있었다.

군인들이 고함을 질러대고 치-익거리면서 기관총을 휘둘러댔다.

마일로는 그들이 총을 쏘아대기를 거의 바라고 있었다. 눈게서가 모든 통신 피시를 활성화시켜놓았고, 그중 다섯 대가 현재 숲속에서 군인들의 모습을 촬영 중이었기 때문이었다.

하지만 카르텔의 부하들은 모두 우주선에 다시 올라타서 섬을 떠나 멀리 선회했다.

머리 위에서는 안팎을 뒤집어놓을 폭탄이 섬뜩한 소리를 냈다.

좋아, 마일로는 생각했다. 이것도 역시 촬영 중이었다. 섬에서뿐만 아니라, 먼바다에서도 촬영되고 있었다.

16킬로미터 떨어진 곳에서는 어업 위원회가 배를 바다에 띄우고 정박해 있었다. 그것도 마일로의 계획이었다. 바다에 떠 있는 채로 다섯 명의 인원이 촬영하기로 되어 있었다. 함대와 섬을 촬영하고, 앞으로 일어나게 될 모든 크고 끔찍한 일들을 촬영할 예정이었다.

하지만 여기가 바로 마일로의 계획이 다른 모두가 원하는 방향과 달라지는 지점이었다.

마일로의 연설 이래로, 그러니까 그가 조녀선 야야에 관한 우화를 들려준 이래로, 섬사람들은 거의 모두가 어업 위원회에 속해 있었다. 마일로의 계획은 섬사람 대부분이 낚싯배에 올라타서 섬을 빠져나가 섬에서 무슨 일이 일어나든 간에 그것을 촬영한 후, 그것을 금성에서 혜왕성의 암모니아 광산에 이르기까지 모든 곳에서 군사 긴급우선권에 맞먹는 특종으로 방송하는 것이었다. 그러고 나서 그들은 **살아남아야** 했다. 해야 한다면 카르텔 함대를 피해 바닷속으로 잠수해서 헤엄쳐가 그들의 삶을 살아가야 한다는 게 그의 계획이었다.

하지만 그날 아침, 어업 위원회는 그에게 싫다고 말했다.

"안 돼." 칠리가 살해된 이후 머리가 하얗게 새어버린 잘레가 말했다. "이미 우린 죽은 거잖아, 아니야?"

"맞아." 그들 모두가, 패밀리 스톤 모두가 말했다.

결국, 어선을 끌고 나간 것은 대부분이 아이였다. 그들은 어른들처럼 고기를 잡을 수도 있었고, 때가 되면 '전송' 버튼을 누를 수도 있었다. 그들은 배를 조종하고 잠수를 하고 헤엄을 칠 수도 있었고, 아직 살아갈 날이 많이 남아 있기도 했다. 만약 상황이 바뀐다면.

금성에서 혜왕성의 암모니아 광산에 이르는 지역에서 카르텔에 지배당하며 살아가는 사람들이 조녀선 야야의 우화를 듣게 되고, 살아 있되 죽은 이들의 이야기를 듣게 된다면, 그리하여 상황이 바뀌게 된다면 말이다.

"그들도 모두 패밀리 스톤이야." 그들이 원을 형성하고 있을 때, 카버가 말했다. "우리는 카르텔의 규제를 받아들이기를 거부했어. 하지만 우리가 그렇게 하고자 하는 유일한 사람들은 아니야. 우리 같은 사람이 곳곳에 널려 있어. 그러니 그들이 이 섬에서 일어나는 일을 보게 되면 무엇을 해야 할지 깨닫게 될 거야."

크리스토퍼 눈게서는 아이들과 함께 나가서 파도 사이로 숨어들었다. 올드 듀터라노미도 마찬가지였다. 만약 그들이 살아남는다면, 그들은 여기서 무슨 일이 일어났었는지 설명하는 데 도움을 줄 터였다.

하지만 그들 대부분은 섬에 남아 폭탄 바로 밑에 서 있었다.

그들은 폭탄을 안 보는 척했다.

그리고 대부분이 두려워하지 않는 척했다.

"마일로?" 포더린가이 경이 말했다. "난 두려워."

"난 명상하려고 애쓰고 있어요." 와일드 빌이라고 불리는 남자가 말했다. "그런데 계속 저 빌어먹을 폭탄 생각만 해요."

"나도 그래." 많은 사람들이 동의했다.

마일로는 폭탄 가장자리가 점점 밝아지는 것을 알아챘다.

"난 늘 명상에는 젬병이었어." 마일로가 말했다. "가끔은 고양이 말고는 아무 생각도 못 하겠다니까."

"난 항상 화장실에 가고 싶다는 생각을 해." 칼립소가 말했다.

"나는 아무것도 생각하지 말아야 한다는 생각을 해." 요코 존스가 말했다. "왜 그러나 모르겠어."

"나는 나이 먹어가는 것에 관해 생각해." 수지가 말했다.

"난 먹을 것." 누군가 말했다.

"알파벳."

"섹스."

"사라진 내 한쪽 눈."

"가니메데에 두고 온 내 아이들."

"음악."

그러고 나서 그들은 더는 아무 말도 하지 않았다. 그 순간은 단지 너무 바쁘고 너무 무거웠다.

지금? 지금이야?

많이 아플까? 그들이 별처럼 타오를까, 아니면 갑자기 끝나버릴까?

지금?

만약 당신이 세인트 존 포더린가이 경이었다면, 당신은 이 시점에서 조금씩 춤을 추기 시작했을지도 모른다. 만약 당신이 요코 존스였다면, 모든 것과 완벽하게 어울리려 노력했을 것이다.

그리고 만약 당신이 마일로였다면, 이 마지막 순간이 마침내 진짜 명상을 하기에 완벽한 순간이라고 생각하고는 수지의 눈을 똑바로 응시하면서 둘이 함께 명상에 빠져들었을 것이다.

그리고 어떤 면에서는 그게 효과가 있었을 것이다.

하지만 그런 순간은 절대 찾아오지 않았다. 만약 당신이 그런 순간에 놓이길 기다리고 있었다면, 지금이 바로 그 순간이다. 이제 모든 행성의 모든 인간이, 모두가 포식자가 되는 것을 멈추게 할 수는 없지만, 그들이 먹잇감이 되는 상황을 멈추게 할 수는 있다고 생각하게끔 될 터였다. 또한 사람들은 이제부터 위대하고 크고 평화로운 미래가 펼쳐지게 되리라고 기대하게 될 터였다. 사람들이 이 순간에 무엇을 하느냐에 따라, 완벽한 미래가 마치 압정 위에 올라가 있는 코끼리처럼 이 숨 막히는 순간을 기다리고 있을 수도, 그렇지 않을 수도 있을 것이다. 어쩌면 이 순간 이후에는 상황이 변해서 우리가 똑같이 어리석고 탐욕스러운 실수를 이번 생에도 다음 생에도, 그리고 그다음 생에도 반복해서 저지르던 것을 끝내고 마침내 잘 사는 삶을 추구하는 사람들로 진화하게 될지도 몰랐다.

"안 돼, 안 돼!" 당신은 으르렁댄다. 지금 머릿속에 떠오르는 생각이 아무리 가치 있는 생각이라 할지라도, 그게 명상은 아니기 때문이다. 제발 이번 한 번만이라도…….

하지만 어쩔 수 없는 일이다. 지금 당신의 머리가 단지 당신 혼자만의 머리는 아니기 때문이다. 그것은 당신이 살았던 1만 번의 삶과 8천 년의 세월과 그들 모두의 과거와 미래, 모든 동굴 거주자와 경주 차량 운전자와 양 볼이 창백한 우유 짜는 소녀와 모든 탐험가와 귀뚜라미, 경제학자, 마녀 들의 머리이자 영혼이다. 목소리에는 많은 것이 가득 들어차 있다. 사람들 안에 가득 차 있는 것, 미래가 어떤 모습이든 미래까지 가지고 갈 것, 와플이나 성실한 노동, 그리고 아무도 알아내지 않기를 바라는 희망 같은 것들 말이다. 달아나서 숲에서 출몰하는 후크맨 같은 고딕 그림자들. 야만인과 세금, 백미러를 통해 보이는 빨간불과 파란불, 그리고 좀체 떠나지 않고 항상 남아 있는 감정들, 가장 인간적인 것들, 예를 들어, 뭔가를 잊어버린 듯한 느낌, 뭔가를 잊고, 잃어버리고, 끝내지 못한 것 같은 느낌. 당신 머릿속의 목소리들, 수천 번의 삶과 수천 년의 세월을 살아온 당신 머릿속의 목소리들은 당신이 알고 있는 완벽함, 예를 들어, 당신이 빈의 성벽 위로 쏘아 올려졌을 때, 당신이 달에 첫 발자국을 남겼을 때, 당신이 물속으로 몸을 던져 스테이시크랩 트리의 어린 딸을 익사하기 직전에 구해냈을 때, 당신이 바이올린 연주로 미시간의 트로이에 있는 성 패트릭 성당에 있는 스테인드글라스를 깨트렸을 때 같은 완벽함에 관해 이야기한다. 그 목소리들은 당신이 쓰고 있는 가면에 관해서도 이야기한다. 예를 들어, 아내의 가면, 남편의 가면, 그리고 당신이 무엇을 하고 있는지 제대로 알고 있는 척할 때 쓰는 가면, 축제의 가면, 지루함과 기쁨의 가면 같은 것들 말이다. 그들은 또한 가면 뒤에 숨겨진 것에 관해서도 이야기한다. 예를 들어, 세상에서 가장 위대하고 신비한 것, 모든 두려움과 증오의 원천과 목적, 그리고 우리가 아는 것과 침묵과 평화를 하나의 반짝이는 리본으로 근사하게 묶어주는, 우리가 죽기 전에 보고 알게 되는 마지막 것들에 관해서.

하지만 일이라는 게 그런 식으로 해결되는 경우는 거의 없다. 이번에도 마찬가지다. 따라서 마일로는 그 **거대한 폭발**이 일어나기 전, 바로 그 순간에 수지를 바라보고 수지도 마일로를 바라본다. 그러다가 마침내 마지막이 오면, 두 사람은 함께 쓰러져서 진지해지려 애쓰며 서로를 바라보고 깔깔대고 웃어댄다. 그들이 아직도 잘 모르는 이유인 대부분의 일을 하는 것과 같은 이유로, 현자와 음매하고 우는 소와 죽음도 잘 알지 못하는 똑같은 이유로 웃어젖힌다.

# 25

# 태양의 문

그들은 강가에서 깨어나지 않았다.

영혼의 기억이 홍수처럼 밀려들었을 때, 마일로는 이것이 불확실하고 나쁜 징조라는 사실을 깨달았다. 지난번에는 우물 바닥에서 깨어났던 것도 기억났다.

꽃다발도, 햇살도 없었다.

그냥 어둠뿐이었다.

"지금 장난해요?" 마일로가 말했다. "뭐야, 우리가 도망 다녔던 것 때문에 아직도 화나 있는 거예요?"

여보세요? 수지는 어디 있지?

"여보세요?"

"나 여기 있어." 수지의 목소리가 들렸다. 놀라고 미심쩍어하는 목소리였는데, 그럴 만도 했다. 그녀는 한 번도 죽어본 적이 없지 않은가.

왼쪽에서 머리를 움켜쥐고 앉아 있는 수지의 모습이 보였다. 거의 실성한 사람 같았다.

마일로는 그녀의 한 손을 쥐고 가만히 기다렸다.

"우리가 죽었어!" 그녀가 숨을 헐떡이며 말했다. "내가 죽었어! 우와. 우와. 내가 원래 죽음이었잖아. 나는 신이나 마찬가지였는데……. 맙소사, 맙소사, 맙소사."

그것은 실현되기 어려운 일이기는 했다. 대부분 사람들은 사후 세계에 가면 자신이 전생에 트럭 운전사였다거나, 타조였다는 사실을 기억해내지 않는가.

"우리 원래는 강가에서 깨어나야 하잖아." 그녀가 말했다. "거기가 바로 내가 늘 당신을 만나던 곳이었잖아. 그런데 왜 지금 우리는 강가에 있지 않아?"

"그들이 우리가 도망 다녔던 것 때문에 아직도 화나 있나 봐. 아마도. 그냥 내 추측이야."

주변의 모습이 점차 시야에 들어왔을 때, 마일로는 그들이 일종의 서재처럼 보이는 장소 한가운데 서 있다는 사실을 알아차렸다. 짙은 색 나무로 벽널을 댄 곳이었다. 쐐기돌 위에 여우 모양이 조각된 벽난로도 있었다. 가죽 의자들도 보였다. 선원들의 사물함 모양의 낮은 탁자도 있었다.

"아마 괜찮을 거야." 마일로가 조심스럽게 말했다. 그리고 수지의 손을 꼭 쥐었다.

수지가 어깨를 으쓱했다. "어쩌면 당신은 그럴지도 모르지. 하지만 내 경우에는 도망쳐서 그런 짓을 한 건 배신과도 같아. 우리 같은 보편적인 존재들은 '인생'을 살아갈 수가 없어. 우린 사람들이 인생을 살아가는 모습을 지켜볼 뿐 거기에 관심도 보여서는 안 돼."

작은 서재 밖에서 무슨 일인가 벌어지고 있었다. 셔터가 내려진, 깊이 들어가 앉은 창문을 통해 여과된 불빛 같은 것이 보였다. 그리고 목소리들…… 흐릿한 웅성거림. 두꺼운 벽 저편에 모여 있는 군중의 소리 같았다. 지난번에 그를 참수형에 처하려 했던 폭도들의 소리와도 비슷했다.

"당신에게 우주의 능력이 남아 있을 것 같지 않은데, 어때?" 그가 물었다. "우리를 여기서 휙 사라져버리게 할 수 있을까? 아니면……."

수지가 손가락을 구부렸다. 눈도 깜빡거렸다.

"안 돼." 그녀가 말했다. "아무것도 남아 있지 않아."

그때 마일로의 눈이 휘둥그레졌다. 수지가…….

"단단해!" 그가 그녀를 움켜잡고 꽉 쥐며 소리 질렀다. "당신이 단단해! 흐려 보이지 않아!"

"나도 그걸 알아차렸어." 그녀가 말했다. "당신도 흐려 보이지 않아. 그렇지만 그게 무슨 뜻인지는 모르겠어." 그녀가 말했다.

마일로도 곰곰이 생각해봤지만, 알 수 없었다. 하지만 그게 수지가 망각 속으로 사라지지 않을 거라는 의미라면 정말 다행이었다. 그게 그런 의미일까?

복도 저편에 있는 문이 활짝 열리더니, 마마가 가죽 의자 사이로 돌진해왔다. 그녀의 거대한 팔과 강한 손이 뻗어 나왔다.

마마가 보아뱀처럼 마일로를 감싸 안았다. 그는 숨도 쉴 수 없었다.

수지도 그의 옆에서 꿈틀거렸다. 마마가 그들 둘을 한꺼번에 안고 있기 때문이었다.

그들은 마마가 마치 따뜻한 유럽의 바다라도 되는 듯이 그녀 안으로 잠겨 들어갔다.

"내가 틀렸어." 그는 마마가 말하는 것을 들었다. "네가 부처에게 한 일을 이해했어야만 했어. 그러고 나서 너는 다시 내려가 역사상 가장 강력한 교훈 하나를 가르쳐주었지. 잘했어."

수지가 마일로의 손을 꽉 쥐었다.

그들이 해낸 걸까? 성공한 걸까?

"그래." 마마가 말했다. 그녀가 눈물을 펑펑 쏟았다. 펑펑.

"그 말은……."

"완벽함."

수지가 숨을 헉 몰아쉬었다. 안도감이 마일로의 전신을 통해 흘렀고, 그는 오줌을 지리지 않기 위해 온몸에 힘을 주어야 했다.

낸의 목소리가 다른 방에서 복도로 들려왔다.

"축하해." 목멘 소리였다. 그녀의 고양이 두 마리가 어슬렁거리며 서재로 들어왔다.

"오래 걸리기는 했어." 낸이 덧붙였다.


"모두가 기다리고 있어." 마마가 다시 팔을 활짝 벌려 그들을 참나무로 된 거대한 양 여닫이문으로 이끌어가며 말했다. "그리고 내가 '모두'라고 한 건, 진짜 모두를 의미해. 믿거나 말거나지만, 넌 부처보다 더 많은 군중을 모았을지도 몰라. 네가 지금까지 가장 오래 존재한 인간 영혼이잖아. 그리고 수지, 내가 널 수지라고 부르는 게 익숙해지기는 할지 모르겠지만, 어쨌든 너도 진짜 특이해. 실은, 앞으로 네게 무슨 일이 일어날지는 아무도 확신하지 못해. 내 말은, 너는 인간이 아닌 우주에 속한 존재였잖아. 그런데 인간이 되었다가 이제 다시 돌아가……."

"내가 그 위험은 감수할게." 수지가 말했다. "그게 최선의 대안이니까."

마일로는 자신이 기절할 것처럼 기운이 빠지고 있는 것을 알아차렸다. 이해해야 할 게 너무 많았다. 어떻게 보면 졸업식이나 마찬가지였지만, 실제로는 그렇지 않다는 게 달랐다. 이건 마치…….

뒤에서 낸의 목소리가 들렸다.

"내가 약속할게." 그녀가 엄마나 할머니처럼 낮고 따뜻한 목소리로 말했다. "태양의 문 저편에는 기쁨과 충만함 외에 다른 것은 없어. 너도 곧 알게 될 거야."

그녀가 뒤에서 마일로를 안아주었다. 그것은 마치 선의의 나뭇가지에 안겨 있는 것 같았다.

그는 그녀를 믿었다.

"말이 나와서 말인데……." 수지가 말했다. "태양의 문에 관해서 말이야."

문 저편에서 군중이 웅성거리고 환호했다.

마마와 낸이 동시에 말했다. "응…… 응?"

"우린 함께 나갈 거야."

마마와 낸이 서로를 바라봤다. 조용히 상의했다. 그리고 어깨를 으쓱했다.

"일단 시도는 해봐." 낸이 말했다. "원래는 그런 식으로 하는 게 아니야. 오버소울에서는 모두가 함께 있어, 봐……."

"우린 부탁하는 게 아니야." 마일로가 말했다.

낸과 마마는 약간 긴장한 듯 보였지만, 어쨌든 고개를 끄덕였다.

마일로가 수지의 손을 잡았고, 그들은 함께 문을 바라보고 섰다.

문이 활짝 열렸다. 빛이 홍수처럼 넘쳐 들어와 그들의 눈을 멀게 했다. 고함과 환호성에 귀가 먹먹해졌다.

마마가 폭신한 예인선처럼 그들을 이끌어 아수라장 같은 바깥으로 나가는 동안, 그들이 할 수 있는 거라고는 발을 질질 끌며 걸어 나가는 것 외에는 아무것도 없었다.

걸어가는 동안 손가락들이 그들을 만졌다. 마마가 손들을 밀쳐 냈다. 군중이 그들을 마치 치약 속의 완두콩처럼 쥐어짰다.

부처의 추종자들처럼 그들도 사방에 있었다. 언덕에도 범람원에도 다리에도, 모두 야단법석을 떨며 모여서 손을 흔들고 노래를 부르고 깃발을 흔들었다. 아래쪽 저 너머 마을에서도 사람들이 지붕 위에 올라가 환호했다. 비행선과 풍선이 떠다니고 소용돌이쳤다.

그들은 강에도 있었다. 얕은 곳에 서서 손뼉을 치며 환호했다. 그들은 즐거워했고, 순수하게 기뻐했다. 기쁨이 손에 잡힐 것만 같았다. 그들은 마일로와 수지에게 일어나는 근사한 일을 목격하고 있기에, 그리고 그것이 언젠가는 그들의 하루가 될 것임을 알기에 기뻐했다.

강 위의 공기가 마치 눈에 보이지 않는 누군가가 눈에 보이지 않는 거대한 징을 치기라도 한 것처럼 휘어지며 부르르 떨었다. 빛과 기쁨의 충격파가 터널 같은 것을 형성하면서 방사되었다.

그들은 강둑에 이르러서 얕은 여울을 통과해가며 물을 튕겼다.

수지가 마일로의 어깨를 잡았고, 두 시선이 마주쳤다. 그들이 올바른 방향으로 움직여가도록 군중이 이끌어가리라 믿으며 둘은 서로의 몸에 팔을 둘렀다.

수지는 눈만 커다랗게 뜬 채 아무 말도 하지 않았다. 마일로는 그녀에게 키스하려고 몸을 기댔고, 그녀의 눈이 감기고 입술이 살짝 벌어지는 것을 보았다.

문이 그들을 감싸 안아 끌어당겼다.

그들은 물살 속에서 함께 헤엄치고 있었다. 마일로는 그들의 영혼이 땅콩버터처럼 넓게 펴지는 것을 느꼈다. 완벽했다. 한편으로는 관능적이기까지 했다. 그들은 길고 단단하고 젖은 키스를 나누기 위해 서로에게 기댄 채 서로를 통해 흘러갔다. 그리고 함께 오버소울을 통과해 헤엄쳐갔다.

**함께.**

약 3초 정도.

# 26

# 오버소울

당신이 지렁이라고 상상해보자.

당신에게 지렁이 여자친구가 있는데, 당신들 둘은 지렁이 뇌가 기억할 수 있는 한 아주 오랫동안 함께해왔다고 상상해보자. 당신들은 미친 듯이, 원시적으로, 그리고 영혼의 반려자 같은 방식으로 서로를 사랑한다. 그녀가 없는 세상은 어떤 모습일지 감히 상상조차 할 수 없다. 아니, 지렁이는 사실상 생각이라는 걸 할 수도 없다.

그러던 어느 날 깨어나 보니, 당신이 인간으로 변해 있다.

인간처럼 거대하고 인간이 이해하는 것을 모두 이해한다. 배도 쑥 나와 있고, 뉴욕 레인저스 모자도 가지고 있다. 이런, 제길! 어제 당신이 아는 거라곤 흙 속에서 기어 다니는 것뿐이었다. 그런데 오늘 당신은 스포츠 마케팅 분야의 학사 학위를 가지고 있다. 게다가 세금과 태양계에 관해서도 이해한다. 스페인어와 영어를 말한다. 절친도 있고, 전처도 있고, 주말마다 만나는 아이도 하나 있다. 당신은 브라질과 유럽에도 다녀왔는데, 그건 지렁이의 처지에서는 머나먼 은하계를 방문하는 것이나 다름없다. 물론 '은하'라는 개념이 지렁이의 마음을 녹여버릴 테지만 말이다.

만약 당신이 이 상황에서 당신의 지렁이 여자친구를 잃게 된다면 마음이 아플까? 당신의 지렁이 자아를 잃게 된다면?

그렇지 않을 거다.

사실, 문제는 여기에 있다. 당신과 당신의 지렁이 여자친구는 사실상 당신의 그 거대한, 새로운 뇌 속에 함께 녹아들어 있다. 당신과 1조 마리쯤 되는 다른 지렁이들도.

당신은 1조 마리의 개별적인 지렁이들로 살아가는 것에 관해서는 생각하지 않는다. 뭐하자고 생각하겠는가? 새롭고 멋지고 오래된 자아인 채로 계속 살아갈 수 있는데 말이다.


이제 모든 게 이해될 것이다.

시간. 중력. 어떤 포크를 사용할지. 지퍼. 무한한 차원. 타코.

그것은 모두 당신이 꾸는 꿈의 일부이다.

10억 년이 지나간다.

혹은 시간이 단지 꿈의 일부가 아니라면, 그럴 것이다.

그래서 당신은 10억 년을 꿈꾼다. 차이가 뭘까?

10억 년이 잠들어 있는 거대한 바다처럼 흘러간다.

그러던 어느 날, 당신은 마일로라는 이름의 늙은 영혼이 되어 수지라는 이름의 늙은 영혼과 손을 잡은 채 무릎 깊이의 강 속에 서 있는 꿈을 꾼다.

모든 게 기억 속으로 돌아온다. 전부 다.

당신은 그게 꿈이라는 걸 잊는다.

그리고 진한 키스를 오랫동안 나누며 함께 마지막으로 떠나왔던 곳을 기억해낸다.

(당시 중력과 중국어를 이해했던 것을 기억하지만, 지금은 흐릿하다.)

잠시 후에, 당신은 강으로 걸어 들어가 강물이 당신을 데려가게끔 허락하고는 탄생이라는 기묘함에 굴복하고 만다.

당신들은 손을 잡는다. 어떤 것도 당신들을 갈라놓으려 하지 않는다.

당신들은 물속에서 삶과 세상 사이에 함께 매달려 있다. 강이 당신들을 데려가고, 시간이 당신들을 감싸 안고, 메기가 당신들을 통과해 헤엄쳐 다닌다.

# 27

# 미시간주 블루 크리크와
# 그 외의 삶들

그들은 따로따로 시간을 거슬러서 약간 과거로 돌아왔고, 사실상 어른이 될 때까지 만나지 못했다.

열여섯 살이 된 수지는 소비뇽에 있는 성 토머스 성당에서 청소부로 일하고 있었다. 어느 날 밤, 그녀는 가여운 기욤 대주교의 지하 봉안당에서 이상한 소리를 들었다. 두려움을 삼키며 그녀는 뚜껑을 살짝 열어보았고, 그때 잘생긴(약간 먼지를 뒤집어쓰기는 했지만) 젊은 남자가 안에 웅크리고 앉아 있는 것을 발견했다.

"이런!" 젊은 남자가 한숨을 쉬며 말했다. "이제 다시 숨을 쉴 수 있겠군!"

그들은 첫눈에 사랑에 빠졌다. 그렇지 않았다면, 그는 자신이 오래된 기욤 대주교의 무덤을 도굴하던 중에 뚜껑이 닫혀버렸다고 고백하지 않았을 테고, 그녀는 그에게 계속해서 성당에 있는 18개의 다른 신성한 지하 무덤을 도굴해서 새벽이 오기 전에 함께 도망쳐 프랑스 남부에서 둘이 함께 오붓한 삶을 살아가자고 제안하지도 않았을 터였다.

"좋아!" 젊은 남자가 말하고는, 그녀에게 화려하고 짜릿한 키스를 해주었다.

그것은 이상하게도 충만하게 느껴지는 키스였다. 이상한 지식과 미스터리로 가득 차 있었다.

"세상에!" 마일로가 숨을 헐떡이며 말했다.

"세상에!" 수지도 헐떡였다. "정말 멋진 키스였어."


## >> 서기 1882년, 미시간주 블루 크리크

마일로 포크너와 수잔 콥은 둘 다 열 살이 되던 해에 마일로의 생일파티에서 썰매에 함께 타며 처음 만났다. 그들은 곧장 손을 잡지는 않았지만, 한두 번 서로에게 미소를 지으며 얼굴을 붉혔다.

망나니처럼 굴기로 악명 높던 마일로의 아버지는 그날 밤에도 집에서 만든 진한 맥주를 쉼 없이 마셔대면서, 마구 채찍을 휘둘러 종종 얼음이 너무 얇게 어는 샌드 호수의 위험한 가장자리를 넘어 왼쪽으로 썰매의 방향을 틀었다.

쩍! 한두 번씩 호수가 갈라질 것처럼 항의했다. 펑! 총소리를 내기도 했다.

그리고 마침내 그것이 어린 마일로와 수지가 장갑 낀 손을 맞잡을 수 있는 신호가 되어주었다.

썰매가 물가에 가 닿았다. 그들은 여전히 손을 잡고 있었고, 마음은 마치 촛불처럼 안에서 꽃을 피우고 있었다.

썰매 탔던 사실을 부모님에게 고백한 후, 수지는 마일로와의 교제를 금지당했다. 그뿐만 아니라, 마을 사람 모두가 '태 안에 뱀을 가지고 태어난, 형편없는 인간쓰레기들'이라고 얘기하는 그의 가족들과도 교류할 수 없게 되었다.

마일로는 수지에게 편지 한 통을 썼지만, 중간에서 차단당해버렸다. 그녀도 그에게 편지를 한 통 썼지만, 역시 차단당했을 뿐 아니라 수지는 일주일 동안 성경 말씀을 베껴 쓰는 벌까지 받았다.

그런 다음 끔찍한 일이 벌어졌다. 수지가 병에 걸렸다. 당시 아이들이 쉽게 걸리던 병이었다. 그녀는 갈수록 창백해져서 기화돼 날아가 버릴 것처럼 말라갔다. 마침내 수지는 너무도 부드럽게 "마일로"라고 부르고는 눈물 한 방울을 떨어트렸고, 소녀의 아버지는 그를 불러오라고 시켰다.

마일로가 불려 와서 수지 곁에 앉아 그녀에게 이런저런 이야기를 들려주기 시작했다. 수영. 개구리. 그가 얼마나 책을 좋아하는지, 그리고 나중에 오리 사냥하는 법을 가르쳐주겠다는 이야기도 해주었다.

"오리는 안 돼." 그녀가 숨을 가쁘게 내쉬며 말했다. "난 오리가 좋아."

"그럼, 거위." 그가 말했다.

그리하여 수지는 살았다.

최악의 경우를 우려해서 수지의 아버지는 이미 그래스비에 딸의 무덤 자리를 사두었는데, 실용적인 이유로 그것을 팔지 않고 두었다. 그 후 병이 회복되어가는 몇 년 동안, 수지와 마일로는 종종 그곳에서 소풍을 즐겼다.

천 년이 지난 후 미래의 행성에서, 마일로와 수지는 책임감 있는 부모로 돌아와, 그들의 아이들에게 모든 성간 식민지를 통틀어 가장 유명한 이야기인 조너선 야야와 유로파 순교자들의 우화를 들려주었다.

그들은 순교자들이 고대의 탐욕적인 카르텔에 관한 끔찍한 진실을 방송하기 위해 죽음도 불사했던 이야기를 들려주었다. 또한 카르텔이 무너지기 전에 태양계 전체의 광부와 기술자들이 어떻게 순교자들의 발자취를 따라 노동을 거부했으며 또 어떻게 그들도 순교자가 되었는지도 들려주었다.

모든 훌륭한 부모가 자기 아이들에게 '만약 모두가 부당하게 대우받기보다는 차라리 고통과 죽음을 감수하기로 합의한다면, 탐욕스러운 사람들은 절대로 권력을 얻을 수 없다'는 교훈을 가르쳤다.

"이제 우리는 50세대에 걸쳐 정의를 누리고 살고 있단다." 그들은 아이들에게 말했다. "그러니 그것을 망쳐버리는 세대가 되어서는 안 된단다."

"안 그럴게요." 샤기와 리틀 레드 코르벳이 말했다.

　　로스쿨을 시작한 해, 마일로는 페토스키 카운티를 가로질러 자동차를 운전해간 첫 번째 사람이 되었다. 차량 자체는 커다랗고 소음이 심했는데, 거의 굴뚝이 달린 조악한 강철 보일러나 다름없었다. 어쨌든 기자들은 기회가 있을 때마다 말을 타고 그의 뒤를 따라가며, 혹은 그를 앞서 나가며 열심히 기사를 전송했다. 가끔 마일로는 사고나 지연 없이 수 킬로미터를 운전해갔다. 하지만 때로는 수리하느라 몇 시간씩 멈춰서 있어야 했다.

　　15일간의 여정 후, 마일로는 저녁 8시가 막 지난 시각에 캐스퍼 교육대학의 기숙사인 토스틀리 홀 앞에 차를 세우고, 사감의 책상으로 행진해가서 자신이 사진기자들 앞에서 연인인 미스 수잔 콥에게 키스하고자 하니 그녀를 아래로 불러달라고 요청했다.

　　"안 됩니다." 전생에 옥수숫대였던 침울하고 의심 많은 사감이 대답했다. "통행금지 시간은 정확하게 7시 50분이고, 6시 이후에는 어떤 신사분도 들어갈 수 없습니다."

　　"부탁입니다." 마일로가 간청했다.

　　그는 또다시 거절당했고, 두 사람은 언성을 높이기 시작했다. 결국, 신문 기자들은 마일로가 두 눈에 매우 불경스러운 시선을 담은 채 사감을 기숙사에서 끌어내 깨끗이 손질된 정원을 가로질러 부드럽게 솟은 언덕 아래로 내려가 버드나무가 길게 늘어서 있는 골프 연못 속으로 시끄러운 첨벙 소리와 함께 그녀를 던져 넣어버리는 모습을 목격하게 되었다.

이것은 논란의 여지가 있는 행위였다. 마일로는 지역 당국에서 벌금을 부과받았고, 1년간 로스쿨을 떠나 있어야 했다. 그는 블루 크리크 묘지에서 무덤 파는 일꾼으로 일했다.

어느 여름날 점심시간에 묘지에서 일하는 연인을 찾아온 수지는 이렇게 말했다. "나도 지난 9월에 그 늙은 마녀를 연못에 던져버리고 싶었는데, 오리들이 다칠까 봐 겁이 나서 그러지 못했어."

그러고 나서 그녀는 두 개의 열린 무덤 사이에서 마일로에게 키스를 했다. 그것도 근사한 키스였다. 정말 온몸에 소름이 돋을 정도로 진하고 감미로운 키스였지만, 그것에 관해 이야기하는 것은 전혀 예의 바르지 않을 터였다.


그들은 두 번의 세계 대전 사이에 파리에서 만난 커플로 돌아왔다. 마일로는 영화 제작용 카메라를 가지고 있었고, 수지는 공연하는 새 한 쌍을 키우고 있었다.

그들은 함께 영화를 만들었다. 작게 소용돌이치는 폭풍처럼 동작이 툭툭 끊겨 보이는 소규모 흑백 단편영화였다. 꽃 운반용 손수레를 끌면서 마치 끈에 묶인 꼭두각시 인형이 미친 듯이 춤을 추는 것처럼 보일 때까지 속도를 내는 한 소녀의 영화. 거리의 아이들에게 매를 맞는 남자에 관한 영화. 옷을 벗는 뚱뚱한 여자의 영화. 그들은 뚱뚱한 여자의 남편과 매 맞는 남자의 아내에 관한 영화도 촬영했다. 그리고 늘 그들의 영화는 약간 기괴했다.

그녀의 새들이 공연하는 모습.

사람들이 가짜 거미에 반응하는 모습.

쥐들이 기어 다니며 코를 킁킁대는 곳에서 잠들어 있는 아편 중독자들의 모습.

두 명의 난쟁이가 휠체어 하나에 함께 타고 있는 모습.

한번은 폭풍우가 몰아치는 동안 물웅덩이가 여기저기 생기고, 사람들은 서둘러 걸어가고, 번개가 가게 창문에서 번쩍거리는 장면을 처음부터 끝까지 촬영한 적도 있었다.

그들은 자신들의 모습도 촬영했다. 카메라에서 점차 멀어지면서 거리를 따라 내려가 고양이를 지나쳐가고, 기타를 든 남자 하나를 지나 더 멀리까지, 마침내는 매우 빠르고 범죄자 같은 그림자를 가진 누군가가 카메라를 훔쳐 달아날 때까지.


## >> 서기 1897년, 미시간주 블루 크리크


수지와 마일로는 결혼했다. 몇 년 동안, 그들은 전망이 밝은 젊고 자유로운 부부로 살았다. 그들은 꿩과 메추리, 야생 칠면조 등을 사냥한 다음, 자신들이 기르는 아이리시 세틀러(적갈색 새 사냥개-옮긴이)에게 뛰어가서 물어오게 했다. 수지가 훨씬 뛰어난 사냥꾼이 되었는데, 그녀는 손가락이 방아쇠를 찾아 쥐면 마치 고요한 고대의 무언가가 내면으로 들어오는 듯한 기분을 느꼈다.

그들의 처음 두 아이 찰스와 제임스는 연년생으로 계획대로 낳았지만, 셋째 이디스는 깜짝 선물처럼 찾아왔다.

이디스가 태어난 주에 페토스키 카운티 검사인 제럴드 웨지가 마일로에게 강력사건 하나를 배당해주었다.

"이제 이런 사건도 다뤄봐야지." 웨지가 말했다.

지역 사업가인 그레이던 오니시는 자신의 집에 침입자가 들어온 것을 발견하고 쫓아냈는데, 알고 보니 범인 헨드릭 뮐러는 상습범이었다. 오니시는 그를 쫓아낸 것에 만족하지 않고, 뮐러가 사는 곳을 찾아내 그의 집을 불태워버렸다. 뮐러와 그의 아내 둘 다 그 화재로 사망했다.

지역 사회(물론 전체는 아니고 일부였지만, 어쨌든)는 오니시가 무혐의로 풀려나기를 바랐다. 그들은 오니시가 누구에게도 득이 되지 않는 짓을 하던 상습범에 맞서 스스로를 방어한 선한 사람이라고 주장했다.

"그는 단지 사람들을 강탈하러 갔을 뿐이라고." 오니시가 주장했다. "그냥 뒀으면 보나 마나 누군가를 다치게 했을 거야."

지역 사회가 시끄럽게 그의 주장에 동의했다. 당시 페토스키 카운티에서는 다른 많은 지역에서와 마찬가지로 지방 법원도 종종 여론에 굴복했다.

하지만 마일로는 자신의 마음과 양심을 알고 있었다.

"법은 우리가 어떻게 느끼는가에 상관없이, 반드시 우세해야만 합니다." 그가 호전적인 법정에서 확신 없는 배심원들을 향해 선언했다. "지금 우리는 뮐러 씨가 했던 짓이 아니라, 오니시 씨가 저지른 짓을 논의하기 위해 여기 모인 것입니다."

비록 젊을지라도 마일로는 두꺼운 안경을 끼고 뾰족한 코를 높이든 채 고목처럼 법정에 서 있었다. 훗날 법정에 있던 방청객들 중 몇 명은 그의 모습이 어리석은 아이들로 가득 찬 방에 갑자기 어른 한 명이 안개 속에서 불쑥 나타난 것 같았다고 말하게 될 터였다.

오니시는 교수대로 갔다.

마일로는 교수형에 참석했다. 그것은 지렛대의 삐걱거리는 소리부터 시체의 경련과 바닥에 오줌이 떨어지는 소리에 이르기까지 그 자체의 꿈 꾸는 듯한 시간의 주머니 속에서 진행되었다. 그리고 그것은 번개가 때때로 누군가의 내면을 다치게 하듯이 그를 상처 입혔다.

5년 후 제럴드 웨지가 죽었을 때, 같은 당에 속한 사람들이 찾아와서 너무도 당연하게 마일로가 그 자리에 올라가야 하지 않겠느냐고 제안해왔다. 하지만 그는 자신도 놀랄 만한 대답을 했다. "아니요, 여러분, 사양하겠습니다."

그는 검사를 그만두고 변호사가 되었다.

"무슨 일이야?" 수지가 알고 싶어 했다.

무슨 일이 일어났는가 하면, 마일로는 매우 강력한 꿈을 꾸었다. 그는 수많은 강력한 꿈을 꾸었다. 그들 둘 다 그랬다.

"꿈을 꿨는데, 내가 남아프리카에 있는 어느 마을에 살다가 아주 끔찍한 범죄를 저질렀어." 마일로가 설명했다. "누군가를 해치고 그의 돈을 빼앗았어. 그런데 처벌받지 않았어."

"잡히지 않았던 거지?" 수지가 물었다.

"범행 직후 바로 잡혔어. 그런데 이 특별한 마을에서는 누군가 극악무도한 범죄를 저지르면, 사람들이 그를 빙 둘러 에워싸고는 평생 그가 했던 모든 좋은 일에 관해 이야기해주는 거야. 그래서 두 번째 범죄를 저지르는 사람이 거의 없었어. 우리도 그런 게 필요해. 처벌 말고 다른 거. 처벌은 사람을 더 나쁘게 만들 뿐이거든."

앞으로 수지는 그날 저녁을, 마일로가 접이식 뚜껑이 달린 책상에 옆으로 기대앉아 서류 뭉치 사이에 한쪽 팔꿈치를 괴어놓고 있던 모습을, 그의 안경은 이마 위에 얹혀 있고 매부리코는 그의 얼굴을 빛과 그림자로 갈라놓던 모습을 언제까지나 기억하게 될 터였다.

그들은 한동안 조용히 앉아 있었다.

"이런 말 하기 안 좋은 때일지도 모르겠는데……." 그녀가 그의 이마에 키스하며 말했다. "나 총기상을 열고 싶어."

마일로와 수지는 계속해서 태어났다. 때때로 함께하는 그들의 삶은 두 사람이 바라는 대로 되지 않았다. 한 번은 두 사람이 고등학교를 졸업하자마자 결혼할 계획이었지만, 수지가 연못에서 수영하다 발작을 일으켜 열일곱 살이 되기도 전에 익사해버리기도 했다.

그녀의 묘비는 새로운 유행 중 하나로 광이 나는 대리석에 비명을 새기는 것이었다. 그것은 오래도록 서 있을 터였다. 그리고 화살처럼 시간을 통과해갈 터였다.

그 후 몇 년 동안, 마일로는 마치 나무 둥치 안쪽에서 쪼개져 나온 나무 조각같이 살았다. 그러다가 다시 천천히 움직이고 일하고 정원을 가꾸고 차를 소유하며 세월을 보냈다. 그는 수지의 사진을 벽에 걸어놓았고, 그렇게 50년의 세월이 흘러갔다.

수지의 묘비는 거기에 적힌 과대광고 같은 글귀를 그대로 실천해냈다. '50년이 지나도 새것이나 다름없으리라.'

그의 생애 마지막 여름에, 마일로는 집을 완전히 둘러싸도록 정원에 작물을 심었다. 무와 당근과 콩과, 토끼를 쫓기 위해 심은 천수국이 거의 70미터에 달했다. 슬픈 이야기들이 그의 주변으로 마치 잡초처럼 자라났다.


## ≫ 서기 1932년, 미시간주 블루 크리크


30년이 지났다.

수지와 마일로는 컨트리클럽 골프장 위쪽에 새집을 짓고, 그곳에서 아이들을 길렀다. 믿기 어려울 정도로 빠르게, 집은 더 이상 새집이 아니게 되었다. 그리고 차츰 비어갔다. 찰스가 다트머스로 갔을 때, 제임스가 미시간 대학교에 입학했을 때, 이디스가 오하이오의 마이애미로 갔을 때.

그리고 마일로는 30년에 걸쳐 시행해왔던 그의 세 가지 기획에서 물러났다. 그것은 법을 어긴 아이들을 감옥에 던져 넣는 대신, 수업을 듣게 하는 전환 프로그램이었다. 그는 모든 사건을 직접 처리해왔고, 현명한 사람이라면 으레 그러듯이 언제 물러나야 할지도 알았다.

반면에 수지는 총기 상점이 들어선 건물은 물론이고 그 주위에 있는 건물도 전부 사들였다. 전 세계의 사냥꾼들이 포크너 소총을 소유한 것을 자랑스러워했다. 그녀는 마일로보다 훨씬 많은 재산을 모아들였다.

손주들도 태어났다. 낸시, 킴벌리, 완다, 노먼, 앤드루, 캐서린, 커티스. 찰스는 법률 회사를 매수했다. 이디스는 말을 타다 사고를 당했다.

어느 날, 손자들이 십 대가 되어갈 즈음, 마일로는 자신이 컨트리클럽 주차장에 세워져 있는 멋진 강철 자동차들과 머리 위에서 굉음을 내며 지나가는 비행기들을 바라보고 있다는 사실을 깨달았다. 라디오는 그의 뒤쪽 거실에서 꽥꽥거렸다. 재즈라는 새로운 음악이었다.

그는 말이 모든 것을 끌고 다녔던 썰매 타던 시절을 떠올렸다. 그때는 모든 게 말, 말, 말이었다.

"대체 지금 우리는 무슨 행성에 사는 거지?" 그가 큰 소리로 물었다.

"펩소던트와 NBC가 여러분에게 펩소던트 시어터 오브 디 에어를 전해드렸습니다." 라디오가 말했다.


수 세기 후, 사람들이 OZ 드라이브를 완성하고 별들 사이로 나가기 시작했을 때, 어떤 이들은 반려동물들을 함께 데려가고 싶어 했다.

고양이는 아주 완벽한 우주 거주자로 판명되었다. 그들은 떠다니는 데 뛰어난 기량을 보였다. 실제로 위아래가 없다는 사실 같은 것은 신경 쓰지 않는 듯했다. 고양이들은 남이야 뭘 어떻게 하든 전혀 개의치 않는 경향이 있었다.

명왕성 궤도에 있는 우주 정거장에서 각자의 깔개 위에서 태어난 마일로와 수지는 처음으로 행성 사이의 빈 공간을 가로지르게 된 고양이들이었다. 그들은 마치 두 개의 털 달린 로켓처럼 해치를 통해 쏘아 올려져서 포드를 가로질러 날아갔다. 그들은 나무랄 데 없이 깔끔했기에, 고양이 사료가 환기구로 들어가지 않게끔 돕고 잘 막아주었다.

그들은 길고 얇게 자라서 외계인 같은 모습으로 변했다.

그리고 한 번에 몇 년씩 낮잠을 잤다.

## ≫ 서기 1942년, 미시간주 블루 크리크

노먼은 전쟁에서 싸우기 위해 떠났다. 그의 부모님인 찰스와 리디아는 마치 영수증처럼 그들의 앞 유리창에 별 하나를 걸어두었다.

마일로도 리넨 천을 이용해 개인적으로 별 하나를 만들어서 골프 코스에서 멀리 떨어진 옆쪽에 있는 커다란 집 앞 유리창에 매달아놓았다.

그와 수지는 사냥을 갔다. 이것은 그들이 손자의 안위를 기원하는 나름의 의식이 되었다. 사냥을 나가 있는 동안에는 노먼이 아무리 먼 전장에서 진을 치거나 행군을 해도 그들은 손자를 지켜보는 듯한 기분이 들었다. 노먼은 북아프리카를 가로질러 행군했다. 그의 조부모는 샌드 호수 주변의 들판과 숲을 행군했다.

노먼이 안치오에서 전사했을 때, 그들은 서로를 바라보며 서로에게 몸을 기댔다. 그게 바닥으로 주저앉지 않을 유일한 대안이었다. 그러고 나서도 그들은 어찌 됐든 장비를 챙겨 사냥을 하러 갔다. 겨울철 잘 꺾어지는 잡초와 밀을 밟으면서 얼어붙은 호수를 빙 돌아, 개들이 발밑을 킁킁거리기를 멈추고 하늘로 코를 치켜들고 공기를 킁킁거릴 때를 주목했다.

곰 한 마리가 겨우 몇 미터 떨어진 겨울 밀밭에서 일어섰다. 털은 다 빠지고 상처도 많은 늙은 곰이었다.

"앉아!" 마일로가 소리 질렀다. 단순한 명령어와 간단한 몸짓에도 개들은 훈련받은 대로 자리에 앉았다.

수지가 재빨리, 하지만 신중하게 조준을 했다.

픽! 픽! 픽! 수지의 라이플이 공기를 갈랐다. 곰이 빠르게 고통 없이 죽어서 쓰러졌다. 한 발이 눈을, 두 발이 심장을 관통했다.

"맙소사, 수지." 마일로가 말했다. "나는 우리가 녀석을 바라보고 녀석도 우리를 바라보다가 서로 등을 돌려서 갈 길을 가게 된다면, 그건 마치 시와도 같을 거라고 생각했었어. 그랬다면 훗날 우리가 그 곰의 눈동자 속 반점과 그의 털 속에 스며든 바람까지 볼 수 있을 만큼 가까이 있었다는 사실을 함께 이야기해볼 수도 있었을 거라고."

"이건 시가 아니야." 그녀가 딱 부러지게 말했다.

그들이 집에 도착했을 때, 마일로는 밖으로 나가 크레용을 사와서 비공식적인 황금 별 하나를 만들어 창문에 걸어놓았다. 그는 원래 걸어놓았던 별을 떼어서 커피 탁자 위에 놓아두었지만, 가져다 버릴 엄두는 내지 못했다.

나중에 수지가 그것을 쓰레기통에 버렸다.


그들은 한 번 이상 더 지구로 돌아왔다. 와인의 고장에서 살기 위해서였다. 누군들 거기서 살고 싶지 않겠는가? 다시 돌아왔을 때, 그들은 마을에서, 숲에서, 그리고 바닷가의 오두막에서도 살았다.

그들은 쿵후와 뜨개질을 배웠다. 또한 그 어느 연인들이 알고 있던 것보다도 더 많은 방식으로 사랑을 나누는 방법도 배웠다. 때때로 그들은 다른 삶에서 배웠던 것들을 기억해냈다. 1700년 라파누이에서 일곱 살이 되었을 때, 그들은 자신들이 한때 우주선을 타고 날아다녔다는 사실을 기억해냈다. 그들은 꿈에서 우주선을 보았고, 그 모양을 서프보드에 조각해 넣었으며, 물 위에서 나는 법을 배웠다.

그들은 두 명의 나바호 여성으로 돌아왔다. 그들은 폐어(물 밖에 나와서도 호흡을 해 한동안 살 수 있는 물고기─옮긴이)로도 돌아왔고, 바나나를 재배하는 농부로도 돌아왔다.

이따금 그들은 함께 죽었고, 또는 몇 분 간격으로 죽었으며, 어떤 때는 한 명이, 그리고 또 어떤 때는 다른 한 명이 홀로 남아 오랜 세월을 살아가야 했다.

전쟁이 끝나고 2년째 되던 해, 마일로와 수지는 결혼 50주년을 맞는 저녁에 현관 앞에서 그네를 타고 있었다. 힘줄이 툭툭 불거진 늙고 여윈 그들의 손이 그녀의 무릎 위에서 함께 얽혀 있었다. 집 안에서는 아이들과 손자들이 부산하게 저녁 식사를 준비했다. 노먼을 기리기 위해 집에서 만든 황금 별은 여전히 창문 앞에 걸려 있었다.

개들은 근처에서 몸을 웅크리고 누워 자는 척을 했다.

마일로가 수지 쪽으로 몸을 가까이 기울이며 말했다. "당신이 자랑스러워, 수지."

집이 마치 호박 파이와 양파 냄새를 불어내기라도 하듯이, 방충문을 통해 음식 냄새가 풍겨 나왔다.

"응?" 수지가 다시 물었다. 그녀는 잘 듣지 못했다. 그래서 그는 다시 말해주었다. "당신이 자랑스러워."

그러자 그녀가 그의 손을 꼭 쥐고는 그의 어깨에 머리를 기대더니 웃으며 말했다. "괜찮아, 여보. 나도 당신이 지겨워."

〈끝〉

## ❖ 감사의 말 ❖

모든 책에는 친구들이 있다.

그 친구들 중 몇몇은 책이 탄생하기까지 실제로 도움을 주는 사람들이다. 아마도 그들은 책을 읽고 조언을 제공할 것이다. 어쩌면 문인 대리인이거나 편집자, 또는 아이디어를 내는 사람들일지도 모른다. 또 어떤 이들은 이런저런 방식으로 작가의 친구이기에 그 책의 친구이기도 하다. 그리고 독자들도 빼놓을 수 없는데, 그들이 야말로 어느 책이든 다 가지고 있는 최고의 친구이기 때문이다.

당연히 이 책도 많은 친구가 있다.

그 목록은 나의 아내이자 친구이며 작가이자 시인이기도 한 재닌 해리슨으로 시작한다. 재닌은 내가 처음 《환생 블루스》에 관해 언급한 이래로, 계속해서 이 책에 관해 흥분해왔으며, 지칠 줄 모르고 응원단이자 조언자 역할을 해주었다. 그리고 물론 그보다 더 많은 역할을 주었다.

어느 날, 내 문인 대리인 미셸 브로워가 전화로 내 삶에 끼어들어서는 말했다. "난 당신 스타일이 좋아요. 우리 함께 책을 내보면 어떨까요?" 그녀가 내 삶을 바꿔놓았기에, 나는 진심으로 그녀에게 감사의 마음을 전하고 싶다. 사실 이 책의 초안은 그저 그랬지만, 미셸이 나를 빛이 보이는 곳으로 이끌어 나왔다는 점은 확실히 짚고 넘어가야 할 것 같다. 《환생 블루스》의 좋은 점에는 모두 그녀의 정신적 지문이 찍혀 있다. 그녀의 조수인 애니 황 또한 미셸의 모든 공로를 공유할 수 있다는 말을 하고 넘어가야겠다.

'델 레이'에서 나를 담당한 트리시아 나와니 편집자도 이 책에 열광했으며, 그녀와 함께 맥주잔을 기울이는 일 역시 즐거움이었다. 그녀도 내가 책에 몇 가지 수정을 가하도록 이끌어주었다. 그것도 최고의 방식으로. 어떤 작가들은 그들의 편집자나 출판업자와 일하는 것이 한 마디로 완전히 지옥이었으며, 결국 세상에 나온 그들의 책은 더 이상 작가 그 자신의 책이 아닌 게 되어 있더라는 얘기를 하곤 한다. 하지만 나는 그런 일을 전혀 경험하지 못했다. 트리시아와 '델 레이'는 뛰어나고 매우 점잖은 친구들이었다.

앨리스 워커의 소책자 《지구가 보내는 전언 : 세계무역센터와 펜타곤의 폭격 이후 할머니 영혼이 보내는 메시지A Message from the Grandmother Spirit After the Bombing of the World Trade Center and the Pentagon》(세븐 스토리스 출판사, 2001)에도 심심한 감사의 인사를 전한다. 《환생 블루스》 9장과 27장에 등장하는 현명하고 다정다감한 사람들의 이야기는 바벰바 부족에 관한 워커의 설명에서 영감과 정보를 얻은 것이다.

나는 많은 '유력한 용의자'들에게서 귀중한 정보와 격려를 얻었다. 조시 페르츠, 테드 코스맛카, 레이첼 모크, 마리-티나 브레하스……. 나의 부친 돈 푸어는 기본적으로 내가 첫 번째 장을 어떻게 고쳐야 할지 당신의 생각을 들려주었고, 결과적으로 그의 생각이 옳았다.

늘 그래 왔듯이, 어머니와 빌은 격려와 지지의 원천이 되어주었다. 게다가 연못과 시원한 내·외부 겸용 베란다 비슷한 것을 갖추고 있어서 글을 쓰며 오리를 관찰하기에 완벽한 장소인 두 분의 집을 방문해 시간을 보내는 일은 언제나 즐겁기 그지없었다.

때로 책의 친구들은 개인이 아니라 집단이기도 하다.

우선 재닌이 이끄는 퍼듀 대학의 학생 글쓰기 모임인 퍼스트 프라이데이 워드스미스First Friday Wordsmiths, FFW에, 그중에서도 특히 케빈 셸턴과 카일라 그린웰 같은 학생들에게 감사의 인사를 전하고 싶다. 나는 이 책을 FFW 회원들이 미시간 남부에 있는 한 농가에서 모임을 열고 있는 도중에 시작했다. 그 젊은이들은 커피를 마시고 열심히 노트북 자판을 두드려대면서 농가 탁자에 빽빽하게 둘러앉아 있었다. 저녁에는 모닥불을 피웠고, 하늘에는 별과 반딧불이가 그득했다. 이 얼마나 책을 쓰기에 완벽한 환경인가!

인디애나의 먼시에도 또 한 그룹이 있는데, 그들은 내게 너무나도 잘해주어서 대체 어디서부터 얘기를 시작해야 할지조차 모를 지경이다. 작가이자 교수인 캐시 데이와 나는 책을 교환해서 읽었고, 얼마 전부터 친구가 되었다. 그녀는 시인인 션 러브레이스가 볼 스테이트에서 열리는 독서 모임에 나를 초대하게끔 해주었다. 그리고 그날 저녁은 내 기억 속에 가장 즐거웠던 시간 중 하나로 남아 있다. 캐시, 션, 실라스 핸슨, 그리고 그 주에 내가 만났던 브리트니 민스, 사라 홀로웰, 잭슨 토르스 엘핀, 제프 오언스, 제러미 플릭 같은 몇몇 젊은 작가들도 그때 이후로 계속해서 내 머리와 마음속에 함께하고 있다.

언제나처럼 하일랜드 작가 그룹의 저자들은 비평과 지지의 진정한 원천이 되어주고 있다.

그리고 세상에서 가장 비열하고 과자를 입에 달고 비평을 해대는 민 그룹Mean Group도 있다. 우리는 다시 모여서 예전보다 더 야비하게 더 많은 과자를 먹어치우고 있다.

그리고 늘 책을 읽고, 또 앞으로도 계속 읽어주실 모든 분께도 고마움을 전한다. 여러분께 공손히 고개 숙여 인사드립니다.

이 작품은 마일로라는 어느 현명한 남자에 관한 이야기다. 그는 우주가 모든 영혼에 부여한 1만 번의 삶 중에서 이미 9천995번의 삶을 살았고, 앞으로 남은 다섯 번의 삶을 통해 '완벽함'을 이루어 내지 못한다면 망각의 심연 속으로 사라져 버릴 위기에 처해 있다.

지금껏 그의 영혼은 문명 초기의 원시 부족민에서 현대를 살아가는 현명한 서퍼, 부처의 제자, 또는 지구 멸망 후 외계 행성에서 살아가는 미래의 우주인에 이르기까지 수많은 삶을 살아왔다. 하나의 삶을 살고, 죽음의 손에 이끌려 내세로 들어가면, 그는 그곳에서 한동안 휴식을 취한 후 다시 태어난다. 다음 생에서 자신이 어떤 삶을 살아갈지는 전적으로 그의 선택이다. 지난 생에 미래 쓰레기 행성의 노예였더라도, 원하기만 한다면, 다음 생에서 그는 고대의 벌레나 나무로, 또는 특별한 능력을 갖춘 현대의 현인으로 태어날 수 있다. 우주에서 '시간은 거대한 세탁기 속에 들어 있는 늪이나 마찬가지'이기 때문이다.

마일로는 지구에서 가장 오래된 영혼이다. 대부분의 영혼은 완벽함을 이루기 위해 1만 번까지 환생할 필요가 없지만, 죽음(일명 수지)과 금지된 사랑에 빠진 마일로의 경우에는 사정이 다르다. 그는 완벽함을 이루어 우주의 일부가 된 이후에도 수지와 헤어지지 않으리라는 확신이 필요하다. 하지만 시간이 부족하다. 9천995번의 생을 살고도 이루지 못한 완벽함을 다섯 번의 삶을 통해 이룰 수 있을까? 마일로와 함께 하기 위해 수지도 나름대로 고뇌하고 방법을 찾으려 애쓰지만, 그러기 위해서는 우주의 허락이 필요하다. 과연 그들이 영원히 함께할 방법이 있기는 한 걸까?

마이클 푸어는 죽음과 내세와 환생이라는, 모두가 궁금해하지만, 정작 아무도 제대로 알지 못하는 소재를 맛깔나게 뒤섞어 한 편의 매혹적인 소설을 탄생시켰다. 이 소설을 읽고 있노라면 독자는 마치 한 편의 옴니버스 영화를 보고 있는 듯한 착각에 빠지게 된다. 작가는 마일로가 살아온 1만 번의 삶을 깨알 같은 유머를 곁들여 짧게는 몇 줄에서 길게는 몇 페이지 또는 몇 개의 챕터를 통해 소개한다. SF와 순문학의 미덕을 적절히 뒤섞어 재미와 감동뿐 아니라, 놀라움과 심오한 철학적 성찰까지도 담아내고 있는 이 작품 속에서 주인공 마일로는 1만 번의 환생을 통해 1만 개의 다른 삶을 구현해 내고, 그것을 통해 '왜 사는가,' 그리고 '어떻게 살 것인가'에 관한 질문을 던져준다.

우리에게 만약 1만 번의 기회가 주어진다면, 그리하여 아직 다섯 번의 기회가 남아 있다면, 우리는 과연 어떤 선택을 하며 인생을 살아갈까? 죽음이 마지막이 아니라, 또 다른 삶으로 향해가는 관문에 불과하다면, 우린 죽음도 불사하는 사랑으로 인생을 불태우고, 내 한목숨 바쳐 인류를 구원하고, 진정 원하는 것을 추구하며 뜨겁고 가열한 삶을 살게 될까? 아니면, 9천999번째 생에 이르기까지 '다음이 있으니 괜찮아'라는 말로 자신을 합리화하며 게으르고 방탕하게 무의미한 삶을 살아가게 될까? 물론 선택은 각자의 몫일 테지만, 이 책은 '완벽한 삶'을 전제로 1만 번의 환생을 제안한다. 끊임없이 죽음에게로 되돌아가는, 죽음에 사로잡힌 마일로는 과연 어떤 선택을 하고 어떤 해답을 얻어갈까?

죽음과의 사랑이라는 상징적인 장치를 통해 '메멘토 모리(죽음을 기억하라)'가 완벽한 삶을 이뤄내는 수단임을 역설적으로 보여주는 이 작품을, 한 번뿐인 삶을 보다 의미 있게 살기를 바라는 독자에게 추천한다.

옮긴이 전행선

연세대학교 영문학과를 졸업하고 2007년 초반까지 영상 번역가로활동하며 케이블TV 디스커버리 채널과 디즈니 채널, 그 외 요리 채널 및 여행전문 채널 등에서 240여 편의 영상물을 번역했다. 현재는 출판 전문 번역가로 활동하며 삶의 지혜와 감동이 담긴 이야기를 독자에게 오롯이 전달하는 데 힘쓰고 있다. 옮긴 책으로는 《무조건 행복할 것》, 《엄마와 함께한 마지막 북클럽》, 《지하에 부는 서늘한 바람》, 《아스라이 스러지다》, 《미라클 라이프》, 《예쁜 여자들》, 《전쟁 마술사》 등이 있다.

# 환생 블루스

**1판 1쇄 발행** 2019년 7월 3일
**1판 2쇄 발행** 2021년 7월 30일

**지은이** 마이클 푸어
**옮긴이** 전행선

**발행인** 양원석
**편집장** 김건희
**영업마케팅** 조아라, 신예은, 이지원

**펴낸 곳** ㈜알에이치코리아
**주소** 서울시 금천구 가산디지털2로 53, 20층 (가산동, 한라시그마밸리)
**편집문의** 02-6443-8902   **도서문의** 02-6443-8800
**홈페이지** http://rhk.co.kr
**등록** 2004년 1월 15일 제2-3726호

ISBN 978-89-255-6691-7 (03840)

※ 이 책은 ㈜알에이치코리아가 저작권자와의 계약에 따라 발행한 것이므로 본사의 서면 허락 없이는 어떠한 형태나 수단으로도 이 책의 내용을 이용하지 못합니다.

※ 잘못된 책은 구입하신 서점에서 바꾸어 드립니다.

※ 책값은 뒤표지에 있습니다.